SOLO LUI PER SEMPRE

SERIE MERCILESS

W. WINTERS

Traduzione di ELISA BRUNO
Edited by GIOVANNA CHILESE
Edited by CLAUDIA SARTORI

Copyright

Sognava che un giorno le sue storie venissero pubblicate, ma purtroppo non è mai accaduto. Allora i tempi erano diversi.

Anche se ora non c'è più, è sempre con me, nel mio cuore e persino nei miei scritti.

In queste storie ho inserito alcuni frammenti dei ricordi che ho di mia nonna e mi auguro che anche voi possiate amarla, anche se non avete mai avuto il piacere di conoscerla.

Se potesse vedermi ora, vorrei solo che fosse fiera di me.

Le persone che amiamo non ci lasciano mai.
Nonna, questo libro è per te. Ti voglio bene.

SENZA PIETÁ

Libro 1

Dall'autrice bestseller di *USA Today*, Willow Winters, un romance ricco di suspense, da far battere il cuore e leggere tutto d'un fiato.

Avrei dovuto capire che mi avrebbe rovinato nel momento stesso in cui l'ho vista.

Le donne come lei sono fatte apposta per distruggere gli uomini come me.

Mi è stata data per scatenare una guerra; ero fin troppo impaziente di accettare.

Non sapevo cosa mi avrebbe fatto.

Riesce a leggermi dentro come nessun altro.

La sua innocenza e vulnerabilità mi rendono debole nei suoi confronti, e lo detesto.

Ho sempre saputo che non bisogna cedere alle tentazioni. Avrei dovuto sapere che avrebbe cambiato tutto.

Un uomo spietato non lascia avvicinare nessuno.

Un uomo dal cuore freddo non rischia nulla per nessuno.

Un uomo potente con una bella donna alla sua mercé… non si innamora di lei.

PROLOGO

Carter

"*A*vrei dovuto scoparti molto prima."

Ricordo quel primo giorno, quando urlava e mi supplicava di lasciarla andare e ci odiavamo a vicenda.

Nonostante la mia mano le stringa la gola, nonostante il mio tocco le faccia scorrere scariche elettriche per tutto il corpo, si ostina a scuotere la testa, senza distogliere lo sguardo.

"No," sussurra, e il mio desiderio si fa più impellente, chiedendomi di punirla per aver avuto il coraggio di contraddirmi. Ma poi aggiunge: "È così che doveva succedere."

Il respiro le si fa pesante, chiude gli occhi, e il suo corpo si abbandona sulle mie gambe. È completamente in mio potere e le sue labbra imbronciate attendono solo di essere baciate.

Tutta lei. Ogni singola parte mi appartiene, e lei lo sa.

È mia.

CAPITOLO 1

Carter

La guerra incombe.

Lo so da più di due anni.

Tic-tac. Tic-tac.

Una contrazione alla mascella segue il ritmo dell'orologio e la pelle delle nocche diventa bianca sotto la stretta del pugno. La tensione mi irrigidisce le spalle e devo sforzarmi di fare un respiro profondo per allentare la pressione.

Tic-tac. È l'unico suono che riecheggia tra le pareti del mio ufficio e, a ogni oscillazione del pendolo, la collera aumenta.

È sempre così prima di partecipare a una riunione. Questa, in particolare, mi provoca un brivido lungo la schiena e l'adrenalina mi inonda le vene a ogni minuto che passa.

Il mio sguardo vaga dall'orologio a pendolo agli scaffali accanto, poi sotto di essi, al baule di mogano e acciaio. È profondo e alto circa un metro, per due di lunghezza. Si confonde con la parete, nascosta da vecchi libri.

Ho pagato più del dovuto solo per creare una facciata, per mettere in mostra quello che volevo. Ciò che le persone percepiscono è la loro realtà. E così dipingo l'immagine che hanno bisogno di vedere, in modo da poterla usare come meglio credo. I libri e le opere d'arte costosi, i mobili lucidi intagliati in legno raro… È tutta una farsa.

Tranne il baule. La storia che l'accompagna rimarrà con me per sempre. In tutti questi anni, è uno dei pochi ricordi che posso identificare come un momento determinante. Non me ne sono mai separato.

Ricordo ancora le parole dell'uomo che me l'ha donato e l'immagine dei suoi occhi verde chiaro, diventati lucidi mentre mi raccontava la sua storia.

Mi ha confidato di come lo avesse tenuto al sicuro quando era bambino. Di come sua madre ce lo avesse spinto dentro per proteggerlo.

Deglutisco a fatica, sentendo la gola stringersi e i muscoli del collo tendersi a quel ricordo. Mi ha saputo dipingere un quadro perfetto della situazione.

Mi ha spiegato di come si fosse aggrappato a sua madre, vedendo il suo panico. Ma, alla fine, ha fatto come gli era stato detto. È rimasto in silenzio nel suo nascondiglio e non ha potuto far altro che ascoltare gli uomini che uccidevano sua madre.

Si è offerto di barattare la sua vita con il baule. E la sua storia mi ha ricordato l'addio di mia madre.

Sì, la sua storia era commovente, ma gli ho comunque puntato una pistola alla testa e ho premuto il grilletto.

Ha cercato di derubarmi e poi di ripagarmi con quel baule in legno, come se il denaro che mi aveva sottratto fosse un debito o un prestito. William era bravo a rubare e a raccontare storie, ma era un idiota.

Non sono arrivato dove sono giocando pulito e mostrandomi debole. Quel giorno ho preso il baule che lo aveva salvato come promemoria di chi ero. Di chi dovevo essere.

Mi sono assicurato che rimanesse sempre sotto i miei occhi durante ogni riunione in questo ufficio. È un potente promemoria che posso osservare mentre concludo affari su affari in questa maledetta stanza con un criminale dopo l'altro, accumulando ricchezza e potere.

Mi è costato una fortuna rendere l'ufficio esattamente come lo volevo. Ma se anche dovesse andare a fuoco, potrei facilmente permettermi di sostituire tutto.

Tutto tranne quel baule.

"Pensi davvero che lo faranno?" Sento mio fratello Daniel parlare prima ancora di vederlo. Il ricordo svanisce in un istante.

Mi ci vuole un secondo per prendere coscienza della mia espressione, rilassare la mascella e lasciar andare la rabbia prima di poter alzare lo sguardo verso di lui.

"Sto parlando della guerra e dell'accordo. Pensi che lo farà e la prenderà stanotte?" chiarisce.

Lascio uscire un piccolo sbuffo e rispondo con un sorrisetto: "Lo desidera più di ogni altra cosa. Ha detto che l'hanno attirata in una trappola e che sta già succedendo. Tra qualche ora sarà tutto finito."

Daniel entra lentamente nella stanza, chiudendo la porta pesante del mio ufficio con un colpo del tallone, e si ferma di fronte a me.

"E sei sicuro di voler essere coinvolto in tutto questo?"

Mi inumidisco il labbro inferiore e mi alzo, stiracchiandomi e volgendo lo sguardo alla finestra del mio ufficio. Sento Daniel camminare intorno alla scrivania mentre mi ci appoggio e incrocio le braccia.

Gli dico: "Non saremo coinvolti. Se la vedranno loro due e, anche se il nostro territorio è vicino, possiamo restare in disparte."

"Sciocchezze. Lui vuole che tu combatta al suo fianco. Stasera darà inizio a questa guerra, e tu lo sai."

Annuisco lentamente e il solo ricordo dell'odore dei sigari di Romano mi riempie i polmoni.

"C'è ancora tempo per annullare tutto," dice Daniel, facendomi aggrottare le sopracciglia e corrugare la fronte. Non può essere così ingenuo.

È la prima volta che lo guardo davvero da quando è tornato. Ha passato diversi anni lontano. Quando, ogni maledetto giorno, io lotto per ciò che abbiamo, lui si è rammollito o forse è Addison che lo ha reso l'uomo che è ora.

"Questa guerra è necessaria." Le mie parole sono perentorie, il tono non ammette repliche. Forse ho fatto crescere quest'attività sulla paura e sulla rabbia, con ogni passo in avanti seguito dal rumore sordo di un corpo che cadeva dietro di me, ma non è così che tutto ha avuto inizio. Non si può costruire un impero con le mani sporche di sangue senza aspettarsi che la morte ti segua.

Daniel si avvicina alla finestra e i suoi occhi scuri si stringono, lo sguardo che oscilla tra me e il giardino meticolosamente curato, diversi piani sotto di noi.

"Sei veramente sicuro di volerlo fare?" La sua voce è bassa, la sento a malapena. Non si volta a guardarmi e un brivido mi scivola lungo la nuca e le braccia mentre osservo la sua espressione solenne.

Mi riporta indietro di anni. A quando avevamo una scelta e l'abbiamo sbagliata.

Quando il fatto di voler o meno andare fino in fondo significava ancora qualcosa.

"Ormai siamo circondati, ci sono uomini alla nostra sinistra," gli dico facendo un passo avanti e riducendo la distanza tra noi. "E anche alla nostra destra. Non c'è altra scelta se non schierarsi."

Lui annuisce e fa scorrere il pollice sulla barba incolta del mento prima di guardarmi di nuovo. "E la ragazza?" chiede. I suoi occhi penetranti mi ricordano che entrambi abbiamo combattuto e siamo sopravvissuti, e che un percorso tragico ci ha condotti al punto in cui siamo oggi.

"Aria?" Oso pronunciare il suo nome e il suono della mia voce vellutata sembra indugiare nello spazio tra noi. Non aspetto che mi risponda.

"Non ha scelta." La mia voce si fa più tesa mentre pronuncio quelle parole.

Mi schiarisco la gola, appoggio i palmi delle mani contro la finestra percependo il freddo gelido sotto le dita e mi sporgo in avanti vedendo Addison sotto di noi. "Cosa pensi che avrebbero fatto a Addison, se fossero riusciti a prenderla?"

Daniel stringe la mascella, ma non risponde alla mia domanda. Invece replica: "Non sappiamo chi abbia cercato di portarmela via."

Faccio spallucce come se fosse una questione di poco conto, del tutto irrilevante. "Comunque. Le donne non devono essere toccate, eppure Addison è stata la prima a finire nel mirino."

"Questo non significa che sia giusto," risponde Daniel con tono indignato.

"Non è meglio che sia venuta da noi?" Inclino la testa e questa volta lui impiega un attimo a rispondere.

"Lei non è una di noi. Non è come Addison, e sai cosa Romano si aspetta che tu faccia."

"Sì, la figlia del nemico…" Il cuore mi batte forte nel petto e il ritmo costante richiama ancora il ticchettio dell'orologio. "So esattamente cosa vuole che faccia con lei."

CAPITOLO 2

Aria

Ci sono alcune cose che dovreste sapere su di me.

Mi piace svegliarmi ogni mattina con una tazza di caffè bollente. Preferibilmente con abbastanza latte e zucchero da coprire il sapore amaro.

La sera adoro il vino rosso. Non mi piace quello bianco, mi fa venire il mal di testa e i postumi di una sbornia che mi rendono infelice al risveglio.

Beh, non sono queste le cose che contano davvero. Sono solo dettagli superficiali che si raccontano alle persone quando non si vuole dire loro la verità.

Cosa dovete sapere davvero?

Mi chiamo Aria Talvery e sono la figlia della famiglia criminale più violenta di Fallbrooke.

Il motivo per cui mi piace bere vino la sera è perché ne ho disperatamente bisogno per riuscire a dormire qualche ora.

Mia madre è stata assassinata davanti ai miei occhi quando avevo appena otto anni e da allora non mi sono più ripresa, sebbene abbia imparato a fingere alla perfezione.

Mio padre è un criminale, ma mi ha tenuta al sicuro e ha tollerato la mia esistenza, pur ricordandomi ogni giorno quanto gli facesse male guardarmi in faccia e non vedere altro che mia madre.

È per via dei miei occhi. So che è così.

Sono un miscuglio di verde e nocciola, proprio come i suoi. Simili a quella delicata unione di colori che si potrebbe vedere nel fitto di un bosco, osservando la chioma degli alberi tra la fine dell'estate e l'inizio dell'autunno. È così che mia madre li descriveva. Aveva un animo poetico. E forse ha trasmesso una parte della sua indole anche a me.

Amo disegnare. Odio la vita che conduco e mi rifugio negli schizzi e nelle macchie d'inchiostro. Lontano dalla follia e dal pericolo che la mia esistenza inevitabilmente porta con sé.

E proprio per quell'amore per l'arte, l'unica cosa che ancora mi lega a mia madre, sono finita in quel bar, alla ricerca del bastardo che aveva rubato il mio album da disegno. Quell'idiota pensava di essere divertente e che io fossi la vittima perfetta per i suoi scherzi o un giocattolo con cui intrattenersi solo perché sono una donna che vive in un mondo dominato da uomini, per giunta molto spietato.

Ma ho ereditato il carattere da mio padre. Ed è per questo che ero andata all'Iron Heart Brewery in Church Street. Sì, un bar in una strada chiamata 'chiesa'. Ancor più ironico, però, è tutto il peccato che si è insinuato fra quelle mura.

Era una trappola, sono caduta direttamente nelle braccia del nemico, ma mia madre l'avrebbe definita 'destino'. Dovete sapere che ora sto sorridendo, ma è un sorriso sarcastico, abbinato a una risata finta che mi è sfuggita dalle labbra. Forse tutta questa storia è colpa sua, fin dall'inizio. Dopotutto, quel taccuino era insostituibile, perché l'unica foto che avevo di lei era infilata nel dorso.

L'ultima cosa che dovete sapere, la più importante di tutte, è che mi rifiuto di cedere. Non mi arrendo e non mi tiro indietro. Davanti a nessuno, e soprattutto non davanti a Carter Cross. Il bastardo che mi ha portato via dalla mia famiglia. Mi ha rinchiusa in una stanza e mi ha detto con parole semplici che la mia vita è finita e che ora gli appartengo.

Tuttavia, non saranno le sue parole taglienti e la sua lingua affilata, né le sue spalle larghe e le braccia muscolose a intrappolarmi. Non saranno il suo sorriso ammaliante e le oscenità che è capace di pronunciare a farmi crollare. E non sarà quella scintilla nei suoi occhi, con le fiamme che avvampano e brillano sempre più luminose e calde ogni volta che mi guarda.

No, non mi piego. Anche se lo stesso calore riecheggia nel mio petto e scende ancora più in basso.

Ma il crollo ha una sua logica: più ti irrigidisci e cerchi di resistere, più doloroso sarà lo schianto quando inevitabilmente ti spezzerai.

E io lo so fin troppo bene.

* * *

Il giorno in cui la mia vita è cambiata per sempre...

C'è un ronzio costante nelle mie orecchie. Stringo i pugni così forte che le nocche sono diventate bianche. Ogni volta che devo affrontare i balordi con cui lavora mio padre, questa è la sensazione che provo.

Come se fossi sul filo del rasoio.

Il mio cuore rimbomba forte mentre passo davanti alla porta d'ingresso dell'Iron Heart Brewery e continuo a camminare come se non dovessi entrare. La facciata è tutta a vetri, così da poter vedere facilmente chi entra e chi esce; è anche antiproiettile. A causa della clientela. Si dice che sia stato mio padre a pagare il conto, ma mi sembra eccessivamente generoso per un uomo come lui.

Freddo. Egoista. Avido. È così che lo descriverei, e mi odio per questo.

Dovrei essergli grata, dovrei volergli bene. Ma almeno sono leale, e la lealtà è tutto ciò che conta. Quando cresci in questo ambiente, fai in fretta ad apprendere una lezione come questa.

Con la spalla appoggiata ai mattoni rosso scuro appena oltre le finestre, do un'occhiata al parcheggio dall'altra parte della strada. Non sono ancora arrivati.

Un respiro frustrato si condensa in una nuvoletta nell'aria tesa dell'autunno mentre mi stringo le braccia al petto.

È qui che vengono gli uomini di mio padre nelle serate libere, e so che ci sarà anche Mika.

Odio stare qui da sola, ma non posso aspettare che qualcuno mi aiuti. Spero che anche Nikolai venga con loro. È un amico d'infanzia, anche se ora è un soldato di mio padre, e la mia ancora di salvezza. In effetti, è il mio unico amico e ha persino rimesso al suo posto quel bastardo di Mika più di una volta, quando mio padre non c'era per difendermi.

Anche senza Nikolai so che non ci saranno problemi, ma detesto comunque stare qui. Il mio pollice scorre sulle punte delle dita fredde, ricordando come tenevo il taccuino solo pochi istanti prima che Mika entrasse nella stanza. La fotografia era riposta al sicuro all'interno, in attesa di ispirarmi.

Un taccuino è solo un taccuino, ma quella fotografia è l'unica che ho di mia madre e me nell'anno in cui è morta.

Mio padre non aveva tempo per le mie 'sciocchezze senza senso', come le chiamava lui, e ogni volta che mi rispondeva così, provavo una fitta al cuore.

Un brivido mi corre lungo la schiena e lascio uscire un altro respiro pesante. Sento il freddo sul naso e sulle guance. La giacca sottile che indosso non mi è di nessun aiuto. Non mi ero resa conto che l'autunno fosse giunto con l'intenzione di vendicarsi della torrida estate.

Sbirciando con gli occhi socchiusi attraverso le finestre, leggo la lavagna sopra il bancone. Sono tutte birre artigianali alla spina. Credo che potrei berne un bicchiere mentre aspetto.

La musica rilassante mi entra nelle orecchie non appena varco la soglia, e il mio cuore accelera quando vedo alcuni degli uomini seduti sugli sgabelli. È buffo come un bar quasi vuoto mi incuta più timore di uno affollato, dove potrei confondermi facilmente.

Adesso, invece, non sono nel mio elemento. Ed è chiaro a tutti.

Forse è per questo che Mika ha creduto di farla franca, penso con amarezza, cercando di mettere a tacere la bambina spaventata che è in me. Pensa di potermi derubare perché mio padre non lo fermerebbe e io sono troppo codarda persino per uscire dalla mia stanza, se non vengo chiamata.

Avvicinandomi al bancone mi costringo a raddrizzare la schiena e appoggio la mia pochette. Ho un piano e lo ripasso mentre cerco di deglutire, sorridere e ordinare da bere.

"Vodka e Sprite," dico con disinvoltura, sedendomi sullo sgabello e incrociando lo sguardo del barista. Con un cenno del capo, si avvicina ai bicchieri, facendoli tintinnare, e poi ne riempie uno di ghiaccio.

Aspetterò i ragazzi. Anche se mi spaventano, perché so di cosa sono capaci. Guarderò Mika negli occhi e gli dirò di restituirmi il mio album da disegno entro domani. E poi me ne andrò. Nessuna minaccia. Solo una semplice richiesta. Lui vuole prendermi in giro e provocarmi, ma io non gli darò il tempo di farlo. È l'unico motivo per cui l'ha preso.

Si diverte a punzecchiarmi.

Il vento sbatte contro le finestre alla mia destra, facendomi trasalire. Nessuno degli uomini che affollano la sala sembra averlo notato.

Sono troppo occupata a guardare l'insegna del birrificio che continua a colpire la finestra per accorgermi che il barista si è avvicinato.

Il rumore del vetro che urta il bancone in acero massiccio mi fa sobbalzare per lo spavento.

L'improvvisa quiete e il silenzio che seguono, accompagnati dagli sguardi di tutti i presenti su di me, mi costringono a irrigidirmi. Riesco a malapena a sorridere mentre guardo dritto davanti a me e ringrazio il barista.

Prima provo un'ondata di imbarazzo, seguita dalla paura che si rendano conto che sono debole. Poi mi assale l'ansia totalizzante che tutto andrà storto.

Mi viene da vomitare, ma invece mi porto il bicchiere freddo alle labbra. Un sorso del cocktail dolce non ha alcun effetto su di me. Due, e la mia gola è ancora secca.

Sono una sciocca. Lecco un po' del drink dal labbro inferiore e appoggio il bicchiere sul bancone, fissando tutte le etichette colorate delle bottiglie di liquore allineate sugli scaffali.

Non c'è nessuno che mi difenda e non riesco nemmeno a pensare a un confronto senza diventare nervosa. Cercare di deglutire è inutile, quindi mi alzo dallo sgabello aggrappandomi con entrambe le mani al bancone.

Ho i palmi sudati e sto quasi per dire al barista che penso di andare in bagno, come se gli importasse. Come se importasse a qualcuno.

Quella sensazione di totale inadeguatezza mi segue a ogni passo fino alla parte sinistra del bar, mentre mi dirigo verso uno stretto corridoio. È l'unica strada da percorrere, quindi i bagni devono essere lì. Ho appena il tempo di fare qualche metro che mi sembra di sentire uno sparo. Il mio corpo si irrigidisce e il mio cuore si immobilizza. Sa che se continuasse a battere, non riuscirei a sentire nient'altro.

Non ci sono urla. Non c'è altro che il suono della musica. Devo averlo immaginato. È tutto nella mia testa.

Chiudo gli occhi, sforzandomi di respirare. Ma poi li spalanco di colpo a un rumore familiare.

Non è il suono secco di una pistola che spara. È il sibilo di una pistola con silenziatore, seguito dal tonfo sordo di un corpo che cade a terra.

Bang, bang! Due colpi, uno dopo l'altro, e questa volta mi sembrano molto più vicini. Un altro colpo. Il mio corpo si appiccica al muro come se potesse inghiottirmi.

Mi costringo a muovermi, a dirigermi lungo il corridoio, forse verso il retro per trovare una via d'uscita o un posto dove nascondermi. Sarò anche una ragazzina spaventata, a malapena in grado di sopravvivere nel mondo di mio padre, ma non sono una stupida.

Accelero il passo girando l'angolo, spinta dalla pura volontà di vivere. Ma ogni briciolo di forza che ho, anche se minuscolo, è inutile.

L'urlo che mi si spezza in gola è appena udibile, perché qualcuno mi copre la testa con un sacco spesso.

La borsetta mi colpisce la coscia e poi cade a terra mentre cerco di dare un calcio all'uomo davanti a me, mancandolo. Le mie scarpe coi tacchi la seguono e ogni mia mossa è accompagnata dalle risate sguaiate di diversi uomini.

Cerco di lottare, ma è inutile.

Sono più di uno, lo so. Le loro mani sono forti e i corpi sono come blocchi di cemento.

Non mi fermo e non mi fermerò, ma niente di ciò che faccio è d'aiuto. Prendo a pugni, urlo e scalcio mentre il terrore mi pervade, implorandomi di spingerli via e scappare. Non riesco a vedere niente e le mie braccia urlano di dolore quando qualcuno le blocca dietro di me.

Capisco di essere all'aperto solo per il vento che penetra nella mia giacca leggera. E so di essere in un bagagliaio per via del rumore inconfondibile della sua apertura. Qualcuno mi getta dentro: il mio piccolo corpo sbatte contro il fondo e poi lo sportello viene richiuso rapidamente.

Silenzio.

Buio.

Il mio respiro è affannoso e mi gira la testa.

Quando smetto di urlare, la voce è ormai rauca e la gola mi brucia ogni volta che provo a deglutire. Ho i polsi escoriati e tagliati dalle manette e i muscoli sono indolenziti da un dolore così cocente da farmi tremare.

Un'altra sensazione prende il sopravvento. Non è proprio panico. È qualcos'altro.

Non è disperazione. Neanche quella.

Quando sei sola e sai che niente sta andando né andrà bene, c'è questa sensazione, travolgente e ineluttabile.

Il mio cuore continua a battere nonostante tutto. Ma va troppo veloce. Tutto va troppo veloce e fa male. Non posso fermarlo. Non posso fermare nulla.

Quando hai fatto tutto il possibile e non ti rimane altro che la paura, di ciò che conosci e di ciò che ti è ignoto, c'è solo un'unica parola per spiegarlo.

Terrore.

CAPITOLO 3

Carter

"Hai intenzione di tenerla qui?" Quella di mio fratello non è proprio una domanda, è più un'affermazione fatta guardandosi intorno nella cella. Jase è il terzogenito di cinque fratelli e non ha mai imparato a iniziare una conversazione senza essere così schietto e diretto. Immagino di non poterlo biasimare. Questo pensiero mi ricorda Tyler, il quinto fratello morto anni fa. Per un attimo, il ricordo di lui attutisce la realtà del presente.

Jase si appoggia alla parete opposta con le braccia incrociate e aspetta che io risponda.

Partiremo tra un'ora. Ogni ticchettio del Rolex mi ricorda che sono sempre più vicino ad averla. Al momento, è solo il tempo a separarci.

Dando una rapida occhiata alla brandina e al gabinetto di metallo all'altra estremità della cella, gli dico: "Penso che aggiungerò una sedia."

La sua espressione interrogativa cambia solo leggermente. Forse non se ne rende nemmeno conto, ma io glielo leggo in faccia. Delusione. Disgusto. Riesco a sentire la domanda inespressa che indugia sulla punta della sua lingua mentre sposta lo sguardo da me alla porta d'acciaio dietro di noi. *Quand'è che ti sei ridotto così?* Non ne ha la minima idea.

"Avrò bisogno di un posto dove sedermi." Mantengo la voce calma, quasi scherzosa, come se fosse una battuta. Ma lui è Jase e mi conosce meglio di chiunque altro. Molto meglio di Daniel o Declan. Siamo i quattro fratelli Cross. Ma tra tutti, Jase e io siamo i più legati.

Per quanto io sia riuscito a nascondere l'ansia di mettere le mani su Aria, lui se n'è accorto. Lo capisco da come si comporta con me da quando gliel'ho detto.

"Per quanto tempo?" mi chiede.

"Per quanto tempo cosa?"

"La terrai qui?"

"Per tutto il tempo necessario." *Per cosa?* La domanda è lì, nei suoi occhi, ma lui non la pronuncia e, in ogni caso, non ho intenzione di rispondergli. Potrei mentire e dirgli per tutto il tempo necessario affinché la guerra finisca. Per tutto il tempo che serve a capire se sarà utile nei negoziati nel caso in cui Talvery vincesse. Le bugie potrebbero sgorgarmi dalla bocca a cascata, ma la verità è semplice. Per tutto il tempo che mi serve per decidere cosa voglio da lei.

"Non c'è la doccia," osserva.

"C'è un rubinetto accanto al water e uno scarico. Capirà come funziona mentre è qui."

Il tempo passa e il gelo si insinua nell'aria già fredda. So di non aver mai fatto una cosa del genere, che supera più di un limite. Ma in tempo di guerra non esiste giusto o sbagliato.

"Potrei darle altri oggetti. A poco a poco." Pare una risposta, ma è solo un mio pensiero ad alta voce.

"L'ultima volta che sono stato qui, ho ottenuto delle informazioni molto utili," commenta Jase spostandosi in un angolo della stanza. So che sta guardando il bordo dello scarico, ispezionandolo alla ricerca di eventuali tracce di sangue.

La cella è stata utilizzata solo per un motivo prima d'ora. Ed è ciò in cui Jase eccelle.

"Hai intenzione di estorcerle delle informazioni?" chiede Jase con sincero interesse e, prima che io possa rispondere, aggiunge rapidamente: "Non credo che Talvery parli apertamente di affari in casa."

Vorrei lodare Jase per la sua curiosità, ma non voglio coinvolgere lui o chiunque altro in questa storia. Lei è mia e solo mia in questo accordo. E farò quello che voglio. I miei fratelli e tutti gli altri possono andarsene a quel paese.

"No, non credo che sappia nulla."

Jase cammina con disinvoltura nella piccola stanza. Tre metri per tre. È uno spazio più che sufficiente. Il suo stivale sfiora il materasso e poi lo calcia. Non ci sono molle o spirali di metallo. Non c'è nulla qui dentro che lei possa usare come arma.

Me ne sono assicurato.

"Solo un letto con un materasso e una sedia?" chiede, continuando a girare intorno alle domande a cui vuole una risposta. Dopo anni in cui sono stato io a guidarci e a prendere le decisioni, sa bene che non deve mettermi in discussione, ma questa cosa lo sta logorando. Il fatto di non sapere cosa voglio fare con lei o perché la voglio, lo sta divorando vivo. E la consapevolezza che lo sto distruggendo mi esalta.

"Per ora. Immagino che vorrà lottare e meno cose ci sono qui dentro, meglio è."

"E pensi che questo sia un segno che possiamo fidarci dei Romano? Ti consegnano la ragazza, rischiando tutto per lei, e tu ti fidi di loro tanto da andare in guerra? Ammesso che ce l'abbiano davvero e siano disposti a consegnartela?" Sta cercando di capire, continua a insistere.

"Non possiamo fidarci di nessuno." Mi assicuro che mi guardi negli occhi quando aggiungo: "Questa verità non cambierà mai." Abbiamo solo l'un l'altro. È così che siamo sopravvissuti ed è l'unico modo in cui continueremo a vivere.

Jase è troppo sveglio per non arrivarci. Prevedo che capirà il perché di tutto questo prima di chiunque altro. È il suo lavoro, raccogliere ogni informazione necessaria. A qualunque costo.

"Allora questa è una prova?" chiede. Ha la fronte corrugata, con una ruga profonda ed evidente. È fortunato a essere mio fratello e che io mi senta ancora in colpa per averlo coinvolto in questa situazione. Per averli trascinati tutti sempre più a fondo nell'inferno che ho creato.

"I Romano vogliono i Talvery morti, e viceversa. Tutto per una faida decennale per il territorio. Ai Romano servono alleati e un vantaggio. Era solo questione di tempo prima che accettassi di entrare in guerra; lei è solo la prima vittima. Voglio qualcosa, e i Romano me la daranno, quindi sosteniamo loro e non i Talvery."

"Vittima?" chiede Jase, per chiarire se ho davvero intenzione di ucciderla.

"Sappiamo entrambi che se rimane con suo padre, morirà al suo fianco… o peggio," affermo con disinvoltura uscendo dalla cella. I passi di Jase riecheggiano dietro di me.

"Perché salvarla?" La domanda di Jase mi rimbomba nelle vene. Accettare di prenderla con me è un rischio che non avrei dovuto correre.

"È stata una decisione impulsiva."

"Non è da te," insiste Jase, e io devo regolare il respiro per non mandarlo al diavolo. Non ha idea che Aria una volta mi ha salvato. Nessuno lo sa, nemmeno lei. Devo ancora decidere se la odio per questo o se provo qualcosa di completamente diverso.

"Quando sarà tutto finito, cosa ne facciamo di lei?" mi chiede Jase.

Chiudo la porta d'acciaio, la blocco saldamente e tiro il bordo del quadro sopra la fessura appena visibile della cornice. La porta è progettata per essere nascosta. Se non si sapesse come manovrare il quadro per sbloccare la serratura nascosta, non la si vedrebbe affatto.

È una cella insonorizzata che nessuno riuscirebbe mai a trovare. Impenetrabile e dotata di un sistema di occultamento elettronico che impedisce qualsiasi tipo di tracciamento. È la nuova casa di Aria.

La sua domanda mi risuona nella mente mentre volto le spalle alla cella. *Cosa ne farò di lei dopo?*

"Non ci ho ancora pensato," rispondo, e il tono della mia risposta mette fine alle sue domande.

CAPITOLO 4

Aria

Il mio cuore mi ucciderà prima che lo facciano questi uomini. È tutto ciò che riesco a pensare sentendolo battere all'impazzata nel petto. Non ho mai provato una paura simile.

Okay, forse è una bugia. Ma è passato tanto tempo dall'ultima volta e non ricordo che il mio cuore abbia mai battuto così forte come adesso.

Nonostante tenti di mantenere un ritmo regolare, il mio respiro caldo e affannoso mi fa girare la testa.

Devo essere scaltra. Per quanto mi piacerebbe combattere, devo essere furba o morirò.

Tuttavia, è impossibile essere furbi quando si è terrorizzati.

Il groppo secco in gola mi infastidisce quando deglutisco. Spalanco gli occhi, ma non vedo altro che una debole luce filtrare dalla tela: il sacco è ancora serrato intorno alla mia testa. Non riesco a distinguere nulla, ma sento tutto. Il battito irregolare del mio cuore che rimbomba nelle orecchie, il rumore di diversi uomini nella stanza e lo stridio delle sedie sul pavimento. Uno di loro si chiama Romano e so benissimo che è un uomo che odia mio padre. *Sono nelle mani del nemico.* So anche di essere su un telo di plastica. Ne percepisco la consistenza liscia sotto le dita. Sembra quasi un sacco della spazzatura.

È questo che mi spaventa di più. Non ho mai visto mio padre uccidere nessuno, ma so che, prima di farlo, stendono dei teli sul pavimento. Così dopo è più facile pulire.

Provo a deglutire di nuovo, sollevando delicatamente la testa perché mi sembra di soffocare.

"La puttanella si è svegliata." Il mio respiro si blocca alla voce burbera che proviene da qualche parte davanti a me.

Ho cercato senza successo di non far capire loro che sono sveglia. Anche quando il fumo del sigaro mi ha svegliata e ho pensato di essere in mezzo a un incendio, sono rimasta immobile. Da quel momento sono passati pochi minuti al massimo; non ho appreso nulla che mi possa aiutare, se non che sono sdraiata sul telo e indifesa.

Qualcun altro risponde: "Giusto in tempo." E poi nella stanza esplode una risata rozza.

Il mio corpo dolorante si irrigidisce, le mani si serrano e le manette affondano ancora di più nella pelle lacerata. Sono talmente terrorizzata che non reagisco al dolore che mi sale lungo le braccia.

Ogni secondo che passa è pura agonia. Parlano con calma, a voce molto bassa.

Riesco però a cogliere il termine *prostituta*. Sentire questa parola mi fa incurvare le spalle in un inutile e patetico tentativo di nascondermi, mentre un'ondata di paura mi travolge.

Non ho alcun dubbio di essere prigioniera di uno dei nemici di mio padre. Romano, per la precisione, ed è solo uno dei tanti. Darei qualsiasi cosa per poter tornare a casa e restarci per sempre.

"Vi prego," non riesco a trattenermi dal tentare di contrattare. "Mio padre vi pagherà qualsiasi cifra desideriate." Le lacrime mi scendono senza preavviso e la mia voce si incrina a ogni parola. Il calore del mio respiro mi rende il viso accaldato ancora più bollente.

Non mi sono mai considerata una persona debole. Ma standomene qui, legata e conscia del fatto che il mio destino include probabilmente la morte o il diventare una prostituta, la disperazione supera ogni altra cosa.

"Non c'è salvezza per voi Talvery," esclama un uomo con tono beffardo, avvicinandosi con passi cadenzati che diventano man mano più forti e più veloci. Istintivamente cerco di indietreggiare, nonostante sia sdraiata su un fianco con le caviglie e i polsi ammanettati dietro la schiena. Lottare è inutile. Con la schiena contro una superficie dura e nessun posto dove andare, tutto ciò che posso fare è rannicchiarmi su me stessa quando lo stivale mi colpisce brutalmente allo stomaco.

L'aria mi esce dai polmoni in un rantolo straziante. Il dolore esplode dentro di me, irradiandosi verso l'esterno ma avviluppandosi nel mio stomaco. Si insinua in profondità nel mio corpo e mi fa venire voglia di vomitare per liberarmi di quell'agonia.

Sputacchio e ansimo, cercando di rimanere il più silenziosa possibile. Lacrime maledette mi colano dagli occhi e non riesco a fermarle. Non posso fare nulla.

Questo è l'inferno che ho temuto per tanto tempo. Un incubo che sapevo sarebbe potuto diventare realtà. L'impotenza ora assume un nuovo significato.

Il mio corpo trema e la paura è opprimente. Ma poi mi ricordo di stare zitta. Di essere scaltra. C'è sempre speranza. Sempre. Sono abbastanza intelligente da trovare una soluzione. L'idea mi conforta per un attimo, finché non sento lo stivale sollevarsi di nuovo e il mio istinto di rannicchiarmi viene accolto da una serie di risate.

Prego di potermi svegliare. Anche se so che non è possibile che stia dormendo, perché il dolore non ti segue nei sogni. Non questo tipo di dolore.

Ma il pensiero mi dà un conforto inebriante che mi permette di rimanere in silenzio mentre gli uomini parlano e ridono, prendendo in giro me e la mia impotenza.

Mio padre verrà a prendermi. Quasi sussurro quest'ultimo pensiero. Le mie labbra mimano le parole e io rimango in posizione fetale con gli occhi chiusi.

Mi salverà.

È il suo orgoglio a essere in gioco. Se non altro, il mio rapimento è un segno di debolezza. Non lo permetterà. Il mio respiro rallenta al pensiero, l'adrenalina sembra scivolare via. Deve salvarmi.

"Pensi che prima dovremmo torturarla? Per farle sputare qualche informazione?" Le due domande vengono poste da un altro uomo, più lontano da me, alla mia sinistra. Qualcuno con un atteggiamento disinvolto e spensierato e con delle domande assurde, che riempiono la stanza di commenti e qualche risatina divertita proveniente dalla mia destra.

Il sudore mi ricopre la pelle. Diventa prima caldo e poi freddo, mentre l'aria mi opprime.

Le risate vengono zittite dal rumore della porta che si apre e dai saluti che si scambiano fra loro. Solo tre uomini parlano, e non riesco a capire cosa si dicono finché la porta non si richiude.

Qualcosa è cambiato. L'aria nella stanza è diversa. Lo percepisco.

"È lei?" chiede una voce profonda e roca. La cadenza vellutata dell'uomo che ha interrotto le risate gioviali del gruppo rende tutto immobile. La pelle d'oca mi ricopre ogni centimetro di pelle.

Per un attimo non c'è risposta, ma immagino che qualcuno abbia annuito.

Di nuovo, il mio cuore batte all'impazzata e vorrei che smettesse. Ho bisogno di sentire. Tutto quello che riesco a pensare è che sto per essere massacrata.

Non è possibile. Non così. Ti prego, Dio, non così.

L'adrenalina sale e non posso fare a meno di girare la testa per sentire meglio. Tutto nella stanza è immobile e talmente silenzioso che riesco a udirlo fumare il sigaro. È così chiaro da permettermi di immaginare le sue labbra mentre espira, un respiro profondo che oscura tutto il resto.

"Non pensavo che l'avresti fatto," dice la voce del nuovo arrivato in tono calmo e controllato. Gli altri avevano un altro accento, ma questo è del posto. Di origine americana, nato e cresciuto qui. Eppure, la sua voce incute timore. C'è qualcosa nell'intonazione che trasmette potere. Dice: "È molto raro che io venga smentito."

La paura e la speranza mi attraversano. La paura me l'aspettavo, ma la speranza non ha senso. Eppure la sento. Una parte di me mi spinge a implorare l'uomo dalla voce suadente di salvarmi, come se sapesse che è il mio protettore.

"Aria Talvery." Pronuncia il mio nome con riverenza. Si avvicina con passi che non hanno la stessa pesantezza e minaccia di quelli dell'uomo che mi ha dato un calcio. Eppure mi tiro indietro, istintivamente.

Non mi accorgo nemmeno di quanto sia tranquillo il battito del mio cuore finché lui non pronuncia le parole che scatenano il caos totale.

"L'accordo non doveva essere preso alla lettera." Una raffica di parole riempie la stanza. Non tutti stanno urlando, lo so, ma molti sì, e la loro collera rimbalza tra le pareti.

"Hai detto che l'avresti fatto; che ti saresti schierato con me nella guerra in cambio di lei. Stai venendo meno alla tua parola?" Una voce è più forte delle altre. Più profonda e roca. Mi fa venire i brividi lungo la schiena.

"Non è quello che ho detto. E i termini devono essere negoziati."

L'uomo dalla voce roca risponde rapidamente e non nasconde la sua irritazione nel ribattere: "Lo sai da tre giorni. Tre fottuti giorni!" Urla le ultime parole così forte da farmi sobbalzare, per quanto la mia posizione me lo permetta.

Con voce perfettamente controllata, l'uomo che a quanto pare mi ha fatto arrivare lì gli risponde: "Come ho già detto, non pensavo che l'avresti fatto."

"Bastardo," sbotta una nuova voce, seguita dal rumore sordo di un pugno.

"Cazzo!" urla un altro uomo, ma non riconosco la sua voce, e il rumore delle pistole che vengono armate riempie la stanza.

"Jase, non ce n'è bisogno."

Spalanco gli occhi mentre giaccio impotente a terra. Le mie dita cercano qualcosa, qualsiasi cosa che mi possa aiutare, ma l'unico risultato che ottengo è tirare la plastica sotto di me.

Senza alcun preavviso, tre passi pesanti si avvicinano e il sacco di iuta mi viene strappato dalla testa, portando via con sé un po' dei miei capelli e costringendomi a urlare. La luce intensa mi acceca mentre vengo tirata su per la nuca, sollevata da terra e poi scaraventata sul pavimento.

Non ho le mani libere per attutire la caduta perché sono ancora ammanettate dietro la schiena, quindi prima colpisco il terreno con la spalla e poi con la faccia. Il sapore del sangue mi riempie la bocca e un dolore lancinante mi attraversa la spalla.

Accidenti, fa male. Mi fa male tutto.

Mi rotolo sulla schiena e urlo.

Ti prego, fallo smettere. Ti prego. Vorrei teletrasportarmi via da qui. Vorrei che fosse solo un sogno. Ma mentre il mio braccio si contorce e graffia il cemento nel tentativo di rimettermi in piedi, capisco che è tutto vero. Non posso sfuggire. Piango e mi arrendo al dolore. Non c'è nessun incubo da cui svegliarmi. Questa è la mia realtà.

"Avevi detto che mi avresti sostenuto, se te l'avessi portata!" Un urlo violento squarcia la piccola stanza. Allungo il collo per vedere l'uomo che ha parlato dall'altra parte del tavolo. Un tavolo di legno, grezzo e scheggiato. La sua camicia sembra bagnata di sudore e anche il viso ne è ricoperto. Occhi scuri e neri osservano tutto dall'altra parte della stanza, ma senza guardarmi. La rabbia che traspare dal suo volto è innegabile e non riesco a distogliere lo sguardo quando inizia a gridare parole che mi fanno rabbrividire. "Non ti permetterò di rimangiarti la tua promessa!" Chiudo gli occhi con forza.

Ho sentito parlare di guerra per anni, ma è passato molto tempo dall'ultima volta che ne ho avuto davvero paura. Forse è lì che ho commesso il mio primo errore. Ho dimenticato che dovrei essere terrorizzata e che i pericoli sono sempre in agguato, pronti a colpire. *Per favore, portami via da qui.* Immagino già che tutto andrà storto in un attimo.

Potrebbero spararmi senza nemmeno darmi la possibilità di scappare. Il petto mi martella all'impazzata e il terrore mi fa tremare.

"E ora l'hai ferita," dice l'uomo, quello controllato, con voce calma e tranquilla, ma con una rabbia incontenibile che trasuda minacce. La letalità della sua semplice frase fa calare nuovamente il silenzio. È solo allora che oso aprire gli occhi, sbirciando cautamente attraverso le ciglia.

Due occhi scuri mi fissano mentre un uomo alto si accovaccia davanti a me. Non sono neri come quelli dell'altro, non sono così scuri. Ma sono un misto di marrone e ambra, come un ciocco di legno bruciato da un fuoco violento.

Ma non c'è calore in essi. Sono così freddi da farmi gelare il sangue e l'aria si trasforma istantaneamente in ghiaccio. C'è un'ombra nel suo sguardo che mi ricorda qualcosa di inspiegabile. Il mio corpo si irrigidisce, i polmoni hanno paura di contrarsi e io rimango immobile come una preda catturata dagli occhi del bellissimo cacciatore.

Il tempo passa lentamente e nel frattempo lui mi osserva. Mi ritrovo a sperare e pregare che mi salvi. È ridicolo, ma c'è *qualcosa* nei suoi occhi. Non riesco a resistere al suo fascino, all'elettricità che lo circonda e che sembra piegare l'aria tra noi, facendomi sentire più vicina a lui. Così vicina che potrebbe salvarmi.

Le sue intenzioni non devono essere migliori di quelle degli altri uomini. Ma lui è solo uno e ha il controllo della situazione. Preferisco questo al caos in cui mi trovo attualmente.

Lo so. Lui può salvarmi.

Fosse solo uccidendomi e ponendo fine al dolore. E sono perfettamente consapevole che potrebbe farlo. Non c'è nulla in lui che possa nascondere il fatto che sia un killer spietato e dal cuore di ghiaccio.

Le sue dita sfiorano la barba incolta mentre inclina la testa, studiandomi. L'unica luce sopra di noi, una lampadina brillante al centro della stanza, proietta un'ombra sul suo viso che in qualche modo rende la sua mascella scolpita ancora più affilata.

La sua sola presenza trasmette un potere che mi toglie il fiato. Non sono nulla al suo cospetto e lui mi sovrasta. Chiudo lentamente gli occhi quando allunga la mano e mi scosta delicatamente i capelli dal viso. Il suo tocco caldo scioglie tutto dentro di me. È tenero ma deciso. La carezza rassicurante delle sue dita che scendono lungo il mio mento fino alla gola mi rende ancora più inerme.

La sua virilità è innegabile, e la paura che il suo potere mi incute non fa che alimentare il desiderio proibito che mi assale. Quest'uomo è tutto ciò che mi è stato insegnato a temere, anche se la sensazione che provo si mischia a qualcosa di completamente diverso. Qualcosa che non ammetterei mai.

Ed è allora che mi afferra, le sue dita mi stringono la gola e mi costringono ad aprire gli occhi, fissando l'abisso oscuro del suo sguardo.

CAPITOLO 5

Carter

"Ho chiesto che me la portassi, è vero," rispondo finalmente a Romano, anche se continuo a fissare il viso di Aria, le sue labbra socchiuse e gonfie per la caduta, accentuando leggermente la presa. Alla vista delle ferite fresche, la rabbia mi invade. Quel bastardo le ha messo le mani addosso. Le ha fatto del male. Ha fatto del male a ciò che mi appartiene. Il tic alla mascella prosegue e la mia furia si intensifica. Dovrebbero sapere che non devono toccare ciò che è mio.

Costringo la rabbia bollente a placarsi; non sono uno stupido. Ci sono sei uomini in questa stanza, e solo uno è dalla mia parte. Al di là dell'inferiorità numerica, non sono pronto a combattere. E non ho nemmeno intenzione di farlo.

Desidero prendere il mio dono e abbandonare questo bastardo alla sua guerra. Rivoglio quella sensazione, quel brivido che mi freme nelle vene. Il potere assoluto di averla alla mia mercé, di sentire il suo respiro farsi corto e il suo sangue scorrere impetuoso sotto le mie mani. È mia. Finalmente.

"Ma non in queste condizioni," dichiaro stringendo i denti, e le parole mi escono più basse di quanto mi aspettassi. Riesco a malapena a trattenermi mentre allento la presa, permettendole di interrompere il contatto visivo e prendere un respiro profondo.

Se la sento supplicare o piagnucolare un'altra volta per colpa di questo farabutto, so che sparerò a Romano senza pensarci due volte. E questo non può succedere. Non ancora. Nel momento in cui metterò le mani su Aria, suo padre mi darà la caccia. Romano deve distrarlo, ne abbiamo entrambi bisogno.

Romano non risponde, e immagino sia perché gli sto dando le spalle, concentrandomi solo su Aria. Ma dovrà farsene una ragione. Finché lei resterà qui, non vedrà nient'altro che me.

La scruto da capo a piedi e ogni volta che noto una ferita, stringo i denti e i miei muscoli si irrigidiscono. Il taglio sul labbro gonfio. I graffi e le escoriazioni intorno ai polsi. C'è anche un livido sul braccio, e sono sicuro che ce ne siano altri che non riesco a vedere.

"L'abbiamo presa solo due ore fa. Non ha niente. Non provare a fotter-mi." Le parole di Romano sono affrettate e disperate mentre io resto impassibile, continuando a fissare la ragazza.

Il mio cuore batte all'impazzata, ma non lo do a vedere. Per loro, lei è solo una vittima scelta a caso. Una ragazza che è stata più difficile da rapire del solito. Una sfida e nient'altro.

"Non ho intenzione di aprire un dibattito," dico a Romano, conti-nuando a voltargli le spalle. Voglio che sappia, in cuor suo, che sono io a dargli una mano, e lo faccio unicamente per mia volontà. In passato ha ingannato molti dei suoi alleati. Gli farò riconsiderare l'idea di potermi usare come una pedina.

Anche sapendo quanto è in gioco in questo preciso momento, faccio fatica a pensare.

Non riesco a staccare gli occhi da Aria. Il suo petto si alza e si abbassa regolarmente, poi si gira su un fianco. Le sue labbra hanno una splendida tonalità di rosso. I capelli sono arruffati e le ricadono sulle spalle nude. Ma ciò che mi piace di più è il modo in cui continua a guardarmi con un misto di paura e speranza che le turbinano negli straordinari occhi nocciola. Non l'avevo immaginata in questo modo. Guardarla crea dipendenza.

"Ti prego…" inizia a dire, rivolgendosi a me, ma Romano la inter-rompe. La sua voce disgustosa e disperata soffoca il suono sommesso delle parole di lei. Stringo i pugni, quasi lacerando la pelle tesa sulle nocche, e all'improvviso l'abito che indosso mi sembra soffocante. La sua ignoranza sarà la sua rovina.

"Avevamo un accordo e ne trarremo beneficio entrambi, Cross."

Mi avvicino a lui nella stanza sporca e mi allento il colletto, ma lui continua: "Non devi fare altro che darmi quel territorio, Carter." Alza le mani in segno di difesa quando lo fisso con sguardo truce. "Solo per un po', giusto il tempo di sferrare il primo colpo. Tu sei più vicino a Talvery. Non vuoi che siano i tuoi uomini a fare il lavoro, quindi che altra scelta ho se non quella di occuparmene io?"

Il mio sguardo si posa su una pila di casse nell'angolo della stanza. Ce ne sono tre sopra dei pallet vuoti. Il tavolo di legno è graffiato e consumato. Posso solo immaginare il sangue, il sudore e la droga che sono penetrati nel legno. Anche al di là dell'odore di fumo, la puzza è rivoltante.

Tutti gli uomini presenti sono vestiti in modo simile, tranne me e Jase. Io indosso sempre un completo; è meglio mostrarsi troppo eleganti che troppo casual. Il tentativo di Romano di indossare un completo che non gli sta bene non è durato a lungo. La sua giacca sgualcita è un ammasso di tessuto scadente appoggiato allo schienale della sedia. Gli altri indossano felpe e magliette anonime con jeans larghi e scoloriti. I malviventi mi osservano di rimando, e i loro sguardi interrogativi si abbassano senza che una parola esca dalle loro insignificanti labbra.

E poi torno ad ammirare lei. Torno alle morbide curve della sua vita, all'alone disordinato di capelli scuri che circonda la sua pelle pallida. La gola sottile, così esposta mentre si contorce silenziosamente e senza speranza sul pavimento. Questa creatura meravigliosa e distrutta. È tutta mia.

"I tuoi uomini sono posizionati tra la Quarta e la Weston, dammi quel territorio così posso eliminare i suoi soldati." Romano inizia a dettare le condizioni. "Li faremo fuori tutti contemporaneamente in ogni angolo del suo territorio. Chi si metterà contro di noi, sparirà. È semplice. O ci sostengono o muoiono come tutti gli altri."

"Questa l'ho già sentita," mormoro. Dice che li ucciderà tutti. Cancellerà ogni traccia di Talvery dalla nostra esistenza. È legato a una questione irrisolta iniziata dieci anni prima che salissi al potere. Tutto in nome dell'avidità.

"Basta che tu mi dia l'accesso a quel territorio e ai fornitori delle armi." Trasudando disperazione, aggiunge: "È quello che abbiamo concordato!"

Quando sono arrivato qui, mi aspettavo di tutto. Ma non avevo messo in conto l'esasperazione. I secondi passano, e immagino come potrei uccidere ognuno degli uomini in questa stanza. Quanto tempo ci vorrebbe. Quanti colpi riuscirebbero a sparare. Jase è dietro di me e so che non avrebbe problemi a difendersi.

Devo allontanare la tentazione e il desiderio di rimanere solo con Aria. Lasciandomi alle spalle l'immagine della sua splendida figura accasciata ai miei piedi, mi concentro sulla questione in sospeso.

"Vuoi che mi ritiri, che lasci libero il passaggio ai tuoi uomini?" gli chiedo.

"Non se ne accorgeranno nemmeno se li attacchiamo sia dal tuo lato che dal mio. Prendiamo il controllo ai confini del tuo territorio…" Lo interrompo prima che possa finire.

"Penserà che sono stato io ad averli uccisi. Quando i suoi soldati di stanza ai confini del mio territorio inizieranno a morire, mi darà la caccia senza pensarci due volte," spiego in tono gelido. "Non sono io a voler iniziare una guerra, sei tu."

"Te la sto cedendo per una ragione precisa." Le sue parole sono concitate e piene di un sincero sconcerto.

"Niente da fare," dico e mi volto per andarmene, ma il piagnucolio di Aria squarcia l'aria. Anche senza dire una parola, riesco a sentire la sua supplica di non lasciarla alla loro mercé. Mi provoca qualcosa che non dovrebbe. La semplice consapevolezza che la minaccia della mia assenza possa generare una sua reazione è per me l'unica cosa che conta in questo momento.

"Aspetta!" Le mani di Romano sbattono sul tavolo di legno al centro della stanza. "E se…" Deglutisce a fatica mentre si spinge via dal tavolo, per poi esalare un respiro pesante. Per la prima volta da quando siamo entrati, getto un'occhiata a Jase. Nel suo abito dal taglio aderente e con le braccia abbandonate lungo i fianchi, potrebbe essere tranquillamente il cerimoniere di un matrimonio. Beh, se non fosse per l'espressione torva che non lascia spazio a dubbi per chiunque lo guardi: andate al diavolo.

"E se…" Fa una pausa e si schiarisce la gola prima di guardarmi negli occhi. "Una volta che avrò preso il controllo del territorio di Talvery, potremmo dividercelo." Ottiene da me una piccola reazione; inclino la testa per invitarlo a continuare. "Voglio iniziare a inondare il mercato con la merce nella parte alta, più vicina al confine con l'area dei tre stati, per tenere gli sbirri lontani dalle nostre basi operative."

"E allora?" gli chiedo. "Niente di tutto questo ha a che vedere con lo spartirsi qualcosa."

"Ho solo bisogno del suo territorio nell'Upper West Side. Non ho nemmeno abbastanza uomini per coprire il resto," ammette in tono più leggero, quasi comico, come se il problema fosse già stato risolto.

"Non mi interessa avere più territorio," affermo, e le mie parole fanno svanire l'espressione speranzosa dal suo volto. "Ma sarei felice di prendere una percentuale dei profitti per coprire le mie perdite," offro. "Il quindici per cento ogni trimestre fino a quando le mie perdite non saranno state ripagate."

"Affare fatto." Romano è così pronto ad accettare che persino i suoi uomini fissano lui invece che me. Non possono essere così stupidi. Una guerra tra forze equivalenti non è mai una buona cosa. Hanno bisogno di soldati, territorio e alleanze. Darò loro il minimo indispensabile, sperando che si annientino a vicenda.

Annuisco. "Affare fatto," dichiaro e, cercando di abbozzare un sorriso, gli porgo la mano.

Devo trattenermi dal sorridere realmente mentre riporto la mia attenzione sulla ragazza dagli occhi sgranati, ancora legata sul pavimento. "Jase," dico a mio fratello, pur continuando a guardarla, "mettila nel bagagliaio."

CAPITOLO 6

Aria

È bizzarro a cosa si pensa quando si resta da soli per ore in una stanza piena di disperazione e rabbia. Alcune idee hanno senso, ovviamente.

Immaginando Mika, dove avrebbe dovuto essere. Avrebbe dovuto essere al bar, e mi ritrovo a chiedermi se ne fosse al corrente. Se ha preso il mio album da disegno perché sapeva quanto amassi la mia arte, consapevole che avrei scoperto che era lui ad averlo e che quindi l'avrei cercato. Trovo difficile credere che non se lo aspettasse. Altrimenti perché farlo? Ho passato ore a cercare di capire le intenzioni di un bastardo psicopatico.

Ma la verità è che non lo avrei cercato per nessun altro motivo. Non avrei mai lasciato la sicurezza di casa mia… se quella foto non fosse stata nascosta al sicuro all'interno del taccuino.

I pensieri su Mika e la consapevolezza di quanto la mia realtà sia desolante mi sembrano ragionevoli.

Altre fantasie invece… non hanno senso.

Come i flashback di mia madre.

Da anni ormai sono perseguitata dalle immagini di ciò che è successo il giorno in cui è morta. Ma non sono loro a tenermi compagnia mentre mi dondolo sul pavimento di cemento nell'angolo della cella.

Sono i ricordi più dolci a farmi impazzire.

Il mio pollice sfiora il taglio sul labbro, provocandomi un dolore acuto che mi rammenta che non è un sogno.

"Aria," sento mia madre chiamarmi nel ricordo. Mi ero rannicchiata nell'armadio, orgogliosa di essermi nascosta così bene. "Ria?" La sua voce si era trasformata in paura e disperazione, e il mio sorriso era svanito. "Ria, ti prego!" mi aveva supplicato, il suo grido soffocato dal corridoio mi incitava a farmi vedere. Le mie dita avevano stretto l'anta dell'armadio proprio mentre lei apriva con forza la porta della camera degli ospiti. Ricordo come il suo vestito azzurro le ondeggiava intorno alle ginocchia. Come i suoi capelli perfettamente raccolti non si fossero neanche scompigliati. Eppure la sua voce e il suo portamento erano sconvolti.

Vorrei poter tornare a quel momento. Quando lei correva verso di me ed era così vicina. Inevitabilmente alla mia portata.

"Non nasconderti mai da me." Mi aveva stretta al petto mormorando parole strozzate. Mi aveva cullato troppo velocemente e troppo forte, poi mi aveva afferrato le braccia per costringermi a guardarla negli occhi. Non dimenticherò mai come si erano riempiti di lacrime. "Non puoi nasconderti così." Il tono era così straziato che si era ridotto a un sussurro.

"Mi dispiace, mamma," avevo provato a dire, in modo che capisse che ero sincera. "Stavo solo giocando."

Le lacrime le erano sgorgate dagli occhi mentre mi stringeva di nuovo tra le braccia e mi cullava.

Mi aveva sussurrato molte cose, ma quella che mi è rimasta impressa è che nel mondo in cui viviamo non è possibile giocare.

Avrei dovuto sapere che non era il caso di dare la caccia a Mika.

Mi passano per la testa tutte le situazioni possibili mentre mi mordo l'unghia del pollice e mi dondolo contro il muro di cemento. Non riesco a stare seduta. Le mie gambe mi implorano di correre, ma non avendo un posto dove andare, resto semplicemente in piedi e mi appoggio al muro di fronte alla porta. Aspettando che si apra.

Chi volevo prendere in giro, pensando di poter dimostrare chi ero andando in cerca di Mika? Una ragazza sciocca e infantile. Sento mia madre che lo ripete. Quanto era sciocca, lo aveva detto spesso prima di morire. E una sciocca è ciò che sono diventata anch'io.

Continuo a sussurrare che mi dispiace, e so che quell'uomo mi sta guardando. Carter. È così che l'hanno chiamato gli altri.

Carter Cross. So che riesce a sentire i miei sussurri disperati.

Ma non mi sto rivolgendo a lui; mi sto scusando con mia madre. Avrei dovuto sapere che inseguire il suo ricordo in quella foto sarebbe stato un errore. Ripeto queste parole mentre mi concentro sullo scarico metallico nell'angolo della stanza.

Grazie al gabinetto, la brandina e lo scarico, so che questa stanza è destinata ai prigionieri, ma anche alla tortura e all'omicidio. Prima l'una e poi l'altro.

Ho perlustrato ogni centimetro, ferendomi le mani per aver picchiato contro la porta d'acciaio massiccia. Semplicemente, non esiste via di fuga. C'è una sola porta per entrare e uscire.

Avrei dovuto lottare più duramente quando Jase Cross, che da quanto ho sentito è il fratello di Carter, mi ha messo lo straccio sulla bocca.

Rapita, drogata e trasferita in una prigione: ecco cosa è diventata la mia vita.

Il debole rumore della telecamera che si muove riporta la mia attenzione su di essa. È l'unica cosa nella stanza che vorrei poter distruggere. Da quello che posso vedere, ce n'è solo una, ed è nell'angolo all'estrema destra.

Ma è comunque incassata nel cemento ed è inaccessibile, a giudicare da come è andato il lancio della sedia di metallo. Mentre fisso il materasso sulla brandina, mi stringo le braccia attorno al corpo. Non ci dormirò sopra, non permetterò che la mia schiena lo tocchi.

Inspiro profondamente, rivivendo la sensazione di quegli occhi scuri che mi inchiodano sul posto.

So cosa vuole da me, ma non permetterò che lo ottenga con facilità. Lo prenderò a calci, lo morderò, lo graffierò fino a spezzarmi le unghie e farle sanguinare.

Glielo farò rimpiangere, fosse l'ultima cosa che faccio.

Le mie dita si sollevano lentamente fino alla mascella e poi scendono lungo la gola, ricordando come il suo dolce conforto si sia trasformato rapidamente in una minaccia.

Il mio cuore batte forte, una volta, poi due, e sento di nuovo quella maledetta telecamera muoversi.

"Perché la state spostando?" urlo come una pazza, più forte che posso. Ho la gola rauca per averlo già fatto prima, e il mio corpo si unisce al grido con un respiro scosso dai brividi.

"Non vado da nessuna parte, cazzo!" urlo di nuovo e poi stringo forte le braccia attorno al corpo, cadendo a terra sul sedere e quindi sul fianco. Proprio come quando quel mostro mi ha trovata la prima volta.

I tagli sui lati dei polsi toccano il cemento sporco. Dovrei sdraiarmi sulla brandina. So che dovrei, anche se le mie guance bagnate di lacrime ora riposano sul pavimento ostile.

Se non altro per avere l'energia per combattere un altro giorno. Credo che stia aspettando che io ceda. E contro questo non posso lottare. Sono passate ore e ore.

Non so esattamente quanto tempo sia trascorso, ma so che devo dormire. Non posso restare sveglia per sempre, in attesa di qualunque cosa mi riservi il futuro.

Sono impotente e completamente in balia di Carter. E lui non è nemmeno qui. Mi ha fatta rapire, poi mi ha quasi abbandonata nelle braccia di quel criminale. E ora che mi ha alla sua mercé, mi ha lasciata da sola a impazzire.

È esattamente così che mi sento quando i miei occhi pesanti fissano la porta d'acciaio e il sonno minaccia di prendere il sopravvento. Quando non sai cosa ti aspetta, cosa dovrai affrontare, può succedere. Puoi impazzire.

Passa un'altra ora, o forse più. Il tempo scorre veloce e tutta la mia voglia di lottare è ormai svanita. Al suo posto rimangono solo paura e stanchezza.

"Perché mi stai facendo questo?" sussurro fissando la telecamera, immaginando tutte le risposte che potrebbe darmi. E nessuna di esse mi offre conforto.

Mi è difficile credere che quando ho sentito la sua voce per la prima volta, desiderassi così disperatamente che mi portasse via. La colpa è del mio istinto di sopravvivenza. La paura di ciò che quegli uomini mi avrebbero fatto mi ha reso disperata, desiderosa che Carter mi portasse via. La mia mente torna a quel momento e vorrei essermi impegnata a cercare una via di fuga.

Lui tornerà. E io devo essere in grado di respingerlo. Ma come posso farlo, se non so quando arriverà e se devo dormire? In un modo o nell'altro, dovrò pur riposare.

Mi assopisco almeno una volta, o almeno credo che sia una, e mi sveglio di soprassalto ritrovandomi indolenzita sul pavimento. Mi costringo ad alzarmi, provo ad aprire la porta ancora una volta e poi piango sul pavimento sotto di essa. Ma poi immagino che lui possa aprirla proprio in quel momento, e questo mi spaventa al punto da spingermi nell'angolo più lontano della stanza.

Com'è straziante che l'unica consolazione che ho sia sapere che quando il mostro tornerà, sarò il più lontano possibile da lui. Anche se sono solo tre metri.

Ma è quello di cui avevo bisogno per concedermi finalmente di cadere in un sonno profondo.

Tra tutte le cose che potrei sognare, sogno mia madre.

E ancora una volta, mi pento di aver permesso che la mia mente vagasse verso il ricordo della sua morte.

CAPITOLO 7

Carter

Si è addormentata dopo quattordici ore passate a cercare una via di fuga, sbattendo la sedia contro la porta, urlando parolacce, dondolandosi contro il muro e sussurrando tutti i suoi rimpianti.

E io l'ho osservata ogni singolo minuto, fino alle prime luci dell'alba. Ossessionato dalle sue azioni e notando come la voglia di lottare la abbandonasse con il passare del tempo.

Dopo aver capito che i suoi sforzi erano inutili, ha iniziato a canticchiare piano. Così piano che ho pensato fosse solo il ronzio della telecamera, finché non ho alzato il volume. Ha canticchiato per ore. Non so nemmeno se se ne sia accorta.

Alla fine si è addormentata, con il mormorio di una ninna nanna ancora sulle labbra. Il brivido della vittoria mi scorreva nelle vene.

Solo allora ho lasciato il mio ufficio e i monitor, ricordando a me stesso di essere paziente. Non mi sorprenderebbe se il tappeto sotto la mia scrivania si fosse consumato a forza di camminarci sopra.

L'ultimo pensiero, mentre scorrevo le immagini delle telecamere sul cellulare, fu che per quanto fosse decisa a lottare, alla fine avrebbe ceduto. Si sarebbe arresa e avrebbe obbedito. Non aveva scelta. E il tempo era dalla mia parte. Non dalla sua.

Dopo un'ora passata a controllare gli ordini e gli aggiornamenti sulle consegne, la sento urlare di nuovo. Ma invece di suscitarmi l'ebbrezza di una sfida, le sue urla mi gelano il sangue.

Il sudore è ancora caldo sulla mia pelle quando finalmente arrivo alla cella e la apro con un calcio, la pistola carica in mano. Il cuore mi batte forte nel petto. Le urla di Aria sono violente e acute.

Non so cosa sia successo, chi l'abbia aggredita o come siano entrati qui. Ma qualcuno le ha messo le mani addosso.

Il mio cuore batte all'impazzata e la rabbia per la sua disobbedienza viene smorzata da qualcosa di primordiale, una paura viscerale che mi fa avvertire un brivido di inquietudine. Sento il terrore nella sua voce mentre grida nella penombra chiedendo aiuto.

Qualcuno è ancora lì dentro. Qualcuno le sta facendo del male. È innegabile dalle sue urla. Non riesco a respirare. Proprio adesso che ce l'ho in pugno. È *mia*.

Riesco a malapena a controllare il respiro, mirando a un punto sopra di lei. Chiunque sia, morirà di una morte dolorosa per essersi preso ciò che è mio. "Ti prego!" grida lei, con gli occhi chiusi e il corpo irrigidito, la schiena inarcata sul pavimento. Urla di nuovo, tremante e impotente. Il suo piccolo corpo è ora rannicchiato su sé stesso.

"Carter!" Jase mi chiama, la porta della cella è spalancata e lo sento correre lungo il corridoio.

Ora che il cubicolo è aperto, le sue urla risuonano in tutto l'edificio.

Abbasso lentamente la pistola mentre Jase entra nella stanza. Quando si avvicina e mi si ferma accanto, percepisco il suo respiro affannoso. Le nostre ombre incombono sul piccolo corpo inerte di Aria. Non smette di gridare e, sebbene non stia singhiozzando, continua a lamentarsi.

È prigioniera dei suoi sogni.

"Terrore notturno," afferma Jase ansante. Il metallo della sua pistola sfrega contro i jeans quando la ripone al suo posto, poi mi guarda. "Pensavo che fosse entrato qualcuno." La stanchezza è impressa sul suo viso, ma noto anche lo sguardo crudo della paura. Si prende un momento per ricomporsi prima di cominciare a dirmi: "Pensavo..."

Mentre inizia a parlare, lei urla di nuovo e l'intensità del suo dolore mi fa venire la pelle d'oca.

È un grido disperato che suona strano alle mie orecchie, anche se sono abituato a sentire lamenti simili. Suppliche di pietà, che io non concedo mai.

"Cosa vuoi fare?" mi chiede Jase. Sta ancora riprendendo fiato, proprio come me. Avverto il peso del suo sguardo, vuole sapere come procedere. Non riesco a distogliere gli occhi da lei, rannicchiata su un fianco.

Un rumore dal corridoio rivela l'arrivo di qualcuno, e Jase si gira verso la porta.

"La metterò sulla brandina," gli dico distrattamente. "Occupati di chiunque sia e chiudi la porta dietro di te," gli ordino in tono piatto. Cerco di tenere a bada le emozioni, ma la disperazione traspare. Questo non faceva parte del piano. Le mie dita affondano nella tasca, toccando il telecomando che comanda l'apertura della cella anche dall'interno.

"Pensi che le abbia fatto qualcosa? Romano? O forse è spaventata per quello che le succederà?" chiede Jase, e finalmente mi volto a guardarlo.

"Come diavolo faccio a saperlo?" esclamo con durezza. La rabbia nei suoi confronti per aver suggerito che il suo terrore sia causato dai pensieri su ciò che le farò è inaspettata e, soprattutto, indesiderata. Di tutte le cose che mi aspettavo da lei, questo non l'avevo previsto.

Mi ferisce in un modo che non riesco a spiegare. Voglio consumare ogni suo pensiero. Voglio che viva e respiri per me e per i miei desideri. E forse questo è il prezzo da pagare. Poterla avere durante il giorno, ma vederla distrutta la notte.

"Allora è solo un incubo," dice Jase come se fosse un'osservazione casuale. I singhiozzi che ora cominciano a sfuggirle dalle labbra socchiuse sono accompagnati da un gemito di dolore soffocato. "Non dovresti svegliarla, sai?" Jase sospira. "Quando una persona ha un incubo, non si dovrebbe svegliarla."

La luce proveniente dalla porta è oscurata e l'ombra di qualcun altro copre il collo sottile e le spalle nude di Aria. Non mi volto a guardare, non ne ho bisogno. È Declan, che chiede cosa c'è che non va. Sapeva che lei era qui, ma non vuole avere niente a che fare con questa storia.

"Va tutto bene," gli dice Jase e poi aggiunge: "Non credo che tu possa davvero fare qualcosa."

"Andatevene," ordino a entrambi e resto il più immobile possibile mentre escono dalla stanza, portandosi via la luce del corridoio quando la porta si chiude. Il cigolio dell'acciaio è seguito da un tonfo e poi dal clic della serratura. Ci vuole un attimo perché i miei occhi si abituino al buio. Altri brevi lamenti, e poi un urlo. Un urlo terrorizzato.

"Cosa ho fatto per meritarmi questo?" le chiedo, anche se so che non può sentirmi. Non l'ho toccata, non abbiamo nemmeno iniziato. Sto per sfiorare i tagli sui suoi polsi, ma mi tiro indietro. Le darò una pomata e delle bende domattina. Dovrà farlo da sola finché non si guadagnerà il mio tocco.

"Ti prego, non farlo," implora nel sonno. Sussurra quelle parole così dolcemente che mi chiedo se le siano uscite così anche nel suo sogno. "Ti prego," ripete.

"Non sai cosa mi stai chiedendo, mio dolce passerotto," le dico, e rifletto sulla mia sanità mentale in questo momento. "Non hai mai avuto scelta. Nel momento in cui tuo padre mi ha lasciato in vita, il tuo destino era segnato," le confesso. Non l'ho mai detto ad alta voce a nessuno.

Avrebbe dovuto uccidermi. È colpa di Nicholas Talvery se mi è stato permesso vivere un altro giorno.

Colpa sua… e di qualcun altro. Nel momento in cui ripenso a questo, la vedo tremare. Splendidamente debole sul pavimento freddo e spietato, sopraffatta dal sonno. Le sue parole diventano sempre più sommesse.

Si morde il labbro inferiore con i denti, ed è ormai l'unica parte di lei che si muove. *"Ti prego,"* mormora con le labbra.

Inginocchiandomi davanti a lei, la sollevo lentamente e con cautela. Consapevole di essere armato, nel caso mi stesse prendendo in giro. È leggera e si adatta facilmente alle mie braccia. Pensavo che avrebbe potuto oppormi resistenza. Che avrebbe reagito con paura al mio tocco. Invece, modella il suo corpo contro il mio e le sue dita sottili si aggrappano alla mia camicia. Mi stringe più forte a sé.

Le sue labbra sfiorano l'incavo del mio collo mentre la porto verso la brandina. Le sue suppliche sono ancora sussurrate e il dolce calore del suo respiro mi fa venire i brividi lungo la schiena. Riesco a malapena a trattenere un gemito di desiderio mentre la sposto sul giaciglio. Lei continua ad aggrapparsi, stringendomi forte e supplicandomi. Questa volta mi implora di non lasciarla.

"Non andare. Resta con me… ti prego," riesco a malapena a sentire le sue parole. Il suo viso è ancora segnato dal dolore, ma c'è una nota di dolcezza nel suo pianto quando la adagio sul letto.

La sua mano cerca la mia, ma io le allontano le dita e gliele appoggio sul petto. Il suo torace si alza e si abbassa e inizia a calmarsi, scivolando lentamente in un altro luogo.

Il tempo passa velocemente. Troppo velocemente. Resto seduto sul materasso, facendolo affondare con il mio peso e fissandola. I suoi sospiri pesanti enfatizzano il suo seno e il pizzo del reggiseno nero fa capolino dalla camicia. Mi tenta quasi quanto il suo punto vita.

Accarezzo con lo sguardo ogni curva del suo corpo mentre ricordo la prima volta che ho sentito il suo nome.

Il giorno in cui la mia vita è cambiata per sempre.

La brandina scricchiola di protesta quando Aria si gira nel sonno, assestandosi sul materasso, e il mio corpo si irrigidisce. Non dovrei essere qui in questo momento. Non è così che otterrò il controllo che desidero. Non riesco a respirare finché lei non è immobile e il suo respiro non si regolarizza. Ma mentre mi alzo, spostando leggermente il peso, la sua mano cade, le sue dita morbide sfiorano le mie, le punte si toccano.

La mia mano rimane immobile sotto la sua, ma mi implora di esplorare. Di intrecciare le dita con le sue. Chiudo gli occhi e inspiro profondamente, ricordando a me stesso che c'è tempo.

Il tempo cambierà tutto.

Apro gli occhi. Proprio come quel giorno di anni fa.

Il giorno in cui mio padre mi ha lasciato all'angolo tra la West e l'Ottava, vicino al negozio di liquori, per vendere l'ultima scorta delle sue pasticche di oppiacei. Secondo lui la gente si sarebbe avvicinata più facilmente e dovevamo pagare le bollette. Non importava cosa dicessi o quanto non volessi farlo. Ero il più grande di cinque figli, mia madre era morta e non mi era rimasto nulla. Nient'altro che dolore.

Mio padre mi aveva lasciato nel territorio di Talvery senza saperlo. E non ci era voluto molto prima che scoprissi cosa significava vendere droga sul suo territorio.

Prima di allora ero solo un bambino.

Ma un solo giorno può cambiare tutto.

CAPITOLO 8

Aria

Mi sveglio con il cuore che batte all'impazzata, e la speranza che sia stato solo un incubo svanisce appena vedo cemento e muri di mattoni.

Devo chiudere gli occhi e coprirmi il viso per non perdere il controllo. "Non può essere vero." Le parole tremanti mi escono dalle labbra senza controllo. Abbracciandomi le ginocchia, cerco di convincermi che si tratta di un sogno. Mi dondolo avanti e indietro e, mentre lo faccio, il rumore della brandina che scricchiola sotto di me e la sensazione dei talloni che affondano nel morbido mi fanno gelare il corpo.

Cerco di ricordare la notte scorsa e so bene che ho dormito per terra, a pochi metri di distanza. Lo so per certo.

Le mie mani scivolano veloci sul mio corpo. Come per verificare se fossi stata sfiorata.

Sento il bruciore alla gola, ma deglutisco con difficoltà, cercando di reprimere il terrore di ciò che lui avrebbe potuto farmi.

Devo essermi infilata nel letto senza ricordarmelo. So di non essere stata toccata. Lo saprei, no? "Lo saprei," dico ad alta voce, come se stessi parlando con qualcun altro. Forse ho solo bisogno di essere rassicurata. Non ricordo nulla dopo essermi addormentata. Vorrei essere rimasta sveglia.

Le parole sussurrate riecheggiano nella stanza vuota mentre guardo verso la porta. E poi verso la telecamera che si muove. Carter Cross, quasi pronuncio il suo nome ad alta voce. L'ho già sentito prima d'ora, sempre pronunciato con rabbia. So che è uno di tanti fratelli e il capo di un cartello della droga. Le mie informazioni però finiscono qui. Mio padre non voleva che sapessi niente, e le uniche nozioni che ho appreso sono frammenti di verità da Nikolai. E lui mi ha detto solo quello che dovevo sapere. Dicevano che era per proteggermi, ma ora darei qualsiasi cosa per sapere cosa mi aspetta.

Per sapere di cosa è capace Cross.

Mi lascerà qui a morire? La gola mi fa male in un modo che non credevo possibile.

"Lasciatemi uscire," imploro con voce roca, e le parole stesse sono come coltelli che mi lacerano la gola. Non ho mangiato né bevuto da quando sono qui, e non so nemmeno quanto tempo è passato.

Mi alzo un po' troppo in fretta e quasi cado mentre cerco di raggiungere la porta. Ho le vertigini, mi gira la testa e penso che potrei vomitare.

Tuttavia, mi dirigo dritta verso la soglia, tirando il pomello della porta e cercando disperatamente di aprirla. Il mio pugno la colpisce ripetutamente.

È inutile, stupida ragazza.

Sbatto di nuovo il pugno e grido: "Lasciatemi andare!" ma mi ritrovo solo davanti a una porta che non si apre, in una stanza vuota, senza via d'uscita e senza idea di cosa mi succederà.

Il dolore causato dal colpo successivo mi fa sussultare e mi porto la mano al petto. La mia schiena preme contro la porta e cado lentamente a sedere, appoggiando la testa contro il pannello.

Il tempo scorre lento e io cerco solo di respirare. Le mie dita sfiorano i tagli sui polsi e talvolta mi alzo e mi sgranchisco le gambe, fingendo che non sia strano stiracchiarsi un po' quando sei rinchiusa come un animale. Che senso ha se non c'è via di fuga?

Mi ci vuole più del dovuto per vedere il vassoio di plastica con un panino al formaggio grigliato e il bicchiere d'acqua accanto.

E un secchio d'acqua con una spugna dietro. Ho passato così tanto tempo a fissare la porta che non l'ho notato.

È entrato qui.

Era qui.

Il mio petto sussulta e di nuovo le mie dita si spostano sulle cosce. Non l'ha fatto. Lo saprei. Riesco a malapena a contenere la paura di essere consapevole che è stato qui mentre dormivo. Ho un nodo alla gola e così mi tengo lontana dal vassoio del cibo.

Il tempo continua a scorrere. Sempre lentamente. Non c'è alcun cambiamento nella mia situazione, tranne la mia sanità mentale.

Anche se il mio stomaco brontola e l'unico odore che sento è quello delizioso del burro e del formaggio, lascio il vassoio dov'è.

Non mangio e non mi spoglio per lavarmi. Non con lui che mi guarda. La rabbia ribolle e aumenta a tal punto che quasi lancio il secchio dall'altra parte della stanza, dritto verso la telecamera.

Non sono il suo animale domestico né la sua cavia. Può prendersi quel vassoio di plastica e andare a quel paese. Almeno, questo è quello che penso quando mi avvicino per guardarlo; il pensiero mi dà persino un po' di gioia. Passano le ore e poi altre ancora. Quante, non lo so. Non c'è niente in questa stanza, e la solitudine e la noia sono solo due delle emozioni che non sono sicura di riuscire a gestire, se la mia nuova vita continuerà così.

La mente inizia a giocarmi brutti scherzi e mi ritrovo a incidere piccole cose sui blocchi di cemento con un bottone della camicia. La stoffa è già strappata, quindi non importa. Mancano i due bottoni superiori; il primo l'ho perso da tempo e il secondo ora è diventato uno strumento per scrivere. Uno strumento piccolo e scadente, ma non c'è altro da fare che camminare avanti e indietro e lasciar vagare la mente.

E questo mi porta in posti orribili.

Sono impegnata a incidere un motivo inutile e insignificante di uccelli e rampicanti sul cemento, linee troppo superficiali per essere viste chiaramente, quando la porta dietro di me si apre.

Il mio cuore perde un battito e mi giro così violentemente che la nuca sbatte contro il muro, il bottone mi scivola dalla mano e il rumore che fa cadendo a terra riempie la stanza.

Il flusso di luce svanisce rapidamente quando Cross entra nella mia cella e chiude la porta dietro di sé. La sua figura è come un'ombra oscura che cammina verso di me.

"Cosa vuoi?" chiedo istintivamente, riuscendo a malapena a respirare, figuriamoci a trattenere quelle parole patetiche. Sono contenta di non aver mangiato, perché se l'avessi fatto, in questo momento avrei rimesso tutto. Il panico si scatena dentro di me.

Lui è silenzioso, fa un passo avanti e poi un altro. Distoglie lo sguardo da me solo una volta, per guardare la sedia nell'angolo della stanza.

"Mio padre verrà a prendermi," gli dico mentre lui si avvicina alla sedia e la posiziona in modo da potersi sedere di fronte a me. "Ti ucciderà," aggiungo, e le mie parole sono soffocate, ma udibili.

Tutto ciò che ottengo in cambio è un sorriso gentile. La barba incolta sulla mascella è più evidente e i suoi occhi sembrano più scuri, ma forse è solo la luce. Tutto il resto di lui è più inquietante di quanto ricordassi. La sua altezza e le spalle larghe, il fisico snello con i muscoli scolpiti. È stato creato per compiere azioni mortali e peccaminose. Basta uno sguardo per capirlo.

Come se potesse leggermi nel pensiero, mi sorride di nuovo, costringendomi a fare un passo indietro, il che non fa che allargare il suo sorriso fino a renderlo affascinante e perfetto. Mi sento come un topolino di fronte a un leone. Sta giocando con me.

"Sei malato," gli sputo addosso, stringendo i pugni.

"Ne sono ben consapevole, Aria. Dimmi, cos'altro sai di me?" La sua voce è morbida come il velluto e rieccheggia profondamente da una parete all'altra della stanza. Il tipo di eco che senti nel profondo dello stomaco, che ti perseguita anche di notte.

"So che mio padre ti sventrerà," gli rispondo disgustata.

"Non farà nulla di tutto ciò. Non sa nemmeno che sono stato io ad averti rapita." Inclina leggermente la testa mentre esamina ogni mia reazione.

"Sì, lo sa," sussurro, come se bastasse dirlo perché diventasse vero. Il suo sguardo si fa compassionevole, ma solo per un attimo. Passa così in fretta che mi chiedo se l'abbia visto davvero o se sia stata la luce fioca della stanza a ingannarmi.

"Non lo farà e, anche se lo facesse, sarebbe inutile." La minaccia aleggia fra le sue parole, cadendo pesantemente e schiantandosi al suolo intorno a me.

Aggiunge: "Non è riuscito nemmeno a difendere l'onore di tua madre."

"Vai al diavolo," oso dirgli con tono beffardo. La rabbia sale rapidamente dentro di me e il mio respiro accelera.

"Ora combatti, ma poi ti sottometterai," dice Cross con disinvoltura, completamente indifferente alle mie parole.

"Sottomettermi?" La paura è evidente nella mia voce.

"Farai quello che ti dico. Obbedirai a ogni comando. Ti inginocchierai ai miei piedi, ti spoglierai, ti sdraierai nel mio letto… Allargherai le gambe per me." La sua convinzione mi spaventa.

"Morirò, prima di sottomettermi a te." La gola mi si secca e si stringe. Quando lui si alza, riesco a malapena a respirare.

Non è veloce, non ha alcuna fretta di avvicinarsi a me. Potrei scappare. So che potrei farlo, ma la stanza è piccola; non c'è nulla dietro cui nascondersi e lui è così alto che gli basterebbe un balzo per raggiungermi.

Le ginocchia mi cedono e quasi cado a terra, ma non lo faccio. Rimango il più dritta possibile, anche se devo allungare il collo per guardare Cross negli occhi. Il mio cuore batte all'impazzata, come se cercasse di scappare. A ogni passo che lui fa in avanti, io ne faccio uno indietro, finché non raggiungo il muro.

"Come hai dormito?" mi chiede con una voce stranamente calma.

"Come una bambina," replico, e la mia risposta non è altro che una sfida. Eppure mi sorprendo della mia prontezza. Che vada al diavolo.

Un sorriso storto gli increspa le labbra. "Hai sempre gli incubi?" mi chiede e la forza dentro di me vacilla. Il mio sguardo passa da lui al pavimento.

"Sembrava un sogno terribile," aggiunge, con una minaccia che gli lampeggia negli occhi.

Ho la sensazione che sia stato qui, che sappia che ho avuto un incubo perché era presente, non dalla telecamera. Per quanto vorrei nascondere il senso nauseante di sconfitta dalla mia espressione, non ci riesco. Vede la mia debolezza, non posso nascondermi.

"Rispondimi." Mi ordina in tono teso.

Sto per dirgli di no, ma poi decido di tacere, fingendo di ignorare come la paura che cresce dentro di me mi renda gli arti insensibili. Mi aspetto che si arrabbi, ma tutto ciò che noto è il luccichio divertito nei suoi occhi.

"Mi darai tutto ciò che voglio," dice Cross, e poi allunga la mano verso di me. Serro le palpebre mentre le sue dita mi scostano i capelli dal viso. Mi sistema la ciocca dietro l'orecchio e io penso di morderlo, di lottare contro di lui, quando ricordo la prima volta che mi ha toccato in modo così confortante, solo per poi stringermi la gola e tenermi come se fossi il suo bene più prezioso.

Con un altro passo in avanti, mi immerge nell'oscurità, bloccando la luce e costringendomi a schiacciarmi contro il muro e a guardarlo con una paura che vorrei tanto poter reprimere. "Ti piacerà farlo, vedrai," mi sussurra in quello spazio ristretto, riscaldando l'aria tra noi e, al solo pensiero, il mio corpo mi tradisce.

Non ha alcun senso. Tranne per il suo profumo. Sa di bosco. Inspirare quell'odore intenso mi ricorda il modo in cui mia madre descriveva i nostri occhi. Come quella volta nella foresta, dopo una lunga giornata di pioggia. Forse potrei dare la colpa all'istinto.

O forse sono semplicemente destinata a essere la schiava di un mostro.

Non riesco ad ammettere nemmeno a me stessa la reazione che mi suscita. Non lo farei mai e poi mai.

"Lasciami andare," imploro piagnucolando, e odiandomi per questo. Posso fingere di essere forte. Lui non può vedere cosa c'è nel profondo del mio cuore. Posso fingere di essere più forte di quanto lui creda.

La sua unica risposta è una risata, un suono maschile profondo e ruvido che gli rimbomba nel petto; la rabbia mi travolge.

Sto a malapena mantenendo la calma. So che se lo colpisco, lui reagirà e io perderò. Non sono stupida. *È esattamente ciò che vuole.* La consapevolezza mi fa spalancare gli occhi. Si sta divertendo con il suo nuovo giocattolino.

"Uccidimi e basta." I miei muscoli urlano per lo sforzo mentre li contraggo, rifiutandomi di reagire. Anche se il mio corpo si surriscalda e l'adrenalina scorre più velocemente al pensiero che lui lo faccia, lo esorto comunque a farla finita. Non voglio che si prenda gioco di me. "Non ti darò mai niente."

"E allora io cosa ci guadagnerei, passerotto?"

Non voglio piangere e dargli questa soddisfazione. Mi rifiuto. I miei occhi bruciano già per essere stata così maledettamente debole. Non voglio esserlo più. Non gli permetterò di vincere.

Sii intelligente. Mi passano per la testa un milione di possibilità su quale sarebbe la scelta più saggia in questo frangente, ma l'unica idea che lascio a guidare le mie azioni è non cedere. Aspetterò. Sopravviverò giorno dopo giorno fino all'arrivo di mio padre. Lui verrà. So che verrà.

"Combatterò fino al giorno della mia morte," gli dico con tono beffardo, con tutta la convinzione che riesco a raccogliere.

Lui si limita a sorridere. Un sorriso malvagio che mi fa gelare il sangue. "Troverai conforto nel pensarlo… per un po'." Con un ghigno trionfante, mi lascia dove sono. Le sue scarpe sbattono sul pavimento e il rumore si fa più debole man mano che si avvicina con passo sicuro alla porta e gira il pomello con facilità.

Come? Se ne sta semplicemente andando e la porta si apre per lui. Non ho tempo per riflettere. Tutto quello che so in questo momento è che la porta è aperta. E che lui sia lì o meno, devo provare a scappare. Lui la scosta quel tanto che basta per passare. Ma io corro comunque verso l'uscita. Faccio del mio meglio per raggiungerla prima che si chiuda e lui, da bastardo spietato qual è, la lascia aperta.

I miei piedi nudi sbattono contro il cemento mentre scatto verso la luce, ma non appena la raggiungo, le mie illusioni vengono infrante. Nello stesso istante in cui la speranza di fuggire mi divampa nel petto, la sua figura alta e robusta riempie la soglia, stagliandosi con la sua presenza minacciosa e compiendo un lungo passo verso di me.

Un passo così potente e innegabilmente controllato che barcollo all'indietro, perdendo l'equilibrio.

Colpisco il pavimento con il sedere, e anche la mia testa avrebbe sbattuto contro il cemento se la mano di Cross non mi avesse afferrato saldamente l'avambraccio. Le sue dita affondano nella carne e io emetto un grido di sorpresa e dolore.

"Sei più intelligente di così," sibila. La rabbia nei suoi occhi si mescola all'oscurità, ma è accompagnata da scintille dorate di curiosità e piacere. "Non lascerai questa stanza finché non te lo dirò io."

Sono paralizzata dalla certezza nella sua voce. Dalla forza della sua presa. Dal desiderio che trasuda da ogni sua parola.

"Tu sei mia, Aria." Pronuncia ogni parola sempre più piano, finché riesco a malapena a sentirlo sopra il battito del mio cuore. L'idea di appartenere a quest'uomo è una miscela letale che mi fa provare una sensazione di paura e desiderio attraverso tutto il corpo.

Senza preavviso, mi lascia andare e io continuo a fissarlo, ancora scossa, ma continuando a fissarlo. "Non sono un oggetto da possedere. Nessuno mi possiede!" gli urlo contro, anche se in questo momento non credo alle mie stesse parole.

Si limita a sorridermi. Come se per lui fosse tutto uno scherzo.

"Lasciami andare," cerco di gridare come se fosse un ordine, ma le parole che mi escono sono una supplica pietosa anche alle mie stesse orecchie.

Tuttavia, tento di alzarmi, di rimettermi in piedi mentre lui sorride e chiude la porta, lasciandomi proprio dove vuole che io stia.

Giuro di averlo sentito rispondere prima che la porta d'acciaio si chiudesse definitivamente. Scommetterei sulla mia vita di averlo sentito dire: "Mai."

CAPITOLO 9

Carter

Daniel è l'unico mio fratello che non bussa alla porta. Non l'ha mai fatto.

So che non lo farà nemmeno questa volta. I suoi passi sono affrettati, rabbiosi, e devo trattenere un sospiro di irritazione. Sono stanco e non ho tempo per le sue sciocchezze.

"Questa guerra tra Talvery e i Romano non ha nulla a che vedere con noi."

Daniel ha sempre avuto un talento speciale per parlare appena entrato nella stanza, indipendentemente dal fatto che io abbia lo sguardo fisso sulla scrivania, concentrato su un foglio di calcolo dei prodotti e delle vendite. È positivo che la domanda sia elevata, ma qualcosa in tutto questo non ha senso. E il fenomeno si verifica solo al confine del nostro territorio con quello dei Romano.

Mi pizzico il naso e lo ignoro.

"Sei andato al club con Jase?" chiedo a Daniel, continuando a controllare l'ordine delle forniture.

"Mi hai sentito?" ribatte Daniel, chiudendo la porta dell'ufficio con un calcio e attraversando la stanza per sedersi sulla sedia di fronte a me.

"Sì. Non mi hai detto nulla che non sapessi già." Chiudo il computer portatile e finalmente gli dedico la mia attenzione, ma per un attimo rimango spiazzato.

"Hai un aspetto orribile," dico, senza nascondere la sorpresa nella mia voce.

Gli occhi di mio fratello brillano con un pizzico di umorismo; mi sorride e risponde: "E tu sembri una stupida versione di Ken. Una specie di Ken spacciatore di droga."

Mi sfugge una risata mentre lui si passa la mano sulla barba incolta. "Addison non dorme. Sta passando un brutto momento."

"Per cosa?" gli chiedo, sentendo un brivido gelido scorrermi nelle vene.

"Con tutta questa merda che sta succedendo. La guerra, il non sapere chi ha cercato di rapirla o cosa stavano tramando."

"Non ha bisogno di sapere un bel niente," dico sottovoce, senza più traccia di divertimento. "Non avresti dovuto dirle nulla. Restiamo chiusi qui. Aspettiamo che i Talvery e i Romano si riducano di numero. Se proprio devi dirle qualcosa, questo è tutto quello che dovrebbe sapere."

Daniel inclina leggermente la testa all'indietro e si passa una mano sul viso, il corpo afflosciato sulla sedia. "Non le è permesso entrare nell'ala nord e non voglio che se ne vada senza di me o senza qualcun altro che la protegga… e non dovrei dirle nulla?" mi chiede, abbassando il mento e osando guardarmi negli occhi.

"Le donne dovrebbero restarne fuori." Lo sa benissimo, accidenti.

"Disse l'uomo che ha scatenato una guerra per una donna."

"Attento." Inarca un sopracciglio alla mia risposta, ma io lo fisso con un'espressione risoluta.

Si sporge in avanti, appoggia entrambi i palmi sulla scrivania e mi chiede a bassa voce, come se fosse un segreto: "Che ti succede?"

Adagio la schiena contro la sedia di pelle, lasciando cadere una mano sul bracciolo, le dita che tracciano le punte dei chiodi d'acciaio.

"Vorrei saperlo," gli dico con un sussurro. "Dobbiamo portare avanti ciò che abbiamo iniziato e ci sono alcuni aspetti che giocheranno a nostro vantaggio, ma da qui alla fine dovremo muoverci con cautela."

Daniel annuisce, senza distogliere lo sguardo dal mio. "E quando ci vendicheremo di Marcus? L'uomo che ha cercato di portarmi via ciò che mi appartiene?"

"Non sappiamo se sia stato Marcus a tentare di rapirla."

"Chi altro avrebbe potuto farlo?" chiede Daniel, ma anche mentre pronuncia le ultime parole, la sua convinzione vacilla. I nemici ci circondano. L'unica cosa che ci salva è che ci temono e hanno altre guerre da combattere.

"Non ha ancora risposto ai nostri messaggi e nessuno ha confermato che abbia qualcosa a che fare con tutto questo." Daniel sbuffa, appoggiandosi contro lo schienale della sedia e quasi staccandone le gambe anteriori dal pavimento, poi guarda oltre me e fuori dalla finestra.

"Quindi dovrei stare con le mani in mano e tenere Addison all'oscuro di tutto?" chiede con disprezzo. "Devo fare *qualcosa*. Non posso lasciare che lui, o chiunque altro sia stato, la faccia franca." La frustrazione sta avendo la meglio su di lui. E lo capisco. Davvero. Ma dobbiamo essere scaltri e capire come muoverci al meglio prima di agire.

"Non sappiamo chi sia stato. Non faremo nulla finché non lo scopriremo." La mia risposta è categorica, senza margine di negoziazione, e l'aria si fa tesa mentre Daniel mi osserva. Passa un attimo e io non riesco a respirare. I miei fratelli sono tutto per me. Sono tutto ciò che ho. E non mi hanno mai messo in discussione. Almeno fino alla settimana scorsa.

Sto perdendo il controllo, lo sento. E non è mai una cosa positiva.

Alla fine, annuisce una volta e rilassa la postura, spostando una caviglia sul ginocchio.

"Posso chiederti un'altra cosa?" domanda, e io appoggio il gomito sulla scrivania e poi il mento sulla mano, annuendo. Me la chiederà comunque.

"Cosa ci farai con lei?"

"È una questione personale." Quella breve risposta rivela già più di quanto abbia detto a chiunque altro, ma Daniel scuote la testa, con un'espressione delusa dipinta sul volto.

"Non sei il fratello che ricordo." Non saprà mai quanto quel commento mi ferisca.

"Dimmi cosa ricordi, Daniel. Non hai mai visto nulla oltre Addison." Praticamente sibilo il suo nome.

"Che cazzo significa?" La sua rabbia è evidente, la mascella si irrigidisce.

"Tu avevi lei e io non avevo nessuno." La mia voce si spezza a quella constatazione. Il tempo continua a scorrere mentre ci fissiamo. Lui non ha idea di come lei lo abbia salvato. Avere qualcuno da amare, anche se da lontano, può infondere speranza. E la speranza è l'unica cosa che conta.

"Avevamo l'un l'altro," mi dice alla fine. So che sta pensando alle stesse cose a cui sto pensando io. A tutto ciò che abbiamo passato. Eravamo in cinque, cinque fratelli, ma Daniel e io eravamo i più grandi e i due a cui nostro padre prestava più attenzione. Se si può chiamare *attenzione* quello che ci dava.

Lascio che la rabbia e ogni altra emozione svaniscano, aprendo il portatile per segnalargli che l'incontro è finito. La verità mi sfugge involontariamente dalle labbra quando gli faccio notare: "Non è la stessa cosa."

"Voglio solo essere sicuro che non le farai del male." Non molla. Stringo la presa sul portatile cercando di mantenere la calma.

"Devi fidarti di me. Tutto sta per cambiare e se quella ragazza fosse rimasta dov'era, sarebbe morta." Lui aspetta qualcosa in più. Una prova, forse. Non so cosa voglia, ma meno sa, meglio è. "Ci sono tante cose che non sai."

"Potresti dirmele." C'è un accenno di tristezza nella sua voce, o forse me lo sono immaginato.

"Presto," gli prometto. "Presto."

Non mi saluta e si allontana. Ma quando arriva alla porta, afferra la maniglia e la abbassa, mi ricordo quello che ha detto su Addison. "Daniel. Dalle questa," gli grido aprendo il cassetto. Ho alcune fiale di S2L in una piccola cassaforte e gliene lancio una. Lui annuisce e dice qualcosa su Jase, ma non lo sento, ed è già andato via prima che possa domandargli di cosa si tratta.

Fissando la porta chiusa, penso a come i miei fratelli siano l'unica costante che ho avuto nella mia vita. Solo loro e nessun altro.

Ma ammettere la verità ad alta voce... Non mi fido abbastanza di me stesso per farlo.

L'ultima volta che ho ammesso qualcosa di così grave, ho risvegliato il mostro che era in me ed è cambiato tutto.

Il giorno in cui Talvery mi ha lasciato a marcire dove mi aveva trovato. Non dimenticherò mai la sensazione che ho provato sentendo il furgone di mio padre fermarsi. Il vecchio rottame aveva sbuffato e il rumore mi era stato di conforto, almeno finché la portiera non si era chiusa di scatto e non avevo avvertito chiaramente la rabbia nella sua voce.

"Che cazzo ci fai qui fuori? Vuoi che qualcuno chiami la polizia?" mi aveva urlato contro. Quando mi aveva tirato per un braccio, le ustioni e i tagli mi avevano provocato un dolore terribile, facendomi gridare nel vicolo buio. Nonostante fossi ricoperto di sangue e pieno di lividi, mio padre aveva continuato a maltrattarmi come un oggetto qualunque.

Non vedeva cosa mi avevano fatto? Riuscivo a malapena ad aprire gli occhi.

"Troveremo chi è stato, ma sbrigati, prima che qualcuno ci veda," aveva sibilato tra i denti.

"Volevano sapere per chi lavorassi," ero a malapena riuscito a dirgli, zoppicando verso la macchina. Mi faceva male ogni parte del corpo, mi faceva male anche solo respirare. Mi ero accasciato sul sedile mentre lui girava intorno al furgone. E sapevo che ci avevano visti. Dovevano avermi osservato. Aspettando di scoprire chi sarebbe venuto a prendermi.

La musica country suonava mentre mio padre chiudeva la portiera e si allontanava lungo la strada, verso il sentiero sterrato. Avrei tanto voluto abbassare il finestrino. Ricordo di aver pensato che stavo morendo, quindi volevo sentire il vento sul viso un'ultima volta. Avevo tossito talmente tanto sangue che non avrei mai più potuto stare bene. Quando gli avevo chiesto di farlo, mio padre mi aveva ignorato e aveva abbassato il volume della musica, così che si sentissero solo il rombo del motore e le sue domande.

"Chi sono 'loro'?" mi aveva chiesto mentre superava un dosso e il mio corpo veniva sbalzato in avanti. Avevo strillato e lui mi aveva ripetuto la domanda urlando. Nella sua voce c'era paura, però, non rabbia.

Ora lo so. Era la paura a dettare le sue azioni. Non la forza, come l'uomo che mi aveva ridotto in quello stato.

"Talvery," gli avevo risposto con un unico respiro doloroso. Mentre pronunciavo il suo nome, mi era venuto in mente lo sguardo di Nicholas Talvery, con il viso fresco di rasatura a pochi centimetri dal mio. Non avrei mai dimenticato il modo in cui mi aveva guardato, come se fossi stato un oggetto insignificante, e la gioia che aveva provato nel sapere di poter fare di me qualsiasi cosa desiderasse.

"Cosa gli hai detto?" mi aveva chiesto, e io mi ero voltato verso di lui, assicurandomi di guardarlo intensamente mentre gli dicevo che era al sicuro.

"Ho detto che stavo solo vendendo i farmaci antitumorali di mia madre defunta. Ho detto che non ero nessuno. E mi hanno creduto."

Il mio cuore non aveva mai sofferto tanto quanto in quel momento, quando mio padre aveva annuito iniziando a calmarsi. Era bravo a prendersi cura di sé stesso. Era bravo a vivere nella paura.

Quello era stato l'ultimo giorno in cui mi aveva guardato come se fossi una pedina nel suo gioco. Le mie ferite erano ancora fresche quando avevo iniziato a reagire. E non avevo più smesso. Non avrei fatto le idiozie che lui si aspettava. Avrei guadagnato un sacco di soldi. Ma non avrei mai più messo piede nel territorio di Talvery. Non ero uno stupido idiota come mio padre. E quando mi aveva spinto di nuovo nel furgone, urlandomi in faccia così forte da schizzarmi la saliva sulla pelle e farmi tremare le vene, avevo lasciato che la mia rabbia prendesse il sopravvento, e gli avevo assestato un pugno sulla mascella.

In quel momento, mi ero lasciato sopraffare dalla paura. Ma era stato il timore che avevo visto negli occhi di mio padre a segnare il punto di svolta nel nostro rapporto.

Ogni volta che uscivo, conducendo una vita che non avevo scelto, pensavo che sarebbe stata l'ultima. Volevo morire, e non era la prima volta nella mia vita che mi ritrovavo a sperare in una dolce morte per porre fine a tutto.

Ma è stato senza la paura di morire che ho scoperto cos'è veramente il potere.

E nessuno dei miei fratelli lo capisce.

Nessuno di loro.

CAPITOLO 10

Aria

I suoi occhi non abbandonano mai i miei.

Non vuole andarsene dalla stanza.

Non mi lascia spazio.

Non so più da quanti giorni sono qui, ma dagli occhi di Cross capisco che oggi qualcosa è cambiato.

È difficile contare il tempo che passa. La mia attenzione scivola sulle linee incise sul muro, appena oltre l'espressione severa e immutabile di Carter Cross. Seduto sulla sedia di metallo a pochi centimetri da me, copre perfettamente i segni che ho inciso. Uno per ogni giorno che ho trascorso qui. Ma è già da un po' che ho smesso.

Il mio sonno è disturbato e nella stanza non ci sono finestre. Ho notato che quando mi sdraio e mi raggomitolo per dormire, le luci si spengono. Il che significa due cose.

Vuole che io dorma. E non vuole che sappia quanto tempo è passato.

Ci sono quattro tacche sul muro. Ne ho incisa una dopo ogni volta che ho dormito. Ma il quinto giorno ho avuto un sonno frammentato, con gli incubi della mia infanzia che continuavano a svegliarmi.

I primi due giorni ho ricevuto tre pasti, sempre consegnati allo stesso modo. Si apriva una fessura nella porta, il cibo veniva infilato all'interno su un piccolo vassoio di plastica e poi la fessura si richiudeva rapidamente con un tonfo assordante. Il terzo giorno ho aspettato per ore davanti alla porta, pregando di poter afferrare quella mano… O non so cosa. Tutto quello che sapevo era che dall'altra parte c'era la libertà. Ma mi sono accorta in fretta che la fessura si apriva solo quando mi trovavo nell'angolo della stanza più lontano dall'ingresso. In caso contrario, non sarebbe arrivato nessun pasto.

Lo stomaco mi si chiude per la paura e l'ansia, ma la fame ha avuto la meglio su di me un paio di volte. E subito dopo mi sono addormentata. Non so se mi abbia drogato o meno, ma la paura di dormire è in conflitto con il bisogno di mangiare.

In ogni caso, il cibo che mi viene dato non mi aiuta a capire che ora del giorno sia. Non sembra esserci alcuna logica in ciò che c'è sul vassoio.

Non ho mai ricevuto la colazione. Le ultime cose che ho mangiato sono state un panino con una fetta di prosciutto glassato al miele, e il mio stomaco ne è stato grato. Ho divorato ogni briciola e poi mi sono subito pentita di aver rifiutato il cibo in precedenza. Se non mangio quello che mi viene dato, lui lo porta via quando dormo. E in qualche modo sa quando fingo di dormire. Ho provato anche quello. Non so quante volte sono rimasta sdraiata al buio aspettando che aprisse la porta, finendo poi per dormire e svegliarmi con il vassoio sparito.

Tutto tempo sprecato.

Forse il suo scopo è proprio costringermi a sprecarlo.

Ma io lo rivoglio indietro.

"Che giorno è oggi?" gli chiedo, e sono le prime parole che gli rivolgo da quando è qui.

Viene ogni tanto, solo per guardarmi. Avvicina la sedia e aspetta qualcosa. Non so cosa.

"È domenica."

Domenica… Era giovedì quando sono uscita per andare al bar. So che era giovedì. "Quindi sono passati solo tre giorni?" gli chiedo, anche se dentro di me mi si rivolta lo stomaco. Non è possibile.

Un sorriso diabolico gli illumina il volto.

"Hai dormito molto, passerotto. Sono passati dieci giorni."

Le sue parole mi portano via quel poco di coraggio che ho. Mi volto verso la porta invece che verso di lui, stringendo le gambe al petto e inspirando profondamente per calmarmi. Dieci giorni di urla e pianti trascorsi in questa stanza. Senza sapere quando arriveranno i soccorsi, se mai arriveranno. Mangiando a malapena e lavandomi solo con un secchio d'acqua, nascondendomi sotto i miei vestiti sporchi.

"Se solo ti inginocchiassi davanti a me quando entro, ti darei molto di più."

"Perché mi stai facendo questo?" La mia domanda è un sussurro. Dai miei occhi secchi non escono lacrime e il dolore al petto è sordo. C'è un limite a ciò che una persona può sopportare prima di crollare. Non ho bisogno di dormire né di mangiare. Ho bisogno di risposte.

"Me lo chiedi spesso," è la sua unica risposta, mentre si raddrizza sulla sedia. Mi guarda con le spalle dritte che gli tendono la camicia ben stirata.

Il suo volto attraente non è altro che l'incarnazione stessa del peccato che mi fissa. Devo abbassare gli occhi. Non riesco a guardarlo. È un mostro ed è l'unica cosa che devo sapere su Carter Cross. Un bellissimo mostro che si diverte a privarmi di tutto e a vedermi svanire nel nulla.

"Che ne dici di fare un gioco?" mi chiede, e una risata incontrollata mi sfugge dalle labbra.

"Dai, ti prometto che ti piacerà," aggiunge. La sua voce è una carezza promettente.

"E qual è il gioco, Cross?" pronuncio il suo nome ad alta voce, fissandolo con aria di sfida. Immagino la sua irritazione, forse persino la sua rabbia per la mia risposta, ma invece mi sorride. Un ghigno beffardo su un volto seducente. Vorrei poterglielo cancellare con uno schiaffo.

"Una risposta per una risposta," dice, ed è allora che capisco.

"Pensi che io sappia qualcosa degli affari di mio padre? Stai buttando via il tuo tempo," dico, ma la mia voce mi tradisce, incrinandosi sulle ultime parole.

Quindi è questo il suo piano? Rapirmi, rinchiudermi in una stanza vuota per giorni fino a quando non sarò così disperata da fornirgli delle informazioni? So che è solo perché sono una donna. Ecco perché non mi hanno torturata. Ma alla fine succederà, e io non ho nulla da dargli.

I miei occhi bruciano dal bisogno di piangere, ma non me lo consento. "Te lo giuro," riesco a malapena a dire, poi fisso gli occhi scuri di Cross, sperando che mi creda, "non so niente."

"Lo so che non sai niente." Mi ci vuole un attimo per capire cosa ha detto.

"È un trucco?" gli chiedo, sentendomi quasi impazzire. La speranza mi palpita forte nel petto. "Non voglio morire," confesso in un sussurro.

"Non ti ucciderò." Risponde semplicemente, privo di emozioni, senza darmi nulla a cui aggrapparmi se non le sue parole. "I Romano ti avrebbero uccisa. Saresti morta o saresti stata catturata e avresti avuto un destino molto più crudele, se non ti avessi presa io per primo." Rimango in silenzio mentre lo ascolto parlare di me come se fossi solo una pedina da sacrificare. "Con me avrai più possibilità di sopravvivere a ciò che sta per accadere."

Le lacrime minacciano di scendermi lungo le guance al pensiero degli uomini che si infiltrano nella tenuta di mio padre. Di Nikolai che viene ucciso al tavolo della cucina, dove siede sempre la mattina presto nei fine settimana. Di mio padre che viene assassinato nella stessa stanza in cui è finita la vita di mia madre.

"Vuoi giocare?"

"Non sono mai stata brava nei giochi," rispondo con un filo di voce, osservando ogni particolare della sua espressione alla ricerca di un indizio su ciò che sta per succedere.

"Se decidi di giocare, la coperta è tua," spiega, indicando con un cenno del capo un mucchio di stoffa che ha gettato ai miei piedi quando è entrato. E dentro di me gli sono grata. "Perché non mangi?" mi chiede. Capisco che il gioco è iniziato. Una risposta per una risposta, e la prima domanda spetta a lui.

Abbassando lo sguardo, gli rispondo con una mezza bugia. "Non ho fame." Dieci giorni… Cerco di ricordare quante volte ho mangiato. Forse sei. Al rendermene conto, lo stomaco si rivolta.

Passa un attimo prima che lui si sposti sulla sedia, appoggiandosi allo schienale ma tenendo le mani sulle cosce. "Se menti, allora posso mentire anch'io," afferma, e il modo in cui pronuncia la parola 'menti' mi costringe a guardarlo negli occhi. È come se fosse il diavolo in persona a parlare di inganni. "È così che funziona questo gioco."

"Non mi fido, ho paura che tu possa drogarmi o avvelenarmi. O qualcosa del genere." La verità mi esce dalle labbra con estrema facilità.

Guardo in basso, ricordando tutte le idee orribili che mi sono passate per la testa da quando sono qui.

"È solo cibo, hai bisogno di mangiare." Ancora una volta, nessuna emozione, solo una semplice constatazione. Lo osservo attentamente mentre si sporge in avanti, appoggiando i gomiti sulle ginocchia e intrecciando le mani davanti a sé. "Tocca a te."

"Cosa mi farai?" gli chiedo senza pensarci due volte.

"Ti darò da mangiare e ti terrò qui con nient'altro che quello che hai finché non ti sottometterai a me." Si risistema sulla sedia e aggiunge: "Sei una creatura sociale e ti senti sola. Lo vedo chiaramente." Mentre mi parla, il mio sguardo vaga e il dolore sordo nel mio petto aumenta.

"Sono abituata a stare da sola."

"Sento le tue preghiere nel buio, passerotto. Ti sento desiderare che qualcuno venga a salvarti. Tuo padre. Nikolai… Chi è Nikolai?"

"Un amico," gli rispondo, percependo il dolore e l'agonia fluire nel mio corpo. E sentendomi una bugiarda. La parola 'amico' suona falsa anche alle mie stesse orecchie, ma è passato troppo tempo da quando Nikolai era qualcos'altro. E un amico è ciò che doveva essere. Niente di più. Altrimenti mio padre l'avrebbe scoperto.

"Risposta sbagliata. Lui non è più nessuno. Se ne sono andati tutti e nessuno verrà a salvarti."

"Se ne sono andati?" La frase mi esce come una domanda, ma il mostro davanti a me non risponde. Chiudo gli occhi e inspiro profondamente, dicendomi che sta mentendo. Stanno arrivando. Verranno a salvarmi.

"Sei annoiata, sola e ti stai riducendo alla fame. Ti sottometterai a me o rimarrai così per sempre."

Le mie labbra si incurvano in un piccolo sorriso che non riesco a trattenere, e non so perché. Forse sto impazzendo.

"Pensi che sia divertente?" C'è un accenno di rabbia nelle sue parole e questo non fa che aumentare il mio sorriso, anche se è accompagnato dalle lacrime che mi scendono dagli angoli degli occhi. E non so nemmeno quando ho iniziato a piangere.

Scuotendo la testa, mi asciugo il viso. "No, non è divertente. E ora tocca a te." Mi terrà qui in questo stato? Potrebbe non lasciarmi andare mai più.

Pensando a questa probabilità, una solitudine opprimente mi consuma. Non ho nulla da fare, passo le ore a fissare il muro, pregando che mi offra qualcosa di diverso rispetto al giorno prima. Questa prigione sta divorando la mia sanità mentale.

Lui mi osserva mentre mi dondolo leggermente da un lato all'altro.

"Cosa significa sottomettersi?" Gli parlo sopra non appena inizia a dire qualcosa. Le mie parole sono più dure di quanto mi aspettassi e lui inarca le sopracciglia senza darmi una risposta, per poi farmi un'altra domanda.

Sono le regole del gioco, immagino.

"Qual è il tuo cibo preferito?"

Per un attimo mi sento sopraffatta dalle vertigini e appoggio la testa al muro. Vincerà lui questa partita. E anche tutte le altre. Lui bara e io mi sto spegnendo.

"Il bacon, credo. Tutti amano il bacon," rispondo con poca convinzione, in parte perché sono già stanca di questo gioco e in parte perché ho bisogno di un po' di leggerezza. "C'è un panino che vendono nel negozio all'angolo vicino a casa mia. Mia madre mi ci portava sempre." Fisso il soffitto mentre parlo, non proprio con lui, ma solo per parlare e pensare a qualcosa che non sia ciò che mi sta accadendo. Anche se è bello avere qualcuno intorno. Sento un vuoto dentro di me. Preferisco quello, piuttosto che la nausea della sconfitta.

Mi inumidisco il labbro inferiore e continuo. "Ci portava ogni fine settimana. Caffè e pasticcini per lei, ma avevano questo panino che adoravo, e lo hanno ancora. È un pretzel con all'interno tacchino, pancetta e salsa ranch." La mia testa si inclina di lato e guardo Cross, la cui solita espressione severa è stata sostituita da uno sguardo curioso. "Penso che sia il mio preferito."

Il ricordo di mia madre mi fa sorridere e sto quasi per dirgli qualcosa di più. Sto per raccontargli del giorno in cui è morta e di come eravamo andate in quel posto. Ma lei non aveva ordinato i suoi soliti pasticcini e il caffè, e non eravamo rimaste a lungo. Ero rimasta delusa dal fatto che non avesse preso il mio panino, ma mi aveva promesso che saremmo tornate il giorno dopo.

Se non fossi stata così giovane e sciocca, avrei capito cosa stava succedendo. Come mia madre stesse scappando da qualcuno che aveva visto. Come fosse corsa a casa in cerca di protezione, solo per scoprire che il mostro era già lì.

Quanto mi manca. Mi mancano tutti. Non mi ero resa conto di quanto mi sentissi sola.

"Ti piacerebbe tornare a casa quando sarà finita?" La domanda di Cross mi distrae dai pensieri del passato.

"Quando sarà finita?" Chiedo chiarimenti e ricevo solo un cenno di assenso da parte sua.

Un patto con il diavolo. È tutto ciò a cui riesco a pensare. La guerra non ha importanza, anche se è quello che sta insinuando. Mi terrà con sé per tutto il tempo che vorrà, indipendentemente da ciò che mi dice ora.

"Conosci già la risposta." Sono le uniche parole che gli rivolgo. È di nuovo il mio turno, quindi gli chiedo ancora una volta: "Cosa devo fare per andarmene?"

"Non puoi andartene a meno che non sia io a volerlo."

"Allora perché sono qui?" La mia disperazione è evidente.

"Te l'ho già detto. Voglio che ti sottometta a me. Che desideri il mio tocco e te lo guadagni inginocchiandoti e aspettando di obbedirmi. Che tu sia mia, in ogni modo."

"Sai che non succederà mai," affermo con tono assente. "Rimarrò in questa stanza per sempre o aspetterò che succeda qualcos'altro. Ho tutto il tempo del mondo."

"Cambierò la tua routine," dice Cross come se fosse una minaccia.

Inclino di nuovo la testa di lato per guardarlo, la mia energia sta diminuendo. "Davvero?" gli chiedo, e lui fa un sorriso malizioso.

"Mangerai solo quando ti imboccherò io. Boccone dopo boccone." I suoi occhi si accendono di un calore che dovrebbe spaventarmi, ma che invece mi provoca altre sensazioni che preferisco ignorare. "Ti sarebbe convenuto accettare il cibo quando te l'ho offerto, passerotto. La tua ribellione sta nuocendo solo a te."

Il pensiero che lui mi dia da mangiare è qualcosa che mi tormenterà per ore una volta che se ne sarà andato, lo so già. Non è solo la solitudine che mi spinge verso Cross. L'ho sentito nel momento stesso in cui l'ho visto.

"Tanto non avevo intenzione di mangiare," gli dico tutto d'un fiato, per non farmi sopraffare dall'immaginazione. Ho sentito dire che morire di fame è una fine atroce e so che dovrò trovare un altro modo. So che cederò, proprio come è già capitato. Come se mi leggesse nel pensiero o sapesse cosa sto per dire, Cross mi sorride, ma è un sorriso diverso dai precedenti. C'è qualcosa di quasi malinconico in questo.

"Mangerai," mi dice e poi si alza senza aggiungere altro. Mentre gira il pomello della porta, chiudo gli occhi sapendo che arriverà la luce intensa. Nonostante le palpebre abbassate, riesco a vederla. E poi scompare, e ancora una volta resto da sola, intrappolata nella stanza.

Dovrei provare un po' di sollievo, sapendo che mi ha dato alcune informazioni a cui aggrapparmi. Ma tutto ciò a cui riesco a pensare è mia madre, e l'ultimo giorno in cui l'ho vista.

Voleva andarsene e scappare. Mi ha supplicato di capirla. E io ho pianto quando mi ha detto: *"Ria, ti prego."*

Non dimenticherò mai il modo straziante con cui il mio nome è uscito dalle sue labbra quel giorno. Il difetto fatale di ogni madre è quanto il suo amore per i figli la renda cieca. È colpa mia. Nuove lacrime mi rigano il viso e non mi preoccupo nemmeno di asciugarle mentre mi trascino verso la brandina.

Ci vuole un po' più del solito, ma quando sono avvolta strettamente nella coperta, le luci nella stanza si spengono. La solitudine è la mia unica compagna, a meno che non mi abbandoni ai ricordi. E non mi ero resa conto di quanto potessero essere dannosi. Il mio passato sta diventando il mio nemico.

Mi ritrovo piena di rimpianti mentre il sonno prende il sopravvento.

Se solo potessi tornare indietro e non litigare con lei.

Se solo potessi tornare indietro e dirle che non dovevamo rientrare a casa.

CAPITOLO 11

Carter

È diverso quando mi trovo nella cella insieme a lei. Dove esiste soltanto la nostra guerra solitaria. So che cederà, e che le piacerà.

Quando sto lì con lei, fissandola e osservando ogni suo piccolo movimento calcolato, tutto ciò che provo è il bisogno di portarla al limite e guardarla cadere.

Mi immagino i suoi splendidi capelli arruffati stretti nel mio pugno, mentre prendo ciò che voglio anche se so che me lo concederebbe liberamente. Sarà in ginocchio, pronta a bramare le stesse cose che voglio io.

All'interno delle quattro pareti della cella sono consumato dal desiderio, ma nel momento in cui la porta d'acciaio si chiude dietro di me con la certezza che è passato un altro giorno in cui non ho il controllo su di lei, quello stesso desiderio si trasforma in disperazione.

Deve sottomettersi. Deve inginocchiarsi quando entro nella sua cella e aspettare con impazienza i miei ordini.

E presto.

Ho altri piani e voglio che lei ne faccia parte. Deve arrendersi. A cominciare da un semplice inginocchiarsi.

Sono ancora scosso dalla sua dolce ribellione quando la porta si chiude con uno scatto. Rimettendo il quadro al suo posto, intravedo mio fratello che cammina verso di me nel corridoio.

"Mi stavi aspettando?" gli chiedo, e lui si adegua al mio passo mentre ci dirigiamo verso il mio ufficio.

"Credo di sapere perché sta colpendo più duramente il confine sud, più vicino ai Romano." Non perde tempo, iniziando subito a parlare di affari.

"Le forniture?" tento di chiarire. Il mercato della droga è prevedibile. È la parte migliore della dipendenza. È stabile, dilagante e facile da mantenere. Quando la domanda aumenta in una sola zona, c'è sempre una ragione. E io devo sapere perché questo cambiamento è così improvviso.

"I Romano ci hanno messo le mani sopra. Devono aver cominciato a produrre, visto quanta ne vendono." Il sangue mi si gela nelle vene alla rivelazione di Jase. Irrigidisco la mascella e scendiamo le scale. Ogni gradino non fa che accentuare il martellio sordo nelle mie orecchie.

Voleva un alleato.

Voleva fare affari insieme.

Non è altro che un bugiardo, un ladro e un bastardo senza spina dorsale.

Ma non mi stupisce.

"Sta vendendo S2L?" gli chiedo. "Ne sei sicuro?" La droga è nostra. Solo nostra. Era solo questione di tempo prima che tutti la volessero, ma invece di ottenere informazioni su come produrla, Romano l'ha rubata. Stupido idiota.

"Ne sono sicuro," mi risponde Jase, e nella mia mente immagino il brutto sorriso di Romano mentre gli rompo i denti. Posso quasi sentire la pelle tesa delle mie nocche che si lacera e i suoi denti che si spaccano. "Ho preso un campione dalla strada, l'ho portato indietro ed è sicuramente la nostra miscela. Una versione più forte di quella che abbiamo ricevuto da Malcolm."

"Pensi che Romano sappia perché la farmacia l'ha ritirata e quali sono gli effetti collaterali?" chiedo a Jase aprendo la porta del mio ufficio.

Abbiamo acquisito un farmaco vietato, lo abbiamo manipolato e abbiamo appena iniziato a vendere la S2L, anche detta 'Sweet Lullaby'. In realtà è stata creata per curare l'ansia e l'insonnia e può essere d'aiuto nel disintossicarsi da sostanze più pesanti. Ma l'S2L è la droga più subdola per il modo in cui ti tranquillizza, rassicurando mente e corpo che tutto è proprio come dovrebbe essere, e ti culla in un sonno profondo. Da qui il nome, Sweet Lullaby, 'Dolce ninna nanna'. Gli effetti collaterali indesiderati sono troppo gravi per correre il rischio di distribuirla… Ma per noi è diverso.

"Penso che sappiano esattamente di cosa si tratta," dice con un pizzico di rabbia, "visto come hanno incasinato la formula." La porta si chiude praticamente con uno schianto sotto il peso della sua spinta. Non mi guarda negli occhi finché non si è seduto sulla sedia di fronte alla mia. È solo quando pronuncia la frase successiva che mi siedo anch'io. "L'hanno resa più potente. È praticamente letale per come intorpidisce i sensi, rallenta il cuore e costringe il corpo a un sonno pesante."

Mi sfioro il mento con il pollice e provo a riflettere su cosa stia combinando Romano. "Ha rubato la nostra droga; ne sta vendendo una versione letale nel suo territorio…" penso ad alta voce, senza preoccuparmi di nascondere i miei ragionamenti a Jase.

È stato Jase a procurarsi la droga da un tizio che ci doveva dei soldi ma che conosceva i segreti del settore. Malcolm si è rivelato abbastanza utile da permettergli di vivere. Per un po'.

"La sta vendendo nel suo territorio. La Sweet Lullaby nella sua versione letale si chiama ST, 'Sweet Tragedy'. Non deve averne abbastanza, altrimenti non avremmo assistito a un aumento della domanda."

"Il problema della domanda è che chi ne è dipendente è ancora vivo."

"A meno che non venga usata su qualcun altro."

"Quindi la sta vendendo come arma? Non come droga?" Devo ammettere che anche a noi era venuto in mente, ma finché non avremo un farmaco preventivo che renda inefficace la versione letale, non oserei nemmeno accennare a questa possibilità.

Le sue dita tamburellano nervosamente sul bracciolo. "La cosa che non quadra, però… Quello che non torna… È che non c'è un aumento del numero di morti. Non c'è un improvviso picco di omicidi o di persone che muoiono nel sonno."

"Allora o la comprano e non la usano, oppure la vendono da qualche altra parte. Forse all'estero?"

"Penso che i Romano non riescano a stare al passo con la produzione di S2L, e si è sparsa la voce che i fornitori siamo noi. Quindi, Romano ha deciso di alzare la posta, producendo la versione più potente che ha attirato l'attenzione di qualcuno. Qualcuno che vuole il controllo del mercato. Chiunque sia, sta comprando fino all'ultima goccia della versione più potente e della nostra, così da poter apportare lui stesso la modifica, concentrandola e rendendola un'arma impossibile da rilevare."

"Come ha fatto Romano a essere così incredibilmente stupido?" Le parole mi scappano fra i denti serrati. Abbiamo venduto la droga come un calmante, un modo per mitigare il dolore e impedire alle persone di andare in overdose con roba più letale. È la strategia ideale per far durare la dipendenza. E l'avidità di Romano ha rovinato tutto.

Rimango in silenzio riflettendo sulla teoria di Jase.

"Chiunque la stia accumulando è dalla sua parte, non dalla nostra. Qualcuno che vuole il suo territorio, forse?" suggerisce, e io non posso far altro che annuire in risposta. Chiunque sia, non si sta impegnando molto a nascondere la sua posizione e le sue intenzioni. A meno che, ovviamente, lo scopo non sia un altro. Mi passo di nuovo il pollice sul mento pensando a tutti i bastardi che conosco che potrebbero ambire al ruolo di Romano. Forse *volevano* che lo sapessimo.

"Invia la banda di Mick nella parte sud a raccogliere le informazioni su ogni acquirente e a trovare un collegamento. Voglio sapere chi ci sta mettendo lo zampino e se vendono anche altrove."

"È roba costosa, questa versione potente. E chiunque la compri all'ingrosso deve aspettarsi di rivenderla."

"Forse pensano che Romano perderà la guerra e che entreranno in un territorio con molta domanda e abbastanza droga per soddisfarla?"

Jase annuisce alla mia previsione, schioccando la lingua e continuando a tamburellare con le dita sulla sedia. "Questo non rappresenta un problema per noi," aggiunge.

"Pensi che si fermeranno ai Romano?" gli chiedo e, intelligente com'è, scuote la testa, con un piccolo ghigno che gli increspa le labbra. Jase adora le sfide. Vive per annientare chiunque pensi di poter minacciare ciò che abbiamo costruito con tanta fatica.

"Quindi non lo diciamo a Romano?" domanda.

"Neanche una parola. Ci ha derubati." Lo guardo dritto negli occhi e giungo a una conclusione.

"Hai ancora intenzione di organizzare la cena, la prossima settimana?" mi chiede.

Romano pensa che si tratti di una cena di festeggiamento.

Talvery è debole. È quasi deludente vedere con quanta facilità tutto gli stia crollando addosso. C'è già una frattura all'interno delle sue fazioni, o almeno così si dice in giro. Metà della sua banda sta accettando tangenti da Romano. Sono riluttante ad abbassare la guardia. Le apparenze possono ingannare. Lo so fin troppo bene.

Ciononostante, Romano verrà alla cena. E io mi mostrerò entusiasta di festeggiare la caduta del suo rivale di lunga data. Almeno abbastanza a lungo da attirarlo nella trappola.

"Sì." Parlo con convinzione, fissando il baule sotto la libreria sul lato destro della stanza. "La prossima settimana sarà qui, al nostro tavolo, a casa nostra."

"Non si tratta della guerra o della droga, vero?" La domanda di Jase riporta il mio sguardo su di lui. "Si tratta di lei?"

Il suo intuito mi gela il sangue. Devo ricordare a me stesso che è mio fratello, che lo sa perché mi è stato vicino per tanto tempo. Devo ricordarmi che è impossibile che chiunque altro possa scoprire la verità.

"Sì," rispondo con cautela mentre i nostri sguardi si incrociano e aspetto la sua reazione. Ancora una volta, cado preda del ticchettio dell'orologio e lui sceglie con cura le parole. "Lei ne fa parte."

"Potremmo darle dei soldi e liberarla," propone. Ma sbaglia.

"Tornerebbe subito da suo padre, e tu lo sai."

"Allora lascia che lo faccia," dice Jase e alza le spalle come se non fosse affar nostro.

"Così i Romano e tutti gli altri penseranno che siamo talmente deboli da permettere che una ragazza se ne vada?"

"Da quando ti interessa quello che immaginano?" mi chiede, fingendo ancora che questa conversazione non sia nient'altro che una chiacchierata priva di significato?

"Devono credere che non mi interessi. Ma il modo in cui ci vedono è più importante di qualsiasi altra cosa. Per controllare quello che fanno, dobbiamo sapere cosa pensano. Dobbiamo essere in grado di manipolarli per intuire cosa faranno dopo."

"Puoi dire che ti sei stancato di lei." Jase continua a darmi dei suggerimenti e questa volta mi fa arrabbiare. Sono stufo di sentirmi dire di lasciarla andare ed eliminarla dall'equazione. È troppo preziosa per me.

"Mai," rispondo tutto d'un fiato, senza pensarci.

"Mai?" chiede Jase con tono interrogativo, abbassando solo ora la guardia. Stringe la presa sul bracciolo di pelle e lascia trasparire un accenno di rabbia.

"La volevo… prima."

"Prima che Romano te la offrisse?" Ho stuzzicato l'interesse di Jase.

Mi limito ad annuire, perché sento che la confessione sta per venire alla luce.

"Perché?" mi chiede, e io non gli rispondo. Non posso. Invece, gli offro una piccola verità. "Non me l'ha offerta. Gli ho detto che sarebbe stata lei o nessun'altra," spiego sottovoce, per assicurarmi che le parole svaniscano prima che lui possa sentirle.

"Cosa le farai?" mi domanda di nuovo. I miei fratelli continuano a chiedermelo e questo mi fa arrabbiare.

"Deve temermi… per un po'." Il mio pollice sfiora nervosamente il labbro inferiore. "Non sarà sempre così."

"Devi dirmi di più," mi ordina, e io ribatto prontamente: "Non devo dirti un bel niente."

Passa un attimo in cui la rabbia mi scorre nelle vene. I ricordi e tutto ciò per cui ho lavorato, quello che siamo diventati, ogni cosa si sta trasformando in odio e rovina.

"Questa conversazione è finita," concludo. Lui sorride e basta. Un sorriso timido e complice, e poi annuisce. La tensione svanisce e senza aggiungere altro, Jase lascia l'ufficio. So che se n'è andato con molto più di quanto ha dato.

Nel frattempo, il ticchettio dell'orologio non si ferma. *Tic-tac. Tic-tac. Tic-tac.* Il mio sguardo si sposta dal baule al laptop con lo schermo nero che mi fissa.

Respiri profondi. Inspira ed espira. I respiri profondi mi riportano a lei.

Quando riaccendo il monitor per controllare cosa sta facendo il mio passerotto, vedo che sta già dormendo.

È da tanto tempo che questi ricordi non mi perseguitano, ma mentre spengo le luci nella sua cella, tornano lentamente a galla.

Ricordi che mi hanno reso quello che sono. Di cui lei fa parte, anche se non lo sa.

Il ricordo del giorno in cui ho scoperto chi era Talvery e cosa può davvero fare la paura a una persona.

Arriva un momento in cui non importa più chi ha tirato l'ultimo pugno o quanto sangue hai perso. È quello l'istante in cui non riesci più a sentire nulla.

La tua vista è offuscata e sai che la morte è talmente vicina che la implori. È l'unica cosa che ti porterà via ogni sofferenza.

Niente aveva senso. Anche quando la testa mi si piegava all'indietro e altro calore sgorgava dalla bocca, il dolore non era nulla. E sapere che la fine era vicina mi dava conforto. Le catene che mi tenevano bloccato alla sedia erano svanite e riuscivo a malapena a sentirle affondare nella carne.

Ma anche in tutto questo, lei significava qualcosa. L'ho capito immediatamente. Aveva la forza di distruggere la speranza che tutto finisse presto.

I suoi piccoli pugni battevano sulla porta così vicina eppure così irraggiungibile.

La sua voce chiamava e attraversava la nebbia della realtà.

Non riuscivo a sentire cosa gridasse, ma aveva spinto il padre a posare la chiave inglese. Ricordo il pesante suono metallico che aveva fatto cadendo sul pavimento, mescolato alle sue dolci suppliche femminili attraverso la porta chiusa.

Ero così vicino alla fine di tutto, e lei mi ha salvato. Anche se non se lo ricorda. Non mi ha mai nemmeno visto.

Ci sono voluti anni prima che mi permettessi di ripensare a lei. E a quel giorno.

Avevo quasi trovato una via d'uscita. Ero sul punto di abbandonare la vita da persona buona. Forse non pura, non perfetta, ma un uomo migliore di quello che sono ora e un'anima innocente.

Lei è la ragione per cui sono sopravvissuto e sono diventato così.

Non voglio solo che sia alla mia mercé.

Voglio tutto ciò che ha.

Non mi fermerò finché non sarà mia. Ogni parte di lei.

CAPITOLO 12

Aria

Penso che siano passati due giorni da quando Cross ha cambiato le regole. Se ho ragione, sono quasi due settimane che sono qui. E due giorni interi senza mangiare nulla.

Mi rifiuto di essere imboccata dalle sue dita come un cane. Non sono il suo animaletto. Il modo in cui mi guarda, come se non desiderasse altro che vedermi inginocchiata tra le sue gambe ad accettare ogni boccone, mostra un misto del suo desiderio nei miei confronti e della brama di potere. La combinazione è inebriante e mi confonde. Sono dipendente dalla fame nei suoi occhi, ma ho paura di ciò che accadrà se cedo.

Non voglio sottomettermi e inginocchiarmi davanti a lui. Almeno, questo è quello che continuo a ripetermi. Le ferite che ho addosso me lo ricordano. Man mano che la solitudine si protrae e la noia mi fa domandare se sto perdendo la testa, devo ricordarlo a me stessa.

Questi pensieri mi rendono il respiro pesante e mi fanno brontolare lo stomaco. La parte disgustosa è che non vedo l'ora che lui apra la porta. Voglio che stasera entri come ha fatto ieri sera e la sera prima. Con un vassoio d'argento pieno di tentazioni.

Sto morendo di fame e so che non posso continuare così. So che a un certo punto cederò. Ha ragione. Mangerò. Sto già pregando che apra la porta, anche se lo maledico e stringo i pugni, giurando che sarò abbastanza forte da rifiutare.

Ma vincerà lui. Lo sento.

Sto pregando che arrivi, così potrò mangiare qualcosa. Qualunque cosa porti: se arrivasse in questo momento, accetterei ciò che mi offre e farei di tutto per ottenerlo. Per quanto desideri che non sia vero. Farei qualsiasi cosa per mangiare, in questo momento. Per mangiare qualsiasi cosa.

I miei occhi si sollevano da terra verso la porta che si apre cigolando. Non alzo la testa e resto sul pavimento sporco, rigida e immobile.

Sento il suo sguardo su di me, ma non riesco a ricambiare. L'unica cosa che attira la mia attenzione è il vassoio che tiene in equilibrio con la mano destra davanti al petto. Non riesco ancora a vedere cosa c'è sopra, ma ne sento l'odore.

Abbasso lentamente le palpebre e quasi gemo per i profumi dolci che mi inondano i polmoni. Quando finalmente apro gli occhi, spinta dal rumore della sedia che lui sposta sul pavimento avvicinandosi a me, scopro tutto. Vedo le prelibatezze che saranno responsabili della mia patetica rovina.

Il vassoio è pieno di cibo dolcissimo. Frutti di bosco, pezzi di mango e ananas fresco.

È tutto colorato e disposto in modo splendido. Come ho detto, un vassoio d'argento pieno di tentazioni.

"Come va la tua mano?" mi chiede Cross, e solo allora do segno di aver notato la sua presenza.

"Bene." La mia breve risposta viene ricompensata dal fatto che lui avvicina il vassoio alle sue ginocchia. "Credo che ci sia un livido," gli dico nel tentativo di dargli quello che vuole.

"Hai picchiato il pugno su quella porta per più di quaranta minuti." Stringo i denti alla sua risposta.

"Beh, almeno mi hai ascoltata," dico, anche se non posso negare che mi faccia male. Sono tremendamente sola. E stanca e indolenzita. Ma più che altro sola.

"Sì," è tutto ciò che dice.

Carter Cross apprezza la routine. Gli piace che le cose siano fatte in un certo modo, forse per sembrare prevedibile, ma io penso piuttosto che sia per costringermi a comportarmi in modo prevedibile nei suoi confronti.

In queste sessioni, quelle in cui mi porta del cibo, cerca di simulare una conversazione prima di offrirmi da mangiare. E oggi so che gli risponderò. So che farò quello che vuole. Sono davvero disperata.

"Sei sporca," mi dice con quella che sembra sincera compassione. "Non ti lavi come speravo che facessi."

Mi mordo la lingua per quei commenti perversi, ma non riesco a trattenermi. "Non sono mica il tuo cagnolino." Non riesco a nascondere la rabbia. Dovrei fingere come fa lui, ma scelgo di non farlo. Mi darà da mangiare comunque. Spero. Cross si limita a sorridere e questo mi fa quasi indietreggiare. Non per il modo in cui mi guarda, ma per come il mio corpo reagisce al suo sorriso. Per come sembra godere quando non mi trattengo. È una situazione pericolosa. *Lui* è pericoloso.

"Sei stanca."

"Dormire è complicato." Gli rispondo percependo quanto siano pesanti le borse sotto i miei occhi.

"Almeno c'è un materasso," dice con tono ironico, e quei suoi occhi penetranti mi fissano profondamente, come se potesse vedere attraverso il muro che ho eretto a mia difesa. Il solo modo in cui mi guarda mi fa mettere in discussione tutto.

Il tempo scivola via mentre lo osservo, sentendo quelle stesse difese sgretolarsi dentro di me. Cerco di reprimere l'odio che provo per lui in questo momento, per poter chiudere la questione e mangiare.

"Sembri debole, passerotto."

"Continui a chiamarmi così," ribatto.

"Non ho mai detto che sei debole," replica, e il suo tono è duro quanto il mio.

"Intendevo 'passerotto'. Continui a chiamarmi passerotto." La mia voce si incrina. Non voglio che mi chiami in nessun modo. Né con il mio nome, né con un dolce soprannome. Non riflette come mi vede veramente. Ha lo scopo di indebolirmi, di farmi ammorbidire. "Smettila di chiamarmi così."

"No," dichiara in tono aspro. "Ora vieni qui, passerotto. Vieni a inginocchiarti davanti a me e lascia che ti dia da mangiare."

Questa è la seconda parte della sua routine, quella in cui gli dico più e più volte di andare a quel paese. Ma oggi mi muovo lentamente e mi metto a quattro zampe. Ingoio il mio orgoglio, e fa male. Mi fa male fisicamente. Non sapevo che l'orgoglio fosse una palla chiodata dentro lo stomaco finché non ho mosso un ginocchio davanti all'altro. Quando mi fermo ai suoi piedi, il mio corpo è infuocato dall'imbarazzo e dalla vergogna.

Non riesco ad aprire gli occhi finché la sua mano ruvida non mi sfiora la mascella. Vorrei non sentire il bisogno di appoggiarmi a lui. La solitudine mi consuma ogni giorno. Se potessi fermare il tempo e fingere di essere altrove, con qualcun altro, cercherei il suo tocco forte. Mi concederei di godere del suo calore e del suo conforto.

Ma in questo momento, sto fissando gli occhi scuri di un uomo che mi ha già tenuta così in passato. Per poi mostrarmi in fretta quanto facilmente potesse ferirmi.

Deglutisco a fatica e aspetto la terza parte. Mancano solo pochi secondi prima che mi dica di aprire la bocca.

Come se mi leggesse nel pensiero, Cross mi sfiora le labbra con il pollice. È una carezza delicata che accende qualcosa di primitivo in me, riscaldandomi il cuore e facendolo battere all'impazzata nel petto. Le mie ginocchia si muovono, obbedendo al comando del mio corpo di avvicinarmi a lui.

Di avvicinarmi all'uomo che controlla la mia libertà. Di avvicinarmi al suo tocco delicato.

"Apri," mi ordina, e sento le labbra aprirsi di loro spontanea volontà.

I miei occhi rimangono chiusi finché la sua mano non si allontana e il suo calore viene sostituito dal freddo dell'aria della cella.

Il mio cuore batte forte per la paura finché non lo vedo prendere un pezzo di fragola e portarmelo alle labbra. Mi vergognerei della voracità con cui mangio quel piccolo pezzo di frutta, se solo consumarlo non mi facesse sentire ancora più affamata. La dolcezza cade in una voragine di dolore causato da una fame sorda. E ancora una volta, il mio corpo si avvicina a lui.

Cross non dice nulla né accenna ad altro se non al suo desiderio di continuare a nutrirmi. E io accetto ogni pezzo con una fame che sembra solo intensificarsi. Le mie mani trovano la strada verso le sue ginocchia, stringendole mentre ingoio il cibo che mi offre.

Mi ci vuole troppo tempo per rendermi conto che lo sto toccando. È il suo gemito di approvazione a farmelo capire, ma quando cerco di allontanarmi, lui fa lo stesso con il frutto che ha in mano.

"Resta." Mi impartisce un semplice comando, e io obbedisco. Mi aggrappo a lui per averne ancora.

La parte davvero vergognosa, però, è quanto il suo comando di restare mi abbia fatto desiderare ancora di più. La sua mano sulla mia, guardarlo mentre mi guarda.

Passa un attimo in cui mi rendo conto che lui conosce i miei pensieri proibiti.

La mia più grande paura è che li esprima e li trasformi in realtà. Costringo le dita ad affondare nella sua gamba e apro di più le labbra, implorando silenziosamente di averne ancora, così da poter nascondere la tentazione che cresce sempre più bollente tra noi.

Penso che lo stia facendo lentamente di proposito. Raccoglie i pezzetti di frutta e si prende il suo tempo prima di infilarli tra le mie labbra.

"Apri di più," mi ordina, ed è solo perché il mio stomaco mi fa male per il bisogno di mangiare che gli obbedisco, o almeno è quello che mi dico. Chiudo gli occhi, trattenendo ogni altro pensiero.

"Guardami," mi esorta mentre ingoio il piccolo boccone e la sua mano forte mi afferra il mento, costringendomi ad alzare la testa. Il succo che gronda dalle sue dita mi bagna la parte inferiore del viso. È così vicino, i suoi occhi scuri vorticano con un'intensità che cattura il mio sguardo. "Sei così forte," mi dice, e lo odio per questo. "Tu non mi credi, ma lo sei."

Il polpastrello ruvido del suo pollice mi sfiora il labbro inferiore e sono tentata di morderlo, solo per fargli un dispetto. Per dimostrargli che qualunque cosa lui creda che io stia pensando è solo nella sua testa. Colgo il sorriso ampio che gli si dipinge sul volto quando lo guardo di nuovo.

Mi offre un altro pezzo e io lo prendo in bocca. Devo aspettare che ritiri le dita, ma lui non lo fa.

Il mio sguardo torna sul suo e lui abbassa le labbra sul mio collo, con le dita ancora nella mia bocca e il succo del frutto che ha un sapore ancora più dolce. La sua barba appena accennata sfiora la mia clavicola e poi mi sussurra all'orecchio: "Vedi quanto sei forte? Ti piacerebbe mordermi, ma sai come sopravvivere."

Il suo respiro caldo mi solletica il collo e mi fa venire la pelle d'oca. Con mia grande vergogna, i miei capezzoli si induriscono e la mia schiena si inarca leggermente. "Che brava ragazza sei, Aria," dice Cross, e io mi allontano da lui, lasciando il frutto tra le sue dita e sfiorando il cemento con il sedere mentre mi sposto all'indietro, mettendo distanza tra noi.

La paura è viva dentro di me, ma è cambiata. Ho paura di ciò di cui sono capace e di quanto mi piacerebbe farlo.

L'immagine di lui che mi blocca a terra mi balena davanti agli occhi e, crudelmente, mi rende ancora più eccitata. Deglutisco a fatica, sentendo le guance diventare calde per l'imbarazzo.

Cross non si muove dalla sedia. "Hai finito?" mi chiede. Non riesco a guardarlo negli occhi. Non mi fido di ciò che potrei dire. Forse è così che ci si sente davvero quando si viene annientati.

"È perché hai finito o perché sei bagnata?" mi chiede con una voce roca che non fa che aumentare il mio desiderio.

"Vaffanculo," mormoro, stringendo gli occhi e scavando il cemento con le unghie smussate.

Cross lascia che un accenno di sorriso gli sfiori le labbra senza raggiungere gli occhi, poi si alza, sovrastandomi. "Ti ho detto che ti volevo, Aria. E ottengo tutto quello che voglio. Ricordatelo bene."

CAPITOLO 13

Carter

Non ha mangiato, si è mossa a malapena da quando ha ceduto ieri sera. Sono entrato due volte da allora, ed entrambe le volte mi ha respinto, anche se l'unico pasto che ricordo negli ultimi giorni è stata una manciata di frutta.

Sento la tensione tra noi. So che la guerra che sta portando avanti è la stessa che sto combattendo anch'io. Ma passa le notti urlando, dormendo a malapena. Quel piccolo passo avanti che fa di giorno viene annullato di notte, e io non posso farci niente.

Sta per cedere di nuovo, lo percepisco nell'aria. Non sono mai stato così ansioso di entrare nella sua cella come oggi.

Devo nascondere il sorriso quando scivola dalla brandina sul pavimento. Non resta mai sul letto quando entro. Almeno, non l'ha ancora fatto.

Il mio cuore batte forte mentre osservo la sua espressione che si incupisce.

Stasera non c'è il vassoio. Nessuna offerta per lei.

Mi accorgo che il suo respiro accelera quando capisce che sono qui per qualcos'altro.

Lascio intenzionalmente che la sedia strida sul pavimento e mi avvicino.

"Non ho niente da dire," dichiara quando mi siedo vicino a lei, ma abbastanza lontano da permetterle di strisciare fino a me e inginocchiarsi. La parte dello strisciare non mi interessa. È stata lei a decidere di farlo; a me importa solo che si inginocchi.

"È interessante che sia tu a iniziare la conversazione, vero?" Non risponde. La sua clavicola sembra più prominente che mai. Non riuscivo a vederla sui monitor, ma tre giorni di digiuno stanno cominciando a farsi notare e non mi piace. Non voglio che sia affamata.

Dovrei provare rimorso per questa osservazione, non rabbia.

"Perché ti rendi le cose più difficili?" le chiedo con tono di profonda disapprovazione.

E ancora una volta, lei non risponde.

"Cederai di nuovo. Non puoi farci niente. Te ne rendi conto, vero?" È una ragazza perspicace. Chiunque abbia un minimo di intelligenza sa che la fame è dolorosa e che l'istinto di sopravvivenza ha la meglio sull'orgoglio.

"Lasciami andare," dice debolmente, asciugandosi gli occhi e nascondendo le lacrime. È davvero vicina al crollo. Estremamente vicina.

"Sono stanco di sentirti ripetere questa frase."

"Allora siamo stanchi entrambi," dice dolcemente, giocando con i suoi vestiti sporchi. Le darei tutto, se solo mi obbedisse.

"Mi volevi," le ricordo, e lei emette un verso sprezzante.

Stringe gli occhi, mi guarda e dichiara: "Non sei tu quello che voglio."

"Allora cos'è che volevi?" le chiedo, sporgendomi in avanti sulla sedia così rapidamente da spaventarla. Sono a pochi centimetri da lei, talmente vicino da sentire il calore del suo corpo. Si allontana da me salendo meccanicamente sulla brandina, fissando il vuoto sulla parete bianca.

"Rispondimi," dico, e nella mia voce c'è poca pazienza. Il mio corpo si irrigidisce e mi sposto in avanti sulla sedia per avvicinarmi il più possibile. Non mi piace l'effetto che mi fa, ma detesto non sapere cosa fare con lei. Non la voglio così. Ho bisogno che crolli adesso, che la sua mente ceda prima del corpo.

Mi guarda con disprezzo e mormora a stento: "Non so cosa volevo."

"Volevi che ti scopassi," le dico con voce che vuole essere seducente. Praticamente sussurro. "Che ti dessi da mangiare, che mi prendessi cura di te, che ti scopassi e ti mettessi a letto sazia e soddisfatta." Lei rimane in silenzio mentre io mi appoggio di nuovo allo schienale sulla sedia scomoda. "È quello che volevi."

"Volevo solo riavere il mio maledetto quaderno!" mi urla con una rabbia che so deve averla ferita. Deglutendo a fatica, distoglie lo sguardo per nascondere le lacrime.

Il mio cuore batte forte, solo una volta, poi si ferma per un attimo mentre lei si asciuga gli occhi.

"Vuoi un quaderno?" le chiedo, anche se non ho idea di cosa stia parlando.

Mi guarda e il suo petto si alza e si abbassa regolarmente. A ogni respiro, l'incavo della clavicola è più evidente. "Dimmelo," le ordino.

"Il mio blocco da disegno," mormora dolcemente, dimenticando la rabbia e il disprezzo. "È quello che mi ha portato al bar dove quei coglioni mi hanno aggredita," sussurra con rassegnazione. "Volevo solo riavere il mio blocco da disegno."

"Uno specifico?" le chiedo sollevando leggermente le sopracciglia. Non se ne parla. Posso procurargliene uno nuovo, ma non ho intenzione di rischiare ciò che è già stato messo in moto per trovare qualcosa che ha dimenticato da qualche parte.

"Sì," sussurra e schiude le labbra per aggiungere qualcosa, ma non posso e non voglio cercare nessuno dei suoi effetti personali.

"È andato perso," dico seccamente, interrompendola.

La guardo mentre deglutisce e noto la tristezza farsi strada nei suoi lineamenti. "Uno qualsiasi andrebbe bene." Scruta il mio viso con cautela e si appoggia al materasso facendolo affondare sotto il suo peso. È fragile, con un'aria sottomessa che traspare chiaramente dalla sua espressione.

"Un blocco da disegno. Cos'altro vuoi?" Le mie dita fremono dal desiderio di accarezzarle la mascella e obbligarla a guardarmi. Per costringerla a rendere tutto più facile per sé stessa e per entrambi.

Mi studia attraverso le palpebre socchiuse, le ciglia scure che mi impediscono quasi di vederle gli occhi. Ma in quel piccolo scorcio che mi concede, scorgo solo rabbia.

"Hai qualcosa da dire?"

"Vaffanculo," sputa fuori.

Non ho mai sentito il bisogno di baciarla. Fino ad ora. Nonostante i vestiti sporchi. Tra noi cala il silenzio mentre immagino di afferrarle la nuca e di baciarla sulle labbra. Mi morderebbe. So che lo farebbe proprio perché pensa che sia giusto, e questo mi eccita ancora di più.

"La tua linguaccia. È quella che ti metterà nei guai."

"Come se non ci fossi già fino al collo," mi risponde a denti stretti, sollevando il mento verso di me.

"Ci finirai se non mi obbedisci." Ogni parola esce pesante, facendomi stringere il petto per la tensione di ciò che sta per accadere. Il mio respiro è affannoso e un fuoco mi scorre nelle vene.

Vedo le sue labbra contrarsi per il bisogno di parlare, ma poi si morde la lingua.

Questa è la versione di Aria che voglio. La rabbia che deriva dal sapere e accettare di essere alla mia mercé.

"Dimmi cosa pensi davvero, Aria," la invito dolcemente, anche se le mie parole rimbombano forte. Il mio sguardo è fisso sul suo. Il sangue mi pulsa nelle orecchie. Tutto quello che posso fare è aspettare che lei parli.

Un battito. Due battiti del mio cuore prima che sussurri con voce rotta: "Sei un mostro."

"E perché mai?"

"Per quello che vuoi da me," dice a bassa voce, ma senza distogliere lo sguardo.

"Cosa voglio da te?" le chiedo stringendo più forte il bordo della sedia.

"Vuoi scoparmi." Non esita a rispondere, ma la furia nella sua espressione si trasforma in un dolore che la spinge a distogliere l'attenzione da me.

"Certo che voglio scoparti," le dico con la voce più calma possibile. Il mio sguardo scivola sulle sue curve e devo sforzarmi di riportarlo sui suoi occhi da cerbiatta mentre lei si sposta più indietro sul letto. Sta cercando conforto e sicurezza, ma tutto ciò che ottiene è farmi desiderare di inseguirla.

Mi sporgo in avanti, appoggiando i gomiti sulle ginocchia. "Ti ho desiderata dal primo momento in cui ti ho vista." La mia confessione esce come un sussurro e il ricordo delle settimane successive a quella notte di anni fa mi balena nella mente. Dovevo conoscere il volto dell'angelo che mi aveva salvato. Se all'epoca avesse saputo cosa stava facendo, se solo avesse intuito che non valeva la pena salvarmi. L'odio e l'amore che nutro per lei si sono scontrati dentro di me per anni.

Un attimo di silenzio ci separa. E poi un altro.

"Falla finita," sussurra senza alzare lo sguardo. Il suo tono di sconfitta suona falso.

"È perché anche tu mi desideri, ma non hai il coraggio di ammetterlo?" Oso sfidarla e di nuovo quella rabbia ritorna con tutta la sua forza.

"Fottiti." Si sporge in avanti mentre pronuncia quella parola, quasi sputandola. E la collera e la sfida mi fanno venire ancora più voglia di affondare dentro di lei.

"Oh, lo farò con te, passerotto." La lussuria mi scorre nelle vene quando lei indietreggia di nuovo, lo sguardo fisso su di me come se stesse osservando ogni mia mossa ma non volesse che me ne accorgessi.

Ciò non fa che allargare il sorriso che mi aleggia sulle labbra.

La sedia scivola indietro mentre mi alzo e il rumore che fa graffiando il pavimento spaventa Aria. Si siede un po' più dritta e rigida e mi guarda con occhi sgranati fare due passi verso di lei.

"Vuoi farla finita?" le chiedo prendendo in mano la mia cintura. Voglio che veda quanto sono eccitato per lei. E voglio darle una lezione.

La cintura scivola fuori dai passanti dei pantaloni, lasciando nell'aria il suono del cuoio che sfiora il tessuto. Il mio sangue scorre veloce per l'adrenalina e il desiderio mentre la osservo respirare più rapidamente.

Il metallo della fibbia tintinna sul pavimento, e abbasso la cerniera dei pantaloni. Un rossore sale dal petto di Aria alle guance.

"Vieni qui," le ordino con il poco fiato che mi è rimasto nei polmoni, stringendo la mia erezione attraverso i pantaloni, e lei mi guarda. Potrei giurare che le sue labbra si siano schiuse e abbia stretto le cosce.

I suoi occhi spalancati passano dal mio membro al mio viso.

"Vieni qui," le ripeto quando non si muove. So che mi desidera. Forse non in questo modo, ma devo mostrarle il potere che ha. Finché non si sottomette, tutto ciò che avrà è questo potere su di me. "Mettiti in ginocchio davanti a me," aggiungo e mi tocco di nuovo. "Aria." Il suo nome esce duro dalle mie labbra, ma intriso di peccato e desiderio quando proseguo: "Ti voglio da morire."

Non mi sfuggono né il piccolo sussulto che emette né la sua breve esitazione.

Osservo ogni cambiamento nella sua espressione. Il modo in cui le sue unghie affondano nel materasso, il suo corpo che si irrigidisce e fa scricchiolare il letto mentre si avvicina lentamente, come se volesse obbedire. Deglutisce così rumorosamente che riesco a sentirla scendere lentamente dal letto. Si alza sulle gambe deboli prima di cadere davanti a me, in ginocchio.

Il mio battito accelera, ma non so come. Tutto il sangue del mio corpo sembra essersi concentrato fra le mie gambe.

"Se mi chinassi e ti infilassi la mano tra le cosce," le chiedo, trattenendo un gemito al solo pensiero, "quanto ti troverei calda e bagnata?"

Lei spalanca gli occhi e si inclina all'indietro, ma data la posizione in cui è seduta, con le gambe sotto di sé, non può inclinarsi molto senza perdere l'equilibrio.

"Sai come sarà quando finalmente ti prenderò?" le chiedo mentre pulso dal desiderio, costretto ad accarezzarmi ancora una volta.

Lei espira pesantemente, quasi violentemente, ed evita il mio sguardo.

"Urlerai il mio nome come se la tua vita dipendesse da me." Mi accarezzo ancora e ancora. Accidenti, sono così bramoso del suo tocco che il mio sesso pulsa così forte da farmi male. "Non avrò pietà di te, Aria, ti scoperò come se fossi mia, fino a rovinarti."

Lei piagnucola e lotta per rimanere immobile davanti a me. Le sue cosce si stringono quando io calcio la sedia dietro di me, per potermi accovacciare davanti a lei.

I suoi occhi color nocciola sono spalancati e pieni di desiderio.

"Voglio darti tutto," le sussurro chinandomi in avanti e lasciando che le mie labbra le sfiorino la mascella. Un brivido di disagio mi attraversa quando realizzo la verità di quelle parole.

Lei trema e vedo le sue unghie affondare nelle cosce. "Devi dirmi cosa vuoi e quando ti chiederò quanto mi desideri, farai meglio a essere sincera."

Mi allontano, lasciando che le mie dita le sfiorino il lato destro del viso, poi più in basso, sul collo e sulla clavicola. Quindi ancora più in basso, sul petto. "Voglio vedere come reagisci quando ti pizzico e ti mordo qui," le dico mentre mi sposto sui suoi capezzoli.

"Pensi che ti piacerà?" le chiedo. E per la prima volta, ammette una piccola verità, annuendo brevemente e poi distogliendo lo sguardo.

Il suo respiro è disordinato e so che si vergogna.

"Desidero disperatamente sentirti venire su di me," le confesso, sussurrandole all'orecchio dato che ha ancora la testa girata. "Dimmi cosa vuoi."

Tutto ciò che riesco a sentire è il nostro respiro affannoso che si mescola nell'aria calda che ci separa.

"Dimmelo, passerotto," insisto, sperando che ceda.

Il tempo sembra allungarsi all'infinito.

"Un blocco da disegno." Sbattendo le palpebre per scacciare la nebbia dai suoi occhi e continuando a negare ciò che desidera veramente, pronuncia parole inutili.

E io la lascio così, bramosa, ansimante e arrossata dal desiderio.

Imparerà a chiedere ciò che vuole. Oppure resterà qui per sempre.

CAPITOLO 14

Aria

Non mi sono mai sentita così prima d'ora.

Come se non fosse rimasto nulla di me se non il guscio di una persona debole e patetica. Sono disgustata dal modo in cui il mio corpo mi implora di cedere a Cross.

Ma soprattutto, provo pietà per me stessa, ed è proprio questo che alimenta il mio odio.

Mio padre non verrà. Nikolai non verrà.

Temevo che fossero morti, ma ieri Carter mi ha detto che sono ancora vivi e che la guerra è solo all'inizio. Non so se mi stia mentendo o meno. Forse voleva darmi speranza per poi portarmela via. Non so più nulla e niente mi offre la prospettiva di uscire da qui.

Non appena questo pensiero mi colpisce, mi accascio in avanti e nascondo il viso tra le mani sporche. Hanno l'odore della terra, ma sto lottando per respirare e mantenere un minimo di compostezza, quindi non me ne importa nulla. Anche se mi lavo con l'acqua calda che mi aspetta quando mi sveglio, mi sento sempre sporca. Quel tipo di sporco impossibile da eliminare.

Sono sola. Prigioniera. E non vedo alcuna via d'uscita. Non c'è nessun cavaliere bianco che irromperà qui dentro per salvarmi. Non ne valgo la pena. Se così fosse, mi troverebbe, verrebbe a prendermi. Mi porterebbe via e farebbe pagare a Cross il fatto di avermi tenuta qui a morire di fame e a tormentarmi con il pensiero di essere il suo giocattolo sessuale.

Il destino invece mi ha mandato un cavaliere oscuro. Con un'armatura ammaccata e graffiata e un gusto per qualcosa che non dovrei desiderare. Il mio viso è troppo caldo quando allontano le mani, cercando di calmare il respiro e appoggiando la testa contro il muro dietro di me.

La stanchezza ha preso il sopravvento, e so che è perché non mangio.

Ma potrei farlo, sussurra una vocina nei meandri della mia mente. Gli stessi angoli bui dove i ricordi del giorno prima mi provocano una sensazione di calore che mi si diffonde nel corpo.

Affondo i denti nel labbro mentre ripenso alla sua pelle contro la mia. A come mi sono sentita. È stato… tutto.

Come elettricità che scorreva in ogni terminazione nervosa, con un calore e una fluidità che mi facevano venire voglia di scuotermi.

Sì, il cavaliere oscuro è bravo in quello che fa. È incredibilmente abile a farmi cedere e a spingermi ad arrendermi sia ai suoi desideri che ai miei. Mi inumidisco il labbro inferiore, sussultando per la pelle screpolata, e intanto fisso la porta d'acciaio che si rifiuta di aprirsi.

Come se sapesse che stavo pensando a lui e a cosa avrebbe potuto farmi, questa si apre e la mia espressione indurita si trasforma in preoccupazione, curiosità e impazienza.

Non mi ero resa conto di quanto fosse buia la stanza fino a quando la luce intensa proveniente da oltre la soglia non mi fa trasalire. Le mie palpebre stanche bruciano per il bisogno di dormire.

Inspiro leggermente, ma non copro gli occhi né li tengo chiusi a lungo. Appoggiata al muro, attendo con il fiato sospeso finché non mi abituo alla luce.

Mi aspetto di sentire la porta chiudersi, ma rimane aperta.

E l'uomo che pensavo stesse entrando? Non è lui. Non è Carter.

Bum, bum. Il mio cuore batte forte nel petto mentre Jase fa un passo all'interno. La porta rimane aperta e i miei occhi non possono fare a meno di guardare cosa c'è al di là.

Un corridoio e nient'altro di distinguibile, ma so che è la libertà. Quella porta socchiusa conduce alla libertà.

"Ora non farmene pentire." La sua voce profonda sembra echeggiare nella piccola stanza e io deglutisco a fatica. Solo quando la gola mi brucia e mi sembra di soffocare mi rendo conto di quanto sia secca.

"Jase?" Azzardo una parola e questo lo fa sorridere. Me lo ricordo dalla notte in cui sono stata rapita. È così che lo chiamava Carter. Mi ha messo lo straccio sulla bocca. È uno di loro.

Mi rivolge un sorriso sexy e sbilenco che dovrebbe spaventarmi. Invece, il suo aspetto affascinante mi mette a mio agio. Deve essere più giovane di Carter. I suoi occhi sono più dolci. Ma li ricordo fin troppo bene, per le ragioni sbagliate.

"Ti ricordi di me?" mi chiede e fa un passo avanti, afferrando la sedia che usa Carter. È alto quanto lui, ma più magro e, con solo una maglietta bianca e dei jeans scoloriti, sembra meno minaccioso.

Ma le apparenze ingannano.

Apro le labbra per parlare, ma non riesco a dire una parola. Un milione di domande mi affollano la mente.

Perché sei qui? Dov'è Carter?

Mi lascerai andare?

Riesco solo ad annuire.

"Sembri un po' provata," dice, poi la sua voce si affievolisce mentre sbircia dietro di sé. Seguo il suo sguardo verso la porta aperta, ma riporto rapidamente gli occhi su di lui e sulla sedia che ha in mano e che graffia il cemento. La gira all'indietro e si siede. Come se stesse deliberatamente fingendo di essere disinvolto.

È così. È una trappola. Nella mia testa, le mie parole sono forti e imperiose, ma quando le pronuncio sembrano deboli e disperate.

"Cosa vuoi?" Deglutisco e questa volta la sensazione di irritazione alla gola si è quasi placata. Ma il dolore al petto cresce a ogni battito del cuore.

Jase inspira profondamente e si gira ancora una volta, verso la mia strada per la libertà, poi la indica con il pollice. "Non sembra che si stia prendendo cura di te, vero?"

Bum. Un altro battito.

"È un trucco?" La mia domanda è appena un sussurro.

Jase ride dal profondo del petto e il suo sorriso si allarga, mostrando i suoi denti perfetti.

Scuote la testa. "Nessun trucco. So solo che può essere testardo e che a volte si mette i bastoni tra le ruote da solo." È fin troppo gentile. Non c'è una sola parte di me che si fidi di lui.

Lo sguardo mi cade sui piedi. Sui miei piedi sporchi e sulle ginocchia sbucciate. E poi sulle mie unghie, sullo sporco sotto le dita che sembra non andare mai via.

I denti affondano nel labbro inferiore per non lasciar uscire tutte le suppliche disperate che mi pregano di venire fuori, ma provo solo dolore. "Cosa vuole?"

"Te." La voce di Jase è morbida e rilassata. Come se la risposta fosse semplice.

"E che ne sarà di me?" Per la prima volta, il tono delle mie parole è forte come immagino dovrebbe essere.

Appoggiando un gomito sullo schienale della sedia, Jase si tiene il mento con la mano e mi osserva. Apre la bocca, ma poi la richiude.

"Dimmelo e basta," lo supplico.

"Non lo so. Questo…" Jase si interrompe, poi si schiarisce la gola e distoglie lo sguardo per un attimo, prima di tornare a fissarmi negli occhi e continuare: "Non è una cosa che fa di solito."

"Questo?" chiedo sarcasticamente, e come una pazza, un sorriso mi si stampa sul viso e giuro che potrei mettermi a ridere. "Quale parte di questo?" oso ribattere. E per la prima volta da quando Jase è entrato qui, un brivido di puro terrore mi percorre la schiena alla vista della sua espressione.

Il suo sguardo freddo e spietato appare e scompare con la stessa rapidità con cui è arrivato.

Fissa il muro di cemento davanti a sé e mi ignora per un momento. Sto per parlare, ma non so cosa dire. E anche se gli facessi le domande che mi tengono sveglia la notte, Jase non saprebbe rispondere.

Senza pensarci, inizio a pulirmi sotto le unghie. Forse, se lo supplicassi, mi lascerebbe andare. Una risata sincera, ma sarcastica, attira l'attenzione di Jase. Sento il suo sguardo su di me, ma non alzo il mio finché non inizia a parlare.

"Carter ha detto di comprarti un blocco da disegno. Ma ho pensato che forse vorresti anche qualcos'altro?"

"Pillole per dormire," gli rispondo senza pensarci due volte. Ho fame, ma più di ogni altra cosa, ho bisogno di dormire. "È difficile dormire qui dentro."

Quando lo fisso, Jase mi studia come se stessi cercando di ingannarlo e il battito del mio cuore diventa più forte e veloce. "Ho bisogno di dormire," lo supplico. "Le prendo anche a casa. Quelle o il vino, alcune sere. Per favore, non sto cercando di drogare nessuno o di andare in overdose o altro. Ho solo bisogno di dormire." La mia voce si incrina e quella sensazione patetica che mi tormentava solo pochi istanti prima che lui entrasse dalla porta mi assale di nuovo, con forza. Mi fa quasi nascondere la testa tra le ginocchia per la vergogna.

"Voglio solo dormire," lo imploro.

"Pillole per dormire… Una marca in particolare?" La domanda di Jase allevia leggermente l'ansia.

Cercando di ricompormi il più possibile, mi sposto i capelli dietro l'orecchio e gli rispondo: "Ne ho provate molte. Ce n'è una in una scatola rosa che si trova in farmacia. Mi sfugge il nome," dico, poi chiudo gli occhi, tentando di ricordare. Cerco di immaginare la scatola che si trova sul mio comodino.

Al rumore della sedia che graffia il pavimento, li riapro in fretta.

Ma Jase si limita a dondolarsi all'indietro sulla sedia, prende il cellulare e digita qualcosa.

"Vuoi qualcos'altro?"

"Un mazzo di tarocchi," mi affretto a rispondere senza riflettere, e dall'espressione sul volto di Jase capisco che mi ritiene stupida, ingenua o strana. Non lo so. Insomma, anche se sto perdendo la testa, mi rendo conto che è una richiesta particolare. "Mi sto annoiando a morte e mi piace usarle per riflettere. È solo un passatempo." A ogni frase, le mie parole escono più sommesse.

Ogni giorno mi leggo le carte. Quelle maledette, però, non mi hanno predetto quello che sarebbe successo.

"Magari dei vestiti?" mi chiede Jase, lanciandomi uno sguardo eloquente, e le mie guance si infiammano per l'imbarazzo.

"Dei vestiti sarebbero graditi." Non ho pensato molto ai miei vestiti; sono consapevole di essere sporca. L'unico posto dove mi sono seduta o ho dormito è questa piccola brandina e so di puzzare.

"Mi servirebbero molte cose…"

Jase mi interrompe. "Ti procurerò alcuni articoli da bagno e, beh… quelle cose lì."

Annuisco, ingoiando l'umiliazione che minaccia di consumarmi.

"Sei molto gentile per essere una guardia carceraria," gli dico, anche se fisso dritto davanti a me l'angolo vuoto della stanza.

Lui emette una breve risata priva di umorismo e chiede: "Cibo?"

"Carter ha detto che deve essere lui a darmi da mangiare," rispondo immediatamente a Jase e poi chiudo gli occhi, mentre lo stomaco vuoto si stringe per il dolore. Avrei dovuto mangiare prima. Devo essere intelligente. Ma quante volte me lo sono ripetuta, per poi ritrovarmi sempre nella stessa situazione?

"Sembra proprio una cosa che direbbe lui."

In questo momento mi fa male tutto. Il corpo per la stanchezza, il cuore per la disperazione. La fame è solo al terzo posto nella mia lista.

"Cos'altro direbbe Carter?" gli domando, solo per continuare a parlare. Per conoscerlo meglio. Per fargli capire che voglio che resti. Il mio cuore si illumina nella speranza che lui possa avere la chiave per la mia libertà.

"Carter direbbe che gli dispiace che sia andata così." Riderei delle parole di Jase se non mi ferissero così tanto.

"Dubito che sia vero," rispondo quasi in un sussurro.

"Non ha mai voluto tutto questo," dichiara Jase. "Era solo un ragazzino quando la situazione è degenerata, ed era una questione di uccidere o essere uccisi." Il silenzio si protrae mentre immagino una versione più giovane di Carter, una versione non indurita dall'odio e dalla morte.

"C'è sempre una scelta," riesco a dire, anche se lo trovo ironico dato che sono seduta in questa cella, senza averne alcuna.

"È un bel pensiero, vero?" commenta Jase. Non c'è sarcasmo, né rabbia o tristezza. Solo parole concrete.

"Vorrei uscire da questa stanza," gli dico, anche se mi esce come una domanda. Jase annuisce e in me nasce la speranza.

"Succederà," dice Jase. "So che succederà."

"Mi lasceresti almeno uscire? O avvicinarmi a una finestra per prendere un po' d'aria fresca?" Jase inclina la testa e socchiude gli occhi, come per chiedermi se penso che sia stupido.

"Prometto che non scapperò né farò nulla del genere. Lo giuro." Lui mi osserva e mi si stringe la gola.

"Vedrò cosa posso fare," è tutto ciò che dice al mio cuore che batte all'impazzata. Ma è già qualcosa. È un piccolo barlume di speranza.

"Perché sei gentile con me?" Lo fisso nei suoi occhi scuri, sperando che mi risponda, ma dentro di me spero menta. Voglio che mi dica che andrà tutto bene. Che mi tirerà fuori di qui. Ma sono solo illusioni.

"Non sono un tipo gentile, Aria, quindi toglitelo dalla testa." Si alza di scatto e poi mi guarda, iniziando ad andarsene.

Il sangue mi pulsa nelle orecchie alla vista della porta spalancata, con la figura di Jase che la blocca. La sua ombra svanisce nell'oscurità della stanza.

Sii furba. Me lo ripeto ancora una volta. Sii furba.

Non è il momento giusto. *Sii sua amica.* Il pensiero si insinua dentro di me e io lo ascolto. Potrebbe aiutarmi. Potrebbe avere pietà di me, a differenza di Carter.

"Sto solo eseguendo gli ordini di Carter."

Annuisco e mi costringo a guardare altrove. Ovunque, tranne che verso il falso senso di libertà offerto dalla porta. Tornerà. La prossima volta sarò più preparata.

E con questo, rimango di nuovo sola.

CAPITOLO 15

Carter

Sono trascorse tre ore e col passare del tempo Aria si sente sempre più a suo agio.

Non ha smesso di disegnare da quando Jase ha lasciato la cella. E io non ho distolto lo sguardo da lei. Tuttavia, c'è solo una telecamera nella stanza e senza poter zoomare è difficile distinguere i dettagli di ciò che sta scrivendo.

Sul suo letto sono ordinatamente impilati una pila di vestiti e la coperta. Ma lei rimane sul pavimento, continuando a scarabocchiare. Una pagina dopo l'altra, come se fosse ossessionata e incapace di smettere.

Ho bisogno di sapere cosa sta annotando sul foglio. Soprattutto se si tratta di una sorta di resoconto di ciò che è successo negli ultimi giorni. Un messaggio, forse? Magari ha qualcosa a che fare con il motivo per cui urla nel sonno quasi ogni notte.

Il ricordo mi fa venire i brividi lungo la schiena. Non mi sorprende che la prima cosa che abbia chiesto siano state delle pillole per dormire. Neanch'io riesco più a dormire, accidenti. Ogni due notti urla terrorizzata e la situazione non fa che peggiorare.

Pensavo che dopo l'altro giorno le cose sarebbero cambiate.

Un altro foglio vola sul pavimento, ma prima ancora che smetta di fluttuare, lei sta già disegnando su quello che c'era sotto.

Il cambiamento è necessario. Anche se dovessi forzarlo.

Il tragitto dal mio ufficio alla cella è fin troppo lungo. Stringo i pugni e il mio cuore batte più forte man mano che mi avvicino.

Questa volta lascio la porta aperta e la sedia al suo posto.

Mentre indietreggia, allontanandosi dai mucchi di fogli per sfuggirmi, mi chino verso di lei, accovacciandomi e raccogliendo il foglio più vicino.

C'è ancora un po' di spazio fra noi, ma l'espressione sul volto di Aria è di totale paura. Non scorgo la sfida che mi sarei aspettato.

"Ti ho colta alla sprovvista?" le chiedo, inarcando un sopracciglio. Forse pensa che sia venuto a rubarle i suoi regali, o forse la mancanza di cibo le ricorda quello che è successo l'altra notte. So che ha mangiato tutto quello che Jase le aveva portato, quando le aveva consegnato le sue nuove cose.

Mi chiedo se pensi che lui me l'abbia tenuto nascosto.

"Sembri spaventata," aggiungo quando non risponde alla mia domanda. I suoi occhi da cerbiatta sono spalancati e i colori al loro interno si mescolano a innumerevoli pensieri e curiosità.

Non mi risponde, sembra che non respiri nemmeno. La sua attenzione passa dal foglio che ho in mano alla porta aperta.

"Non pensare di scappare, Aria. Non voglio essere costretto a portarti via tutto."

Lentamente, il suo petto si alza e si abbassa. Il suo corpo teso si rilassa, anche se mantiene le distanze. Con la testa abbassata, mi lancia solo qualche occhiata furtiva. È interessante la differenza tra il modo in cui guarda me e quello in cui guarda mio fratello. Lo detesto. Ma la paura e il controllo sono tutto. Un giorno Jase lo capirà.

Con la mascella serrata al solo pensiero, osservo il foglio prima di girarlo tra le mani per vedere cosa ha disegnato. All'inizio è capovolto e mi ci vuole un attimo per capirlo.

È disegnato a penna, ma è bellissimo. Piccole linee sottili e schizzi che raffigurano un cuore sanguinante trafitto da tre coltelli. Lo sfondo è una tempesta e le sbavature d'inchiostro non fanno che accentuare l'emozione chiaramente evidente sul foglio. Sebbene i coltelli sembrino trapassare il cuore senza fatica, la pioggia sullo sfondo è così violenta da distogliere l'attenzione dalle lame.

"Che cos'è?" le chiedo senza alzare gli occhi. So che mi sta osservando, sento il suo sguardo attento. Non le piace scrutarmi mentre lo sto facendo anch'io. Anche se è un'abitudine che devo perdere, mi interessa più ottenere delle risposte che l'obbedienza.

"Il tre di spade," risponde con un filo di voce, invitandomi a studiarla. Per un attimo i nostri occhi si incontrano, ma poi lei distoglie lo sguardo, concentrandosi sul foglio che ho in mano.

"Una delle tue carte dei tarocchi?" le chiedo, poi raddrizzo il foglio, notando quanto assomigli a una carta.

"Sì. Jase ha detto che mi ha comprato un mazzo online, ma finché non arriva ho pensato di disegnarle io stessa."

La osservo per un attimo. Di tutti gli oggetti che avrebbe potuto disegnare, ha scelto proprio questa. "Perché?"

"Mi piace pensare alle cose e mi aiuta." Si tira nervosamente il bordo della maglietta sporca e sfilacciata. "Mi sento sola e non sono riuscita a creare niente di nuovo. Era solo qualcosa…" La sua voce si affievolisce ed emette un respiro tremolante. Settimane passate a non fare assolutamente nulla se non convivere con i propri demoni avrebbero tormentato e spezzato anche le menti più forti. Ma lei è sopravvissuta.

"I vestiti non ti vanno bene?"

"Sì, ma mi sporco disegnando sul pavimento. Quindi ho pensato…" Si ferma per prendere un breve respiro e poi un altro. "Volevo solo occuparmi di questo, poi avevo intenzione di cambiarmi e cercare di pulirmi."

Annuisco, le restituisco il foglio e le chiedo: "Cosa significa?"

Esita a prenderlo, ma quando lo fa, le sue dita tracciano i contorni dei coltelli. "Il tre di spade rappresenta il rifiuto, la solitudine, il cuore spezzato…" Le sue parole non sono rattristate da quelle informazioni, ma si limitano a esprimere la realtà dei fatti.

Mi chiedo se stia mentendo. Se la carta che ho raccolto significhi davvero quelle cose o se stia solo giocando con me. Potrebbe cercare di indebolire la mia determinazione per ottenere compassione. Non succederà mai.

"Ma era capovolta," dice, e questo interrompe le mie considerazioni sulle sue intenzioni.

"E cosa significa?" le chiedo, aspettandomi che mi risponda che sono io la causa di tutto questo. Che dia tutta la colpa a me. E per molti versi è colpa mia, ma anche lei ha delle responsabilità e non se ne rende nemmeno conto.

"Perdono," sussurra, e poi si avvicina lentamente per recuperare a uno a uno i fogli caduti, decine di fogli, raccogliendoli tutti ed evitando in ogni modo di guardarmi.

La parola risuona per un attimo, indugiando nello spazio che ci separa e colpendo qualcosa dentro di me.

La mia pressione sanguigna aumenta e i miei occhi le studiano il viso alla ricerca di un indizio sul reale significato delle sue parole. Ma lei non mi guarda e il suo corpo sembra rannicchiarsi sempre di più.

Il momento passa e lei sistema ordinatamente la pila davanti a sé, ancora senza prestarmi attenzione.

Che ragazza testarda. La mia mascella inizia a contrarsi nel mio solito tic mentre aspetto ancora un attimo. E poi un altro. Poi è lei a guardarmi attraverso le sue ciglia folte. Invece di cogliere disinteresse, risentimento o qualsiasi altra cosa mi aspettassi, vedo solo una supplica silenziosa affinché le conceda questo piccolo momento di felicità.

Ma nulla in questa vita è gratuito. E lei dovrebbe saperlo bene.

"Quando entro qui, voglio che ti inginocchi davanti a me."

Lei sussulta quando capisce cosa ho detto e, mentre abbassa la testa, l'incavo della clavicola sembra accentuarsi fino a farmi venire la nausea.

È riluttante a obbedire, ma deve capire. C'è un'aspettativa che entrambi dobbiamo soddisfare. E ciò che è stato fatto non può essere cancellato. Non è un'opzione. "Ammiro la tua forza. Davvero." Parlo con i suoi occhi puntati sulla mia schiena mentre mi avvicino alla sedia di metallo vicino alla parete opposta. Valuto se lasciarla lì e darle spazio. Ma quell'ipotesi viene rapidamente dimenticata.

Prendo la sedia e la riporto dove lei è ancora seduta, scuotendo la testa mentre le sue spalle si incurvano.

"Continui a dire che sono forte e devo ammettere che non capisco se stai scherzando." Sono sorpreso dalla severità del suo tono e dal veleno che gronda da ogni sillaba. Mi offre un sorriso esitante e poi aggiunge: "Gli hai permesso di darmi tutto questo solo per potermene privare?" Forse quel piccolo assaggio di ciò che era e di ciò che avrebbe potuto avere le è servito a ricordare la sua ribellione e a riaccendere la scintilla tra noi.

Mi piacerebbe che si opponesse a me, ma glielo permetterò solo dopo che si sarà sottomessa.

"Farò come mi pare," rispondo semplicemente, e lei si rifiuta di guardarmi, le dita che tracciano ogni foglio. "Tutto quello che devi fare è obbedirmi e ti darò tutto ciò di cui hai bisogno."

"Preferisco morire." I suoi occhi color nocciola ribollono di indignazione in attesa della mia risposta. "Puoi riprenderti tutto."

Mi siedo con calma sulla sedia di fronte a lei. Incombendo sulla sua figura esile, mi chino in avanti e parlo con calma. "Mio dolce passerotto, avere il coraggio di dire una cosa del genere è un conto. Lo rispetto. Ma farlo davvero è un altro paio di maniche. Hai già obbedito due volte. E non ti ho chiesto granché, vero?"

Lei emette uno sbuffo con un tono che è allo stesso tempo debole e forte. Un atteggiamento che riflette il suo stato d'animo tormentato. È vicina ad avere ciò che vuole e di cui ha bisogno, eppure è anche prossima a perdere tutto.

"È stato uno scherzo crudele, vero?" I suoi occhi si stringono fissando la porta, come se la attirasse.

"Io non scherzo, Aria. La tua vita mi appartiene. Tutto ciò che otterrai per il resto della tua esistenza dipenderà interamente da me." Le mie parole escono aspre e irritate. Sono stufo marcio che non accetti la situazione. "Mettiti. In. Ginocchio."

"Vaffanculo," sbotta lei, e all'istante le mie dita le stringono la gola mentre il polpastrello ruvido del mio pollice le sfiora le labbra. La tengo ferma e sento il sangue affluire al suo collo, il suo respiro affannoso riempie l'aria insieme al rumore della sedia che scricchiola sul pavimento per il rapido movimento in avanti.

Si irrigidisce al mio tocco, ma non protesta, fissandomi con quello sguardo ardente mentre stringo la presa. Il respiro le esce con un brivido, eppure mi scruta con aria trepidante, in attesa di ciò che farò dopo.

Il mio cuore batte all'impazzata e la mia eccitazione cresce a ogni secondo in cui lei sostiene il mio sguardo rovente. Vedo il momento in cui si rende conto che le sue mani sono sulla mia vita. Per tirarsi verso di me, non per spingermi via.

I suoi occhi brillano e sto per premere la bocca sulla sua, desiderando di più. Invece, la lascio lì, e dalle mie labbra fuoriesce un basso mormorio di approvazione, così che sappia che capisco esattamente cosa sta pensando.

Un fuoco si accende tra noi mentre lei mi stringe più forte, così forte che l'unico suono che riesco a sentire è quello delle sue unghie che graffiano i miei pantaloni.

"Pensi che non dovresti farlo, semplicemente perché ti è stato insegnato che è sbagliato. Ma è davvero quello che vuoi?"

"Non ti voglio," dice con voce affannosa, senza nemmeno tentare di nascondere il desiderio.

"Non permetterò che tu mi cavalchi finché non mi dirai quanto desideri venire su di me." La guardo negli occhi e le chiedo: "Mi hai capito?"

Il suo corpo ondeggia leggermente mentre trattiene un gemito soffocato.

"Accontentami, Aria. So già che sei forte."

"Tu mi rendi debole." La sua voce si incrina e la tensione dell'altro giorno ritorna con prepotenza. Con i denti, ferma il labbro che trema.

"È questo che ti spaventa? Essere debole?"

Lei annuisce leggermente. E vedo l'ultimo pezzo delle sue difese crollare davanti a me. Crollare a terra in piccoli, insignificanti cumuli di macerie.

"Non voglio che tu sia debole." Mi chino in avanti, sussurrandole sulle labbra: "Voglio che tu sia mia."

Lei chiude gli occhi e il suo corpo si piega in avanti; appoggia quasi tutto il suo peso su di me. "Non mi sottometterò mai a te," dichiara, e le sue parole sono una debole confessione. Come se odiasse la loro esistenza.

È vicina. Molto vicina. Devo offrirle qualcosa.

Speranza. L'offerta di speranza è qualcosa che una persona disperata non può permettersi di rifiutare.

"Ho stretto un patto che non avrei dovuto fare. Ma devo portarlo avanti finché sarà necessario. E devo dare l'impressione di aver fatto ciò che ci si aspettava da me. Se mi aiuterai, ti darò tutto ciò che desideri."

"Cosa vuoi che faccia…?"

"Obbedisci," la interrompo. "Inginocchiati quando entro e fai ciò che desidero." Le mie mani formicolano per la sensazione di sentirla così vicina alla resa. Si stringono e si aprono lungo i miei fianchi.

Il tempo passa lentamente e lei si allontana da me. Può provare a fingere di avere un altro posto dove andare. Ma io sono la sua unica via d'uscita. E alla fine sarà lei a supplicarmi di concederle qualcosa.

"Qualsiasi cosa?" chiede, e conosce già la risposta. "Come la mia libertà?"

"Quasi ogni cosa." Non le mento.

"Non c'è nient'altro che desidero…" inizia a dire, ma la interrompo. "C'è sempre qualcos'altro." All'inizio le mie parole sono taglienti, ma poi addolcisco il tono.

"C'è sempre qualcos'altro," ripeto. Poi, mentre mi alzo per andarmene, aggiungo: "È qualcosa di cui hai disperatamente bisogno, ma non riesci nemmeno a vederlo."

CAPITOLO 16

Aria

Una parte del motivo per cui non cedo a Carter e ai sentimenti che hanno preso il sopravvento su ogni mio momento di veglia è evidente.

La paura che il passato ritorni. La verità nel terrore che divora le mie notti.

E gli incubi su un mostro di allora cancellano tutto ciò che ho provato per Carter. Non c'è nulla che possa farmi cambiare idea.

A volte è la sensazione delle mani di Stephan su di me che mi fa svegliare urlando. È da un'eternità che non la percepivo. O almeno dall'ultima volta che ne sono stata consapevole.

Tempo fa succedeva ogni singola notte. Non riuscivo a dormire senza vedere il suo volto. Senza sentirlo strapparmi via da mia madre mentre la supplicavo di restare con me. Ma lei se n'era già andata. Pur essendo una bambina, sapevo che era morta.

Ed era stato lui a ucciderla.

I sonniferi che il medico mi aveva prescritto su richiesta di mio padre hanno funzionato per un po'. Poi ho smesso di prenderli e, anche se tutti dicevano che urlavo, io non me ne rendevo conto. Non riuscivo a ricordare nemmeno un sogno. Il mio sonno era accompagnato soltanto dall'oscurità.

Negli ultimi mesi, però, tutto è tornato. Nemmeno le pillole riescono più ad attenuare gli incubi, né a impedirgli di restare nella mia mente dopo il risveglio. È come se fossi tornata indietro di quattordici anni e le mie notti e i miei giorni fossero entrambi tormentati dai ricordi.

"TI PREGO, STEPHAN," lo supplicai. Guardai negli occhi l'uomo che mi stava trascinando via da lei. Le mie unghie graffiarono il pavimento di legno e si spezzarono mentre lo prendevo a calci, cadendo pesantemente a terra.
E lui ringhiò: "Piccola stronza."

Mi batte forte il cuore e le lacrime mi rigano il viso. Le dita affondano nel materasso e il sudore si trasforma in ghiaccio. Non so se sto dormendo o sono sveglia, ma so cosa sta per succedere. Non riesco a muovermi, non riesco a respirare.

Mi vedo dondolare, ma sono immobile. Ne sono consapevole. È un momento diverso, in un luogo diverso.

Sono al sicuro, sussurro, e cerco di allontanare quelle immagini. Sono al sicuro.

Ma quando apro gli occhi e cerco con tutte le mie forze di trattenere i singhiozzi, mi ricordo dove mi trovo.

Sono anni che gli incubi non mi torturano in questo modo. È logico che siano tornati proprio adesso. Ma senza un posto dove nascondermi, né nel sonno né da sveglia, non so per quanto tempo ancora potrò resistere.

Non posso vivere così.

Non posso e non voglio.

Più di ogni altra cosa, vorrei chiamare Carter. Lui potrebbe tenermi stretta e far scomparire tutto.

Il letto sotto di me cigola mentre mi giro e, per la prima volta da quando sono qui, mi ritrovo con le spalle alla porta. Ne sono consapevole. Così come ero consapevole della mano di Carter sulla mia mascella. La forza, il potere, il calore e il fuoco che mi percorrono il corpo quando mi stringe così.

Come se fossi sua.

Ricordo le sue parole: *"Ho stretto un patto che non avrei dovuto fare. Ma devo portarlo avanti finché sarà necessario."* Mi ha detto che devo aiutarlo. Ho trascorso settimane in questa cella senza speranza, fino ad ora. La mia immaginazione corre selvaggia, piena di pensieri su ciò che potrebbe accadere. Ma ognuno di essi mi riporta a una scena in particolare. Una scena che mi fa serrare le cosce.

Lentamente, avvicino le dita al punto dove si trovavano le sue e chiudo gli occhi lasciando che i polpastrelli mi solletichino la pelle. Il ricordo mi calma, eppure mi fa battere forte il cuore.

È alle sue mani sul mio corpo che penso mentre cerco di riaddormentarmi. E quasi ci riesco.

Ma la consapevolezza di quanto potere abbia su di me con qualcosa di così semplice come un tocco destinato a controllarmi, alleviando il mio dolore, mi ruba ogni possibilità di dormire.

CAPITOLO 17

Carter

Stephan.

Alexander Stephan.

È il suo nome che urla. È lui che la terrorizza nel sonno. Ne sono sicuro.

L'ho sentito ripetere più e più volte, e ogni volta la mia rabbia si intensificava.

La notte scorsa ha urlato il suo nome.

Per tutto questo tempo, ho pensato di essere io la causa della sua angoscia. Pensavo che mi odiasse e temesse davvero ciò che avrei potuto farle.

Non mi sono mai sbagliato così tanto in vita mia.

La porta della cella si apre con un leggero scricchiolio che mi risuona forte nelle orecchie, e gli occhi iniettati di sangue di Aria mi fissano.

"Non riesci a dormire?" le chiedo, lasciando la porta aperta e avvicinandomi al suo letto con passi misurati e deliberati.

Sembra così fragile. Mangiare a malapena e dormire solo poche ore per più di una settimana ha un effetto devastante su chiunque. Non mi risponde. I suoi occhi mi seguono, però.

"Non mi inginocchierò," dice debolmente.

"Non sono venuto per questo."

Aggrotta la fronte e sta per farmi una domanda. Sa che sta disobbedendo, che sta ancora combattendo una battaglia persa, ma io ho abbassato la guardia. Mi viene quasi da sorridere.

"Ho chiesto delle pillole per dormire," dice, e la sua supplica sembra disperata. Ma devo saperne di più. Se non mi parla dei suoi incubi, non avrà quello che le serve per farli sparire. In quale altro modo potrei scoprire la verità? È la sua testardaggine a farla soffrire.

"Voglio sapere come fai a conoscere Alexander Stephan." Anche se le mie parole escono dolcemente, con l'intenzione di essere gentili, lei impallidisce, si allontana da me e vedo il gelo diffondersi sul suo corpo.

Qui dentro non può scappare molto lontano e sono tentato di afferrarla e costringerla a rispondermi, ma so già tutto quello che mi serve.

Sono stato stupido a pensare di conoscere ogni aspetto della vita di Aria. Non ho tenuto conto di nulla, se non di com'era cinque anni fa. Non ho considerato il passato che l'ha trasformata nella ragazza che è oggi.

Sapevo che sua madre era stata assassinata da un tizio che ora lavora per i Romano anni prima che la nostra famiglia entrasse a far parte di questa realtà. All'epoca, era il braccio destro di Talvery. Il tradimento è all'ordine del giorno nel nostro ambiente. L'omicidio di sua madre è ciò che ha dato inizio alla faida anni fa, ma da oltre un decennio la situazione è tranquilla. Nessuno ha fatto alcuna mossa dopo la rappresaglia fallita da parte di Talvery e da allora, entrambe le parti si sono limitate a manovrare le proprie pedine, aspettando che l'altra attaccasse.

Le mie unghie smussate mi si piantano nel palmo della mano per cercare di resistere alla tentazione di toccarla. Ha la schiena premuta contro il muro e si stringe le coperte al petto come se sperasse che fossero in grado di proteggerla.

Ma non c'è nulla che possa salvarti dal tuo passato.

Quando finalmente parla, la sua voce tradisce una rabbia che stenta a trattenere. "Non consegnarmi a lui, ti prego."

Una scintilla di collera mi attraversa. Questa ragazza ha il potere di farla scatenare in me come nessun altro.

"Tu mi appartieni." La semplice frase pronunciata a denti stretti la fa irrigidire, ma i suoi occhi mostrano una reazione diversa. Speranza, forse.

"Qualsiasi uomo tenti di farti del male, morirà per mano mia. È chiaro?"

I suoi occhi cercano la sincerità nei miei, anche mentre annuisce con la testa.

"Te l'ho detto, tu appartieni a me."

Il cambiamento nel suo comportamento si nota appena. Il respiro più pesante, il dolce rilassamento delle sue spalle e la ribellione che chiede di emergere da quella splendida miscela di verde nei suoi occhi.

"Chi è lui per te?" le chiedo di nuovo, e osservo i muscoli del suo collo sottile irrigidirsi quando deglutisce.

"Ha ucciso mia madre." Non mostra molta emozione; cerca di nasconderla, di apparirne priva. Ma dalla sua voce traspaiono tristezza e paura.

Valuto cosa chiederle dopo, ma non voglio che scopra quello che so. Se non ne è già al corrente, non mi crederebbe.

"Dimmi di più," decido di ordinarle, invece di porle domande precise.

Si scosta i capelli dal viso e la coperta le scivola dal petto. Solo allora noto che finalmente si è cambiata i vestiti. La sottile camicia di cotone rosa pallido si intona alla sua carnagione. Le sue dita stringono i polsini delle maniche e si porta le ginocchia al petto.

"Non mi piace parlarne," dice semplicemente, poi appoggia la guancia sulle ginocchia e mi guarda. L'atmosfera è diversa. La tensione del gioco è svanita, così mi avvicino a lei, chiedendomi quale sarà la sua reazione.

E lei non mi delude. Il mio piccolo passerotto.

Mantiene la distanza tra noi, spostandosi dall'altra parte del letto e raddrizzando le spalle per continuare a guardarmi.

Gli angoli della mia bocca si sollevano in un mezzo sorriso.

"Neanche adesso?" le chiedo, e la sua aria difensiva svanisce, ma comunque non risponde.

Passa un attimo, poi un altro. Alla fine, guarda verso la porta aperta. È la prima volta che lo fa stamattina; di solito il suo sguardo vi si posa costantemente.

"Hai urlato il suo nome ieri notte," le dico e quando mi scruta, capisco che non sta respirando.

"Vorrei sapere perché," aggiungo per concludere il mio pensiero.

Lei deglutisce visibilmente e di nuovo si stringe le ginocchia al petto. Mentre lo fa, mi avvicino lentamente. Solo di poco. Anche se fissa la mia mano, appoggiata sul materasso e più vicina a lei, non si allontana.

"Ero lì quando l'ha fatto."

"L'hai vista morire?"

Lei annuisce. "Mi nascondevo. Stavo solo giocando." Scuote la testa e io mi avvicino ancora, invitandola a continuare. Ma non aggiunge altro.

"Cosa mi stai nascondendo?" La mia domanda suona come un'imposizione ed è allora che nei suoi occhi ritorna la sfida e riappare la ragazza a cui sono abituato.

Le sue labbra secche si socchiudono, ma dopo alcuni istanti non dice

una parola. Mi alzo, facendo pressione sulla brandina e facendola oscillare per il cedimento del materasso.

"Non mi piace sentirti urlare," le confido e ottengo solo silenzio.

Mi volto a guardarla e vedo i suoi occhi dolci che mi fissano, pieni di
lacrime non versate.

"Mi dispiace," si scusa e io faccio fatica a deglutire, poi distoglie lo
sguardo da me e lo posa sulla coperta.

Sta andando troppo piano. È prossima al crollo e, per il bene di
entrambi, devo insistere. Non le permetterò di fare marcia indietro. Ci
siamo vicini, ormai, e il tempo non smette di scorrere.

Con questo in mente, mi chino e le tolgo la coperta. Mi fissa come una
bambina spaventata e devo sforzarmi di parlare, anche se le parole mi
escono con il solito tono controllato e autoritario. "Devi lavarti. Non mi
fido di te. Quindi sarai tu a dover avere fiducia in me."

CAPITOLO 18

Aria

Non mi sono mai chiesta cosa provino i prigionieri quando vengono condotti dalle catene a una libertà fittizia. Come in un cortile o un posto del genere. Mi chiedo se mantengano lo stesso istinto iniziale di stare vicini al loro guardiano, come faccio io con Carter.

O forse è perché sono stanca. Sono terribilmente stanca. Di combattere, di avere fame, di non dormire. Non sono a pezzi, ma sono sfinita.

I ricchi mobili in mogano, i soffitti alti e gli intarsi scolpiti mi sfilano davanti agli occhi in una macchia indistinta. Senza scarpe, i miei piedi nudi calpestano delicatamente i pavimenti lucidi, ed è l'unico suono che riesco a sentire.

Non sono sicura di poter alzare lo sguardo e osservare ciò che mi circonda, ma ogni volta che lo faccio, Carter mi sfiora delicatamente la spalla e io istintivamente accelero il passo, concentrandomi su ciò che mi aspetta. Comunque, cerco di tenere traccia di tutto, di prestare attenzione a ogni porta e finestra, a ogni possibile via di fuga.

Il mio cuore batte all'impazzata mentre lui mi guida verso destra e vedo un sottile fascio di luce proveniente da una stanza in fondo al corridoio buio. Suoni di chiacchiere e persino risate echeggiano tutt'intorno, ma Carter mi tira nella direzione opposta.

L'adrenalina mi scorre nelle vene e la gola mi si stringe.

Ci sono altre persone qui.

"Non fare la stupida, Aria," mi sussurra Carter all'orecchio, facendomi sobbalzare e costringendomi a fare un passo indietro. Non mi ero resa conto che i miei pensieri fossero così evidenti.

"Vieni," mi ordina, tendendomi la mano per condurmi più avanti lungo il corridoio buio. Le sue dita forti mi stringono finché le mie sembrano sparire tra le sue. Tutto ciò a cui riesco a pensare mentre mi porta dove vuole, è che c'erano delle persone qui, per tutto questo tempo, e non ho idea se abbiano sentito le mie grida o cosa avrebbero fatto se pochi istanti fa avessi urlato.

Carter apre una porta facendo tintinnare le chiavi e con voce roca spiega: "I miei fratelli stanno alzati fino a tardi. Lo hanno sempre fatto."

I suoi fratelli. Jase. E chi altro? Non esiste curiosità al mondo sufficiente per spingermi a chiederglielo. Ma nel profondo della mia anima, sto implorando delle risposte, anche se riesco già a sentire il sibilo della sola verità che si annida nella mia testa.

Qui non c'è pietà. Da parte di nessuno.

La porta si apre con un cigolio smorzato e io annuisco quando lui mi fa cenno di entrare. La piccola speranza che mi aleggia nel petto viene soffocata. Riesco a malapena a deglutire e a mettere un piede davanti all'altro verso una grande camera da letto, finché non sento lo scatto di un interruttore.

La luce fioca illumina le piastrelle di marmo bianco e nero. Carter non aspetta che entri per aprire il rubinetto della vasca sul lato opposto della stanza. Sono colpita dalle dimensioni del bagno. Anche se provengo da una famiglia benestante, ne resto comunque sbalordita.

"È bellissimo," dico sottovoce. Anche se non so davvero come riesco a parlare.

La sensazione delle piastrelle fredde sotto i piedi non è mai stata così gradita.

La vista dell'asciugamano morbido piegato con cura sul ripiano mi fa venire voglia di toccarlo come se non ne avessi mai visto uno prima d'ora.

Il rumore dell'acqua che scorre nella vasca non mi è mai sembrato così rilassante. Eppure, sono ben consapevole di essere solo una prigioniera in una gabbia dorata, e questo momento fuori dalla cella potrebbe essere la mia unica possibilità di fuga.

Il mio corpo è debilitato dalla mancanza di cibo e sono stremata, non sono riuscita a dormire una sola notte senza essere svegliata dagli incubi. Ma il bisogno di lottare non mi ha abbandonata.

Carter non risponde a nulla di ciò che dico, né al mio passo successivo all'interno del bagno, dove lascio scorrere le dita lungo il pallido motivo a stampa cachemire sulla carta da parati argentata. Il mio sguardo esplora la stanza, ma si blocca quando noto la vasca con i piedini.

Non riesco a distogliere gli occhi dal vapore che si alza dal bordo.

Chino sulla porcellana immacolata, Carter mi dà le spalle, i muscoli che tendono la camicia, e io immagino di dargli una spinta e scappare. Potrei spingerlo con tutta la forza che ho e correre fuori dalla stanza. Dubito però che andrei tanto lontano e non ho la minima idea di dove dirigermi.

Ora so che i suoi fratelli sono qui. Da qualche parte.

No, sono sicura che non farei molta strada.

"Voglio darti da mangiare, prima di farti il bagno." L'affermazione di Carter interrompe le mie visioni di fuga, finché lui non aggiunge: "Spogliati ed entra nella vasca, mentre ti preparo la cena."

La speranza perduta rinasce: mi sta lasciando da sola. Il pensiero mi rende più ansiosa che mai.

Mentre se ne va, Carter afferra lo stipite della porta e aggiunge: "Non ci metterò molto."

Finalmente sola con il calore e il conforto dell'acqua, il mio cuore batte una volta, poi due.

Chiudo gli occhi e sussurro: "Non essere stupida." Il dolore dentro di me, il bisogno disperato di scappare, sono superati dalla consapevolezza di ciò che accadrebbe se disobbedissi.

Rinuncerei davvero a una folle possibilità di libertà per un bagno caldo? Per del cibo e per il suo tocco? Sono stata così a lungo privata di tutto che queste piccole comodità hanno davvero una tale importanza?

Le mie unghie affondano nei palmi delle mani; sono combattuta e, quando apro gli occhi, tutto ciò che vedo è me stessa allo specchio. Ho i capelli arruffati, anche se li pettino ogni giorno. Sono unti e sporchi, come c'era da aspettarsi.

Il mio viso è magro. Molto più di quanto ricordassi. Sollevando la sottile camicia di cotone sopra la testa, ispeziono il mio corpo, passando le dita sui fianchi e giù fino alla vita. La cella è così buia che non ho visto i lividi che mi hanno inferto quando sono stata catturata. I tagli intorno ai polsi hanno lasciato sottili cicatrici bianche, e il livido sulle costole è di un brutto color marrone scuro ormai sbiadito.

Non avevo mai provato la sensazione della sconfitta finché non sono stata portata fuori dalla cella, rinunciando alla possibilità di scappare e rendendomi conto di quanto sono diventata debole.

Il rumore dell'acqua che colpisce con più forza la superficie attira la mia attenzione.

È quasi piena. L'acqua bollente e la fragranza rilassante degli oli da bagno alla lavanda che Carter ha versato dentro mi implorano di cedere. Di lasciarmi andare e smettere di lottare. Di essere brava e fare come mi viene detto. Se solo ciò mi aiutasse a liberarmi dal senso di fallimento e riappropriarmi di nuovo della mia identità.

Mi tornano in mente le sue parole di qualche giorno fa. Carter ha stretto un patto e io devo aiutarlo. C'è qualcosa sotto, di cui sono all'oscuro. "Devi essere intelligente," sussurro a me stessa. Sto giocando una partita senza conoscerne le regole. Senza sapere quale sarà la prossima mossa. Quel po' di speranza e di curiosità mi spingono verso la tentazione.

Girando il rubinetto di ferro, mi rendo conto che è la prima cosa che tocco da settimane, a parte i pochi oggetti presenti nella cella. Un gesto semplice come girare una manopola mi sembra allo stesso tempo estraneo e nostalgico. Non voglio tornare *mai* più nella cella. Sento un vuoto nel petto al pensiero che non accadrà, ma so che la scelta non spetta a me.

Sì, invece, mormora una vocina nella mia testa. La voce che approfitta del mio dolore e promette la speranza in sussurri ingannevoli.

Quando inspiro le fragranze rilassanti, il profumo di gelsomino e lavanda mi riempie i polmoni. Mi tolgo rapidamente la camicia e i pantaloni di cotone. Anche se i vestiti sono nuovi, sono comunque sporchi. Tutto in quella cella è sporco.

Il tessuto mi si attacca alle dita dei piedi e devo scalciarlo via verso il cumulo di vestiti. Proprio mentre lo faccio, sento i passi pesanti di Carter che torna.

Per un attimo la paura mi impedisce di muovermi, ma poi metto rapidamente un piede nell'acqua fumante, sibilando per il calore e schizzando ovunque. Una cascata fuoriesce sul pavimento quando mi muovo per infilare dentro anche l'altro piede, ma la temperatura diventa sempre più confortevole man mano che il mio corpo si abitua. Con le spalle alla porta, sento Carter entrare, ma lo ignoro, immergendomi nell'acqua calda di cui avevo disperatamente bisogno. E lì, mi nascondo da lui.

"Come ti senti?" La voce di Carter risuona nella stanza con una eco potente.

In paradiso, penso girandomi lentamente, attenta a non far fuoriuscire nulla ma anche a rimanere sotto la superficie, in qualche modo nascosta dalle bolle.

Sto per dirgli che è meraviglioso e ringraziarlo quando finalmente incrocio il suo sguardo, e vengo zittita dall'intensità che provo dentro di me. Nei suoi occhi vortica il pericolo di un uomo vicino a ottenere ciò che vuole. Un calore animalesco si diffonde tra noi e posso solo annuire per paura di come suonerebbe la mia voce se osassi pronunciare anche una sola parola.

Per fortuna, Carter distoglie lo sguardo e prende un piatto di ceramica dal ripiano accanto al lavabo.

"Devi mangiare." Il suo ordine sembra più che altro un promemoria a sé stesso. E ancora una volta, mi limito ad annuire.

Ho mangiato cibo delizioso in passato. Mi sono abbuffata di prelibatezze senza pensarci due volte. È uno dei pochi vantaggi dell'appartenere alla mia famiglia. Ma il cibo che Carter mi ha portato mi fa venire l'acquolina in bocca e stringo la presa sulla vasca per impedirmi di strappargli il piatto dalle mani.

Deve essersi accorto della mia impazienza; sorride sempre con quel ghigno malefico quando sa che non vedo l'ora di fare qualcosa. Bastardo.

"Apri," mi ordina e, da brava ragazza, obbedisco e quasi gemo quando mi infila tra le labbra un piccolo pezzo di filetto intinto nel sugo con un po' di burro alle erbe spalmato sopra. La carne si scioglie in bocca, il sapore esplode sulla mia lingua. Ho ancora gli occhi chiusi e assaporo il cibo, pensando che sia la cosa più deliziosa che abbia mai mangiato, quando Carter mi accosta un altro pezzo alle labbra.

Apro immediatamente la bocca per lui, e il suo dito mi sfiora la lingua mentre mi offre un secondo pezzo e poi un altro. I miei denti toccano leggeri le sue dita e i miei occhi si spalancano per la paura che pensi che l'abbia fatto apposta, ma lui continua semplicemente a imboccarmi.

La paura e la preoccupazione svaniscono, proprio come il tempo che passa, con ogni pezzetto di carne tenera.

Pomodori e peperoni arrostiti insieme alle patate si aggiungono al mix e Carter mi imbocca fino a quando il mio stomaco è pieno e non riesco più a mangiare neanche un altro boccone. La fame è diventata un ricordo lontano, quasi irreale. E mi sembra un'eternità dall'ultima volta che mi sono immersa in una vasca profonda, piena di acqua calda. Appoggio la testa sul bordo e faccio finta che tutto vada bene. È solo un attimo, poi il tintinnio del piatto di ceramica sul pavimento mi riporta al presente.

Il mio corpo si irrigidisce leggermente, facendo schizzare l'acqua verso il bordo della vasca, lontano da Carter, quando lui vi immerge una spugna.

Le sue dita sfiorano la mia pelle e io accolgo peccaminosamente e con piacere il suo tocco. È passato tanto tempo e mi sono sentita sola. Voglio di più. Ho bisogno di più. Mi ritrovo a desiderare che mi prenda come so che vuole fare.

Mi ha davvero spezzata con tanta facilità? O dovrei desiderarlo esattamente in questo modo? Le domande mi offuscano la mente e mi fanno ribollire il sangue. La spugna mi sfiora il corpo, partendo dai piedi e risalendo verso l'alto, fino ad arrivare ai polpacci e alle cosce e ad avvicinarsi pericolosamente al confine fra di esse.

So che riesce a sentire il mio respiro affannoso; può vedere come mi aggrappo al bordo della vasca. Ma non mi tocca lì. Invece, mi dice di bagnarmi i capelli e si occupa di massaggiarmi il cuoio capelluto e insaponarmeli. Il profumo dello shampoo alla camomilla mi travolge, e io mugolo sommessamente finché non me ne accorgo e smetto.

È tutto così piacevole.

"Torna sotto, passerotto," mi dice con quella sua voce vellutata. Una voce a cui non voglio disobbedire, e quindi non lo faccio. Eseguo i suoi ordini. A ogni comando che mi dà, faccio esattamente quello che mi dice.

Carter mi massaggia le spalle con la spugna e io gemo mentre lui allevia il mio dolore. Non mi ero resa conto di quanto mi facesse male ovunque finché lui non me lo ha fatto notare. Un basso gemito di approvazione mi costringe ad aprire gli occhi e a cercare i suoi. Ma lui non sta osservando me. Il suo sguardo è concentrato sui miei capezzoli induriti, che spuntano dall'acqua.

La spugna schizza appena colpisce la superficie e, impregnata d'acqua, affonda lentamente nella vasca. Carter lascia che le sue dita scorrano lungo il mio petto, pizzicando prima un capezzolo e poi l'altro. Lo fa lentamente, con determinazione, ma anche con cautela. Il suo pollice ruvido li accarezza prima di tirarli, facendomi inclinare la testa all'indietro e stringere le cosce. Ogni piccola stretta mi provoca un piacevole brivido tra le gambe, e per poco non le allargo per lui. Il mio punto più sensibile pulsa di desiderio. Una sensazione così intensa che non credo ci vorrebbe molto per farmi raggiungere il culmine. E non riesco proprio a provare vergogna.

Un desiderio inespresso, ma mai svanito, mi pervade e io lo accolgo volentieri.

Gli occhi scuri di Carter incontrano i miei. Ma invece di toccarmi più in basso, il suo braccio si immerge nell'acqua accanto a me e raccoglie di nuovo la spugna.

Sono consapevole della sua pazienza. Di quanto lentamente faccia ogni cosa. Non so se provi piacere nello stuzzicarmi o se semplicemente non voglia che questo momento finisca, ma in ogni caso, appoggio la testa all'indietro mentre lui continua a lavarmi, e non mi oppongo finché la sua mano non giunge proprio dove segretamente desideravo che arrivasse.

Mi sfiora il clitoride pulsante con la spugna e io sussulto, allontanandomi dal piacere intenso e creando onde nella vasca che schizzano oltre il bordo. La paura e il desiderio si mescolano in una pozione confusa che devo aver bevuto molto tempo fa. E in questo momento, berrei di nuovo tutta la bottiglia, fino all'ultima goccia, e leccherei il bordo dove si raccolgono le ultime perle di liquido. Spero con tutta me stessa che lo faccia ancora.

"Non lasciarti andare, Aria. Se lo fai, mi fermo," mi avverte e i miei polmoni si bloccano. Il mio corpo è in fiamme per il desiderio. Mi abbasso lentamente sotto l'acqua calda, finché i miei seni non sono di nuovo nascosti, e lo fisso negli occhi rialzandomi lentamente e aggrappandomi al bordo. Resto immobile, talmente immobile che lo sguardo di Carter oscilla tra la mia intimità e i miei occhi. Quando mi tocca di nuovo tra le gambe, mi mordo il labbro inferiore.

I suoi movimenti sono lenti e costanti. Attenti e persino premurosi. Ma quando la spugna cade nell'acqua, sfiorandomi la coscia e il sedere, e le sue dita la sostituiscono, i suoi gesti diventano quasi selvaggi.

Mi infila le dita dentro. La mia schiena si inarca per l'improvviso picco di piacere che travolge ogni centimetro del mio corpo.

"Carter," gemo il suo nome e lui preme il palmo della mano contro il mio clitoride. Non sono mai stata toccata in questo modo. L'aria mi viene strappata via dai polmoni e non riesco più a respirare, né a muovermi, né a fare altro che stringermi più forte alla vasca e cercare di rimanere ferma mentre lui mi penetra con le dita sempre con maggior vigore.

"Carter," grido il suo nome nell'aria calda e mi aggrappo al bordo con tutta la forza che ho. Non posso abbandonarlo, ma il mio corpo mi implora di correre, di muovermi, sia per avvicinarmi al piacere intenso che per allontanarmene il più rapidamente possibile.

So che quando raggiungerò l'orgasmo, mi infrangerò in mille pezzi e lui adorerà vedermi distrutta sotto il suo tocco. Questo mi terrorizza e mi eccita allo stesso tempo.

Dovrei vergognarmi mentre mi contorco nell'acqua. Dovrei essere imbarazzata quando lui sibila nel momento in cui la mia intimità si stringe attorno alle sue dita e l'orgasmo mi travolge, arrivando più veloce e più intenso che mai.

Il mio cuore non dovrebbe battere così forte. Il mio corpo non dovrebbe desiderare di più. Non dovrei mettermi a sedere così di scatto, con l'intenzione di afferrargli il polso e supplicarlo di continuare. Le ondate di piacere mi stanno ancora travolgendo mentre lui si gira, afferra l'asciugamano e ignora il modo in cui mi sono appena abbandonata a lui.

Le mie paure offuscano il desiderio; attenuano la sensazione di lussuria che si ripercuote nelle mie vene, e il mio respiro si fa regolare.

Ma quando si gira verso di me, capisco che va tutto bene. So di aver fatto la scelta giusta lasciandomi toccare. Dal modo in cui mi guarda, sembra che non abbia mai desiderato nient'altro in tutta la sua vita.

CAPITOLO 19

Carter

È troppo. Troppo perfetta, maledizione.

Ed è così che la terrò, in modo da poterla distruggere ogni singola volta. Sapere cosa offrirle e quando toglierle qualcosa è un equilibrio delicato.

Stasera le ho dato più che abbastanza e la sentirò crollare sotto di me. La sentirò andare in pezzi quando mi prenderò tutto ciò che voglio da lei. E lei mi amerà alla follia.

L'acqua le gocciola lungo la schiena e i fianchi, ticchettando sul pavimento piastrellato. Lei la lascia scorrere. Nemmeno l'asciugamano spesso che le avvolgo intorno alla vita riesce a nasconderla ai miei occhi. Ho assimilato ogni centimetro. Ogni curva è impressa nella mia memoria.

La sua pelle trema sotto le mie dita quando le sfioro le spalle.

Mi muovo con calma, lasciando che ogni piccolo tocco la colga alla sprovvista. I sussulti e i respiri affannosi non fanno che aumentare il brivido. Il desiderio in me pulsa più forte che mai quando la conduco in camera da letto e lei si aggrappa a quell'asciugamano come se potesse tenerlo addosso.

Il suo piccolo corpo proietta un'ombra sul tappeto spesso, la luce della luna splende attraverso le tende. Riesco quasi a sentire il battito del suo cuore quando fissa il letto. Le mie dita scivolano sulla sua pelle setosa e le appoggio le labbra su una spalla, per poi sussurrare: "Non ne hai più bisogno." La mia mano si insinua tra l'asciugamano morbido e la sua pelle soffice. Mi aspetto quasi che il mio passerotto ponga un'obiezione. Che continui a fingere di non volerlo.

Ma con mia grande sorpresa e gioia, lascia cadere l'asciugamano e appoggia delicatamente la schiena contro il mio petto quando faccio un piccolo passo in avanti, annullando la distanza tra noi.

Le mie dita scivolano dentro di lei sfiorando il suo punto più sensibile, e ancora gonfio. In cambio, sento il suo corpo premere contro il mio, la sua schiena inarcarsi e un gemito lieve sfuggirle dalle labbra, a malapena soffocato.

"È il mio turno, Aria," dico, e pronunciando il suo nome la mia voce trema, quando sento le sue cosce stringersi attorno alle mie dita. "Sei già pronta di nuovo?" La giro, i suoi piccoli seni hanno un bel colore arrossato e il suo labbro inferiore si abbassa per la sorpresa, come se fosse stata colta in flagrante.

"Sei ansiosa di venire di nuovo e sentire quella dolce, peccaminosa tortura paralizzare il tuo corpo?" Faccio mezzo passo avanti, costringendola ad appoggiarsi al letto.

"Scommetto che potrei farti venire solo succhiandoli," le dico, e prendo i suoi capezzoli rosa pallido tra il medio e l'indice. Li tiro entrambi, contemporaneamente. La sua testa si inclina appena, ma quei bellissimi occhi color nocciola rimangono fissi sui miei anche quando geme.

"Siediti." Le do un semplice ordine. E lei obbedisce. Non riesco a descrivere l'orgoglio, la soddisfazione che provo nel vederla aspettare con tanta impazienza un altro comando. "Brava ragazza," aggiungo istintivamente, e la mia mano si posa con delicatezza sulla sua coscia. La sposto verso l'alto finché non riesco ad afferrarle il sedere e spingerla più in alto sul letto.

"Spalanca le gambe." Le sue guance si accendono di rosso fuoco, visibile persino al buio. Lasciando cadere la testa all'indietro e fissando il soffitto, le allarga e poi piega le ginocchia, affondando i talloni nel piumone sotto di lei in modo che io possa ammirare il mio premio.

"Guardami," le dico, sorpreso dalla mia stessa irritazione. I suoi occhi incontrano immediatamente i miei. "Guardami. Voglio che tu sappia come ti osservo. Cosa penso di te. Mi hai capito?" Lei non esita ad annuire. E spostando alternativamente l'attenzione tra il suo viso e le sue gambe aperte, mi assicuro che mi stia osservando.

Le mie dita tracciano il contorno delle sue labbra morbide, bagnate dall'eccitazione. La pelle d'oca le spunta sulle cosce e lei rabbrividisce quando premo delicatamente sul clitoride gonfio. Inarca la schiena verso il letto mentre la mia mano scivola verso la sua entrata e poi risale.

"Sei bellissima," mi limito a dire, e quel meraviglioso rossore sul petto le giunge fino alle guance. Mi strappo la camicia di dosso e mi allungo verso il comodino.

Dentro conservo due paia di manette, ma stasera ne userò solo uno. Apro il cassetto, le prendo e le afferro il polso per metterlo dove voglio. Il suo sussulto è accompagnato dal rumore delle manette che si chiudono, una intorno al suo polso e l'altra alla testata del letto. Nonostante la posizione, con le braccia spalancate, si sforza di non protestare.

Dal modo in cui si risistema, capisco che sa cosa sta per succedere. Mi slaccio i pantaloni e lei si immobilizza; cadono a terra e la mia erezione spunta fuori. Non avevo mai desiderato così ardentemente di essere dentro una donna. Fino ad ora.

Lo afferro e lo accarezzo una volta, già umido per l'eccitazione.

La mia splendida Aria geme di desiderio.

"Allarga le gambe per me." Prima che finisca di pronunciare la frase, lei ha già obbedito.

"Ho aspettato così a lungo questo momento," le confesso salendo sul letto e avvicinandomi al suo corpo minuto. I miei fianchi si incastrano tra le sue cosce e affondo dentro di lei sfiorando l'incavo del suo collo con le labbra.

Ho riflettuto a lungo su come avrei fatto sesso con lei la prima volta. Mi sono chiesto se l'avrei fatta salire sopra di me per impedirle di negare il suo desiderio. Non sapevo se sarei stato lento e costante, facendola urlare di essere presa più forte man mano che si avvicinava al culmine del piacere.

Ma ora che è arrivato il momento, mi rendo conto di quanto sono egoista. Di quanto sono sinceramente e profondamente egoista.

Tutto quello che voglio è prendermi ciò che mi appartiene. Spingermi dentro di lei fino in fondo e averla come se fosse a mia completa disposizione. Mia e solo mia.

Ed è esattamente quello che faccio. Con un'unica, rapida spinta, l'assalto. La sua intimità è già calda e pronta ad accogliere ogni parte di me.

Un grido di pura estasi le sfugge dalle labbra. Con la mano libera mi graffia il petto, e i suoi talloni premono sul mio sedere.

Il bisogno di restare fermo dentro di lei mentre raggiunge il culmine con violenza è sopraffatto dal desiderio di muovere i fianchi e farla mia. Il dolce profumo della sua eccitazione e il suono dei nostri corpi che si incontrano ripetutamente sono tutto ciò di cui ho bisogno per giustificare ciò che ho fatto.

Lei si dimena sotto di me, le sue spalle affondano nel materasso a ogni mia spinta violenta. Ogni volta che la penetro, lei risponde come se fosse stata creata apposta per me. La stretta del suo sesso, le grida soffocate e i dolci gemiti tormentati sono meglio di quanto avrei mai potuto immaginare.

Le sue unghie mi si conficcano nella spalla mentre mantengo un ritmo incessante. Tutto il mio corpo si contrae e fremo dal desiderio di perdermi completamente dentro di lei.

Ma ho bisogno di averne di più. Stringendo i denti, la penetro più forte e più velocemente fino a quando un sudore freddo non mi ricopre la pelle.

Lei urla di nuovo, ma questa volta l'urlo è diverso. È di dolore. Si riflette anche sul suo viso. Il cuore mi si stringe nel petto finché non vedo il suo polso, tirato contro la manetta di metallo.

Porca miseria. Preoccupato e agitato, mi arrampico su di lei, la sua eccitazione che mi avvolge mentre frugo nel comodino per trovare la chiave e sbloccare la maledetta manetta.

Ci vuole più tempo di quanto vorrei, ma quando finalmente riesco a liberarla, le afferro i fianchi e la giro in modo che sia in ginocchio, con il corpo piegato in avanti. Lei urla per la sorpresa, ma il suo grido viene soffocato quando mi immergo di nuovo, in maniera brutale, nel suo calore accogliente.

I dolci suoni che riempiono l'aria sono paradisiaci. A ogni spinta, lei urla di piacere.

La afferro con entrambe le mani, quasi pronto a raggiungere il culmine mentre lei continua a contorcersi. Le sue unghie affondano nelle lenzuola e le sue cosce tremano per le ondate dell'orgasmo.

Volevo che mi implorasse. Nella vasca, nel mio letto. Non avevo intenzione di lasciarla venire finché non mi avesse pregato di prenderla.

Ma neanche i piani migliori funzionano alla perfezione.

La prendo con un ritmo incessante, sentendola lottare per rimanere in ginocchio finché non cade finalmente sotto di me, che continuo a possederla selvaggiamente; le sue grida di piacere diventano incomprensibili e mi rendo conto che preferisco che mi implori di smettere. Preferisco assaporare ogni goccia del suo piacere fino a quando non ne potrà più.

Finché non sarà esausta e senza forze, incapace di fare altro che aggrapparsi al piumone come se potesse salvarla.

CAPITOLO 20

Aria

Non mi sono mai sentita usata e messa a nudo da qualcuno in modo così delizioso e selvaggio.

Il dolore mi accompagna da settimane, ma ora è diverso. Mi fa sentire come se il mio corpo dovesse cedere e crollare, se provassi anche solo a muovermi. Mi giro nel letto e riesco ancora a sentirlo dentro di me. Si è preso tutto, spingendomi al limite, ancora e ancora. Il ricordo mi accende un desiderio bruciante nelle vene.

Mi ha presa come se fossi di sua proprietà.

Perché era così.

È ancora così.

Il pensiero mi fa spalancare gli occhi. Il mio sguardo vaga lentamente nella stanza illuminata da luci intense, con le pareti grigie e un soffitto dello stesso colore ma di una tonalità ancora più scura. La stanza emana un senso di potere. È un ambiente audace e persino pericoloso. Contiene mobili dal design moderno e lineari, nulla è fuori posto.

Tranne me.

Resto immobile, consapevole di essere nella camera di Carter.

Non nella cella. Espiro lentamente, il più silenziosamente possibile. Non voglio mai più tornarci.

Non sento nulla. Neanche un rumore. Passa un altro istante e lentamente mi costringo a voltarmi, cercando la presenza di Carter, qualsiasi segno che stia dormendo accanto a me.

Non trovo altro che il freddo delle lenzuola vuote.

Mi ci vuole più tempo di quanto vorrei ammettere per raccogliere la forza e la volontà di girarmi, continuando a fingere di dormire. Ma dopo alcuni istanti in cui non percepisco nessun altro nella stanza, mi azzardo a guardarmi intorno e vedo che è vuota, con la porta aperta.

Esamino la sua camera da letto con lentezza, cercando un indizio che mi dica che lui è qui. Ma di lui non c'è traccia.

Un mucchio di vestiti dai colori vivaci, in contrasto con il piumone bianco brillante, attira la mia attenzione.

Osando sedermi e sussultando per il dolore sordo tra le gambe, li raccolgo con cautela e trovo una vestaglia di seta e una sottoveste che non indosserei mai.

È scandalosa e pensata per il corpo di una modella. Non ha senso, ma il mio primo pensiero è che lo deluderò. Non potrei mai rendere giustizia a questa delicata combinazione di pizzo e seta. L'unica giustificazione è il pensiero che, se manco alle aspettative, mi rimanderà indietro. E io in quella cella non voglio più tornarci. Mai.

Non mi rendo nemmeno conto che sto stringendo il tessuto al petto finché la voce di Carter non attraversa i miei pensieri cupi.

"Cosa c'è che non va?" mi chiede entrando nella stanza.

La mia testa si scuote di sua spontanea volontà, facendo sì che i capelli mi accarezzino le spalle, ricordandomi che sono nuda.

Avrei dovuto frugare tra le sue cose. Avrei dovuto provare a scappare. La lista degli errori che ho commesso mi pesa sul petto. Lo guardo aprire un cassetto dopo l'altro, fino a quando non trova un paio di manette di metallo e le appoggia sul comò.

Il suo atteggiamento disinvolto è solo una facciata; la sua aura di potere continua a irradiarsi intorno a lui. Mi si avvicina minaccioso.

Mi sono solo spostata dalla cella, dove potevo rifiutarlo, al suo letto, dove sarò la sua puttana personale.

"Se non ti piacciono, ce ne sono altri." Carter ha un tono sprezzante, ma non capisco a cosa si riferisca finché non indica con un cenno del capo i vestiti che stringo tra le mani.

Lascio cadere i tessuti pregiati sul piumone, senza sapere come rispondere. Sono sulle spine e me ne sto seduta qui a cercare di decidere cosa devo fare per restare al sicuro e riconquistare la mia libertà.

"Quando ti innervosisci sei ancora più bella." La voce di Carter attira di nuovo il mio sguardo su di lui. Oggi sembra più informale di quanto lo abbia mai visto. Non è per i vestiti che indossa, ma per la postura e il modo in cui mi si avvicina. Si ferma sul bordo del letto e sento il suo profumo intenso: odio quanto mi piaccia. E odio ancora di più il modo in cui le mie cosce si stringono, e il sorriso che gli illumina le labbra quando gemo.

"Mi sei piaciuta, la scorsa notte," aggiunge la voce di Carter infiammandomi all'istante. Mi afferra il mento con una mano e mi fissa le labbra, passando il pollice su quello inferiore.

E dentro di me, qualcosa cambia. È un uomo con un'autorità e un controllo tali da potermi distruggere, e in un certo senso è già accaduto. Eppure, in questo momento, tutto ciò che desidero è che mi baci. Non l'ha ancora fatto, e una parte di me, nel profondo, ne ha bisogno.

Ma il suo pollice smette di muoversi in modo rassicurante e la sua espressione si incupisce mentre parla, anche se si tratta di una domanda. "Non hai mangiato?"

"Mi sono appena svegliata." Le parole escono come una scusa mescolata a una supplica. Il mio tono debole mi disgusta. In cella ero più forte. Respiro a fondo, sapendo che se fossi ancora in quella stanzetta buia, sulla brandina, gli avrei risposto con una battuta.

Ma non voglio tornare indietro. Questa consapevolezza mi fa vergognare, ma mi ci aggrappo come se la mia vita ne dipendesse. Nel tentativo di attenuare l'odio per questa verità patetica, ricordo a me stessa che fuori ci sono molte più possibilità di fuga.

E in quella cella non c'è altro che agonia. Il dolore della solitudine, della fame e delle notti insonni, piene di incubi sul passato.

Mi rifiuto di tornare indietro.

Carter mi lascia andare e si avvicina al comò. "La colazione è in cucina. Se vedi qualcuno, ignoralo e lui farà lo stesso. Capito?" Getta le manette in un cassetto e cerca qualcos'altro.

Annuisco quando lui mi lancia un'occhiata da sopra la spalla, anche se dentro di me sono sconvolta. L'unica cosa a cui riesco a pensare è che forse qui c'è qualcuno che può salvarmi, che potrebbe avere pietà di me. Forse Jase? Oppure potrei scappare.

"Rispondi con la voce, passerotto," dice con nonchalance, come se mi stesse parlando del tempo. Il cassetto si chiude con decisione e mi ritrovo ad annuire di nuovo rispondendo "Sì," con gli occhi fissi sul metallo che spunta dalla sua mano stretta.

"E indosserai questa," aggiunge mostrandomi una catena sottile. Ogni centimetro circa è decorato da una piccola perla, alternata a diamanti. È lunga, talmente lunga che potrebbe arrivarmi quasi all'ombelico e, mentre la osservo, vedo che le pietre preziose diventano più grandi man mano che ci si avvicina all'estremità. Al centro, c'è un enorme diamante a forma di goccia.

Ma tutto ciò che luccica non è che il peccato mascherato da bellezza.

"Un collare?" Il cuore mi batte come un tamburo di guerra. Deve aver percepito la sconfitta nella mia voce.

"Non puoi mettere il collare a un passerotto, Aria, ma puoi legarlo o metterlo in gabbia. Sta a te scegliere."

"O la cella o la collana?" gli chiedo, per essere sicura di aver capito, e solo al pensiero di potermi salvare dal tornare là dentro, la mia mano si allunga verso il gioiello.

Carter annuisce e i miei occhi incrociano di nuovo i suoi.

"Girati," mi ordina, con il fuoco che gli brilla nello sguardo. Stabilizzo il respiro, gli volto le spalle e, quando lui mi sposta i capelli di lato, provo la dolce sensazione di un brivido che mi percorre la schiena e il petto. I miei capezzoli si induriscono all'istante e le perle e i diamanti freddi mi scivolano sul petto, ricadendomi sull'incavo delle spalle e sul collo. Una volta finito, Carter fa scivolare le mani sui miei seni. Il suo respiro caldo mi solletica il lobo dell'orecchio mentre mi sussurra: "Sei bellissima."

Ma con la stessa rapidità con cui mi ha mostrato gentilezza, mi lascia, e la sua assenza rende il freddo più intenso. E io rimango nuda in ginocchio sul suo letto. Indossando un collare e prendendo decisioni basate sulla paura.

Mi tornano in mente mio padre e Nikolai. La vergogna accompagna l'immagine della loro disapprovazione e del loro disgusto. Per quanto mi piacerebbe mentire, ho amato ciò che Carter mi ha fatto ieri sera, e glielo lascerei fare di nuovo.

"Perché ti stai comportando così?" Le parole escono da quella parte di me che vorrei nascondere e far tacere.

Penso che Carter mi abbia ignorato finché non risponde: "Perché posso," con un tono che non ammette repliche o contestazioni. "Un uomo mi ha chiesto cosa volevo, e io avrei potuto comprare qualsiasi cosa desiderassi, ma ho visto la tua foto e ho capito che non avrei mai potuto averti." Si gira verso di me, appoggiandosi al comò e aspettando la mia risposta.

Ricordo ancora le parole che ho tanto amato e che mi ha detto giorni fa. Mi ha dato speranza, facendomi promettere che lo avrei aiutato e in cambio lui mi avrebbe dato tutto. Mi chiedo se sia una bugia, o se quello che mi sta dicendo ora abbia qualcosa a che fare con quell'accordo che non avrebbe dovuto stringere.

"E ora che mi hai…" Mi interrompo, poi ingoio le parole.

"Non ti ho ancora, Aria. Ma quando ti avrò, mi supplicherai di restare." Ciò che mi spaventa di più è la mia totale e completa fiducia nelle sue parole.

Mentre mi viene incontro, noto qualcosa che implora di uscire dalla sua bocca. Forse un segreto, o forse no. Ma lui si limita a passarmi di nuovo le dita sulle labbra e mi dice che mi cercherà quando sarà di nuovo pronto per me, poi se ne va e lascia la porta della camera aperta.

Quando qualcosa è duro al tatto e così affilato da poterti ferire, devi sempre essere prudente, perché è la sua delicatezza che ti distruggerà. Non devi mai abbassare la guardia.

Se sei intelligente, lo eviti, ma se proprio devi stargli vicino, stai alla larga dalle parti che fanno più male. Però non saranno quelle parti a distruggerti. È ciò che inizi a desiderare, a cui non vuoi resistere, che ti mette in ginocchio. Ti fa dimenticare o forse ti fa pensare che non ti ferirà, come se fossi in qualche modo immune o non più una preda.

Pur sapendolo, cado impotente nel modo in cui mi prende il mento. E rimango seduta troppo a lungo con le dita che indugiano là dove posso ancora sentirlo.

* * *

Quando mi sveglio, non riesco a respirare. Il sudore freddo che mi ricopre la pelle mi fa tremare, così come il cuore che batte all'impazzata. La stanza è buia e per un attimo non riesco a vedere nulla, ma le mani che mi stringono le spalle e mi tengono ferma non sono quelle del mio incubo.

Non è Stephan, cerco di pensare in modo logico, sentendo la voce di Carter che mi urla di svegliarmi.

Il mio petto si alza e si abbassa mentre la luce compare e lo vedo. La rabbia che avevo percepito nel suo tono è del tutto assente e ha un'espressione addolorata.

Curvo le spalle cercando di calmarmi. Era solo un incubo. Non riesco a controllarli. Non riesco a fermarli.

"Ti prego, non rimandarmi indietro," riesco a malapena a dire, e questo fa sì che Carter mi stringa ancora più forte le spalle prima di lasciarmi andare. Si avvicina a una sedia dall'altra parte della camera da letto, si siede con il corpo proteso in avanti e mi fissa con i suoi occhi scuri.

La mia pelle formicola per il terrore che mi paralizza. Non posso tornare nella cella. Le lacrime mi rigano il viso al pensiero che una delle mie paure, un uomo che ha distrutto il mio mondo e minacciato di fare di peggio, mi impedisca di mettermi al sicuro da un'altra, la cella.

"Ti prego," lo imploro debolmente e prima che abbia finito di pronunciare quelle parole, Carter mi ordina: "Vieni qui."

Anche se mi sento debole, costringo le mie membra a muoversi rapidamente, lottando con le lenzuola. Praticamente cado a terra e striscio in fretta verso di lui, con il tappeto che mi sfiora le ginocchia.

Lui indossa solo i pantaloni di un pigiama di seta e i suoi addominali si increspano alla debole luce della luna. Il suo corpo sembra scolpito nel marmo. Anche se la paura è ancora soffocante, sento le dita fremere, desiderose di accarezzargli i muscoli. Se non altro, è una distrazione fantastica. Può usarmi, prendermi fino a farmi cadere in un sonno profondo. E in questo momento, vorrei implorarlo di farlo.

Di usarmi e portare via tutto il resto.

Rallento il passo quando sto per avvicinarmi a lui, la collana che quasi sfiora il pavimento. La sua presenza mi rende molto più consapevole della mia nudità. Le sue ginocchia sono divaricate e io mi sistemo tra di esse. Nell'oscurità e con quello sguardo negli occhi, irradia potere mentre io rimango ai suoi piedi.

Lentamente, nel silenzio, sollevo le mani verso le sue cosce. Non dice una parola, ma sono sicura di doverlo soddisfare. Non posso tornare in cella. Non dopo questo.

Le mie dita scivolano tra la seta e la sua pelle calda, nella profonda V formata dai suoi fianchi.

Le mie azioni vengono interrotte e il mio cuore ha un sussulto quando le dita forti di Carter mi afferrano i polsi e mi allontanano le mani. Riesco a malapena a respirare davanti all'intensità del suo sguardo.

Il silenzio si protrae; lui mi fissa e io mi sento impotente, senza sapere cosa voglia.

"Mettiti a quattro zampe," mi ordina, allentando appena la presa in modo che io possa obbedirgli rapidamente. Il mio cuore batte così forte che è l'unica cosa che riesco a sentire.

"Faccia a terra," mi ordina, e io faccio come dice, tenendo il sedere in aria. "Palmi in su, vicino alle ginocchia," mi impone Carter, e io eseguo nuovamente i suoi ordini, ma lui mi riposiziona le mani. Tutto il peso del mio corpo è sulle spalle e sul collo, mentre la testa è appoggiata sul pavimento e le braccia sono dietro di me, incapaci di bilanciarmi o aiutarmi in alcun modo. Sono completamente nuda e totalmente alla sua mercé.

Passa un attimo, poi un altro, e Carter cammina intorno a me. Provo a deglutire, ma non ci riesco. La paura che mi trovi poco attraente mi fa tremare le ginocchia, e lui reagisce allargandomi ancora di più le gambe. Nel momento in cui chiudo gli occhi, la sua voce profonda e roca mi ordina di aprirli e di guardarlo. In piedi sopra di me, non ho idea di cosa pensi il mio cavaliere oscuro o cosa abbia intenzione di farmi.

"Dimmi cosa stavi sognando," dice finalmente, e io gli rispondo, con il tappeto che mi sfiora la guancia e il mio stesso respiro caldo sul viso.

"Non me lo ricordo," mormoro. Nonostante sia vero, so chi popola i miei terrori notturni.

"Non era importante per te? Non era abbastanza importante da ricordarlo?" mi chiede accovacciandosi dietro di me. Non riesco a vederlo, ma lo percepisco. Riesco sempre a percepire la presenza inflessibile di Carter.

"No," scuoto la testa contro il tappeto e gli rispondo come penso lui voglia. "Non è importante e mi dispiace," aggiungo, e il silenzio si protrae.

Il mio corpo sussulta in avanti quando la sua mano mi sfiora il sedere. Il polpastrello ruvido del suo pollice scende fino in mezzo alle mie gambe, sfiorando delicatamente il clitoride e poi risalendo. Mi afferra una natica in modo violento e io chiudo gli occhi, preparandomi al peggio.

Sbam! La sua mano mi schiaffeggia il sedere e mi strappa un grido. Affondo i denti nel labbro e ricevo un altro schiaffo. Il dolore acuto e lancinante è accompagnato dalla sua mano che mi scivola sul davanti, così da poter stringere il mio capezzolo sinistro tra le dita. La combinazione di dolore e piacere è direttamente collegata al mio punto più sensibile. Il mio corpo si inclina di lato, incapace di stare fermo, mentre lui stuzzica la mia carne turgida.

Carter mi lascia andare per spingermi sulla parte superiore della schiena, tra le scapole, e mi sculaccia di nuovo nello stesso punto di prima. Mi mordo il labbro e il grido si trasforma in un gemito soffocato. Il dolore che mi attraversa il corpo accende ogni terminazione nervosa, incendiandomi e togliendomi il respiro.

Ansimando contro il tappeto, aspetto ancora. Sento la mia intimità contrarsi intorno al nulla e prego che il piacere si porti via il dolore. La sua mano aperta sulla mia schiena scorre lungo la colonna vertebrale, lasciandosi dietro una scia di pelle d'oca. Sento il suo respiro sul mio sedere prima che mi morda, facendomi aprire la bocca in una O perfetta per la sorpresa e per qualcos'altro. Il dolore non è affatto come me lo aspettavo e il mio corpo trema di piacere al pensiero di averne ancora.

Carter si allontana rapidamente e un altro schiaffo secco colpisce la mia pelle infuocata, facendomi venire le lacrime agli occhi. Il dolore e l'intensità si sono raccolti in un nodo allo stomaco e non so se riuscirò a sopportarne ancora.

"Ti prego," sussurro, ma non so cosa sto chiedendo.

"Perché ti sto punendo, Aria?" La sua voce profonda è un balsamo lenitivo per i miei gemiti strazianti.

"Perché ti ho svegliato," gli rispondo, sentendo i suoi fianchi sfiorarmi la parte posteriore delle cosce. Si sistema dietro di me e abbassa le labbra sulla mia spalla. Mi dà un piccolo bacio mentre la punta del suo membro preme delicatamente contro la mia entrata. È solo una provocazione, ma mi ritrovo a dondolarmi all'indietro, pregando che mi prenda e faccia sparire il dolore.

Il suo respiro caldo mi solletica l'incavo del collo quando sussurra: "Perché mi hai mentito."

Non riesco a rispondere perché lui mi penetra immediatamente e mi prende proprio come volevo.

CAPITOLO 21

Carter

"Ci sono cinque ali nella tenuta. E ognuna ha la propria serratura."
Osservo Aria, ascoltando il fruscio dei suoi piedi nudi sulle piastrelle di marmo mentre raggiungiamo l'atrio. L'ingresso con la doppia porta è a pochi metri di distanza e sono sicuro che stia resistendo all'impulso di dargli un'occhiata.

"Ci sono serrature ovunque, dentro e fuori." Si gira verso di me e si blocca quando incrocia il mio sguardo. "Sono solito invitare qui coloro che non reputo amici e a volte preferisco che non lascino la proprietà."

Lei rimane in silenzio a riflettere su ciò che le ho spiegato. Il nervosismo le attraversa il corpo. Lo vedo dal modo in cui deglutisce e da come tiene le mani davanti a sé. Quasi inciampa sui suoi stessi piedi. E io adoro la sua agitazione.

"La porta d'ingresso, per esempio." La indico e lei si volta rigidamente, come se non morisse dalla voglia di guardarla. "Quel pannello lì, alla tua destra. Serve una combinazione per aprirla, sia dall'interno che dall'esterno."

"Pensavo avessi detto che ci fosse o l'una o l'altra," obietta la sua vocina. Mi scruta con gli occhi nocciola come se le avessi fatto un torto. Come se le avessi fatto del male. "Hai detto che un uccellino può essere legato o ingabbiato, non entrambe le cose."

Un sorriso mi solletica le labbra e le rispondo: "Non hai imparato che basta chiedere?"

Aria fa una smorfia, ma resta in silenzio. Sa di essere in gabbia. Ovunque vada, sarà con me, rinchiusa e protetta al tempo stesso.

"Sono una prigioniera," ammette con voce rotta, guardando con desiderio la porta d'ingresso. L'architettura ha un che di inquietante, come se fosse fatta per impedire a un ospite di andarsene.

"Lo eri anche prima, a casa di tuo padre." La mia voce è profonda e riecheggia nell'atrio. I suoi occhi scioccati si alzano verso i miei quando continuo: "Avevi paura di andartene e di fare qualsiasi cosa senza permesso."

"Non avevo paura," sussurra, e so che è ben consapevole della bugia che ha appena pronunciato.

"Hai lasciato che l'angoscia ti dominasse. Non mentirmi." L'inquietudine mi pervade. Capire cosa teme davvero potrebbe cambiare tutto.

"Come fai a sapere cosa ho fatto e cosa non ho fatto?" chiede debolmente, negando la verità e spostando l'attenzione su qualcos'altro.

Dato che mi ha mentito, le rispondo anch'io con una bugia. "Quando mi sei stata offerta, ho fatto delle ricerche. Ho degli amici nell'esercito di tuo padre. Occhi e orecchie che mi forniscono informazioni a un certo prezzo. So che passavi quasi tutto il tempo da sola, nella tua stanza. Forse è per questo che ci hai messo così tanto a obbedirmi. Sei abituata alle celle."

La sua bocca si apre, senza dubbio per ribattere, ma saggiamente la richiude prima di pronunciare una sola parola.

Il tempo passa e proseguiamo, tacendo entrambi, intrappolati fra ciò che neghiamo e ciò che temiamo.

"Possiamo spostare i tuoi effetti personali nel mio ufficio, nello studio o nella camera da letto. Il blocco da disegno e qualsiasi altra cosa tu voglia," le propongo, ma lei rimane in silenzio. Le sue dita giocherellano tra loro durante il tour delle due ali in cui le è permesso entrare. Non sembra guardare né notare nulla, a meno che non passiamo davanti a una finestra, che, come ho sottolineato, ha comunque delle serrature.

"Perché ci sono cinque ali?" mi chiede dopo essere arrivati nell'ampia cucina. Non ha ancora mangiato, e ne ha bisogno. Non c'è motivo per cui non debba nutrirsi e sono sul punto di minacciarla di rimandarla in cella se non lo fa. Tuttavia, preferisco riservarlo per qualcos'altro, qualcosa di più significativo. Ma il mio passerotto ha sicuramente bisogno di mangiare.

"Avevo quattro fratelli e ho deciso che ognuno di loro doveva avere la propria ala," le spiego entrando in cucina. Il giardino è proprio oltre la parete posteriore, rivestita di vetro nero fino al soffitto. I pavimenti sono in noce scuro e talmente lucidi che vi posso scorgere il nostro riflesso.

I suoi occhi si spostano sulla cucina elegante e moderna, dai mobili raffinati ai ripiani in granito bianco. È tutto bianco, pulito e moderno, in perfetta armonia con il vetro nero.

Mi aspetto che dica molte cose, ma non le parole che le escono dalle labbra.

"Mi dispiace."

Mi si forma una ruga profonda sulla fronte. "Per cosa?" chiedo.

"Hai detto che avevi quattro fratelli. Immagino che uno o più di loro siano morti?" Si gira verso di me e il suo fianco sfiora uno degli sgabelli dell'isola. Capisco che non è sicura se sedersi o meno, e la lascio lì, a chiederselo. Proprio come lascio che il rimorso e la tristezza si insinuino nel mio stomaco. E mi concentro su quanto Aria sia perspicace. È una combinazione letale di bellezza e intuito. Sarà meglio che lo tenga a mente.

"Carter," mi chiama Jase da dietro e quando mi volto rallenta il passo. I suoi occhi si spostano dalla mia figura, che quasi copre Aria, per poi posarsi su di lei.

"Non mi ero reso conto che fossi occupato," dice, anche se il suo sguardo continua a vagare sul corpo di Aria. Anche con la vestaglia che le copre il décolleté, stretta in vita dalla cintura, sembra fatta apposta per indurre in tentazione.

"Che c'è?" gli chiedo, e lui la osserva ancora. Con la coda dell'occhio la vedo scrutare il pavimento e le sue dita continuano a intrecciarsi nervosamente.

Le stringo leggermente la nuca, e smette di agitarsi.

Entrambi vogliono sapere che cosa lei sia per me. Lo vedo scritto sui loro volti, così come percepisco la tensione nell'aria.

In realtà non è importante, purché tutti sappiano che è mia.

Anzi, so che Jase si sta interrogando su come la sto trattando in questo momento e sul perché non sia nella sua cella. Forse si sta chiedendo per quanto tempo la lascerò fuori. O per quanto tempo la terrò con me.

Le accarezzo dolcemente la nuca con il pollice mentre Jase mi dice qualcosa su una macchina. Non so neanche di cosa stia parlando. E non me ne frega niente. Immagino che si tratti di qualche aggiornamento sulle nostre forniture, ma non vuole parlarne davanti ad Aria.

Il mio passerotto si rilassa sotto il mio tocco, scrutandomi di tanto in tanto. So che si sta domandando cosa Jase pensi di lei.

"Aria," la chiamo, interrompendo mio fratello, e lui si zittisce. "Vorrei che uscissi, così posso parlare con Jase." In quel momento non sento altro che il suo respiro. La paura, la speranza, lo stupore per ciò che sta accadendo. La mia povera Aria è così ingenua. Ma imparerà, col tempo.

Lei annuisce rapidamente, ma non si muove finché la mia mano non le scivola lungo la schiena, lasciando una scia sulla seta. Jase rimane vicino all'isola, con le mani in tasca, mentre la conduco alla porta. Anche questa è di vetro nero e si confonde con il muro, aprendosi solo quando un'impronta verificata viene premuta sul pannello di sicurezza biometrico. Aria osserva attentamente, ma non sarebbe in grado di aprirla nemmeno se ci provasse e, con muri alti quattro metri e mezzo intorno al giardino e una recinzione sorvegliata, non potrà mai scappare dalla tenuta.

Leggo sul suo viso che se ne rende perfettamente conto.

"E quando avrò finito questa conversazione, si torna in camera da letto." Mi avvicino e le sussurro all'orecchio: "Ti scoperò fino a quando non ne avrò abbastanza."

Guardo Aria che cammina in giardino lasciando che il sole le illumini il viso come se fosse la prima volta, e intanto sento il rumore dei passi di Jase che si sta avvicinando.

"Ho messo Jared di guardia al club. Entro la fine della settimana avremo una lista dei principali acquirenti di S2L."

"Perfetto," gli rispondo, anche se sto osservando Aria addentrarsi nel giardino per distendersi sul prato. "C'è altro?"

"Talvery sa che l'abbiamo presa."

Un sorriso mi piega le labbra. "Ci ha messo un bel po'. Uno degli uomini di Romano ha fatto trapelare la notizia?"

Mi volto verso Jase, che sta guardando anche lui Aria e annuisce. "Non poteva rimanere un segreto per sempre." Si volta verso di me e aggiunge: "Verrà a prenderla."

"È quello che vorrebbe fare," lo correggo. "Ma quale dei suoi soldati sarebbe disposto a venire qui e morire per lei?"

"Lei parla molto bene di Nikolai," dice Jase, e vedo l'accenno di un sorriso sul suo volto. La prima settimana di Aria in cella mi ha fornito molte informazioni, dato che si rivolgeva ad alta voce alle pareti di mattoni, implorando aiuto e compagnia. Il nome di Nikolai le sfuggiva dalle labbra quasi ogni singolo giorno.

"Lascialo venire. Sarà il primo di loro a morire."

CAPITOLO 22

Aria

L'odore del caffè mi sveglia e, d'istinto, mi rigiro nell'ampio letto, stirandomi prima ancora di svegliarmi del tutto. Il lieve intorpidimento ai muscoli mi conforta, così come la delicata fragranza delle lenzuola pulite e il sentore di un profumo maschile che mi fa provare un misto di desiderio e calore.

E poi mi torna in mente.

È sempre così.

Sono fuori dalla cella da tre giorni, eppure, quando mi sveglio nel letto di Carter, mi ci vuole un attimo per ricordare. Forse non voglio ammettere che sia reale. Forse una parte del mio subconscio è lontana da qui. Ma ogni mattina sono costretta a rammentarlo.

Lentamente, provo a calmare il cuore che mi batte forte e aspetto un rumore, un qualsiasi segno della sua presenza. È una dipendenza peccaminosa, che mi scorre nel sangue e alimenta la passione per il proibito. Lo desidero ardentemente, la sua approvazione, il suo dominio, eppure sono consapevole che è tutto sbagliato. La vocina che sussurra che deve esserci una via d'uscita da questo posto sta diventando ogni giorno più flebile. È questo che mi spaventa di più.

Sono tre mattine che mi sveglio nel letto di Carter e, proprio come le ultime due, lui non c'è.

Non fisicamente, ma mi sta osservando. L'ho imparato a mie spese ieri, nel secondo giorno fuori dalla cella. Avevo intenzione di non sprecare un'altra giornata a obbedirgli. Dovevo cercare un modo per uscire. Il ricordo mi spinge a guardare verso il comò.

Mi ero messa a curiosare qua e là. Come potevo non farlo, visto che lui non c'era? Non ho ancora modo di sfuggire alla sua stretta. Qui non entra né esce nessuno. Questo posto è come una fortezza, e io sono la sua prigioniera.

E così, cassetto dopo cassetto, li avevo aperti tutti, sperando di trovare qualcosa. Non sapevo bene cosa. Una pistola o un'arma.

Dubito che mi darebbe retta se lo minacciassi, né che riuscirei a sorprenderlo o a costringerlo a liberarmi. È difficile credere che possa funzionare, ma devo provarci.

Chiudo gli occhi e il mio corpo si irrigidisce, ricordando la sua voce profonda e come mi ha scossa nel profondo. Il cassetto si era chiuso di colpo e io avevo urlato, osando guardare dietro di me Carter appoggiato allo stipite della porta.

"Inginocchiati." Nonostante odiassi quell'ordine che avevo provato più volte a rifiutare, avevo dovuto obbedire. Le mie parole si erano accavallate mentre cercavo di scusarmi o nascondere ciò che avevo fatto.

Ma sono una pessima bugiarda, e lui lo sa bene.

"Apri la bocca." Sentirglielo dire mi aveva fatto scaldare ed eccitare per il desiderio. Mi aveva preso la gola. Una punizione, immagino, ma non era stato così per me.

Si era spinto a fondo, mentre io mi conficcavo le dita nelle cosce, con gli occhi in fiamme e il respiro mozzato. Ed ero bagnata per lui.

La paura non mi aveva certo abbandonato, come sempre. La consapevolezza che, una volta stanco di me, avrebbe potuto rimandarmi nella cella, contribuiva a mantenerla viva.

Quando si era allontanato permettendomi di respirare di nuovo, avevo capito che non era ancora finita. Ansimante e in cerca d'aria, mi aveva costretta a mettermi a quattro zampe. La vergogna mi aveva fatto avvampare il viso nel momento in cui la mia guancia aveva colpito il tappeto, e poi mi aveva penetrato. Avevo inarcato la schiena emettendo un suono straziato e soffocato di piacere.

Stavo per raggiungere il culmine, ma Carter era rimasto immobile dentro di me. Afferrandomi i capelli alla base della nuca, mi aveva costretto a girare la testa sussurrandomi all'orecchio: "Ti piace da morire quello che ti faccio." E io non avevo potuto negarlo.

Mi piaceva, sì. Ma era una punizione, e me l'aveva ricordato con cura, prima di lasciarmi ansimante e sazia sul pavimento.

"La prossima volta ci sarà la cella." Le sue parole risuonano ancora chiare nella mia testa mentre guardo tutti i cassetti che devo ancora aprire.

Potrò anche adorare il modo in cui mi possiede, ma la sostanza non cambia. Ormai non combatto più i miei impulsi. Li assecondo e mi aiutano a sopravvivere, ma questo non mi fa sentire meno umiliata, perché so bene di essere una prigioniera e che Carter può fare di me ciò che vuole.

Anche se bramo ardentemente la mia libertà, non significa che qui, nella mia prigionia, io non abbia dei desideri.

Noto sempre ciò che Carter non fa.

Non mi bacia mai. Neanche una volta. E non mi parla allo stesso modo quando ci sono altre persone intorno. Ho incontrato due dei suoi fratelli, e ogni volta mi aspettavo di essere messa da parte o umiliata. Ma invece Carter si è rivolto a me come se fossi un'amica. O una conoscente di lavoro. Lo stesso fanno i suoi fratelli, anche se sono di poche parole.

Quando siamo soli, è diverso. La sua voce ha una dolcezza che non mi aspettavo, sostituita da una cadenza pesante e piena di desiderio quando mi impartisce un ordine.

La combinazione mi provoca un vortice caotico nella mente.

Ma una cosa è certa: ogni giorno che sopravvivo, è un altro giorno in cui sono la puttana di Carter.

Affondo i piedi nudi nel tappeto accanto al letto, alzandomi e avvicinandomi alla tazza di caffè sul comò. È ancora calda.

Un milione di pensieri mi bombardano in ogni momento della giornata. Perché lo stia facendo è quello che mi tormenta di più. Carter è un uomo calcolatore e manipolatore, che agisce sempre con un'intenzione precisa.

Portando la tazza di caffè alle labbra, soffio sulla superficie e sento il calore accarezzarmi il viso.

Potrebbe averci messo qualcosa dentro. Potrebbe averla lasciata sul comò apposta affinché mi ricordassi di ieri. I miei piedi sono fermi proprio dove mi trovavo quando mi ha punito.

Penso a tutte le ragioni che potrebbe aver avuto per mettere una tazza di caffè in bella mostra e lasciarla lì per me. Contiene una quantità tale di latte e zucchero da attenuare in modo significativo il sapore amaro. Ieri me ne sono preparata una per la prima volta da quando sono qui. E lui deve avermi spiata.

Forse è per questo che l'ha lasciata a mia disposizione: voleva farmi capire che mi sta osservando. O forse voleva solo che mi alzassi dal letto.

Mando giù la droga zuccherata e decido che non ha importanza. Posso domandarmelo all'infinito, ma non lo saprò mai.

L'unica cosa che conta è che, se non l'avessi bevuto, lui l'avrebbe scoperto e immagino che ne sarebbe rimasto deluso. Il che è qualcosa che non voglio rischiare, dopo ieri.

Ho intenzione di procedere con prudenza e astuzia in ogni decisione che prendo.

Per non tornare in cella, ma anche per aiutare Carter. Non ho dimenticato il patto. Ha detto che se lo avessi aiutato, mi avrebbe dato tutto. Sto aspettando e cerco di rimanere nelle sue grazie. Ma qualcosa cambierà, me lo sento. Non mi resta che obbedire e attendere il momento giusto. O che il suo piano vada a buon fine o che si presenti un'altra opportunità per scappare e tornare al sicuro, a casa di mio padre.

Prima ancora di rendermene conto, ho svuotato la tazza di ceramica che ho tra le mani, così la lascio sul comò per cambiarmi con i vestiti che vedo sul letto.

Un'altra sua abitudine. È una routine che mi dà conforto. Sapere cosa aspettarmi e come reagire. Se non altro, non mi spaventa.

Il tessuto degli abiti di oggi è più spesso. Niente di trasparente o delicato. Devo afferrarne le spalle e tenerlo sollevato davanti a me per scoprire che si tratta di un abito nero avvolgente in cotone. È meraviglioso e, indossandolo, il tessuto morbido mi solletica appena sopra il ginocchio facendomi sentire splendida.

La collana, l'abito. Sono classici ed eleganti, e mettono in risalto le mie curve. Sono tentata di spazzolarmi i capelli e usare alcuni dei prodotti da bagno che Jase mi ha comprato.

Più di ogni altra cosa, voglio disegnare l'immagine della donna che ero sulle nuove tele che mi sono state fornite ieri sera. Una pagina bianca aspetta di essere ricoperta d'inchiostro, e ora mi sento e mi vedo decisamente diversa. Forse non tanto in superficie, ma tutto ciò che penso e provo non è più neanche la parvenza di ciò che era una volta.

Ma prima mi vestirò come vuole lui, lo andrò a cercare e aspetterò il momento giusto, trovando rifugio nell'arte dove potrò rievocare il passato e conservare l'ultima parte della ragazza che ero.

So di stare facendo il gioco di Carter mentre mi intreccio i capelli, li faccio scendere su una spalla e poi prendo la trousse dei cosmetici. Non mi riconosco più.

Ma la persona che vedo nello specchio è adorabile. Il tipo di donna che rende gelose le altre, anche se, quando appoggio il mascara sul ripiano, so che nessuno mi invidierebbe, perché non sono altro che un grazioso giocattolo sessuale per Carter.

Per ora. È quello che devo essere. O almeno, è quello che mi dico. Cerco di conservare una parvenza di dignità convincendomi che devo farlo per sopravvivere. Ma non posso negare che il pensiero di lui che mi ordina di allargare le gambe mi provoca un'ondata di calore e desiderio nel basso ventre.

Uscire dalla camera da letto mi rende nervosa. Non riesco a sentirmi tranquilla, ma c'è un accenno di sicurezza nel sapere che solo Carter può entrare qui. Quantomeno, so cosa aspettarmi. Al di fuori dei confini di questa stanza, c'è ancora molto da esplorare.

So dove si trova lo studio perché ieri vi ho trascorso un bel po' di tempo. Fotografie e opere d'arte affascinanti coprono ogni centimetro delle pareti. È stato facile perdersi e ammirarle, immaginando di essere in qualche modo scivolata via e caduta nell'arte, lontano da questo posto.

Qualcuno qui nutre una passione per i camion d'epoca. Erano ritratti in una decina di fotografie, arrugginiti e logori, con il cofano ricoperto di neve o fiori azzurri che facevano capolino da sotto le ruote. Non avevo mai apprezzato la bellezza di questi vecchi veicoli, fino a quando non ho colto l'intensità emotiva degli scatti. Forse disegnerò qualcosa del genere. O altro. Ho tutto il tempo che voglio.

So anche come raggiungere la cucina, partendo dalla camera da letto di Carter.

Ci sono andata da sola, ma le altre volte mi ci ha portato lui.

Ieri mi ha fatto inginocchiare proprio in quel punto. Il modo in cui me lo ha ordinato mi ha ricordato la punizione nella sua camera da letto, quindi gli ho obbedito subito.

Il pavimento era freddo e duro sotto le ginocchia, ma sono rimasta immobile ai suoi piedi mentre mi dava da mangiare bocconi del suo pasto. Penso che gli piaccia davvero farlo. Avermi in ginocchio accanto a lui e alla sua mercé. E devo ammettere che non mi è dispiaciuto, almeno fino a quando qualcuno è entrato in cucina.

L'ho sentito entrare, ma non ha detto una parola. Sono rimasta immobile, senza sapere cosa fare.

Carter ha continuato a infilarmi dei pezzi di salmone tra le labbra. E in pochi secondi, chiunque fosse entrato, se n'è andato.

Da quanto ne so, qui vivono quattro uomini. L'unico che mi ha parlato, oltre a Carter, è Jase. Ma immagino che accada solo quando Carter glielo permette. E ho in mente di fare amicizia con lui. Più munizioni ho, meglio è.

Ma starò attenta. Devo essere scaltra. E per ora, questo significa obbedire.

Sono quasi alla soglia della grande cucina quando vedo Carter appoggiato al bancone, concentrato sull'iPad che tiene in mano.

Non riesco a evitare di bloccarmi. Come se potessi in qualche modo mimetizzarmi nella ricca sala e svanire prima che lui mi veda.

Anche se il suo tocco accende ogni mia terminazione nervosa, ho ancora paura di lui. Questo non cambierà mai. Mi lascio sfuggire un respiro tremolante, ed è la mia rovina; Carter alza lo sguardo dal dispositivo e mi nota, osservandomi con uno sguardo letale.

Molto lentamente.

Ogni centimetro di pelle su cui posa gli occhi si infiamma all'istante.

"Vieni." È l'unica parola che mi dice. Un ordine a cui non posso disobbedire, e il martellare rapido nel mio petto si intensifica. Un passo dopo l'altro.

La mia vita è diventata una serie di passi cauti.

Prima ancora di essere entrata del tutto cucina, lui mi ordina di inginocchiarmi e io esito. Ha una voce diversa, priva di riverenza e desiderio. C'è qualcosa che non va e che mi fa mettere immediatamente sulla difensiva. Con le mani sudate, mi chiedo cosa sia cambiato. Ho la tentazione di giurargli di non aver fatto nulla di male.

Mi sono sempre prostrata solo ai suoi piedi, ma il suo tono di voce mi fa tremare le ginocchia e cadere a terra dove mi trovo, nell'ingresso, anche se temo che in realtà mi voglia accanto a sé. Paura. È la paura a guidarmi.

Passa un attimo, poi un altro prima che lui mi guardi attraverso la porta della cucina. "Qui, passerotto. Vieni a inginocchiarti qui." C'è un'ombra di fastidio nella sua voce che mi fa quasi piangere. Che assurdità. È ridicolo che il suo rimprovero mi turbi a tal punto, ma mentre copro strisciando gli ultimi metri per sistemarmi accanto a lui, il mio corpo quasi cede, e capisco perché questa mattina Carter sembra diverso. Più duro e meno interessato.

"L'hai addestrata bene." La voce dell'uomo mi accende la rabbia nelle vene. Si mescola alla paura, confondendomi e rendendomi difficile controllare la mia espressione e i miei movimenti. Tutto in me urla di guardare Romano, di fissare i suoi occhi freddi e scuri e dirgli di andare al diavolo.

"Ha ancora molto da imparare," precisa Carter distrattamente, scorrendo l'iPad con lo sguardo fisso sullo schermo. Non mi tocca. Non come fa in presenza dei suoi fratelli.

Tengo la testa bassa, al punto che mi fa quasi male il collo, ma non voglio che Romano mi veda in faccia. Devo mordermi l'interno della guancia al punto da farmi sanguinare per evitare di parlare.

Sii scaltra, mi ripeto, anche se non allevia affatto quello che provo.

"Come…"

Carter interrompe Romano e afferma: "Mi sta bene. Andiamo avanti."

Con queste semplici parole, Carter si allontana da me per attraversare la cucina, restituendo l'iPad a Romano, e io azzardo un'occhiata. Vestito con una camicia elegante e pantaloni grigio scuro, il suo aspetto raffinato e dominante è in netto contrasto con quello di Romano. La sua camicia è larga sul davanti, probabilmente a causa del peso eccessivo, e di certo non è fatta su misura.

"Quando sarà?" chiede Carter, dando le spalle a Romano e avvicinandosi a me. Trattiene il mio sguardo finché non mi raggiunge, costringendomi ad alzare il mento.

Guarda altrove solo quando la sua mano raggiunge i miei capelli e mi afferra la nuca. La soddisfazione e l'emozione di sentirlo stringermi così delicatamente e in modo possessivo sono innegabilmente folli. Eppure, quasi sorrido.

Più mi sento a mio agio, più desidero il suo tocco e il calore del suo corpo.

Non dovrebbe essere così, ma sento che mi sto abituando a questa nuova realtà.

"La prossima settimana," risponde Romano, e percepisco un sorriso nelle sue parole. "Li elimineremo tutti in una volta. Il più possibile."

L'adrenalina mi scorre nelle vene, ricordando la conversazione di alcune settimane fa. Intende uccidere gli uomini di mio padre, e io riesco a pensare solo a Nikolai, il primo ragazzo che ho baciato e il mio unico e vero amico al mondo, oltre alla mia famiglia e a tutti quelli con cui sono cresciuta.

Lo so, eppure non posso farci nulla. L'aria intorno a me è soffocante mentre me ne sto lì in silenzio, ricordando con quanta facilità alcuni di loro abbiano ucciso in passato, quanto io stessa abbia desiderato che quegli uomini morissero tante volte. Ma non tutti. Non la mia famiglia. Non Nikolai.

Dentro di me vorrei urlare e implorare risposte e pietà. Ma in superficie rimango calma e aspetto che Romano se ne vada. Ci deve essere un modo per risparmiare alcune delle persone che mi sono più care. Le uniche persone che amo. L'unica famiglia che ho.

Ti prego, abbi pietà. Sono tentata di sussurrare queste parole mentre Carter si allontana ancora una volta per accompagnare Romano alla porta, lasciandomi sola e patetica sul pavimento della cucina.

Non emetto alcun suono. Rimango in silenzio.

Ma supplicherò. Lotterò. Farò qualsiasi cosa. Non permetterò che uccidano i miei cari.

Ci deve essere un modo.

Se tiene a me, avrà pietà. Il mio sguardo cade sulle sagome dei due uomini nel corridoio. La parte più desolante di quest'ultima riflessione è che so già che non sarà clemente. Io sono soltanto la sua puttana.

CAPITOLO 23

Carter

Il fuoco scoppietta. Ho sempre trovato conforto in questo suono rilassante. Solo il canticchiare del mio passerotto gli si avvicina e, che ne sia consapevole o meno, ha continuato a farlo di tanto in tanto da quando l'ho lasciata nello studio.

Afferro lo schienale del divano e osservo il bagliore delle fiamme che le illumina il viso. Le ombre la rendono ancora più bella. Sta disegnando vicino al camino e non ha acceso le luci, nonostante il sole sia tramontato portando con sé l'ultima traccia del giorno. Ma lei è rimasta lì, assorta nella sua arte.

"Aria." Cerco di mantenere la voce calma e gentile, per non spaventarla. Ma ottengo l'effetto contrario e il carboncino nero che ha in mano lascia un segno al centro del disegno che sta realizzando. La sorpresa e la paura sono evidenti dalle sue labbra socchiuse, ma cambia rapidamente espressione, lasciando il blocco e il carboncino vicino al focolare per inginocchiarsi davanti a me.

Non mi rivolge la parola, si limita ad aspettare un ordine. La sua sottomissione è fantastica, ma provo una stretta allo stomaco. Sta fingendo. Deve essere a causa di ieri. Si comporta bene solo perché l'ho sorpresa a frugare nella mia stanza. Non può ingannarmi.

"Ti sei comportata bene stamattina," mi complimento con lei girando intorno al grande divano. I suoi occhi seguono ogni mio movimento.

Nonostante passi molto tempo a osservarla, so che anche lei fa lo stesso. È uno dei motivi per cui mi sento irresistibilmente attratto da lei, giorno dopo giorno.

Non voglio perdermi i piccoli indizi di sincerità che non riesce a nascondermi.

"Non mi piace quell'uomo," dice sottovoce, osando alzare gli occhi verso di me. "Romano." Un sorriso mi incurva le labbra. "Non l'avrei mai detto," rispondo, giocando con lei.

È stata perfetta nel sottomettersi a me, mostrandogli come la controllo, anche se non è riuscita a contenere il suo disprezzo per lui.

Mi sta aiutando a preparare la rovina di Romano senza nemmeno saperlo.

"Posso rivelarti un segreto?" le chiedo sedendomi sul divano e rilassandomi, mentre lei annuisce e poi sussurra: "Sì."

"Vieni qui." Do un colpetto sul cuscino accanto a me e la osservo, è indecisa se strisciare o alzarsi per raggiungermi. Guardando la sua mano destra, sporca di nero, sceglie di alzarsi e prendere un panno dal tavolino. I suoi movimenti per pulirsi le mani sono rapidi e precisi, poi viene a sedersi vicino a me. Solo il crepitio del fuoco rompe il silenzio.

Le passo un braccio intorno alla vita, stringendola al mio corpo, avvicino le labbra al suo orecchio e le mordicchio il lobo. Poi mi sposto sul collo.

Quando la tocco, lei sa esattamente come comportarsi. Perde quel costante interrogarsi interiore e si abbandona completamente a me. Lascia che il suo respiro si faccia più rapido e la testa le ricade di lato. Non può nascondersi da me, quando poso le mie mani su di lei.

È una sensazione inebriante di cui non posso più fare a meno.

Immagino che lei non si renda conto di quanto spesso mi tocchi. Proprio come ora, quando allunga la mano verso la mia spalla mentre io le passo i denti sul collo.

Mordicchiandole ancora una volta l'orecchio e sentendo il brivido dei suoi gemiti nel profondo del mio petto, le sussurro: "Voglio che quell'uomo muoia."

Le sue ciglia si sollevano e, proprio in quel momento, Jase compare sulla soglia. Esita e sta per voltarsi, ma io gli faccio cenno di entrare. Ogni volta che si aggiunge un'altra persona in nostra presenza, lei si blocca. Dimentica come reagire e diventa un passerotto smarrito con un'ala spezzata. Rigida tra le mie braccia, fatica a capire dove guardare mentre Jase si avvicina.

Aria solleva lentamente le gambe sul divano e china il capo. So che Jase mi sta osservando, ma non riesco a distogliere lo sguardo da lei.

"Tu sei mia," le dico con una voce che la spinge a guardarmi. "Devi tenere la testa alta." I suoi occhi si spalancano leggermente e poi seguono le mie dita che tracciano una linea dal collo verso il basso, fino al centro del petto. "Altrimenti come faranno a vedere questo?" Il mio indice si intreccia nella collana e lei annuisce in segno di comprensione.

Sento il suo cuore battere forte appena sotto il mio tocco, ma lascio ricadere il gioiello al suo posto e mi volto verso mio fratello. Il giudizio e il disgusto che aleggiavano nei suoi occhi solo pochi giorni fa sono scomparsi, sostituiti ora solo dalla curiosità. Sta andando tutto meglio di quanto sperassi, anche se ci è voluto più tempo del previsto.

"È fissato per la prossima settimana." Mentre Jase assimila le parole e mi dice che le spedizioni per Romano arriveranno in anticipo, noto come il comportamento di Aria cambi di nuovo.

Conosce già troppe informazioni. Per quanto apprezzi averla con me, non dovrebbe sapere come cadrà l'impero di suo padre.

"Sei bellissima stasera," dice Jase rivolgendosi direttamente a lei. La sorpresa le illumina il viso su cui il fuoco continua a proiettare ombre.

"Grazie," risponde, ma la sua voce è fin troppo flebile, così si schiarisce la gola per ripetere: "Grazie."

"Ammiro la tua arte," aggiunge, e io abbasso lo sguardo sui fogli sparsi sul pavimento. Oggi ha fatto altri tre disegni, uno migliore dell'altro. Non ha più fretta. Si prende il suo tempo e la meraviglia che crea è affascinante. Non mi sarei mai aspettato di provare orgoglio per quella che pensavo fosse solo una distrazione.

L'emozione mi scorre nelle vene. Lei desidera ardentemente l'approvazione, la protezione e una tenerezza che io non sempre riesco a darle. Ma i miei fratelli sì. Anche ora che lei è preoccupata e in difficoltà, la gentilezza di Jase la rende più malleabile nei miei confronti. Ogni piccolo gesto di accettazione la rende più disposta a obbedirmi.

"Ha talento." Le faccio i complimenti, anche se mi sto rivolgendo a Jase.

"Grazie," ripete Aria, e smette momentaneamente di agitarsi, calmandosi un po'.

"Ripasseremo il resto stasera," dico a Jase, che coglie il suggerimento e se ne va senza storie. Niente più discorsi del genere davanti a lei. Deve essere perfetta per la cena.

E poi tutto cambierà.

"Allora a stasera," dice Jase e saluta Aria con un cenno del capo. Un sorriso gentile le illumina le labbra, ma fatica a rispondere.

"Stai andando benissimo," mormoro non appena Jase ci lascia. Le scosto le ciocche dal viso sentendo i suoi capelli morbidi tra le dita. "A parte ieri mattina, intendo."

Il ricordo la fa irrigidire, ma solo finché non riporto la mano sulla collana, un intreccio di perle e diamanti infilati su una sottile catena di platino. Delicata e fragile, proprio come lei.

"Mi dispiace," si scusa di nuovo.

"No, non è vero." Le parole mi escono con una severità inconfutabile. "Me lo aspettavo, ma non sei dispiaciuta."

"Mi dispiace di averti deluso," dice, e la sua affermazione sembra sincera, anche se chiude gli occhi e deglutisce in modo evidente. Osservo ogni dettaglio dei suoi lineamenti e non vedo altro che sincerità.

"Aria," dico facendole scivolare la mano sulla nuca, "non mi hai deluso." La mia voce è più profonda di quanto volessi, intrisa del desiderio che provo ancora nei suoi confronti.

Pensavo che mi sarei stancato di lei, ma poter giocare con lei è diventato il mio passatempo preferito.

Lei sospira alla mia affermazione, un suono morbido che è un misto di desiderio e qualcos'altro.

Le sussurro all'orecchio: "Potrei viziarti; non devi per forza odiare tutto questo."

"Ti darò qualsiasi cosa," sussurra e i suoi bellissimi occhi scrutano i miei, in cerca di pietà. "Ti prego, non uccidere la mia famiglia."

"Ho dovuto scegliere da che parte stare, ma moriranno tutti, Aria. Non c'è modo di cambiare la situazione." Se potessi portarle via il dolore, lo farei.

"Hai detto che volevi Romano morto. Perché non ti schieri con mio padre?"

"Pensi che tuo padre mi risparmierebbe, Aria? Pensi che mi permetterebbe di vivere?" La mia voce diventa più dura a ogni parola, ricordando come la mia vita sia stata quasi spenta dalle sue stesse mani. I suoi splendidi occhi si trasformano in pozze oscure di tristezza. Conosce la verità su suo padre, ma continua comunque.

"Lo farebbe," mormora speranzosa.

"No, non lo farebbe," le dico, aspettando di sentirmi infuriato dalla sua ingenuità, ma invece provo solo pietà per lei. "Devi restarne fuori, Aria," le ordino, e lei annuisce, ma vedo la supplica scritta sul suo viso.

"Non posso restare a guardare," sussurra.

"Devi farlo, o non mi lascerai altra scelta." Non è una minaccia, ma è la verità e prego che si comporti bene. "Sei più intelligente di così. Sai come sopravvivere."

"Sarò sempre una prigioniera," commenta, e la sua voce è morbida ma disperata. Apre gli occhi e sta quasi per dire qualcos'altro. Sta per supplicare, implorare o chiedere qualcosa. Ma non lo fa.

"Voglio spegnere in te la voglia di lottare," ammetto senza pensare, senza rendermi conto di quanto siano sincere quelle parole. "Ti avrò, Aria, completamente."

Le ci vuole un attimo per rispondere, e quando lo fa, è con gli occhi chiusi e con parole intrise di dolore. "Lo so."

Si aggrappa a quel dolore. Lo stringe forte, solo per appigliarsi a qualcosa. In un certo senso, questo mi fa infuriare profondamente. Ma presto tutto ciò a cui si attaccherà sarò io. Molto presto. Devo essere paziente con lei. Se non altro, il tempo attenuerà la sofferenza e allora avrà solo me.

"Sdraiati," le ordino e lei obbedisce immediatamente, lasciandosi cadere sul divano e appoggiando la testa sul cuscino decorativo. Quando le accarezzo l'interno coscia con la mano, lei apre le gambe per me. Il cotone del vestito scivola più in alto, ma devo sollevarle il sedere e spingerlo fino alla vita per vederla completamente.

"Sei sempre pronta per me," mormoro sottovoce mentre la mia erezione pulsa. Le mie dita scorrono lentamente lungo il suo sesso liscio che luccica di eccitazione. Il respiro le si fa affannoso.

Mi sbottono il colletto e mi tolgo la camicia, lasciandola cadere con noncuranza sul pavimento. Ogni secondo che passa, il respiro di Aria diventa più pesante. Il divano cigola sotto il mio peso quando mi sposto per sistemare le spalle tra le sue cosce.

Afferrandole il sedere per tenerla ferma, inizio con un lento e languido sfioramento con la lingua. Quando alzo lo sguardo e vedo le sue labbra socchiuse, gli occhi spalancati e le guance di un bellissimo rosa, decido di non fermarmi, continuando a leccarla, succhiarla e stimolarla finché non potrà più oppormi resistenza.

E poi la farò contorcere sotto di me, raggiungendo il piacere come se fosse nata per questo.

CAPITOLO 24

Aria

La vita non dovrebbe essere così. Non per una come me. In mezzo a tanto sfarzo e legata a una prigione dorata, non dovrei svegliarmi sentendomi a mio agio.

Ma è questo che provo. So che finché obbedirò a Carter, starò bene. Sarò al sicuro e persino coccolata.

Intanto, la mia famiglia viene uccisa, e io non faccio nulla.

Non posso permetterlo. Non succederà.

Devo ricordarlo a me stessa ogni volta che lui mi offre la sua gentilezza.

Come ieri sera. Ero in preda a una combinazione letale di odio e desiderio. Bramavo disperatamente di trovare un modo per uscire da lì e avvertire i miei, oppure convincere Carter a schierarsi dalla parte di mio padre.

E mi sono addormentata sapendo che dovevo fare qualcosa. Che oggi avrei agito e trovato una soluzione. Ma ogni suo gesto gentile mi rende più debole.

Non dimenticherò mai il modo in cui mi ha abbracciata. Stringendomi a sé mentre ero sdraiata su un fianco. Il cuore mi batteva all'impazzata e la paura mi scorreva nelle vene. Reale, come tutto il resto. Dormivo ancora profondamente quando ho sentito la sua voce, le sue parole determinate e misurate. "Torna da me." Respirava sul mio collo e la sua mano forte mi accarezzava la pancia. Mi stringeva così forte che quando mi sono svegliata non riuscivo a muovermi.

Percepivo ancora il mio battito accelerato quando lui mi aveva girata sulla schiena, affondando il viso nell'incavo del mio collo, baciandomi con avidità, come se ne fosse stato privato da tempo. E io desideravo ardentemente le sue labbra sulle mie, ma lui non me le ha concesse. Stavo ancora sbattendo le palpebre per scacciare il sonno quando mi ha sussurrato: "Se devi urlare un nome nel sonno, sarà il mio."

Mi sono svegliata chiedendomi se fosse stato un sogno, se lui non mi avesse davvero strappata da un incubo possedendomi fino a farmi cadere in un sonno profondo e pieno di desiderio. Ma mi teneva ancora stretta come quando mi ero svegliata, e non potevo negare che fosse tutto vero.

"Hai smesso di canticchiare." La voce profonda di Carter attraversa i miei pensieri e io lo guardo, alzando gli occhi da terra. Facendo rotolare il carboncino nero tra le dita gli mento, anche se so che non dovrei.

"Sto solo pensando a cosa mi piacerebbe disegnare dopo."

Sa che la mia risposta è una bugia. Stringe gli occhi, ma lascia correre. Non credo che voglia che torni in cella più di quanto lo voglia io. Anche se una parte di me si chiede se un giorno inizierà a prendermi su quella brandina e io rimarrò confinata lì.

L'unica cosa che mi solleva è sapere quanto Carter tragga piacere dal mostrare a tutti come io sia diventata di sua proprietà. Il modo in cui gli obbedisco, dopo che lui mi ha concesso questa libertà. Se così si può chiamare.

Il mio sguardo vaga per il suo ufficio e si posa ancora una volta su una sorta di vecchio baule che non dovrebbe essere lì. Spunta da sotto la libreria di fronte a me, ma non sembra affatto il suo posto.

Il legno è vecchio e grezzo, in contrasto con i ripiani scuri e lucidi delle librerie che ospitano volumi dalle splendide copertine.

I cardini hanno un accenno di ruggine. Picchietto il carboncino che ho in mano sulla carta e la fisso. Mi chiedo perché Carter permetta che rimanga lì.

"Da dove viene quel baule?" gli chiedo istintivamente. Non gli ho mai chiesto nulla. Neanche una cosa. Né ho mai avviato una conversazione. Ma se ho qualche speranza di fargli cambiare idea su mio padre, devo essere in grado di parlare. E devo iniziare a farlo ora, con quell'oggetto. Allungando il collo per guardarlo sopra la scrivania, da dove sono seduta sul pavimento davanti a lui, aspetto la sua reazione.

"Baule?" chiede, anche se so già che sa a cosa mi riferisco.

Indicando davanti a me, gli rispondo: "Non sembra che sia al posto giusto."

Sento la sua sedia scricchiolare e lo vedo appoggiarsi allo schienale. Capisco che sta valutando se dirmi qualcosa, anche se non so cosa. È solo un vecchio baule malandato.

"Vuoi vedere cosa può fare?" mi chiede, e il tono delle sue parole mi coglie alla sprovvista. Deve aver percepito la mia esitazione perché, mentre si alza e si avvicina, aggiunge: "È un baule di sicurezza."

Il carboncino che ho in mano produce un leggero tonfo quando colpisce la carta e io osservo Carter aprire il coperchio di quella che pensavo fosse solo una vecchia cassapanca.

"È a prova di proiettile e può essere chiuso solo dall'interno."

"Qualcuno potrebbe semplicemente sollevarlo…" dico distrattamente, e lui mi rivolge un piccolo sorriso triste.

"Se sapessero che sei lì dentro, potrebbero provarci, anche se è pesante. Così pesante che non sono riuscito a sollevarlo neanche con Daniel, il giorno in cui l'ho comprato."

Lascio vagare lo sguardo sulle spalle di Carter, poi torno a quella che pensavo fosse solo un comune oggetto. Faccio un respiro veloce, pronta a chiedergli se risale alla sua infanzia. È ovviamente troppo piccolo per lui. Anche se so che io, invece, potrei starci comodamente dentro. Ma non gli faccio domande.

"La serratura è qui," mi dice, e armeggia con qualcosa all'interno che tintinna. Devo alzarmi per vedere e, dato che sono in piedi, mi avvicino a lui e al marchingegno.

"È davvero sicuro?" gli chiedo. Rimane in silenzio finché non lo guardo, i suoi occhi interrogano i miei. "Sicuro quanto può esserlo un oggetto del genere."

Ora che sono più vicina, sono certa che potrei entrarci. Sarebbe stretto. Come se mi leggesse nel pensiero, Carter mi dice: "Tu ci staresti, qui dentro. E saresti al sicuro."

Il mio sguardo si posa sulle serrature in ottone all'interno. Ce ne sono solo due, ma coprono tutto il bordo superiore. Una lunga barra d'acciaio scende e scatta in posizione quando viene chiusa. Immagino che si possa aprire con una fiamma ossidrica, ma con tutto questo metallo, la persona all'interno rimarrebbe ustionata, sfigurata, forse uccisa prima che si apra.

"Si riesce a respirare lì dentro?" sussurro.

Carter annuisce e fa scorrere il dito lungo le piccole fessure sui bordi, progettate in modo da non essere visibili dall'esterno, ma attraverso le quali filtra la luce.

Deglutisco a fatica mentre Carter mi mette una mano sulla parte bassa della schiena e mi chiede: "Vuoi entrarci?"

Dovrei dire di no, la paura dentro di me mi urla che quello spazio ristretto è pericoloso. Può sembrare sicuro, ma la cella era molto più grande ed è stata determinante per la mia rovina.

Eppure, il timore è sommesso. Silenzioso. È difficile avere paura di qualcosa di così... insignificante, quando la mia vita è nelle mani di un uomo come Carter. E penso che gli farebbe piacere se entrassi.

Annuisco e inizio a sollevare la gamba destra. Con la mano di Carter che mi aiuta a mantenere l'equilibrio, scivolo dentro facilmente.

"Le serrature sono qui, ma dovrai cercarle a tentoni quando il coperchio sarà chiuso, perché sarà buio."

"Lo chiuderai?" gli chiedo con il cuore che mi batte forte. Non voglio che mi lasci qui. Mi sovrasta e risponde: "Sarai tu a chiuderlo e a bloccarlo, Aria."

"Giusto. Certo," dico, poi scuoto la testa e allungo la mano verso il coperchio. Come se fosse la cosa più ovvia da fare. Mi sembra strano che lui mi conceda quest'opportunità, un posto sicuro dove stare lontana da lui. Ma ci potrò restare solo per poco tempo.

Questo baule serve per nascondersi. La consapevolezza si fa strada in me quando abbasso il coperchio. È fatto per celarsi agli altri, per stare in silenzio e non essere visti.

Mi agito un po' quando il coperchio si chiude ermeticamente e un sottile raggio di luce filtra attraverso una piccola fessura. Non si nota dall'esterno, ma io la vedo chiaramente.

Le mie dita seguono il movimento dei fermi che scattano in posizione, e un forte tonfo causato dalla caduta della barra d'acciaio mi sorprende, facendomi sobbalzare.

Tump, tump. Il mio cuore batte forte.

Mi ricorda la porta sfondata con un calcio quando mi nascondevo nell'armadio.

La gola mi si chiude e i miei occhi si riempiono di lacrime mentre la figura di mia madre mi torna alla mente, nitida, attraverso la fessura dal mio nascondiglio. Il ricordo è vivido. È troppo reale.

"Basta!" urlo e lotto contro il coperchio. Il panico mi assale. *Non posso restare qui, non posso stare zitta e lasciare che lui la uccida.*

Le urla mi lacerano la gola. "Basta!" grido, e solo allora sento Carter.

I suoi pugni battono sopra di me.

Le lacrime che mi rigano il viso sembrano bruciarmi la pelle mentre cerco a tentoni le serrature.

"Carter, ti prego!" lo supplico.

"Sblocca le serrature!" mi urla, ma io non ci riesco. Non riesco a trovarle. Tutto quello che vedo è lui che tiene ferma mia madre, pugnalandola ripetutamente. Sangue ovunque. È stato troppo veloce. Non sono riuscita a salvarla.

"Ti prego," lo supplico e sento l'intero baule sollevarsi da terra per poi cadere pesantemente sul pavimento sotto di me. Mi scuote e mi ricorda dove mi trovo.

"Aprila, Aria!" mi urla e io cerco di trovare le serrature. Mi ci vuole un bel po'. Ogni secondo, le immagini di mia madre mi scorrono davanti agli occhi. Il modo in cui ha cercato di lottare contro di lui. Il modo in cui ha cercato di non urlare. So che non voleva che io sentissi o vedessi.

Ma non si può nascondere tutto.

Alla fine, i chiavistelli scivolano al loro posto fra le mie mani tremanti e il meccanismo si apre con un forte tonfo. Carter praticamente strappa via il coperchio. Le sue braccia forti mi tirano su e mi ritrovo al sicuro nella luce dell'ufficio. Le immagini svaniscono e in un attimo sono rannicchiata sul suo petto, sentendomi sciocca e incapace di spiegare cosa è successo. Il mio corpo non smette di tremare.

Odio quel baule. Lo odio. Più della cella.

"Ssh," mi consola, conducendomi verso la sua sedia. Penso che mi metterà a sedere, ma non lo fa. Continua a stringermi forte tra le braccia. Continuo a tremare e vorrei potermi calmare e cancellare tutto.

Non riesco a smettere di piangere.

Era da tanto tempo che non avevo un attacco di panico. Per anni ho avuto solo incubi.

"Mi dispiace," mormoro e mi asciugo furiosamente le lacrime. Sono calde e sento già che i miei occhi stanno diventando gonfi. Faccio fatica a respirare.

"Odio quel baule," dico come se potessi incolparlo.

"Va tutto bene," risponde Carter in modo rassicurante. Non mi chiede cosa sia successo. Non mi fa pressioni.

Mi abbraccia e mi conforta, accarezzandomi la schiena con la mano. Il suo calore, la sua forza e il suo profumo mi avvolgono. E io ne voglio ancora.

Morirei per averne di più.

Un colpo alla porta dell'ufficio mi fa sobbalzare. "Silenzio, passerotto," mi sussurra Carter tra i capelli prima di rivolgersi alla persona dietro la porta: "Entra."

È Jase. È quasi sempre Jase.

In piedi sulla soglia, stringe la maniglia senza lasciarla andare. Ho la sensazione che non gli piaccia essere qui quando ci sono io. E che, se non ci fossi, si sarebbe messo comodo.. Un brivido mi attraversa e mi rannicchio ancora di più tra le braccia di Carter, desiderando di poter tornare indietro di un minuto.

"Volevo solo dirti che la cena si terrà come previsto."

Vedere Jase mi ricorda tutto, ancora una volta. È come essere svegliata da un sonno profondo. Mi rendo conto che è sbagliato e che non c'è nulla che dovrebbe sembrare giusto.

Torno al fatto che sono tra le braccia dell'uomo che è destinato a distruggere tutto ciò che sono.

La fantasia di morire pur di godere ancora del tocco di Carter è viva nella mia mente. Ma appassisce come il petalo di un fiore stremato dal caldo torrido, non appena la parte sana di me ricorda chi sono io veramente e che tipo di uomo è lui.

"Sta arrivando?" chiede Carter e percepisco una rabbia profonda sotto le sue parole. È abbastanza forte da farmi irrigidire tra le sue braccia.

Jase annuisce, spostando lo sguardo da me a Carter. "Sta arrivando."

"E siamo ancora d'accordo per stasera?" chiede Carter con un tono molto diverso, che mi rende curiosa. Abbastanza da lanciare un'occhiata a Jase.

Il suo sguardo torna su di me e poi risponde: "Sì, tutto secondo i piani." Dando una pacca allo stipite della porta, annuisce a Carter e ci lascia soli.

Le lacrime, il flashback e il panico ora mi sembrano sciocchi. Erano solo un assaggio del passato. Carter allenta la presa su di me e il mio corpo si irrigidisce, portandomi a stringere le braccia al petto.

Perché mi abbraccia e mi conforta, quando per lui non sono altro che un giocattolo? È per indebolirmi. So che è per questo. Cadrò facilmente sotto il suo potere. E lui mi userà e poi mi butterà via.

Posso già immaginarlo.

"Stasera sarò via." La voce di Carter sembra più profonda, persino più ruvida. Il suono mi costringe a guardarlo. È strano trovarmi quasi allo stesso livello dei suoi occhi mentre sono seduta sulle sue ginocchia.

Il suo sguardo è talmente penetrante che riesco a malapena a sostenerlo.

"Puoi prepararti la cena. E aspettarmi in cucina, nello studio o in camera da letto." Fisso la maniglia di uno dei cassetti della sua scrivania, annuendo obbediente e sentendomi a disagio e troppo spaventata per parlare.

Il mio corpo rabbrividisce quando lui mi posa una mano sulla parte superiore della schiena, tra le scapole, e scende fino alla parte più bassa.

"Forse hai bisogno di bere qualcosa?"

Quando mi volto verso di lui, vorrei urlargli contro. Vorrei nascondermi. Vorrei piangere.

Una domanda indugia sulla punta della mia lingua: *perché mi stai facendo questo?*

Ma conosco già la risposta. È il motivo per cui Carter si comporta così.

Perché può farlo. E perché lo vuole.

CAPITOLO 25

Carter

Il Red Room non è stato una mia idea, ma di Jase. È un tipo tranquillo, riservato, però è riuscito a creare un club che è al tempo stesso un'attività di successo e una copertura perfetta. Certo, lui se ne sta sempre nel retro, dove si svolgono gli altri affari, ma è orgoglioso della sua opera. E ogni volta che vengo qui, me ne rendo conto.

La musica mi pulsa nelle vene prima ancora che le grandi porte di vetro rosse si aprano. Il mio abito grigio su misura non mi permette di integrarmi con gli altri avventori. Di certo non quanto Jase, con i suoi jeans sbiaditi e la camicia impeccabile sbottonata sul collo.

Io preferisco indossare un completo. Jase adora confondersi tra la folla. Ogni metodo ha i suoi vantaggi.

"Bentornati, signori," ci saluta Jared al nostro ingresso nel locale. La musica è a tutto volume e l'odore di alcol e sesso mi investe immediatamente. A prima vista, il Red Room, con la sua carta da parati rosso scuro a motivi cachemire e i lampadari neri che pendono dal soffitto dello stesso colore alto quasi cinque metri, sembra un nightclub peccaminoso.

Considerato l'alcol che scorre per tutta la notte e i tanti corpi che si sfregano l'uno contro l'altro, 'peccaminoso' è una descrizione appropriata. E anche i soldi scorrono con la stessa facilità.

Attraverso la folla che balla, tra occhiate languide di donne con un drink in mano e la pochette nell'altra, ignorando tutto per concentrarmi su ciò che Jared ha da dire.

Ho lasciato tutto per venire qui con mio fratello, perché lui, il manager del locale e responsabile degli affari mentre noi siamo via, ha detto di avere una ragazza disposta a parlare.

"Sei sicuro che sia lei?" gli chiede Jase.

"Sì," risponde Jared annuendo mentre superiamo il secondo bar e ci dirigiamo verso il retro, passando ai margini della pista da ballo. "Viene qui ogni settimana a chiedere della roba."

"Cosa le hai detto?"

"Niente. Solo che la consegna è in ritardo." Il DJ fa partire un nuovo brano e la pista da ballo ruggisce così forte che il pavimento trema. Le porte d'acciaio della stanza sul retro si aprono e poi si richiudono delicatamente, mettendo finalmente a tacere le distrazioni del club.

"Grazie per averci aspettato," dice Jase ai due uomini in fondo alla sala. Mick è uno di loro; non conosco il nome dell'altro, ma Jase sì. Questo è il suo locale. Tutti sanno chi è e lui conosce tutti, quindi lascio che sia mio fratello a condurre la conversazione e sto zitto.

Il silenzio dona un'aura pericolosa, ed è esattamente così che voglio che mi vedano.

"Ma certo, signor Cross," dice Mick annuendo a Jase, poi mi rivolge un sorriso ironico e aggiunge: "E signor Cross."

La ragazzina seduta al tavolo solitario stringe il suo bicchiere di plastica con una bevanda rosa che probabilmente contiene tanto zucchero quanto alcol. Le sue labbra si schiudono in un accenno di incredulità, poi se le inumidisce e abbozza un sorriso debole e smunto. Proprio come il suo corpo sotto il top troppo stretto.

"Stai aspettando la consegna?" chiede Jase, guardandosi a destra e a sinistra, come se non volesse dirlo ad alta voce e farsi sentire da qualcuno. Vorrei ridere di lui e del suo comportamento, ma è estremamente capace in quello che fa, quindi apprezzo lo spettacolo.

La ragazza lo imita, guardando alle sue spalle i nostri due uomini con le magliette del Red Room e i jeans neri. Annuisce e dichiara: "Voi ragazzi avete i dolcetti migliori."

"Dolcetti?" chiedo, e lei mi sorride come se fosse a conoscenza di un segreto che non vede l'ora di rivelarmi.

"È così che la chiamano adesso per strada," spiega, e si morde il labbro inferiore, lasciando che il suo corpo ondeggi. Jase e io spostiamo le sedie per prendere posto di fronte a lei, facendole strisciare sul pavimento.

Dolcetti. Al plurale. Perché quel bastardo di Romano ha tirato fuori la sua versione. Mantengo saldamente il mio piccolo accenno di cordialità. Ma sono furioso.

"La Sweet Lullaby, intendi?" chiede Jase, sollevando un sopracciglio. E di nuovo, lei annuisce.

"Stai comprando un sacco di questa roba," le dice Jase, anche se sembra più una domanda. Lei si gratta le braccia con le unghie guardandosi intorno. È nervosa e le gambe della sua sedia continuano a stridere sul pavimento.

"Ne ho solo bisogno, okay?" si affretta a dire. L'aria intorno a lei cambia all'istante.

Notando le sue guance incavate, gli occhi spenti e le labbra pallide, l'umorismo e la sensazione che fosse pronta a divertirsi sono svaniti.

"È davvero quello di cui hai bisogno?" chiede Jase, sporgendosi in avanti per guardarla negli occhi. "Perché abbiamo altre cose che potrebbero interessarti."

Ha bisogno di una dose. Questo è sicuro e, se dovessi indovinare, direi che la sua droga preferita è l'eroina. Forse la coca.

"Devo solo prenderla e tornare indietro," risponde, ma la sua voce è affannosa e incerta. Aspetto un attimo, guardando Jase, ed entrambi la sentiamo deglutire sopra il suono ovattato della musica che arriva dal locale.

"Credo che ne abbiamo un po' in arrivo, mi dispiace per l'attesa, signorina…?"

"Jenny. Jenny Parks," gli risponde lei, poi cerca il telefono nella borsa. I due uomini dietro di noi si affrettano a prendere le pistole, ma la biondina non se ne accorge nemmeno.

"Cazzo, sono già le nove passate!" esclama, e il suo viso si contrae in un'espressione mista di ansia e paura.

Mentre si infila il pollice in bocca per mordersi l'unghia, Jase le chiede: "Ehi, posso portarti qualcosa mentre aspetti?"

"Qualcosa per calmarti un po'? Un altro drink o qualcosa di più forte?" aggiungo.

Il suo respiro si fa più irregolare. "Sì, forse," risponde, e i suoi occhi passano da me a Jase. "Volevo solo entrare e prendere la roba. Arriverà presto?" domanda di nuovo, guardando il telefono per controllare l'ora. "Cioè, quanto ci vorrà?"

"Potrebbe volerci un po'," ammette Jase scrollando le spalle e dando un'occhiata a Mick, mentre lei lo osserva. "Abbiamo altre cose mentre aspetti," le propone, ma lei sta già scuotendo la testa, continuando a mordersi l'unghia.

Parla con il dito in bocca. "Prima mi servono i dolcetti."

Il problema dei tossicodipendenti è che hanno un'unica fissazione. Vogliono la droga. Ed è ovvio che lei riceverà la sua dose quando consegnerà la nostra roba al vero acquirente.

Jase alza di nuovo le spalle. "Un'ora, forse?" Si rivolge a me e io annuisco.

"Cazzo," mormora lei, coprendosi il viso con le mani.

"Vuoi che te la lasciamo da qualche altra parte?" chiede Jase, e lei lo scruta attraverso le ciglia. In questo modo, potremmo ottenere l'indirizzo dove va a finire questo prodotto. O ce lo dirà lei o la seguiremo. Faremo tutto ciò che è necessario.

"Devo tornare indietro. Mi dispiace," dice in fretta, facendo scivolare il telefono dal tavolo nella borsa.

"Possiamo offrirti qualcosa per rilassarti nell'attesa, così chiacchieriamo un po'?" le suggerisce Jared, di guardia davanti alle porte d'acciaio. A quel punto la ragazza sembra capire. La realtà di ciò che sta succedendo la colpisce come un macigno e non riesce a nasconderlo.

"È solo che… è mio fratello. Capisci? Ne ha bisogno e non gli piace che io faccia tardi."

"Tuo fratello?" chiede Jase e io guardo Mick, in piedi dietro la bionda seduta, che scuote la testa. La piccola Jenny non ha nessun fratello.

"Sì, e non gli piace che ci siano altre persone, capisci?" Si esprime in modo frettoloso, guarda gli uomini dietro di lei e poi noi.

"Posso tornare un'altra volta," mormora. Il suo respiro è affannato e si stringe la borsa al petto.

Ci mette un attimo ad alzarsi, ma la mano di Mick sulla sua spalla la fa fermare.

Tra noi cala un secondo di silenzio, carico delle conseguenze di ciò che sta per accadere.

Sta comprando per qualcun altro e mente per nasconderlo. Qualcuno che la tiene sotto l'effetto di droghe e che la spaventa abbastanza da darle la forza di resistere alla tentazione di farsi dare qualcosa da noi.

Gira lentamente la testa per vedere la grande mano di Mick che le stringe forte la spalla. La paura che emana dal suo corpo è palpabile e nauseante.

"Di' a tuo fratello che ci dispiace non avergliela potuta consegnare stasera, Jenny," annuncia Jase e immediatamente la presa di Mick sulla ragazza si allenta.

Riesco quasi sentire il battito del suo cuore mentre guarda Jase con gli occhi sgranati. Rimane immobile finché lui non si appoggia allo schienale della sedia e facendole l'occhiolino promette: "La prossima volta ce l'avremo."

"Facci sapere se vuoi parlare, in qualsiasi momento, d'accordo?" propone Jared aprendo le porte del locale. La musica si riversa nella piccola stanza sul retro.

Jenny annuisce freneticamente, sbatte contro la sedia vuota accanto a lei e poi esce senza voltarsi indietro.

"Seguila," dico a Mick, che con un semplice cenno del capo se ne va. Le unghie smussate di Jase tamburellano sul tavolo, la porta si chiude e il rumore della vita notturna viene nuovamente attutito.

"L'hai lasciata andare troppo facilmente," mormoro.

"Le ragazze non devono essere trascinate in questa merda." È la sua unica risposta e non si preoccupa di abbassare la voce come ho fatto io.

Lo stesso tavolo su cui sta tamburellando le unghie è già stato ricoperto di sangue in passato. Con la bionda non ci sarebbe stato bisogno di arrivare a tanto, ma una piccola bugia per farla parlare non le avrebbe fatto male. Mostrandole che sapevamo che stava comprando per qualcun altro, beh, questo avrebbe potuto farle rivelare qualcosa in più. Magari un nome.

"Forse manda le ragazze perché sa che hai un debole per loro," suggerisco. Tutti noi abbiamo i nostri limiti. E le donne sono il filo conduttore che ci unisce.

"Vaffanculo, io non sono debole," mi risponde, anche se vedo che ci sta riflettendo.

Sollevo gli angoli della bocca in un sorrisetto mentre Jared si accende una sigaretta. Ma dopo una boccata e le parole che gli escono dalla bocca, il sorriso svanisce. "Visto quello che è successo con la ragazza di Talvery, dovrebbero sapere che non siamo degli smidollati in fatto di donne."

Il silenzio si protrae nella stanza per un attimo, senza che nessuno dei due commenti.

"La ragazza di Talvery," ripeto sottovoce, guadagnandomi un commento da parte di Jared che non mi preoccupo di ascoltare. "È mia," dichiaro, interrompendo la sua battuta o qualunque cosa gli stesse uscendo dalla bocca.

Mi alzo di scatto, lasciando che la furia che non provavo da tempo detti le mie parole. Fisso Jared negli occhi e chiarisco ulteriormente: "La prossima volta che qualcuno la chiama così, *la ragazza di Talvery*," sbotto, "tu rispondi che è mia."

Digrigno i denti talmente forte che potrebbero spezzarsi.

Jared non parla, non si muove. Non credo neanche che respiri, anche se la sigaretta nella sua bocca è rimasta stranamente immobile, con un bagliore ambrato che rende la sua espressione ancora più pallida.

I miei muscoli si irrigidiscono, aspettando che lui la chiami di nuovo così. Lei non è *la ragazza di Talvery*. Non appartiene a loro.

"Come si chiama?" gli chiedo, inclinando la testa, e la sigaretta vacilla nella sua bocca. "Togliti quella cazzo di sigaretta e dimmi come si chiama." I miei occhi lo fissano mentre lui lascia cadere la sigaretta dalla bocca, riuscendo a malapena a prenderla tra le dita. I muscoli del suo collo sono tesi e riesco a sentirlo deglutire.

"Io… io…" balbetta, e io mi avvicino per urlargli in faccia le parole che mi graffiano e lacerano la gola: "Come si chiama?"

"Non lo so," ammette con voce tremante.

"Si chiama Aria," dico, poi gli do una pacca sulle spalle con entrambe le mani mentre lui fatica a guardarmi negli occhi. La rabbia si placa quando sento il suo sudore sotto i palmi.

"Si chiama Aria e non appartiene più ai Talvery." Le mie parole sono stranamente calme.

"Certo che no," Jared scuote leggermente la testa, le sue labbra si trasformano in un sorriso esitante. "È tua. Aria è tua e si chiama Aria."

Non chiuderà mai quella boccaccia, povero idiota.

"Fallo sapere a chiunque la chiami in un altro modo," gli dico, indicando con un cenno del capo un punto sul muro con dei mattoni più rossi, più nuovi, che non si mimetizzano.

"Non vorrei perdere la pazienza e dover spaccare la testa a qualche stronzo solo perché mi ha fatto incazzare."

"Sì," risponde Jared con un sussurro spaventato. "Aria, ed è tua."

La mano di Jase sulla mia spalla è l'unica cosa che distoglie il mio sguardo da quello di Jared.

"Continua così, Jared." Jase aggiunge: "Ottimo lavoro stasera," e spinge la porta per tornare nel bar.

Me la tiene aperta e io aggiro Jared, ancora bloccato al suo posto e che mi risponde solo con un cenno del capo, come se avesse paura di parlare. Faccio un passo per andarmene, e lo guardo: un disgustoso odore di urina sovrasta quello delle sigarette. Quel bastardo se l'è fatta addosso.

Vorrei poter sorridere o provare un senso di piacere nel sapere quanto sia radicata la sua paura. Ma tutto quello che riesco a pensare è che questi stronzi stanno chiamando la mia Aria, *la ragazza di Talvery*.

Lei è molto più di questo.

"Devi smetterla," mi dice Jase mentre camminiamo fianco a fianco attraversando il locale. Non c'è nessuno intorno a noi che possa sentirci, ma vorrei comunque mandarlo al diavolo.

"Non devo fare un bel niente," rispondo con un grugnito, la rabbia ancora latente, ma quando pronuncio quelle parole, so che ha ragione. Potrebbero usarla contro di me. Potrebbe facilmente diventare la mia debolezza principale.

"Che senso ha comportarsi così?" mi chiede, interrompendo il filo dei miei pensieri.

Ma non ho una risposta pronta. C'è sempre un motivo. Ogni cosa che faccio ha uno scopo. Mi ci vuole tutto il tempo che impieghiamo per attraversare il locale per rispondere, e lo faccio solo quando siamo fuori dalla porta d'ingresso, dove l'aria fresca ci accoglie e la luce della luna illumina il parcheggio.

Il vento mi sferza il viso, e Jase si infila le mani nelle tasche mentre il parcheggiatore avvicina la nostra auto al marciapiede. "Il senso è che quando la definiscono di Talvery, dimenticano che è mia. Non permetterò a nessuno di dimenticare che lei appartiene a me."

CAPITOLO 26

Aria

Carter mi ha fatto bere un bicchiere di whisky con del bitter all'arancia, ma in qualche modo sapeva di cioccolato. Non so cosa contenga esattamente, ma continua a pulsare dentro di me. Mi ha lasciato un secondo drink nel suo ufficio, ed è stato proprio quello a farmi questo effetto.

Sono in cucina alla ricerca di qualcosa da fare che possa distogliere la mente da tutto ciò che sta succedendo intorno a me, e sento l'alcol che anestetizza il dolore. Come se fossi protetta da ciò che sta per accadere e fosse tutto il resto a muoversi, mentre io me ne sto semplicemente qui in piedi.

Ma lo detesto. Non voglio essere impotente e implorare pietà da un uomo che non ne avrà mai, però temo di non avere scelta.

Il frigorifero è pieno di quasi tutto ciò che potrei desiderare. Uova fresche, salumi, frutta e verdura. La maggior parte della carne per la cena è congelata, ma c'è abbastanza cibo da saziarmi.

Non ho affatto fame, ma Carter mi ha detto di mangiare, e quindi eccomi qui.

Mi ci è voluto un po' per iniziare, molto tempo dopo che Carter se n'è andato.

Invece di fare subito qualcosa, ho fissato la porta. E poi tutte le finestre che ho incontrato. E quelle che danno sul giardino. Vorrei poter fuggire e dire a mio padre che stanno arrivando, ma sono sicura che lo sappia già. È l'unica consolazione che ho nella mia impotenza. Mio padre deve sapere che stanno venendo per lui.

Affetto un pomodoro con un coltello. È talmente affilato che la buccia si taglia all'istante, senza alcuna pressione. Percepisco ancora il sapore del whisky tra i denti. Non posso fare niente, ma in qualche modo devo agire.

L'unico rumore che sento, ripetutamente, è il tonfo del coltello sul tagliere.

"Cosa stai preparando?" Una voce profonda alle mie spalle mi fa sobbalzare. Il coltello mi scivola dalla mano e sono troppo spaventata per spostarmi quando cade a terra. Rimango lì, senza fiato, con l'ansia che mi scorre nelle vene.

"Merda," dice la voce, mentre il mio cuore batte all'impazzata nel petto.

È Daniel. L'ho già visto e so che si chiama così. Ma lui non mi ha mai rivolto la parola. Non mi ha mai nemmeno guardata. Eppure, ora sono sola con lui e Carter non si vede da nessuna parte. Indossa un paio di jeans scuri e una maglietta nera, e si passa una mano tra i capelli con un'espressione imbarazzata sul volto. "Avrei dovuto arrivare dall'altra parte, eh?" C'è qualcosa di dolce in lui, ma non mi fido. Non mi fido di nessuno dei fratelli Cross.

"Ti sto solo tenendo d'occhio," dice Daniel con disinvoltura, e le sue labbra si incurvano in un mezzo sorriso. "Un'insalata?" chiede.

"Sì," rispondo in un sussurro. È strano essere prigioniera eppure libera di muovermi. Ancora più strano è conversare con qualcuno come se non ci fosse nulla di strano nella mia situazione.

Mi costringo a deglutire e mi chino lentamente, tenendolo nella mia visuale periferica, per raccogliere il coltello. Gli volto le spalle quel tanto che basta per raggiungere il lavandino e tremo sciacquandolo. "Avocado, pomodoro e un condimento classico. Avevo voglia di qualcosa del genere," gli dico lasciando scorrere l'acqua sul filo del coltello. La luce si riflette e il mio cuore batte di nuovo forte.

"Preferisci il salato?" mi chiede, e io annuisco, dandogli un'occhiata e tentando di fare conversazione. Mi chiedo cosa pensi di me. Cosa pensi di Carter per avermi tenuta qui.

Torno a guardare il coltello che ho in mano, l'alcol mi pulsa nelle vene, sono molto nervosa e non so più come sopravvivere.

L'idea di un piano di fuga sta prendendo forma dentro di me, ma sono sopraffatta dall'ansia.

I suoi passi lo tradiscono mentre cammina dall'altra parte del bancone, più vicino a dove mi aspettano i pezzi di avocado e il pomodoro appena tagliato. La mia mente è ben consapevole di dove si trova. E di chi è.

Lui sa come uscire da qui. Potrebbe essere il mio biglietto per la libertà.

"Hai trovato le ciotole?" mi chiede, e io mi giro per guardarlo, con il coltello che mi sembra sempre più pesante nella mano.

Dopo aver chiuso l'acqua, la stanza sembra silenziosa. In modo inquietante. O forse è solo a causa dei pensieri che mi attraversano la mente. Mi appoggio al rigido bancone per mantenermi stabile e lo guardo aprire un armadietto e tirare fuori una ciotola.

Mi sorride come se fosse un mio amico, e non un guardiano. E mi lascia tenere il coltello. Non lo guarda nemmeno. Ho un'arma e sono prigioniera, eppure a lui non importa minimamente. *Perché dovrebbe, ragazzina debole?* La voce nella mia testa mi prende in giro e ride di me.

"Grazie," dico con voce flebile. Afferro il ripiano dietro di me, freddo in confronto al calore che provo in questo momento.

La ciotola di ceramica tintinna quando colpisce il ripiano e Daniel mi sorride. Si esibisce in un sorriso affascinante e accattivante con le mani alzate, dicendo: "Non ti farò del male, te lo prometto."

Sono io quella con il coltello.

Continuo a pensarlo facendo piccoli passi verso il bancone.

I miei piedi nudi calpestano il pavimento freddo.

Gli rivolgo un piccolo sorriso, ma non parlo, e nemmeno lui.

Finché il coltello non ricomincia di nuovo ad affondare con facilità nel pomodoro. Immagino come andrebbe a finire, ma faccio fatica a concentrarmi. Non potrei ucciderlo. Avrei bisogno che inserisse il codice per poter scappare.

"Ti tratta bene?" mi chiede, e io stringo più forte il coltello. Potrebbe inserire il codice e concedermi la libertà. E allora potrei dire a mio padre che stanno arrivando.

Alzando gli occhi verso di lui per la prima volta, gli chiedo: "Tu cosa ne pensi?" Sono sorpresa dalla forza delle mie parole, ma voglio andare avanti.

Il suo sguardo si sposta sulla porta e poi torna su di me.

Il silenzio cala sulla cucina.

"È in una posizione difficile," mi dice Daniel quando inizio a tagliare le fette a pezzetti, cercando di non pensare a cosa succederebbe se fallissi. A cosa mi farebbe Carter se provassi a scappare e fallissi. Mi sento sprofondare. La cella. O peggio, il baule. Lui sa cosa mi succederebbe se mettesse un lucchetto all'esterno.

Il sangue mi si gela nelle vene.

"Non è un uomo cattivo," dice Daniel, e io guardo il coltello nella mia mano tremare prima di affettare i pezzi rimanenti.

Non è un uomo cattivo? Se solo Daniel sapesse cosa sto pensando.

"Gli uomini buoni non fanno quello che ha fatto lui," dico a Daniel senza guardarlo. "Ieri sera l'ho supplicato di risparmiare mio padre. La mia famiglia," aggiungo, e mi si spezza la voce.

"Mi dispiace, ma sai che non può." È la sua unica spiegazione e dentro di me, crollo. Il mio cuore si contorce nella sofferenza. È un dolore orribile che non riesco a spiegare quando sento Daniel voltarsi per andarsene.

Mi sta lasciando. Perché può farlo. Perché non è un problema se mi lascia da sola a piangermi addosso. Se non ci provo nemmeno, non sarò altro che una persona sola e patetica.

Stringo il coltello tra le dita fino a far diventare bianche le nocche e lo chiamo. "Daniel!" Il suo corpo alto e snello si irrigidisce, i muscoli delle spalle si contraggono, e lui si volta.

È a circa un metro e mezzo da me. Ma c'è l'isola della cucina a separarci.

Sii scaltra, mi ripeto. Ma a questo punto, niente di ciò che sto per fare lo è. Abbasso il coltello lungo il fianco, la lama mi sfiora la pelle e mi schiarisco la gola.

"Mi dispiace," gli dico, anche se riesco a malapena a sentire la mia voce sopra il battito furioso del mio cuore. "Potresti mostrarmi dove sono i condimenti?" Devo deglutire prima di poter aggiungere: "Per favore."

La bocca di Daniel è serrata in una linea diritta e severa; i suoi occhi mi trafiggono profondamente, come se sapesse esattamente cosa sto per fare. Ma si incammina verso di me, verso il mio lato dell'isola. Dentro di me urlo che è una trappola, che lui sa. Il sangue mi pulsa nelle orecchie e il sudore alle mani quasi mi fa scivolare il coltello.

Lentamente, riduce la distanza fra noi.

E poi mi volta le spalle, allunga la mano all'altezza degli occhi per aprire un armadietto, si gira e si ritrova il coltello puntato alla gola.

Il sudore che mi cola dappertutto è nauseante. Mi ricopre ogni centimetro di pelle mentre cerco di parlare, ma la gola secca non me lo permette.

Stupida ragazza! Sento la voce che mi urla contro. Provo immediatamente paura e rimpianto, ma ormai il coltello è sollevato. Ho l'impressione che mi tremi la mano, ma la lama è stabile.

Non posso tornare indietro. "Fammi uscire di qui," sussurro quando lui mi fissa con disprezzo.

"Non vuoi farlo davvero, Aria." Le parole di Daniel sono talmente genuine e sincere, che quasi mi pento di aver fatto quel passo avanti e di avergli quasi premuto la lama contro la gola.

"Voglio andarmene." In qualche modo riesco a dirlo ad alta voce. Sembro forte, anche se sono in preda al panico.

Gli occhi di Daniel diventano comprensivi, o forse mi guardano come se fossi patetica. Non so cosa pensare. Mi inganna facilmente.

"Non posso aiutarti." Il mio cuore precipita e batte all'impazzata allo stesso tempo. Questa è la mia unica possibilità, la mia unica speranza.

"Apri la porta d'ingresso." Mentre gli impartisco l'ordine, faccio un passo avanti e la mia mano tremante spinge il coltello più vicino a lui, tagliandogli leggermente la pelle della parte superiore del collo. È solo un piccolo taglio, ma lo ferisce. *L'ho ferito.*

L'orrore di vedere il sangue rosso vivo mi distrae per un attimo, un attimo abbastanza lungo da permettere a Daniel di spingere la mano davanti a me e cercare di afferrare il coltello.

Lui sarà anche veloce, ma la mia paura lo è ancor di più. Il coltello gli lacera la camicia, affondando nel braccio e facendomi barcollare all'indietro.

Sono così agitata che potrei morire solo per il terrore.

La presa calda della sua mano mi brucia l'avambraccio anche dopo che mi ha lasciato andare. Colpisco il bancone con la schiena e faccio un piccolo balzo, ma tengo il coltello alzato e gli giro lentamente intorno. Il livello di adrenalina è il più alto che io abbia mai provato prima.

È un disastro, urla il mio cuore terrorizzato, *è un disastro pazzesco*. E ho perso il vantaggio della sorpresa, la minaccia del coltello ormai è niente rispetto a com'era un attimo fa.

"Lasciami andare!" gli urlo mentre mi fissa con rabbia. La sua smorfia si trasforma in qualcos'altro. Sembra ancora una volta dispiacersi per me. E io vorrei deriderlo, lui e la sua pietà, ma anch'io sono dispiaciuta. E non c'è niente di più umiliante.

"Ho detto lasciami andare!" Ho troppa paura per avvicinarmi a lui e a ogni passo mi sembra che le ginocchia possano cedermi per tutta la frenesia che si è impossessata di me.

"Anche se aprissi la porta, ci sono due guardie al cancello e io non ho intenzione di andarmene. Lo sanno bene." La sua voce è severa e per un attimo distoglie gli occhi da me per osservare il taglio. "Cavolo, mi hai fatto male," dice, senza nemmeno degnarmi di uno sguardo. Come se non fossi una minaccia.

"Potresti nascondermi nella tua auto," balbetto cercando di pensare alla mossa successiva.

"Sotto la minaccia del coltello che viaggia con te nel mio bagagliaio?" chiede, e la mia testa oscilla. Anche il mio corpo è sul punto di vacillare. Ho fallito. So già di aver fallito.

Stupida ragazza, dice la voce, ma anche lei prova pietà per me e la rabbia di prima è ormai scomparsa.

Il mio cuore affonda e non si ferma, come se fosse in caduta libera, anche se lo sento già nello stomaco. "Portami via da qui, ti prego. Tu puoi portarmi via," imploro anche se la mia voce si incrina, e faccio un passo avanti con il coltello puntato. "Ti prego," lo supplico.

Alla fine lui mi guarda e dice: "Metti giù il coltello." Ed è tutto, pronunciato con quel tono disinteressato che sembra appartenere ai fratelli Cross. Assolutamente sprezzante.

"Vaffanculo," gli urlo sull'orlo delle lacrime. Devo avvicinarmi a lui, devo andare fino in fondo. L'ultima volta mi ha quasi preso il coltello e se lo fa anche questa volta, tornerò in cella. Cazzo. La gola mi si stringe.

Come se avesse letto i miei pensieri, Daniel mi avverte: "Potrei prendere la pistola, Aria, non costringermi a farlo."

Le sue parole uccidono l'ultimo barlume di speranza che mi era rimasto. Cosa farei allora? Se lui corresse a prendere la pistola, io gli lancerei il coltello? "Metti giù il coltello."

"Ti prego, non farlo," lo supplico. Le lacrime mi pungono gli occhi per quanto sono stupida. Per quello che sta per succedere.

La cella. Stasera finirò nella cella. Per tutto il tempo che ci vorrà a convincere Carter a farmi uscire.

Il coltello ora mi sembra ancora più pesante e vorrei puntarlo contro me stessa. Gran parte di me pensa che potrei ottenere di più se minacciassi di farmi del male. Ma non voglio soffrire. "Ti prego, aiutami," riesco a malapena a pronunciare queste parole deboli.

La risposta di Daniel è immediata, i suoi passi sono decisi e potenti. Il mio corpo trema quando si avvicina abbastanza da afferrare la lama, ma questa volta, quando mi stringe il braccio, allento la presa e il coltello cade dalla mia mano alla sua, e solo allora mi lascia andare.

Mi rannicchio come una bambina disubbidiente o, peggio, come un cane che sa che sta per essere picchiato.

Lacrime silenziose mi rigano il viso e io le asciugo, ascoltando il coltello cadere nel lavandino e Daniel che apre il rubinetto per pulirsi il taglio. Il taglio che gli ho procurato io.

"Mi dispiace." Le parole mi si strozzano in gola e cerco di ripeterle, ma non ci riesco. Il mio respiro è affannoso. "Non posso tornare indietro. Ti prego, non posso."

"Ehi, va tutto bene." Daniel parla con dolcezza e mi si avvicina, ma l'unica cosa che a cui riesco a pensare è la paura, finché lui non dice: "Non dobbiamo dirlo a Carter."

Le sue parole mi portano a fissare i suoi occhi scuri. Sono molto simili a quelli di Carter. Ma il calore e il desiderio non ci sono, sostituiti unicamente dalla sincerità.

"Non glielo dirò, okay?" La sua voce rassicurante placa il terrore che provo. "Rimarrà tra noi." Il sollievo che sostituisce l'ansia mi fa quasi vomitare.

"Perché lo faresti?" gli chiedo. "Ti ho ferito."

"Perché avrei fatto lo stesso." La sua semplice risposta è confortante, ma non mi dà alcuna speranza.

"Mi dispiace," mormoro e devo schiarirmi la gola. Le parole mi soffocano. "Non volevo… ferirti."

"Perché l'hai fatto?" Scuoto la testa, asciugandomi gli occhi. Lui aggiunge: "L'avrei fatto anch'io, ma pensavo fossi più intelligente di così."

"Mi dispiace." È tutto quello che riesco a dire. "Devo andarmene da qui," insisto, e le mie parole trasudano disperazione.

"È meglio che tu resti qui," mi dice. "Non sei al sicuro da tuo padre e mi rendo conto che Carter potrebbe non sembrarti la persona migliore in questo momento, ma so che c'è una ragione per ciò che sta facendo."

"Mio padre," farfuglio. *Lo sto deludendo.*

"Hai bisogno di mangiare," dice Daniel, allontanandosi da me e ignorandomi. È la stessa cosa che mi ha detto Carter. Ho solo bisogno di mangiare. E obbedire.

"Lo ucciderete," dico, ed è un'affermazione, non una domanda. Non riesco nemmeno a pensare di mandare giù qualcosa. Il pensiero è ripugnante.

Daniel apre il frigorifero e mi ignora, anche se inclina il corpo in modo da potermi osservare con la coda dell'occhio.

Chiude la porta del frigorifero con il gomito e si stappa una birra per poi berne un sorso veloce, facendo brillare alla luce la maglietta macchiata di sangue e quel po' di rosso sulla gola.

Sto quasi per dirgli che mi dispiace, ancora una volta. Pur essendo al corrente dei suoi piani per mio padre. Non sapere cosa sia giusto e cosa sia sbagliato è una sensazione nauseante, ma a prescindere da ciò, non ho scelta.

La bottiglia sbatte sul bancone e lui finalmente mi risponde. "Sarebbe successo comunque, che noi intervenissimo o meno."

"Cosa?" gli chiedo a voce bassa, con cautela, alzando appena gli occhi per incrociare il suo sguardo. L'unica cosa a cui riesco a pensare è che devo essere gentile con lui, così non dirà nulla a Carter.

"La guerra."

La sua risposta mi costringe a portare lo sguardo sul pavimento di piastrelle lucide. Poi, nel silenzio, lui beve e io pulisco il disordine lasciato dalle verdure a cubetti che non mangerò.

"Non lo dirai a Carter?" Mi sento egoista per aver osato riprendere l'argomento, ma ho bisogno di sapere che non lo farà. Se Carter fosse qui ora… Non riesco nemmeno a immaginare cosa farebbe.

"Guardami," mi invita la voce di Daniel e io faccio come mi dice. "Non dirò una parola a Carter. Neanche una parola." La sua voce è rassicurante, ma faccio fatica a sentirmi anche solo lontanamente tranquilla.

"Grazie," gli dico e mi premo la mano sul viso per rinfrescarlo.

Lui finisce la birra e io fisso nuovamente il punto sul pavimento finché non mi volto istintivamente al suono del suo nome chiamato da una voce femminile.

"Merda," mormora. Mi afferra rapidamente per un braccio. La sua presa è forte, imperiosa, e mi coglie alla sprovvista, facendo riemergere il terrore.

"Vai nello studio," mi ordina sottovoce e cerca di spingermi fuori dalla cucina dall'altra porta.

"Daniel?" chiama di nuovo la voce, questa volta più vicina, e lui mi esorta a denti stretti: "Vai."

Le mie spalle si incurvano in avanti e mi sento un essere inutile. Patetica e debole, una specie di oggetto da spostare a proprio piacimento.

"Non farlo più, Aria. Sei più intelligente di così," mi dice, poi mi volta le spalle e si incammina a passo svelto dall'altra parte della cucina.

Le sue parole mi paralizzano per un attimo, anche se i miei piedi si muovono di loro spontanea volontà.

Dovrei essere più intelligente di così. Forse lo ero, una volta, ma ora vedo solo un misto di disperazione e la sensazione di caduta libera in un abisso oscuro… È un misto letale per qualsiasi parvenza di intelligenza che io possa avere.

Mi tremano le mani e faccio fatica a respirare, ma cerco di ricordare le parole di Carter di quello che sembra tanto tempo fa. Cerco di ricordare cosa mi disse per darmi un po' di speranza. Ci provo, ma non ci riesco.

Non importa cosa fossero. Tutto è insignificante quando non puoi fare nulla per cambiare il tuo destino.

E ora che sono stata così stupida, mi rimetterà in cella.

Non avrei dovuto farlo. Mi sento soffocare. Devo ascoltare.

A occhi chiusi, sussurro: "Daniel non glielo dirà." Ma le parole non riescono ad alleviare il dolore, perché so che non riuscirò a nasconderlo a Carter. Lui vede tutto di me. E osserva ogni dettaglio.

"Che cavolo hai fatto?" La voce di una donna risuona nella cucina con shock e preoccupazione, spaventandomi e interrompendo i miei pensieri. Il più silenziosamente possibile, mi avvicino alla porta, in modo da poter ascoltare senza essere vista.

Non sapevo che ci fosse un'altra ragazza qui. Ma dal modo in cui parla con Daniel è ovvio che sta con lui. Non è sua prigioniera. Gelosia e timore si mescolano dentro di me e non so perché mi spaventa tanto l'idea che mi veda. Forse il senso di vergogna che provo mentre mi aggrappo alla porta è un indizio sufficiente.

"Stavo bevendo e tagliando delle cose e ho pensato che sarebbe stato fico lanciare il coltello." Sento Daniel offrirle una scusa che non è affatto credibile. Ma la ragazza gli crede comunque.

"Avresti potuto ucciderti," lo rimprovera, anche se la sua voce tradisce un pizzico di incredulità. Il senso di colpa mi entra in circolo. E una parte di me sa che è ridicolo dispiacersi per aver cercato di salvarsi. Ma anche tutto questo lo è.

Daniel ridacchia. "Di tutti i modi in cui si può morire, non credo che succederà per questo, Addison." Lo sento bere un sorso e dirle: "Ti ho preso una birra." Sto per andarmene, ma le parole successive di Addison mi trattengono lì dove sono.

"Dobbiamo parlare." Il tono della sua voce è severo.

"Non adesso." Daniel le parla in modo diverso da come si rivolge a me. Diverso anche da come Carter si rivolge a me. C'è una nota di conforto nella sua voce che non mi aspettavo.

"Non è mai il momento giusto," risponde lei. "Sta succedendo qualcosa." Il suo tono si addolcisce, implorante. "Perché non posso andarmene?" gli chiede con la disperazione in ogni parola.

"È meglio stare al sicuro," risponde lui a voce così bassa che faccio fatica a sentirlo. La curiosità mi assale. Neanche lei può andarsene?

Passa un attimo, poi un altro, non riesco a vedere cosa sta succedendo, così mi avvicino lentamente, sperando di dare un'occhiata prima che la conversazione riprenda. Sperando di vedere questa donna.

"Non hai bisogno di saperlo," dice Daniel con fermezza e con questo mi avvicino furtivamente, osservandolo mentre è appoggiato alla stufa. Vedo lui e una bella ragazza circa della mia età che scuote la testa così forte che i capelli scuri e mossi le svolazzano sulle spalle. Si copre il viso ansimando: "Continui a mentirmi." Il dolore è impresso nella sua voce roca.

Daniel fa un debole tentativo di abbracciarla, ma lei lo respinge facendogli sbattere la schiena contro il fornello, ed esce dalla cucina, tornando da dove è venuta. I suoi piccoli singhiozzi restano nell'aria. Daniel apre un grande cassetto che si mimetizza con il mobile e getta la bottiglia di birra vuota e il tappo nella spazzatura, con un'espressione di tormento straziante che mi lacera il cuore.

Mentre si gira per andarsene, mi avvicino furtivamente alla cucina, ma lui mi sente e si volta.

Non nasconde la sua disperazione, e poi mi lascia sola con la mia.

CAPITOLO 27

Carter

Ho controllato prima la mia camera. La parte più oscura di me sperava di trovarla lì, ad aspettarmi e a scaldare il letto.

Ma la stanza era vuota.

Poi sono andato nello studio, pensando di trovarla seduta sul pavimento davanti al camino a disegnare, come le piace fare di solito.

Ma il fuoco era spento e l'ambiente silenzioso.

Così sono arrivato in cucina. Quella maledetta cucina vuota. Serro i denti accendendo il monitor di sicurezza e passando in rassegna le telecamere.

Il mio battito accelera e riesco a malapena a vedere le immagini da un dispositivo all'altro, ognuna delle quali si rivela inutile nel mostrarmi dove si trova la mia Aria.

Le avevo detto di aspettarmi in cucina, nello studio o in camera da letto. Quelle erano le uniche stanze in cui le era permesso stare, eppure la mia obbediente Aria non è in nessuna di esse.

Il cuore mi martella nel petto e l'agitazione mi fa surriscaldare.

Non è scappata.

Sono stato via solo tre ore. Giusto il tempo per andare al club e tornare indietro. Daniel la stava sorvegliando. Devo ricordare a me stesso che è sicuramente ancora qui da qualche parte, mentre le telecamere mi mostrano nuovamente tutte le stanze.

"Cazzo!" La rabbia ha la meglio, ma mentre sbotto e sento la tensione nelle spalle e nel petto aumentare, la vedo e la sento.

La cella per i vini, in fondo alla cucina, è passata sullo schermo per un attimo ed eccola lì, nell'angolo, seduta a terra a gambe incrociate con una bottiglia in grembo. Il dolce suono del suo canticchiare si diffonde ora tra le stanze.

Cammino silenziosamente verso la porta socchiusa, con un solo spiraglio di luce che illumina la cucina.

Ascolto la cadenza della sua voce soave; i suoi vocalizzi si fanno più intensi e le sfugge una parola, ma non riconosco la canzone. La melodia è mesta, un po' malinconica.

Mi avvicino lentamente, facendo attenzione a non fare rumore, e apro la porta mentre una bottiglia tintinna sul pavimento piastrellato, evidentemente vuota, a giudicare dal suono.

I riccioli scuri le ricadono sul viso e sul petto. Appoggia la testa contro il muro, con il naso rivolto verso il soffitto, e canticchia un po' più forte.

Ascoltare quei dolci suoni è coinvolgente. La sua voce mi ha sempre affascinato e immagino che sarà sempre così. Mi salva dall'oscurità, è qualcosa di straordinario.

"Questa non è la cucina," dico, interrompendo la sua melodia. I colori verde e ambra nei suoi occhi si mescolano in un miscuglio mortale di paura quando assimila le mie parole. Osservo la sua gola deglutire; riesco quasi a sentire il suo respiro teso quando si inginocchia per dirmi: "Non lo sapevo."

Continua a non guardarmi mentre parla. A volte, la sera, sbircia nella mia direzione. Ma non le piace scrutarmi negli occhi.

Indossa una camicetta di cotone larga che mi permette di intravedere il suo décolleté, anche se i capelli ne coprono la vista. Tuttavia, riesco a scorgere il suo seno e il rosa pallido dei capezzoli. Sento il mio sesso irrigidirsi per l'eccitazione e soffoco un gemito.

"Pensavo che questa fosse una parte della cucina," ammette, e percepisco l'ebbrezza nelle sue parole. Le sue ciglia folte sbattono e io resto in piedi sulla soglia della cella dei vini, in silenzio.

Aspetto che mi guardi, e quando lo fa, la tengo prigioniera per sempre. Non avevo mai capito perché esistesse l'espressione 'occhi da cerbiatta'. Ma adesso lo so. È impossibile allontanarsi da quegli occhi capaci di fermare il tempo e immobilizzarti. È l'effetto che mi fa anche in questo momento.

"Giuro che non me ne sono resa conto," sussurra e si lecca le labbra macchiate di vino.

"Da una cella all'altra," le dico, e il mio piccolo passerotto si morde il labbro inferiore per soffocare un sorriso. "Lo trovi divertente?" le chiedo mentre la mia bocca minaccia di incurvarsi in un sorriso.

"Preferirei questa," dichiara, con un rossore civettuolo che le infiamma le guance. "Se ritenessi opportuno mettermi di nuovo in una cella, quella dei vini sarebbe un po' più nel mio stile."

Con un sorriso sincero mi incammino verso di lei e mi accovaccio davanti al suo corpo piccolo e delicato. Sebbene sembri dolce, persino affascinante, è ancora nervosa.

Sto quasi per chiederle cosa l'abbia messa di così buon umore, ma la bottiglia di vino vuota al suo fianco e il bicchiere rispondono perfettamente alla mia domanda. Le sue pupille sono scure e grandi, la bellezza e il desiderio che vi si celano dietro sono seducenti.

"Ti sei divertita mentre ero via?" le chiedo accarezzandole la guancia, ma invece di avvicinarsi, lei si allontana e si stringe le gambe al petto.

Scuote la testa una volta e la felicità svanisce all'istante, raffreddando la stanza e il mio stesso sangue.

"C'è qualcosa che dovrei dirti," ammette rivolgendosi alle sue ginocchia, con la testa nascosta tra di esse, "ma Daniel ha detto che non l'avrebbe fatto." Alcune delle sue parole suonano confuse. E anche se il suo comportamento da ubriaca è divertente, sapere che Daniel condivide un segreto con lei mi porta via il senso dell'umorismo. "Ma io dovrei farlo."

"Sì," le rispondo, sedendomi sul pavimento davanti a lei, "dovresti." Un nodo mi stringe il petto alla sua vicinanza. Non tollero i segreti. Distruggono tutto ciò che toccano. E Daniel avrebbe condiviso un segreto con lei senza dirmelo?

Si gratta dietro l'orecchio e dà un'occhiata alla porta prima di voltarsi di nuovo verso di me. Le sue labbra si aprono, ma si limita a leccarle, ancora alla ricerca delle parole giuste. Sento il battito regolare del suo cuore in sincronia con il mio.

"Dimmelo, passerotto. Sarà molto peggio per te se non lo farai." Una ruga di tristezza le solca la fronte e i suoi occhi si incupiscono per la preoccupazione, ma la minaccia era necessaria. E con essa arriva la sua confessione.

"L'ho ferito," dice rapidamente e poi si schiarisce la gola. "Daniel. Gli ho puntato il coltello contro e gli ho chiesto di lasciarmi andare, ma non volevo fargli del male, lo giuro."

"Vuoi lasciarmi?" le chiedo con disprezzo. La rabbia mi inonda, le mie emozioni hanno la meglio su di me. Ed è colpa sua. È tutta colpa di Aria.

"No, è solo che…" deglutisce a fatica e si scosta i capelli dal viso. "Non so perché, ma quando mi hai lasciata… È diverso quando non sei con me." Fa fatica a trovare le parole e io aspetto in silenzio che continui.

"Ero arrabbiata. Volevo andarmene per dirlo a mio padre." Non si accorge di come il mio corpo si irrigidisca e di come l'ira si insinui in me alla sua confessione. Lei non mi lascerà mai. Mai. E suo padre può bruciare all'inferno, per quanto mi riguarda.

Stringendo i denti, la lascio continuare.

"È venuto a parlarmi e io avevo un coltello in mano. Ero ubriaca ed è stato stupido. O forse ero solo brilla? Mi dispiace tanto. Non volevo farlo. Sono un disastro e non so cosa sia giusto o cosa dovrei fare e io…" Si interrompe, con il respiro irregolare e le parole caotiche.

Daniel è davvero diventato così debole da lasciarsi minacciare da lei? Mi hanno deluso entrambi, ma Aria molto di più. Voleva andarsene. Devo resistere alla tentazione di ributtarla nella cella e tenerla lì, dove non ha alcuna possibilità di fuga.

È solo la sincera tristezza nei suoi occhi che smorza la rabbia e fa riaffiorare la curiosità che ho provato quando l'ho vista per la prima volta sui monitor.

Ci vuole un attimo di respiri e silenzio tra noi perché mi renda conto che è colpa mia. Non era pronta per essere lasciata nelle mani di qualcun altro. Avrei dovuto saperlo. Ma la situazione cambierà rapidamente. Annuisco al pensiero, anche se il mio sguardo rimane su di lei. Presto.

"Ti ha permesso di ferirlo con un coltello?" le chiedo, domandandomi quanto Daniel sia stato imprudente.

È perché lei non lo teme. La paura cambia tutto.

"Solo un po'," risponde con voce docile, alzando i suoi meravigliosi occhi verso i miei, e io lo trovo divertente. Con un sorriso gentile che mi sfiora le labbra, chiarisco: "L'hai ferito… ma solo un po'?"

Lei osa lasciar intravedere un sorriso che però svanisce rapidamente. "Mi sento malissimo per averlo fatto."

"Avresti voluto uccidere mio fratello?" domando in tono distratto, prendendo mentalmente nota di guardare i filmati registrati durante la mia assenza.

"No, ma so che tu uccideresti il mio." Le sue parole sono piene di tristezza, ma anche di rassegnazione.

"Tu non hai fratelli," le dico come se la sua affermazione fosse irrilevante, ma ha ragione. Non ci sono limiti a ciò che ho fatto e a ciò che sto per fare. Avrò pietà per lei, ma per nessun altro.

"Hai davvero cercato di lasciarmi?" Una fitta mi trafigge il petto mentre lo dico ad alta voce. Prima ero più preoccupato dal fatto che avesse condiviso un segreto con Daniel. Ma resta il fatto che ha cercato di scappare. Che voleva lasciarmi ed era disposta a uccidere per farlo.

"È stato un pessimo tentativo," mi spiega, come se questo potesse migliorare la sua situazione. E una parte di me si ammorbidisce alla sua risposta. "Mi dispiace. Mi dispiace per tutto. Penso di stare impazzendo," aggiunge affannosamente appoggiando la testa all'indietro sul muro. "Mi hai fatto impazzire, Carter. Sono semplicemente dispiaciuta. È tutto ciò che posso essere, ormai."

Con la mano che le accarezza il mento, aspetto che mi guardi con gli occhi lucidi, è sul punto di piangere. "No, passerotto mio. Sei semplicemente... mia."

"Sì," ammette candidamente. Il suo riconoscimento mi scatena una scarica di adrenalina più forte di quanto abbia mai provato.

Annuisco senza rendermene conto. "Non pensavo che avresti osato essere così audace, mentre ero via."

"Mi dispiace." Dal suo sussurro traspare la paura.

"Non volevo punirti proprio stasera," le dico, facendo scorrere le dita lungo la collana che indossa, "avevo in mente altri piani." Sono già in preda all'eccitazione al solo pensiero di ciò che potrei farle. "Ma hai cercato di lasciarmi e non c'è peccato più grande di questo."

"Ti prego," piagnucola quando la zittisco. "Non voglio tornare indietro." Non si ritrae dal mio tocco, anzi accoglie la mia mano sulla sua spalla nuda, le dita che sfiorano il tessuto della sua camicetta. I suoi occhi color nocciola, così ipnotici, mi fissano e implorano pietà.

"Non ti avevo detto che la tua prossima infrazione ti avrebbe riportata in cella?" Il suo viso si contrae in una smorfia. Si avvicina lentamente, posa entrambe le mani sulle mie cosce e mi supplica di nuovo: "Ti prego." Infilandosi fra le mie gambe rivestite dai pantaloni dal tessuto costoso, mi chiede perdono. Quante volte ho sognato di vederla così.

"Cosa faresti per restare con me?" le chiedo, desideroso di concederle la clemenza che tanto implora. Non l'ho mai provato così intensamente prima d'ora.

Il suo petto si alza e si abbassa pesantemente. "Qualsiasi cosa," risponde in fretta, disperata.

"Non per restare fuori dalla cella, ma per restare nel mio letto. C'è una differenza, Aria."

La sua espressione si incupisce e fatica a esprimere ciò che sta pensando. Il terrore mi attanaglia lo stomaco quando non riesce a rispondermi, ma la sua voce dolce lo scaccia subito.

Intrecciando la collana, dice: "È solo quando te ne vai che me lo ricordo."

"Cosa intendi?"

La sua voce trema mentre cerca di spiegarsi. "Non voglio che mi lasci. È più difficile per me, quando lo fai."

"Ti ho chiesto cosa faresti…"

"E io ho detto qualsiasi cosa," mi interrompe, e sento le sopracciglia aggrottarsi osservando ogni dettaglio della sua espressione per valutarne la sincerità. "Quando sei con me, so che non posso andarmene e non voglio nemmeno provarci. Ma quando te ne vai… è più difficile. Quindi non voglio lasciarti. E non voglio che tu lasci me."

È come una sirena. Lo vedo chiaramente. La sua bellezza, la forza infranta, il rifiuto e l'accettazione. Tutto questo mi attira e farò il possibile per stringere ancora di più la presa sul mio passerotto mentre canta le sue bellissime ninne nanne.

"Domani sera verrai a cena con me. Ti inginocchierai al mio fianco. Mi obbedirai. Ti siederai accanto a me, orgogliosa di essere mia." Lei annuisce come se accettasse una punizione, ma in realtà è molto più di questo. "Farai quello che ti dico. Ogni singola cosa." Sottolineo ogni parola, facendo scorrere il dito su e giù per la sua gola. "Mostrerai alla mia famiglia e ai miei ospiti quanto sei disposta a obbedirmi."

"Sì, Carter."

Il modo in cui trattiene il respiro e ingoia l'entusiasmo di accettare la punizione mi fa quasi sentire in colpa per quello che sto per dire. Quasi. "E stanotte dormirai nella cella per aver osato approfittare della libertà che ti ho concesso."

"Sì, Carter," risponde lei, anche se le si incrina la voce e i suoi occhi si chiudono in preda all'agonia. Le ciglia folte sbattono quando li riapre e mi fissa intensamente, in attesa di altro. Il profondo pozzo della solitudine si sta già insinuando nel suo sguardo. Quell'espressione di tristezza l'ho già notata prima, ma nei suoi occhi è magnifica.

"Rimarrai lì finché non riterrò che avrai imparato la lezione."

Lei annuisce e si asciuga una lacrima, ma risponde obbediente: "Sì, Carter."

Il mio respiro accelera al pensiero di averla tutta per me, prima di mandarla via. "Per ora, ti sdraierai sulle mie ginocchia, sentendo la mia erezione contro il tuo ventre mentre ti punisco. Schiaffeggerò il tuo corpo nudo e ti toccherò dove sei più vulnerabile, finché non riterrò che sia abbastanza."

"Lo farò," dichiara dolcemente e alza la testa per incrociare il mio sguardo, poi annuisce. "Lo farò," ripete quasi senza fiato.

L'ordine mi esce istantaneamente dalla bocca. "Dimmi che sei tutta mia e che posso giocare con te come mi pare."

"Sono tutta tua, e puoi giocare con me come vuoi." E la sua obbedienza le esce dalle labbra allo stesso modo.

"E il tuo culo?" la sollecito.

"È tuo." Non c'è esitazione nella sua voce.

"E le tue labbra?" le chiedo con voce profonda e roca, piena di desiderio, mentre il mio pollice le sfiora le labbra carnose.

"Qualunque cosa tu voglia farci," sussurra contro il mio tocco.

"Solleva la camicetta e sdraiati qui," le dico, troppo ansioso di metterle le mani addosso per spostarci nella cella.

Si sistema sulle mie ginocchia muovendosi velocemente e la alza. I suoi fianchi sono in equilibrio sulla mia coscia destra, ma io sposto il suo fondo schiena al centro, facendola sussultare mentre cerca di reggersi con le mani.

"Metti le mani dietro la schiena," le ordino, e ci vuole un attimo. I suoi capelli sono dappertutto, ma li faccio scivolare su una spalla, prendendomi il tempo di raccoglierli prima di afferrarle entrambi i polsi con una mano. Le mie dita scivolano lungo la sua lingerie e il tessuto di pizzo quasi si strappa, ma sto attento, lasciando che il mio tocco le faccia venire la pelle d'oca su ogni centimetro del suo corpo.

Lei geme leggermente, già godendosi la punizione. Ma io godrò ancora di più.

Con la mano che le accarezza il sedere, le dico: "Penso che ti comporti male solo per fare in modo che ti punisca."

Lei scuote la testa, contorcendosi sulle mie ginocchia e facendo ondeggiare leggermente i capelli. "Non voglio farti arrabbiare." Le sue parole sono morbide e tristi, ma i suoi gemiti parlano solo di piacere.

Il primo schiaffo è leggero, poi le afferro il sedere e gliene do uno più forte sull'altra natica. Lei sussulta, ma non emette nemmeno un gemito.

Chinandomi alla mia sinistra, vedo i suoi occhi serrati e i denti che affondano nel labbro inferiore. Lascio scivolare le dita tra le sue gambe e soffro per il desiderio di entrare dentro di lei.

"Sei così stretta," le dico con tono reverenziale e poi la muovo un po', così che possa sentire la mia erezione.

Lei si limita a gemere e ad aspettare altro, ma i suoi denti allentano un po' la presa mentre io mi godo il momento.

"Quanti schiaffi pensi che ti darò, Aria?" le chiedo e proprio quando le sue labbra si aprono, la mia mano riparte e la colpisco con il palmo aperto, talmente forte da farmi pizzicare la pelle. Lei grida, gettando indietro la testa, ma il tormento e il piacere si mescolano in lei e le mie dita tornano a immergersi fra le sue gambe.

"Ti ho chiesto quanti saranno." La mia voce è calma ma letale. Dentro di me sto bruciando per il desiderio disperato.

"Quanti..." inizia a rispondermi, e io le schiaffeggio l'altra natica ancora più forte di prima, facendola piangere. Il dolore acuto e dolce si propaga dal mio palmo fino al braccio. Afferrando la sua pelle arrossata, aspetto che risponda, ma con gli occhi lucidi e il fiato corto, tutto ciò che fa è aprire le labbra per respirare.

"Rispondimi, Aria." Prima che io finisca di parlare, lei replica il più velocemente possibile: "Quante ne vuoi."

Passa un istante in cui china la testa per riprendere fiato. Poi un altro attimo in cui allontano la mano e la guardo irrigidirsi sulle mie ginocchia.

In una rapida successione colpisco la sua pelle delicata più e più volte fino a quando il mio braccio urla di dolore e la mano è quasi intorpidita.

Le sue grida diventano più forti e inizia a lottare sulle mie ginocchia, cercando naturalmente di allontanarsi da me. Perdo quasi la presa sui suoi polsi, ma riesco a tenerla ferma e dove mi serve, così da poterle infliggere la punizione che merita.

Il suo fondo schiena è ormai rosso vivo e la mia pelle formicola di un piacevole bruciore quando faccio scivolare le dita fra le sue gambe, dove è completamente bagnata. Il suo corpo trema e il suo grido sofferente si trasforma in un gemito peccaminoso.

La sculaccio ripetutamente con violenza, la parte inferiore del sedere, la natica destra, quella sinistra... e poi la sua intimità. La mia mano è bagnata dalla sua eccitazione mentre lei trema sotto di me.

Le mie dita entrano dentro di lei a ogni sculacciata, penetrandola solo leggermente. L'intensità della provocazione le fa piegare la schiena ancora di più e il suo sguardo pieno di desiderio si fissa nei miei occhi insieme ai gemiti soffocati di piacere e dolore che riecheggiano sulle pareti della cella dei vini.

"Brava ragazza." La lodo e la guardo, meravigliata e con le guance rigate di lacrime.

"Stasera ti scoperò su quella brandina come avrei dovuto fare dal momento in cui ti ho messo le mani addosso."

Il suo corpo si stringe attorno alle mie dita e io la ricompenso spingendole più a fondo e accarezzandole la parete anteriore.

La sua schiena si inarca e devo spingerle le spalle verso il basso per tenerla dove voglio mentre allontano le mie mani da lei per lasciarla in preda al desiderio. Il suo piccolo gemito di frustrazione viene accolto da un altro schiaffo sulla pelle rosso vivo. *Slam!*

La sua testa vola all'indietro e le splendide labbra si aprono con un profondo sospiro intriso di desiderio. Non è più sofferenza. È troppo vicina al limite del piacere per provare altro.

Lenisco il dolore dello schiaffo strofinandole la natica destra e poi mi tiro indietro per un altro colpo.

"Avresti imparato prima se fossi stato più duro con te, vero?"

Lei risponde con un gemito, con gli occhi chiusi e il corpo immobile, sapendo che sta per arrivare un altro schiaffo punitivo: "Sì, Carter."

La sua risposta è priva di sincerità. In questo momento, al limite tra il piacere e il tormento, mi direbbe qualsiasi cosa volessi sentire.

Mi tornano in mente i giorni passati. Ognuno di essi e ciò che avevo pianificato di farle è in netto contrasto con ciò che ho fatto davvero. Lascio che le dita della mia mano destra le sfiorino il sedere, con le unghie smussate che le graffiano delicatamente la pelle tenera e la fanno contorcere sulle mie ginocchia. Le stringo la gola con la mano sinistra, liberandole finalmente i polsi, e mi tiro indietro, costringendola a guardarmi.

I suoi occhi color nocciola sono pieni di desiderio e lussuria. La foschia è come nebbia nella foresta, che ti rende incapace di vedere, ma ti spinge ad andare avanti.

"Avrei dovuto scoparti molto prima."

Ricordo quel primo giorno, quando urlava e mi supplicava di lasciarla andare e ci odiavamo a vicenda.

Nonostante la mia mano le stringa la gola, nonostante il mio tocco le faccia scorrere scariche elettriche per tutto il corpo, si ostina a scuotere la testa, senza distogliere lo sguardo.

"No," sussurra, e il mio desiderio si fa più impellente, chiedendomi di punirla per aver avuto il coraggio di contraddirmi. Ma poi aggiunge: "È così che doveva succedere."

Il respiro le si fa pesante, chiude gli occhi, e il suo corpo si abbandona sulle mie gambe. È completamente in mio potere e le sue labbra imbronciate attendono solo di essere baciate.

Tutta lei. Ogni singola parte mi appartiene, e lei lo sa.

È mia.

CAPITOLO 28

Aria

Ieri è stata una giornata piena di rimpianti.

Nel momento in cui ho rivisto Carter, avrei voluto riavere indietro tutte le ore in cui era stato via.

Lui mantiene sempre le sue promesse. E, come da copione, mi ha riportato nella cella e mi ha presa sulla brandina. Sarà stata l'ubriachezza, o forse qualcos'altro, ma la paura di quel luogo era svanita e anzi, ho fatto tutto il possibile per soddisfarlo. Il mio corpo me lo implorava.

Non perché sentissi la necessità di obbedire.

Volevo che mi baciasse.

Ne avevo bisogno. E ogni volta che le sue labbra scendevano lungo il mio collo, cercavo di catturarle. Ci ho provato e ho fallito. Lui sa che lo desidero, però. Un brivido mi attraversa al solo pensiero e si unisce al dolore sordo tra le mie cosce.

Mi ha fatta sua fino a quando non sono più riuscita a muovermi, anche quando giacevo sul materasso a pancia in giù, incapace di aggrapparmi o di mantenere la schiena inarcata come mi aveva ordinato. Anche allora ha continuato a prendermi da dietro, spingendosi dentro di me senza pietà.

Ieri sera sono stata la sua puttana. Mi ha afferrato i capelli e mi ha tirato indietro la testa per potermi graffiare il collo con i denti e costringere il mio corpo a fare tutto ciò che voleva.

E io non desideravo altro.

Questa consapevolezza dovrebbe sconvolgermi, ma invece tutto ciò a cui riesco a pensare è che lui sa che voglio che mi baci, eppure non me lo concede.

Quando è con me, è diverso. La sicurezza che provo con lui è tutto.

Il mio lato razionale sa che non è una situazione sana e che dovrei continuare a opporre resistenza, ma è l'unica parte di me a essere intrappolata in questa realtà. Se solo la lasciassi andare, mi sentirei finalmente libera.

Abbastanza libera da sentirmi al sicuro per un altro giorno.

Abbastanza libera da sapere che ciò che succede nella guerra contro la mia famiglia accadrà indipendentemente dal fatto che io sia qui o meno.

Abbastanza libera da indossare l'abito che Carter ha preparato per me e fissare l'immagine di una donna affascinante allo specchio. Una persona che invidio, e che stento a riconoscere.

Con i capelli lisci e raccolti di lato, e il trucco che aggiunge un tocco di bellezza alla mia pelle di porcellana, mi sento come un passerotto che fischietta dolci melodie di speranza, con le ali tagliate in una gabbia dorata.

Le mie dita sfiorano il pizzo delicato e chiudo gli occhi, ricordando la notte scorsa.

Il livido sul sedere mi fa tornare in mente il dolore mentre liscio la morbida stoffa che ricopre le mie curve. La sensazione è direttamente collegata al mio clitoride e immediatamente il mio corpo ne vuole ancora. Vuole che eserciti una leggera pressione sul livido.

Mi sfugge un sospiro leggero, pieno di desiderio, e quando apro gli occhi, Carter è in piedi davanti a me.

Il cuore mi batte forte e poi accelera leggermente. Come se stesse galoppando verso di lui, anche se in realtà è lui che sta camminando verso di me.

Ogni passo è deliberato, ma intriso di una dolcezza che non ho mai visto e che cattura ogni mio pensiero.

"Sei bellissima, passerotto," dice con voce vellutata girandomi intorno. I suoi passi riecheggiano nella camera da letto e si fermano dietro di me.

Sento il suo respiro bloccarsi mentre solleva il pizzo, facendolo scivolare sulla mia schiena e inviando un brivido elettrizzante lungo tutto il mio corpo. Le sue dita sfiorano delicatamente i segni che mi ha lasciato. "Magnifica," commenta prima di nasconderli di nuovo sotto il tessuto.

"Grazie," oso sussurrare, incrociando il suo sguardo quando si avvicina e mi si ferma davanti. Le mie dita scivolano sull'orlo del vestito, giocandoci per nascondere l'ansia di volerlo toccare come lui ha appena fatto con me. Ma oggi non mi è permesso. Quando ha aperto la porta della cella, mi ha detto che se avessi obbedito a ogni suo desiderio per tutta la giornata, non l'avrei mai più rivista.

Una sola giornata, e le regole del gioco cambieranno per sempre.

Un milione di pensieri mi attraversano la mente, ma solo uno di essi è importante.

"Stasera farò la brava," gli dico con una voce che non riconosco. Obbediente, ma anche forte. "Non ti deluderò." La me stessa del passato si sarebbe tagliata la gola piuttosto che pronunciare quelle parole. C'è solo un leggero pizzico di dolore nel mio cuore nel rendermene conto.

La me stessa del passato era una sciocca.

Questa nuova versione di me sopravviverà. Ed è proprio questa che ha l'audacia di ammettere che mi piace. Ogni singolo istante. Essere desiderata da un uomo così potente, a cui non manca nulla, è una sensazione inebriante.

"Aria," Carter pronuncia il mio nome in un modo che fa sbocciare la paura nel profondo del mio stomaco. "Vorrai sfidarmi," mi dice, e la preoccupazione si riflette sul mio viso, inaridendomi le labbra e seccandomi la gola. Mi gira intorno, toccando ogni tanto il pizzo del vestito, che è come una gabbia. Ma non c'è mai stato un abito che abbia adornato il mio corpo così magnificamente come questo.

"Potresti persino odiarmi," dice in tono seducente. Il suo respiro caldo mi solletica la pelle nuda del collo quando mi sussurra all'orecchio: "Ma invece tu mi obbedirai."

Annuisco con la testa e poi mormoro: "Sì, Carter." Nella stanza cala un silenzio tale che nessuno di noi parla, si muove né osa respirare. È talmente silenziosa che potrei giurare di sentire l'oscurità stessa che sussurra la sua minaccia.

"La collana si abbina perfettamente al vestito," dice Carter ad alta voce, anche se non credo che quelle parole siano rivolte a me.

Distrattamente, faccio ruotare una delle perle tra le dita e poi sento la sottile catena scivolare sotto il pollice e spostarsi verso il diamante a forma di lacrima. Stasera sembra più pesante. Tutto sembra più intenso quando Carter mi guarda come sta facendo ora.

I suoi occhi scuri mi inchiodano al mio posto. È assurdo come lo stesso sguardo che un tempo mi faceva tremare di paura ora mi riscaldi il cuore e mi spinga a inginocchiarmi davanti a lui.

"Grazie…"

Carter mi mette un dito sulle labbra, zittendomi. Quel tocco leggero è irresistibile e la tensione per la cena di stasera aumenta.

"Ricorda quello che ti ho detto ieri." Parla giocherellando con la collana, tenendo il grande diamante in mano. "Ti inginocchierai accanto a me e obbedirai a ogni mio comando."

Immediatamente il mio corpo si riscalda. Mi mordo il labbro inferiore. Vorrei fargli tante domande, ma so già che non mi risponderà. C'è solo una cosa da dire. "Sì, Carter."

Passa un attimo, i suoi occhi cercano qualcosa nel mio sguardo e io faccio fatica a respirare.

"Dopo stasera, nessuno metterà in dubbio che tu sia mia." Si incupisce e le pagliuzze dorate sepolte sotto il nero nelle sue pupille si trasformano in un fuoco che mi accende e placa le mie preoccupazioni.

"Vieni con me," mi ordina prendendomi la mano.

CAPITOLO 29

Carter

La mia andatura è calma e sicura, anche se Aria è quasi paralizzata.

Sulle labbra ho stampato un sorriso presuntuoso, ma ho lo stomaco sottosopra.

Ogni parte del mio corpo mi spinge ad agire, solo per lei. Tutto ciò che faccio è per lei.

"Vieni," ordino ad Aria, che fissa dritta davanti a sé l'ingresso della sala da pranzo. Il suo petto si alza al rallentatore e le sue labbra si aprono in un respiro tremolante. "Aria," dico, e il suo nome mi sfugge come un rimprovero, "ho detto vieni." È un ordine, ma lo sguardo che mi rivolge in cambio è di sfida e tradimento. C'è così tanto odio nei suoi occhi verde scuro e ambra che quasi me ne pento.

Ma ne ha bisogno. L'odio nei miei confronti non durerà a lungo.

Le risate profonde di Stephan e Romano sono l'unico suono nell'ampia stanza, non appena la vedono. Le tende di velluto rosso sangue sono ben tirate e l'unica luce proviene dai cristalli del lampadario.

L'odore del filetto alla Wellington, disposto elegantemente al centro del tavolo, ci accoglie quando entriamo. Un bagliore si riflette sul coltello posto accanto.

Aria cammina esitante, ma mi obbedisce, anche se ha le lacrime agli occhi.

"Stavo cominciando a pensare che sarei dovuto venire a prenderti," dice Jase mentre prendo la mano di Aria nella mia e le faccio cenno di inginocchiarsi accanto alla mia sedia, di fronte a Stephan. Il suo palmo è sudato e la sua presa è salda quando si abbassa sul pavimento. Il dolore che provo per lei non è nulla in confronto a quello che la aspetta tra pochi istanti.

Il più rapidamente possibile, Aria strappa la sua mano dalla mia. E di nuovo, le risate dei due ospiti riecheggiano sulle pareti.

"Sempre così ribelle." Gli occhi di Romano brillano, ma io lo ignoro e mi siedo.

Odio non poter tenere la sua mano per il momento, ma presto la riavrò.

"Non ce n'è stato bisogno," dico a Jase, incrociando il suo sguardo e sforzandomi di sorridere. Un sorriso che si allarga quando rivolgo la mia attenzione a Stephan, salutandolo con un cenno del capo, e poi a Romano. "Grazie per essere venuti, signori."

"Il piacere è tutto mio," dice Stephan, e Romano annuisce con la testa, il ghigno sottile diventa malizioso.

"È un piacere vedere che il nostro regalo ti è piaciuto."

La rabbia mi brucia nel petto al ricordo di lui che le metteva le mani addosso solo poche settimane fa, ma rimane dov'è, e io ricambio la sua espressione compiaciuta, mettendo la mano sulla nuca di Aria. Lei rimane rigida, senza appoggiarsi al mio tocco, il che non fa che intensificare il fuoco dentro di me. Sarò paziente, anche se mi sta mettendo alla prova.

"Vorrei poterla vedere meglio," dice Stephan, alzandosi per un attimo dalla sedia e facendo una smorfia. Jase gli rivolge una risatina, sicuramente perché sa cosa sta per succedere. Si divertirà, ma non quanto me.

"Non hai senso dell'umorismo?" Stephan si rivolge a Daniel e poi lancia un'occhiata a Declan, entrambi in silenzio. Ci siamo solo noi sette nella stanza, anche se la cucina è animata dal rumore dei piatti che vengono serviti. E dagli uomini che aspettano il mio ordine.

"Conosco qualche barzelletta," dice Daniel con ironia, ma poi prende il suo drink e lascia le parole non dette sospese nell'aria. Le spalle di Romano si irrigidiscono e nei suoi occhi compare uno sguardo severo.

"Vieni qui, Aria," dico dando un colpetto alle mie ginocchia e poi lanciando un'occhiata a Stephan. "Vorrei che i nostri ospiti potessero vederti meglio."

Con la coda dell'occhio noto la tensione di Romano allentarsi. La stanza è silenziosa, al punto che riesco a sentire il mio passerotto deglutire quando si alza sulle gambe deboli. La tiro rapidamente sulle mie ginocchia, premendole la mano sul sedere e ricordandole la notte scorsa. I suoi occhi si spalancano e lei ansima, eccitando gli uomini che non osa guardare.

"Scusatela," dico senza rivolgermi a nessuno in particolare. "Non è abituata alla compagnia."

Con tutti gli occhi puntati su di lei, la metto esattamente come voglio, accoccolandole il sedere sul mio inguine e avvolgendole la vita con un braccio. "Rilassati," le sussurro all'orecchio, sapendo benissimo che gli altri uomini possono sentirmi. I suoi capelli mi solleticano la mascella e la spalla mentre li sposto da un lato all'altro della schiena per poterle scoprire il collo.

"Non vuoi salutare un vecchio amico?" chiede Stephan.

"Se la memoria non m'inganna, lei è più propensa a supplicare." Il commento di Romano non passa inosservato.

"È un po' spaventata," dico, per poi baciarle l'incavo del collo e sentire il suo corpo rilassarsi, anche se so che quel momento svanirà prima di quanto vorrei.

"Una delle tante Talvery che cadranno in ginocchio," gongola Stephan e alza il bicchiere per brindare, ma io non ricambio.

"Pensavo che l'avrebbe fatto, ma ieri sera mi ha tradito," dico loro e prendo un calice d'acqua.

"Tradito?" domanda Romano a voce bassa.

Annuisco e osservo come reagiscono i miei fratelli alle mie parole.

"Pensavo stesse andando tutto bene," commenta Jase sporgendosi dalla sedia per scrutare Aria. Con gli occhi, le intima di guardarlo. Lei lo fa, ma solo per un attimo. Tiene la testa alta, ma fissa il vuoto.

"Ha cercato di uccidere Daniel," dico a Jase e lui mi lancia uno sguardo scioccato, ma poi si gira verso Daniel, che sta sorridendo.

"Ucciderti?" chiede a Daniel.

"Come se potesse farlo," risponde lui, appoggiandosi allo schienale della sedia. Aria fatica a respirare mentre parliamo di lei come se la sua presenza fosse uno scherzo insignificante. Ma tutto ha uno scopo.

"Era solo un coltello," commenta Daniel guardandomi, e io prendo quello che ho davanti.

"Come questo?" gli domando, e Aria si sporge in avanti per un attimo, come se stesse per cedere. Quando la osservo, i suoi occhi sono chiusi saldamente. "Guardami, Aria." Le parole sono letali sulla mia lingua.

Immediatamente, lei apre gli occhi e le lacrime le bagnano le ciglia. Invece di asciugarle, alzo il coltello e insisto: "Era come questo?"

Lei scuote delicatamente la testa. "No," sussurra. Posso sentire il battito del suo cuore.

"Prendilo," le ordino afferrandole la mano e mettendola sul manico del coltello. "Vuoi usarlo su di lui adesso?" le chiedo.

"No," mormora con voce tremante, scuotendo di nuovo la testa. "E su di me?" le propongo. "Ti piacerebbe tagliarmi la gola, Aria?"

"No." La sua risposta è appena percettibile e la sua presa sul coltello si allenta.

"Stamattina ho detto a Daniel," inizio, rivolgendomi a Romano alla mia destra e prestandogli tutta la mia attenzione, "che era colpa sua. Non aveva paura di lui e di ciò che avrebbe potuto farle."

Romano mi guarda, sollevando le sopracciglia e corrugando le labbra per poi annuire in segno di assenso. "La paura è potente."

"Io ho scelto di utilizzare altre tattiche," interviene Daniel, poi guarda Aria e aggiunge: "Le ho lasciato fare ciò che riteneva necessario, così almeno avrebbe potuto sapere di averci provato." La sua voce è neutra, priva dell'empatia che so che prova per lei. È tutta una messinscena. Questa è la vera differenza tra noi: a Daniel piace nascondersi dietro una facciata.

Io, invece, sono l'emblema di ciò che si deve temere. È insito in me, e non c'è modo di nasconderlo.

"Ti ricordi di me, Aria?" osa chiederle Stephan, sporgendosi sul tavolo per avvicinarsi il più possibile.

"Oh, sì che si ricorda," rispondo al posto suo, quando lei fatica a emettere un suono. "Povera Aria, so che è difficile per te," le dico e la stringo più forte, anche se lei è rigida e fa del suo meglio per rimanere seduta sulle mie ginocchia.

"Immagino di sì," dice Stephan e poi aggiunge: "È diventata bella proprio come sua madre."

Il mio sangue ribolle di rabbia e vendetta, ed è una sensazione che adoro. Un sorriso mi sfiora le labbra mentre gli confido: "Canta per me, ma spesso il ricordo di te è così forte da farla smettere." Mi volto verso Aria, facendole scivolare una ciocca di capelli sulla schiena con un dito, e poi di nuovo verso Stephan. "Non posso permetterlo."

Per un attimo il suo volto si rabbuia per la confusione e io lascio passare appositamente qualche istante in un silenzio di tomba.

"Potrei darle un ricordo diverso a cui aggrapparsi," suggerisce

Stephan, e la risata che sgorga dal profondo di Romano suona innaturale per quanto è tesa.

"Non credo che a Carter piaccia condividere," commenta Romano, ma io alzo una mano per fermarlo, rivolgendomi solo a Stephan.

"Credo davvero che lei abbia bisogno di un ricordo diverso. Sono stanco di sentirla piangere nel sonno." Mentre parlo, l'espressione di Aria si sgretola e io la stringo a me, costringendola a tornare contro il mio petto e sussurrandole all'orecchio: "Devo lasciare che Stephan ti scopi?" Non lascio che vedano la rabbia, l'odio, il dolore profondo del mio passerotto che rivive i ricordi davanti al suo aguzzino. Ancora non lo sanno, ma soffriranno. Giuro che la pagheranno.

Nel profondo del mio cuore, ho paura di distruggere Aria, di spingerla troppo oltre, ma so che ne ha bisogno.

"Carter," mi avverte Jase, e io gli lancio uno sguardo sprezzante. Se tutto deve andare come previsto, Romano è il testimone la cui parola conta. La sua opinione è l'unica che abbia un peso.

Aria crolla alla sola domanda, la realtà la tradisce ancora una volta. Ogni parte di lei va in frantumi e la speranza svanisce. È allora che capisco di averla davvero annientata e che i bellissimi frammenti di quella che un tempo era Aria Talvery possono riempire la crepa della mia anima che lei stessa ha spezzato molto tempo fa. E ora posso usare quei frammenti come voglio. Creando la perfezione da ciò che è stato infranto.

Mentre lei ansima una risposta, una supplica che solo io posso sentire, la stringo più forte, percependo il calore del suo piccolo corpo premuto saldamente contro il mio. Ha ancora il coltello in mano, anche se lo tiene debolmente.

"Hai ancora il coltello, Aria," le ricordo. "Adesso vuoi colpirmi?" Le faccio la domanda e i suoi occhi nocciola mi mostrano ogni grammo del dolore che prova. "Perché mi stai facendo questo?" chiede, la sua voce sottile rivela la sua agonia.

Lascio scivolare le dita sotto il suo vestito mentre Romano dice qualcosa che non mi interessa ascoltare.

Trascinando le labbra lungo la sua nuca, sussurro solo per lei. "Pensi che gli permetterei di scoparti?" le chiedo e premo le dita sul suo clitoride, costringendola a spingersi indietro e a sentire il mio membro sul suo fondo schiena dolorante, già eccitato al solo pensiero di ciò che sta per succedere. "Che gli permetterei anche solo di immaginare di prendersi ciò che è mio?" Il sibilo della mia voce risuona in tutta la sala da pranzo, ma sono certo che nessuno possa capire con certezza cosa le ho detto.

I suoi occhi, ancora lucidi di lacrime trattenute, finalmente incontrano i miei e mi fissano: "No."

Un sorriso mi sfiora le labbra e lo lascio trasparire mentre Romano e Stephan schioccano la lingua in segno di disapprovazione, come se potessero minimamente controllarla. Come se sapessero cosa sta per succedere.

La cullo ancora sulle mie ginocchia e il dolce sussulto che le sfugge dalle labbra illumina i suoi occhi. Una luce che le ho dato io. Solo io.

Avvicinando le mie labbra al suo orecchio, le sussurro: "Pensi che io potrei *mai*," accentuo la parola, "lasciare che lui ti tocchi?" Quando la incito a rispondere, l'atteggiamento dei miei ospiti cambia.

"No," dice con la forza della consapevolezza. La mia dolce ragazza. Osservo il suo respiro che si calma, poi guarda Stephan e Romano prima di voltarsi di nuovo verso di me e rispondermi. "No," ripete dolcemente, scuotendo la testa e lasciando che le ciocche le ricadano sulle spalle nude.

"È piuttosto audace, non credi?" chiede Romano a Jase, che non pronuncia una parola.

"Adoro la sua forza," dichiaro ad alta voce, ignorando per un attimo i commenti di Stephan dall'altra parte del tavolo, e aggiungo: "È stato difficile piegare la sua volontà, ma ne è valsa la pena."

Declan interviene, stanco di questo spettacolo, immagino. Non ha pazienza e afferma in modo tagliente: "La cena si sta raffreddando."

"Certo." Mi appoggio allo schienale della sedia e allungo la mano sullo stomaco di Aria per spingere il suo piccolo corpo contro il mio. "Ti va di tagliare la carne, Aria?" le chiedo e lancio un'occhiata dietro di me, verso la cucina. "Portate i piatti tra un attimo," grido. Poi incrocio lo sguardo di Romano. "Questo chef prepara pietanze da leccarsi i baffi."

"Non vedo l'ora," dice lui sottovoce.

"Aria," spiego loro, "taglierà il filetto alla Wellington e ci servirà, credo." Un mezzo sorriso mi incurva le labbra e Romano sorride a sua volta.

"Non me lo aspettavo da te," ammette, e io inarco un sopracciglio. "Non pensavo che ti piacesse così tanto."

Il mio sorriso si allarga ulteriormente. "Non hai idea di quanto mi piaccia." Stasera, il mio passerotto cambierà per sempre. E sarò io a darle la forza di farlo. Non avrà mai più paura di nessuno tranne che di me.

"La farai sedere a tavola?" mi chiede Stephan con un luccichio ironico negli occhi. Le sue labbra sottili si incurvano in un sorriso e io riesco a ricambiarlo, ricordandomi che tutto questo è per lei. È lei che deve farlo. Stringo la presa sulla sua vita per impedirmi di rovinare tutto.

"Fai come vuoi a casa tua, ma non osare mettermi in discussione nella mia." Le mie parole taglienti non vanno prese alla leggera. Lo costringono a cancellare il sorriso dal suo volto pallido, e Romano tossisce dal suo posto a capotavola.

"Credo che intenda solo dire che ci aspettavamo di vederla sul pavimento… dove è il posto degli schiavi."

Prendo il grosso coltello da macellaio sul tavolo, lo metto con decisione nella mano di Aria e le ordino di tagliare il filetto alla Wellington. Lei riesce a malapena a raggiungerlo, e io faccio del mio meglio per tenerla in equilibrio mentre si sporge sul tavolo. La lama affilata taglia la carne con un leggero scricchiolio a malapena udibile nella stanza silenziosa.

Il mio respiro diventa sempre più affannoso, sapendo cosa succederà dopo. Ne percepisco già il sapore dolce mentre la carne cade sul piatto.

"Credo che Carter abbia un debole per lei," si intromette Jase, e lui e Daniel si scambiano un'occhiata. I miei fratelli sono ai miei lati. Entrambi sono pronti per quando darò il segnale alla cucina.

"Voglio un pasto come si deve, diamine," esclamo con una punta di umorismo per sciogliere la tensione e mettere a loro agio sia Stephan che Romano. "Domani daremo il via a una guerra. E tecnicamente, i primi colpi sono già stati sparati," dichiaro, scrollando le spalle e mettendo un piccolo pezzo di carne sul vassoio. I movimenti di Aria si irrigidiscono.

"Sì. Alla vittoria," brinda Romano, alzando il bicchiere di champagne davanti a sé. Il liquido frizzante si solleva insieme alle sue mani. È come se stessi guardando al rallentatore quando rivolgo la mia attenzione a Stephan e lo vedo fare lo stesso. Una mano vuota con il palmo rivolto verso l'alto sul tavolo e l'altra in aria, con un bicchiere.

"Salute, portate la cena," esclamo alzando il bicchiere, senza preoccuparmi di prendere la pistola.

I miei uomini, fra i più fidati, mi sentono e iniziano a portare fuori i piatti. Sono tutti travestiti da camerieri e si muovono rapidamente per la sala con i vassoi.

In contemporanea, svelano ciascuno dei piatti coperti rivelando le loro pistole, puntate sia su Romano che su Stephan. Tutto questo mentre Aria taglia la carne con gesti tremanti.

Stephan e Romano trattengono il respiro ma tengono le mani alzate, anche se l'aria si riempie di imprecazioni e del rumore delle pistole che vengono armate.

Aria lascia cadere il coltello sul tavolo con le spalle curve. Emette un grido di terrore e sorpresa che la costringe a indietreggiare e a rifugiarsi tra le mie braccia. Vorrei averla avvertita, ma Romano deve rimanere in vita per poterlo raccontare.

Le sue spalle sono fredde nel mio abbraccio quando la stringo a me e le sussurro: "Va tutto bene."

Tutti e tre i miei fratelli alzano le pistole, ma io continuo a tenere le mani su Aria, ancora tremante. Declan, seduto dal lato opposto del tavolo, tiene la pistola puntata su Romano, mentre gli altri due fratelli mirano a Stephan, che hanno di fronte.

"Che cazzo è questa storia?" irrompe Romano indignato, e cerca di abbassare il braccio. I miei occhi fissano quelli di Stephan. Ha uno sguardo carico di odio che sono abituato a vedere in coloro che ho fregato. È sempre seguito da uno sguardo vitreo e occhi spenti. Non osa abbassare il braccio. Perché conosce la verità meglio di Romano.

Sento il suono caratteristico dello sparo di una pistola con il silenziatore, ma non mi preoccupo di guardare e verificare che il proiettile sia finito proprio dietro Romano come colpo di avvertimento. I miei occhi rimangono fissi su quelli di Stephan. Proprio come i suoi sono immobili su di me.

"Questo spettacolo è per te, Romano," dichiaro quando lui si alza bruscamente. "Aiutalo a sedersi, Jase."

Senza dire una parola, mio fratello si alza e nel frattempo controllo Aria con la coda dell'occhio. La mia dolce ragazza tormentata. Si aggrappa al tavolo e osserva attentamente, mentre Jase sposta la sedia per Romano, aspettando che si sieda un po' più distante dal tavolo, dove le sue mani possono essere controllate facilmente.

Jase rimane dietro di lui, con la pistola ancora puntata, anche se ora potrebbe sparare anche a Stephan senza problemi. Ma la sua morte è per Aria, solo per lei.

"Il coltello, Aria." È così piccola sulle mie ginocchia quando mi guarda e poi lentamente scruta tutt'intorno alla stanza. Esita a riprendere la lama e l'urlo di Stephan la spaventa quasi al punto da lasciarla cadere di nuovo.

La rabbia nel mio sangue passa da un ribollire lento a un impeto furioso. "Anche adesso ti fa paura, mia dolce Aria," le dico con voce bassa e severa. "Non lo permetterò."

Sento la sua pelle diventare fredda in attesa del mio comando. Respira a malapena, ancora spaventata e confusa. Con il coltello in mano, la tiro di nuovo sulle mie ginocchia, prendendomi il tempo necessario per calmarla in modo che possa vedere chiaramente.

La paura può offuscare tutto, trasformando la realtà in falsità.

"Sei arrabbiata con me, passerotto?" le chiedo dolcemente, prendendole il mento tra le dita. Sento che deglutisce a fatica e lancia un'occhiata a Stephan prima di riportare la sua attenzione su di me. "Perché?" mi chiede con tanta tristezza.

"Ne avevi bisogno," le sussurro sulle labbra, quasi premendo le mie sulle sue nel tentativo di farle capire quanto sia cruciale questo momento, sia per lei che per noi.

Il suo labbro inferiore trema e le lacrime le pungono gli occhi. "Pensavo che mi stessi dando a lui," confessa con voce rotta e le spalle tremanti.

Stringendola più forte, parlo chiaramente, abbastanza forte da essere sentito da tutti. "Tu sei mia e Romano mi ha mentito quando ti ha consegnata a me," sibilo.

"Stronzate!" Romano osa interrompermi. La mia rabbia esplode. Ma mi occuperò di lui una volta che avrò finito con Aria. Lei verrà sempre prima di tutto.

"Eri ferita." La sua espressione si sgretola alle mie parole e la vergogna riempie i suoi occhi color nocciola quando aggiungo: "Eri talmente a pezzi che non potevo farci niente." Giro la testa per guardare Stephan con disprezzo. "Non quando qualcun altro aveva così tanto potere su di te."

"Mi dispiace," sussurra, e la punta della lama colpisce il tavolo nello stesso momento in cui la sua presa si allenta.

"Ti ho detto di lasciare il coltello?" le chiedo. Invece di cogliere il suggerimento e stringerlo più forte, lo fa cadere sul tavolo, coprendosi il viso con le mani e appoggiandosi al mio petto.

"Pensavo davvero…" Si interrompe ansante, e io le concedo questo momento. La consolo e costringo gli uomini ad aspettare. E anch'io la aspetterò.

Ho già atteso a lungo, posso concederle un altro minuto per il suo dolore.

"Pensavo…" continua a balbettare, e io le bacio i capelli, accarezzandole la schiena. "Pensavo che avessi chiuso con me."

Tirandole le spalle, la costringo a sedersi sulle mie ginocchia. "Mai," le dico con tutta sincerità, sentendo la verità nel profondo del mio cuore scorrermi nel sangue e in ogni pensiero che potrei mai avere.

Il respiro di Aria si calma e lei mi fissa negli occhi. Una dolcezza che non ho mai provato prima mi pervade. "Mi hai spaventata," sussurra.

Accarezzandole il naso con la punta del mio, le sussurro sulle labbra: "È un regalo per te."

Quando mi allontano, i suoi occhi sono ancora chiusi, ma lentamente si aprono e io indico il coltello con un cenno.

"Uccidilo, Aria."

Romano impreca, ma uno dei miei uomini gli preme la canna della pistola contro la testa.

"Prendi il coltello e finiscilo."

Guardo le dita tremanti di Aria che raccolgono il coltello, poi lei fissa la sua preda. Lui la guarda con aria truce, ma lei non si tira indietro. Il suo petto si solleva di nuovo e il modo in cui tiene il mento alzato mi fa capire che ha paura, ma sta facendo del suo meglio per non darlo a vedere.

La paura, tuttavia, non si può mai nascondere.

"Non starò con te se non lo fai," le dico, e immediatamente mi pento delle mie parole. Spalanca gli occhi e trattiene il respiro. "Non posso lasciarti andare avanti così," le spiego meglio, desiderando di poter ritirare ciò che ho detto poco prima.

I suoi occhi passano da me a Stephan e lei annuisce leggermente con la testa, ma continua a non muoversi.

Pur sapendo che ha il coltello in mano, mi chino in avanti e appoggio la testa sul suo petto. "Questo è per te, Aria," le sussurro nello spazio caldo tra noi. "È solo tuo."

Inspirando il suo profumo e sentendo il suo corpo contro il mio, le bacio la gola e mi sposto verso l'incavo del suo collo sottile. Le sue unghie affondano nella mia spalla ed emette un sospiro.

Mi sto scusando per la minaccia che le ho appena rivolto e che non avrei mai dovuto pronunciare.

Lascio che le mie labbra scivolino lungo il suo braccio e lei geme dolcemente, rilassandosi contro di me che le accarezzo la vita.

"Uccidilo, Aria," le ordino e continuo a baciarle il collo, con tocchi sempre più avidi.

Le sfioro la mascella con i denti, in completa adorazione.

I miei fratelli sono testimoni di ciò che farei per averla tutta per me. Romano e quel bastardo di Stephan ci inondano con una serie di insulti e parolacce.

Lasciate che vedano tutti. Lasciate che lo veda tutto il mondo.

Quando la guardo senza fiato e ardente di desiderio, sono preda dell'eccitazione.

"Prima ti occupi di lui," indico Stephan con un cenno del capo, "e poi sarai veramente mia."

Aria annuisce rapidamente e questa volta è veloce a lasciare le mie ginocchia, anche se la sua mano indugia sulla mia spalla mentre trova l'equilibrio.

Tre pistole sono puntate su Stephan, ma lui guarda solo lei che gira intorno al tavolo. La seguo a distanza, concedendole il suo spazio.

Il sorriso di Stephan è cupo e inquietante. Sogghigna: "Non lo farà mai. Sparate e basta…"

Prima che riesca a pronunciare l'ultima parola, Aria solleva la mano e gli affonda il coltello nel collo, facendo sgorgare il sangue dalla ferita. Mentre lui si porta le mani alla gola, lei lancia un urlo agghiacciante e lo colpisce di nuovo con lo stesso movimento. Solo che questa volta gli prende le mani, quasi recidendogli un dito.

Non si ferma. Lo pugnala freneticamente al petto, colpendo il braccio, la spalla e di nuovo la gola. I suoi gesti sono scomposti e i miei uomini fanno un passo indietro, lasciando che il sangue lo ricopra schizzando dai tagli.

Aria è selvaggia. Caotica, persino. Per un attimo, vorrei strapparle il coltello per paura che si ferisca.

Mentre la lama trafigge il tessuto costoso dell'abito e la carne morbida di Stephan, il sangue gronda e Aria urla. Il suo grido è nauseante. Non per il verso lancinante in sé, ma per la tristezza che comporta. Lo sta uccidendo con il suo dolore.

"Lascia uscire tutto," dico senza rendermene conto. Vedo Daniel spostare la sua attenzione da lei a me, ma lo ignoro. Nessuno di loro ha importanza in questo momento.

Lei ha bisogno di questo più di ogni altra cosa.

Romano si alza dal suo posto, indietreggiando, e solo allora distolgo la mia attenzione da Aria.

"Siediti," gli ringhio furioso. La rabbia è dovuta principalmente al fatto che ha osato distrarmi da questo momento.

Lui stringe i denti e finge irritazione ma obbedisce lentamente, anche se è impossibile negare l'angoscia paralizzante nel suo sguardo.

Con entrambe le mani sui braccioli, si siede lentamente e io posso concentrarmi di nuovo su Aria.

La sua energia è diminuita e ora è silenziosa e le lacrime le rigano il viso. Il suo piccolo corpo sembra sempre più debole, ma non smette di pugnalare quello ormai senza vita di Stephan. È ovviamente esausta, ma non si ferma.

Non finché non le do l'ordine, con voce bassa, minacciosa e dominante nella stanza silenziosa. "Aria. Dammi il coltello."

I suoi occhi selvaggi mi guardano, solo per un attimo. Il coltello trema nella sua mano e lei scuote la testa, no.

"Aria," alzo la voce, facendola riecheggiare nella stanza. Gli unici suoni che riesco a udire sono il sangue che mi pulsa nelle orecchie e il respiro affannoso di Aria, mentre stringo i denti e le impongo un'ultima volta: "Dammi il coltello."

SENZA CUORE

Libro 2

All'inizio, le sue parole erano dure e il suo tocco freddo.

Sapevo che era un uomo pericoloso e che avrebbe potuto distruggermi, se solo ne avesse avuto l'intenzione.

Ma non era quello che voleva. Non era ciò di cui aveva bisogno.

E valeva lo stesso anche per me.

Perdersi nel tocco di un uomo potente e irraggiungibile è fin troppo facile.

Un uomo che non desidera nulla… tranne me.

Le sue carezze delicate e gli sguardi rubati mi facevano ribollire il sangue e battere il cuore come non avrei mai immaginato.

Sì, è facile abbandonarsi a una nebbia di lussuria e desiderio.

Ma c'è un motivo se ha la reputazione di essere un uomo senza cuore.

E io avrei dovuto essere più prudente.

PROLOGO

Carter

La pioggia sta arrivando. Quella che ti entra nelle ossa fino a farle dolere. Il cielo di un grigio scuro è squarciato da lampi silenziosi che frantumano ancora più a fondo la crepa della sofferenza.

C'è un limite a ciò che un uomo può sopportare. Può essere spinto sull'orlo dell'abisso solo fino a un certo punto, pur desiderando ancora di sopravvivere.

Prima mia madre ha perso la sua battaglia contro il cancro.

Poi Tyler, il mio fratellino più piccolo, è stato investito e ucciso da un'auto.

E ora mio padre è stato assassinato a sangue freddo.

È facile attribuire la colpa della morte di mio padre. Un gruppo di teppisti alla ricerca del massimo dello sballo e disposti a fare qualsiasi cosa per ottenerlo.

Non lo temevano. Non come temono me.

So che è per questo che hanno aspettato che fosse proprio lui a trovarsi all'angolo della strada, invece di me che spacciavo dal retro del furgone. Quando mia madre è morta, vendere droga era l'unico modo per riuscire a pagare le bollette. Ma sono passati mesi e ora è ben più di una fonte di reddito. Lo spaccio e le risse che ne derivano sono diventati la mia ossessione.

Non mi limito allo spaccio né alla rivendita di ricette rubate. Il narco-traffico è più redditizio di quanto avessi mai immaginato.

Ma Talvery mi ha insegnato più di chiunque altro.

Mi ha fatto capire quali sono i limiti. Mi ha spiegato di cosa è capace la paura.

Mi ha mostrato come far sparire il dolore e sostituirlo con qualcosa di più coinvolgente dell'eroina. Il potere è tutto.

E io lo sento scorrere nelle vene.

Crack! Un altro fulmine, seguito da un forte boato, fa tremare il terreno.

Sta per piovere, ma resterò qui finché sarà necessario.

La voce del prete è monotona e i lamenti dei membri più lontani della famiglia, che ho visto solo poche volte nella mia vita, mi intorpidiscono.

La bara in cui giace il corpo di mio padre riflette le prime gocce. Questa pioggerella è solo l'inizio del diluvio che minaccia di cadere da un momento all'altro.

Se avessero avuto paura di lui quanta ne hanno di me, sarebbe ancora vivo. Se avesse imparato la dura lezione che Talvery mi ha impartito mesi fa.

Ma prima o poi mi vendicherò di quei bastardi che lo hanno ucciso. Non perché lo amo. O meglio, lo *amavo*. Penso di averlo odiato, negli ultimi anni. Ho detestato profondamente e con sincerità lo schifo d'uomo che era diventato da quando mia madre si era ammalata. Questa consape-volezza è liberatoria.

Non è per questo che darò la caccia a ognuno di quei bastardi e li colpirò con una mazza da baseball mentre dormono, o con una pistola alla tempia mentre si aggirano furtivamente nei vicoli bui, o con un coltello alla gola nei bagni dei loro bar preferiti. Li ucciderò tutti, uno per uno e non perché voglia vendicarmi o perché non tolleri che la morte di mio padre rimanga impunita.

No. Li ucciderò perché hanno pensato di potermi derubare. Hanno deciso che valeva la pena rischiare pur di prendere ciò che era mio. La rabbia mi sale nel petto, mi scalda il sangue e mi costringe a stringere i pugni fino a farmi diventare le nocche bianche. Devo serrare i denti per nascondere la furia.

Nessuno mi porterà via più nulla. Non mi porteranno via altri membri della famiglia. Non mi porteranno via un bel niente. Mai più.

Il giorno in cui mio padre è stato sepolto, il demone che dormiva da tempo dentro di me si è risvegliato e ha distrutto ogni briciola di bontà che mi era rimasta nel cuore. Quel giorno, ho deciso che tutti mi avrebbero temuto. Semplicemente perché era più facile sopravvivere così, ossessionato dal potere che la paura mi avrebbe offerto.

Desideravo la loro angoscia come un tempo pregavo che la sofferenza se ne andasse.

Era totalizzante, e solo minuscoli frammenti di questa nuova armatura sono stati scalfiti, quando i ricordi dolorosi mi hanno costretto a confrontarmi con chi e cosa ero un tempo. Ma anche le scheggiature più piccole sono state colmate e richiuse dal sangue di coloro che osavano minacciare ciò che ero diventato.

Finché tutti avessero temuto me e le persone a me più care, non solo sarei sopravvissuto, ma avrei prosperato.

Dovevano temere i miei fratelli.

E ora devono temere lei. Il mio *passerotto*.

Dovranno farlo. Mi rifiuto di lasciare che qualcuno la porti via da me.

Nessuno me la porterà via. Nessuno.

CAPITOLO 30

Aria

Non riesco a smettere di tremare. La paura mi consuma, sono scossa. Le mani tremano in modo incontrollabile e non riesco a fermarle.

Stringo il coltello pesante più forte che mai. Non mi sembra nemmeno di essere io a impugnare l'arma. La mano di un'altra persona, sopra la mia, mi costringe a non mollare la presa. A stringere sempre più forte fino a farmi male, il dolore è talmente insopportabile che potrei cadere in ginocchio per l'agonia.

Non permetterò al mio corpo di tradirmi. Non posso lasciar cadere il coltello. Non riesco a fermarmi. La paura e la rabbia si mescolano in un mix fin troppo potente.

Il sangue sulla lama mi sgocciola lungo la mano e mi brucia la pelle come se fosse fuoco. La tensione, la furia e il terrore ribollono dentro di me quando fisso gli occhi senza vita e bianco latte del mostro che mi trovo davanti.

Non riesco a girarmi verso Carter. Non riesco a distogliere lo sguardo dall'immobilità di Alexander Stephan.

Sto aspettando che sbatta le palpebre. Che salti su e mi afferri. La paura che provo è paralizzante, ma l'adrenalina che mi scorre nelle vene sta per farmi scoppiare. Il suo corpo è abbandonato sulla sedia, con la gola spalancata. Il sangue non sgorga più, ormai è soltanto un lento rivolo.

Mi ricorda il modo in cui è stata tagliata la gola a mia madre. *Il modo in cui lui l'ha fatto.*

Lo rammento molto chiaramente. Quella scena ha tormentato i miei sogni da quando ne ho memoria. Come lui le stava dietro dopo aver abusato di lei. Come non l'avesse fatto lentamente, ma in modo feroce e violento. È stata l'unica cosa che ho pensato di fargli, qui, su questa sedia, alla mia mercé, quando Carter mi ha passato il coltello.

"Aria," la voce di Carter interrompe il terrore dei ricordi e mi ordina: "Dammi il coltello." Le sue parole si mescolano al suono del mio respiro affannoso.

Il tono di Carter è esigente e sull'orlo della rabbia. Lo guardo appena, con l'ansia che Stephan si svegli e mi prenda di mano la lama. Il sangue gli cola sulla camicia e il suo corpo martoriato è immobile. Ma so che vorrà impossessarsi dell'arma. Stephan la prenderà e mi farà quello che ha fatto a mia madre.

Stringo più forte il manico d'acciaio. Non glielo permetterò.

Le lacrime mi pungono gli occhi quando Carter mi urla contro, la sua voce rimbomba nella stanza silenziosa e mi trasmette una violenta vibrazione al petto. Fa male. Tutto fa male.

Scuoto la testa in segno di sfida. Non dovrei disobbedirgli. Quando lo faccio, succedono cose brutte. *La cella.* Al solo pensiero, le mie spalle si incurvano e le ginocchia diventano deboli, pronte ad arrendersi e a buttarsi a terra davanti all'uomo che mi ha tenuta prigioniera, ma mi ha dato la possibilità di vendicarmi.

Mi ha fornito i mezzi per vendicare la morte di mia madre.

Solo che non riesco a muovermi. "Non posso," dico, e le parole mi escono dalla bocca come un piagnucolio patetico. "Non voglio." Raccolgo la forza e allungo il braccio, agitandolo violentemente in aria e tagliando di nuovo la gola di Stephan. Con la coda dell'occhio vedo un uomo indietreggiare, e poi un altro.

Un piccolo grido mi sfugge dalle labbra quando Carter mi afferra la mano e posiziona l'altra sulla mia spalla, tenendomi ferma e allontanandomi dal corpo. I mormorii degli altri nella stanza mi giungono a malapena. L'unica cosa che sento è Carter che cerca di calmarmi, e tutto ciò su cui riesco a concentrarmi sono gli occhi di Stephan. Il fondo delle sue iridi non mi è mai sembrato così scuro come in questo momento.

Nel tentativo di indietreggiare per allontanarmi dal mostro, dalla sua presa, le mie spalle riprendono a tremare violentemente. Tento di scappare e nascondermi come ho fatto tanti anni fa.

Ma non ci riesco. Carter non me lo permette.

È Carter, mi dico. Mi sta tenendo stretta. Concentrarmi sul regolare il mio respiro affannoso mi aiuta a tornare alla realtà.

Prima crolla il ginocchio sinistro, poi il destro urta il pavimento con un tonfo.

"Ssh," mormora Carter concedendomi un po' di clemenza. Afferra il manico del coltello, e mi mette al sicuro dalle mie paure.

"È finita," sussurra, riuscendo finalmente a strapparmi il coltello dalle mani. E io glielo lascio fare. Glielo lascio prendere, ma non mi muovo finché non so per certo che Stephan è morto.

"Verrà a prendermi," dice la bambina spaventata che è in me. Non può essere morto, perché allora sarebbe finita. E con Stephan non è mai finita. Mi perseguita da sempre, da quando ne ho memoria.

"È completamente pazza." La voce tagliente e disgustata di Romano interrompe i miei pensieri. *Bum, bum.* Il mio cuore batte più forte quando mi ricordo dove mi trovo. "Tutto questo è completamente folle," afferma Romano con rabbia.

"Sta' zitto." La voce di Carter mi attraversa di nuovo vibrando nel mio sangue, e per la prima volta chiudo gli occhi. Ma poi mi ricordo che Stephan è a pochi passi da me, e li riapro di scatto.

La stanza cade nel silenzio, proprio come ha ordinato Carter. Le sue dita si appoggiano delicate sulle mie spalle, una mano su ciascuna, poi abbassa le labbra verso il mio orecchio e dice: "Vai di sopra e lavati."

La mia testa scuote da sola, gli occhi non riescono a spostarsi dal corpo sulla sedia davanti a me.

"Non è morto," dico sottovoce, come se fosse una scusa. Razionalmente, so che lo è. Deve esserlo. Ma la paura che non lo sia è talmente reale e viscerale che non riesco a contenerla. Non riesco a reprimerla.

La presa di Carter si fa più salda mentre lo sento respirare più affannosamente ed emettere un suono basso misto a un grugnito di rabbia. Nel momento in cui si allontana, tutto ciò che provo è il freddo della solitudine.

Con passo pesante, Carter ribalta la sedia con un calcio, facendo cadere il corpo di Stephan sul pavimento con un tonfo. Di nuovo, gli uomini indietreggiano e Romano dice qualcosa che non riesco a sentire. Tutto si trasforma in rumore bianco quando Carter inizia a prendere a calci il corpo inerte. La testa di Stephan cade di lato e io devo spostarmi verso destra, le ginocchia che sfregano contro il pavimento mentre lo guardo negli occhi. Ancora aperti, fissi nel vuoto.

"È morto, Aria. È morto, cazzo!"

Scuoto la testa, il mio battito accelera e i palmi delle mani iniziano a sudare. "Non può essere," dico, ma le mie parole sono deboli.

Carter si china sul cadavere, mi afferra il mento con entrambe le mani e mi tira verso di lui, ma io reagisco rapidamente, terrorizzata che Stephan possa allungare le braccia e toccarmi. Che possa prendermi se solo osassi distogliere lo sguardo dal suo.

"Incredibile, cazzo." Il borbottio di Carter scatena l'odio dentro di me. Odio verso me stessa e la mia vigliaccheria. Da quanti anni mi sveglio in preda al panico a causa dell'uomo che giace morto ai miei piedi? Abbastanza da far sì che la logica mi tradisca, spingendomi a credere che sia ancora vivo.

"Ti darò la sua testa," annuncia Carter e, senza capire, alzo gli occhi verso di lui solo per un attimo. Lui è già accovacciato, con il coltello in mano. Lo solleva in aria e lo conficca nella ferita aperta alla gola di Stephan. I muscoli del collo si tendono mentre lui gli stringe la mascella. Con una furia evidente nella sua espressione tesa, lo colpisce ancora e ancora, sfogando la frustrazione sul collo dell'uomo.

Mantiene la presa sul coltello, sudato e affannato per la collera e lo sforzo. La sua scarpa si abbatte con violenza sul lato scivoloso della lama. Ogni colpo è accompagnato da maggior potenza e ira… anzi, indignazione, perché il collo di Stephan non si spezza. Il mio corpo sobbalza a ogni impatto, e lo stupore di vedere Carter distruggere Stephan staccandogli la testa dal corpo mi aiuta lentamente a ritrovare la lucidità.

Un rumore sordo che mi fa contorcere lo stomaco riecheggia nella stanza, così come il profondo ringhio di irritazione che emette Carter. Quando solleva la scarpa insanguinata, la testa di Stephan rotola all'indietro, separata dal corpo.

Il mio battito cardiaco irregolare si calma quando Carter si erge davanti a me. Il suo abito, solitamente impeccabile, è sgualcito e disordinato sulla pelle abbronzata. Lascia cadere la giacca sul pavimento e si rimbocca le maniche una a una, prendendosi il tempo necessario per stabilizzare il respiro. Osservo ogni suo movimento e lo vedo tornare a essere l'uomo controllato che conosco. Con il sangue schizzato sulla camicia e la mascella squadrata che sembra ancora più definita alla luce dei lampadari, Carter mi sovrasta, e non è mai stato così dominante.

Gli uomini intorno a noi stanno parlando, ma in questo momento per me non esistono. Non quando gli occhi scuri di Carter trafiggono i miei e i frammenti d'argento nelle iridi mi tengono in ostaggio.

"Al piano di sopra." Le parole mi sfuggono prima che lui apra bocca. Lo osservo inumidirsi il labbro inferiore con la lingua mentre mi studia. I suoi occhi lasciano i miei per scendere lungo il mio corpo e poi risalire, e solo allora mi ricordo di respirare. "Al piano di sopra per lavarmi," ripeto l'ordine di Carter di un attimo fa, lanciando un'occhiata al corpo decapitato di Stephan.

Quando mi concentro di nuovo su di lui, capisco che stava aspettando che lo guardassi.

L'ho lasciato in attesa.

Gli ho disobbedito.

Tutto intorno a me si muove lentamente e io riprendo quel poco di compostezza che mi è rimasta.

Carter scavalca il cadavere di Stephan e mi afferra con forza il mento con la mano. Non riesco a respirare quando abbassa le labbra sulle mie, senza mai distogliere lo sguardo dai miei occhi, e mi dice con calma, con una voce abbastanza forte da essere sentita da tutti: "Non avrà mai più potere su di te. L'unica persona che devi temere sono io."

CAPITOLO 31

Carter

"Che diavolo significa, Cross?" Romano cerca di suonare arrabbiato, ma la paura che prova è innegabile.

Prendo dal tavolo il tovagliolo di stoffa di Stephan, ancora intatto e ben piegato, e mi pulisco il sangue dalle mani e dalle braccia.

Alzo e riabbasso le spalle ripensando agli ultimi dieci minuti. Un intervallo così breve per un susseguirsi di eventi così grande. Romano non è destinato a morire stanotte, ma ho perso la calma. Se non si riprende dalla morte di Stephan, non avrò altra scelta che toglierlo di mezzo.

O forse lo farò anche se dirà qualcosa che potrebbe rovinare tutto ciò che ho costruito e pianificato.

Non posso celare l'effetto che Aria ha su di me. Non posso nascondere il potere che esercita quando non mi dà ascolto.

Romano sa troppo.

Il pensiero mi costringe a inclinare il collo da un lato per sgranchirlo, e poi dall'altro. Romano chiede di nuovo: "Mi hai incastrato?"

L'indignazione nella sua voce è nauseante. Come se dovessi essergli leale. Lascio cadere il tovagliolo sul pavimento e mi avvicino a lui facendo scricchiolare i vetri rotti sotto le scarpe.

"È un traditore," dico semplicemente. "*Era* un traditore." Romano deglutisce e stringe i pugni, poi li rilassa. Il suo sguardo si sposta su ogni persona nella stanza. Tutti sono dalla mia parte, nessuno è con lui.

Potrei distruggerlo facilmente. Eliminarlo e farla finita. Così non dovrei preoccuparmi dell'impressione che gli ho lasciato. Né che riveli ad altri cosa Aria rappresenta per me.

Eppure, in quel preciso istante, so che lo lascerò vivere e uscire da casa mia senza un graffio. *Voglio che tutti lo sappiano.*

Quando me ne rendo conto, chiudo gli occhi. Faccio un respiro profondo e accetto la mia decisione, ma la voce di Jase squarcia la nebbia che mi avvolge.

"Abbiamo ricevuto alcune informazioni dalla nostra talpa al quartier generale di Talvery," dice, e poi aggiunge: "Stephan non era affidabile." La sua voce è calma. Più tranquilla di quella di Romano, che replica tentando di difendersi. Non riesco a concentrarmi su quello che dice; posso solo riprodurre ogni istante di ciò che è accaduto nella mia mente, cercando di decifrare come lo abbia interpretato. Ripenso a come mi hanno visto i miei fratelli. Ai soldati che lavorano per me che mi hanno guardato perdere il controllo.

Tutti sapranno cosa significa lei per me. Cosa può farmi. Voglio che quei bastardi lo sappiano.

Quando apro lentamente gli occhi, offro un sorriso lento e metodico a Romano.

"Rilassati," gli dico allungando la mano e afferrandogli la spalla destra. Gliela stringo forte.

Ascolto il suo respiro ansante e osservo le sue pupille dilatarsi. Ho visto questo sguardo tante volte in passato. La paura e la speranza che si mescolano negli occhi dei miei nemici mi sono innegabilmente familiari.

"Doveva essere sistemato, ma so che gli eri affezionato," spiego con tono pacato, stringendogli di nuovo leggermente la spalla e costringendomi a produrre un altro ghigno debole ma gentile. "Non volevo che qualcuno pensasse che tu fossi coinvolto." Lo lascio andare e aggiungo: "So che voi due eravate molto legati."

Dandogli le spalle, osservo la stanza: alcuni dei miei uomini stanno già ripulendo le tracce. Non è la prima volta che qui viene versato del sangue e loro sono più che capaci di farlo sparire. Sento il rumore del vetro che tintinna quando viene spazzato via.

"Non c'è posto per i traditori nelle mie alleanze," dichiaro a Romano, allontanandomi.

"Avresti potuto informarmi," risponde, e a quel punto mi giro nuovamente verso di lui.

"Pensavo che avresti gradito lo spettacolo. Mi hanno detto che hai un debole per la teatralità." Un lampo di paura gli attraversa gli occhi e devo controllare la mia espressione per non mostrare il puro piacere che provo. L'unica cosa che rende questo momento ancora migliore è sapere che Aria è di sopra e mi sta aspettando.

"La prossima volta ti avvertirò in anticipo." Con queste ultime parole, faccio un cenno a Jase.

"Ti accompagno alla porta," dice Jase a Romano con un sorrisetto, e si dirige verso l'uscita senza aspettare la sua risposta. Io mi limito a fissare il vecchio con il suo abito mal confezionato, sgualcito e macchiato da una piccola spruzzata di rosso sul braccio. Lui socchiude gli occhi e il suo petto si solleva in un respiro affannoso. Riesco quasi a sentire il sapore del sangue nella sua bocca mentre si morde la lingua.

"Alla prossima," sono le sue parole di commiato, seguite dal rumore sordo dei suoi passi che lasciano la stanza.

"Vuoi conservare qualcosa di lui, capo?" chiede Sammy. È solo un ragazzo, ma è intelligente e desideroso di imparare. Accovacciato vicino al corpo di Stephan, indica la testa. "O buttiamo via tutto?" Mi guarda senza paura, ma con rispetto. Credo sia per questo che mi piace. Parte di me lo invidia. Non ha mai passato quello che ho vissuto io. Non ha dovuto imparare come sono stato costretto io.

"Brucia tutto. Non lasciare tracce. Non voglio che rimanga nemmeno un pezzo di quel bastardo."

Sammy annuisce e si mette subito al lavoro.

"Quanto tempo ci vorrà prima che ci tradisca?" Sento la domanda di Jase alle mie spalle e mi volto verso mio fratello.

"Ci ha già traditi, ricordi?" gli rammento, e Jase mi sorride beffardo.

"Era comunque disposto a trattare con noi mentre ci derubava. Ma immagino che ora le cose cambieranno." Si appoggia al muro e infila le mani nelle tasche, osservando gli uomini che ripuliscono la stanza.

"Sia Talvery che Romano verranno a cercarci. Lo sai, vero?" chiede Daniel avvicinandosi. Declan lo segue e tutti e quattro formiamo un cerchio in un angolo della stanza.

"Finché non uniscono le forze, non importa," rispondo senza pensare. E la mia mente torna immediatamente ad Aria. Al diavolo le conseguenze, l'ho fatto per lei.

"Cosa gli impedirà di farlo?" domanda Declan. Prima di stasera non era preoccupato, anzi è quello meno interessato e meno informato. Per questo motivo, immagino che sia anche quello più scioccato.

"Una faida decennale, avidità, arroganza?" risponde Jase.

"Tutto questo, e per cosa?" la domanda di Daniel è più dura. "Era per lei, vero?"

Il silenzio cala per un istante e io guardo mio fratello.

"Non c'era motivo di agire così. Fare una scenata e far arrabbiare Romano in quel modo."

"Doveva essere fatto," risponde Jase, prontamente e con fermezza.

"Ma non dovevamo farci nemico Romano. Non ora, non quando Talvery ci sta facendo la guerra." La rabbia di Daniel è evidente, ma più che altro è spaventato. Principalmente perché Addison è qui con noi.

"Lei è al sicuro," lo tranquillizzo, andando dritto al cuore della sua preoccupazione.

I miei fratelli restano in silenzio mentre osservo l'atteggiamento di Daniel. È stanco e ansioso. "Voglio che questo schifo finisca, ma ora abbiamo aggiunto benzina sul fuoco, cazzo."

Jase risponde prima che io possa farlo. Sono colpito dal fatto che non ho mai pensato a Addison. Non mi importava quale fosse il prezzo da pagare per dare ad Aria la vendetta di cui aveva disperatamente bisogno. "Le armi ci sono, dobbiamo solo distribuirle e colpire duro."

"Di chi ci occuperemo? Talvery? O Romano?" chiede Daniel a Jase, ma poi tutti e tre i miei fratelli guardano me. Vogliono sapere.

Daniel non nasconde la sua preoccupazione quando dice: "So che ci hai mentito. E ora hai portato la guerra alla *nostra* porta per lei."

"Non ho mai mentito," mormoro, e le mie parole sono un sussurro aspro. La rabbia mi scorre nelle vene osservando gli occhi di Daniel infiammarsi.

"Cosa significa lei per te?" mi chiede, come se la mia risposta potesse placare tutte le sue paure.

Solo se rispondessi sinceramente.

Lo sguardo di Jase si sposta sugli uomini dietro di noi e poi torna su di me con una sottile domanda inespressa e io annuisco.

"Lasciateci soli," dico, e aspetto che i rumori degli uomini che escono dalla stanza si plachino prima di aprire bocca. I miei fratelli sono pazienti. Non parlano e si trattengono finché non siamo rimasti soltanto noi.

"Ti sta influenzando," afferma Daniel a bassa voce. "Stai prendendo decisioni per tutti noi, ma lei sta offuscando il tuo giudizio."

Le sue parole mi feriscono come una pugnalata alle spalle.

"Stai mettendo in discussione le mie scelte?" gli chiedo senza trattenere la rabbia, ma nel profondo so che è rivolta a me stesso. Sono furioso perché ha ragione. Aggrotto le sopracciglia e faccio un respiro profondo, poi un altro, fissando la parete grigio chiaro macchiata di rosso dietro mio fratello.

"Lei mi ha salvato la vita," dico loro voltandomi dall'altra parte. Il senso di colpa mi travolge. So che stavo pensando a lei, non a noi. Ma doveva succedere. Lo sento risuonare dentro di me come una verità assoluta. "E l'ho odiata per questo." La mia confessione esce con delicatezza e cautela.

Il silenzio dei miei fratelli mi spinge a guardarli. Per conoscere con certezza la loro reazione alla mia confessione. Anche se negli occhi di Daniel vedo un accenno di shock, c'è anche qualcos'altro. Qualcosa che non riesco a definire.

"Perché non ce l'hai detto?" chiede Jase. "Quando ti ha salvato?" aggiunge per chiarire.

"È successo anni fa, la notte in cui papà ha dovuto chiamare il suo amico." So che capiscono a cosa mi riferisco. C'è stata solo una notte in cui papà ha chiesto un favore per me. La notte in cui ho rischiato di morire.

"Merda," sbotta Declan, passandosi una mano sul viso. Lui era solo un bambino, è successo tanto tempo fa.

"Finché vivrò, lei sarà mia." La mia risposta è brutale e irremovibile. "Che le piaccia o no."

"L'hai presa perché la odiavi per averti salvato?" chiede Daniel, anche se nel suo tono non c'è alcuna sfida, solo sincera curiosità e preoccupazione.

"Volevo che sapesse cosa significa desiderare di morire e non dover vivere un altro giorno nei panni della persona che sono diventato." Sto quasi per dirgli che non sapevo di amarla. Ma cambio idea e aggiungo: "Non sapevo di tenere a lei. Non fino a quando è arrivata qui."

Mi ha dato una nuova ragione per vivere. Non solo tanti anni fa, quando mi ha salvato, ma anche nell'ultimo mese, quando finalmente l'ho avuta sotto di me.

Il silenzio si allunga tra noi ed è soffocante. Non ho mai provato vergogna per ciò che sono diventato, perché tutto quello che sono e tutto quello che ho fatto è per i tre uomini che stanno davanti a me e giudicano quanto ho appena rivelato loro.

"E Stephan?" chiede Declan. È l'unico dei tre che non sapeva perché avessi permesso ad Aria di ucciderlo. Non gli importava saperlo, come tante altre cose di cui preferiva non essere a conoscenza.

"Ha violentato e ucciso sua madre. Lei piange di notte nel sonno a causa sua."

L'abisso oscuro di tristezza che a fatica sopravvive in me si espande al ricordo della prima notte in cui ho compreso il potere che lui aveva su di lei. "Ho dovuto concederglielo," spiego e l'ultima parola mi esce dalle labbra a denti stretti.

Jase è il primo ad annuire in segno di assenso, seguito da Declan e infine da Daniel.

"Ora verranno tutti a cercarci," dice Daniel, ma questa volta la sua voce accoglie la sfida. Il momento di chiedermi cosa pensassero i miei fratelli di me, cosa pensassero di *lei*, termina in un lampo, proprio come era iniziato.

Rispondo a Daniel nell'unico modo che conosco. Con l'unica risposta accettabile.

"Lasciate che vengano."

CAPITOLO 32

Aria

Non so da quanto tempo sto tremando. Le mie dita fremono quando raggiungo il rubinetto e alzo ancora di più la temperatura dell'acqua già bollente. La pelle è ormai rosso vivo, ma non sento nulla. Mi appoggio al muro piastrellato, intorpidita e fuori controllo. Le ginocchia vacillano e il mio corpo mi chiede di rimettere. Il pesante diamante del gioiello che porto sempre al collo colpisce le piastrelle del box doccia e io lo stringo come se potesse salvarmi o portarmi via.

È così che ci si sente quando si uccide qualcuno? Ho visto solo due persone morire davanti ai miei occhi.

La prima è stata mia madre. La seconda ha dominato la mia vita fino al fatidico giorno in cui Carter l'ha cambiata per sempre.

Ricordo di aver pensato alla seconda volta in cui ho visto qualcuno spegnersi davanti ai miei occhi proprio mentre ero nei pressi del bar. Completamente ignara che, entrando lì dentro, la mia vita non sarebbe più stata la stessa. Volevo solo riavere indietro il mio album da disegno.

Inspiro profondamente il vapore caldo appoggiando la testa contro le piastrelle e chiudendo gli occhi. Il ricordo mi riporta indietro di poche settimane, ma è molto meglio della realtà della mia pelle macchiata di sangue.

Infilo le mani nelle tasche per scaldarle e lascio che le dita sfiorino le chiavi della mia auto. È l'unica arma che ho.

E le chiavi sono un'arma. Ho visto qualcuno tagliare la gola a un uomo con una semplice chiave. Ero rimasta lì intontita guardando le mani dell'uomo che cercavano di raggiungersi il collo, ma i soldati di mio padre gli avevano afferrato i polsi e glieli avevano legati dietro la schiena. Un colpo dopo l'altro, ogni spinta gli trapassava la pelle mentre era bloccato e incapace di difendersi.

Un brivido mi percorre al ricordo e ci vuole un minuto per rendermi conto che non sto respirando.

Non dimentico il rumore delle scarpe da ginnastica che scalciavano i sassolini sul marciapiede. Il rumore della strada trafficata in fondo al vicolo.

Tre uomini alle dipendenze di mio padre avrebbero dovuto scortarmi a casa dall'appartamento che volevo affittare, ma avevano deciso di fare una deviazione.

E io ero rimasta lì, in stato di shock; era successo tutto velocemente.

Mika era con me in quel momento. Le sue labbra sottili si erano incurvate nel sorriso più malvagio che avessi mai visto. Un sorriso che esprimeva pura gioia. Per il mio shock? O per il mio orrore? Forse per il dolore, perché conoscevo l'uomo che avevano ucciso.

I capelli neri di Mika erano pettinati all'indietro. Si era rasato e quella notte solo un leggero velo di barba gli accarezzava la pelle. In generale, Mika è un uomo di bell'aspetto con una voce profonda e roca capace di far cadere in ginocchio qualsiasi donna.

Ma io ho visto chi è veramente. E sapere che è lui l'uomo che sono venuta a trovare e a cui devo fare delle richieste, mi provoca una fitta di paura.

Ma non permetterò a nessuno di derubarmi. Non posso lasciare che mi maltrattino e pensino che io sia debole. E come dice mio padre, è ora che io esiga rispetto. È quello che fanno i Talvery.

Apro lentamente gli occhi al rumore dell'acqua che colpisce le piastrelle. Ogni movimento, ogni rumore, mi fa irrigidire.

Cerco di tranquillizzare il respiro, irregolare per via dei ricordi. Quello della notte in cui sono stata rapita e quello di due anni fa, quando ho visto uccidere un uomo. Dopo quell'episodio, non sono più uscita di casa per molto tempo e non mi sono mai trasferita. Mio padre, in ogni caso, voleva che restassi dov'ero.

Pensavo di sapere cosa fosse la paura prima di varcare la soglia di quel bar. Ma mi sbagliavo.

Fissare il cadavere senza vita di un uomo la cui esistenza ti ha tormentato per anni è la vera angoscia. Solo quando la sua testa è rotolata via dal corpo sul tappeto, ho potuto iniziare a considerare la possibilità che non mi avrebbe mai più fatto del male.

Il mio sguardo vaga verso la pozza d'acqua ai miei piedi. È sporcata dalle chiazze rosso scuro che si confondono e diventano rosa mentre defluisce verso lo scarico.

Prima ho assistito alla morte di mia madre.

Poi alla morte di un uomo che ha tradito mio padre.

E ora ho ucciso colui che ha tradito entrambi i miei genitori.

Aspetto di provare un senso di sollievo, o di vittoria, forse di giustizia. Ma non sento nulla. Nel mio petto ci sono solo un vuoto incolmabile e un fiume di ricordi indesiderati.

Il rumore della porta a vetri della doccia che si apre quasi mi strappa un urlo.

Mika, mio padre, Stephan… Tra tutti gli uomini responsabili di avermi costretta a una vita piena di paura, nessuno è paragonabile a quello che mi sta davanti. Il vapore si espande intorno a lui uscendo dalla cabina, e l'aria più fresca mi fa venire la pelle d'oca.

Carter mi squadra con sguardo severo, e io resto incollata al muro, ancora tremante, incapace di compiere qualsiasi movimento. Non mi sono mai sentita così debole in vita mia.

Uccidere Stephan può avermi dato una sensazione di liberazione nel momento in cui il coltello lo ha trafitto, ma non sono mai stata così incatenata ai ricordi come in questo istante.

"Cosa stai facendo?" La sua voce profonda esordisce con una domanda, ma non credo che si aspetti una risposta da me.

"Non riesco a smettere di tremare," ammetto con un tono distaccato che riflette la mia incapacità di compiere qualsiasi azione con chiarezza. Ogni parola mi esce con fatica e devo stringermi il polso con l'altra mano cercando di fermarlo, lasciando finalmente andare la gemma.

Carter non mi risponde. Invece, entra nella cabina, ancora vestito. Sibilando tra i denti, lascia che l'acqua calda gli bagni il braccio e schizzi sulla camicia macchiata di sangue, ormai incollata alla pelle. Gira il rubinetto, raffreddando l'acqua fino a renderla tiepida e non più bollente.

L'aria fresca è rinvigorente e mi accarezza la pelle sempre di più man mano che lui rimane davanti a me con la porta aperta. Ho la testa leggera e il panico che mi consumava solo un attimo fa sta svanendo.

In un attimo, Carter si toglie la camicia. Poi chiude la porta dietro di sé e mi stringe tra le braccia. L'acqua mi scorre delicatamente lungo la schiena, seguendo il ritmo delle carezze rassicuranti di Carter. Mi ci vuole un attimo per ricambiare il suo abbraccio, per cingerlo a mia volta e premere la guancia contro il suo petto nudo.

Il suo battito cardiaco è regolare mentre mi stringe a sé, ed è rassicurante. *E confortante.* Il mio tremore si placa più rapidamente di quanto potessi immaginare.

Chiudo gli occhi e accolgo l'oscurità della stanchezza, finché Carter non si schiarisce la gola, strappandomi dal silenzio confortevole.

"Mi dispiace di averti detto che non sarei stato con te," dice, la voce che gli rimbomba dal petto. Mi sento improvvisamente tesa, colta alla sprovvista. Ricordo a malapena le sue parole. È successo tutto molto in fretta; fra gli avvenimenti della serata, l'ultimo particolare che mi viene in mente è la minaccia che mi ha fatto prima che conoscessi le sue intenzioni e ogni pezzo del puzzle andasse al suo posto.

Non mi sarei mai aspettata delle scuse da lui.

Carter non si dispiace mai per nessuno. Non si scusa mai per ciò che fa.

Quando non gli rispondo, continua: "Non avrei dovuto dirlo. E mi dispiace." Passa un altro momento e la nebbia che mi avvolge si dissipa lentamente, finché riesco a staccarmi da lui. La mia nudità e la realtà di ciò che sono mi stanno lentamente tornando in mente.

Oggi è stata una giornata turbolenta dal punto di vista emotivo. L'emozione prevalente è stata il dolore.

Deglutisco a fatica prima di allontanarmi dal suo corpo e spostarmi dal getto d'acqua per dirgli che va tutto bene.

Non so cos'altro dire.

Scostandomi i capelli bagnati dal viso, lo guardo negli occhi e l'intensità del suo sguardo mi infiamma il corpo.

"Non va bene. E non succederà più," risponde Carter. I suoi occhi si incupiscono e lui si muove nella doccia improvvisamente divenuta molto piccola, avvicinandosi a me per appoggiare entrambi i palmi delle mani contro la parete piastrellata all'altezza dei miei fianchi.

Le sue spalle larghe eclissano tutto il resto e lui mi sovrasta con il potere puro che emana e che mi porta a desiderarlo con tutta me stessa. Il mio battito è incontrollabile e minaccia di sopraffarmi i sensi.

Cadere tra le sue braccia sarebbe così facile, perdersi nella nebbia sensuale che è Carter Cross.

"Ti perdono," gli dico in un solo respiro e cerco di ingoiare il desiderio. Improvvisamente, sono più eccitata che mai. Dappertutto, e tutto in una volta.

I miei capezzoli si induriscono e le mie dita fremono per toccarlo, affondare tra i suoi capelli e attirare le sue labbra verso le mie.

Ma Carter non mi bacia. Non l'ha mai fatto. Il mio sguardo rimane fisso sulla sua bocca mentre la abbassa, molto lentamente, ma superando la mia e viaggiando fino alla spalla. La sua barba ispida mi sfiora il collo e mi fa pulsare di piacere. La sua lingua mi sfiora la pelle e non riesco a negare il calore che mi invade.

Se potessi trattenere questo momento per sempre e nascondermi dal dolore della mia realtà, lo farei.

Proprio mentre oso allungare la mano per far scorrere le dita lungo le sue spalle e poi più in alto, un improvviso bussare alla porta interrompe bruscamente il nostro momento.

Il rumore di sottofondo della doccia si attenua quando la voce di Jase penetra attraverso la porta, chiamando Carter per portarlo via da me.

Non andare, mi supplica di implorarlo il mio cuore. Non posso restare da sola in questo momento. *Non sto bene.*

Carter sfiora la punta del mio naso con il suo, emettendo un leggero mugolio di approvazione che gli vibra nel petto, poi dice a Jase che sta arrivando. Abbassa la voce e mi guarda negli occhi mormorando: "Finisci di lavarti e aspettami a letto."

L'ordine e il calore nel suo sguardo sono qualcosa a cui non potrei mai oppormi. "Sì, Carter," rispondo obbediente, e questo non fa che aumentare il fremito tra le mie cosce.

È solo quando se ne va che mi rendo conto di quanto lo desideri.

Di quanto abbia bisogno di Carter Cross. Non ho nessun altro.

E di quanto questo mi spaventi.

CAPITOLO 33

Carter

"Ha detto che si è calmato, ma quel bastardo sta già parlando." Jase mi aggiorna non appena metto piede nello studio. L'adrenalina di stasera è ormai svanita. Il ronzio nel sangue si è attenuato.

Finché non ho visto Aria che tremava ancora.

Uno sguardo al suo corpo delicato che fremeva per lo shock ha cambiato tutto. La normale euforia del trionfo è stata immediatamente sostituita da qualcos'altro. Qualcosa che non mi interessa approfondire in questo momento.

Ho bisogno di un drink. Bello forte.

"Sapevamo di non poterci fidare di lui," rispondo a mio fratello mentre il ghiaccio tintinna nel bicchiere. Lo riempio con tre dita di whisky e lo lascio raffreddare. Faccio roteare il liquido ambrato e considero ogni aspetto di ciò che potremmo aspettarci da Romano.

Conosco i suoi amici e anche i suoi nemici. E la maggior parte di loro deve molto più a me che a lui.

"Dobbiamo mandare un avvertimento a qualcuno?" chiedo a mio fratello, alzando gli occhi verso di lui e buttando giù più della metà del whisky. Se qualcuno sta pensando di mettersi in mostra con Romano, è meglio stroncare l'idea prima che si trasformi in qualcosa di concreto. Un piccolo promemoria di ciò di cui siamo capaci potrebbe mettere a tacere qualsiasi velleità di rivolta. È meglio non lasciare spazio ad alcun delirio di onnipotenza.

Jase scuote la testa, ma non ricambia il mio sguardo. Invece, picchietta con il dito lo schienale della sedia dietro cui si trova. "Ha mandato un messaggio a Talvery," mi dice Jase mentre il whisky mi brucia lo stomaco.

Alzo un sopracciglio alla sua affermazione. "Viene dal nostro informatore?"

"Da uno di loro," risponde Jase con una sicurezza che rispetto.

"Quindi ha detto a Talvery che ho permesso a sua figlia di uccidere il suo nemico. Interessante, vero?" Non riesco a nascondere il divertimento che mi aleggia sul volto.

"Non esattamente. Ha solo confermato che abbiamo la figlia di Talvery."

Un ghigno cinico mi sfugge sotto forma di grugnito. "Certo che l'ha fatto," dico distrattamente, riempiendo di nuovo il bicchiere.

"E poi ha lasciato un messaggio per noi." Non respiro né mi muovo finché Jase non aggiunge: "Dice che capisce e che lo spettacolo gli è piaciuto."

"Razza di stronzo." Mi lascio sfuggire le parole prima di mandare giù l'alcol in un solo sorso. È un codardo. Ha messo Talvery e me l'uno contro l'altro fingendo di stare dalla mia parte. Quando arriverà il momento, la vendetta sarà dolce.

Percepisco il whisky nel petto quando mio fratello mi chiede: "Stiamo ancora con lui? Le armi sono state spedite. Abbiamo il coltello dalla parte del manico. Siamo in tempo per ritirarci dall'accordo."

"O schierarci con Talvery?" gli chiedo e Jase si irrigidisce. "Potremmo abbandonare Romano e dare le armi a Talvery."

"Perché dovremmo farlo?" chiede Jase con un lampo di diffidenza nella voce. Si avvicina e si appoggia al tavolino, nell'attesa che io risponda. L'adrenalina ritorna in circolo con tutta la sua forza. Fidarsi di Talvery sarebbe un errore fatale. La sua avidità non conosce limiti, e aiutarlo potrebbe ritorcersi immediatamente contro di noi.

Guardo il ghiaccio nel bicchiere e vedo solo Aria. Sento le sue suppliche di risparmiare suo padre.

Il modo in cui ha modellato il suo corpo sul mio sotto la doccia è stato inebriante. Ma sento che si sta ancora trattenendo. Farei qualsiasi cosa per averla completamente. Questa potrebbe essere l'occasione giusta.

Ma il rischio è considerevole.

Dai tempo al tempo, mi esorta una voce nella testa, ma non può essere la mia. La pazienza non è una dote che mi appartiene.

"Certo… per Aria." Mio fratello risponde alla sua stessa domanda, visto il mio silenzio, e poi si passa una mano sulla nuca. Prende un bicchiere e mi toglie la bottiglia di whisky dalle mani.

Lo lascio fare. So già che lei mi sta facendo pensare in modo diverso da come dovrei. Rende le mie azioni imprevedibili. Il suo controllo su di me è innegabile, e ogni giorno diventa più evidente.

"Non hai mai permesso a nessuno di intromettersi tra te e il lavoro." Beve il primo sorso, senza aspettare una risposta. Assaporando il whisky, chiede: "Perché lei?"

Il silenzio cala su di noi. Non ho mai rivelato a nessuno l'intera verità. Di come volevo morire tanti anni fa. Ci sono andato molto vicino, e lei mi ha fermato.

Prima di stasera, non avevo detto ai miei fratelli che la odiavo per questo. Non avevo rivelato a nessuno che avevo pregato perché tutto finisse. Che nel mio momento di massima debolezza, avevo rinunciato.

Finché lei non ha fermato tutto.

Jase mi osserva per un momento. È il mio secondo in comando. Il mio partner fidato. E non gliel'ho mai detto. Non volevo ammettere la verità. "Devo almeno sapere cosa significa lei per te."

"Tutto." Non esito a rispondergli, anche se la mia voce è bassa e piena di possessività.

"E lei vuole che tu stia dalla parte di Talvery. L'uomo che ha cercato di farci uccidere tutti nel sonno? L'uomo che ha dato fuoco alla nostra casa?"

"Lei non lo sa." Mi affretto a difenderla e persino io provo una sorta di irritazione. Come se trasudasse dal tono di voce di Jase direttamente nella mia testa.

"Lei non sa un bel niente," risponde con leggera agitazione, ma mi basta guardarlo e lui distoglie gli occhi, fissando il liquido che turbina nel suo bicchiere.

"È leale."

"Lei non gli deve alcuna lealtà." Finalmente mi guarda. Non mi sta dicendo nulla che io non sappia già. "Sa la verità su sua madre?" chiede.

"È solo una voce. Non possiamo provarlo." Anche mentre gli rispondo, so che sto solo facendo l'avvocato del diavolo. Farei qualsiasi cosa in mio potere per darle una speranza sull'unica cosa che desidera. Misericordia verso suo padre.

"Avevo intenzione di torturare Stephan per farglielo confessare," dico a mio fratello, ricordandolo anche a me stesso. Volevo offrirle la verità stasera, insieme alla vendetta di cui aveva disperatamente bisogno. "Ho perso di vista l'obiettivo."

Jase sbuffa, ma prima che sorseggi il whisky costoso, noto un lampo di gioia nei suoi occhi e un sorrisetto che gli spunta sulle labbra.

"Non mi crederà mai." Offro a Jase l'ennesima scusa, ma sento una morsa stringersi forte attorno al cuore. "Non si schiererebbe mai contro suo padre." La verità è schiacciante.

"Non mi dispiacerebbe dirglielo." La disinvoltura con cui parla mi coglie alla sprovvista. Deve averlo capito dalla mia espressione, perché alza le spalle e aggiunge: "Sarò gentile, ma glielo farò capire."

"Non voglio che tu ti intrometta." L'ondata di rabbia arriva inaspettata. Mi schiarisco la gola e torno al whisky. Ancora uno, e poi raggiungerò la mia Aria.

"Ti sta prendendo per il culo," dice Jase con tono duro, e aggiunge: "Non ti ho mai visto così."

"Così come?" gli chiedo, sfidandolo a farmi domande. Anche se conosco già le risposte.

"Indeciso ed emotivo. Avremmo già dovuto annientarli. Ti stai prendendo troppo tempo e accumuli più armi e uomini del necessario."

"Non voglio che lei mi odi." Mi aspetto di vedere shock nell'espressione di Jase. Forse anche disgusto. Aria è una debolezza che non ho mai voluto, ma a cui mi rifiuto di rinunciare.

Sebbene sia sorpreso, Jase non discute e nei suoi occhi scuri si insinua la stanchezza. Il carico emotivo inizia a posarsi sulle sue spalle.

Propongo a mio fratello: "Dobbiamo scegliere. Talvery o Romano."

"Morirei piuttosto che schierarmi con Talvery," confessa mio fratello senza mostrare alcuna emozione. È semplicemente un dato di fatto. E io posso sostenerlo e rispettarlo, considerando ciò che quell'uomo ci ha fatto. "Preferisco eliminarli entrambi."

Sentendo il calore e il ronzio dell'alcol insinuarsi nei miei pensieri, mi limito ad annuire e poi a scrollare le spalle tese. Sono stanco anch'io. Non solo di questa serata. Anche di combattere.

Non c'è modo di farla finita, però. In questo ambiente, nel momento in cui un uomo smette di combattere, viene giustiziato.

"Li abbiamo fatti arrabbiare tutti e due, quindi è meglio scegliere da che parte stare e assicurarsi che non ignorino il passato per affrontarci insieme. Il fatto che Romano gli abbia dato delle informazioni non significa altro che sta alimentando la faida … ma sa quello che fa. Sta reindirizzando l'odio di Talvery."

Jase reclina la testa all'indietro bevendo il whisky e poi appoggia pesantemente il bicchiere sul tavolo. Espira a lungo e profondamente, annuendo.

"Non possiamo permettere che ciò accada. Ma tra i due, Romano è la scelta migliore." Mi fissa, assicurandosi che io ascolti le sue ultime parole. "Lo sai già. Schierarci con Talvery sarebbe la nostra fine."

Non ha torto. Abbassando lo sguardo, mi arrendo a ciò che avevo già deciso e che sapevo lei deve accettare. Romano non è affidabile, ma può essere manipolato e usato. Talvery ci taglierebbe la gola alla prima occasione. Ha già cercato di annientarci in passato, e ha fallito. E solo per questo motivo, concedergli pietà sarebbe un segno di debolezza.

Invece di rispondere a mio fratello, gli rivolgo un breve cenno con la testa e mi volto per lasciarlo e tornare da Aria.

"Come sta?" mi chiede, cambiando argomento prima che io possa andarmene.

"Considerate le circostanze, sta reagendo bene." L'immagine di lei che trema sotto la doccia mi ricorda che non è vero. "Oggi è stata dura. Dovrei tornare da lei."

"Dovresti," dice sottovoce, anche se parla così piano che non sono sicuro che le parole siano rivolte a me o a sé stesso.

"Doveva essere fatto," gli ricordo, e lui annuisce.

Sentendo che la conversazione è finita, mi avvio per andarmene, ma lui mi chiama ancora una volta.

"Carter…"

Guardandomi alle spalle, vedo la sincerità nell'espressione di mio fratello quando mi dice: "Sii gentile con lei."

* * *

La luce della luna filtra attraverso le fessure della tenda e illumina le curve di Aria, nascoste sotto le coperte. I suoi capelli sono un'aureola disordinata, ancora umidi sul cuscino. Lei giace su un fianco.

Il desiderio mi assale all'istante, ricordando come l'ho lasciata. Nuda e bramosa.

È una brava ragazza, il mio piccolo passerotto, quindi so che sarà nuda, a eccezione della collana. Sarà pronta per me.

Le parole di Jase risuonano ancora chiare nella mia testa. *Sii gentile con lei.*

Jase non la conosce come me, ma capisce le donne molto meglio di quanto io abbia mai fatto.

Le immagini di me che la penetro con forza e le strofino il clitoride fino a farle urlare il mio nome mi spingono a dimenticare il consiglio di Jase. A continuare a prendere Aria fino a renderla obbediente… fino a quando non mi avvicino a lei.

Sta ancora tremando. Stringe le mani davanti a sé e tiene gli occhi chiusi con forza. Come se stesse pregando.

Il suo respiro è irregolare e affannoso.

Non tutti siamo fatti per essere assassini. Lo sapevo quando le ho dato il coltello e ho fatto di Stephan la sua vittima.

"È l'adrenalina," le dico sottovoce, rompendo il silenzio della notte con le mie parole tese. Il suo corpo sussulta sotto le lenzuola e lei si irrigidisce, ma le sue mani e le spalle continuano a tremare.

La osservo deglutire e poi aprire le labbra. Lo sguardo nei suoi occhi nocciola è un misto di profonda tristezza e paura.

"Non riesco a smettere," ammette in un sussurro.

Sento il bisogno urgente di far sparire tutto e mi infilo rapidamente nel letto con lei, tirando indietro le lenzuola e prendendola tra le braccia. "Ti prego, aiutami," mi supplica.

"Ssh," la zittisco, accarezzandole i capelli e stringendola a me. Il suo piccolo corpo si aggrappa al mio come se non riuscisse a essere abbastanza vicino. "Non avrei dovuto lasciarti," le sussurro tra i capelli, sentendo le ciocche solleticarmi la mascella.

Lei risponde spostando le mani sul mio petto e nascondendo la testa sotto il mio mento. È talmente fragile.

È così diversa dall'Aria che conosco.

Forse l'ho annientata. Sapevo già di essere un mostro, ma il sorriso che mi sfiora le labbra al pensiero lo conferma. Non merito nemmeno di respirare, figuriamoci la donna tra le mie braccia.

Non è stata annientata; una donna come Aria non potrà mai esserlo. Una voce sussurra nel profondo della mia mente, dove si cela tra gli anfratti. E il sorriso che cercava di affiorare mi illumina il viso. Posso nasconderlo solo baciandole i capelli e accarezzandole la schiena nuda con movimenti rassicuranti.

"Va tutto bene, passerotto," le dico, e so che può sentire il mormorio delle mie parole profonde nonostante il viso premuto saldamente contro il mio petto. "È solo l'adrenalina."

Lei non si muove, ma le sue ciglia mi solleticano la pelle. Il suo respiro è caldo e le sue unghie mi graffiano leggermente, ma non mi fa la domanda che ha sulla punta della lingua. *Come faccio a saperlo?*

Le sue mani continuano a tremare mentre cerca di avvicinarsi ancora di più a me. Visto che si rifiuta di lasciarmi andare, mi chino e le sistemo meglio le coperte intorno prima di raccontarle la mia storia.

Non tutti sono destinati a diventare assassini, ma a volte anche le creature più mansuete sono costrette a uccidere. Forse non sono mai stato innocente, ma c'è stato un tempo in cui non ero l'uomo spietato e brutale che sono oggi.

"Il primo uomo che ho ucciso era un barista di nome Dave," racconto a bassa voce senza smettere di accarezzarle la schiena. Baciandole di nuovo i capelli, fisso un raggio di luce che filtra sul pavimento della camera da letto. So che Aria mi sta ascoltando, perché sento le sue ciglia sbattere di nuovo. "Avevo sedici anni," le confesso tornando con la mente a quella notte.

"Mio padre non stava affrontando molto bene la morte imminente di mia madre." Una risata ridicola mi fa tremare le spalle e il suo corpo si muove con il mio. "Era un codardo, ora lo so, ma trovarsi di fronte alla morte delle persone che ami… Beh, non posso biasimarlo per essere stato un vigliacco, ma posso condannarlo per aver trascinato a fondo anche me."

"Cosa è successo a tua madre?" chiede Aria con dolcezza, e il suo respiro leggero è regolare. È solo allora che vedo che il suo tremore si è trasformato in un leggero brivido.

"Aveva il cancro. Ci sono voluti due anni perché la uccidesse." Il ricordo mi fa stringere il petto, ma continuo con la storia, quella che mi fa arrabbiare, non quella che non ho la forza di affrontare. "Mio padre non sopportava di vederla deperire. Così, ha iniziato a ubriacarsi fino a ridursi all'uomo che era senza di lei."

Il mio sguardo cade sul piumone. "Giuro che si comportava bene con lei, ma sapere che l'avrebbe persa lo ha cambiato." La mia voce si abbassa e costringo le emozioni che accompagnano il ricordo di mia madre a svanire nel profondo della mia mente, dove devono stare.

"Una notte si è messo nei guai, e mia madre respirava a malapena." L'immagine di lei sul letto d'ospedale dopo che l'avevano mandata a casa per le cure palliative mi fa spezzare la voce, ma non credo che Aria riesca ad accorgersene.

"Non tornava a casa da quasi dodici ore e sapevo che lei non avrebbe resistito ancora a lungo." Anche lui lo sapeva. Doveva saperlo. Io e i miei fratelli eravamo solo dei ragazzini, ma persino noi sapevamo che stava per morire. "È morta mentre ero fuori a cercarlo."

La presa di Aria si allenta, le sue unghie mi sfiorano il petto e alza la testa. Sento il suo sguardo su di me, ma non lo ricambio.

Riesco ancora a udire il rumore delle foglie autunnali che scricchiolavano sotto le mie scarpe da ginnastica e sentire la pioggia che era caduta poco prima penetrare in un buco nella suola, mentre lo cercavo nei vicoli.

"Sapevo quali bar frequentava." Ero giovane, ma i baristi mi conoscevano già per nome. Aria non smette di guardarmi e mi sento vulnerabile ed esposto.

Lei mi rende debole.

"Lo trovai in bagno, lo avevano picchiato piuttosto duramente. Dichiarò che era stato il barista. Non ricordo quale scusa avesse fornito mio padre, ma poi iniziò a piangere e disse che non riusciva a muoversi. Pianse davvero, cosa che non aveva mai fatto prima. Aveva sempre affogato il suo dolore nell'alcol. L'avevano preso a botte e poi ammanettato al termosifone, così da poter tornare e rifarlo. E poi ancora. Mentre mia madre lo aspettava."

Aria singhiozza contro il mio petto e sussurra quanto le dispiace.

Tutti i ricordi mi tornano alla mente, così continuo: "Mio padre era un pessimo marito. E anche un pessimo uomo. Ma quello che gli avevano fatto…"

Non riesco a spiegarle come la rabbia mi avesse spinto ad agire. Nel momento in cui avevo pensato che avrei perso entrambi in una sola notte, solo la furia mi aveva impedito di crollare.

Mi lecco il labbro inferiore e cerco di mascherare la raucedine nella mia voce come se fosse qualcosa di diverso dall'emozione, poi proseguo. "Il barista sapeva che mia madre stava morendo. Sapeva che eravamo soli. Avrebbe potuto fare molte cose. Avrebbe potuto chiamare la polizia per far allontanare mio padre. Oppure chiudere le porte a chiave. Ma voleva umiliarlo. Voleva un sacco da boxe come pagamento per il debito di mio padre."

Ricordo lo sguardo che Dave mi aveva rivolto quella sera, quando avevo lasciato mio padre dov'era ed ero andato dietro al bancone per chiedere la chiave. Sfoggiava un sorriso compiaciuto. Avevo capito che era un bastardo non appena l'avevo visto, con i capelli lisciati all'indietro e quel luccichio negli occhi. Avevo sentito dire che gli piaceva far ubriacare le ragazze che venivano al suo bar per poi approfittarsi di loro. Non avevo voluto crederci, soprattutto quando vedevo mio padre ridere con lui, quelle sere in cui chiamavano per riportarlo a casa.

"Andai a prendere la chiave e Dave cercò di darmi un pugno. Era ubriaco fradicio. Io ero solo un ragazzino."

"Non sarebbe mai dovuto toccare a te…"

"Nelle strade dove sono cresciuto non era insolito, Aria." La interrompo prima che possa mostrarmi compassione o anche solo suggerire che ero troppo giovane per quello che avevo visto e in cui ero stato coinvolto. Non sono l'unico ad aver passato quello schifo, e non sarò l'ultimo. Ognuno conduce una vita diversa e per alcuni di noi non ci sono grandi promesse o molta pietà.

"Afferrai una sedia e iniziai a colpirlo. Gli altri ragazzi non si erano mossi quando Dave mi aveva aggredito, ma lo fecero dopo, verso di me. Non subito, però. Non la prima volta che lo colpii con le gambe di metallo. Il suono dei colpi alla testa era più forte della partita di basket che stavano trasmettendo sull'unico televisore nell'angolo del bar." Aria rimane in silenzio e io continuo.

"Non si alzarono nemmeno quando cadde a terra. Io non smisi di colpirgli la testa con la sedia. Non potevo." Proprio come Aria stasera. Non avevo collegato i due momenti fino a quando non mi era venuto in mente.

Ricordo che non pensavo nemmeno di respirare. Non pensavo fosse reale. Non volevo che lo fosse.

"Non lo uccisi quella notte," le dico, e poi le bacio i capelli. Stringo la presa sulla sua spalla e la tiro di nuovo contro il mio petto. "Gli altri stronzi lì presenti mi trascinarono via, ma non appena mi liberai, mi lasciarono andare. Recuperai mio padre dopo aver lasciato Dave a terra, insanguinato e a lamentarsi."

Ora riesco a vedere i volti di ciascuno di loro, pieni di paura e incredulità per il fatto che un ragazzo magro avesse quasi ucciso l'uomo sul pavimento. Il mio petto ansimava, ma l'adrenalina aveva preso il sopravvento.

L'ho ucciso una settimana più tardi, dopo che mia madre era morta e l'avevamo seppellita. Era venuto a chiedere dei soldi per pagare le spese ospedaliere per il suo naso rotto. Soldi che non esistevano, ma lui si aspettava che li avessimo grazie all'assicurazione sulla vita che non avevamo sottoscritto.

Non c'era nessun altro in casa e nemmeno io avrei dovuto essere lì, ma il senso di colpa per aver lasciato mia madre quella notte mi aveva impedito di andare da qualunque parte per giorni.

Mia madre era morta mentre ero via, e sapevo che se avessi dovuto dare la colpa a qualcuno, sarebbe stato mio padre.

Ero consapevole che Dave non era stato la causa della morte di mia madre. Ma quando si era presentato sulla soglia di casa nostra dicendomi che i soldi dell'assicurazione sulla vita di mia madre sarebbero dovuti andare a lui, avevo perso il controllo. Sapevo già che non c'era nessuna assicurazione sulla vita. Non c'erano soldi. Non c'era modo di aiutare mio padre, un uomo che non voleva essere aiutato. Non c'era modo di riportare in vita mia madre.

Ero al corrente di tutto questo. Sapevo anche che all'uomo davanti a me non interessava.

Non gli importava nulla di tutto ciò. E così l'avevo fatto entrare in casa, chiudendo la porta alle sue spalle e afferrando la pistola che mio padre teneva lì vicino. Avevo accompagnato Dave in cucina, dove mia madre era morta sul letto d'ospedale che avevamo portato per lei, con la scusa di prendere l'assegno che era sul bancone. Gli avevo sparato alla schiena. Solo una volta, con mani tremanti. Ma era stato sufficiente.

Non avevo smesso di tremare nemmeno ore dopo che Sebastian mi aveva aiutato a gettare il corpo di Dave nel fiume. Era l'unico amico che avevo e l'unica persona a cui potevo rivolgermi. Era più grande, più forte ed era lì per me quando non avevo nessun altro. Non era rimasto a lungo, però. Aveva i suoi demoni da cui fuggire, ed erano molti.

Non riuscivo a smettere di tremare. Se non fosse stato per i miei fratelli, non credo che avrei potuto continuare a vivere. In un certo senso, è stata la nostra prima azione insieme per la creazione di questo impero. Niente ti avvicina a qualcuno più della morte.

Ricordo che non volevo seppellire Dave come suggerito da Sebastian, perché non sopportavo l'idea della terra smossa dopo aver visto mia madre essere calata nella tomba solo pochi giorni prima. Avevo vomitato mentre Sebastian scavava una buca. Non riuscivo ad accettare ciò che avevo fatto e di cui ero capace.

Così, dopo aver ricoperto la fossa parzialmente scavata, avevamo messo il corpo nel cassone del camion e Sebastian lo aveva gettato nel fiume. Io, nel frattempo, mi dondolavo inutilmente sul sedile del passeggero, detestando me stesso e le mie azioni.

"Quando l'hai ucciso?" mi chiede Aria, interrompendo i miei pensieri e riportandomi a lei. Sbatto le palpebre per scacciare i ricordi e la pesante tristezza che mi opprime il petto.

Mi ci vuole un minuto per rendermi conto che non ho raccontato l'ultima parte della storia. Lei pensa che io abbia semplicemente perso il controllo al bar. Non sa che l'ho fatto giorni dopo e che l'ho fatto entrare in casa sapendo che volevo vederlo morire.

"Ha importanza quando è morto?" le chiedo, cercando di nasconderle la verità e pensando che sia più accettabile far risalire tutto a un momento di rabbia. Ma non c'è niente che migliori l'idea di essere un assassino.

Lei non mi risponde, abbassa la guancia sul mio petto e io continuo a tenerla stretta, ricordando come tremavo quella notte dopo aver gettato il cadavere di Dave nel fiume. "Presto smetterai di tremare," le sussurro.

Il tempo passa lentamente, nessuno dei due parla finché finalmente sento il peso della giornata ed esorto Aria a riposare.

"Non voglio dormire," mi dice stanca e poi si sforza di deglutire. "Ho paura di vederlo. Sarà lì ad aspettarmi."

"Ssh," la zittisco di nuovo, prendendole il viso tra le mani e baciandola delicatamente sulla fronte. Noto quanto sia calma ora.

È incredibile l'effetto che la distrazione può avere su una persona. Può farti dimenticare tutto.

"Se n'è andato," le ricordo, anche se la sua paura, ancora presente, mi preoccupa.

Ucciderlo avrebbe dovuto liberarla.

Lo farà, sussurra la voce, calmando l'ansia che mi assale. Annuisco come per concordare con lei, bacio Aria ancora una volta, premendo le labbra sulla sua pelle liscia, poi mi allontano, aspettando che mi guardi.

"Te l'ho detto. Tutto ciò che devi temere sono io."

Gli occhi nocciola di Aria sono pieni di emozione, hanno un'intensità che mi attira e mi inchioda fino a quando le sue labbra si aprono, catturando il mio sguardo.

Il desiderio di premere le labbra sulle sue ha quasi la meglio, ma invece ricordo un altro aspetto di questa serata che avevo pianificato e dimenticato.

"Aspetta qui," le ordino, e la delusione le fa abbassare lo sguardo, ma mi lascia andare per la prima volta da quando mi sono infilato nel letto per starle accanto.

Mi avvicino al comò, mi tolgo la camicia e i pantaloni e prendo dal cassetto la custodia con la siringa e una bottiglia di olio. È da molto che non ne ho bisogno, ma a lei faranno comodo. Se non altro, le permetteranno di dormire.

In piedi accanto al letto, le faccio cenno di avvicinarsi prima di dirle di girarsi e mettersi a quattro zampe. Mi aspetto molte cose da Aria. La sua sfrontatezza e la sua lingua, le sue domande e la sua ribellione.

Ma stasera, tutto ciò che fa è obbedire, e questo suscita qualcosa dentro di me. Desideri sia puri che depravati. Non mi chiede nemmeno perché.

La mia mano accarezza dolcemente la curva del suo sedere, poi sale fino alla vita e torna di nuovo in basso, in attesa di farle l'iniezione. Aria sussulta leggermente, poi si stabilizza e io spingo lo stantuffo della siringa.

"Contraccezione," le dico, sorridendo al pensiero, e aggiungo: "Meglio tardi che mai."

Aria mormora una breve risposta, appoggiando entrambe le mani sul lenzuolo e girando la testa.

"Ho anche questo per te," le dico dopo aver posato la siringa vuota sul comodino e averle dato una spinta sul fianco. "Siediti," le ordino, e lei obbedisce senza esitare, facendo una smorfia quando il suo fondoschiena preme contro il piumone.

"Dovrebbe aiutarti a dormire," le spiego, tirando il liquido nella siringa. L'olio è trasparente, una droga pura che avrà un forte effetto su di lei, essendo la prima volta. "Hai mai sentito parlare della Sweet Lullaby?" le chiedo, e lei inclina la testa con una ruga sulla fronte che indica la sua confusione.

"Dolce ninna nanna? Ne conosco qualcuna…"

"No, la droga."

Non mi aspetto che ne sappia niente. Abbiamo appena iniziato a vendere la versione modificata che è adatta al mercato. Lei scuote la testa, dimostrando che ho ragione, anche se sembra ancora confusa.

Le avvicino la siringa alle labbra e lei apre la bocca, inclinando leggermente la testa all'indietro. Ammiro il modo in cui la luce della luna si riflette sul suo collo sottile e gioca con le ombre lungo il corpo, mentre il liquido le bagna la lingua.

"Succhialo." Il comando che le do mi fa eccitare, ma presto perderà conoscenza. Scommetto che ci vorranno pochi minuti.

"Che cos'è?" mi chiede, e io valuto se dirle come è nata e come abbia contribuito a fare di me la persona che sono per svariati motivi, ma lei sbadiglia, mettendomi a tacere prima che possa iniziare.

"Sdraiati e basta," le dico dolcemente, e tiro indietro le coperte per farla rannicchiare accanto a me. È già da diverse notti che la tengo nel mio letto, ma non ha mai dormito così vicina a me.

Quando il fruscio delle lenzuola si placa, appoggio la mano sul suo fianco e la accarezzo con movimenti circolari. Respiro il profumo dei suoi capelli e le do un piccolo bacio. Ascoltando il suo respiro regolare, capisco che il sonno l'ha sopraffatta prima ancora che io possa anche solo iniziare a rivelarle cosa sia realmente questa droga.

CAPITOLO 34

Aria

Un tempo sognavo le stesse cose che, suppongo, sognano tutte le ragazze.

Immaginavo di ballare leggiadra, i capelli che fluttuavano nell'aria mentre eseguivo una piroetta perfetta. Nei miei sogni potevo essere e fare qualsiasi cosa. Danzavo al centro del palcoscenico di un teatro e, davanti a migliaia di spettatori, mi esibivo in modo splendido.

Scalavo le montagne e trovavo un prato incantato pieno di fiori che prendevano vita come nella storia di *Alice nel paese delle meraviglie*. Parlavo con gli animali bevendo minuscole tazze di tè che mi avrebbero resa abbastanza piccola da poter seguire i conigli nelle loro tane.

Nei miei sogni potevo essere chiunque volessi. Ma quelle fantasie risalgono al passato. È curioso che mi siano tornate in mente proprio stanotte.

Ogni scena mi sfreccia nella testa come in un flashback accelerato. Mi vedo da ragazzina mentre mi esibisco nelle arti che desideravo praticare, prima di rendermi conto che le mie insicurezze mi avrebbero impedito anche solo di provarci. Guardo un sogno in cui bacio un ragazzo della mia classe. Immagino di sollevare la gamba all'indietro mentre lui approfondisce il bacio.

Ma anche se il ricordo dei sogni di tanto tempo fa prende vita davanti a me, sono consapevole che sono solo fantasie. Non ho mai baciato Paulie.

Non ho mai avuto il coraggio di farlo e, se l'avessi fatto, so che non sarebbe andata come avevo previsto.

Per un attimo mi chiedo se sto sognando o se sono sveglia. È tutto così vivido e reale.

Ma le visioni continuano, non intendono fermarsi.

Mi si rizzano i peli sulla nuca perché so cosa sta per succedere. Sono tutte in ordine, come una linea temporale delle mie speranze, e io guardo le scene svolgersi davanti ai miei occhi. So che sto invecchiando. So cosa sta per succedere e voglio che smettano.

Scuoto la testa. Basta.

Ma non cessano.

Rivivo il sogno di mia madre e me al parco. Lei è lì con la sua amica, come sempre. E io sto disegnando invece di giocare con le altre bambine. Quel giorno sognavo di disegnare qualcosa, ma quando guardo meglio, il foglio è bianco. Non ricordo cosa volessi fare. Ma non importa. Riesco a concentrarmi solo sul viso di mia madre. Questo è il sogno che si è trasformato in un incubo. Il primo di tanti, che ho fatto più e più volte.

Fallo smettere. La gola mi si chiude e vorrei urlare. È tutto troppo reale, troppo vivido. E non riesco a fermarlo.

Sento le unghie che affondano nelle lenzuola. Sono sveglia, ma non riesco ad aprire gli occhi. Mi muovo a malapena e non riesco a bloccare le immagini.

Il cuore mi batte forte mentre mi rivedo nell'armadio.

Ti prego, basta, sussurro nei miei sogni, ma la mia gola non sente vibrare le parole. Non come il mio petto percepisce il pulsare del sangue.

Lei è lì in piedi, di spalle, di fronte alla porta. Mia madre se ne sta lì in piedi e io sono terrorizzata. Perché mi ha detto di non andarmene? Di non urlare. Di non muovermi se non per nascondermi.

Il terrore mi scorre nelle vene.

Vorrei potermi spostare e andare da lei. Per aiutarla.

Ti prego, fallo smettere. Non voglio vederlo di nuovo.

Non voglio vederlo spingere la porta e costringerla a terra. Lei ha lottato a malapena e ora capisco perché.

Sento le lacrime scorrere sulle guance e cerco di urlare, ma le mie parole sono senza voce.

Stephan sembra così giovane. Molto più giovane di quando l'ho pugnalato. Quando l'ho ucciso e ho messo fine al suo sorriso malato.

Non riesco a guardare, ma nemmeno a chiudere gli occhi. Non riesco a interromperlo. Non c'è via di fuga, nei sogni.

Ti prego, non voglio vederlo. Non voglio ricordare.

Sento il dolore crescere nel petto e paralizzarmi. Lui estrae il coltello e il tremore mi travolge. È solo una piccola lama, simile a quelle che usa papà per pescare.

Corri! Cerco di urlare a me stessa. *Salvala!* Tento di muovere gli arti, ma sono vittima dei miei sogni.

Lei è ancora a terra, con le spalle rivolte verso di lui. Piange disperatamente, ma si sforza di trattenersi. È bloccata sotto il suo peso, mentre io, dentro l'armadio, mi copro la bocca con le mani per impedirmi di urlare.

Ti prego, mamma, scappa, vorrei dirle, ma la mia supplica è solo un piagnucolio. So che non lo farà. Non ho alcun controllo e ho rivissuto questo incubo migliaia di volte. Il ricordo mi perseguita nelle ore di veglia tanto quanto nel sonno.

Non sapevo cosa le stesse facendo. Non quando la teneva ferma e si spingeva dentro di lei, non quando ha tirato fuori il coltello. Non sapevo che fosse finita finché non le ha tagliato la gola. Sapevo però cosa significasse la morte e quando ho visto il sangue rosso vivo che colava dal suo corpo e il modo in cui lei lo copriva con le mani cercando di impedirgli di scorrere, ho capito cosa stava succedendo.

Ma non avevo capito quello che le aveva fatto prima. Solo un mese dopo, quando l'avevo raccontato a mio cugino Brett, lui me l'aveva spiegato con un'espressione addolorata che non dimenticherò mai. Gli avevo detto tutto, ma lui non voleva ascoltarmi. Aveva dichiarato che i Talvery non piangevano, si vendicavano. Si sbagliava, su entrambe le cose.

Nikolai invece mi ascoltava. Mi lasciava piangere e non me ne faceva vergognare.

Neanche il pensiero di Nikolai riesce a fermare le immagini che mi scorrono davanti agli occhi. Di mia madre con i capelli tirati indietro da Stephan mentre le tagliava la gola, di lei che guardava verso l'armadio dove mi ero nascosta quando la vita l'abbandonava.

Le sue labbra si muovono.

Ma io non riesco a sentire cosa sta dicendo.

Sta dicendo qualcosa. Un brivido mi percorre le braccia. Non è così che succede, di solito. Non è quello che ho sognato finora.

È reale?

Mi viene la pelle d'oca. Il respiro mi si ferma in gola. Non guardo Stephan come facevo una volta. Conosco l'espressione di trionfo sul suo volto mentre pulisce il coltello sulla schiena nuda di mia madre. So cosa farà dopo. Lei è ancora viva quando il suo viso si rovescia sul pavimento.

Il sangue si raccoglie intorno alla sua guancia come sempre. Ma, questa volta, sbatte lentamente le palpebre e mi guarda.

"Mamma," sussurro, desiderando muovermi ma incapace di farlo. *Muoviti,* mi ordino disperatamente.

Mia madre sbatte di nuovo le palpebre e parla. So che lo fa. *"Non ti sento, mamma. Ti prego. Ti prego, non morire,"* la supplico.

È reale?

Sto respirando? Non riesco più a capirlo.

Guardo le sue labbra, la parte destra coperta dal suo stesso sangue.

Ma il movimento dell'uomo in piedi dietro di lei distoglie la mia attenzione.

Stephan mi ha rubato ciò che avevo e non potrò mai riaverlo indietro. La sua morte non significa nulla.

No, sussurro, e scuoto la testa mentre le mie piccole dita di bambina si allungano e afferrano la porta dell'armadio. Riesco a sentirlo. Riesco a sentire esattamente com'era il bordo dell'anta.

Le mie spalle tremano violentemente; questo non è ciò che accade nel mio sogno. Il freddo se ne va ed è caldo, troppo caldo. "Svegliati!" È la voce di Carter che mi implora di aprire gli occhi, ma prima che obbediscano, sento mia madre dire: "Non puoi dimenticarmi."

Inspiro bruscamente aprendo gli occhi e fisso il soffitto della camera da letto di Carter attraverso una nebbia di lacrime. Le luci sono intense, talmente tanto da farmi male, e li richiudo altrettanto rapidamente.

Con entrambe le mani che mi coprono gli occhi, sento il bagnato e cerco di asciugarmi.

Il mio respiro caotico si sincronizza con quello di Carter, facendomi tornare lentamente alla realtà. Torno al suo letto. Di nuovo nella sicurezza di questo momento e non nell'incubo del passato.

Era fin troppo reale. La pelle d'oca mi invade ancora ogni centimetro di pelle e incrocio lo sguardo di Carter. Mi fissa con un'espressione cupa.

Le sue labbra si aprono, ma non dice nulla per un lungo momento.

"Stavo urlando?" gli chiedo, anche se lo so già. Ho la gola irritata e la voce roca.

"Da quasi mezz'ora," mi dice preoccupato, poi deglutisce visibilmente mentre il mio sangue si ghiaccia. "Non ti svegliavi."

Sono anni che non dormo e continuo a rivivere lo stesso incubo. E ogni secondo sembrava durare un'eternità.

Gli anni sono passati, ma so che il terrore non era mai stato così intenso.

"Non so di cosa hai bisogno," mi confida Carter, isolandomi dai miei pensieri come se mi stesse confessando un peccato. Osservo la sua gola mentre deglutisce di nuovo. Buttandomi fra le sue braccia, cerco di ricadere sul letto come se fosse normale. Come se andasse tutto bene.

"Stringimi," gli dico, anche se fisso il soffitto, vedendo l'immagine di mia madre che mi guarda in quel ricordo tormentato. Lei è ancora viva sul pavimento, anche se so che è morta.

"Ti prego, stringimi," lo supplico e giro la testa per poterlo guardare.

Il suo volto è confuso, ma non dice nulla. Si avvicina e mi tira ancora più forte a sé.

Desidero che mi stringa più di ogni altra cosa. A parte che mia madre torni da me.

CAPITOLO 35

Carter

Oggi mi rendo conto, per la prima volta, che Aria diventa più forte quando è con me. E non riesco a togliermi questo pensiero dalla testa mentre entro nello studio.

L'ho lasciata da sola per pochi minuti, qua e là. Sono rimasto in silenzio dietro di lei, osservando ogni suo movimento. Ma lei sa che sono lì e ogni volta che inizia a crollare, viene da me.

Di sua spontanea volontà, viene e mi chiede di abbracciarla, come se il mio tocco potesse alleviare il dolore.

Il mio povero passerotto non ha capito che invece provoca solo sofferenza, e spero che non lo capisca mai.

Il blocco da disegno è ancora vergine. Non c'è nemmeno un segno sulle pagine candide.

È sdraiata a pancia in giù sul tappeto davanti al camino con una penna in mano e fissa il foglio bianco come se potesse parlarle.

Vorrei restare lì più a lungo, in piedi dietro il divano, ascoltando il crepitio della legna che brucia e aspettando che le sue dita si muovano sulla pagina, ma un cambiamento nella mia posizione e lo scricchiolio del pavimento la distraggono.

A causa della mancanza di sonno, è lenta nei movimenti, ma si alza.

Seduta sulle ginocchia, mi guarda, aspettando qualsiasi cosa io abbia da dire.

Trovo divertente il modo in cui afferma che quando è con me dimentica tutto e la vita è più facile.

Quando sono con lei è lo stesso, finché non mi fa delle domande, e allora mi ricordo ogni cosa.

"È di nuovo il momento del gioco delle domande," le dico, e lei lascia cadere la penna, che rotola dalla sua coscia sul pavimento. Sul suo viso stanco c'è ancora lo stesso cipiglio di prima.

"Sembra passata un'eternità dall'ultima volta che abbiamo fatto questo gioco," dice distrattamente. Il suo tono, il linguaggio del corpo, oggi è tutto diverso. Sembra abbattuta, persino depressa. Più di quanto l'abbia mai vista prima.

Schiarendomi la gola e muovendo nervosamente le mani, le ricordo: "Non è passato così tanto tempo da quando sei uscita dalla cella."

Un sorrisetto le incurva le belle labbra e mi fissa come per sfidare la realtà. "Ho detto che mi *sembra* un'eternità… È diverso."

Il suo sguardo dolce vaga sul divano e poi torna su di me. "Rimango qui?"

"Puoi andare dove vuoi."

"Oggi non ti sei avvicinato a me come fai di solito," commenta, e io la guardo con aria severa. Ripenso alla giornata e a tutte le volte che è venuta da me. L'emozione che provo quando decide di avvicinarsi è smorzata dal fatto che si rende conto che la situazione tra noi è cambiata.

Cerco di capire dalla sua espressione a cosa sta pensando. Un indizio su come questo modificherà il suo comportamento. Ma non riesco a prevederlo. Non per quanto riguarda ciò che c'è tra noi. E quindi è il momento di interrogarla, di cercare di capire cosa sta pensando.

"Questa non è una domanda," è la mia unica risposta.

Lei alza le spalle come se non le importasse, e la tensione mi attanaglia la mascella. "Non era il mio turno di chiedere," dice semplicemente, con una calma nella voce che non fa che aumentare la tensione.

Sii gentile con lei. Me lo ripeto ancora una volta.

Jase mi dà molti consigli, ma ogni volta la mia risposta è di andare al diavolo. Aria mi guarda raggiungere il divano e sedermi sul lato destro. Decide di non muoversi dal suo posto, ma si sistema sedendosi a gambe incrociate.

Il fuoco crepita all'improvviso e lei lo nota a malapena. Proprio come la tensione tra noi.

"Come ti senti oggi?" le chiedo, e mi dico che è perché voglio entrare nella sua testa, non perché le ultime ventiquattro ore hanno cambiato tutto.

"Stanca," mi risponde, e quel poco di forza che ha mostrato da quando sono entrato svanisce. Strappa un peletto dal tappeto sotto di lei e risponde con un nodo alla gola: "Non so come mi sento in questo momento. Ci sono così tante…" La sua voce si affievolisce e io le chiedo: "Così tante cosa?"

Con una smorfia sul volto che mostra la sua vulnerabilità risponde: "Non è il mio turno?" Le barriere che la circondano stanno crollando. Lo vedo. Lo sento. È troppo debole per reggere ancora, ma la ragazza che ne emerge non è quella che mi aspettavo. È stata lasciata sola troppo a lungo, e non sarebbe mai dovuto succedere.

E questa consapevolezza mi lacera come niente e nessuno aveva mai fatto.

Serro le labbra in una linea diritta e le rivolgo un piccolo cenno con la testa.

"Perché l'hai fatto?" mi chiede in un sussurro. Continua a strappare dei pelucchi immaginari e mi lancia solo qualche sguardo ogni tanto. Come se avesse paura di incrociare i miei occhi e leggervi qualcosa che potrebbe rovinarla.

"Fatto cosa?" domando, anche se so già a cosa si riferisce.

"Perché mi hai… dato il coltello?" mi chiede finalmente, e le sue parole sono contorte e tormentate, esattamente come è stata lei da ieri sera.

"Perché ti ho lasciato ucciderlo?" chiarisco, aiutandola ad accettare la verità. Mentre parlo, lei inspira profondamente e si scosta i capelli dal viso. "Perché ti ho dato un coltello per uccidere Alexander Stephan?"

Il divano scricchiola e il fuoco sibila mentre mi appoggio allo schienale ed emetto quello che sembra un sospiro di sollievo. "Perché volevo che lo facessi," le rispondo e sto quasi per aggiungere altro, ma il sarcastico sbuffo che le sfugge dalle labbra quando distoglie lo sguardo da me, rivolgendolo verso la porta, mi impedisce di farlo.

"Cosa hai sognato stanotte?" le domando invece, e non riesco a trattenermi dal protendermi in avanti, ansioso di sentire la sua risposta. Non è stata molto loquace, ma mi accontenta sempre quando le do l'opportunità di chiedermi quello che vuole.

Si inumidisce il labbro inferiore, scuotendo ancora la testa per la mia risposta insufficiente.

"Sogni," risponde con una punta di indignazione. Le parole che volevo dirle pochi istanti prima stanno per uscire dalla mia bocca, ma poi aggiunge: "Ho fatto tanti sogni," scuotendo la testa con un movimento impercettibile. La sua voce è flebile e parla come se non si stesse nemmeno rivolgendo a me.

Come se stesse confermando a sé stessa ciò che ha visto.

"Era come se la mia vita scorresse rapidamente sotto forma dei sogni che ho fatto crescendo."

Ascoltandola, aggrotto la fronte. Mi aspettavo che fossero solo incubi, visto il modo in cui gridava. Il ricordo delle sue urla stridule e del suo pianto terrorizzato mi fa venire i brividi lungo la schiena, che lentamente si diffondono in ogni arto.

Non potevo fare altro che ascoltarla e non ho mai rimpianto nulla nella mia vita quanto il fatto di averle dato quel coltello.

Si lecca le labbra e, di nuovo con una ruga sulla fronte, continua. "E poi ho rivissuto la notte in cui lui l'ha uccisa."

Annuisco. Sapevo che sarebbe successo, che vederlo avrebbe suscitato in lei quelle paure, ma mi aspettavo che fosse diversa dopo averlo fatto fuori. Che la consapevolezza della sua morte l'avrebbe liberata, in un modo che non sarebbe mai stato possibile finché lui fosse rimasto in vita.

Dalle tempo, mi sussurra di nuovo la voce, e l'irritazione che provo nei suoi confronti si riflette sul mio volto, zittendo Aria.

"Puoi continuare," le dico, ricomponendomi e poi aggiungendo: "Se vuoi."

Ma il momento è passato e ora è il suo turno.

"La situazione è ancora la stessa?" mi chiede.

No. La risposta è immediata e ovvia nella mia testa. Talmente forte che la sento rieccheggiare nelle vene. "Ti sembra diversa?"

"Non è così che funziona," risponde Aria con un accenno di sorriso, anche se la stanchezza non è mai stata così evidente nei suoi occhi come in questo momento. "Te l'ho chiesto prima io," mi dice e aspetta una risposta.

"Inginocchiati," le ordino, volendo dimostrare che ho ancora lo stesso potere su di lei che avevo prima. Anche se la paura che provava nei miei confronti è svanita.

La consapevolezza che è questo a essere cambiato mi fa provare un certo rimorso, ma è fugace. Indurisco la voce e le ripeto: "Inginocchiati e poi chiedimi se la situazione è cambiata."

Il calore mi infiamma quando Aria socchiude gli occhi e il nocciola riflette i bagliori delle fiamme che indugiano dietro di lei.

Le sue labbra si schiudono e lei si dimena leggermente, ma trova il coraggio di scuotere la testa.

"Non voglio," osa sfidarmi.

Il desiderio mi travolge all'istante, ma le mie nocche sbiancano mentre afferro con forza il bracciolo del divano.

Tutto dentro di me è in conflitto. Mi sembra appropriato, dato che il mio dolce passerotto sembra trovarsi nella stessa situazione. Il suo corpo implora di piegarsi al mio comando, ma la sua forte volontà le impedisce di cedere.

"Non voglio punirti oggi. Non quando hai bisogno di conforto. Non fraintendere il mio regalo come qualcosa di diverso da quello che era." Sibilo le parole a denti stretti, non volendo che questa tensione tra noi finisca. Adoro il modo in cui mi combatte. Ma amo ancora di più quando riesco a spegnere la sua volontà.

"E cos'era?" mi chiede, con gli occhi che brillano dal desiderio di conoscere la verità.

Il sorriso sul mio volto si allarga quando mi rendo conto che mi ha incastrato, cercando la risposta che non le avrei dato quando mi ha fatto la prima domanda. *Perché l'ho fatto?* La tensione nel mio corpo si allenta leggermente, anche se la voglia di punirla continua a tormentarmi.

"Un modo per eliminare la paura che provavi, così da poterla far cessare ed essere io l'unica persona che ancora ti resta da temere."

"Penso che tu stia mentendo," ribatte lei, anche se la sua voce è provocante, persino sensuale. Non mi crede affatto. Il suo sguardo non vacilla. Adoro che conosca la verità, ma se fosse veramente consapevole del potere che ha su di me, potrei perdere tutto. È ancora fedele al nemico. Non c'è dubbio.

Il pensiero mi spinge a osservare il fuoco alle sue spalle, ma torno a concentrarmi su di lei quando aggiunge: "Ma non capisco perché mi stai mentendo."

"Perché non hai bisogno di saperlo," le rispondo semplicemente. Le sue labbra si aprono, pronte a dirmi qualcosa, ma poi esita.

"Ti stai mordendo la lingua così forte che immagino tu senta il sapore del sangue," le faccio notare, cercando di abbozzare un sorrisetto.

"Ti ho fatto due domande e non hai risposto sinceramente a nessuna delle due," ribatte, poi lancia un'occhiata al fuoco dietro di lei. "Che senso ha?" chiede a nessuno in particolare, con un sussurro flebile.

"Forse stai ponendo le domande sbagliate," le suggerisco, anche se tutto il mio corpo è in fiamme. Ieri è stata dura per lei e si è comportata esattamente come volevo, ma oggi la sua ribellione è incontenibile e non ho idea di come gestirla. Proprio quando ha più bisogno che io le offra un po' conforto. Vorrei averla avuta con me quando mi trovavo nella stessa situazione, anni fa.

Anche se ne ho abbastanza della sua insolenza.

Come se mi stesse leggendo nel pensiero, i suoi occhi mi trafiggono. Il tumulto dentro di me si trasforma in un nodo, finché lei non mi pone l'unica domanda che rafforza la mia decisione di lasciarla sola per qualche ora, in modo che possa sentire nuovamente il bisogno di me.

"Hai ancora intenzione di lasciare che lui uccida mio padre?" La sua voce è ferma, forse con un pizzico di provocazione.

Lasciare che lui lo uccida.

Lasciare che lo faccia Romano.

Lei non sa che se potessi, lo farei io stesso. Se potessi essere io a premere il grilletto, lo farei senza pensarci due volte.

Il silenzio è rotto solo dal legno che brucia, crepitante e sibilante. Durante la nostra conversazione, il sole è tramontato. La luce che filtra dalle finestre crea delle ombre che giocano lungo l'esile figura di Aria.

"Devo uscire stasera."

"Questo non risponde alla mia domanda," risponde prontamente, senza distogliere lo sguardo da me.

"Il gioco è finito." La mia voce torna a farsi dura, la rabbia prende il sopravvento.

Lei è mia. Mi obbedirà. Oppure metterò tutto a rischio per dominarla. Non ho alcun dubbio su cosa succederà se non prenderà posto al mio fianco.

"Che coincidenza," risponde, e a quel punto raggiungo il limite oltre il quale non può spingersi.

Mi bastano tre passi per sovrastarla. Con un movimento rapido le stringo la gola. Le mie dita premono contro le vene pulsanti e con le sue tenta di avvolgere la mia mano. Spalanca gli occhi, ma non per la paura, nemmeno per lo shock. Per l'odio e per la rabbia… Dentro vi scorgo una scintilla di lotta che rivaleggia con il fuoco ruggente che la travolge.

Non mi è mai sembrata più bella.

Le sue unghie mi affondano nella pelle, e lei non le allontana. Vuole solo farmi male. Vuole mostrarmi di cosa è capace.

Oh, passerotto, lo so già. Solo ora sta diventando cosciente del suo vero potenziale.

Abbasso le labbra sulle sue, mettendo deliberatamente un ginocchio tra le sue cosce. Invadendo ogni centimetro di spazio che ci separa.

Con il calore del fuoco che accende la tensione fra noi, le sussurro sulla guancia: "Hai dimenticato le buone maniere, Aria."

"Buone maniere," ripete con tono seccato, come se quella parola la disgustasse, e con un piccolo movimento la stringo un po' più forte. Può respirare, può parlare, ma la mia presa su di lei è irremovibile.

L'altra mano le accarezza il corpo, scendendo lungo la vita mentre le mordicchio la spalla e poi il lobo dell'orecchio. Le mie dita le sfiorano la coscia e poi risalgono, sollevandole la gonna e tornando all'altezza della vita, finché non le lascio scivolare fra le sue gambe.

E lei geme.

Sospira, chiudendo gli occhi e lasciando cadere leggermente la testa all'indietro. Nonostante la sua lotta interiore, desidera il piacere più di ogni altra cosa.

"Quale dovrebbe essere la tua punizione, passerotto?" le sussurro all'orecchio. Il brivido che questo le provoca mi fa eccitare al punto che fatico a non prenderla proprio lì, in quel momento.

La sua risposta è un gemito smorzato, seguito da un tentativo di deglutire. Non allento la presa per aiutarla; invece, la costringo a guardarmi, ad aprire gli occhi e a rispondermi.

"Come dovrei punire questa tua linguaccia?" le chiedo con voce bassa e profonda, senza preoccuparmi di contenere il desiderio.

"Fottiti," riesce a malapena a dire, poi si inumidisce il labbro inferiore. Sempre ribelle.

"Lo vorresti, vero?" le sussurro sulle labbra, lasciando che le parole si mescolino al calore del fuoco e alla lussuria.

Nei suoi occhi nocciola vortica un miscuglio di tutto ciò che so che sta provando. La rabbia e la paura, ma più di ogni altra cosa, il desiderio di essere soddisfatta e accudita.

"Sdraiati sulla schiena così potrò giocare un po' con te," le ordino allentando la presa sulla sua gola, facendola quasi cadere all'indietro. Ma lei riesce a riprendere l'equilibrio, poi si sdraia come le ho detto, un gomito alla volta, senza mai distogliere lo sguardo dal mio.

"Obbedisci così facilmente quando sai che otterrai il piacere, vero?" La provoco, e un accenno di sorriso le incurva le labbra. Il suo intuito sarà la nostra rovina. Crede di sapere con chi ha a che fare. Ma non si rende conto della posta in gioco.

Una leggera pressione all'interno delle sue cosce la induce ad aprirle per me. Il mio indice risale il sottile pizzo nero della sua biancheria intima, inumidito dal desiderio, fino al clitoride già gonfio. La sua testa ricade all'indietro e le unghie affondano nella trama del tappeto, mentre cerca di trattenere il gemito che minaccia di sfuggirle dalle labbra. Ma io lo sento già. È maledettamente vicina, totalmente in preda al desiderio.

"Hai bisogno di lasciarti andare. Avrei dovuto farlo ieri sera."

Aggancio il pizzo col pollice, e questo si strappa facilmente, scoprendo tutta la sua intimità e fornendomi pieno accesso. Con un respiro brusco, alza la testa per guardarmi.

Tutta quella rabbia non significa nulla quando posso darle questo.

Le infilo due dita dentro senza pietà. I suoi fianchi si sollevano e la parte bassa della schiena si stacca dal pavimento.

Appoggio l'altra mano su di lei e la spingo di nuovo giù, senza smettere di penetrarla brutalmente con le dita.

Lei scuote la testa e si morde le labbra. "Oddio," dice, ma la sua supplica è solo un gemito. Le sue dita si spostano sulla mia mano e poi sul mio avambraccio. Non si fermano mai, tirano e cercano qualcosa a cui aggrapparsi.

"Lasciati andare," la esorto, e per un attimo lei lascia il mio braccio, ma non è quello che intendevo. "Dammi il tuo piacere. Lascia andare tutto ciò che ti impedisce di cadere," le sussurro osservando la luce danzare sul suo viso. Le sue labbra formano un cerchio perfetto, anche se la sua fronte è corrugata dallo sforzo di trattenere le grida di piacere.

Il profumo della sua eccitazione permea l'aria e il mio corpo risponde, implorando il contatto con lei.

Ma resto ingabbiato nei miei pantaloni e la penetro furiosamente con le dita, spingendo un terzo dito dentro di lei e il pollice contro il suo clitoride. "Non mi fermerò finché non verrai sulla mia mano, Aria. Ti scoperò così finché non riuscirai più a pensare lucidamente, se non mi darai quello che voglio."

La sua testa si agita da un lato all'altro e poi la sua schiena si inarca. Devo spingere più forte sul suo fianco per tenerla ferma e stimolarla più velocemente.

"Vuoi un altro dito?" le chiedo, per poi baciarle l'interno del ginocchio. È così stretta che non credo di poterlo fare. È una minaccia vana, ma l'idea di allargarla al punto da poterla penetrare con tutta la mano e offrirle il piacere innegabile che non ha mai provato, mi fa muovere ancora più forte e più veloce, con colpi incessanti.

Non mi fermo, anche quando lei grida il mio nome.

Anche quando inizia ad avere degli spasmi.

Il suo corpo si scuote con la forza dell'orgasmo ma io non mi fermo, prolungandolo e prendendo da lei ogni briciolo di piacere.

È solo quando riprende fiato e i suoi occhi incontrano i miei che mi allontano, leccandomi le dita mentre lei mi osserva.

"Hai un sapore così incredibilmente dolce," le dico e guardo le sue guance arrossate diventare ancora più violacee.

"Sto iniziando ad amare le tue punizioni," commenta con voce affannosa e gli occhi chiusi, e il potere che provo svanisce. Ancora pulsante di desiderio, il mio corpo mi implora di spingerla a pancia in giù e di prenderla. Verrebbe di nuovo. E poi ancora.

L'azione più sbagliata che un uomo di potere possa compiere è fare una minaccia a vuoto. Eppure, con Aria l'ho fatto. Più di una volta.

Il mio obiettivo non è punirla, però; voglio solo che mi obbedisca.

Proprio mentre comincio a sbottonarmi i pantaloni, il telefono mi vibra nella tasca: il conto alla rovescia è terminato.

Il tempo è scaduto.

Vedendo che ha gli occhi chiusi e un'espressione angelica e soddisfatta sul viso, mi chiedo se sia davvero il caso di lasciarla, ma devo.

"Sistema tutto e preparati la cena." Soffoco un gemito alzandomi, odiando il fatto che non potrò perdermi in lei per ore.

"Tornerò più tardi." Pronuncio le mie parole di commiato e inizio ad avviarmi. Ogni movimento fa aumentare il dolore al mio corpo teso, ma stanotte sarà mia.

"Carter?" La voce morbida di Aria mi blocca proprio mentre sto per andarmene.

"Quanto tempo starai via?" Tracce di paura e solitudine aleggiano nella sua domanda. Questo è un lato nuovo di lei a cui non sono abituato.

Il lato che ho cominciato a vedere ieri sera. È tornata a essere la ragazza dietro le barriere abbattute, invece della donna arrabbiata per essere stata lasciata sola così a lungo.

"Qualche ora, forse."

La sua espressione si incupisce, ma poi si rialza lentamente. Annuisce solo per farmi intendere che ha capito, e si riveste.

"Vuoi qualcosa mentre sono fuori?" le chiedo d'istinto, desideroso di vedere di nuovo i suoi occhi su di me. Alla ricerca di ancora un po' della sua vulnerabilità. Posso offrirle molto più di quanto abbia mai sognato.

Il solo pensiero mi rende improvvisamente consapevole.

È lei che ha il controllo. Domina dal basso. Che ragazza furba. Devo riprendermelo, per il suo bene. Ha bisogno che sia io ad avere il controllo, anche se non vuole concedermelo. Anche se non ha idea di quanto ne abbia bisogno.

"No," mi risponde con un piccolo cenno del capo. "Grazie comunque."

"Un po' di buona educazione non guasta," le dico per stuzzicarla, uscendo dalla stanza.

La sua dolcezza mi impedisce di esigere di più, ma solo fino a un certo punto.

CAPITOLO 36

Aria

Sono passate ore da quando Carter se n'è andato. L'odore dell'aglio è ancora fresco sulle mie dita quando mi dirigo verso la cantina poco illuminata. Con un clic, una splendida collezione di bottiglie di vino brilla alla luce.

Mi sfugge un sospiro leggero al pensiero di annegarmi in una bottiglia. Un bicchiere o due, e la mia lucidità resterà intatta.

Ma stasera intendo mettere da parte il buon senso. Non so cosa pensare o provare. Non so più nulla. I ricordi di ciò che ero una volta e di ciò che sono oggi stanno mettendo a dura prova la mia sanità mentale.

Ne sono profondamente consapevole, ma non posso farci nulla. Questa è la parte peggiore.

Questa, e quello che provo per Carter.

È una relazione in continua evoluzione, ma mi rendo pienamente conto del muro che si è creato. Lui finge che non ci sia, e forse sono una sciocca a pensare che qualcosa sia cambiato, ma vedo il dolore e la tristezza nei suoi occhi. Non riesce più a nasconderli.

È a pezzi. Ci vuole un'anima altrettanto distrutta per riconoscerne un'altra.

Anche quello che ho passato nelle ultime ventiquattro ore impallidisce in confronto a quanto Carter sia stato ferito per anni. E io desidero disperatamente guarirlo. Voglio alleviare le sue sofferenze più di quanto abbia mai desiderato per me stessa.

Nel profondo, sento che in lui c'è qualcos'altro. Se solo potessi mostrarglielo.

Il dolore che mi stringe il cuore cresce al solo pensiero, ma con un respiro profondo me ne libero. Non so più cosa sono per lui. Ma mi preoccupo comunque, specialmente dopo ieri sera.

E finché non saprò con certezza cosa lo tormenta, non c'è niente che io possa fare per cambiare la situazione. E quindi, vino sia.

Mi abbasso sulla prima fila di bottiglie, afferrando il sostegno d'acciaio dello scaffale e leggendo ogni singola etichetta. Pinot nero. Borgogna. Adoro gustare un bicchiere di rosso con un buon piatto di spaghetti, e in questo momento preferisco il Cabernet. La fila successiva mi fa sorridere per la prima volta dopo chissà quanto tempo.

Posso fingere che non ci sia nulla di sbagliato, anche solo per un breve momento. Sono brava a farlo. A continuare a comportarmi normalmente anche se, nel profondo, so che nulla sta andando bene e non c'è modo di rimediare agli errori.

La pesante bottiglia di vino rosso mi permette di concedermi un attimo solo per me. Un piccolo momento, apparentemente insignificante, semplicemente per respirare.

Beh, solo finché resto in cucina. Il pensiero mi ruba la felicità dalle labbra e, mentre mi alzo, sento i muscoli irrigidirsi di nuovo. Almeno fino al ritorno di Carter.

Quando Carter se ne va, ho paura di andare in qualsiasi posto che non siano le quattro stanze che conosco bene. Lo studio, il suo ufficio, la cucina e la camera da letto. Questo posto è enorme e sono curiosa di esplorarlo. Ma so che i suoi fratelli sono qui. Da qualche parte. *E sono il nemico.*

È facile dimenticarlo quando sono con Carter. Lui ha un potere irresistibile. Il solo fatto di ritrovarmi in sua presenza mi infiamma e mi lascio guidare dai suoi movimenti. Ogni passo, ogni respiro.

Ma nel momento in cui se ne va, divento consapevole di tutto.

"Ho solo bisogno di mangiare, di bere…" sussurro, spegnendo la luce e tornando con la bottiglia in mano in cucina a prendere la mia cena, il cui aroma mi accoglie non appena chiudo la porta.

Ma in quel momento, il mio cuore ha un sussulto al rumore di un'altra persona presente nella stanza.

"Cavolo, che buon profumo," dice Jase, avvicinandosi alla grande pentola accanto al fornello. Ho già mescolato la pasta e il ragù. Lui si china, prende il mestolo e sorride guardando la mia cena.

La bottiglia quasi mi scivola dalle mani, ho i palmi sudati.

"Ne hai preparato abbastanza per tutti?" mi chiede con un sorriso carismatico.

Un'espressione davvero affascinante gli illumina il viso. Con la barba incolta più lunga del solito sembra diverso, ma le somiglianze tra lui e Carter sono comunque evidenti.

Sento che devo deglutire prima di provare a rispondergli, ma la sua presenza mi fa tornare in mente la notte scorsa. Lo vedo seduto sulla sedia alla mia sinistra, che sorride mentre il mio sguardo torna su Stephan.

Il cuore mi batte forte nel petto come ieri sera sotto la doccia. Sento l'ansia e l'adrenalina mescolarsi e devo fare uno sforzo enorme per stare dritta in piedi.

"Ehi," dice Jase quando il cucchiaio sbatte sulla pentola d'acciaio, e praticamente si precipita intorno all'isola per avvicinarsi a me. Non appena mi rendo conto di quello che sta facendo, indietreggio istintivamente, sbattendo la spalla contro la porta chiusa della cantina. Ogni volta che batto le palpebre, vedo Stephan. Seduto al tavolo, che guarda alternativamente Carter e me. In attesa che io lo uccida. In attesa che io diventi un'assassina.

Lui sapeva. Tutti sapevano. E hanno lasciato andare Romano.

Con entrambe le mani alzate, Jase spalanca gli occhi e rallenta, abbassandosi persino di qualche centimetro e accovacciandosi. "Sembri un po' stordita," dice dolcemente. "Ti sei già scolata una bottiglia?" mi chiede e, con mio grande stupore, mi sfugge una breve risatina sincera.

Ovviamente, la prima cosa che pensa è che sia ubriaca, e che il panico derivi dal farmi trovare in questo stato.

Non perché era presente la notte scorsa, quando, appena qualche stanza più in là, ho ucciso un uomo che mi perseguitava da anni e che in un modo o nell'altro continua a farlo. E nemmeno perché sono ancora costretta a restare qui, prigioniera, quando tutto ciò che desidero è tornare a casa e nascondermi nella mia stanza da tutti i demoni che mi tormentano. Il mio corpo arde per l'ansia, ma la consapevolezza di avere ancora un fragile controllo sul presente mi dà la forza di cui ho disperatamente bisogno.

Lui fa un altro passo avanti e io scuoto la testa, spostandomi dalla porta e girandogli intorno. Stringo il collo della bottiglia con una mano e l'altra me la passo tra i capelli. "Sto solo attraversando un momento difficile," gli rispondo finalmente con voce debole, anche se gli volto le spalle tornando al bancone dove si trova il mio bicchiere.

Il mio cuore batte di nuovo all'impazzata. Non smette, accidenti. È stato così tutto il giorno, a intermittenza. *Ho bisogno di Carter.* La bottiglia colpisce con forza il bancone ed è solo allora che oso girarmi verso Jase.

Lui ha gli occhi socchiusi ed è ancora fermo dove l'ho lasciato. Non riesco a distogliere lo sguardo dal suo, mentre mi fissa con insistenza. Proprio come fa Carter, ma Jase mi sta studiando.

Devo dirgli qualcosa, ma tutto ciò che mi viene in mente è rispondere alla sua domanda di prima. Se ho preparato abbastanza cibo per tutti.

"Ne ho cucinato un pacchetto intero, quindi ce n'è sicuramente abbastanza per tutti." La risposta mi esce con facilità, quindi torno al vino e al cavatappi. Stappo la bottiglia parlando con lui, anche se sento che le mie mani ricominciano a tremare e il cuore minaccia di uscirmi dal petto.

"Non ero sicura che qualcuno ne volesse un po', ma comunque avrei conservato gli avanzi." Sento Jase tornare lentamente verso la pentola, anche se continua a osservarmi. Non appena il bicchiere è pieno, lo porto alle labbra.

"Quindi il vino è la tua terapia?" mi chiede fermandosi a pochi passi da me, con la schiena appoggiata al bancone.

"Tutti abbiamo i nostri vizi," gli rispondo leccandomi le labbra. Il sapore dolce non aiuta molto a placare il caos che mi scorre nel sangue. Ma la sua espressione tranquilla ha uno strano effetto su di me. Allenta qualcosa di duro e affilato che era conficcato nel profondo del mio petto e mi soffocava.

"Capisco," mi dice, distendendo la fronte e girandosi per prendere un altro bicchiere dalla credenza. "Ti dispiace se mi unisco a te?"

Il mio cenno di diniego è debole, ma non perché non voglia condividere il vino. Non mi dispiace affatto, soprattutto se mi darà la possibilità di conquistare Jase. Ricordo un pensiero che ho avuto tempo fa, un pensiero sull'usarlo per ottenere la libertà. O forse per chiedere pietà per la mia famiglia.

No, il mio cenno di diniego è debole perché nel frattempo è arrivato anche Declan, entrando a grandi passi come se avessi convocato una riunione.

Jase mi resta accanto, con il bicchiere in mano, mentre Declan prende il posto che prima occupava il fratello, ripetendo il suo stesso gesto all'entrata in cucina. "Oh, cavolo," esclama osservando la pentola con ammirazione. "Ci hai preparato la cena?" chiede Declan con un sorriso fanciullesco.

Non è esattamente la verità, ma non lo nego. "Non ero sicura che vi sarebbe piaciuto, ma ce n'è in abbondanza."

Declan prende i piatti, il tintinnio della ceramica riempie la stanza mentre Jase mi lascia spazio, camminando dall'altra parte dell'isola a forma di U e appoggiandosi di fronte a me. Il pensiero di trovarmi nella stessa stanza con i fratelli di Carter mi spaventava solo pochi minuti prima. Ora sono pervasa dalla tranquillità guardando Declan preparare un piatto e poi indicare il cucchiaio a Jase, che risponde alla sua domanda inespressa.

"Sì, ne voglio un po', non ho ancora mangiato."

Mi sporgo dal bancone, pronta a chiedergli di preparare un piatto anche a me, ma Declan parla per primo.

"Non li hai avvelenati, vero?" chiede con un sorriso beffardo. "Sai che devo controllare," scherza, e poi prepara il piatto di Jase.

E così svaniscono il senso di serenità e il sorriso che mi illuminava le labbra. Vengono spazzati via come le conchiglie rimaste sulla battigia poco prima dell'arrivo della marea.

Sono ancora il nemico. Lo sarò sempre. E, allo stesso modo, loro lo saranno per me.

Gli offro un sorriso tirato e reprimo la tristezza e la pietà che provo. "Non ancora, sei arrivato troppo presto." Mi si forma un groppo in gola, ma lo soffoco con il vino mentre lui ridacchia, continuando a riempirsi il piatto di spaghetti. Le lacrime mi pizzicano gli occhi e tutto quello che riesco a pensare è che vorrei che Carter fosse qui o che vorrei essere a casa, al calduccio sotto la mia coperta.

"Non credo che abbia ancora mangiato," dice Jase a Declan con un tono privo dell'umorismo forzato della mia risposta. Prende i due piatti preparati da Declan e mi fa cenno di seguirlo al tavolino della cucina per mangiare. Declan sembra scioccato dalla reazione del fratello e dalla serietà del suo tono e si oppone al fatto che lui prenda entrambi i piatti, uno dei quali è suo. Corruga la fronte per la confusione… finché non mi vede.

Non sono mai stata brava a nascondere ciò che provo. Mio padre mi diceva sempre che avrei avuto più successo in questo mondo, se avessi imparato a mentire.

Mi muovo controvoglia per seguire Jase, ma almeno ho preso la bottiglia. Non riesco a guardare Declan che continua a fissarmi. So che vede oltre la leggera ironia con la quale ho nascosto le emozioni nelle mie parole.

"Ti va bene mangiare qui?" mi chiede Jase. Le gambe della sedia graffiano il pavimento quando lui la sposta per me. La fisso per un attimo, stupita dalla sua gentilezza e interrogandomi sulle sue intenzioni.

Si sente in colpa per me. È l'unica cosa che mi viene in mente. È gentile perché sono ferita. Tutto qui.

"Preferisco stare da sola," gli rispondo infine, ritrovando la voce e sentendo le corde vocali irrigidirsi. Devo sforzarmi per far uscire le parole dalla gola secca, ed è comunque doloroso. "Ho solo bisogno di starmene da sola per un momento." Il mio respiro trema e gli occhi mi si riempiono di lacrime rivivendo le immagini della notte precedente. Solo tre stanze più in là. Solo tre porte ci separano dalla grande sala da pranzo.

"Per favore," dico rapidamente in un sussurro e appoggio il vino sul tavolo con tutta la grazia possibile.

Con entrambe le mani sul legno, Jase si guarda alle spalle e dice qualcosa a Declan, ma non capisco cosa.

"Starai bene?" mi chiede mentre sento i passi di Declan che si allontana dalla cucina.

"Quanto tempo ci vuole per stare bene dopo aver ucciso qualcuno? Anche se pensi che fosse un'azione giustificata?" chiedo a Jase, e lui si limita a guardare il fratello che sta uscendo per poi riportare lo sguardo su di me.

Non mi risponde; si limita a fissarmi come se non avessi detto nulla.

Comincio a pensare che mi lascerà così, portandosi via il piatto, ma invece mi fa una domanda: "Vuoi che prenda un'altra bottiglia?" Una domanda alla quale posso solo rispondere con un cenno del capo.

È così gentile da concedermi sia la solitudine che la seconda bottiglia di vino che tanto desidero.

CAPITOLO 37

Carter

Avresti dovuto essere gentile con lei.

La mia tensione si dissolve in un unico, cupo gemito. Non rispondo al messaggio di Jase e non ho intenzione di farlo. Lui non riconosce la gravità della situazione. Non sa niente di lei.

Non sa di cosa ha bisogno.

Con questo pensiero amaro in mente, spengo il telefono ed entro silenziosamente in cucina. So che è ancora seduta dove era un'ora fa e, come mi aspettavo, non mi vede entrare.

Non mi nota mai e così facendo mi dà l'opportunità di osservarla, di scoprire com'è quando non sa che la sto controllando.

Non rimango quasi mai deluso, ma guardandola mentre riempie di nuovo il bicchiere, il piacere di ritrovarmi in sua presenza si affievolisce.

Sta diventando una dipendenza. Se sa che non ci sono, beve. È successo solo due volte, eppure me ne sono accorto. Una parte di me riconosce la sua difficoltà, la situazione che sta vivendo. Mi rendo conto che per lei può essere facile cedere a un vizio e lasciarsi scivolare in un luogo dove il dolore è assente e le scelte sono insignificanti. Ma non voglio che diventi un'abitudine.

Con un movimento del dito, avvicina la collana che indossa alla bocca, lasciando che i diamanti e le perle indugino lì, tra un sorso di vino e un mormorio distratto.

Le sue labbra si schiudono leggermente mentre si dondola sulla sedia e fissa una fotografia in bianco e nero che si trova nell'atrio. Sussurra sulle pietre preziose e vorrei sapere cosa sta pensando. La tristezza e lo sguardo tormentato mi dicono che è ancora lì, il mio piccolo passerotto dalle ali tagliate.

Non riconosco la canzone che sta mormorando. Non la riconosco mai. A volte sembra più una conversazione che una melodia.

Seguo il suo sguardo avvicinandomi a lei; la fotografia in bianco e nero è un'immagine del lato della nostra vecchia casa. Quella che è andata a fuoco, che *suo padre* ha bruciato, aspettandosi che dentro ci fossimo noi quattro addormentati.

Una fitta improvvisa mi punge il cuore, ricordandomi che quel maledetto muscolo è ancora lì.

"A cosa stai pensando?" chiedo ad Aria, ignorando il dolore al petto e facendola sobbalzare per il tono profondo della mia voce.

La sua espressione è dolce, così come i suoi occhi quando si gira verso di me. C'è persino un accenno di felicità sulle sue labbra.

"Sei tornato," dice, e c'è leggerezza nella sua affermazione. Non riesce a nascondere il sollievo che traspare dalle sue parole. E riaffiora quella delusione per la sua ubriachezza.

"Ho detto che sarei tornato stasera." È tutto ciò che le offro, tirando fuori la sedia accanto a lei e facendola strisciare rumorosamente sul pavimento.

"Che cosa stavi facendo?" mi chiede con una gentilezza che sembra sincera.

È ingenua a pensare che io faccia qualcosa di piacevole a quest'ora della notte.

Stavo ponendo fine alla vita di un ladro. Un tossicodipendente che comprava sempre più SL e si rifiutava di rispondere alle domande.

Che cosa ci faceva con tutta quella roba?

È raro che Jase non riesca a ottenere una risposta da qualcuno. È bravo in quello che fa. Ha lasciato il tossico a dissanguarsi e ha aspettato che arrivassi. È il mio nome, quello che temono di più.

Se il dolore e le minacce di morte non funzionano, la vera paura riesce sempre a costringerli a fornire una risposta.

E così è stato. L'unica parola che quel bastardo ha pronunciato prima che la vita lo abbandonasse è stata un nome. *Marcus*. È tutto ciò che ho ottenuto. Ma era quello di cui avevo bisogno.

È un nome che sto imparando a detestare sempre di più con il passare dei giorni. Daniel aveva un buon rapporto con Marcus, un tizio che vive nell'ombra e non si mostra mai a nessuno. Ma questo era prima che ritrovasse Addison. Da allora Marcus non si è più fatto vedere, ma, a quanto pare, sembra che non sia stato con le mani in mano.

"Lavoro," rispondo, e la mia breve risposta le fa perdere il sorriso.

"C'è del cibo rimasto," mi offre. Percepisco come la dolcezza dentro di lei si sia affievolita.

Mentre si sporge sul tavolo per giocare con lo stelo del suo bicchiere, le chiedo: "Mi hai preparato la cena?"

"Se non foste tutti così simili, capirei che siete fratelli dal modo in cui reagite a un maledetto pasto," dice con tono leggermente scherzoso.

Non riesco a capire a cosa stia pensando. O cosa pensi di me che la fisso.

"È passato tanto tempo."

"Da quando hai mangiato degli spaghetti?" mi chiede, come se le mie parole non avessero senso.

"Da quando qualcuno ci ha preparato la cena," le rispondo pensando a mia madre. Ancora una volta, Aria mi guarda come se mi leggesse dentro. La finzione di essere felice e di comportarsi come se tutto fosse normale svanisce.

"Mi dispiace," sussurra, e io decido di non rispondere. Le scuse non cancellano nulla.

"Mi piace cucinare," spiega dopo un attimo, rompendo il silenzio e la tensione. "Se vuoi… Non mi dispiacerebbe preparare qualcos'altro."

Quando mia madre si era ammalata, avevamo deciso di evitare la sala da pranzo e la cucina. È lì che è morta. A nessuno di noi piaceva rimanere lì. Era meglio entrare e uscire il più velocemente possibile. In un certo senso, dovrei essere grato a Talvery per aver bruciato quella casa. Non era altro che un ricordo doloroso.

Le sue dita sottili si muovono su e giù sul bicchiere e mi aspetto che beva un sorso, ma invece lo spinge verso di me. "Ne vuoi un po'?"

Scuoto la testa senza parlare, chiedendomi se sappia cosa penso della sua abitudine.

"Non mi piace quando te ne vai," dice prima di avvicinare di nuovo il bicchiere a sé.

"Perché?" le chiedo, grato di poter parlare di qualcosa che non sia lo schifo che sta succedendo fuori da queste mura. I nemici aumentano ogni giorno.

"Comincio a pensare a delle cose," dice a bassa voce, lo sguardo che oscilla tra il liquido scuro nel bicchiere e il mio.

"Davvero?" insisto, desideroso di saperne di più.

"È meglio quando non ho scelta," ammette solennemente. "Almeno, per come mi sento con me stessa."

"Cos'è meglio?" La domanda mi sfugge e una ruga mi si insinua sulla fronte.

"I miei pensieri sono meglio," afferma, ma non approfondisce.

"In che senso?"

"Se sono con te, non mi preoccupo della mia famiglia, delle battaglie…" La voce le si incrina e il suo viso si contrae. "È terribile, vero?" Scuote la testa, la pelle arrossata diventa più luminosa. "È orribile. Io sono orribile." E con l'ultima parola prende il bicchiere, ma io le premo la mano sull'avambraccio, costringendola a posarlo sul tavolo.

"Sei molte cose," le dico con tono pacato, avvicinando la sedia alla sua, "ma orribile non è una di queste."

"Debole. Sono debole," risponde disgustata. Il suo sguardo si allontana dal mio, anche se vorrei che non lo facesse. Invece, fissa lo stelo del calice di vino. Ce n'è ancora un bel po' dentro, ma da quello che posso capire, questa è la sua seconda bottiglia. "Sono così debole che non voglio avere scelta," dice incredula. "Quanto è assurdo?"

"Ti trovi in una posizione difficile, con poche opzioni e conseguenze gravi." Non sono mai stato bravo a confortare gli altri, ma posso offrirle una spiegazione razionale. "E nel profondo, sai che qualunque cosa tu faccia, non cambierà nulla." La verità che mi viene spontanea è brutale e fa sì che Aria si ritragga visibilmente da me.

"Grazie mille," dice con voce impassibile, sollevando il bicchiere e svuotandolo. "Cominciavo a sentirmi patetica, come se la mia vita non avesse alcun significato." Alza la mano in aria e poi la sbatte con forza sul tavolo. C'è una punta di ira nelle sue parole che mi travolge. Mi guarda negli occhi dicendomi con un'espressione priva di qualsiasi emozione se non l'odio: "Grazie mille per avermi chiarito le idee."

"Mi piace il tuo atteggiamento combattivo, Aria. Ma faresti bene a non parlarmi in questo modo." La mia voce è dura e letale, ma non ha alcun effetto su di lei.

"Davvero?" Un sorrisetto le illumina le labbra macchiate di vino. "Non sono sicura che ci sia anche solo una cosa saggia che potrei fare, vero, signor Cross? A parte obbedire a *ogni* tuo ordine."

Il suo modo di sfidarmi è fantastico e non fa che eccitarmi ancora di più. Sento il mio corpo tendersi per il desiderio mentre mi appoggio allo schienale per guardarla. È come se stessimo riprendendo da dove avevamo interrotto, e la cosa non potrebbe andarmi più a genio.

Il mio respiro accelera e lei mi fissa, provocandomi per contraddirla.

"Ti piace essere arrabbiata, vero?" le chiedo, anche se non è una domanda. "C'è molto più potere nella rabbia che nella tristezza." L'affermazione le fa serrare le labbra.

"Non hai idea di cosa sei capace," le dico una verità che potrebbe distruggermi. "Le donne come te sono fatte per rovinare gli uomini come me."

"Davvero?" replica lei. "Noi donne, che non siamo capaci di cambiare nulla?" Sembra ripensare al suo stato d'animo combattivo e aggiunge: "Dovrai chiarirmi questo punto. Sono troppo ubriaca o troppo stupida per capire."

"O troppo accecata dal tuo passato?" le suggerisco. "Così ossessionata dal cambiare qualcosa che è destinato ad accadere, al punto che non riesci a vedere cosa ti aspetta."

"Cosa succederà? Cosa intendi?" domanda deglutendo visibilmente. Le sue mani stringono il bordo del tavolo come se avesse bisogno di aggrapparsi per restare seduta diritta.

"Sai esattamente cosa intendo, Aria."

"Se succede quello a cui penso tu ti stia riferendo, non ci sarà futuro per me. La puttana consenziente del nemico che non ha potuto fare nulla per salvare le persone che ama. Che razza di vita è questa?"

Le sue parole mi gelano il sangue. La guardo intorpidito mentre cerca di afferrare la bottiglia più vicina a lei, solo per scoprire che è vuota.

Si toglierebbe la vita? È questo che sta dicendo? Il sangue mi pulsa nelle vene al pensiero che lei mi lasci, e per di più in questo modo. Riesco a malapena a guardarla accasciarsi sulla sedia e girarsi per rivolgermi nuovamente la sua attenzione. "Se fossi al mio posto, cosa faresti?" mi chiede con sincera curiosità.

Sono ancora sconvolto dalla sua precedente confessione per rispondere rapidamente, ma alla fine trovo delle parole che suonano vere. "Mi prenderei cura di me stesso e della mia sopravvivenza."

"Sopravvivenza?" chiede con uno sbuffo sarcastico. "Se loro sono morti, allora chi sono io?"

Il mio respiro diventa affannoso, teso e profondo alla sua domanda. "Tu sei mia." La mia risposta è immediata, severa e innegabile. Ogni parola è pronunciata con convinzione.

Ma tutto ciò che ottengo è farle venire gli occhi lucidi. "Ed è tutto ciò che sarò. Un tuo possesso."

È la sua tristezza a distruggere il mio contegno. Riesce a sconvolgermi come nessun altro ha mai fatto. Distruggerà tutto ciò per cui ho lavorato, tutto ciò che sono, ma finché l'avrò, ne varrà la pena.

"Ero destinato ad averti. Ho vissuto solo per averti, cazzo." Non ho mai pronunciato parole più vere.

Il suo petto si alza e si abbassa e il suo respiro è superficiale. "Carter?" invoca il mio nome come se potessi salvarla da ciò che sta provando, dalla verità che sta distruggendo ogni sua convinzione. "Sei stata creata per me. Per combattermi. Per farti scopare. Perché mi prendessi cura di te," le dico avvicinandomi, stringendo la presa sullo schienale della sedia e abbassando le labbra fino a un centimetro dalle sue. I miei occhi penetrano nei suoi e lei mi fissa con una ferocia che desidero domare. "Lo capisci, Aria?"

"Sei un uomo molto passionale, Carter Cross." Pronuncia queste parole con voce sommessa e con lacrime agli occhi che non capisco.

Tutto quello che posso fare in questo momento è schiacciare le mie labbra sulle sue, per zittire il dolore, l'agonia e le sue domande. Non è un bacio delicato, né dolce. È una presa brutale di ciò che è mio. Di ciò che mi è dovuto da anni.

Nell'istante in cui catturo le sue labbra, prendendole il viso con entrambe le mani, lei ansima e io spingo la lingua nella sua bocca, spostando la sedia e sentendola strisciare sul pavimento. La mia lingua accarezza rapidamente la sua e lei risponde alla mia intensità. Le sue dita affondano nei miei capelli e le unghie mi graffiano il cuoio capelluto, spingendomi ad avvicinarmi ancora di più, ai limiti dell'impossibile.

Lei geme nella mia bocca mentre mi allontano, cercando freneticamente di respirare. In un solo istante, la trascino a terra e le sollevo la gonna sulle cosce, manovrando per metterla sotto di me. Il suo ventre aderisce al pavimento e io la seguo, col mio corpo che preme sul suo, spingendo con forza contro la curva del suo fondoschiena nudo.

"Sei così provocante, non ti preoccupi nemmeno di coprirti." Accarezzo il suo sesso già umido chiedendole: "Non è vero?"

L'altra mano le afferra i capelli alla base del cranio e li tira indietro con forza, tanto da farle inarcare la schiena. Le sue labbra si aprono con un dolce gemito di piacere e dolore mentre stimolo intensamente il suo clitoride.

"Tu appartieni a me, e basta. Ti sbarazzerai di tutto, eccetto quello che ti impongo di fare e di essere." Le sussurro queste parole all'orecchio, e si mescolano ai gemiti che escono dalle sue labbra splendide. Bramoso di possederle di nuovo, cedo al desiderio. Tolgo la mano da in mezzo alle sue gambe, le afferro la gola da dietro, la costringo a voltarsi e schiaccio le mie labbra contro le sue.

"Carter," sussurra il mio nome nel momento in cui interrompo il bacio e, senza pensarci due volte, mi spoglio e la penetro con forza.

Sentire le sue pareti calde e bagnate contrarsi nel momento in cui sono dentro di lei mi fa impazzire. È talmente stretta, ma si arrende completamente con un grido soffocato.

I miei fianchi si muovono con un ritmo incessante per reclamarla. Tutto ciò che è e tutto ciò che sarà mai.

"Mia," grugnisco e le lascio andare la gola e i capelli per afferrarle i fianchi con una forza tale da lasciarle dei lividi.

Le sue braccia la sostengono a malapena mentre grida il suo piacere.

La prendo ripetutamente, con tutta la forza che ho. E ogni suo gemito soffocato, unito al suo disperato graffiare il pavimento, mi spinge a penetrarla più forte.

"Mia," esclamo stringendo i denti mentre raggiunge il climax sotto di me. Vengo a mia volta, col corpo che si tende, le dita dei piedi che si arricciano e un'intensa esplosione dentro di lei.

Aria giace a terra, ansimando, il suo piccolo corpo afflosciato che cerca disperatamente di sostenersi e respirare allo stesso tempo. Entrambi gli sforzi sembrano vani.

Il mio seme scivola fuori da lei che continua a sussurrare il mio nome, più e più volte. Appoggiando un avambraccio su ciascun lato del suo corpo, le graffio il collo con i denti e le mordicchio il mento prima di baciarla di nuovo.

E lei ricambia il mio bacio, con riverenza e dolcezza. Le sue mani trovano il mio mento e le dita mi sfiorano la nuca per tenere le mie labbra incollate alle sue.

Cado sul pavimento accanto a lei, ancora ansimante.

L'aria fresca allevia il calore della mia pelle.

L'unico sforzo che Aria fa è quello di avvicinarsi a me, per far sì che la sua pelle, sia nuda che vestita, tocchi la mia.

"L'ho aspettato a lungo," dice dolcemente accoccolandosi accanto a me, contenta di essere abbracciata.

"Cosa?" le chiedo, ancora senza fiato.

"Il tuo bacio."

Baciarla. Il ricordo delle sue labbra calde sulle mie mi spinge a baciarla di nuovo, ma ciò che aggiunge mi fa bloccare.

"Ne è valsa la pena." Le parole le escono spontaneamente dalle labbra, le stesse labbra che ora sono gonfie e arrossate.

In questo momento torno alla realtà.

Non è così che doveva andare.

Non so che diavolo mi sta facendo, ma non può continuare così.

Sto rovinando tutto.

CAPITOLO 38

Aria

Sono stupita di aver dormito così bene.

Nessun incubo, solo un sonno profondo di cui avevo davvero bisogno. Da quando Carter mi ha portata a letto, fino alle due del pomeriggio.

Non basta dormire per recuperare la stanchezza che mi affligge, ma sono comunque grata di aver passato una notte tranquilla.

Cammino sul pavimento di legno dell'ufficio e il dolore ai muscoli si intensifica, facendomi sussultare. Sono indolenzita per colpa di ieri sera. Forse per tutta la settimana appena trascorsa. Non so se sia normale o meno, ma mi fa male tutto. Lo sento ancora dentro di me in ogni momento della giornata, e questo mi porta al confine fra l'estasi e l'agonia.

Sia fisicamente che emotivamente.

Non c'è dubbio che Carter sia un'anima a pezzi e allo sbando. E io desidero sistemare tutti i torti del suo passato.

La mia mente è un turbinio di situazioni che vorrei poter cancellare, ma non ci sono risposte che mi diano conforto o mi propongano una direzione chiara da prendere. Tutto quello che mi viene in mente è offrirgli gentilezza. Obbedirgli, essere docile. E forse proverà qualcosa di diverso dalla rabbia e dall'odio che offuscano il suo giudizio.

Posso solo immaginare il mondo in cui è cresciuto. I piccoli frammenti di cui sono venuta a conoscenza sono duri e brutali.

Non dovrei provare pietà per il mostro che è diventato.

Non dovrei amare ciò che mi fa.

Ma è così.

Il gessetto rotola tra le mie dita mentre esamino la carta distesa sul pavimento. Non riesco a rammentare cosa ho disegnato al parco. Le domande emerse nel mio sogno, non di ieri, ma della notte prima, sono ancora nitide e vibranti nella mia mente.

Non posso fare a meno di pensare che le risposte siano nel mio subconscio, nei miei sogni.

Eppure non riesco a ricordare cosa ho disegnato quel giorno.

Invece continuo a produrre la stessa immagine, la casa della fotografia nell'atrio. È minuscola e pittoresca, con un aspetto rustico. Si trova sicuramente in una strada secondaria, ma a fianco di altre abitazioni, tutte vicine le une alle altre.

I mattoni sono vecchi e la malta sembra ancora più datata. Le erbacce cresciute ai lati sembrano appartenere a quel luogo, come se la natura fosse intenzionata a riprendersi l'edificio.

Chiunque abbia scattato la fotografia ha catturato perfettamente l'essenza della casa, ma perché mi attira così tanto? Perché continuo a disegnarla cambiando solo i fiori che crescono intorno?

"Ci sono quattro gradini." La voce di Carter interrompe i miei pensieri e io alzo lo sguardo verso di lui, senza registrare le sue parole. Si sta arrotolando le maniche della camicia bianca ed elegante. Non posso fare a meno di ammirare i muscoli scolpiti sotto la pelle abbronzata e ricordare come le sue mani mi abbiano stretto la notte scorsa, lasciandomi dei lividi sui fianchi che ancora mi fanno male al tatto.

Indica il disegno. "Il portico anteriore aveva quattro gradini."

Mi ci vuole un attimo per capire, poi gli rivolgo un piccolo sorriso e gli chiedo: "Era casa tua, vero?"

Lui annuisce e aggiunge: "La fai sembrare più affascinante di quanto non fosse."

Il mio cuore si stringe e mi si forma un piccolo nodo alla gola vedendolo tornare al suo portatile. Forse, se arriverà a provare affetto per me, tutto andrà meglio. Potremo sistemare ogni cosa.

Che idea ingenua.

"A cosa stai pensando?" la domanda di Carter mi riporta al presente.

"Continuo a vagare tra fantasie che non dovrei avere," gli rispondo senza riflettere troppo sulle mie parole. Forse ho riposato talmente tanto che il sonno si rifiuta di abbandonarmi, rendendomi assopita e confusa.

"Ad esempio?" mi chiede.

"Ad esempio, mi chiedo perché amo così tanto questa casa," gli rispondo con cautela, anche se il mio sguardo rimane fisso sul foglio.

"Io odio quella casa," dice Carter dopo un attimo e io sposto lo sguardo su di lui. Noto la freddezza nei suoi occhi, sempre presente, e mi fa venire i brividi lungo la schiena.

"Tu odi tutto," commento distrattamente.

"Non odio te," afferma con tono deciso, e la sua replica mi riempie di calore.

"Allora cosa provi per me?" gli chiedo, tenendo le dita occupate con il gessetto.

Carter pronuncia le sue parole con dolcezza, ed è la prima ammissione di questo tipo da parte sua. "Il solo pensiero che tu sia mia mi fa sentire come se non ci fosse nulla che non possa conquistare. Ma averti davvero è… tutto."

Non so se si renda conto di quanto sia potente la sua dichiarazione. Di quanto sia intensa. Il solo fatto di stargli vicino è soffocante. Non esiste nient'altro quando lui è con me.

"Cosa ricordi di ieri sera?" mi domanda, e sbattendo le palpebre mi risveglio dal torpore che mi ha indotto.

"Tutto," gli rispondo come se fosse ovvio. "Sei tornato a casa. Abbiamo parlato e poi abbiamo continuato sul pavimento della cucina…" Mi interrompo e affondo i denti nel labbro inferiore al ricordo. "E poi mi hai portata a letto."

Carter annuisce lentamente, come se stesse valutando la mia risposta. "Non ricordi cosa mi hai detto quando siamo andati a letto, vero?" Il mio cuore batte una volta, poi due, mentre cerco di richiamare alla mente ogni particolare.

Ma non ci riesco.

"Mi sono addormentata," gli dico come se fosse una scusa.

Cala il silenzio per un lungo momento e una sensazione di inquietudine mi travolge. Come se avessi detto qualcosa di cui dovrei pentirmi, ma non riesco a ricordare cosa fosse. Deglutisco a fatica e mi faccio forza: "Cosa ho detto?"

Ma lui non mi risponde, si limita a schioccare la lingua in segno di disapprovazione.

Il battito del cuore e il sangue che mi pulsa nelle vene mi rendono nervosa, finché Carter non si alza e mi si avvicina con passo deciso. Mi sovrasta, dominandomi con la sua presenza, come ama fare. Chiudo gli occhi mentre lui mi posa delicatamente la mano sulla testa e poi si avvolge una ciocca di capelli tra le dita.

Il suo tocco mi fa battere forte il cuore e non so se sia per la paura o per il desiderio.

"Tutto quello che voglio è scoparti fino a quando non avrai più alcun dubbio sul fatto che sei mia." La sua confessione mi fa stringere le cosce e quella tenera fitta ritorna.

La tensione e la paura si dissipano a ogni suo piccolo tocco.

"Se ti concedessi a me, tutto il resto andrebbe a posto."

Le sue dita mi sfiorano leggermente la clavicola e risalgono fino al mento, poi si spostano sulle mie labbra, tracciandone il contorno con una delicatezza che un tempo avrei trovato difficile credere che provenisse da Carter.

"Tutto qui? Basta che mi conceda completamente a te come un giocattolo sessuale? Questo risolverebbe tutto?" La mia replica è smorzata dalla dolcezza con cui scorrono le parole, dalla malizia che non riesco a ignorare nel loro ritmo.

Il suo inguine si trova davanti al mio viso, i pantaloni tesi a causa della sua erezione. La mia bocca si apre e sento l'impulso irresistibile di allungare le mani per toccarlo.

Il pulsare tra le mie cosce si intensifica e faccio fatica a ricordare a me stessa che sono la sua prigioniera, il suo giocattolo sessuale, la sua puttana e nient'altro. Tutto quello a cui riesco a pensare è quanto desideri dargli piacere come lui ha fatto con me la notte scorsa.

Voglio metterlo in ginocchio e renderlo debole al mio tocco come io lo sono al suo.

"Voglio…" Devo fermarmi e ingoiare le parole, sentendomi sporca.

Lui si accovaccia davanti a me, il suo sguardo penetra il mio con un'intensità che mi implora di allontanarmi da lui, di scappare dalla bestia che è quest'uomo che non mi nasconde nulla.

Sussurra cupo: "Dimmi cosa vuoi, Aria."

"Io… io…" balbetto. Proprio come un essere insignificante e sottomesso.

Mi ci vuole tutto il coraggio che ho per alzare lo sguardo verso il suo, inspirare e, mentre espiro, confessare: "Voglio averti nella mia bocca."

"Vuoi avvolgere quelle belle labbra intorno a me fino a farmi venire in fondo alla gola?" mi chiede con disinvoltura, con una voce roca che gli viene dal profondo del petto, avvicinando il dito alle mie labbra e tracciandone ancora una volta il contorno.

Annuisco, costringendo il suo dito a cambiare direzione e a sfiorarmi invece la guancia. Sono senza fiato, piena di desiderio, insensibile a tutto tranne che a lui.

Cosa mi ha fatto?

Il pensiero mi colpisce quando mi lascia ansimante sul pavimento per afferrare una delle sedie davanti alla sua scrivania e spostarla direttamente davanti a me. Non perde tempo, muovendosi con rapidità.

Senza dire una parola, si siede, entrambe le mani appoggiate con noncuranza sulle cosce.

La mia mano trema mentre la avvicino alla cerniera, ma lui mi blocca prima che io lo tocchi. La sua presa è calda ed esigente e mi ruba l'attenzione e il respiro allo stesso modo.

Sono inchiodata dal desiderio nei suoi occhi quando lui mi chiede: "L'hai mai fatto prima?" Inclina la testa e aggiunge: "Hai mai fatto qualcosa prima di me?"

"Sì," gli rispondo, anche se mi sembra una mezza verità e il solo pensiero di mentirgli, seppure in parte, mi fa accelerare il battito e riscaldare il corpo. Non è la stessa cosa. Quello che ho fatto con Nikolai non era neanche lontanamente paragonabile a questo. Eravamo giovani e avevo bisogno di qualcuno che mi offrisse conforto, e lui era lì per me. Sono stata io a baciarlo per prima e l'ho supplicato di toccarmi.

Lo amavo e sapevo che anche lui mi amava. Anche se sarebbe sempre stato solo un amico.

Mio padre non avrebbe mai dovuto sapere di noi e quando Nik ha fatto carriera e io sono diventata più audace, lui ha iniziato a insospettirsi. Non credo che Nikolai abbia mai voluto rischiare la sua posizione per me.

E io non volevo mettere a rischio la nostra amicizia.

Quello che avevo con lui non era niente di simile a questo.

"Chi era?" mi chiede Carter. "Più di uno?" Inclina la testa lasciandomi la mano, e il mio cuore batte come un tamburo di guerra.

"Non sono affari tuoi," gli dico scherzosamente e gli afferro entrambi i polsi per spostargli le mani sui braccioli della sedia. "Lasciami giocare," gli dico come se fosse un ordine, ma le parole mi escono come se lo stessi supplicando.

Lui non risponde, ma le sue dita si stringono attorno ai braccioli e non dice nulla per fermarmi.

Armeggio con il bottone e il rumore del tessuto che fruscia e il profondo brontolio di desiderio proveniente dal petto di Carter mi spingono a ignorare il nervosismo.

Lui solleva i fianchi per aiutarmi dopo che gli ho slacciato i pantaloni e ho scoperto il suo membro davanti al mio viso. Lo shock mi coglie alla sprovvista. È più grande di quanto pensassi. Venoso ed enorme. Immediatamente mi chiedo come abbia fatto a entrare dentro di me. Mi agito davanti a lui, so che ha capito cosa ho in mente. La sua risata roca lo tradisce.

Lo guardo circondandolo con entrambe le mani. È sorprendentemente grosso e non ho idea di come riuscirò a farlo entrare nella mia bocca.

Ho immaginato di prenderlo tutto e di dargli piacere fino al punto in cui non fosse più riuscito a controllarsi, ma ora mi chiedo se sarò in grado di accoglierne anche solo una piccola parte senza strozzarmi.

Lentamente, Carter alza la mano come per chiedere il permesso e la sposta sulla mia nuca. "Puoi leccarlo prima," mi propone con voce bassa e profonda, senza nascondere il suo respiro affannoso.

Una goccia del suo seme mi invita a sfiorarla con la lingua, e così cedo all'istinto. Un rossore, mescolato a orgoglio ardente, mi colora le guance mentre l'uomo seduto di fronte a me trema sotto il mio tocco.

La sua grande mano si allarga e mi avvicina a lui, spingendomi a continuare. Ma io lo rimprovero, afferrandola e rimettendola al suo posto sul bracciolo.

Si risistema sul sedile, ma i suoi occhi non lasciano mai i miei. Sono più scuri di prima, il che fa risaltare ancora di più le macchie argentate. Il calore che emanano mi fa desiderare di più e mi sporgo in avanti, realizzando il mio desiderio nel racchiudere la punta della sua lunghezza fra le mie labbra.

Il sapore salato del suo seme e la sensazione delle cosce di Carter che si tendono sotto i miei avambracci, sostenendomi, mi fanno gemere con la bocca piena di lui.

"Cazzo," geme anche lui, e i suoi fianchi si sollevano leggermente, spingendo il suo membro ancora di più, muovendosi contro il palato e giù per la gola. E io lo accetto con facilità, anche se i miei denti lo sfiorano.

Usando le labbra per proteggerlo, faccio pressione su di lui, prendendo ogni centimetro possibile.

I miei occhi bruciano mentre mi abbasso sempre di più, e ogni volta divento sempre più eccitata. Il pensiero di mettermi a cavalcioni sopra di lui e prendermi il mio piacere mi stuzzica, ma resisto. Voglio dimostrargli che posso dargli piacere come lui lo dà a me.

Affondo le unghie nelle cosce quando sento la punta del suo pene colpirmi la parte posteriore della gola. Faccio di tutto per non reagire. Per non allontanarmi e ansimare in cerca d'aria, mentre lui mi soffoca sollevando i fianchi e spingendosi appena oltre il mio limite di sopportazione.

Tossisco leggermente, costringendolo a uscire dalla mia bocca per poter respirare. Mi tiro un po' indietro, ma non mi fermo. Anche se la mia saliva è dappertutto, continuo ad accarezzarlo con la mano e poi lo riprendo in bocca, cercando di farlo arrivare di nuovo fino in fondo. Il gemito roco e profondo che Carter emette mi fa sentire come una regina potente, in grado di metterlo in ginocchio.

Lo guardo attraverso le ciglia. È rigido e le sue unghie affondano nel rivestimento in pelle della sedia mentre vi si aggrappa. I miei occhi si spostano verso l'alto e lo prendo ancora più in profondità, tentando di lasciarmi andare. E in quel momento Carter cede.

"Basta," dice con tono secco e si alza, uscendo dalla mia bocca e lasciandomi confusa davanti a lui. I miei palmi colpiscono il pavimento con forza, ma non mi importa. L'unica sensazione nel mio corpo che mi interessa è il pulsare tra le mie cosce.

Riesco a malapena a controllare il respiro mentre lo guardo. Carter Cross. Sconvolto e incapace di rinunciare al controllo. "Ti voglio," lo supplico da sotto di lui.

È vero. Lo voglio, e non sono più disposta a nasconderlo.

Mi volta le spalle, i pantaloni gli scivolano verso il basso finché non li fa scendere del tutto, mostrandomi il suo sedere sodo e le cosce muscolose.

Appoggia gli avambracci sulla scrivania e con un movimento rapido butta tutto sul pavimento. Il telefono, le penne, il portatile, i fogli. Volano e cadono a terra, ma niente di tutto ciò ha importanza. L'unica cosa che posso fare è rimanere vittima dell'intensità del desiderio di Carter.

"Voglio che mi cavalchi la faccia. Ho bisogno di sentirti venire sulla lingua." Le sue parole rendono ancora più intensa la fitta tra le mie cosce. Il mio impellente bisogno di sentirlo arrendersi al piacere è ancora più grande.

Quando mi alzo, sento le gambe tremare, al punto di collassare, ma non ha importanza. Carter mi afferra i fianchi e mi fa emettere un lamento forzato distendendosi sulla scrivania, il suo sesso ancora teso e sporgente, permettendomi di sedermi sul suo torace.

Prima che io riesca a dire una sola parola tra un respiro affannoso e l'altro, Carter mi solleva la gonna e mi strappa gli slip.

Mentre guardo la lingerie lacerata cadere sul pavimento, Carter afferra la mia camicetta, strappandola dalla parte superiore ed esponendo il mio seno. Lacera i miei vestiti come se non fossero nulla. E in effetti potrebbe essere proprio così, a giudicare dalla rapidità e dalla facilità con cui cedono al suo capriccio.

Ha detto che voleva che lo cavalcassi. Ma Carter è un bugiardo. Le sue dita mi afferrano i fianchi e il sedere e mi tengono esattamente dove vuole. La sua lingua scivola lentamente lungo di me fino a raggiungere il mio clitoride, succhiandolo al punto di farmi crollare in avanti, travolta da un piacere accecante che incendia ogni mia terminazione nervosa.

I miei seni colpiscono la scrivania sopra la sua testa e mentre urlo, la porta dell'ufficio si apre.

Mi copro e cerco di nascondermi, ma Carter ha ancora la testa fra le mie gambe quando vedo l'espressione scioccata di Daniel.

"Cazzo," è tutto ciò che dice, e si gira il più velocemente possibile per andarsene, allungando la mano dietro di sé verso la maniglia della porta, ma senza riuscire ad afferrarla. Riderei se non fossi pietrificata, sapendo che sto per venire. Il piacere si trasforma in una tempesta nel mio ventre e minaccia di attraversare ogni parte del mio corpo, avanzando in ondate potenti fino alle punte delle dita.

"Sto per venire," grido al soffitto quando Carter mi solleva da lui, spingendomi contro la sua erezione fino a sfiorarmi il fondo schiena, così da poter finalmente vedere chi ha osato entrare nella stanza.

La porta finalmente si chiude sbattendo, e Carter si siede, facendomi rovesciare all'indietro sulla scrivania mentre il suo membro possente accarezza la mia entrata e io raggiungo l'orgasmo. È la sola sensazione dello sfioramento a travolgermi.

L'estasi mi scuote con violenza, inondandomi di calore dal viso fino ai piedi. Sento Carter afferrare i pantaloni e rivestirsi mentre il piacere mi attraversa, paralizzandomi e riscaldandomi il corpo nello stesso istante.

Daniel Cross, fratello dell'uomo più potente che abbia mai incontrato, mi ha appena vista cavalcare il viso di Carter e godere.

Rabbrividisco e la mia mano si alza per coprire il seno. Riesco a malapena a respirare sentendo Carter tirare su la cerniera.

Dovrei provare una sorta di vergogna. Ma non ci riesco. Non provo altro che sazietà, mancanza di fiato e appagamento.

"Devo vedere di cosa ha bisogno Daniel. Lascia un tallone su ciascun lato della scrivania," mi ordina Carter afferrandomi entrambe le caviglie e allargandomi le gambe sul piano. "Aspettami."

Mi afferra i fianchi, avvicinandomi al bordo della scrivania, e io annuisco. La gonna mi si è ammucchiata addosso, e le mie mani si spostano immediatamente in mezzo alle gambe.

"Se vuoi toccarti, fallo." Il suo ordine è scandito dal respiro affannoso. "Vieni quanto vuoi mentre sono via."

Rimango lì distesa, con la schiena sulla sua scrivania, il sedere rivolto verso la sedia e il petto ansimante, poi lui se ne va.

Sto ancora riprendendo fiato quando sento chiudersi la porta.

Puoi toccarti, sento di nuovo le sue parole e gemo solo per quell'ordine, proveniente dalla voce profonda e cadenzata di un uomo pieno di desiderio.

Le mie dita sfiorano il clitoride, ma non riesco a fare altro.

Sono così sensibile anche al minimo tocco che devo fermarmi prima di spingermi oltre. Non ci riesco. È una sensazione talmente intensa che semplicemente non riesco a portarmi al limite.

Stringo il pugno nel vuoto, immagino Carter tra le mie gambe, sopra di me, che mi soffoca con il suo peso mentre mi penetra e devo incrociare le gambe. Le mie mani volano verso i miei capelli, spingendoli via dal viso e cercando di riprendere il controllo.

Quando apro gli occhi, fisso il soffitto vuoto, accompagnata solo dal mio respiro affannoso e dal ticchettio dell'orologio.

Non smette di fare rumore, ma a ogni ticchettio, il mio desiderio si placa e la mia lucidità ritorna.

Rimango sdraiata lì per un tempo che mi sembra interminabile, e quando controllo l'orologio, vedo che i minuti sono realmente trascorsi. È passata più di un'ora, la mia schiena è intorpidita e il desiderio che provavo è ormai quasi scomparso, soffocato dalla preoccupazione, sostituito da una sensazione di rifiuto. Quando mi siedo, mi fa male tutto. Soprattutto la schiena. Fisso la porta, sperando che Carter venga a prendermi. Ma lui non torna.

Né in quell'ora né in quella successiva.

Ogni briciolo di forza che provavo svanisce nel nulla, ed è esattamente così che mi sento quando sgattaiolo fuori dalla stanza, coprendomi con la camicia strappata.

* * *

Non smetto di guardare l'orologio in camera da letto e di chiedermi se dovrei tornare nell'ufficio. Non posso starmene lì sdraiata ad attenderlo per ore. Sono quasi certa che lui non se lo aspettasse quando mi ha lasciata.

Ma ogni minuto che passa mi spinge a tornare indietro. A smettere di sfidare Carter e dimostrargli che posso essere ciò che vuole, e forse questo lo convincerà a fare ciò che voglio io. Risparmiare la mia famiglia.

L'orgoglio e l'eccitazione sono scomparsi da tempo e al loro posto c'è solo l'incertezza.

Non faccio che covare ansia aspettando inquieta nel letto di Carter.

Nel momento in cui sento il clic della porta che si apre, mi siedo dritta sul letto, mi metto in ginocchio e stringo le lenzuola al petto.

Carter entra lentamente, con lo sguardo fisso sul pavimento. Sembra esausto e abbattuto come non l'ho mai visto prima. Non riesco a dire una parola, scioccata dal vederlo in quello stato, ma le scuse che ho inventato e provato nelle ultime ore non hanno comunque importanza.

È lui a scusarsi. Carter mi chiede scusa per la seconda volta in soli due giorni.

"Mi dispiace di averti fatto aspettare così a lungo. Non mi ero reso conto…" La sua voce si affievolisce mentre si dirige verso il comò, lasciando cadere con noncuranza il Rolex in un cassetto e poi iniziando a togliersi i vestiti.

Si spoglia dandomi le spalle e vedo i muscoli delle sue spalle che si contraggono.

"Va tutto bene?" gli chiedo, osando ficcare il naso.

La sua barba incolta è folta e gli occhi sembrano pesanti. È solo allora che mi chiedo se abbia dormito la notte scorsa.

Io dormo a malapena, e Carter è ancora attivo quando mi addormento e sempre fuori dal letto quando mi sveglio.

"Daniel sta passando un brutto periodo," mi dice con un unico respiro prolungato prima di salire sul letto.

"Problemi con Addison?" ipotizzo.

Lo sguardo di Carter diventa curioso, ma anche diffidente quando mi avvicino a lui. Mi chiedo quanto di tutto questo sia una recita e quanto sia invece il mio desiderio di stargli vicina. Lascio cadere la mano sul suo petto e all'inizio mi sembra imbarazzante appoggiare la guancia sul suo torso nudo e lasciar giocherellare le mie dita con la peluria che scende sempre più in basso. Ma più lui me lo permette, più mi stringe a sé come se fossi parte di lui, più mi sento a mio agio nel prendere da lui ciò che voglio.

"Cosa sai di lei?" mi chiede, e sento le parole rimbombare dal suo petto.

"Solo che sta con Daniel," gli rispondo, e poi ricordo la prima volta che l'ho vista. Quanto fossero entrambi sconvolti per qualcosa di cui non ero a conoscenza. Aggiungo sottovoce: "Penso si amino."

Non ho bisogno di alzare lo sguardo per sapere che Carter sta sorridendo, ma lo faccio comunque. Il sorriso è debole, però; nemmeno le sue belle labbra riescono a nascondere la tristezza che sembra provare.

"Non sta reagendo bene all'isolamento," mi confida. Isolamento. Ho sentito questo termine più di una volta. So cosa significa e mi ricorda la realtà. Mio padre spesso mi lasciava in casa al sicuro per giorni interi, se doveva assentarsi. Era meglio quando se ne andava solo per qualche ora e potevo nascondermi nella mia stanza, cosa che facevo indipendentemente dal fatto che fossimo in isolamento o meno.

Le parole mi escono a fatica. "Posso immaginare."

"Sei rimasta nella tua cella più a lungo di quanto pensassi senza sottometterti a me. Hai una forza mentale che la maggior parte delle persone non possiede." Non so come interpretare l'affermazione di Carter. Non è un complimento, anche se sembra esserlo.

"Tuttavia, capisco che lei voglia andarsene. Per non essere..." Cerco di pensare alla parola giusta, che non turbi Carter e rovini la conversazione. Le mie dita intrecciano la sottile catena che porto sempre al collo. La costosa collana che in realtà è un collare.

"Legata?" chiede Carter e io posso solo annuire, con la guancia che sfiora il suo petto e guardando dritto davanti a me.

Il silenzio dura più a lungo di quanto vorrei, ma tutto quello che posso fare è ascoltare il ritmo costante del suo cuore finché non parla.

"Qui è al sicuro. È accudita." Il modo in cui pronuncia le parole è attento, ma teso. Questo, unito al ritmo accelerato del suo cuore, mi fa pensare che non stiamo più parlando di Addison.

"Cosa le diresti allora?" gli chiedo, desiderosa di conoscere i pensieri di Carter. "Nel momento in cui è sola e il pensiero di andarsene le torna in mente?" Devo saperlo. "Cosa le diresti?"

Carter si muove per la prima volta da quando mi sono seduta accanto a lui. Solleva il braccio che mi circonda e fa scorrere lentamente le dita sulla mia pelle, come se stesse valutando attentamente la sua risposta. Mi bacia i capelli una volta, poi due, poi usa l'altra mano per sollevarmi il mento e costringermi a guardarlo. Il suo tocco è delicato. Così leggero che potrebbe spezzarmi.

"Le direi che qui ha qualcuno che l'ha adorata prima ancora che lei conoscesse i livelli più oscuri a cui l'amore può portarti. E che non c'è protezione migliore dalla merda di vita che conduciamo."

Il mio cuore si ferma. Sento che smette di battere mentre lui continua a fissarmi, e non riesco a farlo ripartire. Nel suo sguardo c'è solo sincerità e l'ultima barriera che mi protegge crolla.

Amore. La parola spezza qualcosa dentro di me.

"È questo che voglio per me," dice Carter prima che io possa rispondere. Si gira, mi blocca sotto di sé e mi prende con violenza, baciandomi avidamente e poi stringendomi a sé, con la mia schiena contro il suo petto. Nel frattempo io continuo a sgretolarmi. Al punto da sapere che non sarò mai più la stessa.

CAPITOLO 39

Carter

"Che novità ci sono?" chiedo a Jase, appoggiandomi al muro nell'atrio. Continuo a fissare la maniglia di vetro intagliato pensando a cosa ci sia dietro.

"Niente di nuovo." La sua risposta è sommessa, ed entrambi vediamo Aria e Daniel avvicinarsi a noi. Sono abbastanza lontani da non poterci sentire. Lei si torce le dita camminando velocemente per stare al passo con Daniel.

Non so cosa le dica mio fratello con un ampio sorriso, ma riesce a dissolvere l'espressione solenne sul suo viso di lei, che gli sorride a sua volta.

"Romano è pronto a colpire quando lo saremo anche noi. Per quanto ne sappiano tutti gli altri, saremo noi due a eliminare Talvery."

"E la droga? Che mi dici degli acquirenti che ne fanno incetta?"

"Puntano tutti il dito verso Marcus. Ma è solo un nome." So dove vuole arrivare. Quando un uomo è vicino alla morte, ti dice ciò che vuoi sapere, sia per accelerare la sua fine, sia per cercare di salvarsi. Adesso sono in quattro, intenti ad accumulare la droga che sappiamo essere letale, e ognuno di loro ha fornito solo quel nome in punto di morte. Sono gli unici quattro che acquistano all'ingrosso, a parte la ragazza che ho visto una settimana fa. Preferirei non cercarla, ma le nostre opzioni stanno diminuendo.

"Perché non fornire più informazioni?"

Jase appoggia il palmo della mano contro il muro, ma poi si avvicina e sento il suo sguardo su di me. "Quale ricatto esercita su di loro perché custodiscano il suo segreto anche in punto di morte?"

"Forse non sanno nient'altro," suggerisco, ma Jase scuote la testa. Alzo lo sguardo su di lui solo per via di Aria. Lei vede la sua espressione e quel briciolo di felicità che Daniel le aveva offerto svanisce all'istante.

Jase sembra preoccupato, persino arrabbiato.

"Ne parleremo più tardi," gli dico a bassa voce, ma lui non si ferma.

"Non mi hanno dato nulla. Nessun punto di consegna, nessuna procedura, nessun dettaglio." Si avvicina a me per sottolineare: "Solo un nome."

I nostri sguardi si incrociano per un attimo, più a lungo del dovuto.

Daniel si schiarisce la gola nello stesso momento in cui sento i suoi passi e quelli di Aria fermarsi dietro di me.

"Allora abbiamo un nome," dico a Jase, e un piccolo spasmo gli increspa l'angolo delle labbra.

"Più tardi," gli ricordo. "Ne parleremo più tardi." Lui annuisce, si stacca dal muro e finalmente saluta Aria con un cenno del capo.

"Spero che ti piaccia," le dice Jase, e lei guarda alternativamente me e lui, senza capire di cosa stia parlando.

Mentre Daniel e Jase si allontanano, tornando indietro da dove sono venuti Daniel e Aria, lei lo ringrazia e riceve un sorriso da entrambi i miei fratelli.

Il suo nervosismo è ancora visibile, dato che mi lancia appena un'occhiata e continua a passarsi le dita lungo la cucitura della camicetta. Qualsiasi cosa fuori dalla solita routine le provoca questa reazione.

Mi chiedo quanto durerà.

Non ho dimenticato il commento che ha fatto l'altra sera da ubriaca. Quella notte, non appena si è addormentata, ho preso accordi.

Ha detto che un giorno mi lascerà. Che scapperà e si nasconderà nella sua stanza fino alla fine della guerra. Era ubriaca, ma lo ha detto come se fosse un dato di fatto.

Non ricorda di averlo confessato, ma questo non cambia nulla.

Non le permetterò di lasciarmi. Non glielo consentirò mai.

Le ho chiesto il perché e lei mi ha risposto semplicemente che a volte vorrebbe solo respirare, ma non riesce nemmeno a farlo senza rimuginare su tutto.

Non le darò una camera da letto privata, ma potrà avere una stanza dove rifugiarsi.

Posso nasconderle quello che sta succedendo finché le sue domande non svaniranno e resterò solo io.

"Che cos'è questo?" chiede Aria quando la porta si apre.

"Era una stanza di servizio," le rispondo con una mano appoggiata sulla sua schiena per spingerla a entrare.

"E adesso?" chiede distrattamente, varcando la soglia ed entrando nella stanza illuminata. Il suo viso è pieno di stupore quando nota l'ambiente sontuosamente decorato.

A parte il muro a sinistra con carta da parati grigia a motivi cachemire, dove ci si aspetterebbe un letto, il resto delle pareti è di un rosa tenue, quasi bianco.

La sedia davanti alla toeletta è foderata con una stoffa a righe grigie e, appena dietro, si trovano dei vasi di vetro e una lampada da terra in vetro nello stesso stile.

Il grigio e il rosa pallido sono gli unici due colori. L'arredatore ha definito la combinazione di colori come toni minerali, ma a me sembra assolutamente femminile. Volevo che Aria sapesse che questo posto è stato pensato per lei e che ogni mobile e ogni oggetto è lì per ricordarle che le appartiene.

Tutto il resto, dal morbido tappeto posto al centro, alle tende trasparenti, è bianco. Un tavolo di vetro e dei comodini a specchio permettono alla luce di filtrare senza ostacoli.

Lo studio di interior design non ha impiegato molto a sistemare tutto. La sua stanza privata si trova all'altra estremità della mia ala, la più lontana dalla mia camera da letto. È stata un'idea di Jase e l'unico motivo per cui ho accettato è stata la mia impazienza. Avevo bisogno che fosse preparata in fretta, considerando che mancano solo pochi giorni alla guerra totale.

"Cosa vuoi in cambio?" mi chiede Aria esitante.

Il mio sguardo si fa severo per un attimo mentre la studio. "Non è una trattativa né un gioco, Aria. È un regalo." I suoi splendidi occhi color nocciola si spalancano leggermente e le sue labbra si aprono per scusarsi, ma io la interrompo per chiederle: "Ti piace?"

"È bellissima," afferma con rispetto ammirando i dettagli di ogni singolo elemento e lanciandomi solo qualche occhiata furtiva per controllare come io giudichi la sua reazione all'ambiente.

"Non c'è un letto?" chiede a bassa voce, con un pizzico di confusione, fissando il muro dove ovviamente avrebbe dovuto trovarsi.

"Puoi dormire nella mia stanza…" Sto per aggiungere 'o nella cella,' ma decido di non farlo. In ogni caso, sembra intuire le mie parole, perché abbassa lo sguardo sul pavimento e deglutisce a fatica.

"Questa non è una stanza che vorrei che considerassi la tua camera da letto." Aria torna a guardarmi. Scegliendo con cura le parole, le dico: "Tu appartieni a me, ma questo è un posto dove puoi andare se hai bisogno di… spazio."

Lei annuisce e penso che quella sarà l'unica reazione che otterrò, finché non mi lancia un'occhiata, le dita che sfiorano la carta da parati a motivi geometrici, e sussurra: "Grazie." La gratitudine scioglie la tensione tra noi e placa una mia profonda necessità interiore: che lei desideri ciò che ho da darle.

La guardo avvicinarsi esitante alla toeletta, finemente intagliata, antica ma stupenda. Tocca appena le maniglie di cristallo prima di aprire i cassetti e trovare lì le sue cose.

Non le stesse che aveva a casa sua, ma nuove, in sostituzione di ogni pezzo che possedeva.

La sua mano si libra sopra i vari oggetti per un attimo, quasi come se temesse di essere morsa da qualcosa all'interno se si muovesse troppo rapidamente.

Si sposta a passo spedito verso la cabina armadio, colma di capi d'abbigliamento di ogni sorta. Da abiti costosi e lingerie a camicie da notte che, mi è stato detto, lei adora.

"Mi piace scegliere cosa indossi," le dico attirando la sua attenzione quando si gira a guardarmi, anche se la sua mano continua ad accarezzare la seta di una camicetta rosso scuro.

"E hai optato per il rosso," mormora sottovoce prima di tornare all'armadio. "C'è sicuramente un filo conduttore."

"Il rosso ti dona," ammetto, senza ricevere una risposta. Faccio un passo verso di lei, ma Aria continua a osservando ogni dettaglio con attenzione.

"Se desideri cambiare qualcosa," le dico mentre apre il cassetto di un mobiletto, "si può fare."

Mi fissa chiudendo il cassetto. C'è una certa tensione nei suoi movimenti.

"Come lo sapevi?" mi chiede, e la sua domanda è carica di ansia.

"Sapevo cosa, esattamente?" ribatto, con i muscoli tesi per il suo tono.

Il suo sguardo si sposta sulla porta aperta e poi su di me. Le sue dita giocano nervosamente con il bordo della camicetta.

"Ci sono un sacco di cose qui." Si inumidisce le labbra e riflette se continuare, ma non ce n'è bisogno.

"Ho chiesto una lista," le rispondo prima che possa chiedermi come faccio a sapere cosa desiderasse.

"C'è una spia," sussurra, e la sua postura si irrigidisce.

"Come pensi che Romano sapesse dove e quando prenderti?"

"Prendermi… è così che lo chiami?" Aria alza la voce e mi si avvicina minacciosa, con passi lenti e deliberati. Riesco a sentire la tensione che le scivola dalle spalle. "La spia ti ha detto dove procurarti la tua puttana e con cosa riempire la sua stanza?" mi chiede con il respiro affannoso e le lacrime agli occhi.

"Volevo che fosse un posto piacevole per te." Le parole pesanti rimangono sospese tra noi e mi si annoda la gola. La collera è dipinta sul mio viso; la percepisco come un blocco, ma non riesco a cambiare espressione.

Di tutti i commenti intelligenti e i piccoli segni di rabbia che mi ha mostrato, questo è il peggiore.

La sua mancanza di fiducia è evidente. Non ho fatto nulla per meritarmi questa diffidenza. Non sono io il traditore.

"Come pensavi che avrei reagito sapendo che qualcuno mi stava spiando?" mi chiede con sincero dolore, mentre il suo labbro inferiore trema e lei lo morde prima di voltarmi le spalle. Pensavo che lo sapesse già. È una donna intelligente, ma dimentico quanto sia fiduciosa e leale.

Incrocia e apre le braccia riflettendo su come gestire la notizia. Cammina avanti e indietro dal comò alla toeletta. Misura la stanza a lunghi passi. Devo combattere l'impulso di sorridere guardandola fare avanti e indietro sul tappeto bianco, che è esattamente come l'avevo immaginata qui dentro.

Ma non così presto, e non in questo modo. Questo ambiente è meglio della cella, se non altro.

"Pensavo che l'avresti capito," le dico onestamente, e un sottile nervosismo mi pervade quando mi fissa con aria truce. È inquietante e valuto l'idea di lasciarla qui, ma resisto. Non sfogherà la sua furia su di me. Non quando spetta a qualcun altro. "Non volevo turbarti. Volevo che avessi tutto ciò che avresti potuto desiderare," le confesso, cercando di mantenere la voce ferma e calma, ma l'irritazione per la sua replica non mi abbandona.

Il nervosismo cresce dentro di me e mi avvelena. Pensavo che avrebbe apprezzato. Pensavo che sarebbe stata entusiasta di riavere tutto quello che aveva prima. O almeno che sarebbe stata grata. Mi sbagliavo.

Dovrei sentirmi irritato o arrabbiato, ma non è affatto quello che provo. Sono stato io a ridurla così. Non riesce ad accettare un regalo senza diffidare delle mie intenzioni.

Con un vuoto che si allarga nello stomaco, parlo senza guardarla negli occhi. Fisso davanti a me le tende, che servono solo ad abbellire le finestre chiuse che non si apriranno mai per lei.

"Volevo renderti felice," le dico e mi schiarisco la gola per sciogliere il nodo che mi opprime. "Pensavo che ti avrebbe reso felice," faccio una pausa per passarmi la mano sulla nuca, percependo la cicatrice permanente che mi ricorda quanto io sia incapace di sapere cosa le serva oltre a una bella dose di sesso, e finalmente la fisso negli occhi pensierosi che si stanno già addolcendo, "o almeno che ti avrebbe dato conforto."

Il mio cuore accelera mentre lei mi fissa con una dolcezza mai mostratami in precedenza. "Sto cercando di essere gentile," le confesso.

"Mi dispiace," sussurra con un filo di voce. Appena avverto di crollare e di non essere più me stesso per colpa di questa donna, lei si avvicina e mi abbraccia, posandomi le mani sulle spalle.

Mi ci vuole un attimo per stringerla a me, ma quando lo faccio, le bacio i capelli e vi affondo il viso prima che lei si allontani.

Aria ha gli occhi lucidi, ma non piange; sembra forte, anche se alcune delle sue parole si spezzano quando dice: "È solo un ricordo… di tutto ciò che non avrò mai più." Indica la stanza ed espira profondamente, poi aggiunge: "È bellissima e mi dà conforto. Non hai idea di quanto mi piaccia. Davvero." Deglutisce con gli occhi chiusi e poi si passa le dita tra i capelli. Aspetto pazientemente che continui.

"Mi dispiace, è solo che… succede sempre qualcosa che mi dimostra che non so nulla e che mi sento persa."

"Non sei persa." La mia risposta è immediata e il tono è quello che mi aspetto da me stesso. Non è da mettere in discussione. "Il tuo posto è qui, con me."

Le sue spalle si stabilizzano, il respiro si calma e i suoi lineamenti, prima sconvolti dalle emozioni, tornano sereni, ma è solo una finzione. Dentro è piena di un misto di paura, tradimento, rabbia e confusione.

"Ti senti persa solo perché vuoi esserlo," le dico con voce bassa e profonda, allungando una mano e attirando il suo piccolo corpo più vicino a me.

Le sue mani si posano sul mio petto e lei sussulta leggermente prima di guardarmi.

"Posso darti tutto ciò che non hai mai nemmeno sognato prima." Sono sincero a ogni parola. Posso farlo, e lo farò.

La guardo annuire coi lunghi capelli che brillano alla luce e scivolano lungo le spalle. È docile, ma i suoi occhi spalancati sono pieni di domande. Domande che non mi pone. Sono grato di non dover rispondere ad alcune di esse.

"Se vuoi scappare, vieni qui."

"Carter, ci sono cose che non puoi sostituire." Guarda dritto davanti a sé, verso il mio petto, e le sue spalle tremano. "I soldi non possono sostituire…"

"Sono pienamente consapevole di ciò che i soldi non possono sostituire. Niente può cancellare il passato. Niente può riportarlo indietro." Il tono tagliente delle mie parole e il dolore e la rabbia che mi rifiuto di nascondere cancellano la sua disperazione di implorarmi per ciò che non le darò mai.

"Ti darò quello che posso. Tutto quello che sono in grado di darti. Ma a volte ciò che desideriamo di più è impossibile da ottenere." La gola mi si stringe per l'emozione e proprio in quel momento Aria si alza in punta di piedi, mi accarezza delicatamente il viso e mi bacia.

È breve, solo un piccolo bacio. Niente a che vedere con quelli che ci siamo scambiati in passato.

Sembra diverso da prima. Il suo tocco è esitante. Un diverso tipo di paura la controlla e traspare dai suoi occhi. Il bacio ha lo scopo di porre fine alla conversazione. Si nasconde dietro quel gesto.

"Dimmi cosa stai pensando," le ordino, anche se mi rendo conto che c'è una nota di disperazione nella mia voce. Non credo che lei la senta. Prego che non la senta.

La sua risposta non arriva subito. Cerca di allontanarsi da me, e io la stringo, ma lei mi afferra i polsi e respinge il mio tocco dicendo: "Ho paura."

"Non hai nulla da temere se mi obbedisci," le spiego, fissandola.

"Tu non capisci," sussurra.

Le parole non dette tra noi stanno causando una crepa nel delicato equilibrio di ciò che abbiamo costruito.

La cruda realtà è che lei resta mia prigioniera.

La verità che non mi darò tregua finché suo padre non sarà morto.

La certezza che lei non mi perdonerà per averle tolto tutti coloro che abbia mai amato.

E il fatto che non voglio stare senza di lei, e penso che lei provi lo stesso per me. Se solo potesse accettare ciò che sta per accadere.

I Talvery verranno massacrati. E lei, l'unica sopravvissuta della sua stirpe, è mia.

CAPITOLO 40

Aria

È troppo, penso mordicchiando l'unghia del pollice, sdraiata nella vasca da bagno piena d'acqua.

Ogni giorno cambia qualcosa e non so mai come reagire o cosa significhi per noi, o per me.

Come ho fatto a non accorgermi che qualcuno mi stava osservando? Dev'essere stato Mika.

Mi controllava sempre, mi prendeva in giro e mi stuzzicava, ma pensavo fosse solo perché era un idiota in cerca di potere.

Riporto la mano nell'acqua fumante e cerco di sistemarmi meglio usando il bordo della vasca. Il mio piede scivola verso il rubinetto aperto dal quale fuoriesce l'acqua calda.

Sento che la mia forza sta svanendo. L'impulso di continuare a lottare e di aggrapparmi alla ragazza che ero prima che Carter mi *prendesse* sta svanendo giorno dopo giorno.

Ucciderà la mia famiglia. Mio padre. Nikolai. So che lo farà, non importa quanto tenga a me.

Questa è la parte più dolorosa. Penso di contare davvero qualcosa per lui, ma Carter è spietato e non c'è niente che io possa fare per fermarlo. Non ha neanche senso provarci.

La disperazione mi opprime e minaccia di spingermi verso il basso, ad affogare coi miei dolori.

Vorrei essere insensibile. Non c'è niente di peggio che essere pienamente consapevole e non avere alcun modo per cambiare le cose. Senza lottare, mi sento una traditrice. Non sto più solo sopravvivendo. Sto vivendo, e non so come potrò perdonarmi per i sentimenti che provo per l'uomo responsabile di tanti orribili peccati.

Proprio mentre sento le lacrime pungermi gli occhi, la voce di Carter mi fa sobbalzare. "Sei tesa."

Cerco di nascondere i singhiozzi e mi sento patetica perché sto piangendo. Carter però mi ignora, offrendomi un po' di pietà mentre si spoglia e si immerge lentamente nella vasca, spingendomi in avanti in modo da potersi sdraiare dietro di me. Quando si immerge, l'acqua sciaborda e risale lungo il mio corpo.

Il suo tocco è delicato e non posso fare a meno di notare che è già eccitato. Il solo pensiero della sua erezione mi fa stringere le cosce e il dolore sordo che non mi abbandona mai mi fa provare un'ondata di desiderio.

Forse è per questo che non voglio combatterlo. L'unica cosa che mi libera dal dolore e dalla rabbia è l'unica cosa che lui mi dà costantemente. E questo mi rende una puttana della peggior specie.

L'acqua ondeggia e un brivido mi percorre la schiena quando le grandi mani di Carter mi stringono le spalle, attirandomi verso il suo petto. Le sue dita scivolano lungo il mio corpo, sulle perle e i diamanti della collana, e il suo tocco leggero mi indurisce i capezzoli e mi fa spuntare la pelle d'oca.

"A cosa stai pensando?" La voce profonda di Carter rimbomba proprio mentre chiudo gli occhi e li riapro per fissare la parete piastrellata e rispondere senza mezzi termini.

"Stavo pensando che non voglio più ucciderti, visto che mi scopi così spesso." La verità mi esce facilmente, senza nemmeno mettere in discussione la mia risposta.

La sua risata roca mi fa quasi sorridere, e intanto lui prende la spugna e la immerge nell'acqua fumante.

"Sono così stanca," dico distrattamente mentre Carter me la passa lungo la spalla e giù per l'avambraccio.

"È tardi. Più tardi del solito." Ho passato ore nella mia stanza speciale. È così che la chiamo ora. Ed è esattamente quello che è, stupenda. Adoro il fatto che l'abbia fatta costruire per me e sono grata di aver riavuto i miei effetti personali… o le loro repliche.

"Ma tu quando dormi?" gli chiedo. "Sei sempre sveglio quando vado a dormire e già attivo quando mi alzo."

"Non mi piace dormire," mi risponde. "Potrò dormire quando sarò morto."

Il suo tono pacato e la sua mancanza di umorismo mi mettono in allarme il cuore. È come se si rifiutasse di palpitare quando lui si esprime in questo modo.

Mi risistemo meglio, guardo gli oli da bagno che si muovono sulla superficie dell'acqua e accoccolo il piede sotto il polpaccio di Carter.

"Sai, avremmo potuto iniziare così," dico debolmente, non sapendo se affrontare l'argomento, ma cosa ho da perdere?

"In che modo?"

"Con te che mi davi una stanza e ti comportavi meno da mostro." Le parole mi escono con disinvoltura e Carter interrompe le sue azioni all'ultima parola. Ma poi riprende a lavarmi.

"E tu cosa avresti fatto? L'avresti distrutta e usato i frammenti di vetro per uccidermi?"

Non ha torto. Sarebbe potuto succedere, e la consapevolezza mi fa rizzare i peli sulla nuca.

Che fine ha fatto il mio spirito combattivo? Quel carattere tagliente che so con certezza si sarebbe manifestato se la situazione fosse stata diversa.

Non è cambiato nulla. Carter mi ha rapita, mi tiene prigioniera e ucciderà la mia famiglia.

Nulla di tutto ciò è cambiato. Eppure sono qui, distesa su di lui, alla ricerca del suo tocco e sentendo il mio cuore spezzarsi in due.

"Dovremmo parlare di qualcos'altro," suggerisce Carter.

Il rumore dell'acqua che gocciola dalla mia spalla alla vasca è rilassante. Il che è tutto fuorché ciò che dovrei provare. La spugna è ancora calda e lenisce la stanchezza dei miei muscoli.

"Potrei addormentarmi qui," mormoro distrattamente. Tutto quello che voglio fare ormai è dormire. Non so se sono depressa, esausta o se è quello che succede quando si perde la battaglia.

"Posso lavarti?" gli chiedo, domandandomi se me lo permetterà.

Passa un attimo e poi lui immerge di nuovo la spugna; mi aspetto che me la dia, ma non è quello che succede.

"Mi piace lavarti," mi sussurra all'orecchio, e il suo respiro caldo crea un'ondata di desiderio che mi attraversa. Ma i miei occhi rimangono aperti.

È ovvio che non voglia che io lo lavi. Non mi ha nemmeno permesso di dargli piacere con la bocca. Emetto un piccolo sbuffo di finto divertimento mentre mi risistemo nell'acqua in modo che il rumore degli schizzi copra il suono, ma lui lo sente comunque.

"Cosa?" chiede e si sporge in avanti per guardarmi in faccia, tirandomi per la spalla contro di lui per impedirmi di ignorarlo.

Incontro il suo sguardo scuro, le sfumature grigie e argento sembrano prendere il sopravvento nella luce del bagno. "Niente, è solo che fa stare bene. È bello sentirsi accuditi."

Senza parlare, si appoggia all'indietro, mi bacia l'incavo del collo e sposta la spugna sul mio collo e sul petto.

"Ti aspettavi fin dall'inizio che sarebbe stato così?" gli chiedo. Voglio davvero sapere cosa pensava allora, solo poche settimane fa. Il ricordo della cella, di me che morivo di fame e di noia e paura dovrebbe farmi arrabbiare, ma invece mi fa solo provare pietà per Carter.

"Non sapevo cosa aspettarmi da te. Sapevo solo che ti volevo."

"Mi volevi," ripeto e appoggio la testa nell'incavo del suo collo. Il movimento fa sollevare il mio seno dalla superficie dell'acqua per un attimo, e il freddo è sgradevole finché non mi immergo di nuovo.

"La tua scelta di parole mi stupisce sempre." La mia voce è piatta e vorrei potermi rimangiare ciò che ho detto. Il silenzio si protrae e mi chiedo da quanto tempo io sia qui dentro.

Non si può lavare via tutto, ma sarebbe bello riuscirci.

"Come pensavi che sarebbe finita?"

"Stai facendo molte domande stasera," afferma, e ripone la spugna sul bordo invece di darmi una risposta.

"Oh, vedo che ho trovato la domanda che oltrepassa il limite," gli dico con un sorriso, anche se un dolore profondo mi attraversa il cuore e mi fa chiudere gli occhi. Ogni battito è più forte e mi costa sempre più fatica andare avanti. Posso solo immaginare cosa Carter volesse fare con me.

"Tutto è cambiato quando ho visto quanto mi desideravi. Quando ho visto quanto bramavi il mio tocco… quanto avevi bisogno di me." Sollevo le palpebre mentre le dita di Carter mi raggiungono il mento, l'acqua gocciola nella vasca e lui mi costringe a guardarlo negli occhi.

"Ho bisogno che tu mi desideri ancora quando tutto questo sarà finito." Le parole di Carter hanno una nota sincera fin troppo difficile da sopportare.

Sto quasi per chiedergli perché, ma ho paura della risposta che potrei ricevere, che ciò che provo per lui non sia ricambiato. Sono stata sciocca in passato e sono quasi certa di esserlo anche adesso.

"Non ho paura di te," gli confesso, volendo almeno accennare alla profondità dei miei sentimenti per lui.

"Dovresti averne." Non cerca minimamente di addolcire le sue parole. "Devi averne."

In sua presenza, il mio corpo si infiamma. Riesce ad accendere qualcosa dentro di me come nessun altro ha mai fatto. Dubito che chiunque possa influenzarmi come fa lui. In alcuni momenti lo odio, non tollero chi è, ciò che ha fatto e ciò che farà. Ma a meno che quei pensieri non siano in primo piano nella mia mente, l'odio svanisce e viene sostituito da una lussuria che offusca il giudizio e richiede che il mio corpo si pieghi al suo. Per mostrargli un amore che non ha mai visto e che possa essere abbastanza potente da guarirlo.

Cos'altro? Lo desidero ogni giorno di più. Sono dipendente da Carter Cross. E la vergogna che provavo, sebbene sempre presente, si è placata.

Ma la voce è ancora lì e mi tormenta. È implacabile, e lo è anche Carter.

CAPITOLO 41

Carter

A volte mi sento più vicino a lei.

Altre volte, più distante.

Vorrei sapere cosa pensare di Aria stasera. Niente è andato come mi aspettavo e questo mi rende nervoso.

Si è addormentata nella vasca da bagno e mentre la porto a letto, avvolta in un asciugamano, non posso fare a meno di notare quanto sembri serena.

Stasera è stato come trovarsi nell'occhio del ciclone. È calma e placida, ma sotto la superficie, ogni emozione ribolle dentro di lei. Ha bisogno di sfogarsi.

Devo metterla giù e sfilarle il piumone da sotto prima che possa rilassarsi sulle lenzuola.

Dopo averla sistemata, si risveglia con calma.

Si strofina gli occhi e chiede: "È mattina?"

Con i capelli umidi in disordine e il sonno che le aleggia sul viso, è incredibilmente affascinante.

Le accarezzo la guancia e le do un bacio leggero sulle labbra, al quale lei risponde sollevando le sue e approfondendolo. Sto diventando dipendente dal modo in cui mi bacia e non nasconde la passione nel suo tocco.

A differenza di quanto ha fatto oggi nella stanza che le ho donato. Vorrei che tutti i nostri baci fossero così.

Non ho mai baciato una donna prima di lei. Non mi sono mai innamorato di nessuno né ho mai dato a nessuno quella parte di me. Quindi, ogni bacio, ogni volta che lei lo ricambia, significa molto. Ho bisogno di più di *questo* da lei.

"Non ancora, passerotto." Le sussurro sulle labbra: "Ti sei addormentata nella vasca da bagno."

Si siede lentamente e io mi metto a letto accanto a lei.

"Beh, ora non mi sento più stanca," dice, sedendosi a gambe incrociate.

Quando mi sdraio e la stringo a me, la stanchezza mi travolge. "Bene, allora posso averti," le dico, lasciando che le mie labbra sfiorino il suo collo in una scia di baci leggeri. Faccio oscillare il mio inguine contro il suo fianco e poi la blocco sotto di me. "Ti volevo nella vasca da bagno."

Avevo pensato di farle mettere un tallone su ciascun lato della vasca, proprio come le avevo detto di fare in ufficio, ma le sue domande erano più importanti. Più profonde, anche se non mi piaceva dove stavano andando a parare.

Mi sembra che mi stia sfuggendo, lentamente. La sto perdendo e non so come né perché.

Ma la riavrò. Non può andare da nessuna parte e non ha nessun altro. Deve solo accettarlo.

La sua mano mi accarezza la nuca e mi attira a sé, prendendomi e pretendendo. "Fammi dimenticare," mi sussurra sulle labbra e il mio petto si stringe alle sue parole.

Ho bisogno di dimenticare, proprio come lei. E perdersi in lei è molto facile.

Le mie dita scivolano lentamente lungo la curva della sua vita fino a trovare la sua intimità. Già calda, bagnata e desiderosa, si muove contro il mio palmo e io sorrido sulla sua bocca.

Mordicchiandole il labbro inferiore e guidandomi verso la sua entrata, la stuzzico: "Sei sempre pronta per me."

"Sempre," miagola lei appena prima che io la penetri fino in fondo.

"Cazzo!" esclama mentre mi tiro fuori e poi mi spingo lentamente in lei, sorpreso dal tono del suo grido strozzato.

I suoi palmi premono contro il mio petto, spingendomi via mentre le bacio l'incavo del collo e lei emette un gemito di sofferenza. "Carter," sussurra il mio nome con agonia. La sua fronte è segnata da un'espressione di dolore.

"Fa male," ansima, inarcando il collo mentre mi tiro fuori completamente da lei. "Fa male," ripete, cercando di chiudere le gambe. Merda. Il mio corpo si irrigidisce, preoccupato di averle fatto male davvero. Accidenti. Non così.

"Ssh," le sussurro sul collo e la bacio delicatamente, trovando il suo clitoride. Ha bisogno di provare piacere sotto di me. Non posso averla in nessun altro modo.

Subito emette quel dolce mormorio di piacere che adoro sentire. "Mi chiedevo quanto avrei potuto scoparti prima di farti troppo male." Lei risponde solo con un rapido respiro e un movimento dei fianchi che non fa altro che darmi un leggero sollievo.

"Guardami," le ordino, e lei gira immediatamente la testa verso di me. I suoi splendidi occhi verde nocciola mi bruciano. Il mio pollice sfrega senza pietà il suo punto sensibile e Aria si morde il labbro inferiore, cercando disperatamente di mantenere lo sguardo su di me, ma sapendo che presto il piacere la travolgerà.

La sua schiena si inarca leggermente e il suo respiro si trasforma in una serie di ansiti veloci, ma invece di lasciarla venire, abbasso le dita, facendole scorrere tra le sue pieghe e raccogliendo l'umidità per portarla ancora più in basso.

"Potrei sempre prenderti qui," dico a bassa voce, premendo le dita sulla sua entrata proibita.

Aria risponde aprendo la bocca con uno sguardo scioccato, ma anche con una sorta di curiosità peccaminosa.

Un sorriso mi illumina le labbra mentre dico: "Non stasera, però. Prima devo giocare un po' con te." I suoi occhi si illuminano di nuovo di curiosità e il senso di colpa che provavo un attimo prima diminuisce. Riporto le dita sul suo centro pulsante, poi giù verso la sua entrata, premendole delicatamente dentro di lei, ma anche questo la fa sussultare.

Devo tirare indietro le coperte per osservare le sue pieghe lucide: è arrossata e gonfia, segnata dal mio ardore.

Questo non significa che non possa darle piacere e che io non possa averne in cambio. Se ho imparato qualcosa su Aria, è che più le do piacere, più è docile.

I suoi occhi rimangono fissi su di me mentre osserva il suo corpo e aspetta quello che le farò.

Le passo la lingua in mezzo alle gambe e poi succhio il suo bocciolo sensibile. È incredibilmente dolce. Il suo sapore sulle labbra mi fa fremere dal desiderio. Con le mani tra i miei capelli e i talloni conficcati nel materasso, raggiunge l'orgasmo urlando il mio nome.

Si raggomitola su un fianco mentre io torno sul letto e mi sdraio accanto a lei, senza aspettare di metterla nella posizione che desidero. Con una mano sul suo seno e l'altra che le scosta i capelli dal viso arrossato, è ancora sconvolta dall'orgasmo quando mi posiziono tra le sue cosce.

"Inarca la schiena," le dico, e lei obbedisce all'istante, sporgendo il sedere. E questo mi tenta. La curva della sua vita e la piega rotonda del suo fondoschiena sono seducenti. Riesco solo a immaginare di afferrarla e di muovermi dentro di lei, facendola urlare di piacere.

Ma non è pronta a prendermi in quel modo… non ancora.

Decido di spingermi leggermente dentro di lei, solo con la punta, e aspetto la sua reazione. Un piccolo gemito le sfugge dalle labbra mentre si muove dolcemente, trovando piacevoli i movimenti di assestamento. So che ci sarà un po' di dolore, ma non c'è niente di meglio di quando tormento e piacere si mescolano insieme.

"Toccami," le ordino, e lei allunga la mano per accarezzarmi. "Più forte," le dico, poi metto la mia mano sulla sua e le mostro come fare. Mi stringe alla base, ma la sua presa esitante e la lussuria nei suoi occhi sono quasi sufficienti a farmi raggiungere l'orgasmo, persino senza il contatto con il suo sesso che mi stringe.

"Cazzo," gemo mentre lei mi strofina e lentamente mi spinge dentro di lei. Con la mano sul suo fianco, le impedisco di proseguire. Anche se lei raggiungesse l'orgasmo ora, non farebbe che peggiorare le cose, e tutto ciò di cui ho bisogno al momento è questo.

"Ti voglio tutte le notti, in ogni modo." Le mie parole diventano tese e sono ormai sul punto di raggiungere l'estasi.

L'atmosfera tra noi è diversa, adesso. C'è una tensione palpabile che nessuno dei due riesce a nascondere, anche se non lo ammetterei mai.

La sua pressione è decisa, i suoi movimenti regolari e deliberati, e poi il suo sesso si contrae intorno a me e lei raggiunge nuovamente il climax mentre continuo a stimolarle il clitoride.

Ma è il modo in cui mi guarda che mi dà più piacere. Come se fossi suo, un giocattolo con cui divertirsi. Sono suo, da usare come vuole.

Come se mi possedesse mentre mi accarezza e io raggiungo l'orgasmo dentro di lei.

I miei occhi vorrebbero chiudersi quando giunge la dolce ondata di appagamento e la marchio di nuovo, ma il suo sguardo non si stacca dal mio, i nostri respiri si mescolano insieme e sono costretto a perdermi nelle sue iridi nocciola. Sono ancora in estasi quando lei, si gira e mi bacia con forza, schiacciando le sue labbra sulle mie e divorandomi.

Il mio seme le cola addosso e sulle lenzuola, ma a lei non importa e nemmeno a me.

Sento il suo cuore battere forte contro il mio petto e la sua pancia contro la mia. Ancora una volta vuole annullare la distanza tra noi, e per la prima volta oggi sento di averla riconquistata. È di nuovo mia.

Il giorno in cui smetterò di prenderla, sarà il giorno in cui la perderò. Ha bisogno del mio tocco come io ho bisogno dell'aria che respira.

"Penso di riuscire a dormire ora," sussurra e poi sorride sulle mie labbra.

"Dormi bene." Mantengo la voce calma e rassicurante, accarezzandole la schiena nuda con il braccio mentre lei appoggia la testa sul mio petto, una sua nuova abitudine. Che io approvo.

Guardandomi con un'espressione rilassata, mi dice: "Sogni d'oro."

La bacio dolcemente e lei scivola nel sonno tra le mie braccia con il leggero sapore della lussuria ancora sulle labbra.

* * *

I tossicodipendenti si drogano con qualsiasi cosa. Le parole di mio padre mi risuonano nelle orecchie. Le luci bianche sono troppo intense. Sussulto.

Dove mi trovo? La testa mi cade di lato, è così pesante che non riesco a sollevarla. Mi fa male tutto.

Piano piano, provo a muovere ogni arto. I polsi non reagiscono, sono bloccati contro una sedia di metallo. Lo stesso vale per le caviglie, e ogni centimetro del mio corpo è sofferente, ma il dolore più forte proviene dallo stomaco.

Traggo un respiro che mi fa bruciare il petto, e tossisco sangue.

Cazzo.

L'occhio destro è gonfio e cerco di aprirlo, ricordando come le pillole di mia madre fossero cadute nel canale di scolo. No, avevamo bisogno di quei soldi.

Mio padre diceva che i tossici le avrebbero comprate, ma quasi nessuno lo aveva fatto. Ero stato fuori tutto il giorno, ricevendo il pagamento solo da due acquirenti. E poi erano arrivati i soldati di Talvery.

"Da quanto tempo è lì?"

Sento qualcuno dall'altra parte della stanza porre la domanda e apro gli occhi per vedere una luce oscillante e un uomo in un abito elegante con lunghi capelli neri pettinati all'indietro che lancia il mio portafoglio su un tavolo di metallo disseminato di attrezzi.

Un gemito mi sfugge dalle labbra quando cerco di muovermi e di scappare. So che mi ucciderà. Ne sono certo.

Ma è inutile.

"Mi dispiace." Vomito e sputo altro sangue. "Non lo sapevo," cerco di dire, ma ho la gola secca e mi sembra contusa. Non credo che mi abbiano sentito, quindi lo ripeto, implorando pietà. "Non lo sapevo."

"Cosa non sapevi, ragazzo?" sibila un uomo davanti a me. Il dolore mi trafigge la nuca quando mi afferra per i capelli e mi scuote la testa per costringermi a guardarlo. "Non sapevi che stavi spacciando nel mio territorio?" I suoi occhi sono di un azzurro pallido e freddi come il ghiaccio. "Ormai lo sa tutta la zona est. Quindi sei fottuto," sbotta. Poi mi lascia, raccogliendo qualcosa dal tavolo di metallo.

Ogni scricchiolio di ossa, ogni lacerazione della pelle, ogni profondo taglio mi spinge sempre più vicino al limite, fino a quando mi ritrovo aggrappato alla vita solo per un filo.

Grido persino, chiamando mia madre.

Tutti nella stanza ridono. Ma io continuo a invocarla. Pregando che lei non possa vedere tutto questo e ciò che è successo solo poche settimane dopo la sua morte. La vergogna, il rimpianto e il dolore mi fanno sentire la testa leggera e lentamente mi sento senza peso. Fin troppo vicino alla morte.

Per favore, fatela finita. Non voglio più vivere. Non posso.

Bang. Bang. Bang.

All'inizio penso che siano le pistole a svegliarmi, impedendomi di scivolare verso la morte.

Bang. Un altro colpo alla porta, così vicina a me, eppure impossibile da raggiungere.

"Ti prego, ho bisogno di te," dice qualcuno, e la sua voce mi fa venire i brividi, ma allo stesso tempo mi riscalda. "Ho bisogno di te." Ha un tono morbido e femminile, ma include una supplica che mi implora di ascoltare.

Lei ha bisogno di me.

Il dolore è ancora vivo a ogni movimento delle mie membra, ma se ascolto riesco a sentirla.

La voce diventa più dura, più fredda e l'aria si fa gelida.

"Ho bisogno di te, Carter," ripete, ma questa volta non c'è esitazione nel suo tono. "Ho bisogno di te!" urla.

La rabbia cresce e una tempesta si scatena intorno a me mentre lei mi grida contro e la sua voce riecheggia nella stanza: "Ho ancora bisogno di te!"

CAPITOLO 42

Aria

Il braccio di Carter sembra di piombo. Mi sveglio con un gemito impercettibile e cerco di allontanarlo.

Mi impegno, ma lui mi stringe ancora più forte.

Tento di ruotare le spalle e spingo contro il suo braccio, ma i suoi muscoli sono tesi e la sua presa è troppo energica. Non riesco a respirare.

Spalanco gli occhi, rendendomi conto che non è un sogno.

"Carter!" grido con un respiro strozzato, tentando di divincolarmi e lasciandomi prendere dall'ansia, scalciando e spingendo per cercare di liberarmi. "Svegliati!" Il mio cuore batte forte.

Faccio davvero fatica a respirare. Con la voce rauca e i polmoni che mi bruciano grido: "Carter!"

Sussulto quando lui si sveglia di soprassalto, lasciandomi andare all'istante, senza fiato e accasciata sul letto. Carter si alza, il materasso si abbassa e il letto scricchiola. Mi scosto i capelli dal viso e cerco di regolarizzare il respiro affannoso.

È stato solo un attimo, un breve istante, forse un minuto, ma ho pensato che mi avrebbe uccisa da quanto forte mi stringeva.

"Mi hai spaventata a morte." Riesco a malapena a pronunciare le parole, con gli occhi ancora in fiamme.

Senza rispondere, mi giro verso di lui e vedo che respira affannosamente quanto me. Con entrambi i palmi contro il muro, si piega in avanti e cerca di calmarsi.

Il sangue mi si gela nelle vene. "Carter?" La mia voce attraversa la stanza fino a lui, ignorando i muscoli che ancora urlano per aver lottato contro la sua presa.

Mi metto in ginocchio e striscio fino al bordo del materasso. Ha le spalle tese e non mi guarda.

Con cautela, scendo dal letto e mi avvicino. "Va tutto bene." Cerco di mantenere un tono rassicurante, ma il mio corpo non ha ancora capito che lui ha bisogno di me. "Sto bene," dico, cercando di tranquillizzarlo.

Con il cuore che batte all'impazzata, gli appoggio delicatamente una mano sul braccio, ma lui la strappa via di scatto e si dirige a grandi passi verso il bagno, lasciandomi con una paura martellante che mi scorre nelle vene.

"Carter," dico esitante, ma lui non mi risponde.

La domanda è chiara nella mia mente: andare da lui o lasciarlo stare? Sto ancora riprendendo fiato e realizzando ciò che è appena successo, scostandomi i capelli dal viso accaldato.

Se c'è un uomo che non dovrebbe essere lasciato solo, quello è Carter. È profondamente ferito, ed è impossibile sapere cosa potrebbe fare.

"È stato un incubo?" gli chiedo con tono innocente, sperando che mi dia una risposta. Cammino verso di lui nel buio e percepisco la fine del tappeto e l'inizio del parquet.

Lui accende la luce del bagno e apre l'acqua. Mi avvicino al rumore e alla striscia di luce che proviene dalla stanza, guidandomi.

"Carter?" lo chiamo dolcemente aprendo la porta; mi dà la schiena. I suoi muscoli si contraggono mentre si lava il viso.

"Ti prego, parlami," sussurro debolmente quando lui continua a non rispondermi, anche dopo essersi asciugato il viso. "Stai bene?"

Lo vedo deglutire nello specchio. Scorgo l'espressione stanca di un uomo che ha avuto una vita orribile. La fatica nei suoi occhi. Il dolore inciso nelle lievi cicatrici sul dorso.

Si preme i palmi delle mani sul viso, inspira ed espira. "Vai a letto," mi ordina con un tono duro che non mi aspettavo, ma non intendo obbedire.

Il mio cuore soffre per il suo tormento. Non lo lascerò in questo stato. "Non voglio," affermo con un filo di coraggio, anche se le parole mi escono tremanti.

"Che cosa è successo?" gli chiedo con un sussurro confortante. "Era solo un sogno," aggiungo, sperando che quelle parole lo rassicurino più di quanto facciano con me.

Per la prima volta trova i miei occhi riflessi nello specchio, e la sua espressione mi fa scorrere i brividi lungo la schiena. Il potere, la rabbia, l'uomo che domina e non concede pietà senza aspettarsene in cambio, mi trafigge con il suo sguardo.

"Non dirlo a nessuno." Le sue parole sussurrate rimangono sospese nell'aria come una minaccia, inutile e ridicola.

"Dire a qualcuno cosa?" Metto in dubbio la sua sanità mentale, solo per rendermi conto che non vuole che dica a nessuno che ha avuto un incubo. "Non lo farei mai." Le parole mi escono rapidamente e le lacrime mi pungono gli occhi. "Non è per questo che sono qui, Carter."

"Vai a letto," mi dice di nuovo, anche se questa volta il tono è più morbido.

"Stai bene?" gli chiedo, facendo un altro piccolo passo verso di lui, ancora incerta se toccarlo o meno. Tutto quello che vorrei fare è abbracciarlo, stringerlo a me e dirgli che va tutto bene. Proprio come lui ha fatto con me nelle ultime settimane. Ma non so nemmeno cosa sia successo.

Con la mano sul bordo del lavandino e la testa china, la sua voce è bassa e quasi minacciosa, ma più che altro straziante.

"Guardami, Aria." Mi parla attraverso lo specchio, i suoi occhi iniettati di sangue mi fissano. "Guarda chi sono. Non c'è niente di me che vada bene."

Rimango lì tremante, le parole e il respiro mozzati dall'intensità dell'uomo che ho davanti. Quando spegne la luce, lasciandomi al buio e girandomi intorno, la sua pelle che sfiora appena la mia, tremo. Mi lascia con passi spietati, sbattendo la porta, e io rimango sbalordita e scossa. Più di ogni altra cosa, sono rattristata da tutto ciò che è appena successo e consapevole di quanto sono sola mentre inizio a piangere.

CAPITOLO 43

Carter

In qualche modo, ho fatto un casino.

È lei che avrebbe dovuto cambiare, quando le ho dato il coltello.

Avrebbe dovuto aver bisogno di me.

Non il contrario.

Non riesco a togliermi dalla testa la notte scorsa, né la consapevolezza che ogni giorno Aria si insinua sempre più profondamente nel mio sangue e in ogni mio pensiero.

Sono consumato da lei. Non posso negarlo. Fa emergere una parte di me che avrebbe dovuto rimanere sepolta.

"Mi stai ascoltando?" mi chiede Daniel, distogliendo il mio sguardo dal disegno fatto ieri da Aria.

Sembra esausto quanto me. È colpa di Addison. Non le piace essere tornata qui. Non si è resa conto di cosa sia diventata questa famiglia dopo che se n'è andata. Il tempo cambia tutto, ma lei non lo sapeva. Non poteva saperlo. E questo isolamento non ci lascia alcun posto dove nasconderci.

"Le serve altro. Non riesce a gestire bene il cambiamento. Ha bisogno... di non sentirsi intrappolata." Daniel è curvo sulla sedia, con entrambe le mani intrecciate dietro la testa e i gomiti appoggiati sulle ginocchia. Quando alza lo sguardo verso di me, mi sento davvero il mostro che Aria mi accusa di essere per avergli fatto passare tutto questo.

Per averlo fatto passare a entrambi. Con le lacrime agli occhi, mi dice: "La sto perdendo. Non è questo che voglio per lei."

"La stai proteggendo," gli ricordo. È lei quella che hanno preso di mira, tentando di rapirla, ucciderla, usarla a loro piacimento. Forse, se lui non l'avesse mai cercata, sarebbe stata al sicuro. Se non si fossero resi conto che lui l'amava. Ma il passato non si può cambiare.

"A lei non importa," mi spiega asciugandosi gli occhi con il palmo della mano e nascondendo il dolore in un'espressione piena di collera e fastidio che so essere solo una finta. "All'inizio pensava che stessi esagerando. Che fosse tutto nella mia testa e che fosse colpa dell'incidente a casa sua." Scuote la testa in silenzio e poi mi guarda negli occhi. "Ha detto che ero ridicolo. Non ne aveva idea. Quindi ho dovuto svuotare il sacco."

"Cosa le hai detto?" gli chiedo, rendendomi conto solo ora che le ha confessato più di quanto lei avesse bisogno di sapere.

"Che degli uomini moriranno e che loro stessi vogliono ucciderci. Le ho rivelato che siamo in guerra. Lei vuole comunque andarsene. Non le piace questa situazione. E a me non piace tenerla qui contro la sua volontà."

Vedendo che soffre, la mia voce si fa tesa e mi si strozza in gola.

"Lei non era d'accordo. Non era così quando eravamo bambini. Non ne aveva idea, e io l'ho riportata qui alla cieca. Sono stato egoista." Le sue parole sono intrise di rimpianto. L'ultima frase gli esce in un sussurro aspro. "Incredibilmente egoista." Il dolore si irradia da lui. "Non posso perderla di nuovo."

"Non puoi nemmeno mettere a repentaglio la sua incolumità," rispondo, usando un tono più risoluto del normale. Siamo in guerra, e Talvery e i suoi soldati ci attaccheranno non appena ne avranno l'occasione. "Se fossi nei loro panni," dico a Daniel, "aspetterei e coglierei ogni occasione per sferrare il primo attacco."

"Lo so," mormora lui, chinando il capo. "Sanno di essere morti, non hanno nulla da perdere. E la ucciderebbero solo perché io la amo."

"Presto sarà tutto finito," dico per cercare di confortarlo mentre appoggia i gomiti sulle ginocchia e intreccia le dita, premendole sulle labbra.

"Non so se il suo amore per me durerà fino a quel momento," sussurra con voce sofferente.

"Capisco cosa intendi." Le parole mi sfuggono di bocca e non riesco a fermarle. Gli occhi di Daniel esprimono una domanda, ma lui esita prima di formularla. Aspetta e prolunga il silenzio.

"Hai mai pensato che forse tenerla rinchiusa la mette ancora più in pericolo? C'è un limite a ciò che puoi controllare prima che la situazione ti si ritorca contro."

"Che scelta ho?" ribatto, e il suo sguardo si sposta di nuovo sul pavimento. "Siamo tutti prigionieri di guerra," gli ricordo. "Ma presto sarà tutto finito."

"Quando sarà finita... lei resterà? Aria resterà con te?" mi chiede.

Cerco di capire dalle sue espressioni per quale motivo pensi che lei possa andarsene.

"Non te ne farà una colpa?" mi chiede, quasi sapesse esattamente ciò di cui ho bisogno per riuscire a dargli una risposta.

"Non lo so. Mi appartiene. E resterà con me. Il perdono arriverà."

Daniel comincia a dire qualcosa, riaggiustando la sua posizione, ma poi scuote la testa.

"Sono venuto per dirti un'altra cosa, anche se non sono sicuro che tu voglia sentirla," inizia, raddrizzandosi sulla sedia.

Gli faccio cenno di continuare. Anche se non so perché ho tanta fretta. Stamattina ho parlato a malapena con lei e non sono sicuro di essere pronto a farlo, non dopo ieri sera.

Mi aspetto che Daniel ripeta le stesse sciocchezze che mi ha detto Jase, cioè che Marcus ha qualcosa in mente e sta per colpire. Che ora abbiamo tre nemici, non solo uno.

Senza alcuna prova, se non la testimonianza di uomini morti. Una sola parola. I nemici cadranno in quest'ordine: Talvery, Romano e poi Marcus. Quando avremo più prove. Non sono solito scatenare un conflitto per qualcosa detto da un tossicodipendente in fin di vita.

"Nikolai sta chiedendo in giro di Aria," mi informa Daniel, e questo mi coglie di sorpresa.

"Davvero?" domando toccandomi la bocca con il pollice. Sono risentito. Quell'uomo fa emergere in me una gelosia che non avevo mai provato prima. Lui l'ha avuta per primo.

Daniel annuisce con un accenno di divertimento sulle labbra. "Da quando Romano gli ha detto di quella sera."

"E cosa chiede?"

"Come può riaverla." Daniel non nasconde l'emozione nei suoi occhi nel darmi questa notizia.

"Sei un idiota ad apprezzare così tanto questa situazione."

"Di certo aggiunge una dinamica interessante, no?" chiede, e un misto di curiosità, odio e gelosia mi ribolle nel sangue.

"Non ha nulla con cui negoziare e, anche se l'avesse, non c'è niente che vorrei al posto suo."

"Gli è già stato riferito che chiedertelo sarebbe stato inutile, ma ha *preteso* che te lo dicessi comunque."

"Davvero?"

Non posso biasimare Daniel per essere così divertito. "Sembra che tu ci tenga davvero a lei."

"È la prima o la seconda volta che ti dico che voglio che muoia per primo?" chiedo a Daniel e lui si limita a ridacchiare. Ogni notte in cui Aria pronunciava il suo nome nella cella, il mio odio per Nikolai cresceva. E lei lo faceva spesso. Sono pienamente consapevole di quanto fossero vicini. Troppo, perché lui possa continuare a respirare quando tutto questo sarà finito.

"Pensi davvero che lei ti perdonerà?" mi chiede con un sopracciglio inarcato. Non credo che si renda conto di cosa mi provoca la sua domanda.

Dovrà farlo. Non c'è altra via.

* * *

Non mi piace lasciare Aria o allontanarmi dalla tenuta, soprattutto sapendo che ogni istante in cui sono lontano rischia di spingerla a mettere in discussione ciò che è giusto fare. È pericoloso lasciarla con questo dubbio; l'unica cosa da fare è obbedirmi, ma devo essere presente per questo.

Ci sono momenti in cui è necessario farsi vedere. Questo, in particolare, è uno di quelli. Con i capelli lisciati all'indietro e un abito sartoriale, Oliver sembra più giovane di quanto lo ricordassi. Forse è il largo sorriso sul volto a dargli quell'aria. Forse è il bicchierino di quello che parrebbe whisky che fa tintinnare contro la birra di Frank, prima di scolarselo tutto d'un fiato mentre si accomoda. Nessuno dei due mi vede, ma gli uomini della sicurezza e Jared notano il mio ingresso. Si irrigidiscono quando mi chiudo la porta alle spalle con calma, sentendo la sonora pacca sulla schiena con cui Frank si congratula con Oliver.

Frank è a posto, immagino. Ha qualche anno più di me ma è come se fosse bloccato all'età di ventuno. Un ragazzino impertinente senza altri obiettivi nella vita che guadagnare soldi per strada e far sapere a tutti che ne è orgoglioso. Me ne infischio delle sue motivazioni, purché mi ascolti. Incrocio i suoi occhi azzurri e lui scivola indietro sulla sedia con un sorriso beffardo. "Il boss è qui," dice, ma le sue parole gioviali sono farfugliate.

"Tua madre ti aspetta, Frank?" gli chiedo, trattenendo il sorriso mentre mi avvicino al tavolo dove sono seduti, nell'angolo destro della stanza.

Guardandomi alle spalle, noto chi sta contando i soldi in fondo al corridoio. Tutta la droga entra ed esce dal Red Room, il nightclub di Jase. Così come i soldi.

"Mamma può aspettarmi quanto vuole." Ignora il mio commento, senza cogliere il suggerimento.

"Credo che ci sia qualcosa da discutere," fa notare Jared indicando me e Oliver, e inclinando la testa nel tentativo di comunicare a Frank che dovrebbe togliere il disturbo.

Il boccale fa un rumore sordo quando colpisce il tavolo. "Va bene, va bene, i pezzi grossi devono parlare." Poi mormora senza guardarmi: "Non c'è bisogno che me lo ripeti." Mentre si infila la giacca, gli appoggio una mano sulla spalla e aspetto che mi rivolga la sua attenzione. Mi fermo vicinissimo a lui, cogliendolo di sorpresa e creando una tensione palpabile. Noto la paura nei suoi occhi e, senza interrompere il contatto visivo, gli dico sinceramente: "Grazie per la comprensione."

"Possiamo averne un altro?" chiede Oliver, senza perdere il buonumore. Non vede come Frank indietreggi a fatica, non si accorge nemmeno del mutamento nell'atmosfera. Frank invece sì, e l'unica cosa che aggiunge è: "Certo, capo."

Sì, è un bravo ragazzo.

Mentre scosto la sedia di fronte a Oliver, lasciandola strisciare sul pavimento, Frank se ne va, rientrando nel club e lasciando entrare la musica martellante. Il suono si affievolisce rapidamente quando la porta si chiude con un rumore secco.

"Grazie, grazie," Oliver ringrazia Jared, che gli sta versando un altro bicchierino di whisky e poi riempie il bicchiere vuoto che Frank aveva appena bevuto.

"Per aver finalmente eliminato quei maledetti Talvery." L'età di Oliver si vede chiaramente quando alza il bicchiere in aria e non riesce a nascondere l'odio che gli deturpa il volto. È uno degli ultimi arrivati. Non è affatto come Frank, che ha iniziato con me cinque anni fa. Ho arruolato molti uomini conquistando strada dopo strada. Dando a chi le controllava la possibilità di unirsi a me o morire.

Oliver, invece, è arrivato di sua spontanea volontà. Furioso perché Talvery lo aveva scartato, si è proposto come braccio destro per il controllo di un'area. Se non fosse stato per la parola di Jared, non l'avrei mai preso. Troppo avanti con gli anni. Troppo presuntuoso. Ma soprattutto, troppo desideroso di farsi un nome.

Con un cenno del capo, il più vecchio del gruppo butta giù il suo drink, schioccando la lingua contro il palato, poi posa il bicchiere e cerca di scrollarsi di dosso il bruciore dello shot.

"Ho sentito che siete tutti pronti a farla finita," gli dico, appoggiando entrambe le braccia sul tavolo. Un sorriso malizioso gli incurva le labbra. "Non potremmo essere più pronti, boss."

Anche io sorrido. Un ghigno asimmetrico, sentendomi chiamare così. Quell'idiota avrebbe dovuto ricordarselo prima.

"Allora, cosa è successo?" gli chiedo con disinvoltura, facendo un cenno con la mano aperta per chiedergli di continuare. "Dammi tutti i dettagli."

Gli si illumina il volto mentre mi racconta quello che ho già sentito, quello che *tutti* hanno sentito.

"Erano in quattro, proprio di fronte al bar di Dale sulla Sesta Strada. Li ho visti entrare e ho capito che sarebbero rimasti lì per un po'."

Con la coda dell'occhio vedo Jared irrigidirsi; mi conosce a sufficienza da capire che non finirà bene per l'uomo che ha sponsorizzato per farlo entrare nella banda. Scommetto che si sta chiedendo quali saranno le conseguenze per lui. Se fossi in lui, me lo chiederei anch'io.

Oliver non ha ancora capito. È tronfio mentre mi racconta di com'è entrato e ha sparato a tutti e quattro prima che potessero impugnare le loro pistole.

"Tutto nel territorio di Talvery? Ci vuole coraggio." Mi complimento con lui, anche se dentro di me il cuore batte forte, l'adrenalina mi scorre nelle vene e la tensione aumenta. Ho bisogno di sfogare tutta questa rabbia repressa. Cancellare il sorrisetto dalla faccia del vecchio Oliver potrebbe essere proprio quello che mi serve. Quello, oppure tornare a letto con Aria.

Il solo pensiero di averla mi fa venire voglia di tagliare corto e tornare da lei.

Sono già stato via abbastanza a lungo.

"Nessuno stava facendo nulla, ma erano proprio lì," afferma, sottolineando le sue parole e agitando le mani in aria. Nessuno stava oltrepassando il limite, nemmeno Nikolai. Ma questo stupido idiota pensava di poterlo fare e passarla liscia.

"Quanto hai bevuto finora?" gli chiedo, battendo il piede per terra, impaziente di avere Aria sotto di me.

"Questo è il quinto, da quando Jared mi ha portato qui." Si dondola leggermente sulla sedia e il suo sorriso si allarga.

"Due a testa per tutti e quattro," chiedo ad alta voce in modo che tutti possano sentirmi e mi alzo. Devo aggirare il tavolo per dargli una pacca sulla spalla e dirgli: "Ancora tre, sul mio conto."

L'odore del whisky mi colpisce forte quando lui allunga la mano per ricambiare la pacca sul mio braccio. Il suo tocco è deciso, ma io non resto fermo, trasformando il suo gesto in un colpetto. Osservo Jared mentre Oliver dice qualcosa dietro di me. Un ringraziamento e un altro brindisi per aver ucciso i Talvery. Non me ne frega niente di quello che ha da dire quel bastardo inutile.

Mi fermo davanti a Jared e gli dico a bassa voce:

"Sta a te tagliargli la gola quando avrà finito quei tre bicchieri."

Al momento giusto, Oliver ne chiede un altro. Il sangue defluisce dal viso di Jared, ma lui annuisce e con voce bassa risponde: "Certo."

Sul volto di Jared non trapela altro che pentimento. È teso, ma doveva sapere che sarebbe successo. "Nessuno fa niente finché non lo dico io." Le mie spalle si irrigidiscono e la rabbia minaccia di manifestarsi, quindi allungo la mano, gli sistemo la cravatta e poi aggiungo: "Se ci sono altri perfetti imbecilli che vogliono mettersi in mostra e non aspettare i miei ordini," guardo Jared negli occhi per far passare il messaggio, "non disturbatemi e non costringetemi a venire qui. Freddate quegli stronzi sul posto."

CAPITOLO 44

Aria

Stranamente la porta d'ingresso è aperta; non capita mai.

La raggiungo a piedi nudi sul pavimento di marmo, seguendo la luce brillante del giorno.

Sento già l'odore dell'aria e il calore prima ancora di uscire. L'erba del giardino davanti casa è rigogliosa e, anche se è autunno, il tempo è splendido.

Non ero mai stata nel portico. Da quando sono qui sono uscita soltanto una volta, e ormai il pensiero mi sembra troppo strano per essere reale, eppure è la verità. Mi hanno portata dentro e da allora ho guardato il mondo quasi sempre soltanto attraverso i vetri delle finestre, ma evito di farlo spesso. Sarebbe solo un modo sadico per tormentarmi.

Getto un'occhiata dietro di me, lungo l'atrio, e poi sbircio fuori, ma non vedo nessuno. Almeno non all'inizio. Non finché non faccio un passo sul portico di ardesia liscia.

Lo sento prima di vederlo: Jase. Con il telefono all'orecchio, cammina intorno al lato della casa e poi torna indietro. Il mio respiro si blocca e il cuore batte forte; mi fermo, ma solo per una frazione di secondo.

Sto camminando all'esterno.

Non sto cercando di scappare. Anche se devo costringere le mie membra a muoversi, è semplicemente quello che faccio. Fissando Jase negli occhi, mi avvicino alle scale. Sono grandi e imponenti, proprio come ci si aspetterebbe da una tenuta come questa. Per non parlare del fatto che sono meravigliose. Tutto in questo posto sembra costoso e ogni dettaglio è estremamente curato, dai cespugli potati, alle aiuole perfette al vialetto ad arco pavimentato con ciottoli, ogni particolare riflette l'eleganza di chiunque viva qui.

Mi viene quasi da sbuffare al pensiero che sia stato Carter a scegliere ogni cosa. Lui è tutto tranne che elegante.

Sostengo lo sguardo di Jase sedendomi lentamente sui gradini. Una grande colonna mi nasconde alla sua vista e immagino che arriverà di corsa.

Oh, come mi dispiace interrompere la sua telefonata. La prigioniera sta scappando; chiamate le guardie!

Una risatina sincera mi fa tremare le spalle. Appoggiata alla colonna, godendomi il sole che danza sulla pelle e la brezza fresca, vedo Jase arrivare di corsa dal cortile, proprio come avevo previsto.

Alzo gli occhi al cielo e gli rivolgo una smorfia che vorrebbe dirgli *mi stai prendendo per in giro?*

"Mi sono presa una pausa dal mio ruolo di prigioniera. Ho chiamato una sostituta temporanea," mormoro.

Le sue labbra si contraggono come se volesse sorridere, ma non lo fa. Non dice nulla per qualche minuto. Sento il rumore di qualcuno che parla al telefono, anche se non riesco a distinguere le parole. Lui non sembra prestare attenzione.

Il mio cuore batte un po' più forte e l'ansia mi scorre lentamente nelle vene. Batto nervosamente il piede sui gradini di pietra, ma resto ferma al mio posto. Anche se comincio a irritarmi, sapendo che non posso nemmeno avventurarmi un attimo all'esterno senza che qualcuno dia di matto, resto dove sono e mi godo il portico.

"Ti richiamo," dice finalmente Jase, anche se ancora non si rivolge a me. I miei muscoli si irrigidiscono e stringo i denti. *Se pensa di portarmi dentro...* Deglutisco a fatica al solo pensiero. Cosa farò davvero? Potrei almeno dargli un calcio. Un bel calcio forte, magari allo stinco. Annuisco debolmente all'idea, tenendo gli occhi fissi su alcune foglie che hanno assunto una piacevole tonalità ramata e ondeggiano nella brezza leggera. Se mi mette le mani addosso per costringermi a rientrare, giuro che lo prendo a calci.

Un sorriso leggero mi sfiora le labbra. È bello sentirsi una ragazza tosta. Mi dà l'illusione di avere la possibilità di scegliere.

"Hai scelto una buona giornata," dice Jase, e alzando lo sguardo lo vedo infilare il telefono in tasca, salire i primi gradini e poi sedersi accanto a me, ma su uno scalino più in basso.

Rimango in silenzio per un attimo, valutando come possa sembrare così a suo agio e comportarsi come se fosse tutto normale. Proprio come ha fatto in cucina.

"Si sta bene." Mi mordo il labbro inferiore prima di aggiungere: "Avevo un balcone fuori dalla mia camera da letto. Mi piaceva sedermi all'esterno."

Lui mi lancia un'occhiata per un attimo, ma poi accenna un sorriso, quasi con tristezza, e si appoggia all'indietro, puntando gli avambracci sul gradino dietro di lui.

Immagino che la mia guardia abbia deciso di fingere di essere mia amica e di sedersi semplicemente accanto a me.

"Chi ha progettato questo posto?" gli chiedo, alla ricerca di una distrazione qualsiasi dal ricordo della notte precedente.

Mi sono risvegliata da sola ed è esattamente così che mi sono sentita per tutto il giorno. Infelice e senza nessuno.

Avrei potuto starmene tranquillamente seduta in silenzio per conto mio, ma Jase ha rotto l'incanto. Se ha intenzione di farmi da babysitter, allora dovrà parlarmi. Una punizione in cambio di un'altra punizione. Sorrido al commento sarcastico nella mia testa e penso a recuperare tutte le mie repliche migliori da quando sono arrivata qui. Suppongo di essere di cattivo umore. *Buona fortuna ai miei avversari.*

"Siamo stati noi," risponde con un sorrisetto che non nasconde il suo orgoglio.

"No, non siete stati voi." Non esito nemmeno a smascherare le sue bugie.

"Perché pensi che non sia così?" mi chiede con un'espressione interrogativa sul volto.

"Mi stai dicendo che avete scelto lillà e peonie per il giardino davanti a casa?" lo interrogo, sfidandolo a dirmi che uno dei fratelli Cross voleva quelle piante.

L'espressione di Jase diventa cauta e lui si schiarisce la gola, guardando proprio i cespugli di cui stiamo discutendo.

"Nostra madre voleva i lillà e le peonie." Pronuncia la sua ammissione in modo semplice, piatto. "Le aveva chieste per la festa della mamma, ma è morta poco prima," mi dice, e la sua voce si affievolisce verso la fine.

"Mi dispiace," dico mantenendo un tono gentile. "Non volevo..."

"Va tutto bene," dice lui, liquidandomi con un gesto della mano. "Capisco cosa intendi, ma sì, l'abbiamo progettato noi. Qualche anno fa." Una folata di vento mi spazza via alcuni capelli dal viso e me ne spinge altri dietro la schiena, lasciando una scia di freddo e ricordandomi che, in effetti, è autunno.

"Beh, è bellissimo," gli dico con sincerità. Ignoro l'aria gelida e mi stringo le braccia intorno al corpo. Mi viene la pelle d'oca, ma non sono pronta a tornare dentro e il sole scalda ancora. Potrei stare sdraiata qui tutto il giorno, ma sembra che mi resti solo un'ora prima che gli alberi ai margini della tenuta facciano ombra.

"Non hai intenzione di scappare, vero?" mi chiede Jase e si gira a guardarmi con espressione severa. "Vorrei tenermi strette le palle, e sono sicuro che Carter me le staccherebbe se ti lasciassi andare via."

Scoppio a ridere per quanto sembra serio. La sua espressione cambia e appare divertita, e io mi ritrovo ancora una volta sorpresa da lui. Scuotendo la testa, con i capelli che mi solleticano le spalle, gli dico: "Daniel mi ha detto che è inutile per via delle guardie." Alzo le spalle come se fosse tutto uno scherzo.

A quanto pare, la mia prigionia è proprio questo, un maledetto scherzo. Eppure, il pensiero mi provoca solo una modesta fitta di disperazione.

Jase sbuffa e guarda verso il lato destro del cortile. E il modo in cui lo fa mi porta a pensare che Daniel stia mentendo. Come se Jase mi stesse nascondendo qualcosa.

"Ci sono delle guardie?" gli chiedo. "No?"

Mi guarda dall'alto in basso per un attimo, come se stesse valutando se dirmi qualcosa.

"Sì," annuisce e poi aggiunge: "Ne abbiamo alcune lungo le recinzioni."

Accetto le sue parole con un piccolo cenno del capo, ma non rispondo. Invece, penso di fare una passeggiata per schiarirmi le idee, ma sono sicura che Jase mi seguirebbe come un cucciolo smarrito e non riuscirei comunque a riflettere.

"Abbiamo detto loro di usare il taser solo sulle belle brune, però."

Rido della battuta e mi chino in avanti per passarmi una mano sulle gambe. "Stai scherzando?" gli chiedo, e lui alza le spalle come un idiota con un sorriso compiaciuto stampato in faccia.

"Sei di buon umore oggi," mormoro sarcastica.

"Anche tu."

Il tempo passa velocemente, ma con mio grande disappunto, le nuvole arrivano e coprono il sole prima che io sia pronta a separarmi dal suo calore.

"Vuoi una coperta?" mi chiede Jase, e io lo guardo alzarsi, stirarsi la schiena e fare una smorfia tenendosi il sedere. "Potresti anche volere una sedia, se hai intenzione di restare più a lungo," mi dice, e non posso fare a meno di sorridere.

"Potrei rientrare, non lo so," gli rispondo, ed è allora che il mio stupido cuore mi ricorda che dovrò vedere Carter e che lui è strano e distante... e stupido e diffidente e un coglione. Mi si secca la gola ed emetto un sospiro angosciato. Non riesco a guardare Jase mentre lo faccio. So che ha notato tutto, però.

"Sai che è pazzo di te, vero?" domanda, e quella secchezza alla gola sale ancora più in alto, facendomi sentire come se potessi soffocare, quindi evito di parlare.

"Non ferirlo," mi dice Jase, e io alzo lo sguardo verso di lui, allungando il collo dato che ora è in piedi.

"Io?" gli chiedo incredula. "Prima di tutto, io non faccio male alle persone. Secondo, lui non mi lascerebbe avvicinare abbastanza da poter anche solo pensare di fargli del male. Quello che c'è tra noi è molto unilaterale e," cerco di continuare, ma mi si spezza la voce, e lo detesto. Odio essere così emotiva, sul punto di ammettere ciò che provo per lui e anche il fatto che quello che lui prova per me non è neanche lontanamente paragonabile. Capisco perché Bella si sia innamorata della Bestia, ma questo non cambia chi è Carter. Non c'è nessuna rosa magica o bacio che lo trasformerà in un principe. Carter sarà sempre e solo una bestia.

Il respiro rauco ritorna, e mi alzo, pronta a prepararmi una tazza di tè e ad andare a nascondermi nello studio, o forse nella nuova stanza, quella bianca e carina, con le repliche di ciò che ero un tempo. Qualunque cosa sia quel posto speciale. Il mio rifugio.

"Ehi, ehi," la voce di Jase è confortante, e lui fa un passo verso di me, ma non mi tocca e dice: "Ha passato un periodo difficile."

"Sì, beh, anch'io." Sputo fuori le parole e, sorprendentemente, riesco a contenere al minimo l'amarezza.

"Ha avuto un decennio di momenti difficili, con la morte delle persone che amava, l'abbandono del suo unico amico e fratello e poi altre cose del cazzo. È stato un ciclo senza fine fino a quando non è diventato la persona che è ora."

Alzo lo sguardo su Jase, ma solo per un secondo, perché non voglio piangere. Sembra comprensivo e sincero, ma in questo momento ho bisogno di sapere che qualcosa cambierà. Non ho bisogno di scuse; non servono mai a nulla.

"Cosa ci fai qui fuori?" La voce tagliente di Carter mi fa sobbalzare e quasi cado all'indietro sulle scale, ma riesco a riprendere l'equilibrio. Il mio cuore batte forte e, per la prima volta da quando sono uscita, provo vera paura.

"Stai piangendo?" mi chiede Carter incredulo, poi si gira verso Jase con uno sguardo che potrebbe uccidere.

"Stava proprio parlando di te, in realtà," risponde Jase lentamente, e i due si fissano a lungo, con sguardi severi.

"Volevo solo prendere un po' d'aria fresca," dico per interrompere il loro momento, senza trattenere la rabbia e aggiungendo: "Ho avuto la fortuna che la porta della mia gabbia fosse aperta." Con queste parole di commiato, passo davanti a entrambi, sfiorando Carter e odiandomi per aver respirato il suo profumo, sentito il suo calore e amato entrambi.

Ho bisogno di una tazza di tè, di un buon libro, se riesco a trovarne uno nella mia nuova stanza, e di un po' di tempo per ignorare il mondo.

Ma Carter non me lo concede. Faccio due passi oltre la porta e lui mi afferra per il gomito. Strappo via il braccio e lui mi guarda come se non capisse. Come se fossi io quella che si comporta in modo strano.

"Che c'è che non va?" mi chiede, con preoccupazione nella voce.

"Ma stai scherzando, cazzo?" Non riesco a contenere la mia indignazione, anche se dovrei. Gli occhi di Carter si stringono e si incupiscono, ma non mi fermo. Il mio cuore palpita all'impazzata e ogni battito è più doloroso del precedente.

"Ti stai comportando da stronza. Ancora più stronza del solito."

"Sii gentile," sento che mormora Jase mentre chiude la porta d'ingresso, nascondendo l'ultima luce del giorno e lasciandoci con il suono dei suoi passi che si allontanano. Una parte di me si chiede se stia parlando a me o a Carter.

"Mi dispiace," dice Carter a denti stretti, quasi come se quelle parole non dovessero uscire dalla sua bocca in questo momento. Sposta il peso dalla gamba sinistra alla destra e mi guarda con occhi che suscitano in me tanta paura quanto quel desiderio oscuro che non posso negare.

Un brontolio di lieve irritazione gli sale dal petto e mi rimprovera: "Attenta a come mi parli."

"Dovresti fare lo stesso," ribatto senza pensare. Però è vero. I suoi occhi lampeggiano di rabbia, ma lui non risponde. Tiene la mascella serrata e scommetto che se stringesse i denti ancora di più, si rompereb-bero. "Mi tratti come una bambina," gli dico e poi deglutisco a fatica, sentendo il nodo in gola stringersi ancora di più. "Non mi vuoi vicino a te, non mi parli. E ieri sera…" Non riesco a finire perché sento di nuovo che sto per piangere, e ho giurato che non lo farò. Non qui.

Non mi permette di amarlo. Ma è perché sono la sua puttana. So già che è questa la risposta. È per questo che non mi ha mai baciata per così tanto tempo. Sono destinata a essere la sua puttana e nient'altro.

Passa un momento in cui mi limito a respirare. Fissando gli occhi di un uomo che riesce a farmi provare tante emozioni, ma in questo momento mi fa solo male. Voglio che mi abbracci e che si lasci abbrac-ciare. Voglio schiaffeggiarlo e dirgli che è uno stronzo e che lo odio. Voglio che mi dica che mi ama e che non pensa a me come credo che faccia.

In pochi secondi, mi immagino un mondo in cui tutto andrà bene.

"Dammi la mano," mi ordina Carter. Spingo in avanti il mento, decisa a mandarlo a quel paese, ma lui ha un potere su di me. La profondità del dolore nei suoi occhi scuri mi fa piegare al suo volere. Lentamente, alzo la mano perché lui la prenda. Sono solo la sua puttana e obbedisco al suo comando.

Lo guardo mentre preme la mia mano sul suo telefono, appiattendola, poi mi volta le spalle e si avvicina a un pannello vicino alla porta d'ingresso.

Sento le sopracciglia che si aggrottano.

Carter ha già chiesto scusa una volta. Dubito che lo rifarà. A questo punto, non so nemmeno cosa vorrei che dicesse. Il problema non sono le sue parole, ma le sue azioni.

"Se torni fuori, prendi un cappotto." Nelle sue parole severe c'è una traccia di malinconia. "Premi la mano qui," mi mostra. Mi ha dato accesso alla consolle. Il mio cuore si risveglia e odio che lo faccia. È in momenti come questo che non riesco a capire cosa sono per lui.

"Non avevo intenzione di uscire stasera," gli dico con voce flebile. Vorrei di più da lui, ma non so quanto insistere. I miei occhi passano rapi-damente dai suoi alla porta. Carter è un uomo duro e forse ha avuto una vita difficile, ma ho bisogno di più di quello che mi ha dato ieri sera e oggi.

Non so se sono nella posizione di chiederglielo, di pretenderlo, o se Carter sia in grado di darmi più di questo. E se porta a termine i suoi piani, tutto questo sarà stato inutile.

"Beh, quando lo farai," mi dice Carter, ma quando i miei occhi incontrano i suoi, lui riporta la sua attenzione sul telefono.

Guardo cosa sta facendo e vedo che sta uscendo da una schermata, ma mi accorgo della data di oggi.

Ed è allora che questa piccola tregua non ha più importanza.

Niente ha più importanza.

CAPITOLO 45

Carter

Più le do, meno la possiedo.

Nel momento in cui le ho permesso di uscire, si è allontanata da me di corsa. Non con la rabbia che mi aspettavo, vista la sua reazione, ma con un dolore inspiegabile.

È impallidita ed è letteralmente sfrecciata via, diretta verso la stanza bianca. Mi ha ignorato quando l'ho chiamata e ha cercato di soffocare il pianto.

Tutto è andato in frantumi davanti ai miei occhi, senza alcun segno, né un avvertimento.

È colpa mia, non era pronta. Non posso obbligarla a fare un passo che ancora non siamo pronti a compiere.

Questa è l'unica ragione che riesco a trovare per spiegarmi perché mi sia sfuggita in quel modo.

La sua porta è chiusa a chiave, una possibilità che avevo pensato di escludere, ma so che potrei sfondarla, se fosse necessario.

Non ho distolto lo sguardo dallo schermo del mio telefono, ma vederla piangere istericamente sul pavimento è stato brutale. Una tortura.

È passata quasi un'ora da quando ha smesso, ma non si è mossa da terra. Seduta a gambe incrociate e mangiandosi le unghie, se ne sta lì, dondolandosi avanti e indietro, mugolando e tirando su col naso. L'unica cosa che mi rincuora è che porta ancora la mia collana al collo. Non se l'è mai tolta.

Ti avevo detto di essere gentile. Il messaggio di Jase interrompe il feed e io clicco per leggerlo. È l'unica ragione per cui non ho perso la testa. Anche se sono sul punto di strappare la porta di quella stanza dai cardini e chiederle cosa l'ha fatta cedere in quel modo.

Lo sono stato, cazzo. Gli rispondo rapidamente e poi aggiungo: *Quanto tempo deve passare prima che io possa entrare lì dentro?*

Non puoi, risponde immediatamente e anche se una parte di me sa che ha ragione, credo che Aria abbia bisogno che vada da lei. Ha bisogno di qualcuno, e voglio essere io quella persona.

E se ci schierassimo con Talvery? Contro Romano? Mi sto aggrappando a qualsiasi cosa pur di tenerla con me.

Sarebbe un segno di debolezza. La risposta di Jase è veloce e mi viene subito in mente la domanda successiva. So che nessuno capirebbe o rispetterebbe la mia decisione di lasciar vivere Talvery. A meno che non fosse chiaro il motivo. E innegabile.

E se la sposassi? Digito le parole, ma non riesco a inviarle. Il pensiero di averla davvero tutta per me, in ogni senso, mi fa intravedere un barlume di speranza. Così vicina e delicata, proprio come la collana che porta al collo. E penso che forse lei acconsentirebbe, se io accettassi di risparmiare la sua famiglia.

Ma essere la moglie di un mostro la renderebbe più vulnerabile. La speranza si estingue in un istante, come la fiamma di un fuoco destinato a restare solo un tizzone.

Nessuno la teme, né la rispetta. I miei nemici la ucciderebbero alla prima occasione, solo per ferirmi. So che lo farebbero. Proprio come hanno cercato di portare via Addison a Daniel.

Jase mi manda un altro messaggio. *Ha bisogno di dirti cosa è successo.*

Ha ragione. Ho bisogno di qualcosa da sistemare. Un mezzo per riprendere il controllo di ciò che è andato storto.

Se si tratta della sua famiglia, sei fottuto. Jase ne invia un altro prima che io possa rispondergli e quasi lancio il telefono contro il muro quando lo vedo apparire sullo schermo. Invece, guardo il suo monitor, ma lei non c'è.

Se n'è andata.

Proprio mentre mi alzo di scatto, pronto a cercarla ovunque sia finita, la sento camminare lungo il corridoio e la vedo entrare lentamente nel mio campo visivo.

L'adrenalina mi attraversa, ma cerco di rimanere immobile. Perché se mi muovo, potrebbe cambiare idea. Potrebbe tornare in quella stanza, ma io non posso permetterglielo. Giuro su Dio, non posso permetterglielo.

Aria entra in camera da letto con gli occhi iniettati di sangue, i capelli spettinati e il viso arrossato. Accidenti, non ho mai provato un dolore simile. Nemmeno in cella ha pianto così.

È come se fosse in lutto.

Riesco a malapena a respirare, ma ingoio il dolore mentre lei entra, rifiutandosi di guardarmi e poi lanciando uno sguardo verso il bagno.

"Non c'è il bagno nell'altra stanza. La stanza rifugio," dice, e pronuncia quelle parole con durezza, ma senza piangere.

"Vieni qui." L'ordine è dolce, un tentativo di confortarla. So che le piace essere abbracciata e io posso farlo.

Posso abbracciarla meglio di chiunque altro.

Cammina intorpidita e quando la stringo tra le braccia, non reagisce. Non ricambia né si appoggia a me. Non si irrigidisce nemmeno. Se ne sta semplicemente lì, e tutto il suo corpo sembra congelato sotto il mio tocco. La prendo immediatamente in braccio, cullandola per metterla a letto, per costringerla a riposare e sdraiarsi con me. Domani mattina andrà tutto bene.

Ma nel momento in cui faccio un passo verso il letto, Aria sussulta e mi sbatte i palmi delle mani sul petto, scalciando allo stesso tempo e cadendo deliberatamente dalle mie braccia per finire sul pavimento.

"Cazzo," sbuffo e mi chino per aiutarla ad alzarsi, ma lei scappa all'indietro, strisciando lontano da me per poi rialzarsi e affrontarmi come un animale in gabbia deciso a scappare.

Mille frammenti mi lacerano ogni singola parte del corpo. Si conficcano nella mia pelle intorpidita, facendosi strada nel mio sangue e risalendo fino alla gola.

"Aria, dimmi cosa c'è che non va," le chiedo, ma lei scuote la testa, scostandosi i capelli e asciugandosi le guance bagnate di lacrime con la mano.

"Sai già cosa c'è che non va," dice con tono afflitto, e io capisco di averla delusa.

"Mi perdonerai," le dico a bassa voce, stringendo i pugni.

I suoi occhi incontrano i miei e si velano di lacrime mentre lei singhiozza: "Lo so." Tira su col naso una volta e si gira per andare in bagno, ma io non posso lasciarla andare.

"Parlami," le dico alzando la voce, ma lei si ferma e poi si gira lentamente. "Chiedimi qualsiasi cosa," aggiungo.

Passa un attimo in cui lei rimane immobile, avvolta nella camicia da notte lunga fino alle ginocchia. Per due volte sta per dire qualcosa, ma invece scuote solo la testa.

Alla fine mi fa una domanda che odio, ma che so di meritarmi.

"Mi sarà mai permesso di andarmene?" La voce riflette la sua disperazione.

"Sì." Vorrei dirle di più, che la porterò ovunque vorrà andare, ma temo che se parlo troppo, crollerà di nuovo. Devo pronunciare ogni parola con molta cautela.

"Quando?" chiede.

"Dopo che la guerra sarà finita," le rispondo con fermezza. "Non ci sono eccezioni."

"E quando succederà?" Le sue parole sono flebili, quasi insignificanti, e riflettono esattamente come deve sentirsi.

"Presto." Cerco di essere conciso, non volendo ferirla più di quanto non sia già, ma anche cercando di non mentirle.

"Vorrei almeno dirgli addio," piagnucola e la sua voce si incrina.

"Lui sa dove sei. Se avesse voluto dirti addio, avrebbe potuto farlo."

"Sa che sono qui?" Lo shock nella sua voce è inaspettato e io mi sento un idiota. Avrà la stessa reazione che ha avuto ieri quando ha scoperto che qualcuno la stava spiando.

"Sì." Deglutisco a fatica, ma almeno mi sta parlando.

"E non è venuto a prendermi?" chiede con immensa tristezza, ma questo mi fa solo infuriare. Non sa chi è veramente suo padre? Non rischierebbe la vita per nessuno. Per nessuno al mondo. "Da quanto tempo?" Deglutisce visibilmente e indurisce la voce per chiedermi: "Da quanto tempo lo sa?"

"Dalla cena," le rispondo, e poi conto i giorni. "Quattro giorni."

Il viso di Aria si sgretola e lei si copre la bocca con la mano, sembrando in qualche modo ancora più abbattuta.

"Quando sei in guerra, prima devi annientarli. Sono sicuro che abbia dei piani…" Vorrei mentirle, dirle che ha intenzione di riprenderla dopo avermi ucciso. Ma non ci credo. Talvery bombarderebbe la nostra tenuta, ammazzando anche lei, se pensasse di poterla fare franca.

"E io dove finirò?" chiede Aria con un sussurro debole.

"Cosa intendi?"

"Tu *annienti* i Talvery… e io dove finirò?" chiede con sorprendente forza e tenacia.

"Tu appartieni a me." È l'unica risposta a quella domanda. Ed è la verità che lei già conosce. L'ha già accettata. So che è così.

"Cosa faresti se ti dicessi di no? Che non ti voglio?" Cerca di stabilizzare il respiro come meglio può e raddrizza la schiena. "Che non voglio più essere la tua puttana?"

"Saprei che stai mentendo. E non sei la mia *puttana*." Il mio cuore batte forte, accompagnato da un formicolio lungo la pelle.

Mi aspetto che ribatta in modo ironico, chiedendomi cosa rappresenti per me. Ma non succede. Invece, cerca di distruggere quel poco di bontà che mi ha concesso.

"E se le cose cambiassero e io non ti volessi più?" mi chiede, ogni parola affilata e tagliente come un coltello.

"Perché dovresti? Perché dovresti *mentire?*" La sfido a dirmi che è la verità. Che non mi vuole più.

"Mi avresti rimandata indietro dopo il bagno se avessi detto 'no', vero?" mi chiede e mi ci vuole un attimo per capire a cosa si riferisce.

"Intendi la nostra prima notte? Non sei venuta a letto con me perché volevi evitare la cella," scarico le parole ribollendo di indignazione. "Non sapevi nemmeno che non saresti più tornata indietro." Alzo la voce che mi graffia la gola. "Quella notte ti sei lasciata andare, dandomi la carica. Hai scopato con me perché mi desideravi." Sottolineo ogni parola, avvicinandomi con passo deciso e dominante, finché non sento la tensione che lei emana. "Volevi sapere come sarebbe stato avermi dentro di te." Abbassando le labbra sulle sue, sussurro: "O mi sbaglio?"

Lei mi fissa negli occhi e io fisso i suoi. Il mix di verde e nocciola è vibrante e pieno di vita in mezzo ai frammenti di bianco striato dal rosso.

"Lo volevi o no?" la incalzo proprio mentre il mio stomaco si contorce per il disgusto e comincio a chiedermi se in realtà non mi abbia mai desiderato. Se fossi così ossessionato da lei da essermi sbagliato per tutto questo tempo.

"Sì, ti volevo!" urla, anche se l'ultima parola le si sgretola sulle labbra. "E non dovrei volerti ancora." Non nasconde il dolore quando mi dice: "Dovrei odiarti."

Il dolce sollievo è breve e infinitesimale, ma la sua confessione mi conforta.

"Perché?" le chiedo dolcemente, desiderando che continui. Che affronti la questione perché, tra poche settimane, questa lite non avrà più alcun senso. Lei mi perdonerà. Sa già che lo farà.

"Perché ucciderai la mia famiglia e tutte le persone che amo. Ecco perché." La voglia di litigare la abbandona con l'ultima frase.

"Sì." Mantengo la voce ferma, anche se non so come ci riesco. "È vero."

"Ti prego, non farlo," sussurra la sua supplica e io vorrei averlo già fatto. Vorrei aver già sparato a quel bastardo, così lei la smetterebbe.

"Tuo padre è un brav'uomo?" le chiedo, sapendo che questo la ferirà, ma è già così abbattuta che un altro po' di verità non potrà peggiorare di molto la situazione. "Pensi che gli uomini che lo difendono debbano restare in vita tanto da poter provare a uccidermi?"

"Non lo faranno," cerca di dirmi, scuotendo vigorosamente la testa e allungando le mani per afferrare le mie, ma io le strappo via. Non le permetterò di implorare per la sua vita.

"Ci hanno già provato," ammetto, e le mie narici si dilatano. "Subito dopo che i suoi tossici hanno ucciso mio padre. L'hanno assassinato per quaranta dollari e un sacchetto di pillole." Ricordo come appariva mio padre sul tavolo di metallo dell'obitorio. Come le sue nocche fossero contuse per aver cercato di difendersi.

"E tuo padre era incazzato perché avevo osato entrare nel suo territorio per ucciderli. Per vendicarmi. Lui li proteggeva!" le urlo contro, anche se non vorrei farlo. Le lacrime le inondano di nuovo il viso e lei ansima in cerca d'aria. "Tuo padre ha mandato quattro uomini a casa nostra. Nella nostra abitazione fatiscente, quella merda di casa. Dove è morta mia madre. La casa che ami così tanto." Non posso fare a meno di sogghignare al pensiero. "Noi non c'eravamo. Grazie al cielo non c'eravamo."

Aria respira a malapena attraverso le mani che le coprono il volto, come se potessero proteggerla dalla dura verità. "Le hanno dato fuoco con degli ordigni incendiari. Avrei dovuto ucciderlo allora, ma non sono riuscito a prenderlo. Ora sono sicuro di poterlo fare, invece, cazzo."

"Mi dispiace tanto," piagnucola, cercando di calmarsi. E io quasi allungo la mano per abbracciarla, perché lo desidero. In questo momento anch'io ho bisogno di farlo. Ma poi lei parla.

"Le cose sono cambiate," dice debolmente, asciugandosi le lacrime dagli occhi, anche se non smettono di scorrere.

"Come puoi ancora difenderlo? Dopo tutto questo?" Il dolore non smette. Sto sanguinando dal dolore.

"Le probabilità che io permetta a tuo padre di vivere sono quasi nulle.

Anche se voglio che tu sia felice, sai perché deve morire. Scommetto che anche tu pensi che se lo meriti," le dico. "Una piccola parte di te deve pensare che se lo meriti."

"Hai detto che li ucciderai tutti, ma non tutti se lo meritano," continua a implorarmi, senza offrirmi alcun conforto, mentre io cerco di non crollare al ricordo della fuliggine e della cenere che hanno preso il posto della casa in cui sono cresciuto. "Non è solo mio padre che morirà. Nikolai era il mio unico amico. E la mia famiglia starà dalla parte di mio padre. Non puoi uccidere tutte le persone che amo."

"Se si oppongono a me, meritano di morire."

"Non tutti…"

"Chi, per esempio? *Nikolai*," pronuncio il suo nome con disprezzo e lei sussulta.

"Ti prego," insiste, ma la rassegnazione è già evidente nei suoi occhi.

Le volto le spalle, sentendomi più solo di quanto mi sia mai sentito da quando è entrata in questa casa, e le dico: "Puoi farti dei nuovi amici."

CAPITOLO 46

Aria

È il mio compleanno, ma non sapevo nemmeno che giorno fosse finché non ho visto il telefono di Carter.

Qui nessuno sa che è una giornata speciale per me, perché dovrebbero? Non sanno nemmeno che ieri era l'anniversario della morte di mia madre. Il giorno prima del mio compleanno.

E per la prima volta non sono andata sulla sua tomba.

Ricomincio a piangere e non so se lo sto facendo per mia madre, per la mia famiglia o per Carter e il ragazzo che era un tempo. Potrei piangere per sempre e non sarebbe abbastanza per le tragedie subite dai nostri amati.

Appoggio la schiena al muro del bagno. Alla mia sinistra la porta è chiusa, e davanti a me l'acqua scorre per coprire il suono dei miei singhiozzi. Volevo farmi una doccia per lavare via tutto. Una doccia calda e bollente.

Invece, sono accovacciata sul pavimento vicino alla porta. Riesco a malapena a stare in piedi, da tanto sono stordita ed esausta. Non mi fido di me stessa sotto la doccia. Non mi fido più né di me stessa né di nessun altro.

So che mio padre è un uomo orribile, condannato all'inferno. Non sapevo cosa avesse fatto a Carter. Non ne avevo la minima idea. "Non lo sapevo," sussurro a nessuno in particolare. Sono stata cieca per tanto tempo e ora vorrei poter tornare indietro. Odio tutto questo. Odio il dolore. Odio il fatto che non ci sia modo di tornare indietro.

Riesco già ad accettare la morte di mio padre, per quanto possa sembrare crudele. Per quello che ha fatto, non c'è pietà nella sua morte. Inoltre, lui è sopravvissuto a mia madre. E sa che sono qui, eppure non ha fatto nulla. Nessuno ha fatto nulla per l'omicidio di mia madre. Sono sicura che mio padre non muoverebbe un dito per onorare la mia morte.

Le fiamme lungo il lato della casa che ho disegnato mi balenano davanti agli occhi. Non posso perdonarlo. Non posso perdonare mio padre e non voglio nemmeno sapere quando se ne sarà andato. Non voglio concedergli l'onore di piangerlo.

Ma non si tratta solo di lui.

Si tratta anche di Nikolai. Perché non è venuto a prendermi? Lui non può essere fatto della stessa pasta. Sospiro sconcertata. So che non lo è, e non riesco ad accettarlo.

Non lo farò.

Non mi sono mai sentita così lacerata, anzi, totalmente a pezzi.

Ma sono stanca di piangere, di affrontare la morte, ancora e ancora. Sono figlia di mio padre. Vivo in un mondo in cui gli affetti sono limitati e il lutto non fa altro che alimentare l'odio. Sono rimasta nascosta e in silenzio per anni, cercando di passare inosservata e di restare fuori dai piedi, lontana dagli occhi degli uomini che mi avrebbero potuto considerare una merce di scambio. Eppure, eccomi qui, nelle mani di un uomo deciso a uccidere e vendicarsi.

Ma il pensiero di Nikolai che mi accompagnava alla tomba di mia madre, ogni anniversario della sua scomparsa, ora mi fa sprofondare nella disperazione. A ogni compleanno mi svegliavo trovando un suo messaggio e un biglietto in cui prometteva che mi avrebbe portato ovunque avessi voluto.

E a come ora non fosse successo.

E a come non succederà mai più, e io non ho modo di impedirlo.

Non posso salvarlo.

Ho pianto la morte di un uomo che respira ancora. Non poterlo sentire oggi o parlargli e fargli sapere quanto mi manca e quanto vorrei poter fare qualcosa per fermare tutta questa situazione, è già una morte di per sé. E a prenderne il posto è subentrato ciò che sono stata educata a nutrire da sempre. L'odio.

È come se Carter lo avesse già ucciso; mi ha sottratto l'unica persona che avevo in questo mondo. La collera per questa consapevolezza aumenta ogni istante, indurendomi il cuore.

Forse l'anno prossimo, quando visiterò la tomba di mia madre, accanto ci sarà anche quella di Nikolai.

Il pensiero e l'immagine di una vecchia lapide accanto a una nuova appena scolpita mi scatenano un nuovo fiume di lacrime.

È tutto quello che posso fare. Piangere per loro.

Piangere per tutti noi. E aggrapparmi al mio odio per un uomo che sto imparando ad amare.

Un leggero clic mi fa alzare lo sguardo verso il pomello della porta e lo vedo girare lentamente. Asciugandomi gli occhi alla bell'e meglio, mi alzo lentamente in piedi, appoggiandomi al muro mentre Carter apre la porta. Il vapore che riempie la stanza si diffonde nello spazio aperto e l'aria calda mi fa sentire ancora più accaldata.

Carter si ferma dopo aver fatto un passo all'interno, fissando per un attimo la doccia vuota, poi si volta verso di me quando emetto un respiro pesante e spezzato. Lo sguardo nei suoi occhi mostrava vera paura, finché non si è posato su di me.

Ho visto l'angoscia negli occhi di un uomo che non fa altro che crogiolarsi in essa.

Eppure, quando mi fissa mi sento insignificante. "Pensavo fossi sotto la doccia." I suoi occhi vagano sul mio viso, alla ricerca di qualcosa.

Provo a deglutire, ma non ci riesco. Invece, scuoto leggermente la testa e prego che se ne vada. Sarei dovuta rimanere nella stanza speciale.

"Non mi piace vederti così." L'affermazione di Carter sembra sincera, ma tutto ciò che riesco a dargli in cambio è una risata sarcastica e malata che mi esce rauca dalla bocca, quasi impedendomi di respirare. Prendo i fazzoletti dal lavandino e gli volto le spalle. Tremo ancora per il peso del dolore che mi opprime.

La sua grande mano si posa sulla mia spalla, con cautela, delicatamente, e lui cerca di attirarmi a sé. Di stringermi come ha fatto altre volte. Con mezzo passo in avanti, cerca di abbracciarmi da dietro, chiude persino gli occhi e abbassa le labbra per baciarmi la pelle nuda.

Ma io mi volto rapidamente e lo spingo via, liberandomi dalla sua stretta. Non può abbracciarmi e pensare che così tutto scompaia. Non più.

Stringo il fazzoletto nel pugno e lo spingo di nuovo, allontanandolo da me.

Lui non mi permette di confortarlo, quindi io non permetterò che lui faccia lo stesso. Che usi il mio dolore contro di me. Per quanto mi riguarda, può fare quello che vuole, indipendentemente dalle conseguenze per me.

"No, non puoi toccarmi." Le mie parole escono con una durezza che non sapevo di avere ancora in me. La furia si accende nei suoi occhi scuri e la sua espressione si indurisce, anche se rimane immobile dove si trova, con la mascella tesa e le spalle rigide.

"Dimmi che non vuoi gettarmi di nuovo in cella." Ancora una volta, l'emozione mi spezza le parole. Lo fisso, aspettando una risposta. È difficile non vedere il dolore e la paura nello sguardo che mi ha mostrato poco prima.

"L'unico posto in cui voglio gettarti è sul mio letto, per ricordarti cosa posso darti." Parla a bassa voce, con un tono profondo che suona crudo alle mie orecchie. "Tu mi appartieni ancora," mi ricorda.

Le mie labbra si incurvano in un sorriso triste. Triste per lui, che pensa di potermi avere come desidera. Non succederà mai.

Un lampo di rabbia, uno schiocco della lingua, un passo verso di me, e Carter si trasforma di nuovo nell'uomo che ho conosciuto settimane fa. Freddo e calcolatore.

Ma tornare indietro è impossibile. E lui, più di tutti, dovrebbe saperlo bene.

"Inginocchiati," mi ordina, ma sento la disperazione nella sua voce. Può anche fingere, ma sa che non può controllarmi quando sono così. Riesco a malapena a controllarmi da sola.

"Rimandami in cella." La mia richiesta è forte e provocatoria, nessuno potrebbe negarmela.

Starò meglio in cella. Meglio lì che nella mia stanza rifugio dove sto semplicemente cercando di evitarlo. La cella non mi lascia scelta. Ne ho bisogno. Ho bisogno di allontanarmi dall'uomo che mi sta davanti.

Se Carter mi tocca, cederò. So che lo farò. Dimenticherò il dolore e la rabbia. Dimenticherò di piangere. Non rimarrà nulla di me se non ciò che lui vuole che ci sia.

Sono debole nei suoi confronti. "Ho bisogno di stare lontana da te," sussurro con rabbia.

"No." Il suo rifiuto alla mia richiesta dovrebbe solo rafforzare la mia determinazione a disobbedirgli. Ma le mie membra sono deboli e ho un disperato bisogno di essere abbracciata. Voglio che sia lui a farlo.

"Devo provare a scappare?" gli chiedo ostinata, senza osare guardarlo negli occhi.

"Come se potessi allontanarti da me." La sua risposta è più morbida di quanto dovrebbe essere. E troppo confortante perché possa resistere.

"Vaffanculo," gli sibilo in un ultimo disperato tentativo.

"Vuoi davvero tornare nella tua cella, vero? Potrei sempre tenere la porta aperta, se preferisci. Così potrai fingere che io sia il mostro che vuoi che sia."

Potrei sempre tenere la porta aperta. Quelle parole mi fanno venire le lacrime agli occhi. Lui me la toglierebbe. Mi porterebbe via la maschera dell'assoluta mancanza di scelta. Lo odio per avermi fatto questo.

"Ti odio," gli sputo addosso, con tutta la rabbia e la tristezza che si mescolano in un miscuglio letale.

Gli occhi di Carter ardono di intensità mentre si avvicina a me. A ogni passo che fa in avanti, io ne faccio uno indietro fino a quando il retro delle mie ginocchia colpisce il bordo della vasca.

"Ammettilo," mi sussurra, così vicino da farmi sentire il suo calore. L'acqua bollente si riversa dietro di me, saturando la stanza di un rumore di fondo e di vapore. Non riesco a distogliere lo sguardo da Carter che avanza. Le sue spalle mi imprigionano e la sua mascella squadrata esprime soltanto dominio quando mi dice: "Ammetti che capisci e che sai che deve succedere. Ammettilo," mi esorta.

"C'è sempre una scelta." Riesco a malapena a pronunciare le parole mentre lui mi tocca. Appoggia un dito, un solo dito, sulla mia clavicola e lo fa scivolare più in basso. Il suo tocco è fuoco sulla mia pelle. E io ne voglio ancora. Quando i miei occhi incontrano di nuovo i suoi, il mio cuore si stringe in una morsa di dolore insopportabile. La tristezza che traspare dal suo sguardo riflette il tono basso con cui pronuncia: "È confortante pensare che abbiamo delle scelte."

Quando i suoi occhi si staccano dalla mia gola, dove il suo dito scorre su e giù con un movimento rassicurante, il dolore nella sua espressione svanisce e ancora una volta l'uomo indurito che è mi ordina: "Ammettilo. E ammetti che sei mia."

Slam! Non riesco a spiegare perché l'ho fatto, anche se la mia mano brucia di dolore, i miei polmoni si rifiutano di funzionare e la paura mi travolge. Un'impronta rosso vivo segna il viso di Carter, che lentamente alza la testa per guardarmi.

L'ho schiaffeggiato. Ho colpito Carter Cross.

Un respiro e poi lui mi afferra entrambi i polsi e me li spinge sopra la testa.

"Carter." Il modo in cui pronuncio il suo nome è come una supplica, anche se non so neanche cosa sto implorando. Sono sopraffatta, mi sento stordita e piena di nient'altro che paura. Paura di lui, di ciò che verrà. Di tutto.

"Aria," la voce di Carter è strozzata e riflette esattamente come mi sento. Apro gli occhi per pregarlo di perdonarmi, per scusarmi, ma lui chiude i suoi e schiaccia le sue labbra sulle mie.

Le preme con forza, con l'intensità selvaggia di cui ho bisogno, mordicchiandomi il labbro inferiore, divorandomi fino a quando la mia bocca si apre e la mia lingua cerca la sua.

Cazzo. Ne ho bisogno. Ho bisogno di lui.

Carter mi sposta contro il muro, le sue dita stringono i miei polsi e lui li tira più in alto mentre l'altra mano mi accarezza il corpo.

Non so a che punto il lutto e la ribellione si siano trasformati in questo. Nel bisogno assoluto di essere presa da lui, adorata dal suo corpo. La sensazione della sua presa potente e del suo tocco brutale che diventa morbido al momento giusto, è coinvolgente.

È peggio di qualsiasi droga.

La sua mano sinistra quasi mi libera i polsi, ma nel momento in cui provo a muovermi, li stringe di nuovo. "Carter," dico, e il suo nome è un gemito soffocato mentre mi dimeno contro il muro e la sua mano destra trova la mia lingerie, strappando il pizzo. Il tessuto sottile mi scivola lungo la gamba, solleticandomi, e ogni terminazione nervosa del mio corpo è in tensione.

"Aria," Carter geme il mio nome respirando contro il mio collo e la sua barba ispida mi graffia la spalla. Sono così eccitata. Bollente e pronta a prendere fuoco.

Le sue dita mi sfiorano tra le gambe. L'umidità aiuta a farle scivolare facilmente fino al clitoride e poi di nuovo giù verso la mia entrata. Si ferma ogni volta per stuzzicarmi e portarmi più vicina al limite.

"Dimmi che non mi desideri, che hai davvero chiuso con me e smetterò," sussurra Carter, poi abbassa la testa sull'incavo del mio collo. Tutto ciò che riesco a sentire è il coro dei nostri respiri affannosi e il rumore bianco della doccia dietro di noi.

Apro gli occhi rabbrividendo e cercando di respirare, di dare un senso a tutto questo, ed è allora che ci vedo allo specchio. Una ragazza triste e lacera con gli occhi rossi e nient'altro che dolore riflesso in essi. Bloccata contro il muro da un uomo forgiato per annientare e cresciuto in questo mondo per covare odio.

E il mio cuore si spezza.

Si spezza per entrambi.

Non voglio più piangere. "Ti prego" è l'unico gemito che riesco a emettere, e non so cosa sto implorando.

Forse solo di farmi passare il dolore, anche solo per un po'.

Il petto forte di Carter preme con forza contro il mio, intrappolandomi e sopraffacendomi mentre spinge le sue dita dentro di me e devasta ogni centimetro di pelle esposta con le sue labbra.

Prendo un respiro profondo; il mio collo si piega e il corpo viene scosso dall'improvvisa pressione che si accumula nel profondo del ventre. Mi attraversa come un'onda. Imminente e minacciosa.

I capezzoli si induriscono e le dita dei piedi si arricciano, i fianchi minacciano di sollevarsi, di allontanarsi, sapendo che sta arrivando un impatto violento. Ma con Carter non c'è nessun posto dove scappare. E il piacere è una valanga, una beatitudine spietata da cui vengo sommersa.

Il mio corpo è paralizzato da un orgasmo accecante, ed è solo allora che Carter mi libera. Non mi lascia cadere contro il muro, mi afferra immediatamente, stringendomi a sé finché non riesce ad adagiarmi sul pavimento, e solo allora si abbassa i pantaloni.

Mi penetra come se fosse l'unica cosa che abbia mai desiderato.

Non ha fretta, anche se ogni affondo è violento.

Gli graffio la schiena e lui mi morde la spalla.

Io urlo il suo nome e lui urla il mio.

Nessuno dei due respira, se non l'aria dei polmoni dell'altro.

Il calore, la passione, il desiderio… è tutto innegabile. Lo ammetto. Di tutto ciò che Carter vuole che io riconosca, posso ammettere che lui possiede una parte di me che non sapevo esistesse e che nessun altro avrà mai.

"Come posso odiarti e amarti allo stesso tempo?" gli chiedo con parole confuse mentre fatico a respirare. Spalanco gli occhi, rendendomi conto di ciò che ho detto, ma Carter non mi sente o non gli importa. Si stacca dal mio corpo, lasciandomi piena di lui sul pavimento freddo.

Una parte di me va in pezzi quando si alza e si passa una mano sul viso e poi sulla nuca. Ora è in piedi e mi dà le spalle, e un altro po' di me va in frantumi. Sono una tale sciocca. Una ragazza stupida in balia di un mostro. Persa nel mio dolore finché lui non riesce a sopraffarlo con il piacere.

* * *

Mi ha portata sul suo letto. Senza dire una parola.

Mi ha ripulita tra le gambe con un panno caldo e umido e poi mi ha messa a letto. Non riesco a guardarlo; non riesco a fare altro che restare qui distesa. E ogni ticchettio dell'orologio mi fa chiedere se dovrei alzarmi e andare a dormire sul pavimento della mia stanza.

Il cuore mi fa troppo male.

Almeno non mi sta toccando. Ogni volta che il letto scricchiola e le coperte si spostano sul mio corpo nudo, mi irrigidisco, pensando che mi stringerà a sé, ma lui non lo fa.

Ripenso alle ultime ventiquattro ore, ancora e ancora.

"Perché sembravi spaventato quando non mi hai trovato nella doccia?" gli chiedo finalmente, rompendo il silenzio e l'illusione che potessi anche solo provare a dormire. "Non capisco." Gli spiego il motivo della domanda, che sembra provenire dal nulla. Sono le uniche parole che ci siamo scambiati dopo lo schiaffo, a parte la confessione che è rimasta inascoltata.

"Jase aveva un'amante, tempo fa," mi risponde Carter con voce sommessa, eppure ruvida e profonda. Sento il suo respiro affannoso, lo percepisco persino dal movimento del letto, poi aggiunge: "Si è suicidata nella doccia."

Apro le labbra, anche se resto sdraiata su un fianco, dandogli le spalle. Altro dolore. Un'altra tragedia. Mi chiedo cosa le abbia fatto Jase per spingerla a suicidarsi. Non pensavo fosse capace di una cosa del genere. La domanda mi resta sulla punta della lingua, ma non la pronuncio.

Carter aveva il terrore negli occhi quando non mi aveva vista nella doccia perché per un attimo, per un breve istante, ha pensato che fossi morta nella vasca.

CAPITOLO 47

Carter

Mi chiedo se mi ami davvero.

Non dimenticherò mai il modo in cui l'ha detto. Mi ha annientato. Col tempo, forse, arriverà ad amarmi, ma il suo odio non morirà mai.

Non posso biasimarla, ma voglio sentire quelle parole prive dell'acredine. Così posso illudermi che siano sincere.

Voglio che le ripeta, e che questa volta le pensi davvero. Non dovevano essere pronunciate con tanta leggerezza al culmine del piacere. Creano dipendenza e mi hanno provocato qualcosa che non riesco a descrivere.

Oggi sta disegnando con una lentezza esasperante. Sdraiata davanti al camino nello studio, si dedica a un solo progetto. Un'unica opera d'arte nelle ultime tre ore. Non sono ancora sicuro di cosa sia, riesco solo a distinguere un campo di fiori, ma c'è qualcosa oltre le macchie nere dei petali.

Non ho tempo per chiederle spiegazioni, però. Ci sono cose ben più importanti da domandarle.

"Cosa desideri più di ogni altra cosa al mondo?" Il fuoco scoppietta quando la mia voce profonda rompe il vuoto tra noi. La tensione è ancora presente, ma non può durare per sempre. Non lo permetterò.

Aria alza gli occhi color nocciola e mi guarda attraverso le ciglia scure, senza preoccuparsi di sollevarsi dai gomiti. Osserva di nuovo il disegno e deglutisce visibilmente prima di scrollare leggermente le spalle, ma non mi risponde.

Per ora, non è costretta a farlo. Non mi interessa cosa fa o come mi tratta a porte chiuse, purché non scappi o si faccia del male.

"Io voglio che la mia famiglia sia intoccabile," le confesso.

"È un'ambizione piuttosto importante," risponde, incrociando le caviglie e continuando a fissare il blocco da disegno davanti a lei. È ancora fredda.

"Non è quello che vuoi anche tu?" le chiedo. "Sembrerebbe particolarmente auspicabile, vista la situazione attuale." Non riesco a nascondere il compiacimento nella voce che copre il dolore causato dalla sua reazione. Se parlasse con me, capirebbe che c'è solo un modo per porre fine a tutto questo. E una volta finito, andrà meglio. Farò in modo che sia così, per lei.

"Voglio che tutti vadano a farsi fottere e mi lascino in pace," risponde con un tono tagliente che mi fa sollevare un angolo della bocca in un mezzo sorriso. Adoro la sua combattività. Vivrà, sopravviverà. Una ragazza come lei sa come cavarsela, se non altro.

"La rabbia è qualcosa che non mi aspettavo. E una come te non dovrebbe essere lasciata sola," le dico.

"Oggi non voglio piangere. Quindi mi accontento della rabbia." La sua risposta è accompagnata da una leggera irritazione. Getta il bastoncino di carbone sulla carta e poi incrocia il mio sguardo per chiedermi: "Perché non dovrei stare da sola?"

"Una cosa è dire che vuoi stare da sola. Un'altra è esserlo davvero. Fingi di non esistere nello stesso mondo in cui vivo io. Ti chiudi in te stessa e ti comporti come se fosse quello che vuoi. Ma tu appartieni a questo posto. Sei nata per questa vita. Devi accettarlo. E la solitudine in questo mondo ti rende vulnerabile, e nessuno di noi due può permettersi di esserlo."

"Ero sola nella cella," dice solennemente. Non credo che abbia dormito affatto la notte scorsa; io di sicuro no. "Eppure sono sopravvissuta."

Sospiro malinconicamente. "Non eri sola. La prima notte che hai dormito, ho drogato la tua cena per assicurarmi che lo facessi. Così ho potuto curarti le ferite e i graffi sui polsi."

"Davvero?" I suoi occhi sono pieni di stupore. "Perché?"

"Prendermi cura di te era il mio compito." Le mie spalle si irrigidiscono, così come il mio sguardo, e lei abbassa gli occhi, tornando a fissare le macchie di carboncino. "Sapevo che saresti sopravvissuta. E che ti saresti arresa rapidamente. Doveva succedere in fretta."

"Perché?" mi chiede, e non capisco come possa non saperlo, arrivati a questo punto.

"Volevo mostrare a tutti quanto fossi desiderosa di appartenermi. In questo modo, non ci sarebbero stati dubbi sulla tua posizione nel conflitto."

Chiude gli occhi e si morde l'interno della guancia alla mia confessione, cercando di tenere a freno le emozioni. So che la verità è difficile per lei. Una ferita aperta. Ma ha bisogno di vedere tutto. Deve accettare ogni cosa per ciò che è.

"Invece, non ci sono dubbi su quale sia la mia posizione nei tuoi confronti. Stephan non mi è mai piaciuto. Chi tradisce una volta, tradisce per sempre. Ma regalarti la sua morte, permettendoti di vendicarti? Quel gesto ha parlato più chiaro di quanto pensassi."

Il suo viso si contrae per il ricordo doloroso, poi abbassa la testa, evitando il mio sguardo e strofinando la guancia contro la spalla. Si scosta i capelli dal viso e quando parla non alza gli occhi.

"Ma tu hai ancora intenzione di…" Non si preoccupa di finire la domanda. So che lo sa già. Finirà per accettarlo.

"Tuo padre non merita quello che ha. Non è neanche la metà dell'uomo che è Romano. E Romano è una patetica parodia del suo titolo. Moriranno entrambi. Insieme a tutti quelli che combattono per loro."

"Ti prego. Non tutti. Farò qualsiasi cosa." Pronuncia le parole con convinzione e alza gli occhi color nocciola per incontrare il mio sguardo scuro. "Vuoi che mi inginocchi ai tuoi piedi? Mi inginocchierò."

Ancora non capisce. E il mio cuore soffre per lei.

"E se volessi che tu restassi al mio fianco?" le chiedo, con il cuore che mi batte forte nel petto. È rischioso darle di più. Ogni volta che lo faccio, non riesce a gestirlo. Ma ho bisogno che sappia cosa voglio davvero da lei. Cosa desidero più di ogni altra cosa.

"Mi domineresti," risponde lei.

"Non funziona così, passerotto. E non è quello che voglio. Hai sempre avuto le ali spezzate, ma io posso mostrarti cos'è la vera libertà."

"Hai ancora intenzione di uccidere la mia famiglia?" mi chiede come se la risposta fosse definitiva.

"Farò una serie di cose che non approverai. Devi accettarlo." La mia replica è secca, senza margine di discussione. "Non sono un uomo buono."

"È così che sarebbe stare al tuo fianco? Non avere alcun controllo e accettare semplicemente quello che fai?" Rimango sorpreso dalla sua risposta, ma desideroso di discuterne i termini.

"Su certe questioni non avrai mai alcun potere e dovrai accettare le mie scelte. Spetta a te decidere se vuoi essere informata o meno." So che parte della sua angoscia è dovuta al fatto che è al corrente di tutto, pur essendo una pedina senza alcun mezzo per reagire.

"Mi dispiace che tu sia a conoscenza di tutte queste cose," le dico, e poi quasi mi pento di averlo fatto, pensando che lo prenderà come un'offesa, anche se non era mia intenzione.

Ma non lo fa. Al contrario, crolla, mostrandomi il lato di lei che amo. La sua vulnerabilità allo stato puro.

"Non voglio questa vita," sussurra, allontanando lentamente la sua opera d'arte per poter appoggiare la testa sul tappeto. La luce del fuoco le lambisce la pelle.

"Non possiamo scegliere," le ricordo. Mi sono detto tante volte che vorrei che fosse diverso, ma siamo costretti a vivere l'esistenza che ci viene data.

"Ti sbagli," mi dice come se avesse un'altra opzione.

"Ti piace quello che ti faccio? Il modo in cui ti prendo e ti costringo a urlare il mio nome?" La mia domanda è diretta ed esplicita.

Lei non mi risponde, ma non ce n'è bisogno.

"Allora no, non hai scelta. Una volta ho avuto una scelta. E ho scelto male."

"Ti stancherai di me," sussurra, con lo sguardo apparentemente vuoto ma che nasconde un profondo dolore. "Un giorno non sarò più un giocattolo nuovo e scintillante. Un giorno vorrai qualcuno che ti combatta e io non avrò più niente da darti." Le lacrime le riempiono gli occhi. "Un giorno l'idea di fare sesso con me non ti interesserà più."

Non ha idea di quanto si sbagli. Sto diventando sempre più ossessionato da lei. Infrango ogni regola per soddisfarla.

Metto tutto a repentaglio per sanare le ferite che lei si ostina a negare.

Non la lascerò mai andare, perché non è un giocattolo. Non è una sfida. Non è la bambola del sesso che pensa e che segretamente ama essere.

"Allora mi lascerai andare?"

"Mai."

Si gira verso il fuoco e io le sussurro: "Ti sbagli di grosso, Aria. Se non fossi così determinata a odiarmi, lo capiresti."

"Mi dai tutti i motivi per odiarti," mi dice. Nel riflesso dello specchio sopra la mensola del camino, vedo il fuoco danzare nei suoi occhi.

Non saprà mai quanto le sue parole mi feriscano. O forse lo sa, ed è proprio quello che vuole.

"Perché mi stai facendo questo? Perché proprio a me?" mi chiede in un unico respiro e io le offro in cambio l'unica verità possibile.

"Tuo padre ha messo in moto una serie di eventi," rispondo, ricordando la notte in cui i suoi uomini mi hanno prelevato dalla strada.

Ricordo come le pillole cadevano nel canale di scolo mentre mi colpivano con i pugni alla mascella e io crollavo sul cemento freddo. Insieme ad Aria, vedo solo ciò che mi aspetta. Ma lei è intrappolata nel passato. Ed è questo che ci distruggerà.

"Quindi è colpa di mio padre?" mi chiede con tristezza, come se le avessi rubato una fantasia.

"No, è colpa mia." La mia confessione la confonde per un attimo, ma prima che possa dire altro, continuo.

"Pensavo di amarti," le confido con una sgradevole asprezza che fa sembrare le parole brutali. Lei spalanca gli occhi voltandosi e fissandomi. La sua postura cambia, assumendo quella di una preda che si rende conto di essersi imbattuta nel suo peggior nemico. Lo shock nella sua espressione mi spinge ad andare oltre. Affinché capisca chi sono veramente.

"Per molto tempo, dopo aver lasciato la tua casa, quando mi hanno buttato di nuovo in strada dopo avermi picchiato brutalmente, ero convinto di amare chiunque fosse la proprietaria di quella voce dolce che gli ha impedito di farmi fuori." L'espressione di Aria cambia, lasciando trasparire paura e consapevolezza.

Le chiedo di eliminare qualsiasi pensiero abbia sull'amore. E qualsiasi idea io ne abbia mai avuta. La debolezza mi schiaccia mentre le confesso cosa pensavo in passato. Quello che mi aspettavo quando ho pugnalato la sua foto e ho ordinato a Romano di portarla da me.

"Ero consapevole di detestare tuo padre, e con il tempo, ho detestato tutto. Ti ho odiato per avermi permesso di sopravvivere." Aria rimane in silenzio, con il fiato sospeso, in attesa di sentire cos'altro dirò.

"Sono condannato all'Inferno. Tra tutti gli esseri umani sulla Terra, Dio sa che merito di bruciare. Ed è perché mi è stato permesso di vivere. Per colpa tua."

"Non ha niente a che vedere con me. Mio padre..."

"Ha *tutto* a che vedere con te," le dico, sentendo la rabbia del ricordo prendere il sopravvento. "Sei stata tu a bussare alla porta e a supplicare tuo padre. Sono stato così stupido. Per molto tempo, quando gridavi 'Ho bisogno di te', ho pensato che in qualche modo, per quanto assurdo, ti stessi riferendo a me."

Mentre mi avvicino di un altro passo, negli occhi di Aria torna la ferocia; quella paura che conosco e amo vi si agita dentro. Il suo corpo avverte ancora il piacere che le infliggo, ma il suo cuore batte con la consapevolezza del timore che ha di me.

"Io non…" inizia a protestare, ma la interrompo.

"Tu sei l'uccellino nella foresta che ha attirato il bambino fuori dal suo rifugio sicuro fino a farlo cadere in un buco nero dal quale non potrà mai più uscire. Eppure il passerotto continua a cantare dolcemente, schernendo il bambino che è diventato un uomo duro e pieno di odio, intrappolato in un inferno che non sapeva sarebbe arrivato. Sai qual è il suo sogno più grande?" Le chiedo, ricordando il momento in cui la mia gratitudine si è trasformata in odio per la ragazza che mi sta seduta di fronte.

Lei scuote appena la testa, senza distogliere lo sguardo.

"Prima di tutto uscire, per molto tempo, solo un modo per uscire. Ma quando capisce che non può, che non può cambiare chi è e a cosa è condannato, cerca il suo passerotto. Desideroso di catturarlo. Solo per zittire il suo canto per sempre. Ecco perché volevo te."

Mi sporgo in avanti, piantando gli occhi su di lei e le dico: "Aria, quello era prima che ti tenessi tra le braccia. Non importa quanto tu decida di odiarmi, giuro che non ti lascerò mai andare. Significhi molto più di quanto oserei ammettere a chiunque."

CAPITOLO 48

Aria

Bussano alla porta.

Il piano cottura emette un leggero rumore quando la fiamma guizza dal fornello e io la regolo a media intensità, prima di posarvi sopra la pentola d'acqua.

Non riesco a superare la confessione di Carter.

Non sarei mai andata nella parte della tenuta dove mio padre svolge i suoi affari. Mia madre è morta al secondo piano di quella casa e giuro che riesco ancora a percepire la sua presenza lì.

Qualunque cosa lui pensi sia successa, non è così.

Non ho mai interrotto l'operato di mio padre né ho mai cercato di immischiarmi nei suoi affari. Non ho mai bussato alla porta. Non ho mai chiamato nessuno per chiedere aiuto.

Non avrei mai osato.

Carter ha commesso un errore. La donna che ha gridato il suo nome e l'ha salvato… non ero io.

Non sono io il passerotto che l'ha attirato nella foresta. Non sono la ragazza che pensava di amare e che invece ha finito per odiare.

Non avrei mai potuto essere io.

Il vuoto che provo da quando mi ha lasciata da sola nello studio è inspiegabile. Dovrei essere felice, dovrei dirgli quanto ha sbagliato a portarmi via. Dovrei confessargli che quella voce che ha sentito non era la mia. Invece, custodisco il segreto oscuro e lascio che mi soffochi mentre guardo l'acqua bollire nella pentola.

"Cosa stai preparando?" mi chiede Daniel, interrompendo i miei pensieri. "Cavolo, hai un aspetto orribile," dice, grattandosi la nuca. A piedi nudi, con i jeans scoloriti e una semplice maglietta bianca, sembra rilassato, ma non riesce a nascondere la stanchezza dal suo volto.

"Anche tu," gli rispondo, e verso le patate nella pentola. Ho già tagliato tutto il resto che mi serve per preparare l'insalata di patate. Ora non mi resta che aspettare. Nessuno la preparava come mia madre. Ed era addirittura più buona il giorno dopo, dopo aver riposato in frigo per tutta la notte.

Non ho affatto fame. Sto semplicemente agendo in modo meccanico, fingendo che la realtà non stia distruggendo ogni fibra del mio essere.

Daniel apre il frigorifero mentre verso gli ultimi pezzi. Con lo sportello aperto e il viso nascosto alla ricerca di qualcosa, mi chiede: "Vuoi parlarne?"

Un sorriso sincero, ma triste, mi sfiora le labbra.

"Vuoi parlarmi dei *tuoi* problemi?" gli chiedo.

"Te l'ho chiesto prima io," replica con una punta di ironia, chiudendo lo sportello. Vedo che ha in mano una bottiglia di succo d'arancia.

"Sembri tuo fratello," commento distrattamente.

"Beh, cavolo," mi dice, tirando fuori un bicchiere. Lo appoggia sul bancone con un tintinnio e mi sorride. "Non prenderti gioco di me, Aria," scherza, e io mi lascio sfuggire una risatina, anche se sembra smorzata e futile.

Mescolo le patate ancora crude, anche se so che non è necessario. Ma ho completamente dimenticato di mettere il timer, quindi mi sporgo in avanti e rimedio.

Il segnale acustico ne segnala l'avvio, io faccio un passo indietro e mi appoggio al bancone.

"Che cosa ha fatto questa volta?" mi chiede Daniel, imitando la mia posizione dalla parte opposta.

"Niente di nuovo," gli rispondo, ed è proprio la sincerità di quelle parole a ferirmi di più.

Il sorriso gentile che aleggiava sulle sue labbra svanisce, quindi mi concentro sui numeri, guardandoli come se potessi farli andare più veloce semplicemente fissandoli con intensità.

"Perché non mi lascia andare?" gli chiedo in un sussurro.

Perché pensa che tu sia qualcun altro. Qualcuno che lo ha salvato.

La gola mi si secca e la mia voce si spezza quando aggiungo: "Non è giusto."

Segue un lungo silenzio, rotto solo dal rumore dell'acqua che ricomincia a bollire.

"Perché tiene a te," dice finalmente Daniel, e io lo guardo negli occhi, lasciando che veda il vero effetto che Carter Cross ha su di me.

"Che bel modo di dimostrarlo. Uccidere la mia famiglia, quindi, è la ciliegina sulla torta." La mia risposta sarcastica lo fa irrigidire.

"Anch'io ho la mia opinione su tuo padre," mi confida a bassa voce, con un tono che non gli avevo mai sentito usare prima. Il mio cuore batte forte e sono costretta a guardarlo negli occhi. "Ma la terrò per me," prosegue, poi apre il frigorifero per rimettere a posto il succo d'arancia.

Senza dubbio intende andarsene. Per non dover tollerare il mio autocommiserarmi.

"E tutti gli altri? Le persone che ho conosciuto e amato?" Riesco a malapena a respirare, mentre tento di spingerlo a fornirmi una giustificazione.

"Se sapessi la verità," mi dice, voltandosi dopo aver chiuso lo sportello, "non lo biasimeresti." C'è tanta sincerità in lui che quasi metto in discussione la mia determinazione.

"Non si tratta solo di mio padre. Quindi ho il diritto di biasimarlo, e lo farò," rispondo scoraggiata, anche se non sono sicura di credere alle mie stesse parole. Quando alzo lo sguardo su Daniel, il mio cuore accelera in modo irregolare e il mio corpo si irrigidisce.

Addison entra lentamente in cucina, guardando lui e poi me, quindi mi rivolge un piccolo sorriso.

Non riesco a respirare e non so cosa fare. L'ansia mi attanaglia mentre lei mi osserva. Ho i capelli ancora umidi dopo la doccia e indosso una camicia da notte. So che i miei occhi tradiscono la mancanza di sonno e che ho un aspetto orribile.

Ma soprattutto, so che Addison non sa chi sono. Lei è una persona normale. Non è costretta a stare qui come me. Non allo stesso modo, almeno.

Daniel se la cava molto meglio di me, abbracciando Addison e dandole un bacio delicato che la costringe a guardarlo negli occhi.

Muovendomi appena, osservo il timer e valuto la possibilità di andarmene. Non so cosa potrei dirle, se riuscissi a guardarla in questo momento.

Ciao Addison, so tutto di te e so che tu non sai nulla di me. Sono la puttana di Carter e lui presto ucciderà tutta la mia famiglia, quindi non mi è permesso andarmene. Piacere di conoscerti.

Anche se non è proprio vero. Ha ammesso che per lui sono importante. *Ma è perché pensa che io sia qualcun'altra.* Non mi sono mai sentita così imbarazzata come adesso. Ogni volta che mi tornano in mente le sue parole, mi viene da piangere. Perché lui non mi ha mai voluta e nel momento in cui scoprirà la verità, mi getterà via.

"Addison," la voce di Daniel interrompe i miei pensieri pieni di rancore. "Lei è Aria. Sta con Carter."

Sta con Carter.

Le sue parole mi risuonano nella testa quando Addison sorride dolcemente, si sistema una ciocca di capelli dietro l'orecchio e mi fa un piccolo cenno amichevole, rimanendo dove si trova. "Piacere di conoscerti," dice gentilmente, anche se lancia uno sguardo a Daniel, senza dubbio chiedendosi cosa ci sia che non va in me.

"Ciao," la saluto con una sola parola che mi esce rauca. Non sto *con* Carter, sto contro di lui. Tranne, ovviamente, quando mi contorco sotto il suo corpo.

"Sta passando una giornata difficile," le spiega dolcemente. Il mio petto batte in modo doloroso. Sembra essere racchiuso in una morsa alla ricerca di aria e, senza ottenerla, non fa che soffocare.

"Mi dispiace." Deglutisco e le dico: "Di solito non sono così strana." Alzo gli occhi al cielo e mi sforzo di ridere per allentare la tensione.

"Non sei strana," mi rassicura scuotendo la testa. "Sembra solo che tu stia passando una giornata difficile. È perfettamente comprensibile," aggiunge agitando le mani davanti a sé. "Non ti sto giudicando."

Dal suo tono, dal suo imbarazzo, ho la sensazione che Addison si senta sola. O forse sto solo proiettando ciò che provo io.

"Torniamo in camera," dice Daniel e la tensione aumenta. Almeno ho potuto conoscerla e lui ha detto che sto con Carter. È una situazione rispettabile. Beh… per alcuni. Sono sicuro che per lei lo sia.

"Certo," gli risponde lei con un tono così morbido che è riservato solo a lui, ma poi alza la voce e si rivolge a me.

"Vuoi venire con me in palestra domani?"

Sbatto le palpebre alla sua domanda. Sono sorpresa e non so cosa rispondere.

"Ho appena fatto la doccia, quindi…" inizia a dire, poi dondola sui talloni, avvolgendo nervosamente i lunghi capelli attorno al polso.

Non so nemmeno se mi è permesso parlare con lei da sola. Sento la collera aumentare dentro di me. Non ho bisogno di un permesso. E un giorno lei scoprirà chi sono e perché sono qui. Non posso nasconderlo per sempre. E allora cosa penserà di me?

"Non lo so," le rispondo. Il mio sguardo si sposta su Daniel, ma lui se ne sta tranquillamente accanto ad Addison come se nulla fosse. Come se niente di tutto questo fosse anomalo. Come fanno i ragazzi Cross.

"Dai, possiamo bere del vino mentre facciamo gli esercizi per la schiena. È piacevole," dice scherzosamente. "Non mi piace nemmeno allenarmi," dice e poi guarda Daniel come se cercasse il suo permesso, ma senza aspettarlo. "Ma stare rinchiusa qui mi sta uccidendo e almeno è qualcosa di diverso."

Vedo la felicità svanire dal suo volto e il sorriso rimanere solo perché lo sta forzando. "Se vuoi compagnia, mi farebbe davvero bene passare un po' di tempo tra ragazze," aggiunge, per poi alzare gli occhi al cielo emozionata. "Scusa," sbuffa, scuotendo la testa e appoggiandosi a Daniel mentre lui la stringe a sé. "Anch'io sto passando una brutta giornata."

"Mi allenerò con te," rispondo immediatamente, dicendole quello che vuole sentire solo per alleviare il suo dolore. Mi mordo il labbro, chiedendomi se Carter mi impedirà di andare.

"Non amo correre, però," la avverto, cercando di alleggerire l'atmosfera e forzando un piccolo sorriso.

Una felicità sincera le illumina il viso e lei annuisce con entusiasmo. "Oh, sì, certo." Ride un po' e sospira sollevata: "Se mai mi vedessi correre, dovresti iniziare a correre anche tu perché significherebbe che c'è qualcuno dietro di me che cerca di acchiapparmi," scherza senza notare la reazione di Daniel, la cui bocca si incurva e poi si stringe in una linea sottile. Lei non se ne accorge, perché lui si affretta a nasconderlo. Daniel le dà un bacetto e poi si rivolge a me, anche se sta ancora puntando l'attenzione su di lei: "Mi sorprende che vada in palestra, francamente."

Addison alza le spalle e gli fa notare: "Non c'è molto altro da fare."

"Non potremmo semplicemente bere qualcosa nello studio?" suggerisco, cercando un modo per rendere la cosa più accettabile. Carter sa che frequento lo studio, quindi se Addison dovesse capitare lì, non potrebbe biasimarmi per questo. Beh, in realtà potrebbe. Probabilmente troverà un modo per impedirmelo, come sempre.

"Mi sembra perfetto," acconsente Addison con un ampio sorriso. Daniel la trascina via proprio mentre il timer del fornello suona.

Con un sorriso sincero e un breve cenno della mano, mi dice dolcemente: "Ci vediamo domani."

È gentile da parte sua, ma non ho idea se succederà davvero.

Guardandola così totalmente inconsapevole di tutto, mi torna in mente quanto lo fossi anch'io a casa di mio padre. Addison ha comunque un sorriso triste. Immagino che non ci sia molta differenza tra conoscere la verità e ignorarla completamente. L'effetto è sempre lo stesso.

CAPITOLO 49

Carter

La mia Aria è smarrita.

Non riesco a distogliere lo sguardo da lei che fissa il piumone, sfiorandolo appena con la punta delle dita e poi tirando indietro le lenzuola. La sua espressione è un mix di emozioni. Tristezza, confusione, un accenno di rabbia. Con il passare dei secondi, il suo petto si gonfia e il desiderio di sapere cosa sta per succedere prende il sopravvento. Ma la sua fronte resta corrugata quando il letto scricchiola sotto il suo peso leggero e le lenzuola frusciano.

Non credo affatto che abbia superato la collera, ma non è più così intensa come poche ore fa, per non parlare di ieri. Non so ancora cosa l'abbia fatta arrabbiare davanti alla porta d'ingresso, ma lo scoprirò. Non può nascondersi da me per sempre e non mi accontento di quel 'non c'era niente di particolare'. Ho guardato le telecamere di sorveglianza più e più volte. È successo qualcosa. Solo che non so cosa.

Allento il cinturino dell'orologio, sento il metallo liscio sfiorarmi il polso e poi lo ripongo nel cassetto. La osservo ancora guardare dappertutto tranne che me, le dita che giocherellano con la collana. Un altro secondo, un altro respiro affannoso.

La guerra interna sta volgendo al termine, ma la guerra lascia delle vittime, e so che lei sta prendendo nota di tutto ciò che ha perso e di ciò che resta della donna che era una volta. La guardo deglutire, il petto che si alza e il respiro che accelera.

È vicina a sottomettersi completamente a me. Molto vicina.

Non se ne rende nemmeno conto.

"Non puoi rimanere infuriata con me per sempre," le dico sfilandomi la maglietta dalla testa, prendendola dal colletto.

Mi tolgo i pantaloni e mi preparo a raggiungerla a letto, chiedendomi se si irrigidirà quando la stringerò tra le braccia. È giusto che mi distrugga ogni notte, quando lo fa. Sono assolutamente convinto di meritarmi un castigo peggiore.

"Sai che oggi ho parlato con Addison?" mi chiede con una punta di ansia, invece di rispondere a quello che le ho chiesto. Non sembra aver preso sul serio la mia confessione di prima, nello studio, ma ora è ancor più diffidente. Forse non se lo ricorda, ma pensavo che avrebbe cambiato qualcosa tra noi. In meglio.

Le mie labbra si contraggono in un sorriso finto. "Sì," le rispondo, e lei finalmente mi guarda con un'espressione supplichevole.

"E allora?" chiede con evidente curiosità, ma con ancor più disperazione.

"E allora cosa?" ribatto come se non riuscissi a comprendere il senso della sua domanda. Addison sa chi sono, e concordo che questa situazione sia tutt'altro che morale, ma se dovesse scoprire la verità, continuerebbe comunque ad amare mio fratello e a far parte della famiglia. Mi perdonerebbe. I peccati di Daniel sono stati gravi, ma lei lo ha perdonato, per lo più.

"Mi lascerai andare?"

Il suo labbro inferiore trema, ma aspetta pazientemente mentre abbasso la mano sulla sua, riflettendo con attenzione sulle mie prossime parole.

"Addison ti piacerà," le dico con sincerità. "Non ti fermerò e non sarò lì a controllarti; non mi interessa nemmeno farlo."

"Quindi non ti importa?" chiede.

"Mi interessa, ma non nel modo in cui pensi. Perché dovrei impedirvi di fare amicizia?" le domando, e poi aggiungo: "Neanche mio fratello lo farebbe. Sarebbe bello se vi conosceste." Non le faccio capire quanto sia ansioso di sapere cosa dirà ad Addison e se si confiderà con lei.

"Potrei dirle che mi stai tenendo in ostaggio, che mi hai rinchiuso in una cella per settimane…" mi risponde con un sopracciglio inarcato, anche se non riesce a nascondere la tristezza che ancora aleggia sul suo volto. Riesco a vedere con assoluta nitidezza che il modo in cui siamo arrivati a questo punto la logora internamente.

"Vuoi davvero coinvolgerla in questa storia?" le chiedo in modo diretto. "Sta attraversando un momento difficile, e sappiamo entrambi che non reagirebbe bene."

"E se dicessi qualcosa che non dovrei dire?" sussurra con sincera preoccupazione. La osservo giocherellare con le lenzuola, chiaramente nervosa all'idea di dire qualcosa che potrebbe causare ulteriori problemi alla nostra situazione già delicata.

"Non farlo," è l'unica risposta che ho per lei. "Stai attenta a quello che dici."

Il silenzio si protrae per un attimo e io la osservo.

"Forse è meglio che ti dimentichi tutto per un momento e le parli come avresti fatto con chiunque altro un mese fa."

Devo essere cauto con lei. Estremamente delicato. Aria non risponde, anche se l'attenzione con cui sceglie le parole svanisce non appena si sistema nel letto.

"Abbiamo altre questioni da discutere," le dico passandomi il pollice sulla barba incolta.

Anche se annuisce, emette un sospiro pesante con un'espressione assonnata sul viso. È sopraffatta ed esausta. Nessuno di noi due ha dormito la notte scorsa. Oltre ad aver pianto per metà del tempo, si è svegliata a ogni ora.

"Quello che è successo ieri non può ripetersi. Hai una scelta. Puoi subire la tua punizione adesso, oppure dopo il tuo appuntamento con Addison."

Il suo corpo si irrigidisce e fatica a formulare le parole. Schiude le labbra e diversi respiri affannosi sostituiscono qualsiasi domanda mi voglia porre.

"Allora non mi rimanderai in cella?" chiede infine, con la voce tesa quanto il corpo.

"Non ti farebbe bene." La stringo a me, confortandola, e le do un piccolo bacio sulla testa. Le sussurro: "Te l'ho detto, non dovresti essere lasciata sola. Questa punizione è a nostro vantaggio. Te lo prometto," le dico, e sento il peso di tutto ciò che mi opprime.

Vedo che sta trattenendo le parole. Praticamente leggendo nella sua mente, capisco che vorrebbe dirmi che sarebbe meglio per noi se lasciassi perdere questa guerra o la lasciassi andare, ma non osa farlo.

"Cosa sarà?" mi chiede.

"Non ho ancora deciso," le rispondo onestamente.

"Allora domani," mormora con un'espressione sconfitta che mi spezza il cuore, ma domani capirà.

"Sarà sempre così?" mi chiede. "Faccio qualcosa che non ti piace, vengo punita e poi scopata fino a quando non dimentico che ti odio?"

Non credo che la sua domanda volesse essere spiritosa, ma una breve risatina mi fa tremare il petto. Passandole le dita lungo il braccio, decido di dirle di più, di stabilire dei limiti. Ma con essi arrivano nuove regole.

"In camera da letto, voglio che tu mi obbedisca. In qualsiasi altro posto," il mio sangue pulsa più forte e più caldo mentre finisco, "ti voglio tutta per me."

"C'è una differenza?" chiede con finto sarcasmo. Quella sua linguaccia la metterà nei guai. La sua disobbedienza non dovrebbe eccitarmi così tanto. Per quanto mi piaccia, domani sera verrà punita. Non ci sono dubbi.

"Sai già che c'è," dichiaro e, anche se la mia voce è profonda e minacciosa, cerco di alleggerirla. "È ora di fare un nuovo gioco, Aria."

"Niente giochi." Il suo tono si alza, ed è costretta ad abbassarlo prima di aggiungere: "Ho smesso di giocare con te, Carter."

"Non smetterai mai, invece." Le sussurro le mie parole sulla pelle. "Lo sai."

Le sue unghie affondano nelle lenzuola, stringendole più forte mentre continua a evitare di guardarmi. So perché non vuole incrociare il mio sguardo infuocato. Perché riempirebbe anche il suo di desiderio. Non può negare ciò che prova per me e quanto potere ci sia nella tensione tra noi. Il tira e molla ci fa impazzire entrambi. La differenza è che io posso ammetterlo; anche se mi distruggerà, posso riconoscere l'effetto che ha su di me.

"Cosa vuoi?" mi chiede, anche se fissa dritto davanti a sé, con espressione piatta e indifferente. "Dimmi cosa vuoi da me," ripete, e una punta di rabbia traspare dal suo tono. "Dimmi cosa significa essere tua," insiste a denti stretti e io mi limito a fissarla. Lo sa già. Entrambi lo sappiamo già.

"Qui fai sesso con me… mi punisci come hai fatto in passato." Non mi sfugge come i suoi occhi si incupiscano guardando intorno alla stanza, cercando il punto in cui l'ho sculacciata, le ho preso la gola e l'ho fatta godere più forte che mai.

"Sì," le dico, e osservo le sue pupille dilatarsi e le sue gambe stringersi per alleviare un po' del calore che cresce tra le sue cosce.

"E cosa ti aspetti fuori da questa stanza?" mi domanda, e nel farlo, la sua voce trema. Sa quanto c'è in gioco.

"Che abbiano paura di te." I suoi occhi lampeggiano verso i miei e improvvisamente il mio passerotto sembra molto interessato. Continuo: "Come ne hanno di me."

Lei ride con un suono triste e patetico, distogliendo lo sguardo e scuotendo la testa. Le sue labbra morbide si aprono, ma non ne esce alcuna parola e invece continua a muovere la testa e fissa la maniglia della porta del bagno dall'altra parte della stanza. Guarda ovunque tranne me.

"La paura è facile da ottenere," le dico semplicemente. Ed è proprio così. Mantenerla è una maledizione che non svanisce mai. Ma posso sopportare il peso di questo fardello. Lei deve solo recitare la sua parte. Devono crederci.

Aria scuote delicatamente la testa come se io non capissi. Mi dice: "Voglio disegnare. Magari un giorno avere uno studio tutto mio. È la mia ambizione. Oppure vendere alcuni dei miei lavori a persone che li ameranno quanto me. Voglio che provino quello che provo io, quando li guardano." Vedo i suoi occhi illuminarsi di speranza mentre mi racconta un sogno che altrimenti non avrei mai conosciuto. Posso soddisfare questo suo desiderio. Tutto quello che doveva fare era dirmelo. "È l'unica cosa che ho sempre desiderato oltre alla felicità. Avere una famiglia e renderla felice."

Una famiglia.

Posso offrirle anche questo, e il pensiero di lei incinta di mio figlio mi obbliga a trattenere un gemito di desiderio in gola. Chiudo gli occhi e mi ricordo che ha bisogno di tempo. Tutto a tempo debito. Una volta conclusa la guerra, la situazione cambierà.

Apro gli occhi e le chiedo: "E cosa c'entra tutto questo con quello che ti ho chiesto?" La mia domanda la coglie alla sprovvista. "Dimentichi il mondo in cui vivi." Una famiglia, una galleria. È tutto facilmente raggiungibile. Ma solo quando avremo il controllo. E questo richiede paura. *Devono* temerla.

Le chiedo: "Vuoi quello studio? Una galleria? Dei figli, Aria? Pensi che il tuo nome da solo non farebbe di te un bersaglio facile?" Lei sussulta alla domanda e vedo il dubbio e la preoccupazione attraversarle il volto. Le sue labbra si incurvano e il suo respiro accelera. Non importa se stia al mio fianco o meno; dal momento in cui le è stato dato il nome Talvery, la sua vita è stata in pericolo.

"Tutto ciò che ti rende orgogliosa o felice è una debolezza che aspetta solo di essere sfruttata. Ma solo se qualcuno osasse mettersi contro di te. E Aria, se non l'hai notato, la trovata dell'altra sera farà girare la voce su ciò che significhi per me. E questo ti rende una debolezza molto più grande da sfruttare di quanto tu non sia mai stata per tuo padre."

"Quindi è questo che sono? Una debolezza?"

La tensione tra noi cresce e la sua espressione si addolcisce, ma rimane piena di curiosità. Mi sussurra una domanda che so la tormenta. Osservo le sue labbra morbide mentre mi chiede: "Cosa significo per te? *Io*. Non la ragazza che pensavi fossi."

Ripenso alle sue parole, a come una delle sue più grandi ambizioni fosse quella di rendere orgogliosa la sua famiglia, e sento il mio battito rallentare, come se il tempo fosse costretto a fermarsi per permettermi di riflettere su come risponderle.

Il solo pensiero di garantire la sua felicità sta diventando per me un obiettivo più grande di qualsiasi altro. Se ora glielo dicessi, mi riderebbe in faccia. Lei non vede ciò che noto. Non sa ciò che so io. Non potrei mai dirglielo. Non trovo le parole giuste, anche se fosse pronta ad ascoltarle.

Non ha alcun perdono da offrirmi per quello che le ho fatto passare e per quello che ancora le succederà a causa mia.

Non mi crederebbe se le dicessi che è per lei. Che è tutto per lei. E se lo facesse, lo userebbe comunque contro di me. Non si rende nemmeno conto della donna che potrebbe essere. La ribellione e la testardaggine la rendono perfetta ai miei occhi.

"Ti mostrerò cosa significhi per me, Aria." La mia voce è roca e profonda, ma non contiene altro che sincerità. "Fino ad allora, il nuovo gioco sarà questo. Questa stanza serve per scoparti, punirti e offrirti un piacere che va oltre ogni tua immaginazione. E fuori da questa stanza, sarai mia, pretenderai rispetto e incuterai il timore che ti spetta."

I suoi occhi verde nocciola traboccano di qualcosa che non ho ancora visto.

"Carter Cross," sussurra. "Non so se sono la donna che pensi che io sia." Le sue parole sono piene di tristezza, come se credesse davvero a ciò che dice.

Mi avvicino a lei, appoggiando la bocca sulla sua spalla e sfiorandole la pelle con la punta del naso. Le mie labbra le accarezzano la mascella, dove la bacio delicatamente, e poi le mordicchio il lobo dell'orecchio.

Osservo la pelle d'oca che le ricopre la spalla e il petto e le fa indurire i capezzoli quando sussurro: "Hai tante cose da imparare e da accettare, ma Aria," apro gli occhi e cerco i suoi prima di continuare, "so che non mi deluderai."

Con lo sguardo fisso sul suo volto, parlo più a me stesso che a lei: "Tutto ha sempre portato a questo."

CAPITOLO 50

Aria

Ho tre ore di tempo e una sola bottiglia di vino. Avrei fatto meglio a prenderne un'altra, sapendo che Carter sarà ad aspettarmi in camera al termine dell'incontro.

All'idea di ciò che mi aspetta, sento una tensione nel petto e un lieve fremito nel cuore.

Ogni tanto penso a tornare di corsa nella mia stanza segreta. Carter ha mantenuto la parola data e non è venuto a cercarmi lì la prima volta che mi ci sono rifugiata, ma quante probabilità ci sono che lo rifaccia? Se tento di evitare lui e le sue punizioni, ho la sensazione che tutto peggiorerà. C'è però un'unica distrazione di cui sono grata. Qualcuno con cui parlare e che non sa cosa sto passando. Sono in debito con Addison, anche se lei non ne ha idea. Anzi, sono felice che non se ne renda conto.

Stappando la bottiglia, smetto di fingere che nascondermi servirà a qualcosa. A volte ho paura di Carter e del pensiero della sua punizione, ma c'è una parte più oscura della mia anima che la desidera ardentemente.

Non posso negare che l'idea di essere presa con forza fino in fondo alla gola o legata dall'uomo più potente che abbia mai incontrato accenda ogni mia terminazione nervosa come una miccia pronta a esplodere.

Mi verso il vino, ascoltando il suono del liquido che cade nel calice, e la mia mente corre a tutte le punizioni che Carter mi ha inflitto in passato. A quanto mi abbia resa eccitata e bramosa di averne di più, manipolando il mio corpo e i miei sentimenti. Ancora adesso, sono intorpidita dal dolore.

Non ha senso. Tranne il fatto che il mio cuore è davvero lacerato e in subbuglio.

Il liquido scuro turbina quando poso la bottiglia e me lo porto alle labbra, inspirando l'aroma che mi riempie i polmoni. Forse ho davvero perso tutto. Forse sono diventata pazza.

Ho bisogno di qualcosa a cui aggrapparmi. Il mondo sta per crollarmi davanti agli occhi, a portata di mano eppure irraggiungibile. Ma come faccio a cambiare la situazione? Ciò di cui ho davvero bisogno è la clemenza di un uomo crudele, deciso a vendicarsi.

"Eccoti qui," sento dire ad Addison prima di vederla e il cuore cerca di balzarmi in gola, pulsando freneticamente come se fossi stata sorpresa a fare qualcosa di innominabile.

"Ehi," espiro e la mia voce trema. Il vino nel calice ondeggia per lo scossone e, per stabilizzarlo, lo tengo con entrambe le mani.

"Sembra quasi un appuntamento al buio, vero?" scherza Addison con un sorriso sincero. Il suo umore è notevolmente migliorato rispetto a ieri. È quasi una persona diversa da quella che ho conosciuto.

Spensierata ed entusiasta, c'è qualcosa di soave in lei e nell'aria che la avvolge. Senza esitazione, si serve dalla bottiglia.

"Un po' sì," concordo con una risatina e un mezzo sorriso, e l'imbarazzo svanisce. Alza il calice per un brindisi e io faccio lo stesso, tenendolo con le mani sudate.

"Alle nuove amiche." Inclina la testa con lo stesso sorriso di prima, ma ancora più dolce, e i vetri tintinnano.

Sospirando, si sistema sul divano, mettendosi comoda. "Sono stata in questa stanza solo una volta," inizia a parlare, anche se non mi sta guardando. Raccoglie le gambe sotto di sé, appoggia il bicchiere sul tavolino e fissa una fotografia in bianco e nero incorniciata proprio a destra della mensola del camino. "Carter voleva mostrarmi che aveva appeso i miei scatti," spiega tranquillamente, e poi mi lancia un'occhiata. "Penso che volesse solo farmi sorridere e farmi sentire la benvenuta, capisci?"

Alzo le sopracciglia, sorpresa. "Sono tuoi?" le chiedo, trovando nella conversazione un'ottima via di fuga dal baratro emotivo che mi risucchia incessantemente. L'idea che Carter abbia fatto qualcosa per lei solo per renderla felice mi fa venire in mente una serie di domande, ma le scaccio via. Niente pensieri su Carter o altro. Mi sono convinta di non essere in grado di elaborare la situazione.

Oggi il mio umore cambia ogni pochi minuti. Che pensi a Nikolai e alla sua imminente esecuzione, a mio padre e a ciò che ha fatto ai fratelli Cross, al fatto che lui non sia venuto a prendermi, o a Carter stesso e alle cose crudeli che dice e agli omicidi che ha pianificato, il risultato è lo stesso.

Eppure la prospettiva di cadere tra le sue braccia, affinché lui possa lenire tutti i dolorosi colpi di scena della settimana, in qualche modo offusca il mio giudizio, ed è lì che voglio restare. Accettare il conforto e voltare le spalle alla realtà.

Forse è per questo che sto iniziando a odiarmi. Sì, penso davvero di stare impazzendo. E darei la colpa a Carter, se solo riuscissi a ricordare cosa abbia commesso e quali siano i suoi piani quando mi bacia e annulla ogni sofferenza.

"Tutti tranne quei due," dice indicando due acquerelli astratti dietro di noi, appesi sopra l'ingresso dello studio. Sistemo la gonna, mi schiarisco la gola e sorrido. Il tipo di sorriso che ho rivolto agli altri in passato, quando sapevo che era ciò che si aspettavano di vedere.

A volte diventa sincero, ed è quello che spero succeda anche questa volta. Prego che sia così.

"Hai molto talento." Ammiro ancora una volta i suoi lavori. Non è la prima volta che mi soffermo su di loro. "Sono stupendi."

I suoi tratti delicati si colorano e le spalle si abbassano leggermente mentre mi liquida con un cenno della mano e dice scherzosamente: "Oh, smettila," strappandomi una risatina. "Sei gentile."

"Amo l'arte," le dico e, per qualche motivo, questa affermazione generica mi fa arricciare il naso. "Amo le opere che ti fanno provare emozioni." Mi indico il petto per chiarire il mio pensiero. "Come le tue." Mi mancano le parole e devo chiudere gli occhi, scuotendo la testa per un attimo, in modo da poter trovare quelle giuste per esprimere esattamente ciò che intendo. "Sembrano così semplici, anche se il bianco e nero toglie dettagli alla nostra visione normale. Ma è proprio nella semplicità che c'è un senso profondo che rivela il lato più puro della tua anima, come se potessi sentire ciò che prova il fotografo, o qualsiasi artista, concentrandoti su un oggetto che non avrebbe così tanto significato nella quotidianità. L'opera d'arte ti supplica di ascoltare una storia e ti lascia intuirne il contenuto."

"Sapevo che mi avresti capito," dice Addison e mi offre un sorriso gentile. "Devo ammetterlo," si sporge in avanti, abbassando la voce, "ho visto i tuoi disegni e potrei dirti la stessa cosa."

"Grazie," rispondo, provando la felicità di un interesse condiviso, ma rendendomi anche conto che il ghiaccio si è rotto e che le domande che lei ha per me sono probabilmente simili a quelle che io ho per lei. Ma al momento mi sfuggono e mi riportano al filo dei pensieri che stavo seguendo pochi istanti fa.

È troppo facile comportarsi da amici, galleggiare sulla superficie del mondo in cui viviamo e far finta che sia tutto a posto.

"Allora, da dove vieni?" mi chiede Addison bevendo un altro sorso, con le labbra già macchiate dal vino, e poi prende la coperta. Finalmente mi siedo sulla poltrona a cui ero appoggiata. La pelle scricchiola quando vi affondo e mi siedo a gambe incrociate per stare più comoda.

"Da qui vicino," le rispondo, ignorando il battito accelerato del mio cuore. Mi accarezzo la caviglia con le dita per tenerle occupate, cercando di evitare accuratamente i dettagli. Non riesco a guardarla negli occhi e mi chiedo se lei sappia da dove provengo e chi sia la mia famiglia. Ho la gola secca, ma prima che questo mi impedisca di parlare, le chiedo rapidamente: "E tu?"

Guardandola, sento l'ansia crescere nelle vene, ma la sua espressione rimane disinvolta e rilassata. Ho l'impressione che Addison sia più tranquilla di me. Più difficile da scuotere. Più forte sotto molti aspetti. E per qualche motivo, quel pensiero mi provoca una stretta al petto.

"Sono cresciuta da queste parti, ma me ne sono andata e ho viaggiato negli ultimi cinque anni, quasi sei ormai." La sua voce è leggera quando continua: "Ho vissuto un po' ovunque."

"È fantastico," dico con stupore. Io non ho mai lasciato casa. Non mi sono mai avventurata al di fuori dei confini che mi sono stati dati.

"Hai vissuto da sola?"

Addison annuisce con un sorriso malizioso e poi schiocca la lingua. "All'inizio stavo scappando," racconta, abbassando la voce e alzando le spalle, poi beve un altro sorso. Si lecca il labbro inferiore e fissa il calice aggiungendo: "Restare era troppo difficile." Mi lancia un'occhiata e i suoi occhi verdi e penetranti rimangono fissi nei miei: "Andare avanti era molto più semplice, capisci? Piuttosto che restare ferma e dover affrontare tutto."

La gelosia che provavo solo pochi istanti prima si trasforma immediatamente in compassione. Il suo tono è troppo crudo, troppo aperto e sincero per non percepire il dolore della sua confessione.

"Sì, capisco," le dico e mi accomodo meglio sulla poltrona. "Lo capisco davvero."

Il tempo scorre quieto mentre io seleziono attentamente le domande da porle, per non riaprire vecchie ferite a meno che non sia lei stessa a volerlo. "Cosa ti ha spinta a tornare qui?" le chiedo.

"Daniel." Alza gli occhi al cielo mentre pronuncia il suo nome, ma non riesce a nascondere il sorriso che le illumina il viso, le guance che arrossiscono e le gambe che stringe a sé, come se il suo nome potesse esistere solo sulle sue labbra. "Ci siamo incontrati per caso in un'altra città e lui mi ha portata qui."

Mi unisco al suo sorriso ascoltando il suo racconto. "Siamo cresciuti insieme, più o meno. Con lui e i suoi fratelli, credo. È una storia complicata," dice, poi mi fa cenno di lasciar stare, con il calice in mano, anche se ci mette un bel po' prima di sorseggiarlo di nuovo, fissando la mensola del camino.

"È delizioso," aggiunge prima di finirlo.

"Adoro i rossi." Lo dico con lo stesso tono distratto che ha usato lei.

"Sono i migliori," afferma entusiasta, e poi prende la bottiglia per versarsi un altro bicchiere.

"State andando d'accordo?" La voce di Daniel risuona nella stanza prima ancora che lui abbia fatto un passo dentro.

La mia pelle si ricopre di brividi di disagio, riportandomi alla realtà. Mantengo il sorriso stampato sul volto mentre il suo sguardo si sofferma su entrambe.

Chissà se crede che le dirò il motivo della mia presenza e ciò che è successo. Che la convinca a stare in guardia da Daniel svelando il suo coinvolgimento. Che la preghi di darmi una mano, finendo per spaventarla.

Il cuore mi si stringe mentre li ascolto continuare a scambiarsi battute scherzose, anche se tra loro si avverte chiaramente una certa tensione.

"Sempre qui a ronzarmi intorno," afferma Addison, anche se noto un silenzioso rispetto che Daniel sembra non cogliere. Lui sospira e si passa una mano sulla nuca: "Sono solo venuto a vedere se avevate bisogno di qualcosa."

Addison gli dà un colpetto amichevole sul braccio mentre lui si ferma vicino a lei. "Bugiardo. Sei venuto a origliare."

"Mi hai beccato," dichiara lui e si lascia allontanare con un semplice "Vattene," ma non senza un bacio.

Addison si alza, facendo cadere la coperta che la copriva fino alla vita.

"Ti amo," gli sussurra e poi gli dà un bacio leggero. Poi un altro e un altro ancora. Tre, in rapida successione.

Con la punta del naso che sfiora il suo, lui dice con gli occhi chiusi: "Ti amo anch'io."

E non c'è una sola parte di me che non creda a entrambi. Il mio sorriso svanisce e non riesco a fingere in questo momento. L'amore si percepisce chiaramente nel loro scambio, si respira nell'aria.

È innegabile e non ha nulla a che vedere con ciò che mi lega a Carter. Non è lussuria, è un incontro di anime, di due persone che hanno bisogno l'una dell'altra e riconoscono questa verità.

"Vi serve qualcosa?" chiede di nuovo Daniel notando il mio sguardo vagare verso il tavolino. Il bordo del legno intagliato mi concede una piccola via di fuga dal loro spettacolo.

"Aria," la voce di Daniel si alza e lui si rivolge direttamente a me. "Hai bisogno di qualcosa?" ripete, e i suoi occhi trasmettono la vera domanda: *Stai bene?*

"Sto bene," gli rispondo nel modo più calmo possibile, poi mi schiarisco la gola e riprendo il bicchiere.

Quando se ne va, ci vuole un bel po' di tempo perché l'atmosfera si distenda.

"Allora, tu e Carter?" mi chiede Addison, inarcando un sopracciglio in modo ironico. Sorseggia il vino ma continua a guardarmi, e la sua espressione mi fa sorridere.

"Sì, io e Carter," mi costringo a risponderle, cercando di mantenere un tono allegro.

"Ti sta tenendo intrappolata qui anche lui, eh?" domanda, e l'atmosfera rilassata che c'era prima si fa improvvisamente tesa.

"Si può dire che sia così," rispondo, ma la mia voce è piatta. Mi mordo l'interno della guancia e per un attimo penso di dirle la verità, ma non è il caso. Non perché non mi fidi di lei, ma perché in questo momento mi vergogno davvero.

Mi sono arresa. Sono andata a letto con il diavolo. E per quanto Addison sembri apprezzarmi, non mi rispetterebbe mai se sapesse la verità. Nemmeno io mi rispetto.

"Immagino che ti abbia dato la caccia?" chiede lei curiosa. "I ragazzi Cross hanno questa abitudine."

"Di nuovo, sì, se così si può dire."

"Quando ho incontrato Carter per la prima volta," Addison inizia a raccontarmi una storia, rendendosi conto che non sono disposta a condividere la mia, e il suo dito sottile scivola sul bicchiere di vino, disegnando cerchi intorno al bordo, "era diverso dagli altri fratelli."

"In che senso?" chiedo, guardandola e percependo il mio imbarazzo attenuarsi.

Mi lancia un'occhiata con un'espressione corrucciata. "Non era presente molto spesso, e quando c'era, era sempre silenzioso, ma si capiva subito quando era in casa. Lui *era* l'autorità."

"Cosa intendi?"

"Diciamo che il loro padre non è stato proprio d'esempio, capisci? Dopo la morte della madre, l'ha presa molto male." Deglutisce come se un ricordo doloroso minacciasse di soffocarla, ma va avanti. "Quindi, se qualcuno aveva bisogno di qualcosa, era Carter che veniva interpellato. Era Carter che stabiliva le regole. Era Carter che procurava tutto ciò che serviva."

Osservo la sua espressione mentre narra la loro storia.

"C'è stato un episodio davvero stupido." I suoi occhi si riempiono di lacrime, ma lei scuote la testa e si sistema i capelli all'indietro. "Dei ragazzi ci hanno rubato le biciclette," mi racconta, sforzandosi di mantenere la voce ferma.

"Tyler mi ha portato al negozio all'angolo e abbiamo lasciato le nostre biciclette fuori, e questi stronzi le hanno rubate." Ride con quel tipo di risata che si fa quando si vuole liberarsi dal bisogno di piangere.

"Conoscevi Tyler?" le chiedo, sentendo un brivido percorrermi la pelle. Nikolai una volta mi ha detto che quando provi quella sensazione, significa che qualcuno ha calpestato la tua futura tomba.

Lei si limita ad annuire, con gli occhi che riflettono un segreto triste, e poi continua. "Devono essere stati loro, erano più grandi ed erano in sei. Uomini adulti che non avevano niente di meglio da fare che rubare le biciclette ai ragazzini delle superiori." Fa un respiro profondo, liscia la coperta sulle ginocchia e mi racconta: "Siamo tornati a casa a piedi e negli ultimi dieci minuti aveva piovuto per tutto il tragitto. Quando siamo arrivati eravamo fradici."

"Daniel non c'era; Tyler è andato prima da lui perché non voleva disturbare Carter. Nessuno dei ragazzi voleva mai disturbarlo con cose insignificanti, capisci?" mi domanda, e io non so come rispondere, ma lei non mi dà il tempo di farlo.

"Ma Carter era lì e ha chiesto cosa fosse successo. All'epoca era molto irascibile, molto diverso da come è adesso," spiega, e io la guardo come se fosse pazza, ma lei non se ne accorge. Giocherella con la coperta e continua. "Lui e Tyler sono partiti insieme con il furgone, Carter mi ha detto di restare indietro e nel giro di poche ore entrambe le bici erano al sicuro nel retro del furgone, a casa. Tyler non è mai stato uno che faceva a botte. Era un tipo affettuoso e gentile, ma ha detto che quei tizi non ci avrebbero più dato fastidio. Mi sarebbe piaciuto sapere cosa gli aveva fatto Carter." Pronuncia le ultime parole come se fosse un pensiero fugace. Penso che probabilmente è meglio che lei non abbia assistito a ciò che ha combinato.

"Immagino che non sia granché come storia," dice scrollando le spalle. "Mi dispiace, non sono molto brava a raccontare."

Le rivolgo un sorriso gentile e le dico: "Mi è piaciuta."

"Comunque, Carter è fatto così. Si prende quello che vuole senza risparmiare nessuno né farsi mettere i piedi in testa."

Le sue parole mi colpiscono in un modo che non riesco a spiegare e le stesse lacrime che lei si era asciugata all'inizio della storia, ora minacciano di cadere dai miei occhi.

"Stai bene?" mi chiede, anche se a giudicare dal suo sorriso vacillante, potrei domandarle la stessa cosa.

Le mie labbra si aprono, pronte a fare quello che ho sempre fatto, a dire a tutti che sto bene. A fingere che non ci sia nulla che non va.

"Solo se vuoi parlarne," aggiunge rapidamente, quasi inciampando nelle sue stesse parole. Anche le sue mani si alzano, come a scusarsi. "Di solito non sono così strana, è solo che ultimamente sono molto nervosa ed è bello poter chiacchierare con qualcun altro. Qualcuno che non sia…" Si interrompe e trattiene il respiro, cercando le parole giuste, ma non ne trova. Vedo nei suoi occhi che sta soffrendo come me. C'è qualcosa di sbagliato, e posso solo immaginare che dipenda dal fatto che è intrappolata qui. Prigioniera come me, ma per ragioni molto diverse.

"Sto bene, e capisco… davvero." Il mio tentativo di rassicurarla fallisce. Mi rivolge un mezzo sorriso che non raggiunge gli occhi.

"Vorrei poterti dire qualcosa," sussurra, e poi scuote la testa come se stesse impazzendo. Forse non sono l'unica fuori di sé qui dentro. Si asciuga le lacrime, guarda la porta ed espira rumorosamente. "È meglio che vada." Anche a lei è stato imposto un coprifuoco, probabilmente. O forse non vuole mostrare la sua fragilità davanti a un'estranea.

Dando un'occhiata all'orologio, vedo che sono già passate quasi tre ore. Mi sembra che ci siamo appena sedute.

"Sì, anch'io dovrei andare." Mi schiarisco la gola e cerco di pensare a qualcosa di confortante da dirle, anche se la conosco appena. Parte di lei, però, il suo cuore e la sua anima, li conosco bene. "Sono qui se mai avessi bisogno di qualcuno con cui bere," le offro.

"O per guardare qualcosa di bello su Netflix?" mi propone, e la sua espressione si illumina di sincera felicità.

"Certo," le faccio un sorriso con voce allegra, illudendomi che quel senso di perdita imminente che già provo non esista.

"Potrebbe sembrare strano," mi dice Addison bevendo un ultimo sorso prima di guardarmi negli occhi, "ma sembra che tu abbia bisogno di 'qualcuno'." Appoggia il calice, il tintinnio del vetro che interrompe il frastuono che mi assorda, e mi fissa, pronta per andarsene. Si scosta i capelli dalla spalla e mi annuncia solennemente: "Non ho avuto 'qualcuno' per molto tempo. E so come ci si sente."

È difficile descrivere il dolore e il vuoto che si provano quando una sconosciuta sembra leggerti dentro e, solo guardandoti, vuole aiutarti, starti vicino con genuina gentilezza. Quando la osservi, anche tu vedi la stessa cosa. È ovvio, ma dire la verità lo renderebbe reale, ed è molto più confortante scappare e nascondersi o fingere che tutto vada bene, almeno per un po'.

Devo schiarirmi la gola secca e irritata, ma poi le dico: "Mi farebbe molto piacere."

CAPITOLO 51

Carter

Lo scricchiolio del parquet mi avverte del suo arrivo. La luce del bagno è ancora accesa e il morbido bagliore giallo filtra nella stanza, proiettando un'ombra nel punto in cui si trova. Aria non mi è mai sembrata così seducente e radiosa. Si inumidisce le labbra con un gesto di sfida, anche se nei suoi splendidi occhi nocciola si leggono paura e sconfitta. Nuda, con la pelle arrossata dalla prospettiva di ciò che sta per accadere, rimane immobile, prigioniera del mio sguardo.

Non sono mai stato così eccitato in tutta la mia vita. So che lei ne ha bisogno. Ne abbiamo entrambi. Gli ultimi giorni sono stati grandi passi indietro con solo piccoli movimenti in avanti.

Sta davanti a me come una mia pari, audace e implacabile, anche se dalla parte opposta della stanza.

"Vieni," le ordino sedendomi sulla sedia e facendo scorrere la mano lungo la coscia destra.

Esce dal bagno esitante, con le membra rigide, ma mi raggiunge comunque, fermandosi davanti a me e aspettando.

"Siediti," le dico, e lei istintivamente cerca la mia mano mentre la tiro giù per accoccolarla tra le mie gambe. Irrigidisce la schiena e continua a fingere di non averne bisogno. Conosce la verità, basterebbe che se ne rendesse conto.

"Ho riflettuto molto su cosa stia causando questa tensione che c'è tra noi." La frase mi esce profonda e roca, sono incapace di negare il mio desiderio. Lascio scivolare il dito medio lungo la sua spalla e osservo come le fa indurire i capezzoli. Arrossisce, e allo stesso tempo le viene la pelle d'oca.

"La prima cosa che farò sarà punirti." Le sue labbra si aprono in un respiro veloce, ma lei annuisce con la testa in segno di comprensione. "La seconda sarà darti qualcosa che desideri e di cui hai bisogno…" Interrompo il gesto e aspetto che il suo bellissimo sguardo verde nocciola incontri il mio prima di aggiungere: "Se accetterai la punizione come si deve."

Il suo respiro accelera e vedo il sangue scorrere più veloce nelle vene del collo, ma lei annuisce comunque, obbediente. I suoi occhi continuano a cercare i miei con tante domande, ma non le formula.

"Sdraiati sulle mie ginocchia," le dico gentilmente. Non c'è bisogno di essere severo, sapendo cosa sta per succedere. Nervosamente, lei obbedisce, ma cerca di aggrapparsi alla sedia perché ha perso l'equilibrio e le gambe penzolano senza meta.

La sistemo in modo che sia posizionata perfettamente, con il fianco sulla mia coscia destra, e lei sussulta in segno di protesta, ma per poco.

"Mani dietro la schiena," le ordino, e lei obbedisce, anche se è goffa alla ricerca costante di equilibrio. Non importa, però, perché nel momento in cui le afferro entrambi i polsi con la mano sinistra e li tengo premuti sulla parte bassa della sua schiena, si stabilizza. E così rimarrà fino a quando non deciderò che la punizione è finita. Vedo già la sua eccitazione: il mix di paura e desiderio è potente.

Le mie unghie smussate le sfiorano il fondoschiena morbido mentre le impartisco un semplice ordine: "Dimmi perché sei scappata quando ti ho dato accesso alla porta d'ingresso." Il petto mi si stringe per la preoccupazione che lei non capisca. Non le permetterò di mettere in discussione il mio controllo. Non di nuovo. Non accadrà mai più. Deve sapere con ogni fibra del suo essere che posso toglierle il controllo, ma che, più di questo, lei ne ha bisogno.

"Devo sapere cosa ti ha sconvolto, Aria," spiego in modo abbastanza chiaro da essere sicuro che capisca quanto sia importante.

"Non lo so," mi dice con voce tesa.

Le bugie finiranno presto.

Slam! La mia mano brucia fino al polso mentre il segno evidente si imprime sulla sua natica destra e Aria grida, dimenando inutilmente i fianchi mentre la tengo ferma con una presa salda e faccio lo stesso dall'altra parte. Spostandomi al centro, la schiaffeggio nuovamente e poi di nuovo sulla natica destra. Nel frattempo, lei si contorce sulle mie ginocchia ed emette grida soffocate di protesta.

Il mio cuore batte forte e sento la mia eccitazione crescere quando la mia mano scivola più in basso tra le sue gambe. Il suo respiro si fa affannoso e la sua entrata si stringe attorno alle mie dita, ma non otterrà alcuna ricompensa per avermi mentito.

Parlo dolcemente, appoggiando la mano sulla sua natica calda, strofinando con movimenti delicati la pelle sensibile. "Dimmi la verità." Il mio ordine cade nel silenzio che si mescola ai suoi gemiti soffocati, mentre il dolore e il piacere si combinano. Spingo le dita dentro di lei. Il medio raggiunge il suo clitoride e lo accarezza, tentandola e ricompensando la sua obbedienza finché lei rimane dove si trova, dove deve stare, sulle mie ginocchia. "Dimmelo, Aria."

Con un respiro tremolante, Aria cerca di inarcare la schiena e stringe le cosce. Deglutisce visibilmente e capisco che sta per raggiungere il culmine, quindi mi fermo. Il mio dito è ancora premuto contro di lei, ma privata del movimento, lei alza gli occhi verso i miei, respirando affannosamente con le labbra socchiuse.

"Non lo so," risponde, e i suoi affascinanti occhi color nocciola mi implorano di crederle. Non aspetto che si prepari. Le sculaccio l'altra natica e poi torno a destra e poi ancora a sinistra, ripetutamente, sentendo il bruciore risalire lungo il braccio e la mia mano intorpidirsi.

L'urlo di Aria riecheggia nella stanza e il suo corpo si irrigidisce sulle mie ginocchia. Ribolle di collera, inspirando a denti stretti mentre le lacrime le riempiono gli occhi. Il mio respiro è affannoso quando le assesto l'ultimo colpo e la tengo ferma dove si trova.

Ansimando e tenendo la testa bassa, mentre cerca di contrastare il bisogno di lottare contro la mia presa, distoglie lo sguardo da me. Ma io vedo le lacrime.

Le appoggio subito la mano sulla pelle accaldata, ignorando il suo sussulto e applicando una pressione sufficiente ad alleviare il dolore. Il mio cuore salta un battito, poi un altro, e lei cerca di mantenere la compostezza, con le lacrime che le rigano il viso arrossato.

"Ci sono io con te," le sussurro e lei si gira a guardarmi, con un'espressione di puro odio sul volto. "Dimmi cos'è successo e la smetterò," le ripeto, osservando il suo labbro inferiore tremare. "Non ti lascerò andare finché non me lo dirai."

Il suo viso si sgretola e lei singhiozza: "È stupido," prima di lasciar cadere di nuovo le lacrime.

Continuo ad accarezzarla con movimenti circolari, stringendole ogni tanto il sedere per mantenere il flusso sanguigno e le terminazioni nervose in tensione. Le endorfine renderanno il suo piacere ancora più intenso. Sia il corpo che la mente preferiscono sempre il piacere al dolore.

E io le darò entrambi. Anche se ora mi odia, quando tutto questo sarà finito mi amerà.

Stavolta le mie dita scivolano verso il suo centro, premendo dentro di lei, e vengo immediatamente ricompensato dal suo inarcarsi a occhi chiusi e da un piccolo gemito di piacere che le sfugge dalle labbra arrossate. Le guance sono rigate di lacrime e alcune goccioline indugiano ancora sulle ciglia.

Il suo corpo è serrato intorno alle mie dita, mi implora di continuare.

Un gemito soffocato riempie l'aria bollente mentre il mio corpo reagisce ancora di più e la mia eccitazione preme contro la sua pancia. La voglio. Ho bisogno di averla stanotte e di reclamarla di nuovo. Per ricordarle quanto mi appartiene.

"Dimmelo ora, Aria," le ordino, con voce profonda e roca per il desiderio che sento vivo in ogni cellula del mio corpo.

Lei si limita a piagnucolare, poi scuote la testa con aria di sfida. "Non lo so, lo giuro, io…"

Prima che possa finire, le do uno schiaffo sul sedere più forte che posso. Il dolore che si era affievolito torna a farsi sentire. Sotto le natiche, sul sedere, tra le gambe. La sculaccio ogni volta in un punto diverso, alternando, ma il ritmo è spietato e i colpi sono implacabili. Stringo la mascella e il dolore mi lacera il braccio mentre lei urla.

"Smettila di mentirmi," riesco a malapena a pronunciare l'ordine a denti stretti interrompendo per un attimo la punizione, costretto a respirare e a lenire immediatamente il dolore che le ho provocato.

Lei fa un respiro profondo e poi un altro. Un brivido le percorre il corpo, trasformando i suoi singhiozzi in gemiti. È vicina a qualcosa di molto più intenso. Ma io voglio delle risposte, e lei non potrà esplodere nel piacere finché non le avrò ottenute. Me ne assicurerò.

I capelli sul lato del viso, bagnati dalle lacrime, le si attaccano alla pelle quando dice: "Ho visto la data."

Scuote il busto e cerca di allontanarsi da me, gemendo con un'espressione di dolore: "Ho visto la data sul tuo telefono." Le sue parole sono confuse, ma so di aver capito bene.

Il mio respiro è ancora irregolare, la mano mi brucia dal dolore e i polmoni si rifiutano di muoversi mentre assimilo ciò che mi sta dicendo.

Allento la presa sui suoi polsi e le avvolgo un braccio intorno alla vita, facendo attenzione a non toccarle il sedere finché non sono pronto a sistemarla sulle mie ginocchia.

Lei sussulta e ribolle di rabbia, senza muovere le braccia anche se potrebbe farlo liberamente.

La stringo al petto e la lascio crollare. Le sue mani si posano sulle mie spalle e le lacrime mi bagnano la camicia. La sensazione della sua guancia mentre affonda la testa nell'incavo del mio collo è già un balsamo lenitivo per me.

"Hai visto la data?" La esorto a dirmi di più. A spiegarsi mentre la consolo.

"Il giorno prima era l'anniversario…" ansima, senza finire la frase, e io le accarezzo la schiena con la mano, lasciando che si aggrappi a me.

La zittisco, permettendo che il mio respiro caldo le sussurri tra i capelli, e aspetto che si calmi.

"Hai perso l'anniversario della morte di tua madre?" le chiedo, sentendo un dolore dentro di me che spezza ogni briciolo di forza che ho.

"Sì," gracchia e cerca di avvicinarsi ancora di più, come se non fosse già premuta contro di me. "È stata la prima volta," dice tra un singhiozzo e l'altro, "che non sono andata a visitare la sua tomba."

La stringo mentre piange, sapendo che il dolore che prova avrebbe potuto essere evitato facilmente. Avrei potuto fare qualcosa per aiutarla, anche se questo significava radunare decine di uomini per proteggerla durante la visita alla tomba di sua madre. Avrei potuto fare qualcosa, se solo l'avessi saputo.

"Mi dispiace," cerco di mettere tutta la mia compassione nelle mie scuse. "Ti prego, credimi, mi dispiace davvero," le dico e le bacio i capelli, la spalla, poi la tiro a me per baciarle le labbra gonfie e arrossate.

Lei si rannicchia di nuovo nell'incavo del mio collo e poi geme quando il suo sedere sfiora i miei pantaloni.

"Grazie per avermelo detto," le dico facendola sedere sulle mie ginocchia, in modo da poterla toccare meglio. "Aggrappati a me," le ordino, e lei lo fa immediatamente. Ha bisogno di qualcuno da stringere e di qualcuno che la stringa, non ne sono mai stato così sicuro.

"Questo farà sparire il dolore," le dico, anche se le mie parole sono vuote. Il piacere può placare solo un tipo specifico di sofferenza. Le strofino prima il clitoride, lasciando che l'intensità dell'estasi che segue il tormento e il lutto la pervada.

Mi morde la spalla, affondandomi le unghie nella pelle attraverso la camicia. Si contorce sulle mie ginocchia, già vicinissima al limite, anche se ogni volta che il suo sedere sfiora il tessuto dei miei pantaloni, la sua voce si incrina e la sua presa su di me si fa più stretta.

Premendo le dita dentro di lei, la accarezzo senza pietà e premo il palmo della mano contro il suo clitoride. La sua schiena si inarca e devo tenerla più vicina a me, appoggiando la mano sulla sua spalla.

"Vieni per me," le sussurro all'orecchio. Ormai sono follemente teso, impaziente di essere accolto nel suo calore, ma non posso prendermi il mio piacere in questo modo.

È troppo per lei.

"Carter," ansima il mio nome mentre il suo corpo si dimena e la sua testa ricade all'indietro. Non mi fermo finché non trema e le sue grida non cessano completamente.

Il mio cuore batte all'unisono con il suo, il sudore mi ricopre la pelle e ogni muscolo del mio corpo è teso.

Il tempo passa lentamente mentre aspetto che si calmi e ritrovi la lucidità. E a ogni secondo, scelgo con cura le parole che ha bisogno di sentire.

Con equilibrio incerto, alla fine solleva la testa per guardarmi negli occhi. Il suo volto si contrae mentre si appoggia all'indietro, sentendo il suo fondoschiena nudo sfiorare ancora una volta i miei pantaloni, ma questa volta le sue labbra si aprono e un altro orgasmo minaccia di esplodere al minimo tocco.

"Ho bisogno di più da te," le dico, interrompendo il suo momento e costringendo i suoi occhi nocciola a fissare i miei.

"Ti tengo io," dico, lasciando cadere le mie dita sul suo sesso e accarezzandola, osservandola ansimare, gettare indietro la testa e dondolarsi sulla mia mano. Le mie labbra si posano sulla sua gola, mormorando sulla sua pelle: "Bruci di desiderio."

Prima che possa esplodere di nuovo, mi fermo e aspetto che i suoi occhi raggiungano i miei, scuri di bramosia e accesi di lussuria. "Ti ho in pugno qui," le dico, e le liscio i capelli sulla sommità della testa.

Passa un momento, poi faccio scivolare le dita sul suo petto, tra i suoi seni nudi, e le chiedo: "E qui?"

I miei occhi oscillano tra il punto in cui la sto toccando e il suo sguardo, in cui ora vorticano tutta quella disperazione e tutta quella tristezza che vorrei poterle togliere.

La morsa sempre presente mi stringe il cuore quando lei mi chiede in un sussurro: "Se ti dessi anche quello, cosa mi resterebbe?"

La tensione in me aumenta, ma la risposta è ovvia. "Avresti me." Vedo che la sua espressione rimane immutata e devo distogliere lo sguardo.

Respiro profondamente, ignorando tutto ciò che provo, ogni singolo sentimento, sapendo logicamente che lei è vicina. So che lo è.

Lei va e viene, e questo a causa di suo padre. Se lui non ci fosse, sarebbe completamente mia. E Nikolai…

"Sai di cosa ho bisogno, Carter," dice finalmente Aria e quando lo fa la sua voce si incrina. Le lacrime le riempiono gli occhi. "Per avere il mio cuore, non puoi distruggerlo. Non puoi ucciderli."

Cedo. Sapendo cosa potrebbe significare, le offro qualcosa, solo per avere la possibilità di abbattere il muro che protegge il suo cuore. "Lo chiamerò, ma tu starai in silenzio."

Con uno sguardo di shock e gratitudine, si avvicina a me e inizia a parlare, ma io le premo un dito sulle labbra, zittendola e bloccando i suoi movimenti.

La paura è potere. E ogni giorno temo che lei non mi ami più di quanto mi abbia amato il giorno prima. Le ho dato il potere e non so come abbia potuto permettere che ciò accadesse.

"Chiamerò tuo padre e tu ascolterai e basta. È chiaro?"

Sebbene annuisca, non parla finché non tolgo il dito. "Sì, Carter."

Mi rendo conto di quanto poco obbedisca se non mossa dalla speranza. Mi pento immediatamente di averle detto che avrei chiamato quel bastardo di suo padre.

Devo darle speranza in qualcos'altro. Perché quando questa guerra sarà finita, lui sarà morto e lei dovrà trovare il modo di perdonarmi, o sarà infelice e mi odierà per sempre.

CAPITOLO 52

Aria

Non so proprio come ho fatto a dormire.

Continuo a chiedermi se lo farà davvero. Se Carter chiamerà mio padre e, se è davvero così, cosa gli dirà. Sto quasi per domandargli se posso contattare Nikolai, solo per dirgli che sto bene, ma non so come reagirebbe e non voglio mettergli pressione ora che mi ha dato questa speranza.

Se mio padre sapesse che Carter mi ha dato Stephan da uccidere, costringendolo letteralmente a restare fermo davanti a me con un coltello in mano, questo non porterebbe a una sorta di tregua tra loro?

Le mie mani tremano per l'attesa e per l'ansia di ciò che si diranno e il foglio davanti a me resta vuoto, non per mancanza di ispirazione, ma per l'incapacità di creare anche solo una semplice linea.

È passata un'ora da quando mi sono seduta sul pavimento dell'ufficio di Carter, ad ascoltare il ticchettio dei tasti e quello costante dell'orologio. Nel frattempo, non riesco a concentrarmi su nulla. Niente di niente, tranne il momento in cui Carter lo chiamerà come ha detto che avrebbe fatto.

Alzo lo sguardo su di lui, incrocio il suo e so che l'espressione nei miei occhi è supplichevole e carica di aspettativa.

"Hai bisogno di altro." La voce di Carter è profonda e bassa, e rimbomba nell'ufficio. O forse è solo che sono in allerta e tutto mi sembra vibrare mentre attendo ciò che sta per accadere.

La gola mi si stringe, e ancora una volta provo sconforto per l'unica cosa che potrebbe cambiare la mia situazione, ma mi alzo sulle gambe tremanti e vado da lui.

Non mi sfugge il fatto che mi ha di nuovo sotto il suo controllo. Che il mio unico desiderio è obbedirgli, così mi darà ciò che ha promesso. Forse, però, non ha fatto altro che illudermi.

Il mio cuore tremola come una candela che sta per spegnersi. Non mi farebbe mai una cosa del genere. Mi rifiuto di crederlo. So che prova qualcosa per me. Deve essere così. Lo sento nel profondo del cuore.

Carter allontana da sé il telefono, un vecchio telefono da tavolo, e io lo fisso sentendo spingere via il portatile e le pile di fogli.

È proprio lì. *Chiamalo e basta.*

Pat, pat, dà dei colpetti sulla scrivania e io capisco l'antifona, mi sdraio a pancia in giù, sapendo che mi solleverà il vestito di chiffon rosso scuro dalle cosce e mi scoprirà il fondoschiena.

La mia guancia preme sulla scrivania dura e sento il cuore battere forte contro la superficie. Aggrappandomi al bordo, aspetto che il gel fresco sfiori il mio sedere dolorante. Questa volta non ci sono lividi, ma in qualche modo fa più male. Stamattina ho quasi pianto, svegliandomi per il dolore, finché Carter non ha usato l'unguento.

Traggo un respiro profondo, chiudo gli occhi e lo sento strofinare il balsamo lenitivo sulla mia pelle calda. È ancora sensibile, ma non fa altro che spingermi a desiderare ancora di più il suo tocco.

Un leggero mormorio di gratitudine e bramosia mi sfugge dalle labbra, e viene accolto dalla risata roca di Carter. Apro gli occhi e lo guardo, anche se devo spingere una ciocca di capelli lontano dal viso.

Il mio cuore batte di nuovo all'impazzata.

"Sembra molto meglio rispetto a ieri sera e a stamattina."

"Mi sento meglio," gli dico con disinvoltura, osservando la sua espressione mentre presta molta attenzione a dove sta spalmando il balsamo.

"Ieri sera non mi hai detto tutta la verità," osserva Carter aprendo un cassetto e poi richiudendolo. Mi agito al pensiero di ciò che ho tralasciato, ma non mi viene in mente nulla.

Non so se abbia semplicemente rimesso a posto il gel o se abbia preso qualcos'altro.

Prima che io possa rispondere, Carter mi dice: "Hai dimenticato di dirmi che era anche il tuo compleanno."

Finalmente incrocia il mio sguardo e vi scorgo una dolcezza che non gli vedo quasi mai addosso, ma che è il lato di lui che desidero di più.

"Non pensavo fosse importante," cerco di dire, ma le mie parole sono ridotte a un sussurro. Tra tutti i motivi per cui sto crollando, questo è insignificante e persino parlarne come se potesse contribuire al mio dolore è irrispettoso nei confronti delle tragedie che ci circondano.

È delicato mentre mi riposiziona sulla scrivania, ma non mi tira giù il vestito. È arricciato sui fianchi ed è a questo che sto pensando quando sento aprire la prima manetta e alzo lo sguardo, sentendo il metallo sfiorarmi la pelle dei polsi.

"L'altra mano," mi ordina Carter e io gliela porgo, anche se sono pervasa da una leggera paura.

"Carter?" Il suo nome esce come una domanda mentre mi ammanetta a due anelli di metallo sul lato della sua scrivania. Di nuovo, mi riposiziona, facendo scivolare il mio corpo verso il basso in modo che io sia distesa a pancia in giù.

"Al momento non ho un regalo per te," dice distrattamente mentre si allontana, lasciando che l'aria fresca colpisca il mio fondoschiena ancora completamente esposto. "Ma dovrò trovare qualcosa di carino."

Il fremito si trasforma immediatamente in un brivido misto a una leggera paura dell'ignoto.

Cerco di girarmi e guardarlo mentre armeggia con qualcosa sullo scaffale. Non riesco a vedere cos'abbia preso, ma qualunque cosa sia, la tiene in mano.

"Carter, mi dispiace." Il mio primo istinto è quello di supplicarlo di non punirmi di nuovo. Sono ancora molto dolorante. Ma anche se l'adrenalina mi scorre nelle vene, dubito che lo farebbe. Che mi punirebbe per non avergli detto che era il mio compleanno. "Ti prego," piagnucolo.

"Zitta," mi dice con voce rassicurante, posandomi una mano sulla parte bassa della schiena. Il suo tocco rappresenta un sollievo immediato per i miei nervi. I polpastrelli ruvidi dei suoi pollici mi massaggiano con movimenti circolari e questo basta a calmarmi. "È per il tuo piacere, passerotto."

Un olio scivoloso mi cola tra le natiche e mi fa sobbalzare, ma sono trattenuta dalla sua mano e dalle manette. Di nuovo, lui ridacchia, con una risata profonda e bassa, sempre divertito. Lo adoro.

Adoro quel suono.

"Devo allargarti, e poi tu devi spingere indietro," mi ordina, e io mi costringo a deglutire, sentendo la pressione di un oggetto metallico freddo contro il mio punto proibito. Sono immediatamente eccitata e tesa. Le terminazioni nervose si risvegliano e il calore mi si diffonde nel corpo e lungo la pelle.

Il fremito si intensifica, il mio cuore batte forte e la lussuria consuma quel briciolo di paura che ancora permane.

Un brivido di piacere e un accenno di dolore lancinante mi fanno contrarre, ma nell'istante in cui la tensione svanisce, Carter spinge il plug a fondo dentro di me. Oddio.

Riesco a malapena a respirare mentre la nuova sensazione prende il sopravvento. I miei capezzoli si induriscono e sfiorano la scrivania, e io mi dimeno sotto il suo trattamento. Mi penetra con il plug anale, spingendolo dentro e fuori, più e più volte.

"Carter," gemo e poi piagnucolo, sentendomi vicina all'orgasmo. Mi sento così piena. Così eccitata. Scuoto la testa e ho la pelle d'oca.

"Ti stai contraendo intorno al nulla," osserva Carter, e la sua voce profonda mi costringe ad aprire gli occhi. Proprio mentre sento il bisogno di sollevare i fianchi, Carter lo spinge più in profondità e smette di muoversi, lasciandomi piena, calda e sull'orlo dell'estasi.

"Inarca la schiena," mi ordina Carter premendo le dita contro l'interno coscia, allargandomi le gambe che tremano per la minaccia di un orgasmo ormai molto vicino.

Giuro che lo sento tra le gambe. L'eccitazione è lì, anche se sono ben consapevole che non c'è niente dentro di me... non in quel punto.

Il metallo delle manette mi graffia la pelle, il mio fondoschiena è in aria e i polsi sono legati alla scrivania. Un gemito soffocato mi sfugge e un rossore intenso mi sale dal viso alla fronte mentre Carter mi sfiora il clitoride con le dita e poi mi accarezza con ampi movimenti. "Dovrei dire la verità a tuo padre?" mi chiede.

"Dovrei dirgli che ti desideravo così tanto da essere disposto a scatenare una guerra per tenerti con me?"

Le sue parole mi strappano un gemito e spingono le mie emozioni oltre il limite.

Non era me che voleva.

Una vocina nella testa me lo ricorda e mi costringe a chiudere gli occhi con forza, allontanando la tristezza e lo sconforto che mi travolgono.

Mi sento tesa e nervosa per diverse ragioni. Il montare sia dell'emozione che della libido mi spingono a confessare, ma Carter non parla e non mi tocca. Sollevo le palpebre con fatica e vedo che mi sta guardando. I suoi occhi scuri fissano profondamente i miei, cercando qualcosa.

So che dovrei dirglielo, ma se sapesse che la ragazza che ha bussato alla porta gridando che aveva bisogno di aiuto non ero io, mi vorrebbe ancora? Non potrei sopportare che la risposta fosse no.

"Devo imbavagliarti?" chiede Carter. Il mio cuore batte forte e il mio polso accelera.

"Per quale motivo?" chiedo di rimando, ma poi lo rassicuro immediatamente: "Posso stare zitta." A prescindere da qualunque cosa stia pensando. Farò tutto quello che mi chiederà.

"È ora di chiamare tuo padre," mi comunica, e il suo volto si ricopre di una finta impassibilità, un'espressione apatica che affila ancor di più i contorni squadrati della sua mascella. Vedo il momento in cui si trasforma nel Carter che ho conosciuto e odiato all'inizio. Succede proprio davanti ai miei occhi; l'oscurità prende il sopravvento.

"Puoi benissimo restare sull'orlo per questo." La sua voce è un sussurro profondo intriso di desiderio e ironia. "Pensa a quanto sarà bello quando ti scoperò e finalmente ti lascerò venire."

CAPITOLO 53

Carter

Il telefono squilla, e io riesco solo a pensare a quanto autocontrollo mi servirà per non prendere Aria fino a farle urlare il mio nome mentre suo padre è in linea.

Digito i numeri lentamente, uno alla volta, ricordando l'espressione di assoluta agonia sul suo viso quando le ho detto che avrei dichiarato guerra per lei. Non volevo distruggerla.

È semplicemente la verità.

Metto il telefono in vivavoce e la tensione ribolle dentro di me, mentre osservo Aria dimenarsi sulla scrivania.

Uno squillo.

Le faccio scorrere il dito lungo la schiena fino al ginocchio e lei geme. "Zitta," le dico, osservando la pelle d'oca che le spunta ovunque.

Un altro squillo.

"Non vorrai che tuo padre ti senta," aggiungo senza preoccuparmi di sussurrare. Il suono del suo respiro affannoso mi spinge a guardarla negli occhi. Mi supplicano e giuro che cercherò di ottenere qualcosa da questa telefonata.

Qualcosa che la aiuterà.

Le mostrerò che tipo di uomo è suo padre.

Un altro squillo.

Il terzo squillo è solo parziale ed è seguito da un clic basso e da una pausa, prima che senta la voce del mio nemico. "Cross," risponde al telefono.

Al suono della sua voce, la furia mi sale alla gola. Provo a concentrarmi sul corpo seducente di Aria disteso sulla mia scrivania per calmarmi. Oh, e lei ci riesce. Lasciando che le mie dita si delizino al tocco della sua pelle morbida, le faccio scorrere sulle sue labbra bagnate e spingo lentamente il plug dentro di lei.

Il suo gemito soffocato mi strappa un sorriso malato quando rispondo: "Talvery."

Continuo a penetrarla con il plug e mi godo i deboli suoni del ciondolo decorativo di metallo che tintinna contro la base. Mentre Aria fa del suo meglio per rimanere ferma e trattenere i mugolii di piacere che si accumulano dentro di lei e minacciano di esplodere da un momento all'altro, dico: "Pensavo che volessi fare una chiacchierata."

C'è silenzio dall'altra parte e allo stesso tempo le labbra di Aria formano una O perfetta, e la parte bassa della schiena e le cosce le tremano. È molto vicina al culmine. Faccio scivolare un dito dentro di lei, ed esercito la giusta pressione per portarla all'orgasmo.

"Magari parlare dei miei accordi con tua figlia?"

Lei solleva una gamba e la sbatte sulla scrivania, due volte. Due colpi forti che fanno tremare il telefono, mentre lei storce il viso e si morde il labbro.

È solo il primo orgasmo.

"Figlio di puttana," mi dice Talvery con tono beffardo, ignaro di quello che ho appena fatto a sua figlia.

Aria spalanca gli occhi, anche se il suo viso è ancora arrossato e fatica a respirare silenziosamente.

"Non sai che dovresti avere più rispetto per le donne?" dico a Talvery e faccio scivolare le dita sul clitoride di Aria. Il brivido che la attraversa rende tutto ancora più eccitante.

"Come hai fatto a prenderla?" La domanda di Talvery mi fa fermare. Allontano le dita da lei per riflettere sulla sua domanda. La sua *prima* domanda. Non se sta bene o se è al sicuro, ma *come* l'ho avuta.

Ci sono due possibilità. O sa qualcosa dall'informatore e vuole una conferma, oppure non ne ha davvero idea.

"Si è trattato di un regalo," gli spiego con tono pacato, fissando il ricevitore con gli occhi socchiusi e aspettando la sua risposta per capire meglio.

Il suono del respiro affannoso di Aria mi ricorda che il mio passerotto sta ascoltando. Mi chino in avanti e le do un bacio sulla coscia, con l'intento di lenire qualsiasi pensiero doloroso le attraversi la mente.

"Da Romano?" mi chiede, respirando in modo pesante. "È questo che ti aspetti che io creda?" sogghigna. Aria alza la testa dalla scrivania, pronta a obiettare, ma io la zittisco, afferrandole il mento e scuotendo la testa. So che la mia espressione è dura come la pietra, ed è questo che la fa sussultare, ma non posso permetterle di parlargli.

Non voglio che venga coinvolta in questa guerra più di quanto non lo sia già.

"Puoi credere a quello che vuoi. Mi hai fatto una domanda. Ti ho risposto."

Aria è tesa sulla scrivania e mi volta le spalle, cercando di guardare il telefono, come se ci fosse qualcosa da vedere.

Incrocia le gambe per girare il corpo, e di nuovo le mie labbra si incurvano in un sorriso quando geme piano.

Lui non può sentirla, ma dice: "Qualcuno mi ha informato."

Non gli dedico molta attenzione. So cosa gli è stato detto, e può andare al diavolo con quelle informazioni sbagliate, mentre io mi scopo sua figlia.

Ritorno a lei e al suo fondoschiena, continuando a giocare con il plug. Le sue unghie graffiano il tavolo mentre cerca di reprimere il bisogno di gemere ad alta voce.

Metto in muto per un attimo, pronto ad ascoltare quel dolce suono che amo. Suo padre continua, anche se non può sentirci.

"Cosa le hai fatto?"

Sussurro ad Aria, afferrandole il culo con l'altra mano e costringendola a emettere quel suono meraviglioso. Il mix di piacere intenso e dolore lancinante è troppo da controllare. "Guardami mentre faccio quello che voglio con te, Aria." I suoi occhi si spalancano per la paura e io sorrido spiegandole: "Per il momento lui non può sentirti, ma ora riattivo l'audio, quindi taci, passerotto."

Le sue belle labbra si aprono in un sospiro di sollievo e poi, con un silenzioso gemito di piacere, torno a stimolarla. I suoi occhi sono sul punto di chiudersi, ma li riapre di scatto, obbedendo all'ordine di guardarmi.

Quando riattivo l'audio della conversazione, Talvery lancia una vana minaccia: "Ti ucciderò se l'hai toccata."

"Come potrei non toccarla?" gli chiedo.

Odo un piccolo gemito di protesta da parte di Aria e mi sento un idiota per aver provocato suo padre davanti a lei.

Con l'apprensione che mi attanaglia lo stomaco, mi spiego meglio. "Le ho dato tutto ciò di cui ha bisogno. Sta attraversando un periodo difficile." Anche se suo padre sta ascoltando, queste parole sono solo per lei. Aggiungo: "Sembra essersi integrata bene e, a volte, sembra persino felice."

I suoi occhi color nocciola si addolciscono e quasi diventano lucidi, senza mai smettere di fissare i miei.

"Cosa vuoi, Cross?" La voce dura e amara di Talvery mi fa serrare la mascella.

Penso di dirgli che lei ha detto di amarmi. Ma ripetergli quelle parole e usarle in quel modo sarebbe un oltraggio.

Aria è più calma, nonostante gli occhi spalancati, e aspetta con il fiato sospeso la mia risposta.

"Voglio solo parlare. C'è qualcuno qui che voleva sentire la tua voce."

Spingo le dita nel suo sesso stretto e il mio pollice preme contro il plug anale. Il tintinnio delle manette è abbastanza forte da essere sentito da Talvery e, sapendolo, un sorriso compiaciuto mi si allarga sul viso.

"Fammi parlare con lei," dice, ma la sua richiesta è patetica. Non farei mai nulla solo perché me lo ordina lui. Affronterei l'inferno solo per fargli un dispetto.

"Al momento è un po' occupata," rispondo, sentendo l'arroganza crescere dentro di me, ma cercando di contenerla abbastanza da non ferire la mia Aria. Le accarezzo il clitoride senza pietà, sapendo che così raggiungerà facilmente l'orgasmo. Preferisco che provi un piacere talmente intenso da non riuscire a sentire o persino a comprendere la conversazione.

"Ti ammazzo, cazzo," sbotta senza nascondere la furia nella sua voce.

"Continui a provarci," ribatto, e la rabbia si insinua sempre di più nella mia voce ogni istante che passa. E anche se la preoccupazione è chiara-mente scritta sull'espressione di Aria, le sue cosce tremano per il climax imminente e i suoi denti affondano nel labbro inferiore così forte da rischiare di assaporare il suo stesso sangue.

Metto di nuovo in muto la conversazione solo per un secondo per ordinarle: "Vieni per me, Aria." E poi la penetro con le dita con più forza.

La sua schiena si inarca e un grido soffocato le sfugge dalle labbra proprio mentre dico a Talvery: "Ti prometto che mi sto comportando bene con lei. So come trattare una donna."

Alle mie parole, lei raggiunge il culmine con violenza. Il suo intero corpo mostra i tremiti di piacere che la attraversano.

"Romano ti ha detto cosa ha fatto?" chiedo a Talvery, più che altro per ricordarlo a me stesso. Questa donna forte è mia. Sono incredibilmente orgoglioso di averla con me.

"A Stephan?" chiede Talvery, mentre gli occhi di Aria incontrano i miei e io sussurro seccamente in risposta, irritato dalla sua interruzione: "Sì."

Respirando affannosamente, Aria cerca di alzare lo sguardo: tenta di convincere il telefono a darle una risposta più esauriente da parte del padre.

Ma non arriva nulla.

C'è solo silenzio dall'altro lato della linea.

E lo odio per questo. Lo odio davvero per le lacrime che le fa venire agli occhi.

"Non sei venuto qui per lei." Devo ingoiare il nodo che mi stringe la gola. "Da quanto tempo lo sai?"

Quando non risponde, l'odio si fa più intenso e insisto: "So che non è stato Romano a rivelarti il segreto."

Il volto di Aria si contorce e io mi chino in avanti, baciando ogni centimetro della curva sinuosa dei suoi fianchi.

"Dalle un messaggio da parte mia," dice Talvery, ma io lo ignoro, preferendo i dolci suoni di gratitudine che riesco a malapena a sentire da Aria.

"Non potevo dirglielo prima, ma glielo dirò adesso."

"Ti ascolto," lo esorto a continuare, per poi silenziare di nuovo il telefono e baciare la pelle arrossata di Aria sul sedere, muovendo delicatamente il plug anale dentro e fuori ancora una volta. È di nuovo vicina al culmine.

"Riferiscile queste parole: 'Stai zitta mentre sono via e resta nella tua stanza.'"

Riattivando l'audio, gli rispondo rapidamente: "Sarà fatto," poi riattacco, stanco di lui e della conversazione. E pronto a sentirla urlare il mio nome.

Togliendo le sue gambe dalla scrivania, alimentato dal suo ansimare e dal rumore delle sue unghie che graffiano il legno, mi libero dei pantaloni e mi spingo dentro di lei fino in fondo.

"Cazzo, sì," gemo mentre le mie membra formicolano. "Ho bisogno di te," le sussurro sulla schiena mentre mi chino per baciarla. Rimango immobile dentro di lei, lasciandole il tempo di abituarsi e aspettando di assicurarmi che provi solo piacere.

"Non hai idea di quanto vorrei che lui sapesse che ogni notte urli il mio nome."

"Lui è…?" chiede Aria prima di gettare indietro la testa con un gemito soffocato mentre la penetro di nuovo con forza.

Tuttavia, si gira a guardare il telefono, con il viso contratto e sforzandosi di rimanere in silenzio, e so che si sta chiedendo se lui possa sentire.

Anche se sono dentro di lei, è preoccupata.

Non lo permetterò.

Sbatto il telefono più e più volte, così che lei lo noti. Una mano sul telefono, l'altra che le stringe il fianco in una morsa. La penetro con dei colpi violenti finché lei non sente il segnale di linea morta.

Spingendo via il telefono dalla scrivania, le dico: "Lui non conta. Nient'altro conta." Le mie parole escono con un grugnito rauco mentre il suo sesso si contrae intorno al mio membro duro. "Ci siamo solo noi," continuo, spingendo con i fianchi e sentendo il mio corpo tendersi ancora una volta.

Mentre la penetro con forza, le chiedo: "Come ci si sente a essere piene dappertutto allo stesso tempo?"

"Carter," sussurra il mio nome ed esplode in un altro orgasmo. E poi ancora. Mentre cavalco il suo piacere, ogni volta più forte e intenso del precedente, imploro il mio corpo di non cedere.

Voglio rimanere così per sempre. Lei incatenata alla mia scrivania, che non sente altro che il calore del mio desiderio e il brivido di me che la prendo fino a quando le sue gambe non sono deboli e tremano.

Ma devo farlo. E la terza volta in cui si serra intorno a me venendo, mi spingo dentro di lei il più profondamente possibile, raggiungendo un climax più intenso di qualsiasi altro nella mia vita.

Sono senza fiato quando le sfilo il plug, offrendole un'altra ondata di piacere. Ansimando, le tolgo anche le manette e la prendo sulle mie ginocchia per sentire la sua pelle calda fremere sulla mia.

Il suono dei nostri respiri mescolati non dura a lungo. I capelli di Aria mi solleticano la spalla e lei si allontana da me, allungando la mano verso il telefono.

Le sue spalle sussultano al ritmo dei suoi respiri affannosi e i suoi occhi sembrano persi nel vuoto.

"Va tutto bene," la rassicuro, ma dentro di me cresce la rabbia e, peggio ancora, la delusione.

"Posso richiamarlo?" La sua domanda è immediata e intrisa di un misto di paura e preoccupazione. "Solo io, per favore?" mi supplica con un sussurro spezzato.

Guardandola deglutire, valuto la sua disperazione che sembra provenire dal nulla.

"Non mi fido di tuo padre," le dico in tutta onestà.

"Ma puoi fidarti di me," suggerisce debolmente, con tono ancora supplichevole.

Le rispondo con il silenzio e cercando il suo sguardo, ma la disperazione si trasforma in rabbia quando aggiunge: "Non dovevi provocarlo in quel modo," con la voce incrinata.

È preoccupata. C'è qualcosa che non va.

"Per favore, lasciamelo richiamare," mi implora di nuovo. "Voglio solo dirgli che sto bene." Si morde il labbro inferiore guardandomi negli occhi e stringendomi entrambe le mani.

"No, cosa c'è che non va?" Non mi guarda negli occhi quando le rispondo, quindi le afferro il mento, costringendola ad alzare lo sguardo e cercandovi dentro la verità.

"Perché deve andare così?" Le sue parole si spezzano e le lacrime le riempiono gli occhi.

"Che diavolo è successo?" La guardo perdere il controllo e ogni briciolo di compostezza. "Che cosa c'è che non va?"

"Ti amo," risponde addolorata. "Mi dispiace," piagnucola, asciugandosi il viso e cercando di allontanarsi da me e dalla mia presa.

"Non ti farei mai del male," le dico con il cuore che batte all'impazzata, sapendo che non posso ricambiare le sue parole. "Lo sai, vero?" Ripensando a tutto quello che è successo, l'unica cosa che mi viene in mente è il modo in cui ho parlato di com'è arrivata da me. Il modo in cui abbiamo iniziato e l'arroganza che ho mostrato. "Il modo in cui parlavo…"

Mi interrompe, premendo le dita sulle mie labbra: "Neanch'io ti farei mai del male."

Una notifica sul telefono mi distrae; è un messaggio è di Jase. *Devi vederlo, subito.*

Le do un bacio sulle labbra morbide, cercando di placare le sue preoccupazioni. Lei tenta di ricambiare con passione, ma io mi allontano, premendo la mia fronte contro la sua e desiderando di non doverla lasciare proprio ora.

Le sussurro sulle labbra: "Aspettami in camera da letto." Apro gli occhi e vedo il desiderio nei suoi e un pozzo di emozioni che non conosce profondità.

Lei annuisce, allentando la presa mentre la metto a terra e mi alzo con lei.

"Ho una cosa da sbrigare e poi vengo da te," le dico, ma la sua espressione non accetta affatto quello che le sto dicendo. Un giorno capirà che mi occuperò di tutto, purché lei si fidi di me.

Ma se ne va lo stesso e io la guardo allontanarsi restando fuori dalla porta dell'ufficio, chiedendomi se ora abbia la stessa opinione di suo padre che aveva poche ore fa.

Si gira un'ultima volta, mi rivolge un sorriso triste e poi scompare dietro l'angolo che porta alle scale.

Non faccio in tempo a percorrere il corridoio che Jase sta già salendo i gradini con passo deciso, finché non alza la testa e mi vede.

"Dobbiamo parlare," dice Jase con urgenza. "Adesso."

"Che succede?" gli chiedo, sentendo la fronte corrugarsi e l'adrenalina salire.

"C'è stata una violazione. Sembra che avremo compagnia." I suoi occhi riflettono la gioia di affrontare una nuova sfida e le mie labbra si incurvano in segno di assenso.

"Talvery?" gli chiedo, domandandomi se suo padre fosse già in azione prima della chiamata o se abbia agito d'impulso.

Jase annuisce, ma l'espressione è preoccupata. "Sono solo in sei."

"Sei soldati?" chiedo. "Talvery non è così stupido, cazzo."

"Uno è un informatore e probabilmente è grazie a lui che sono riusciti a superare il primo cancello. Due sono suoi parenti."

"Pensi che qualcuno lo abbia aiutato?" chiedo a Jase, ma lui scuote rapidamente la testa.

"Siamo stati avvisati non appena li hanno notati. Dov'è Aria?" domanda Jase e io rispondo prontamente: "È al sicuro nella mia camera da letto. Non uscirà."

Mi si secca la gola al pensiero che possano rapirla, ma la preoccupazione e la paura non farebbero altro che causare la mia rovina.

"Non può aver pensato di riuscire in qualcosa di diverso dal mandare i suoi uomini a morire, inviando solo sei soldati."

"C'è sicuramente qualcosa che non torna," aggiunge e mostra il video sul suo telefono. Sei uomini lungo la torre interna, in tenuta da combattimento. Guardo con lui mentre mi domanda: "Che ne dici di interrogarli?"

Il mio petto si stringe quando riconosco il volto di uno degli uomini. "Nikolai."

Ha osato venire qui. Per cercare di prendersi ciò che è mio? La rabbia mi invade e un mix bollente di gelosia e vendetta mi offusca la vista.

"Pensavo di eliminare i tre che non contano, ma di portare i cugini e Nikolai qui per interrogarli." Pronuncia la sua affermazione a bassa voce guardando dietro di noi, dove Aria mi aspetta.

Mi inumidisco le labbra, certo che Talvery sia pienamente consapevole che tutti e sei morirebbero nel tentativo di infiltrarsi e ucciderci, per salvare Aria.

"Nikolai è sciocco e disperato. Se è venuto perché sapeva che lei era qui, immagino che sia seguito solo da pochi uomini."

"Sono tutti pezzi grossi," dico rapidamente. Ne riconosco alcuni che hanno seminato morte nel mio territorio.

"È impossibile che siano venuti senza che Talvery lo sapesse."

"Sono venuti per uccidere? O per prenderla?" chiedo a Jase, ma se avessi aspettato un secondo di più, non avrei dovuto chiederlo affatto. Vedo uno di loro lanciare una granata sul bordo del garage, seguita da un'altra pochi metri più in là. *Sono venuti per uccidere.*

"Hanno lasciato degli esplosivi lungo il cancello. Una scansione mostra che hanno abbastanza esplosivo nelle borse per distruggere l'intera tenuta, se riuscissero a superarlo." Le mie labbra si contraggono minacciosamente. "Come l'altra volta?" domando a Jase, ricordando il cumulo di cenere e macerie in cui è stata ridotta la nostra vecchia casa. "Pensi che siano gli stessi uomini?"

Jase e io ci scambiamo uno sguardo, ma lui non mi risponde a parole.

Una chiamata al telefono di Jase sostituisce il video della sorveglianza. Nel momento in cui risponde, anche il mio cellulare inizia a squillare.

"Si tratta di Aria," mi dice Jase prima che io risponda. Non nasconde il nervosismo quando aggiunge: "Non è nella camera da letto."

"Dove sta andando?" gli chiedo, ma poi mi rendo conto che non ha importanza. Se li vede, dovrà scegliere.

"Lasciala stare, lascia che venga se lo desidera." Il mio cuore batte all'impazzata mentre Jase comunica loro i miei ordini e il telefono si spegne nella mia mano. Vedrà di cosa sono capaci e quale situazione io debba fermare, e cosa proteggere.

Lascia che veda, lascia che scelga.

"Fai uccidere quei tre, subito." La mia voce è secca, anche se dentro di me la rabbia divampa. I tre corpi cadranno non appena verrà dato l'ordine, lasciando gli altri tre in difficoltà e intrappolati nella nostra tenuta. "Portami gli altri."

CAPITOLO 54

Aria

Se solo Carter mi lasciasse chiamare mio padre o andare da lui. La pelle d'oca non se ne va e il freddo costante che percepisco è in netto contrasto con il calore che mi ribolle nelle vene.

Posso convincere mio padre che c'è un altro modo.

Ho sentito quello che ha detto. Il messaggio per me. Stava parlando in codice. Sta arrivando. Tra poche ore verrà a prendermi.

Stai tranquilla mentre sono via e resta nella tua stanza.

Me lo diceva sempre prima di uscire la sera quando eravamo in isolamento, ma solo quando sapeva di stare via per poche ore. Qualora fosse rimasto fuori più a lungo, mi avrebbe mandato al nostro rifugio sicuro.

Non è possibile che quelle parole fossero una coincidenza. Ne sono sicura. Non le avrebbe dette se non avesse intenzione di venire a salvarmi. Non avrebbe detto proprio *quelle parole* se non ci fosse in ballo qualcosa per stasera.

Il mio cuore non smette di battere all'impazzata. Ho la gola serrata dal senso di colpa e dalla paura. Non può accadere così. Non so esattamente cosa abbia in mente, ma quelle parole sono tipiche dei tempi di guerra. Sta per succedere qualcosa di brutto. Lo so. Lo sento nello stomaco. Cambierà tutto.

Posso fare qualcosa. Ma ho bisogno di tempo… che non ho.

Camminando avanti e indietro lungo il corridoio che porta all'ala di Carter, cerco di trovare una scusa per mio padre o una ragione che giustifichi il fatto che Carter non reagisca alle sue minacce. Non posso semplicemente andare in camera da letto e aspettare. Mi rifiuto di restare a guardare.

La telefonata mi risuona nella testa e comincio a chiedermi se ho sentito bene ciò che ha detto mio padre.

La tensione mi stringe il petto così forte che quasi non riesco a respirare.

Dopo giorni, mio padre decide di venire. Dopo settimane in cui sono scomparsa, finalmente viene a cercarmi. E non c'è niente che io possa fare per fermarlo.

Le mie mani tremano incontrollabilmente e sono esasperata. Stringo i pugni e li sbatto contro il muro. Come ha potuto farmi questo?

Come hanno potuto entrambi.

Carter non è innocente. Sapeva che quella conversazione avrebbe fatto infuriare mio padre. Lo stava provocando, praticamente ridendogli in faccia.

E ci ho provato gusto.

Ho desiderato ardentemente ogni briciola di quel piacere. C'è qualcosa di perverso e malato nel mio bisogno che Carter mi portasse al limite proprio mentre mio padre gli riversava addosso tutto il suo odio.

Carter ha dimostrato che c'è un lato di me che desidera la depravazione e una giustizia peccaminosa e distorta.

Dovevo aspettarmelo. Sapevamo di stare giocando con il fuoco, ma dopo settimane passate con lui, sentendomi sua, dopo aver imparato ad amarlo sempre di più, mi ritenevo invincibile al suo fianco.

Sono sempre stata un'ingenua.

Scostandomi i capelli dal viso, mi libero dal rimpianto e mi concentro sul presente.

Devo dirlo a Carter, ma non so come potrei salvare mio padre se lo facessi. E so che non sarà mio padre a venire. Non assalterà il castello di Carter. Saranno i suoi soldati, o peggio, Nikolai. Rivelarlo a Carter garantirà solo che le sue armi saranno pronte, e chiunque stia arrivando verrà ucciso prima ancora di avvicinarsi.

"Cazzo." La parola mi sfugge dalle labbra con un respiro soffocato.

Ero piena di speranza, ansiosa all'idea di questa telefonata, e invece il mio peggior incubo è diventato realtà. Ho attirato la guerra su di me e l'ho portata da Carter.

Un lampo di lucidità mi travolge e apro gli occhi di soprassalto.

Comincio a muovermi prima ancora che il pensiero sia chiaro.

Non è in ufficio. Carter non è nell'ufficio dove si trova il telefono. *E non ricordo che abbia chiuso la porta a chiave.*

So bene che ci sono telecamere ovunque, ed è per questo che cammino come se nulla fosse. Tengo le spalle dritte e cerco di mantenere un'espressione impassibile, anche se le lacrime mi pungono gli occhi e ho un nodo alla gola per la voglia di scoppiare a piangere.

Questi uomini mi uccideranno prima di avere la possibilità di eliminarsi a vicenda.

Il pomello della porta trema sotto la mia presa, ma gira e si apre facilmente. Non perdo tempo, sapendo che se Carter mi vede dalle telecamere sicuramente mi raggiungerà, e cado in ginocchio, raccogliendo il telefono dal pavimento, dove giace ancora da prima.

Premo i tasti con le dita tremanti, ma in qualche modo riesco a comporre il numero. Stringo il telefono con entrambe le mani tenendolo all'orecchio e controllando la porta. Se ancora non si è accorto di dove sono, lo scoprirà presto.

Drin, drin.

Ogni pausa del suono mi fa stringere il cuore sempre più forte.

La mia gola sembra chiusa, ostruita da qualcosa di invisibile, quando la chiamata si interrompe. Non resta senza risposta, ma viene proprio interrotta.

Clank! Sbatto il telefono più e più volte, come ha fatto Carter prima, e sento il calore dell'ansia sulla pelle. Stringo i denti sbattendolo di nuovo e poi mi appoggio alla scrivania.

Faccio dei respiri profondi. Devo stare calma e trovare una soluzione.

Non lascio passare neanche un altro secondo. Riprendo il telefono e premo di nuovo il tasto di richiamata.

Invano.

Tic-tac, tic-tac, l'orologio sulla parete dell'ufficio di Carter è una tortura. Mostra che sono passati quasi cinquanta minuti da quando Carter se n'è andato.

L'unico altro numero che conosco a memoria è quello di Nikolai. Non so se mi ascolterebbe. O se mio padre ascolterebbe Nikolai. Non so nulla con certezza, ma comunque compongo il suo numero.

Una cifra alla volta.

E lui non risponde.

Il telefono passa alla segreteria telefonica, ma la casella vocale è piena. Un groviglio di spine sembra rotolarmi in gola e la disperazione mi toglie il fiato. A ogni respiro, ne ingoio un po' di più e mi fa male al petto. Con le dita mi aggrappo al vestito cercando di allontanare la fitta di dolore, che invece non fa altro che aumentare.

Tic-tac. Tic-tac.

Provo di nuovo a chiamare mio padre, stavolta in vivavoce, rinunciando a ogni barlume di cautela. Se Carter entra, gli dirò tutto. Non c'è più speranza tra le nuvole scure che mi circondano.

Al suono della linea interrotta, metto giù l'apparecchio, riponendolo con cura nel suo supporto, e mi lascio cadere sulla sedia di Carter.

Provo con il suo computer. Ma è protetto da una password.

Digito 'Tyler'. Sbagliata.

'Cross'. Sbagliata. Potrei provare con la sua data di nascita o con quelle delle sue ex, se le conoscessi. Ma non ho nulla su cui basarmi.

La mia mente è in conflitto, la posta in gioco diventa sempre più alta con il passare dei secondi. Apro un cassetto e sfoglio i fascicoli, cercando qualcosa che possa suggerirmi la password, ma non trovo nulla.

Tic-tac. Tic-tac.

L'orologio mi gioca brutti scherzi. È passata un'ora e mezza.

Il mio battito è così veloce che non riesco a sentire nient'altro. Sono stordita, e quando mi alzo ho le vertigini e devo stare attenta a non cadere. La scrivania è fredda e dura e i suoi bordi sono più affilati di prima.

Li stringo così forte che penso di essermi tagliata, ma quando controllo, non vedo sangue.

"Devo dirglielo," sussurro a nessuno in particolare.

Non riesco a mantenere l'equilibrio mentre cammino. Devo appoggiare la testa al muro solo per un attimo per riprendere fiato e pensare alle parole giuste da pronunciare.

Mio padre sta arrivando. I suoi soldati stanno venendo per ucciderti.

Combatto le lacrime che mi salgono agli occhi e mi costringo ad andare avanti. *O forse stanno venendo a salvarmi.*

Chiudo la porta dietro di me e faccio un respiro tremolante.

Cammino lungo il corridoio verso le scale, fredda e intorpidita.

Respiri profondi, un piede davanti all'altro. È così che porrò fine alla vita di mio padre e di tutti quelli che stanno con lui. I miei cugini, i miei zii. Nikolai.

Dio, aiutami, ti prego.

Prego aggrappandomi saldamente alla ringhiera e camminando con cautela, le ginocchia sempre più deboli.

Mostrami cosa fare. Ti prego.

Sono a metà della seconda rampa di scale, verso la parte posteriore della tenuta dove non mi avventuro mai, quando sento il rumore di una pistola che viene caricata. Mi blocco.

Il suono di uno schiaffo e di un grugnito si mescolano a un grido di agonia. Le ginocchia mi cedono. *Sono qui.*

È troppo tardi. *No, ti prego, no.*

"Vaffanculo." Sento una voce che credo appartenga a uno dei miei cugini e un altro colpo violento. Le mie nocche diventano bianche per la forza con cui stringo la ringhiera.

Non riesco a respirare. I miei piedi nudi calpestano il pavimento freddo mentre mi avvicino di soppiatto al luogo da cui provengono le voci. Il mio cuore batte talmente forte che temo mi sentiranno.

Come ho potuto permettere che accadesse?

Come ha potuto Carter? Il pensiero rimane incompiuto, ma in ogni caso mi si spezza il cuore.

"Ci pensiamo noi," sento la voce di Carter e vedo le schiene di due uomini che se ne vanno, uscendo da una porta aperta e dirigendosi verso l'uscita posteriore. Entrambi vestiti di nero e armati. Non con pistole semplici, ma con armi automatiche. Per poco non cado all'indietro sul sedere cercando di ripararmi dietro la porta più vicina, in modo da non essere vista.

Il rumore del metallo che raschia il pavimento può essere solo quello delle pistole che vengono calciate via.

Pistole e domande. È un interrogatorio. Il mio cuore batte all'impazzata e mi chiedo cosa posso fare per fermarlo.

"Dov'è lei?"

Nikolai. Mi aggrappo al muro, proprio dietro l'angolo della stanza anteriore da cui provengono le voci. Un mix di adrenalina, paura e tradimento mi scorre nelle vene a ondate e mi impedisce persino di pensare.

"Te lo chiedo di nuovo, gentilmente. Quali erano i tuoi ordini?" La voce di Jase è fredda e dura, più di quanto avrei mai potuto immaginare. "O non ne avevi?"

Riesco a malapena a respirare e quando lo faccio, il suono mi sembra fin troppo forte. Sbircio dietro l'angolo, abbassandomi a terra e pregando che nessuno mi veda.

"Il tuo capo ti ha davvero mandato a morire per un capriccio? Sei uomini contro un intero esercito?"

Mi copro la bocca con entrambe le mani e quasi cado a terra alla vista che mi si presenta davanti quando giro l'angolo. Il rumore del sangue che mi martella nelle orecchie soffoca le voci dell'interrogatorio, ma il suono di una pistola che colpisce la pelle e si schianta contro le ossa risuona chiaramente.

Chiudo gli occhi e la nausea mi attanaglia lo stomaco, ma poi li apro con forza. Mi costringo a guardare.

Nikolai è uno dei tre. Gli altri due sono i miei cugini, Brett e Henry. Sono fratelli e sono più vecchi di me. Abbiamo sempre trascorso insieme le vacanze. Sono stata damigella d'onore al matrimonio di Brett. Tutti gli eventi a cui abbiamo partecipato nel corso degli anni mi scorrono davanti agli occhi mentre lo vedo sputare sangue sul pavimento. La parte sinistra del suo viso è già contusa e il giubbotto antiproiettile nero è ricoperto di sangue.

Mi si stringe il cuore. Non voglio vederlo. Non posso. Non posso guardare, ma devo fare qualcosa.

"Non ti diremo un cazzo," dice Brett con tono beffardo, mentre Henry lotta accanto a lui. Con i polsi legati dietro la schiena, Henry barcolla. Riesco solo a vedere che il suo occhio destro è gonfio, e mi rendo conto che non sta affatto bene.

Cosa vi hanno fatto? Il mio cuore sanguina a questa domanda.

Jase e Declan hanno le pistole puntate alla nuca dei tre uomini inginocchiati in fila davanti a loro.

"Volete raggiungere i vostri amici il prima possibile?" chiede Jase.

Non mi sono mai sentita così tradita. Disgustata. La bile mi sale in gola e il mio sguardo vaga sui tre uomini che conosco da sempre, pericolosamente vicini alla fine delle loro vite, solo un grilletto di distanza.

"Vaffanculo," ringhia Nikolai, attirando la mia attenzione. Anche se fissa Carter con nient'altro che odio, i suoi occhi mostrano dolore. Ed è la mia rovina.

La guerra non mi è mai sembrata così reale come in questo momento.

Proprio in quell'istante, una luce si accende, focalizzando la mia attenzione verso ciò che conta.

La pistola di Carter è infilata nella parte posteriore dei pantaloni. Punta dritto verso di me, e la luce della stanza vi si riflette sopra. Le altre armi sono a terra, alle sue spalle. Tre pistole in tutto, di cui una è senza dubbio quella di Nikolai.

Gli ha sottratto le armi, allontanandole con un calcio. E ora la mia famiglia è inginocchiata davanti a Jase e Declan, in attesa della condanna a morte. Il rumore di un'arma che viene caricata mi spinge in avanti e mi costringe ad agire.

Striscio verso le pistole con mani tremanti. Una di esse graffia il pavimento quando cerco di raccoglierla, e a quel punto, mi vedono. Quindi faccio l'unica cosa possibile.

Punto l'arma contro il nemico disarmato.

Mi alzo sulle gambe deboli e la stringo più forte che posso. La punto alla nuca di Carter. So di aver fatto una scelta e mi odio per questo, ma sono spinta dal bisogno di proteggere il mio unico amico e la mia famiglia.

"Carter," lo chiamo per nome e sento addosso gli occhi di tutti, mentre lui si gira lentamente.

I suoi occhi lampeggiano e lui sospira, ma non indietreggia, non sembra nemmeno prendermi sul serio. Mi osserva come si guarderebbe un bambino che gioca a travestirsi. Per niente minaccioso, semplicemente carino. Mi ferisce in un modo che non pensavo fosse possibile.

Davvero non gli importa nulla di me. Ha intenzione di ucciderli tutti, e si aspetta che io accetti le sue decisioni, obbedendo e sottomettendomi a ogni suo capriccio.

Lui si muove verso di me e io armo la pistola, anche se le mie mani tremano, e la sua faccia cambia mostrandomi chiaramente il danno che ho causato. La sua espressione ferma di disapprovazione e irritazione si trasforma in una maschera che non ho mai visto prima, dura e fredda, che rende i suoi lineamenti scolpiti ancora più dominanti e malvagi.

Sento il suo respiro quando si ferma. Tutto in lui è terrificante, tranne lo sguardo nei suoi occhi scuri, dove le macchie d'argento brillano ancora di qualcos'altro. Speranza, forse? Ma svanisce subito quando riprendo a parlare, sentendo la tensione nella gola e nel petto che mi toglie il coraggio. "Lasciali andare," dico in tono deciso, anche se non so come ci riesca, perché in questo momento mi sembra di essere solo debole.

Mi sento come se avessi deluso il ragazzo che soffre ancora dentro Carter. Ho perso la sua fiducia. Lo vedo dai suoi occhi che si velano e vengono sopraffatti dall'oscurità. Non ho mai sofferto così tanto in vita mia come in questo momento, ma cos'altro potevo fare? Sono in una situazione senza speranza e non ho alcuna possibilità di vincere.

I miei palmi sono caldi e formicolano per il mix di adrenalina e paura che controlla ogni mia mossa, e quasi mi cade la pistola, ma in qualche modo riesco a tenerla ferma e a puntarla nuovamente su Carter.

"La ragazza che tutti stavamo aspettando," dice Carter senza cambiare espressione. Nessun sorriso arrogante. Nient'altro che uno sguardo minaccioso, colmo di odio e disgusto.

Inclina la testa e pronuncia una parola con voce bassa e profonda che mi fa venire i brividi lungo la schiena. "Talvery."

SENZA RESPIRO

Libro 3

Le sue labbra sapevano di Cabernet e il suo tocco bruciava come fuoco.
Ero accecato dall'effetto che mi faceva. Mi ero lasciato sedurre con troppa facilità da qualcuno che credevo irraggiungibile.

Ero in sua balia, mentre avrei dovuto essere più prudente. Sapevo che non avrebbe mai potuto amare un uomo come me.

Lei ha tirato fuori una parte del mio essere che avrei voluto rimanesse sepolta.

Non commetterò lo stesso errore due volte.
Non mi importa quanto mi implori.
Non mi importa di desiderarla più di ogni altra cosa…

Questo è il terzo libro della serie *Merciless*. Riprende esattamente da dove si era interrotto il secondo libro, *Senza cuore*. I libri devono essere letti in ordine.

CAPITOLO 55

Carter

È da molto tempo che nessuno osa più provare a uccidermi nella mia stessa casa.

Ed è passato ancora più tempo da quando qualcuno mi ha puntato una pistola contro ed è sopravvissuto per poterlo raccontare.

Riesco a malapena a sentire qualcosa a causa del ronzio nelle orecchie. Ho aspettato tanto per questo momento, ma non è così che pensavo sarebbe andata.

Lei mi ama, mi ripeto. Lei mi ama, cazzo. Lo so.

Aria ha il volto arrossato e cerca di tenere ferma la pistola, ma le tremano le mani.

Faccio un passo verso di lei, e invece di abbassarla segue i miei movimenti con la canna. Tutto ciò che resta del mio cuore si frantuma nel petto, e i piccoli frammenti mi inondano di dolore.

Il sorriso malato sul mio viso svanisce anche se cerco di mantenerlo, concentrandomi su quei meravigliosi occhi nocciola. Occhi che mi hanno attirato a lei, che hanno implorato pietà, che mi hanno fatto provare più emozioni di quante ne abbia mai vissute in anni.

Occhi che mi hanno ingannato.

"Gettate le pistole," ordina Aria, con voce tremante ma comunque chiara e forte. È pazzesco che in questo momento mi sembri così splendida. Nella sua forza, è al massimo della sua bellezza.

"Buttatele a terra!" sbraita, e la sua arma vacilla. È ovvio che non ne ha mai tenuta una in mano prima, o almeno, non l'ha mai usata per sparare.

Eppure, la sta puntando contro di me. Potrebbe sparare accidentalmente, uccidendomi. *Se ne pentirebbe?* Mi pongo questa domanda e sento una forte stretta al petto. Un'ondata di emozioni minaccia di farmi perdere la calma. Ogni centimetro della mia pelle è intorpidito mentre fisso la canna, sentendo il mio mondo sgretolarsi intorno a me.

Di fronte al nemico.

Di fronte ai miei fratelli.

Di fronte a lei.

"Carter?" senza vederlo, sento Jase chiedere se devono darle ascolto o no.

Lui e Declan sono dietro di me con le pistole puntate contro i tre uomini inginocchiati sul pavimento. Due di loro sono suoi cugini, mentre il terzo è il suo ex amante e amico. Il nome che ha invocato quando era nella cella, l'unico che sono stanco di sentirle pronunciare, appartiene a lui.

Solo pochi istanti fa, volevano ucciderci. E ora Aria li sta proteggendo al punto da essere disposta a eliminarmi per salvarli.

I piccoli frammenti si conficcano ancora più profondamente nello squarcio che mi hanno provocato dentro.

Deglutisco il nodo che ho in gola insieme all'angoscia che provo e rispondo a Jase senza distogliere lo sguardo da Aria. "Buttatele a terra." Immediatamente, il sollievo si dipinge sul volto di Aria, che allenta persino la presa sulla pistola, finché non aggiungo: "Ma non lasciate che quei bastardi le prendano. Nessuno avrà una pistola in mano," aggiungo a fatica, sforzandomi di sorridere, "tranne Aria."

Sono ancora io a tenere le redini. Mi ascolteranno, tutti quelli che contano qualcosa in questa stanza lo faranno… ma col passare del tempo, sento che li sto perdendo. Posso solo immaginare cosa pensi la sua famiglia, ma è quello che vedono i miei fratelli a distruggermi. Loro sanno che la amo.

E ora la stanno guardando tradirci tutti quanti.

"Lasciali andare," ordina Aria con tono più debole, implorante. Deglutendo visibilmente, distoglie lo sguardo da me e lo sposta su di loro. Vedere il suo respiro allarmato di fronte a ciò a cui assiste mi dilania. La sua pietà e la sua indulgenza nei loro confronti sono disgustose.

Sono venuti per uccidermi, e lei lo sa.

Potrebbero ancora uccidermi.

L'amavo. So che l'amavo, e quello è stato il mio primo errore.

La rabbia sale e mi ribolle nel sangue. Finalmente ritrovo la lucidità, che mi rende più forte e mi ricorda chi sono e ciò per cui ho lavorato.

Cadrà tutto a pezzi. Per colpa sua.

Avrei fatto *qualsiasi* cosa per lei.

"Andiamo." Sento la voce di Nikolai, bassa e piena di dolore. Il sangue rosso vivo gli cola dalla ferita sul labbro e sul viso gli si è già formato un livido. Le mie nocche diventano bianche quando stringo i pugni. Mi basterebbe un attimo per sfogare tutta la mia aggressività. Vorrei spezzargli la mascella per aver osato dire quelle parole alla mia Aria.

Non ho mai provato una rabbia simile, mentre lui la raggiunge come se potesse portarla via da me.

Perché può.

E lei è disposta a seguirlo.

"Andate," dice lei, con voce forte e chiara. Ancora una volta, la pistola le pende dalla mano, e lei non sembra accorgersene. Potrei prendergliela, rischiare. Ma questo la metterebbe in pericolo, e la sola idea mi fa distogliere lo sguardo.

"Ora," sibila uno dei suoi cugini, tirando Nikolai per un braccio. La stoffa della camicia si tende e gli stringe il collo. Guardandolo con la coda dell'occhio, provo disgusto, così come Nikolai, a giudicare dalla sua espressione.

"Vieni con noi," la esorta lui, alzando la voce come per darle un ordine, ma anche per supplicarla, e io distolgo lo sguardo da Aria, fissandolo.

Mi ricorda il ragazzo che ero una volta.

Sciocco e spericolato. Ma lui non ha mai attraversato il mio inferno. È stato cresciuto per questa vita, non vi è stato catapultato e costretto a lottare per sopravvivere giorno dopo giorno.

Eppure pensa di poterla portare con sé.

"Io resto," dice Aria con tono autoritario prima che io possa pronunciare una parola. La sua dichiarazione fa sussultare Nikolai. Un piccolo barlume di speranza mi si accende nel cuore. Ho un nodo alla gola e mi fa male il petto, come se stesse per spaccarsi in due. *Vuole restare.*

"Non c'è tempo per queste cose!" urla uno dei suoi cugini, guardandosi intorno come se da un momento all'altro potessi cambiare idea e ucciderli tutti.

Avrebbe ragione, se non fosse per Aria.

Lei li voleva. Li ha scelti.

"Non me ne vado senza di te," ringhia Nikolai e si avvicina ad Aria, pronto ad afferrarla. È il mio segnale per prendere la pistola.

Il loro ricongiungimento è durato abbastanza, non intendo lasciare che le cose vadano oltre. Nessuno me la porterà via. Nessuno.

L'adrenalina mi scorre nelle vene, il respiro si fa più affannoso. Sento la pistola calda nella mia mano. Più bollente che mai. È puntata contro Nikolai; quella di Aria, invece, è puntata contro di me.

Con voce roca e profonda informo tutti e tre: "Avete due minuti per scappare."

"Carter," dice lei, e la sua voce è una supplica disperata, ma c'è margine di trattativa e io non ho più pietà, nemmeno per lei. La ignoro, sentendo la collera per ciò che ha fatto penetrare nelle mie ossa fino al midollo e aggiungo: "E poi apriremo il fuoco."

I miei fratelli si muovono lentamente, prendendo le loro pistole, mentre l'espressione di Aria si contorce dal dolore. Barcolla all'indietro verso il muro, la sua tensione è evidente.

Nikolai ha la mascella tesa, i suoi occhi azzurri brillano di odio. "Vieni con me," dice sottovoce. "Prendetela!" ordina ai suoi alleati.

Ma loro scappano, abbandonandolo e lasciandola indietro. "Ha avuto la sua occasione!" urla uno degli uomini dietro di lui. I loro passi rimbombano sul pavimento appena lucidato che calpestano con le scarpe da ginnastica. Codardi. I Talvery sono dei codardi.

"Aria, ti prego," la supplica Nikolai come se gli si spezzasse il cuore. Che vada al diavolo.

"Un minuto," dico stringendo i denti e finalmente lui mi guarda. Stringo la presa sulla pistola. Mi basta premere il grilletto e mi libererò di lui per sempre. Sono vicino a farlo, a porre fine a questa situazione. Mi fissa e vorrei che lo sguardo che gli restituisco fosse sufficiente a ucciderlo.

"Vai," piagnucola lei, con gli occhi che saettano dalla mia pistola a lui. "Vattene via!" gli urla.

"Tornerò a prenderti," le dice come se fosse il suo amore perduto.

Spero che torni davvero. Le mie narici si dilatano e il petto mi fa male vedendola sussultare quando lo guarda andare. *Torna per lei, Nikolai. Torna, così potrò spezzarti il collo.* Mi mordo la lingua, sentendo il sapore metallico del sangue in bocca.

Lo ucciderò, fosse l'ultima cosa che faccio.

Nikolai si allontana. Pianto le unghie nei palmi serrando i pugni, e la furia unita alla gelosia si trasforma in una miscela letale. Un velo rosso mi offusca la vista, e devo fare uno sforzo immenso per non sparare seguendo i suoi movimenti con il mirino.

"Volevo dirtelo," singhiozza Aria e il rumore di Nikolai che scappa si affievolisce nel corridoio. "Non pensavo…"

"Dirmi cosa?" le chiedo.

"Che stavano arrivando," dice con un dolore nella voce che corrisponde a quello negli occhi. Sta crollando, respira a malapena e vedo il rimpianto, il rimorso. Ma un unico pensiero mi colpisce nel profondo.

"Tu lo sapevi?" le chiedo, e sento un brivido attraversarmi e arrivare fino alle ossa.

Non mi ha mai amato, neanche per un momento. Se ami qualcuno, lo proteggi. Sempre. E lei non mi ha protetto.

Sono stato un idiota e lei non è la donna che pensavo fosse. È una bugiarda.

"Li lasciamo davvero andare?" La domanda di Declan squarcia la nebbia di incredulità e tradimento.

"Lo sapevi?" le domando di nuovo, con la rabbia che torna a farsi sentire.

"Io, io…" balbetta, lo sguardo che mi sfiora il viso, la paura e il dolore che le riempiono gli occhi di lacrime. Abbassa completamente la pistola, non osando più puntarmela contro, e io lascio cadere la mia lungo il fianco avvicinandomi a lei, ogni passo pesante più minaccioso del precedente.

"Carter?" Declan esclama il mio nome, esigendo una risposta.

A ogni mio passo, lei ne fa uno indietro, fino a quando le sue spalle non toccano il muro.

Rimetto la pistola nella fondina e le strappo la sua dalle mani; lei non oppone resistenza. "Carter," chiama di nuovo Declan, senza curarsi del fatto che la donna che amavo mi abbia tradito. Sapeva che stavano venendo a uccidermi, a ucciderci tutti, e non ha fatto *nulla*. "Li lasciamo andare o no?" chiede Declan.

Con una mano appoggiata al muro sopra la testa di Aria e l'altra che le blocca il fianco, la guardo dritta negli occhi, ignorando tutto ciò che c'è nel suo sguardo che mi attrae. Quel vantaggio è finito. Mi riprendo il controllo.

Sentendo l'odio fluire dentro di me e desiderando ferirla come lei ha fatto con me, rispondo a Declan con voce profonda, appena udibile. "Uccidili tutti."

* * *

Jase

Seguo rapidamente Declan fuori dalla stanza, anche se so che lasciare Carter da solo con Aria è un errore.

Agirò in fretta. Devo fare qualcosa per fermare tutto questo.

"Declan." Alzo la voce e chiamo mio fratello, e il rumore dei suoi passi che riecheggia nel corridoio si interrompe all'istante. Si volta verso di me, con la rabbia e la tensione ancora evidenti nei lineamenti.

Riesce a malapena a guardarmi negli occhi.

"Sì?" Il suo tono è teso quando mi avvicino, colmando la distanza il più rapidamente possibile.

Tengo la voce bassa e ignoro il cuore che mi martella nel petto mentre mi guardo alle spalle per assicurarmi che nessuno mi abbia seguito, e che nessuno possa sentirmi sfidare gli ordini di mio fratello.

"Non dare l'ordine di sparare per uccidere." Comincio a parlare prima ancora di essermi girato completamente verso di lui. Le mie parole si mescolano al respiro affannoso causato dall'adrenalina che mi scorre nel sangue. "Se sparano, digli di assicurarsi di mancare il bersaglio."

Declan mi sente; lo capisco dallo shock sul suo volto. Il ruggito di rabbia che proviene dall'atrio dietro di me mi ricorda quanto Carter abbia perso il suo equilibrio. Sta per fare qualcosa di stupido, a cui non potrà mai rimediare.

"Torno da loro," spiego a Declan e mi volto, ma lui mi afferra il braccio e mi tira indietro. All'inizio non dice nulla, ma vedo la domanda nei suoi occhi, il senso di tradimento che prova.

E questo mi distrugge.

"Sai che lui la ama," gli dico, sentendo la tristezza crescere dentro di me. Aria ha ferito Carter, ma è ben più di questo. Ha tradito tutti noi.

"Non dopo quello che è successo," sussurra Declan. Scuotendo leggermente la testa con un'espressione sconfitta sul volto, continua: "Non dopo che lei…"

"Non è colpa sua se ha dovuto scegliere," affermo stringendo i denti, sapendo nel profondo che sta lottando tra ciò che è giusto e ciò a cui dovrebbe essere fedele. "Non avrebbe mai dovuto saperlo."

La tensione nello sguardo di Declan vacilla, e lui scruta alle mie spalle per poi tornare a guardarmi negli occhi.

"Ha scelto di restare. Lascia che Talvery lo sappia. Questo ucciderà

Nikolai e renderà ancora più profonda la frattura tra le loro fazioni. Nikolai deve vivere."

So che Carter sarà furioso con me, ma gli passerà. Quando tutto sarà finito, mi ringrazierà. Deve andare così. Non posso permettergli di rovinare ogni cosa.

Con un cenno deciso, Declan si passa il pollice sul mento, ma non pronuncia una parola.

"Di' alle guardie di lasciarli tornare da Talvery. Ma assicurati che tutti sappiano che lei ha scelto di restare. Che ha scelto Carter."

CAPITOLO 56

Aria

Ho sempre ritenuto Carter un uomo indomabile. A malapena capace di trattenersi, sempre in attesa di un'occasione per scaricare la sua furia. A ogni respiro profondo, il suo petto si gonfia e si sgonfia, i muscoli si contraggono e le spalle si irrigidiscono sempre di più. In quei logoranti secondi di attesa tra noi, so che non c'è più nulla a frenarlo.

"Hai scelto loro." Le sue parole sono calcolate, pronunciate in tono controllato, anche se sembra tutt'altro che padrone di sé. La tensione si fa più forte e il mio corpo si surriscalda a ogni battito del cuore.

"No," cerco di spiegare, anche se la gola mi si stringe al punto che mi sembra di non riuscire a respirare. Comincio a scuotere la testa, ma lui emette un ringhio e ribalta il tavolino con un movimento rapido. L'antico mobile intagliato si schianta contro il muro con un forte tonfo che mi fa tremare e lui urla: "Vattene!"

Il tono rude della sua voce risuona nella stanza e io mi allontano da lui, con le spalle curve e la paura che mi consuma.

Le lacrime mi annebbiano la vista e cerco di parlare, di dirgli che non avevo scelta. Ho solo fatto quello che pensavo fosse necessario. "Non ti avrei mai…"

Si gira verso di me, facendo tre grandi passi in avanti, le vene del collo tese e gonfie e le iridi scure che mi trafiggono.

"Sparato?" mi chiede con l'incredulità e la rabbia che gli bruciano negli occhi.

La sola intensità del suo sguardo mi fa rabbrividire.

"Carter," chiama Jase alle nostre spalle, ma lui non distoglie la sua attenzione da me. Mi fissa come se lo avessi tradito. Come se quello che ho commesso fosse il peccato più grave.

Ha dimenticato che sono la mia famiglia? Che l'ho supplicato di risparmiarli e lui stava comunque per giustiziarli? Ha scordato che mi ha portato via da loro e mi ha rinchiuso in una cella per settimane?

Mi fissa come se mi odiasse.

Percepisco i suoi sentimenti, crudi e palpabili.

In questo momento, sento che mi odia davvero. E ciò mi spezza il cuore.

Perché, nonostante tutto quello che mi ha fatto, non l'ho mai odiato. *Io lo amo.*

Le lacrime iniziano a scendere quando Carter informa Jase nel modo più insensibile possibile che devo essere allontanata dalla proprietà.

Il mio cuore si svuota e si frantuma, ma i miei piedi si muovono, il mio corpo mi spinge in avanti. E Carter mi segue, impedendomi di correre lungo il corridoio verso la camera da letto.

"Pensavo che mi amassi," mi dice con tono beffardo e io mi copro la bocca con la mano per soffocare l'angoscia.

Lo amo. Davvero.

Lo amo sul serio.

Anche se mi ha ferita, e io ho ferito lui.

Non riesco a pronunciare una sola parola col suo respiro caldo sul viso, e il mio corpo è scosso dai singhiozzi.

"Carter!" urla Jase, afferrandogli la spalla e costringendolo a guardare altrove.

Non appena lo fa, scatto. Mi volto per superare Jase. Non oso tentare la fuga oltre Carter. Potrebbe bloccarmi, prendermi e cacciarmi via. Potrebbe occuparsi lui stesso di bandirmi dalla sua casa.

La mia stanza privata è oltre la camera da letto, quindi nemmeno quello spazio è un'opzione. E dato lo stato in cui si trova Carter, non mi fido che mantenga la parola e mi lasci riprendere da ciò che è successo, così da poter provare a spiegarmi.

Invece, corro più veloce che posso, con le gambe tremanti e l'adrenalina che mi scorre nelle vene, nella direzione opposta. Salendo le scale due alla volta, i muscoli delle cosce mi fanno male e il battito del mio cuore è opprimente. Ho caldo, sudo e non sto affatto bene. È necessario che lui capisca, a qualsiasi costo.

Carter inizia a inseguirmi, anche se con il suo passo lento e canzonatorio. Nel momento in cui lo percepisco dietro di me, scivolo. Il gomito e la mano sbattono contro i gradini di legno duro, così come il ginocchio, provocandomi un dolore lancinante in tutto il corpo. Vorrei piangere, e mi odio per questo. Sono stata io. È colpa mia. Mi guardo alle spalle e vedo Carter che inizia a salire le scale, con una maschera di rabbia e dominio sui lineamenti affascinanti.

La cella.

Il pensiero mi colpisce in quel momento. Mi costringo ad alzarmi e corro verso quel luogo. So che l'ingresso si trova dietro un quadro. Carter non riuscirebbe a entrare, se mi ci chiudessi dentro. Gli servirebbe del tempo per prendere la chiave, tempo di cui ho disperatamente bisogno. Lui ha bisogno di calmarsi e io ho bisogno di stare un po' da sola. Per trovare il modo di spiegargli le cose in modo che lui possa capire.

Corro su per le scale così forte che sbatto contro il muro, ma sfrutto l'urto per scattare oltre il corridoio.

Qual è fra questi? Il mio respiro è irregolare e un sudore freddo mi ricopre ogni centimetro di pelle. Il mio cuore non smette di battere all'impazzata, martellando caoticamente. Riesco a malapena a vedere.

Ci sono sei grandi quadri nel corridoio e le mie dita si affannano intorno al primo, cercando di spostarlo di lato, ma non è quello giusto. Tremo sentendo il rumore dei suoi passi che si avvicinano.

Spingo il secondo quadro con tanta forza che cade, rischiando di travolgermi. È lungo almeno un metro e mezzo e alto un metro e venti. Neanche questo va bene. La cornice si incrina e cade per terra e io devo scavalcarla, graffiandomi lo stinco, ma non mi importa. *Dov'è? Devo trovarlo, ti prego.*

"Non puoi sfuggirmi." La voce profonda di Carter riecheggia nel corridoio e, guardandomi alle spalle, vedo la sua ombra salire le scale.

Bum, bum, il mio cuore batte sempre più forte. Riesco a stento a respirare.

Non so quale sia l'ingresso della cella. Non ne ho idea.

Il baule.

Con quell'idea in mente, inizio a correre lungo il corridoio fino all'ultima rampa di scale. Ancora un piano e poi a sinistra. Mi muovo più veloce che posso, ansimando. Il solo pensiero che Carter non mi conceda neanche un'opportunità per parlargli, chiarire, implorare il suo perdono, mi opprime in modo insopportabile.

Ha solo bisogno di tempo. Deve capire. Posso aiutarlo a comprendere.

Mentre corro, mi balzano alla mente immagini del suo volto quando gli ho puntato la pistola contro.

Carter, apparentemente stanco di muoversi lentamente e concedermi il vantaggio, accelera il passo. Sento che sta salendo l'ultima rampa di scale, quindi corro più forte che posso, quasi sbattendo contro la porta chiusa del suo ufficio. Le lacrime mi salgono agli occhi quando realizzo la ferita e il tradimento causati dal mio gesto.

Completamente nel caos, cerco goffamente di girare il pomello pensando che la porta sia chiusa a chiave, ma non è così.

È aperta, e un'ondata di sollievo mi attraversa, anche se è di breve durata. In questo momento non c'è niente che stia andando per il verso giusto.

Non perdo tempo, non mi preoccupo nemmeno di chiudere la porta dietro di me. Corro verso il baule, lo apro e mi ci butto dentro, graffiandomi le cosce e la schiena. Mi sfugge un urlo, ma è solo istintivo. Non mi importa del male, non mi importa di nient'altro che chiuderlo e nascondermi dentro.

Quando mi allungo per abbassare il coperchio, noto Carter sulla soglia. La paura mi paralizza vedendo il suo volto, contorto in un'espressione indignata e arrossato dalla corsa. Nonostante la pelle ghiacciata e le mani intorpidite, riesco a chiuderlo con forza.

Sento uno schiocco, ma non so cosa sia. È accompagnato da una fitta alla nuca, che cerco di ignorare mentre le mie dita scivolano lungo il bordo del coperchio alla ricerca della serratura.

Avvolta dall'oscurità, faccio fatica a trovarla, e nel frattempo sento i passi di Carter avvicinarsi sempre di più, ma poi le mie mani tremanti la trovano e con diversi scatti mi assicuro di essermi chiusa dentro.

Per un attimo, sento soltanto i miei respiri affannosi, uno dopo l'altro.

Un boato d'ira accompagna il movimento del baule che si solleva da terra solo di un paio di centimetri, se non meno. Attraverso le lacrime che continuano a scorrere sul mio viso accaldato, scorgo Carter sollevarlo con tutta la sua forza, ma quest'oggetto è stato progettato per resistere a tentativi simili, e così accade.

Accovacciata all'interno, mi abbraccio forte e trattengo il respiro, sapendo che lui non può farci un bel niente.

È solo allora che sento il rumore delle perle che mi scivolano intorno.

All'inizio urlo terrorizzata, pensando che ci sia qualcosa di vivo insieme a me in quel luogo buio. Ma è solo la mia collana. Le perle cadute dalla catena rotta.

Non appena me ne rendo conto, inizio a singhiozzare.

Il mio petto si svuota mentre mi copro la bocca.

Il baule si muove ancora un po' e chiudo gli occhi finché lui non lo lascia cadere, facendo oscillare e sbattere il mio corpo nel piccolo spazio che ho a disposizione. Mi sfugge un piccolo grido, ma mi concentro per calmarmi. Sono sull'orlo di un attacco di panico, o peggio.

Serro ancora di più le palpebre. Lo shock e l'orrore continuano a togliermi il fiato e fatico a respirare.

Passano alcuni minuti e tutto ciò che riesco a sentire è l'ansare affannoso di Carter. Mi sembra che entri qualcun altro nella stanza, penso si tratti di Jase, che parla a bassa voce e cerca di dire a Carter di calmarsi, ma la porta si chiude con un forte clic e poi torna il silenzio.

Nient'altro che silenzio, il battito del mio cuore e il rumore del sangue nelle orecchie.

Andrà tutto bene, cerco di rassicurarmi. *Deve capire, per forza.* Ma anche questo è soltanto un pensiero fugace. Tutto quello che Carter sa è che ho scelto loro, la mia famiglia e i suoi nemici. Gli ho puntato contro una pistola.

Oh, mio Dio. Il ricordo mi torna in mente e mi fa girare la testa.

Ho minacciato di uccidere l'unico uomo che abbia mai amato.

Quando finalmente apro gli occhi, quelli di Carter sono fissi sui miei. Come se potesse vedermi, anche se so che è impossibile. Le sue iridi scure mi trafiggono, inchiodandomi sul posto e suscitando in me un nuovo tipo di terrore.

La sua voce profonda mi provoca una fitta di disperazione quando sussurra: "Non puoi restare lì dentro per sempre."

CAPITOLO 57

Carter

Non mi sono mai sentito così in vita mia.

Il ticchettio dell'orologio scandisce il tempo. Posso contare sulle dita di una mano tutte le volte che sono stato tradito, ma non ho provato queste sensazioni, perché nessuno di loro mi era così vicino. Non ho mai abbassato la guardia con nessuno.

Né i soldati su cui facevo affidamento, né i ragazzi che avevo accolto per aiutarli. Non mi sono sentito tradito da loro quando mi hanno derubato o hanno cercato di negoziare con qualcun altro che mi voleva morto.

Nessuno si è mai avvicinato tanto, tranne i miei fratelli. Affinché nessuno mi ferisse.

Nessun estraneo mi è mai stato accanto… Tranne lei, l'unica donna che abbia mai amato.

Un'ondata di freddo mi travolge, inesorabile come le correnti dell'oceano. Aspettando qui seduto sulla sedia, non posso far altro che fissare quel maledetto baule, e l'adrenalina è ormai svanita. Ho le nocche ricoperte di lividi e ferite, eppure continuo a premerle per distrarmi da un altro tipo di sofferenza, quel dolore che mi lacera il cuore.

Ogni volta che sbatto le palpebre, la canna della sua pistola è lì, che mi fissa.

"Carter." La voce di Daniel mi distoglie dai miei pensieri e mi riporta

alla realtà. Fa malissimo, come ogni parte di me. Mi raddrizzo leggermente sulla sedia e finalmente distolgo lo sguardo dal baule, da Aria.
Inclino la testa e osservo mio fratello insieme all'uomo in piedi accanto a
lui. Eli è una delle nostre guardie e il capo della sicurezza.

"Eli ha finito il sopralluogo." Sta lottando per mantenere lo sguardo su
di me; lo vedo dal modo in cui deglutisce visibilmente e si stringe le mani.
Anche la sua voce è tesa.

È colpa sua. So che Daniel teneva a lei. E lei lo ha tradito, come ha
fatto con me.

Eli fa un passo avanti per parlare, raccontandomi di ciascuna delle
bombe che hanno trovato e disinnescato e di dove esattamente sono scappati gli uomini di Talvery. Nessuna sorpresa e niente che mi interessi, a
questo punto. Non quando la donna che ha causato tutto questo è ancora
davanti a me, ma al sicuro, nascosta e in bella vista allo stesso tempo.

"Hai ispezionato tutto?" chiedo solo per fingere di essere presente,
premendo la schiena dolorante contro la sedia e continuando a fissare il
baule. Riesco a malapena a vedere Eli annuire con la coda dell'occhio. "Sì,
signore," risponde, con le spalle dritte e le mani dietro la schiena, l'immagine perfetta del soldato che era un tempo.

Eppure mi ha disobbedito.

"Li hai lasciati vivere," affermo con tono piatto, girandomi per un
attimo verso di lui, affinché veda quanto sono furioso, acuendo il mio
sguardo e il cipiglio. Poi torno al baule, sottratto a un uomo a cui ho
negato ogni forma di pietà. Aria comincia a respirare più velocemente e
ad agitarsi nello spazio angusto.

"Sono stato io a ordinare a Eli e alle guardie di lasciarli vivere." La voce
di Jase mi provoca un brivido lungo la schiena. Faccio fatica a deglutire e
la collera mi inonda le vene.

Uno dopo l'altro, mi stanno voltando le spalle tutti quanti.

Aria si dimena di nuovo nel baule; riesco a sentirla piangere debolmente. È allora che Eli capisce chi c'è all'interno. Lo osservo e vedo la sua
espressione cambiare, il puzzle nella sua testa che prende forma man
mano che i pezzi vanno al loro posto.

Ci vuole un attimo perché riesca a ricomporsi, eliminando l'espressione disgustata.

Tutto per colpa sua. Ne subirà le conseguenze.

Le ho dato una possibilità; le avrei dato qualsiasi cosa, se solo avesse
scelto me. Sono stato stupido ad amarla. O a pensare che lei mi amasse.

"Andatevene," ordino con tono secco, sentendo la parola cruda graffiarmi la gola. Eli è il primo a voltarsi bruscamente e a togliersi di torno. Daniel e Jase fanno un passo avanti invece di indietreggiare. I miei muscoli si irrigidiscono e stringo i denti, sporgendomi in avanti sulla sedia che non abbandono da quasi un'ora.

"Carter," dice mio fratello, con voce forte e imperiosa. Non come quella di Aria che piagnucola, implorandomi di capire. Non voglio ascoltarla. Non ci sono scuse.

"Vaffanculo." È l'unica parola che riesco a pronunciare. La rabbia mi brucia dentro e mi divora, perché tutti mi hanno deluso.

"Carter." Il tono di Daniel è più morbido, più conciliante. "Rilassati un attimo. Calmati," mi dice.

Riesco a malapena a respirare, ancora incredulo per tutto quello che è successo.

"Hai sentito, passerotto?" le chiedo, invece di affrontare i miei fratelli. Le gambe della sedia graffiano il pavimento quando mi sporgo in avanti, alla ricerca di una fessura nel baule da cui penso che lei possa intravedermi. La fisso con amarezza e le dico: "Ho solo bisogno di calmarmi."

Sento l'intensità delle emozioni che mi ribollono dentro quando Jase dice: "È stato un evento spiacevole, ma possiamo usarlo a nostro vantaggio."

"Spiacevole?" Non riesco a nascondere l'incredulità e il livore nella mia voce mentre lo fisso, alzandomi finalmente dalla sedia. La forza del movimento brusco la spinge indietro. Avvicinandomi a mio fratello, non sento altro che il battito del mio cuore che segue il ritmo dei miei passi pesanti.

Jase è alto quanto me e ha la mia stessa determinazione nella voce.

"Smettetela," dice Daniel e si mette tra noi, separandoci con una mano sul petto di entrambi. "E Aria?" chiede rapidamente spingendomi indietro. Il suo sguardo mi implora di pensare a qualcosa di diverso dal suo apparente tradimento. "Non sta bene." Abbassa la voce per sottolineare l'ovvio, poi sposta gli occhi su di lei prima di guardarmi di nuovo.

"Che ti importa di lei?" gli chiedo con tono duro. Stringo i pugni così forte che sento la pelle delle nocche quasi rompersi e i tagli già presenti allargarsi ancora di più.

Un piagnucolio proveniente dal baule attira l'attenzione dei miei fratelli, che guardano entrambi nella stessa direzione.

"Che cazzo ti importa?" mi rivolgo a Daniel con tono beffardo. Alzo la voce per ricordare loro la dura verità: "Ha scelto loro."

I singhiozzi tornano a farsi sentire dietro di me e mi fanno infuriare.

"Adesso piange," dico, rivolgendomi più a lei che a loro mentre mi avvicino al baule. Ora è tutto storto, e posizionato in modo irregolare all'estremità del tappeto a causa dei miei inutili tentativi di aprirlo, nonostante sapessi che era impossibile.

"Non piangeva quando mi ha puntato una pistola alla testa!" Tutto si trasforma in un rumore bianco. Qualunque cosa dicano i miei fratelli, il pianto incessante della donna che amavo che si nasconde da me per timore della propria vita, tutto quanto.

In questo momento odio tutto e tutti. Ma più che altro, odio me stesso.

"Non piangeva quando ha scoperto che la sua famiglia stava venendo a ucciderci. A ucciderci tutti!" L'ultima frase mi esce dalla bocca più forte e aspra di quanto riesca a controllare, e allungo la mano sopra il baule, verso la libreria, spazzando via un'intera fila di volumi. Le copertine rigide e le pagine si aprono e svolazzano prima di schiantarsi sul pavimento.

"Sì, invece!" La sento gridare di nuovo: "Sì!"

Ma ciò non fa altro che spingermi a continuare a distruggere ogni scaffale sopra di lei. Tutti i libri che sbattono sul baule la fanno gridare più forte.

La odio.

Li odio.

Odio tutto.

Ci vogliono entrambi i miei fratelli per tirarmi indietro contro la finestra dell'ufficio e allontanarmi dalla libreria. Mentre riprendo fiato, penso di distruggere tutto, ogni pezzo di questo ricco arredamento. È una presa in giro, solo un'illusione di controllo, e io ormai ne sono privo. Non ho più un briciolo di controllo.

"Non mi hai mai amato!" le urlo. "Avrei dovuto tenerti in quella cazzo di cella finché non avessi imparato a non sfidarmi!"

"Ti prego, Carter, lasciami spiegare," piange lei.

"Sono stato troppo buono con te, cazzo," le urlo contro più forte che posso, sentendo la mia compostezza deteriorarsi proprio come ogni briciolo di pietà. Urlo a squarciagola, desiderando distruggere qualcosa, anche se fosse l'ultima traccia della mia umanità.

"Basta," dice Daniel, con la testa vicina alla mia. Usa tutta la sua forza per spingermi contro il vetro freddo, ed è così vicino che posso sentire il calore del suo corpo.

"Va tutto bene," mi rassicura mentre Jase grugnisce, con l'espressione tesa e il viso rosso per lo sforzo. Ogni centimetro della mia pelle è intorpidito da un dolore che non ho mai provato prima.

Vorrei dire a tutti loro che non c'è niente che vada bene e che non mi fermerò mai. Mai. Non è rimasto nulla di me, se non questo guscio di uomo. Ma prima che io possa giurare che troverò gli uomini che hanno lasciato scappare e che strapperò loro la gola prima che possano dire una sola parola su come Aria mi abbia tradito, dalla porta giunge una voce sottile.

"Cazzo," sussurra Daniel lasciandomi andare per correre da Addison, ma è troppo tardi.

Non so quanto Addison abbia visto, o cosa abbia sentito, ma è pallida.

Aria sta ancora piangendo senza freni, quindi è lampante. È ovvio che le sto facendo del male e che lei ha paura di me perché ho perso il controllo. Non conta nient'altro.

Non posso più nascondermi. Né dai miei fratelli, né dai Talvery. Né da Addison, l'unico legame che mi è rimasto con mio fratello Tyler.

La vergogna e il disgusto sono un cocktail doloroso da mandare giù, ma lo ingoio.

"Che cazzo stai facendo?" La voce di Addison oscilla tra la forza e il panico sulla soglia del mio ufficio. I suoi occhi passano da me a Daniel.

"Da quanto tempo sei lì?" chiede Daniel ad Addison.

"Da abbastanza tempo… per…" Addison fatica persino a guardare Daniel. "Le stai facendo del male," dice Addison lanciandomi appena un'occhiata.

I singhiozzi di Aria sono scanditi da dei rantoli e fatica a inspirare, come se volesse a tutti i costi fermarsi e placare il suo pianto disperato.

"Aria?" Il tono di Addison riflette un'angoscia che non le ho mai sentito prima e dentro di me mi sento distrutto. Qualunque residuo di rabbia che ancora mi rimaneva, si frammenta e si disperde nel mio stomaco. Facendo un respiro profondo e tremante, i suoi occhi si spalancano per la paura e lei fa mezzo passo indietro.

"Daniel," dice esitante, con un'espressione costernata e incredula. "Non puoi essere d'accordo con questo!"

Maledizione. È un casino totale!

Mi raddrizzo e Jase mi lascia andare, spostandosi e avvicinandosi ad Aria, allontanandosi da me e restando fuori dalla visuale di Addison. Ma quel movimento lo rende ancora più evidente ai suoi occhi.

"Fatela uscire," impone lei, ma la sua voce è tesa per via della paura. Indica il baule, ma non osa distogliere lo sguardo da Daniel.

"Addison, stanne fuori," le ordina Daniel avvicinandosi ancora di più a lei, con le mani alzate.

"Ma stai scherzando?" Ogni parola è carica di disprezzo e il dolore sul suo viso aumenta. "Daniel, aiutala." L'ultima parola le esce con un gemito mentre si allontana da lui, addentrandosi nell'ufficio e avvicinandosi agli scaffali. Rischia di inciampare sui libri caduti, ma riesce a mantenere l'equilibrio. Distoglie lo sguardo da lui solo per controllare dove siamo io e Jase. Nessuno di noi si muove e lei si avvicina a fatica al baule e ad Aria, che ora è silenziosa, e per un attimo mi preoccupo che stia bene.

"Perché ha detto 'cella'?" chiede Addison, e io non riesco nemmeno a ricordare quando ho pronunciato quella parola o come l'ho usata. Vedo il sangue davanti agli occhi e la mia mente è avvolta da una fitta nebbia.

"Addison, ti prego," la supplica Daniel.

"Le sta facendo del male, la vuole mettere in una cella?" strilla lei, trasformando ogni traccia di rimorso o disgusto in rabbia. "E tu glielo stai permettendo! Lo sapevi!"

"È stata lei a chiudersi lì dentro," dico, interrompendo l'interrogatorio rivolto a Daniel e sentendo il bisogno di difenderci dai pensieri inespressi, ma fin troppo chiari, di Addison. "Diglielo, Aria." Alzo la voce, sentendo il sangue freddo riempirmi le vene e pregando di udire la sua voce.

"Cosa le hai fatto?" Le parole sussurrate di Addison sono piene di accuse.

"Niente." Finalmente la voce di Aria si fa sentire, anche se trema ed è flebile rispetto alle nostre.

Con la mascella serrata, oso guardarla negli occhi. Non le permetterò di darmi la colpa.

"È corsa qui e si è nascosta dopo avermi puntato una pistola alla testa." Ogni parola esce sempre più aggressiva, eppure non mi muovo quando Addison si sposta piano verso Aria.

"Addison," dice Daniel cercando di ragionare con lei, mantenendo la voce bassa, ma con fermezza, "esci immediatamente dalla stanza."

"Vaffanculo," gli sibila contro lei, e poi finalmente posa una mano sul baule.

"Aria," chiama, battendo il palmo della mano sul contenitore, anche se continua a guardare Daniel con un'espressione di sfida sul viso.

Aria piagnucola affinché Addison se ne vada, la lasci in pace e non si intrometta.

"Non vado da nessuna parte," risponde prontamente Addison, con le lacrime che le rigano il viso.

"Non piangere," la supplica Daniel, facendo un passo avanti e cercando di raggiungerla. Il ceffone che gli arriva è talmente forte e feroce che quasi lo percepisco sulla mia pelle. La guancia di Daniel diventa immediatamente rossa, la sua testa ruota lentamente all'indietro per guardarla mentre Addison gli urla contro: "Non mi toccare!"

"Addison, devi andartene." Daniel riesce a malapena a pronunciare un'altra parola prima che lei perda completamente il controllo. La sua voce è tre ottave più alta del normale, tutto il suo corpo trema per la collera e l'agitazione.

"Che cosa le ha fatto?" Barcolla per la rabbia e i singhiozzi di Aria riecheggiano nella sua voce.

Cosa le ho fatto? Ad Aria?

L'ho amata nell'unico modo che conoscevo. Mi gira la testa e tutto ciò che penso di sapere non ha più alcun significato.

Avrei dovuto capire che non sarebbe mai finita bene. Sono troppo incasinato per stare con una donna come lei. Per stare con chiunque. Cosa le ho fatto? L'ho spinta a tradirmi, a minacciare di uccidermi.

"Quello che succede tra loro…" Daniel inizia a cercare di difendere sé stesso, non me. Non la relazione che avevo con Aria. Perché non c'è modo di farlo. Lo so nel profondo del cuore.

Cerco di fare un passo verso la porta, per uscire, ma mi fermo quando Addison urla a Daniel, spingendolo via quando lui cerca ancora una volta di avvicinarsi a lei.

"Ti prego, vattene!" la supplica Aria, ma questo rende Addison ancora più determinata a farla uscire dal baule.

Mentre Addison sbraita contro Daniel, costringo le mie gambe pesanti e intorpidite ad avanzare. "Tu lo sapevi! Sapevi cosa le stava facendo!"

Il ghiaccio nelle vene mi congela il sangue e il mio cuore si rifiuta di battere privato di tutto il calore. "Come hai potuto?" insiste piangendo.

In un solo giorno è crollato tutto.

Esco dall'ufficio, chiudendo la porta dietro di me e sentendo le grida flebili filtrare nel corridoio spoglio, e so che tutto è perduto e nulla tornerà com'era.

Ogni cosa si è infranta, e non ho alcuna possibilità di rimettere a posto nemmeno il più piccolo tassello.

È tutto irreparabilmente compromesso.

CAPITOLO 58

Aria

Non avevano intenzione di ucciderli.

Voglio credere che Carter e i suoi fratelli non lo avrebbero mai fatto. *Non avrebbero giustiziato la mia famiglia davanti ai miei occhi.* Non riesco a pensare ad altro all'interno del baule, con le lacrime che mi scendono sul viso nell'oscurità.

Nikolai, però, lo avrebbe fatto.

Avrebbe ucciso i fratelli Cross, tutti quanti, per liberarmi. Ma lui non li conosce e non sa cosa sia successo. Non ho avuto modo di convincerlo del contrario; tutto quello che sa è che sono stata rapita. Con il passare dei secondi, il panico si allenta all'idea di dover parlare con Nikolai e mettere fine a questa situazione. Ho bisogno che mi ascoltino. Che uno di questi uomini dalla testa dura mi dia retta.

Niente di tutto ciò sarebbe successo se lo avessero fatto.

Un respiro strozzato fa vibrare il mio corpo contro il legno ruvido e il mio collo si tende per una boccata d'aria profonda e improvvisa.

Non so se sia un attacco di panico o un brusco distacco dalla realtà a farmi tremare così.

O la paura cruda e paralizzante di sapere cosa Carter sia capace di fare, e che penso mi farà, quando uscirò da questo baule.

"Ti amo," piagnucolo di nuovo, chiudendo forte gli occhi e sforzandomi di pronunciare quelle parole. Vorrei poter ritirare tutto, ma l'alternativa era vedere la mia famiglia morire davanti ai miei occhi. Nikolai colpito alla nuca. A quel pensiero, mi copro il viso accaldato con le mani, scuotendo la testa come una pazza.

"Non voglio che muoia nessuno." Le mie parole soffocate sono appena udibili. Il baule trema e una mano batte contro il coperchio.

"Aria, ti prego." Addison è disperata e io mi vergogno tantissimo. Non voglio uscire da qui. Mi sento di nuovo come una bambina nascosta nell'armadio, che si ripete che se non esce, non è reale. Se resto qui, niente di tutto questo è reale.

"Ti ha fatto del male?" mi chiede, con una domanda che è più un'affermazione, quello che domanderebbe un'amica a un'altra. Una donna che si nasconde da qualcuno che ama e piange istericamente. Una persona adulta e matura, nascosta all'interno di un baule. So esattamente come appare la situazione, ma non so come spiegargliela in modo che possa capire. Lei non appartiene a questo mondo. E non conosce Carter come lo conosco io. Tuttavia, niente di tutto ciò la rende giusta. Niente. "Da quanto tempo lo fa?" La sua voce si spezza alla domanda e sento che piange per me.

Vorrei poter morire, proprio qui.

"Esci!" grida con voce roca, battendo sul coperchio.

So che siamo soli; Jase è uscito mandando via Daniel e ho sentito la porta chiudersi, mi sembra ore fa, ma probabilmente si tratta di pochi minuti. Ora nella stanza c'è solo Addison, che piange e mi chiede scusa come se avesse fatto qualcosa di male.

"Non mi ha voluto ascoltare," sussurro dal buio. Ogni volta che ho cercato di spiegarglielo, lui non mi ha ascoltato. Mi ha interrotto e mi ha detto di uscire. Proprio come sta facendo lei. A questo punto, non credo ci sia più nulla che io possa dire per giustificarmi e far sì che Carter mi perdoni.

"Esci!" Addison urla ancora più forte. La sua voce è ormai rauca, e la sento sdraiarsi pesantemente sul baule, piangendo. "Come ha potuto farlo?" sussurra e poi singhiozza. Non so se si riferisca all'operato di Carter o al fatto che Daniel lo abbia permesso e difeso. So che conoscerlo sotto questa luce… ha cambiato il modo in cui Addison lo vede, e questo mi fa stare male.

"Non ho mai voluto che succedesse," le dico debolmente, chiudendo gli occhi e sentendoli bruciare per le ore passate a sforzarsi di vedere nell'oscurità e a versare lacrime calde.

La sento muoversi di nuovo, ma non so cosa stia facendo e la sua voce non arriva lontano. "Mi dispiace tanto. Non lo sapevo… Io non lo sapevo."

Allungando lentamente la mano, costringo le mie dita intorpidite ad aprire il baule con un sonoro clic che mi fa battere il cuore talmente forte che mi sembra che si fermerà del tutto.

Quando sollevo il coperchio, la luce filtra e io strizzo le palpebre. Fa malissimo. Mi bruciano gli occhi, ma costringo il contenitore ad aprirsi ulteriormente mentre Addison si alza davanti a me con le gambe tremanti e mi abbraccia. La stringo, aggrappandomi a lei e afferrando il sottile cotone della sua maglietta con la mano, e lei mi tira con forza contro il suo petto. "Non è colpa tua," è tutto quello che riesco a dire, e le parole mi suonano così piatte, così inadeguate, che le rafforzo, tirandola verso di me e fissando i suoi occhi verde bosco.

"Non hai fatto nulla di male," le dico.

Lei se ne sta lì con un'espressione turbata, asciugandosi le lacrime e scuotendo la testa. "Cosa ti ha fatto?" mi chiede dolcemente, continuando a stringermi mentre esco dal baule con le gambe tremanti e fisso la porta chiusa. Sento freddo.

Non c'è una parte di me che non pensi che Carter stia guardando. So che deve essere così. Il mio primo istinto quando penso che lui sappia che sono fuori dal baule è quello di rannicchiarmi. Di avvolgermi le braccia intorno al petto e aspettare che mi punisca. Riesco a malapena a sopportare di guardare la porta.

Addison mi afferra con forza, scuotendomi finché non la guardo negli occhi. "Che cosa ti ha fatto?"

Vorrei solo piangere. Non so da dove cominciare, ma la vergogna mi blocca la gola e mi impedisce di parlare.

"Puoi dirmelo," mi sussurra, anche se le parole le escono a stento. Nuove lacrime le rigano le guance, ma cerca comunque di tranquillizzarmi. "Qualunque cosa ti abbia fatto, puoi dirmela. Va tutto bene."

"È stata colpa mia," dichiaro, e lei emette un sussulto terribile coprendosi la bocca. Tutto duole, ogni cosa, ma lo sguardo che mi rivolge, come se fossi distrutta e senza speranza, mi causa una sofferenza che non riesco a esprimere.

Scuote violentemente la testa, fissandomi.

"Tu non capisci," cerco di ragionare con lei, ma la mia voce si incrina e non riesco a fare altro che ripetere che è colpa mia. Perché lo è, davvero.

"Sapevo che avrebbe finito per odiarmi. Lo sapevo…" Non riesco a finire la frase perché la porta dell'ufficio si apre. La paura mi travolge e faccio un balzo all'indietro, sbattendo le gambe contro il baule e rischiando di caderci dentro di nuovo. Addison si mette davanti a me, proteggendomi come se fosse la mia guardiana.

"Vattene!" dice con tono sprezzante a chiunque sia entrato e, con uguale curiosità e terrore, sbircio da dietro la sua spalla. Anche se mi sento debole e patetica, con le dita intorpidite e il petto che ansima.

È solo Daniel.

"Addison, ti prego." Daniel ha gli occhi arrossati e io sono scioccata. "Andiamocene da qui, okay?" Parla dolcemente, con le mani alzate, avvicinandosi come se fossimo due animali feriti. "Possiamo andarcene," le propone.

"Mi dispiace," dico, riuscendo a malapena a pronunciare le parole, cercando lo sguardo di Daniel affinché capisca che sono sincera. "Mi dispiace tanto." Il mio sussurro è straziato.

"Guardala." Addison si avvicina a Daniel e la sua voce rimbomba nell'ufficio. "Guardala!" gli urla in faccia e lui abbassa la testa, scuotendola e cercando di parlare. Addison non capisce; tutto ciò che vede è il dolore. Ed è immenso.

"Io non c'entro," le dice Daniel con tono severo, ma la sua espressione la supplica di comprendere. Come può farlo, quando non sa nulla?

"Non sta bene ed è stato tuo fratello a farle questo." Fa un altro passo avanti e mi indica, ancora in piedi dietro di lei. Il suo labbro inferiore trema e lei grida: "E tu non hai fatto nulla!" Stringo più forte le spalle e mi sento più piccola che mai. Non riesco più a mettere a fuoco i miei pensieri, ma ciò che vedono i suoi occhi mi lacera l'anima.

"Carter non aveva scelta…"

"Stronzate!" lo interrompe lei, urlando sempre più forte: "Hai lasciato che le facesse del male!"

Il silenzio comprime il tempo, costringendo le lancette dell'orologio a correre più veloci. Il momento vola via in fretta e mi sento intontita, ancora incapace di calmare il respiro.

Mi stringo le braccia intorno al corpo ancora più forte, lottando disperatamente per non crollare.

"Me ne vado e la porto via con me." La furia è scomparsa; c'è solo determinazione nel tono di Addison. "Che Dio mi aiuti: se ti metti sulla mia strada, non tornerò mai più da te. Mai, Daniel."

"Mi stai lasciando?" chiede lui, lo sguardo che si indurisce, gli occhi argentei che brillano per l'intensa emozione che gli fa tremare la mascella. La sua determinazione è sempre lì, irremovibile.

"Come potrei restare con te?" ribatte lei, cercando di nascondere la tristezza e asciugandosi le lacrime in fretta. "Come potrei restare qui, sapendo cos'è successo?"

Ogni traccia di rabbia svanisce da Addison, la consapevolezza di ciò che sta facendo ha la meglio sulla sua ira e sul suo disgusto. Lo sta lasciando.

"Non farlo," mi decido a dire, spingendomi in avanti e afferrandole il braccio. La supplico: "Non devi intrometterti, non devi…"

"Non si tratta di ciò che devo fare," dice Addison in modo dolce e calmo, in contrasto con la sua espressione scoraggiata. "Si tratta di ciò che voglio fare." Il suo tono non vacilla quando si gira verso Daniel, mi afferra la mano e gli ripete ancora una volta: "Me ne vado e la porto con me." Dopo aver inspirato rapidamente e con le lacrime che le riempiono gli occhi verdi, esita, ma poi aggiunge: "Non seguirmi, Daniel."

"Sai che lo farò," le risponde lui senza rimorso, ma anche senza opporsi alla sua partenza.

Tengo la mano gelida in quella di Addison e provo a parlare di nuovo, ma lei mi zittisce. "Per favore, non rendermi le cose più difficili," mi dice, anche se sembra una preghiera senza speranza.

Restiamo in silenzio, l'angoscia aleggia nell'aria. Il mio sguardo saetta tra i due; lui la fissa, ma lei è rivolta verso la porta aperta.

"Devo andarmene," gli ripete, stringendomi la mano, e io ricambio la stretta, per lei. Continuo a pregare di sentire i passi di Carter o la sua voce. Qualsiasi cosa che mi faccia capire che sta arrivando per sistemare tutto il casino che ho combinato.

"Non permetterò che accada," affermo con un mormorio strozzato tirando la mano di Addison per obbligarla a guardarmi. E lei lo fa. Sento lo sguardo di Daniel su di me, ma lo ignoro; invece, imploro Addison, sperando che mi creda. "Lui non ne sapeva niente," mento. Direi mille bugie pur di evitare che la mia situazione li allontani l'uno dall'altra.

Con la coda dell'occhio vedo Daniel agitarsi, a disagio, ma non reagisco. L'espressione di Addison si fa dolce e comprensiva e mi stringe di nuovo la mano. "Non devi mentire per loro." Il suo tono è velato da una tristezza che mi stringe il cuore. Mi rivolge un sorriso falso ed esitante e aggiunge: "Sono adulti e sapevano cosa stavano facendo." Rivolgendosi a Daniel, specifica: "Lui sapeva che non avrei mai accettato un comportamento del genere." L'emozione le fa incrinare la voce e, a sua volta, dissolve la durezza nello sguardo di Daniel. Non riesco a guardarlo, consapevole di come poche parole stiano distruggendo tutto ciò che resta della loro relazione.

"È finita. E io voglio andarmene," dichiara in due respiri che indugiano tra loro. "Lasciami andare, Daniel. Ti prego. Questa volta devi lasciarmi andare." Anche se il pianto le bagna le guance, rimane irremovibile. Evito di guardare entrambi, ma la vista mi si offusca per le lacrime. La sofferenza che provo per loro si amplifica quando mi rendo conto che Addison mi sta portando via con sé e Carter non c'è.

Non sta lottando per me.

Non mi vuole più.

Mi copro il viso, allontanando la mano dalla sua e lasciando uscire il dolore straziante di doverlo abbandonare, ma nella testa sento dei sussurri minacciosi: lui non lo permetterà, non potrò andarmene così facilmente.

I miei pensieri vengono zittiti dalle uniche parole di addio di Daniel. "Farò in modo che Eli vi accompagni."

Non la tocca, non aspetta un secondo di più. Invece, si limita a voltarsi e ad andarsene senza dire altro, e ciò non fa che aumentare la sofferenza.

Carter, ti prego, vieni a prendermi. Ti prego.

Addison fatica a controllarsi guardando Daniel che se ne va senza nemmeno un saluto.

"Mi dispiace tanto," le dico di nuovo, abbracciandola mentre lei mi stringe forte.

"Continui a scusarti quando non è colpa tua." Le sue parole dolci vengono interrotte dal rumore dei passi.

Do appena un'occhiata al tizio di nome Eli, vestito con un abito grigio, senza cravatta né gemelli, il che lo rende più casual, e con scarpe eleganti nere consumate e graffiate, ma che in qualche modo gli stanno bene.

È il suo sguardo che mi costringe a girare il viso. Occhi blu, pallidi e penetranti, in cui leggo soltanto compassione.

Non la voglio. Provo un senso di vergogna quando Addison mi conduce dietro Eli e un altro uomo di nome Cason.

È più basso di Eli, ma non di molto, e ha muscoli gonfi che lo fanno sembrare più massiccio. È lui che porta due borse che dice essere per noi, ma non so cosa contengano. Addison piange più forte ma annuisce. In questo momento, ammiro molto la sua tenacia. Vorrei poter voltare pagina, prendere la decisione di andarmene anche sapendo di cosa sono capaci i fratelli Cross.

Con Cason dietro e Eli davanti, i nostri passi riecheggiano nella sala silenziosa. A ogni angolo spero che Carter arrivi per fermarmi, e allo stesso tempo prego che non ci sia, per poter scappare e nascondermi da lui.

Ogni secondo che mi avvicina alla porta sembra strapparmi il cuore.

Carter non viene, e questo rende il freddo esterno ancora più gelido.

Le peonie sono appassite con il passare della stagione, non durano mai a lungo, e la luna piena illumina ogni centimetro del sentiero che porta alla lucida berlina nera che ci aspetta, anche se non è ancora così tardi.

Osservo la casa alla ricerca del riflesso di Carter in una delle finestre, e vedo Addison in attesa che io salga in macchina con le lacrime che continuano a scendere silenziose. Lui non c'è. Non sta guardando.

"Non dobbiamo andarcene," le dico ancora una volta con dolcezza, desiderando disperatamente che Carter esca e ammetta che capisce e che mi perdona. Come io perdono lui. In tutto e per tutto.

Per quello che è successo nella cella. Per quello che è successo oggi. È un casino e non c'è nulla di buono in tutto questo, ma giuro che lo amo. E l'amore significa anche perdono, no?

Lo perdono per tutto quello che ha fatto. Voglio solo che torni. Voglio che mi ami di nuovo.

Ti prego, Carter.

Ma non vederlo qui… Lui sa che me ne sto andando e non si preoccupa nemmeno di salutarmi o di provare a lottare per me. Capisco che non mi vuole, e la consapevolezza mi distrugge.

Con questo pensiero entro in macchina, appoggiandomi al sedile di pelle con un tonfo violento. Il rumore del bagagliaio che si apre e i mormorii di Addison e Eli non significano nulla.

Non so dove andrò, né cosa farò.

Mi sento intorpidita e riesco a malapena a respirare.

Quante volte ho provato a scappare? Eppure eccomi qui, che darei qualsiasi cosa perché Carter si avvicinasse e mi strappasse dalle braccia della mia salvatrice per ributtarmi nella cella.

La pelle dei sedili scricchiola quando Addison entra e si allaccia la cintura di sicurezza. Parlando sopra il clic della fibbia ammetto: "Lo amo," e deglutisco a fatica. "Amo Carter."

Lei mi lancia appena un'occhiata, con gli occhi gonfi e le guance ancora arrossate dal pianto.

"Anch'io amo Daniel," confessa con voce rauca appoggiando la testa all'indietro, per riposarsi e fissare il tettuccio dell'auto. "Ma a volte l'amore non basta. Non può farti questo."

Mi vergogno della sua risposta. Mi vergogno di aver bisogno di essere salvata.

Mi vergogno di averlo permesso e, in un solo istante, lei sembra avervi posto fine.

Vorrei potermi strappare il cuore e non provare mai più l'amore. La vita sarebbe più facile senza averne uno.

Qualche ora fa ero innamorata di un uomo che so che non avrei mai dovuto lasciare avvicinare.

E ora vado via senza che lui opponga alcuna resistenza, e questo mi distrugge. Non ho mai provato un dolore e un rimpianto così grandi. Non importa cosa sia successo tra noi oggi; sentirei questo male nell'anima indipendentemente da ciò che ho combinato.

Avrei dovuto sapere che un lieto fine in stile 'e vissero felici e contenti' non si sarebbe mai potuto realizzare, dato che porto il cognome dei Talvery.

CAPITOLO 59

Carter

Se ne sta davvero andando.

È uscita dalla porta principale. Non avrei mai immaginato che sarebbe successo in questo modo. Sì, era solita scappare per rifugiarsi nell'oscurità, e nel profondo del mio cuore sapevo che un giorno se ne sarebbe andata, ma non avrei mai immaginato che sarebbe accaduto così. E non pensavo che mi avrebbe causato tanta sofferenza, maledizione.

Deglutendo a fatica e ignorando il dolore, raccolgo un altro libro dal pavimento, una copia rilegata de *Il signore delle mosche*. È un'edizione da collezione, e mentre la osservo seguendone il dorso con le dita, chiedo a Daniel: "Hai chiamato Sebastian?"

Lui è appoggiato al davanzale della finestra, ma io non riesco a guardarle andare via come fa lui.

Non voglio vederla allontanarsi da me.

"Lo sa già." La sua voce è bassa senza essere carica del risentimento che mi aspetto da parte sua.

Per quanto sia un uomo duro, Daniel è sempre pronto a perdonare la sua famiglia. Vorrei poter provare lo stesso.

"Com'è possibile?" gli chiedo riponendo il libro sullo scaffale e prendendone un altro. Potrebbe occuparsi qualcun altro di sistemare il casino che ho combinato, ma non voglio. Ho bisogno di fare qualcosa di meccanico prima di affrontare le conseguenze. Tutte le volte che mi chino, traggo un respiro profondo. Ogni libro sullo scaffale è un pezzo rimesso al suo posto.

Devo occuparmene prima di riuscire ad affrontare il tradimento di Jase e gli eventi delle ultime ore. Nessuno ne uscirà indenne. *Nessuno.*

Stringendo i denti, continuo a dare le spalle a Daniel che mi risponde: "Addison era pronta a scappare, me ne sono accorto." Sembra divorato dal senso di colpa e dal rimorso e sta guardando dalla finestra le luci dell'auto che si spengono nella fitta foresta, allontanandosi lungo la strada.

Che le porta via da noi.

Che la porta via da me.

Mi basta anche solo guardare quelle luci in lontananza, pallide e minuscole, per conficcarmi il coltello ancora più a fondo nel cuore.

"L'ho chiamato e gli ho chiesto se gli dispiacesse." Alza le spalle, cercando di negare la devastazione di ciò che è successo. Lo leggo chiaramente nella sua espressione, ma continua: "Non l'ha mai usato, ma è vicino, ben protetto e facile da difendere."

"Pensano davvero che le lasceremo andare?" gli chiedo, provando di nuovo un impeto di dominio. Lei non mi abbandonerà mai. *Mai.*

"Sono sicuro che Addison sappia come stanno le cose." L'urgenza nella voce di Daniel mi costringe a guardarlo. Ora è appoggiato alla finestra, di fronte alla porta del mio ufficio, e la fissa con uno sguardo vacuo. "Cercherà di andarsene, quindi dobbiamo stare attenti anche a questo."

"Sempre attenti…" mormoro, e poi aggiungo: "Ai nemici che arrivano e alle nostre donne che se ne vanno."

"Ma guardati, anche adesso ti preoccupi per lei," sottolinea Daniel e la sua osservazione mi coglie alla sprovvista. "Più di quanto tu ammetta."

"È solo che non voglio che la prendano."

Sulle labbra di Daniel spunta un sorriso triste e affranto. "Le nostre donne," ripete, e la tensione mi stringe il petto. "C'è forse una differenza tra quello che lega me e Addison e te e Aria?" mi chiede con tono accusatorio.

"Io amo Addison," risponde per primo, lottando per nascondere il dolore di vederla andare via.

Fissa il pavimento, solo per un istante, con le mani nelle tasche, poi alza lo sguardo verso di me e mi chiede senza mezzi termini: "La ami ancora?"

Passa un attimo, soltanto uno. Un solo battito del mio cuore, e so già la risposta. Inizio a parlare nello stesso momento in cui la porta si apre e uno dei miei uomini entra.

"Capo," mi chiama Jett, bussando sulla porta aperta.

"Hai novità?" gli chiedo con un sopracciglio alzato, guardando le sue nocche sulla porta e chiedendomi perché diavolo si sia preso la briga di bussare.

Annuisce e raddrizza le spalle, poi mi risponde senza esitazione. Daniel è irrequieto, si appoggia alla finestra e poi si allontana bruscamente, pendendo dalle labbra del nostro soldato. Jett è uno degli uomini di Eli. Eli è il nostro tenente, un grado assegnato agli uomini di cui ci fidiamo ciecamente per guidare gli altri membri della nostra famiglia criminale. E Jett è il soldato che ha incaricato di supervisionare che ogni cosa proceda regolarmente dopo la sua partenza.

Noi quattro, i miei fratelli e io, ci serviamo di due tenenti ciascuno, e l'area che controlliamo è divisa in quattro parti. Questo serve a mantenere una buona organizzazione. Tutti i soldati che lavorano per noi mi chiamano capo, però. Sono l'unico e solo capo.

Eppure, questo bastardo ha dato retta a Jase, che ha impartito un ordine che contraddiceva direttamente il mio, assoluto e indiscutibile.

Sento un tic alla mascella iniziare a contrarsi al ricordo di ciò che è successo solo poche ore fa. La collera continua ad avvelenarmi il sangue.

Vedo il momento in cui Jett si rende conto che non l'ho perdonato per il suo comportamento. Le sue pupille si dilatano e balbetta qualche parola prima di iniziare a parlare a raffica. È quello che succede quando sei spaventato a morte.

Devo ricordare a me stesso che loro non lo sapevano. Jase è l'unico responsabile.

"Eli e Cason sono nella prima auto, e abbiamo tre macchine esca, anche se non c'è il minimo indizio che qualcuno ci stia spiando o pedinando." Si schiarisce la gola e io sento il rumore secco mentre immagino di tagliargliela a pezzi.

Jase mi ha sfidato.

I soldati hanno seguito i suoi ordini senza conoscere i miei.

Me lo ripeto, chinandomi per prendere un altro libro dal pavimento e frenare la rabbia. Qualcuno dovrà pagare per quello che è successo.

Sbattendo il libro sullo scaffale, vedo il volto di Jase. Li ha lasciati andare. Tutti sapranno che lei mi ha puntato una pistola alla testa per colpa sua.

"Vuoi che ti aiuti…"

"No," lo interrompo con un solo sospiro, privo di qualsiasi emozione.

"Per 'qualcuno' intendi i soldati di Romano?" chiede Daniel, e io osservo la reazione di Jett, mettendo un altro libro sullo scaffale. "O meglio ancora, chi sa dove stanno andando Aria e Addison e che hanno lasciato la struttura? Nomina ogni singolo uomo."

"Gli uomini di Eli e Cason, noi dieci," risponde prontamente Jett, poi ritorna in silenzio sull'attenti. Il suo sguardo saetta tra noi due, in attesa di altre domande oppure di ordini. La sua postura è ferma ed eretta, come quella di Eli. Ma c'è un nervosismo in lui che non mi piace.

"Voglio trenta soldati distribuiti nei quartieri che circondano la casa di Sebastian sulla Quinta," dice Daniel a Jett, anche se so che sta parlando con me. "Il Red Room è a nord, quindi quella strada è già sotto controllo, ma gli altri tre lati del nostro territorio sono meno presidiati e più vicini a Talvery di quanto mi piaccia."

"Ce ne servono cinquanta," lo correggo. I lati est e sud devono avere un secondo schieramento. Se Talvery verrà a cercarle, se i miei nemici scopriranno dove sono Addison e Aria, voglio più uomini.

"Possiamo arrivare facilmente a cinquanta," risponde Jett come se fosse una domanda e non una richiesta. Continua: "Dobbiamo solo ritirarci nella parte bassa del lato est, più vicina a Crescent Hills." Jett si inumidisce il labbro inferiore fissando un punto oltre me, e con le dita fa un calcolo mentale del numero di uomini necessari.

Mi prendo un momento per riflettere su ciò che dice, ovvero che quel 'luogo' attira sempre disordini, ma se allentiamo la presa, questi si risolvono da soli. In sostanza, se non ci intromettiamo, gli individui che solitamente teniamo sotto controllo a Crescent Hills elimineranno coloro che li infastidiscono.

So che ha ragione, perché è lì che sono cresciuto ed era la prassi quando ero un ragazzo, ma la cosa mi fa incazzare. L'idea che possiamo abbandonare zone che abbiamo appena iniziato a controllare e lasciare che si massacrino a vicenda perché non ne vale la pena… mi colpisce in un modo che non dovrebbe.

Solo perché è un posto che un tempo chiamavo casa. So che è per questo, ma non mi aiuta a controllare la furia che mi ribolle dentro.

"Cinquanta allora," risponde Daniel incrociando le braccia. Sento il suo sguardo su di me, ma sono ancora concentrato su Jett che continua a blaterare su quali uomini possono andare dove. Se non chiude il becco, inizierò a chiamarlo Mister Matematica. Stringo i denti con una tale violenza da temere che i molari si spezzino per la pressione.

Mi vedo già sfogare la rabbia su Jett. Riesco a sentire come la sua mascella si spezzerebbe sotto i miei pugni. Ce ne vorrebbe più di uno, senza i miei tirapugni.

"Carter," dice Daniel, interrompendo la visione di me che picchio a sangue questo stronzo presuntuoso. Un farabutto che non ha avuto la mia stessa infanzia e non si cura minimamente di nessuno in quel quartiere.

"Cosa?" Non nascondo l'irritazione quando la parola mi esce dal profondo del petto.

"Metti giù quel povero libro," mi dice, guardando il volume che sto praticamente strappando. Lo sbatto al suo posto sullo scaffale, mi passo una mano sul viso e poi mi appoggio ai dettagli intagliati nel legno della libreria. Fisso la parte vuota che aspetta ancora che i tomi vengano rimessi a posto.

"Non perdi mai l'occasione di fare il buffone," mormoro sottovoce, cercando di rilassarmi e scrollarmi di dosso il bisogno di sfogare la rabbia.

"Tienile d'occhio e dicci se vogliono andarsene." Daniel dà i suoi ordini a Jett, ma quello che dice in seguito quello stupido idiota mi fa perdere la pazienza.

"E se Aria volesse tornare a casa sua?" chiede Jett, con evidente preoc-cupazione.

"Cosa significa?" Sento il mio sguardo stringersi su di lui allontanan-domi dalla libreria. La stanza sembra più calda e soffocante, e l'adrenalina mi scorre nelle vene.

Il soldato non coglie la mia rabbia. Non capisce che quello che sta suggerendo gli farà sbattere la testa contro il muro, cazzo.

"Fuori!" esclama Daniel mentre mi avvicino di due passi verso la mia preda.

Jett si blocca, guardandolo come se si chiedesse di aver sentito bene. "Lei non va da nessuna parte," gli dice Daniel avvicinandosi minaccioso e mettendomi la mano sul petto per la seconda volta nel corso della serata. Il lato più duro e oscuro della sua anima viene alla luce quando afferra Jett per la gola e lo spinge contro il muro. Con tanta forza che sento uno schiocco, anche se non sono sicuro di cosa abbia prodotto quel suono nauseante.

Il corpo di Jett si affloscia nella presa di Daniel.

"Entrambe rimarranno lì provvisoriamente." Anche se sono più o meno della stessa altezza, sembra che Daniel lo sovrasti. Jett annuisce e concorda rapidamente con lui, guardandolo negli occhi e assicurandosi che la sua voce sia chiara.

"Certo. Temporaneamente. Lo so."

"Assicurati di non dimenticarlo." Le parole di commiato di Daniel sono accompagnate da un ghigno mentre lascia andare Jett, che fatica a mantenere l'equilibrio. "Vattene." Vederlo urlare allevia un po' la mia tensione. Ma solo un po'.

Jett non si ferma né aspetta altro da nessuno di noi due. Dopotutto, gli è rimasto un po' di buon senso.

"Volevo spaccargli la testa," dico a Daniel mentre il rumore di quel bastardo che scappa lungo il corridoio si affievolisce.

"Lo so," dichiara lui, dandomi ancora le spalle e rimboccandosi le maniche. "È per questo che ho dovuto comportarmi così."

Il ritmo dell'orologio scandisce il tempo tra le sue ultime parole e quelle successive. "Con la guerra che incombe, abbiamo bisogno di tutti gli uomini che riusciamo a trovare."

CAPITOLO 60

Aria

Quando Eli mi ha detto che saremmo andati in un rifugio sicuro, non mi aspettavo questo.

Si trova all'estremità della città, lontano dal trambusto, in una zona più tranquilla e vicino a Main Street e a dei negozi raggiungibili a piedi. Alcune case pittoresche costeggiano la strada, ma sono distanti quasi mezzo chilometro l'una dall'altra.

Non è come il rifugio di mio padre. Questa dimora si trova sotto gli occhi di tutti, eppure è a prova di guerra, se si osservano attentamente gli esterni.

L'edificio a tre piani è in pietra, con una recinzione in cemento che circonda l'intera proprietà, ricoperta da una splendida edera. La porta d'ingresso è tutta in acciaio, ma decorata con quello che sembra un motivo celtico. Sono riuscita a dare solo una breve occhiata prima di essere condotta al secondo piano, e ogni livello sembra essere indipendente, quindi più famiglie potrebbero vivere qui senza mai incontrarsi. Sono sbalordita, anche se questo non allevia minimamente il mio dolore.

La cucina e il soggiorno sono un ambiente unico. Il centro della stanza è occupato da un camino in pietra con una mensola in legno scuro e invecchiato. Il suo aspetto rustico si abbina al lampadario in ferro e legno rossiccio, ma è in contrasto con la pulizia e l'eleganza della cucina interamente bianca, proprio dietro di noi.

Siamo bloccate qui, con un grande divano a L in ciniglia e poltrone coordinate che circondano il camino, in attesa di un altro ordine da parte delle guardie.

"Solo pochi minuti," ha detto Cason. Ma ne abbiamo già trascorsi un bel po' in questa meravigliosa gabbia dorata.

Mi mordo la lingua, però; non oso dire una parola ad Addison e mi limito a camminare dietro al divano. Addison è ancora furiosa, ma a me sembra una finzione. Come se si sforzasse di essere in collera perché è segregata qui invece di essere annientata per il dolore che ha subito.

Sono dieci minuti che fissa i vestiti che ha gettato sul divano, cercando di non piangere. Non sopporto vederla così nervosa.

Sarò anche una stronza, ma ammetto di essere grata per il fatto di essere distratta dalla sua presenza. Se fossi sola, me ne starei rannicchiata in un angolo a singhiozzare.

"Questa è una buffonata," sbotta a denti stretti, continuando a fissare i vestiti. "Non è questo che intendevo quando ho detto che me ne sarei andata!" urla senza rivolgersi a nessuno in particolare.

"Ha detto che sarebbe stato solo per una settimana o giù di lì, giusto?" le chiedo con cautela, cercando di calmarla un po'.

Lei annuisce e deglutisce visibilmente prima di alzare gli occhi al cielo, ricordandosi di essere infastidita dal fatto di essere trattenuta qui invece di avere la libertà di andarsene.

"Per la nostra protezione." Addison prende un vestito, lo appallottola tra le mani e lo ributta sul divano. Si scosta i capelli dal viso, inclina la testa all'indietro e trae un respiro profondo. La vedo spesso farlo, soprattutto quando è agitata.

"È una pratica di meditazione o qualcosa del genere?" le chiedo cercando di cambiare argomento, se possibile, con qualcosa di meno devastante. Sono esausta per aver pianto, ma anche stanca di esserlo. Non voglio più soffrire; ho bisogno di distrarmi, solo per un attimo, e di respirare per poter affrontare di nuovo la realtà.

Lei annuisce, senza quasi muoversi dalla sua posizione, e dopo un attimo spiega: "È una cosa che si fa nello yoga, in realtà, non so se sono in grado di meditare." Prende la borsa da viaggio sul pavimento e raccoglie i vestiti dal divano, uno alla volta, per rimetterli dentro. "La mia mente vaga sempre, e devo alzarmi e fare qualcosa di meccanico."

Quasi sorrido, felice che mi stia parlando di qualcos'altro. Durante il viaggio in macchina c'è stato un lungo silenzio fra noi, e la tensione mi stava soffocando.

"Sì, ti capisco," le rispondo. "Ho provato a meditare qualche tempo fa, ma non percepivo la giusta vibrazione sulle mie frequenze."

"Le tue frequenze?" chiede lei aggrottando la fronte, e io soffoco un piccolo sorriso davanti alla sua espressione curiosa.

"Sì, le mie frequenze." Alzo le spalle e aggiungo: "Non faceva proprio per me." Fissando il mio borsone sulla poltrona, pur sentendo il peso del mio cuore crescere e affondare nello stomaco, aggiungo con nonchalance: "Io preferisco i tarocchi."

"Oh!" L'entusiasmo nella voce di Addison non è affatto quello che mi aspettavo. Forse è più brava di me a fingere che vada tutto bene anche quando è nel bel mezzo di un disastro. "E ti piace la lettura della mano?"

Il suo entusiasmo mi fa sorridere.

Continua a parlare finendo di raccogliere i vestiti. "Una volta sono andata da una chiromante a New Orleans." Mi lancia un'occhiata mentre mi avvicino e mi siedo all'estremità opposta del divano. Devo farlo, così posso sentirla nonostante il rumore delle guardie che perlustrano la casa per assicurarsi che sia tutto sotto controllo. So che quei bastardi stanno installando delle telecamere.

Devo tenere la bocca chiusa, stringere i denti e impedire alla rabbia di manifestarsi mentre Addison mi racconta la storia della donna che ha incontrato al Café du Monde. Deglutisco a fatica quando mi parla di New Orleans, un posto dove non sono mai stata.

Lei continua a fingere di essere ottimista e io cerco di stare al passo. Mi chiedo se continuerà a recitare allo stesso modo anche quando andrà a dormire. Quando non ci saranno più distrazioni e non riuscirà a prendere sonno. Il solo pensiero di come la mente mi tormenterà stanotte mi spinge ad afferrare la coperta sul divano e ad avvolgermela addosso, quasi fosse una sorta di scudo.

"Volevo farmi leggere i fondi di caffè e tutto il resto, ma non ho avuto tempo, però mi ha detto che avrei avuto sette gravidanze."

"Sette figli?" Le mie sopracciglia restano sollevate al suo accenno noncurante di questo piccolo dettaglio predetto dalla chiromante. "Ti ha detto che avrai sette figli?"

Non sento il resto di ciò che racconta sulla predizione, perché continuo a fissare il vuoto, fingendo di ascoltare, ma in realtà pensando a stasera e al fatto che so che piangerò di nuovo. Mi sento impotente, patetica e senza speranza.

Addison impallidisce e stringe le labbra prima di dire con cautela: "Gravidanze." Non nasconde il dolore nei suoi occhi quando spiega meglio: "Ha detto sette gravidanze. E ha anche aggiunto che non sarebbero andate a buon fine."

Cavolo. Non riesco nemmeno a guardarla negli occhi e dirle che mi dispiace. Lei si limita a scrollare le spalle, poi prende la borsa e la chiude.

Il rumore della cerniera è accompagnato dai passi di Eli che rientra nella stanza. Con le maniche della camicia arrotolate, i tatuaggi sul suo braccio sono in bella mostra. Sono tutti in bianco e nero con molti dettagli. Una bussola che sfuma sul suo braccio sinistro attira la mia attenzione, ma il tono delle sue parole riporta il mio sguardo sul suo viso.

"Le camere sono pronte. Noi saremo sempre al piano di sotto." Eli è schietto e ha un leggero accento. Irlandese, o forse britannico, non saprei dire. È sottile, ma c'è.

"Non voglio restare qui," gli ripete Addison. Le sue spalle si alzano e si abbassano rapidamente e il suo respiro accelera. "Non sto più con Daniel." Le si incrina la voce, ma lei continua: "E non ho bisogno di un rifugio sicuro. Devo andarmene."

L'espressione di Eli è impassibile. Nel silenzio che si protrae fra di loro, quasi mi chiedo se l'abbia sentita. Gli unici rumori provengono dagli altri uomini dietro Eli nel corridoio, che scendono le scale verso la loro sezione della casa. "Capisco." La risposta iniziale di Eli coglie Addison di sorpresa. Lei sussulta leggermente, ma poi lui aggiunge: "Ci sono alcune precauzioni da prendere, prima. Ma tra una settimana, più o meno, ti porteremo dove vuoi andare e ti lasceremo sola."

Sola.

Odio quella parola.

"Quindi dovremmo restare rinchiuse per tutto il tempo in questa maledetta casa?" La rabbia di Addison aumenta a ogni parola che pronuncia. Osservo le sue unghie affilate affondare nei palmi delle mani, incapace di controllare la collera.

"Main Street ha diversi negozi e alcuni ristoranti. Non abbiamo alcuna obiezione a lasciarvi fare una passeggiata nel quartiere... Tuttavia, qualcuno vi accompagnerà in ogni momento."

La mia testa non ha mai smesso di elaborare gli eventi, per tutta la notte. Sono qui da quasi due ore, e solo adesso mi rendo conto del motivo per cui dobbiamo rimanere confinate qui, sorvegliate dalle guardie per una settimana. *E poi ci sarà concessa la libertà.*

Una settimana.

"Li ucciderà." Con lo sguardo fisso sulla tenda trasparente, drappeggiata dalla luce della luna che entra dalla finestra, la sensazione opprimente al petto ritorna. "Una settimana alla fine della guerra."

Addison si gira lentamente verso di me e io affondo ancora di più nel divano.

"Sono in ostaggio fino a quando la mia famiglia non sarà morta." La gola mi si chiude lentamente come se mi stesse soffocando e gli occhi bruciano mentre vengo travolta dal dolore.

Ho perso Carter. Ho perso la possibilità di esercitare un'influenza su di lui a causa della mia incapacità.

E ora sono intrappolata in questo posto bellissimo mentre tutti quelli che amo vengono ammazzati. La mia vista si offusca immaginando la casa in cui sono cresciuta, il sangue sulle pareti, i fori di proiettile nelle porte. Mi inumidisco le labbra e sento il sapore salato delle lacrime. "Eli, puoi rispondere a una domanda?" gli chiedo con un breve gemito che riesco a malapena a trattenere.

Mi sembra quasi di svenire quando annuisce.

"C'è qualcuno che ripulirà tutto quello che vi lascerete dietro?" Faccio fatica a respirare, ma lo guardo negli occhi e continuo: "O quando tra una settimana chiederò di tornare a casa, sarò io a doverla liberare dai corpi dei miei familiari?" La mia voce trema sull'ultima parola, ma lui mi sente. So che mi sente.

Immagino mio cugino Brett, sua moglie e il loro bambino. In un attimo, sono proprio dove li ho visti l'ultima volta, durante le vacanze. E in un batter d'occhio, giacciono morti sul pavimento, con gli occhi fissi su di me come se vedessero chi sono veramente.

E odio ciò che vedono.

Alcuni di loro potranno anche essere crudeli come Carter, ma non tutti, e troppe persone moriranno. So cosa aspettarmi. L'ho già vissuto. Non posso starmene qui seduta senza fare nulla.

Mi rifiuto.

Eli mi fissa, mi studia e mi giudica, ma non mi importa. Purché io riesca ad aggrapparmi alla mia lucidità mentale, la sua opinione è irrilevante. L'unica cosa che conta è sapere che non posso e non voglio stare seduta senza fare nulla.

"So che stiamo entrando in guerra, ma preferirei essere accanto a loro in questo momento," dico a Eli asciugandomi le lacrime, consapevole che è quello il mio posto. "Penso che sarebbe meglio se mi rimandassi a casa mia."

"Forse alla fine della settimana vorrai andare da qualche altra parte," è l'unica risposta di Eli.

Solo dopo che se n'è andato mi accorgo che Addison sta piangendo in silenzio.

Non riesce nemmeno a guardarmi, ma non mi importa.

Non mi importa più di nulla.

"È così che va la vita," le dico solennemente, ricordando tutte le notti in cui gli uomini riempivano la cucina al piano di sotto, facendo tintinnare i boccali di birra e dandosi pacche sulle spalle. "Avevo uno zio di nome Pierce." Non ci pensavo da una vita, ma ora sto rivivendo una certa notte di quando avevo quindici anni. La notte in cui ho capito per la prima volta cosa faceva la mia famiglia per vivere e ho iniziato a vedere davvero le conseguenze che ne derivavano. Sento la gola irritata quando mi fermo per deglutire, per quanto ho pianto e urlato.

"Ero scesa al piano di sotto mentre lui teneva qualcosa in aria e tutti gli altri nella stanza applaudivano." Le loro voci riecheggiano nella mia testa. "Ricordo di aver sorriso, felice che mio padre fosse di buon umore." Non so se Addison mi sta ascoltando, ma continuo a parlare.

"Mio zio era felice di vedermi." Ricordo il modo in cui il suo sorriso si era allargato dopo aver posato qualunque cosa stesse tenendo in mano e l'abbraccio nel quale mi aveva stretta, come se non mi vedesse da anni. "Quella notte mi ero sentita parte della famiglia. Mio padre mi aveva persino offerto un bicchierino di vino, nonostante avessi solo quindici anni." Ricordo il sapore e come mi ero sentita quando l'aveva versato dalla sua bottiglia offrendomi il bicchiere davanti a tutti. "Aveva detto: stasera beviamo e festeggiamo Talvery. E tutti avevano applaudito di nuovo quando avevo mandato giù un sorso."

Guardo Addison, che ascolta attentamente e aspetta il colpo di scena.

"Solo qualche giorno dopo Nikolai mi aveva spiegato che era una lingua umana. La lingua di un bastardo che era stato ucciso, e loro stavano festeggiando perché le accuse erano state ritirate senza testimoni viventi che potessero deporre." Avevo dovuto supplicare Nik di dirmelo; mi aveva spiegato che avrei preferito non saperlo, ma io avevo insistito. Dopo il suo racconto, avevo compreso che potevo fidarmi del suo giudizio.

Fisso il camino, desiderando che scoppietti con delle fiamme rilassanti, ma è vuoto e non c'è legna per accendere il fuoco.

"I Talvery e i fratelli Cross sono uguali. E si uccideranno a vicenda o moriranno provandoci." È una verità che ho voluto evitare per tanto tempo, ma ora sembra che io possa solo cercare di limitare i danni che causeranno.

"Non è così che sono cresciuti," mi spiega Addison con le lacrime agli occhi. "Erano brave persone."

"Anche la mia famiglia è piena di brave persone." Mi si rivolta lo stomaco nel tentativo di giustificare questa esistenza a una persona che non l'ha mai conosciuta. "È solo che commettono atti deplorevoli. Come mio zio. Amava sua moglie e i suoi figli, e avrebbe fatto qualsiasi cosa per me se fosse ancora vivo."

Restiamo in silenzio per un attimo, poi Addison si siede lentamente accanto a me, stringendosi le braccia intorno al corpo come se temesse di cadere a pezzi.

Non parla per molto tempo; nessuna delle due lo fa. Ma, allo stesso modo, nessuna delle due si alza. "Non capisco come Daniel sia finito in questa situazione. Prima non erano così. Te lo giuro. Erano brave persone e… non so come sia potuto succedere." Sembra smarrita, come se non ne avesse idea. Ho visto donne che negano la realtà, che chiudono gli occhi. Ma lei è davvero scioccata. Forse non si era resa conto di quanto questa vita potesse essere reale. Di quanto fosse vicina alla morte.

"Io sì."

La mia risposta attira la sua attenzione e lei aspetta che continui, ma non so quanto voglia o abbia bisogno di sapere.

"Per molto tempo, non c'era anima viva a sud di Fallbrooke. È lì vicino che sono nata e fondamentalmente è al confine col territorio che controlla mio padre." Ricordo che quando ero piccola, mi sedevo nel suo ufficio a colorare e lui parlava a bassa voce degli sviluppi di Back Ridge. "Non c'era nessuno che vivesse lì, nessuna attività commerciale, ma poi," mi schiarisco la gola, "poi gli sviluppi edilizi sono aumentati e così anche le persone. Più opportunità, come le definiva mio padre."

"Lui e Romano possedevano i terreni confinanti, ed entrambi lo volevano. Ma le aree sono disposte più o meno come una croce." Traccio i quattro quadranti sulla coperta che ho sulle ginocchia, come me l'ha spiegato Nikolai. "L'area di Carter è in basso a sinistra, ma ora la sua parte è più grande. Quella in basso a destra è Crescent Hills e non è stata rivendicata da nessuno, è solo una città schifosa, senza polizia, senza nessuno che la protegga. Carter e la sua banda si stanno avvicinando sempre di più, ma la conquisteranno solo a piccoli passi. Mio padre ha quella in alto a sinistra e Romano quella in alto a destra. Entrambi volevano il territorio dove ora si trova Carter, ma mentre conducevano una guerra silenziosa l'uno contro l'altro a causa di mia madre…" Deglutisco a fatica, non sapendo se lei sia informata, ma non posso mettermi a spiegarglielo ora. "Carter ha preso il controllo. Uno dopo l'altro, ha ucciso gli uomini che lavoravano per mio padre e che cercavano di fermarlo, o, a volte, si è scontrato con i soldati di mio padre, dimostrando la sua spietatezza e che quella zona era sua, ma ha avuto pietà di coloro che gli hanno giurato fedeltà."

"Quindi è stato Carter?" chiede Addison, e dai suoi occhi capisco che non vuole credere che Daniel sia coinvolto.

"Ho sentito spesso i nomi di Jase e Carter." Sto per aggiungere altro, ma mi trattengo e ingoio le parole. "Ma Carter è il nome più pronunciato. O il suo, o quello dei fratelli Cross in generale."

Addison aggrotta le sopracciglia, ma la sua espressione è piena di angoscia quando dice: "Non capisco perché Carter abbia dovuto farlo. Non capisco perché abbia voluto vivere in questo modo."

Ancora una volta, sto per dire: "Io sì," ma non lo faccio. È perché mio padre sapeva di cos'era capace. Sapeva che avrebbe preso il potere. Mio padre ha cercato di ucciderli prima che diventassero la potente famiglia che sono ora, ma ha fallito. Il suo tentativo è ciò che ha reso Carter l'uomo che è oggi.

La verità, e il fatto di affrontarla, mi fa scorrere un brivido freddo lungo la schiena, così mi stringo la coperta addosso.

"Capisco se non potrai mai essere amica di una come me. Una la cui famiglia si guadagna da vivere con la morte e il peccato. Una che…" Mi interrompo, e faccio una pausa prima di continuare chiudendo gli occhi: "Una che ha fatto separare te e Daniel."

"Smettila," mi ordina Addison con una serietà che non mi aspettavo. "Tu non ci hai fatto rompere e sei ancora mia amica." Mi prende la mano tra le sue mentre io la fisso, sperando che domattina la pensi ancora così. Perché adesso non ho nessuno e, tra una settimana, potrei avere ancora meno di nessuno.

"Andrà tutto bene e ci prenderemo cura l'una dell'altra. Devi proteggere le persone a cui tieni. Capisci?" Il suo sguardo mi implora di darle ragione, di essere forte. Ma io non sono come Addison.

Le lacrime mi rigano il viso, ma le trattengo, rifiutandomi di piangere ancora una volta. Invece, annuisco e mi sforzo di rispondere, anche se le parole mi escono strozzate. "Ci sto provando. Ma cosa posso fare se le persone a cui tengo desiderano reciprocamente la loro morte?"

Il silenzio cala di nuovo, ma questa volta lei lo interrompe rapidamente.

"Beviamo qualcosa." Si alza dal divano prima ancora che io possa dirle quanto ne abbia bisogno.

Mi limito ad annuire, ancora alle prese con la spirale di eventi orribili che mi hanno portato qui.

Non riesco a pensare ad altro che a Carter quando la sento aprire una bottiglia di vino e far tintinnare i bicchieri sul bancone. Immagino il volto scolpito nel momento esatto in cui ho perso la sua fiducia e lui ha perso la testa.

Mi perseguiterà per sempre.

Se non quello, allora sarà la vista dei miei familiari nelle bare.

Non ho mai avuto la possibilità di vincere.

Non voglio continuare così. Non ce la faccio più.

È necessario che io ponga fine a tutto questo.

CAPITOLO 61

Carter

La zona che ha scelto Sebastian è più tranquilla di quanto pensassi. Ha fatto costruire questo posto due anni fa, ma non vi ha mai messo piede. Non so se sia il ricordo di lui o tutto quello che è successo stasera a farmi stringere il cuore come se qualcuno me lo stesse torcendo dentro il petto.

Il whisky non ha alleviato il dolore. Né il primo bicchiere, né il secondo. Nemmeno quando ho lanciato la bottiglia contro la finestra, frantumandola e riempiendo la stanza dell'odore di alcol. Poco fa, sono rimasto fin troppo a lungo appoggiato al muro, seduto sul pavimento dell'ufficio, a fissare il baule. È ancora aperto, vuoto, ed è stato spinto contro il tappeto. Non riesco a rimetterlo a posto. Non riesco a convincermi a sistemarlo com'era prima, come se lei non ci fosse mai entrata.

Tutto mi dice di lasciarla andare.

La logica e la ragione. Lei non mi amerà mai a causa del modo in cui è iniziata la nostra storia. Non mi amerà mai dopo che avrò ucciso la sua famiglia. Non mi vorrà più per l'uomo che sono.

So che è così.

Ma l'idea di lasciarla mi fa un male cane.

"Vuoi che entri con te?" mi chiede Daniel dal sedile del conducente, distogliendomi dai miei pensieri.

"Sei sicuro di essere pronto a incontrarla?" insiste, svelando la questione cruciale.

"Non le farò del male," gli rispondo fissando la casa, e spero con tutto me stesso di essere sincero. Voglio che provi questo dolore. Voglio che sappia quanto fa male.

"Cosa hai intenzione di fare?" mi chiede, facendo scivolare le mani sul volante di pelle.

"Le darò quello che vuole," mento. Non le permetterò mai di lasciarmi.

La voce di mio fratello squilla severa e forte nell'abitacolo dell'auto: "Stai commettendo un errore."

La sua critica mi coglie di sorpresa, così lo fisso mentre il cielo notturno si fa sempre più scuro. "Puoi agire come vuoi con Addison, non ti giudicherò. Ma quando si tratta di me e Aria, stanne fuori." È tutto quello che posso dirgli perché in realtà non so cosa fare. Non so come comportarmi con una donna che mi ha tradito così.

"Hai davvero intenzione di lasciarla andare?" Quando non rispondo alla sua domanda, aggiunge: "Non avrà nessuno quando tutto questo sarà finito. Nessuno."

Alzo la voce per rispondere e porre fine alla conversazione. "Ho detto che le darò quello che vuole. Non ho detto che la lascerò andare." Il sangue mi pulsa nelle orecchie e Daniel stringe gli occhi nell'oscurità.

"Hai intenzione di entrare?" gli domando, impedendogli di proseguire.

"No, Addison non è in casa. È andata al negozio di liquori a comprare altro vino quando Aria è andata a letto." Si appoggia allo schienale e guarda dritto davanti a sé, poi continua: "Andrò lì in macchina e la terrò d'occhio da lontano."

Si ferma, mi guarda e poi aggiunge: "Cason è con lei, ma comunque..."

"Deve sapere che la stai osservando," dico distrattamente, ricordando tutto quello che è successo mesi fa.

Lui annuisce solennemente. "Lo so e sono sicuro che lo detesti anche lei."

Inclinando la testa per congedarmi, afferro la maniglia per aprire la porta, ma le parole di Daniel mi fermano. "Mi chiedo se quando arriverò da lei se ne accorgerà."

Con le dita avvolte intorno alla maniglia, mi fermo, poi domando: "Cosa intendi?"

"In qualche modo lo sapeva. Anni fa, quando Tyler morì. Ogni volta che mi avvicinavo a lei, si girava come se sapesse che ero lì. Non importava quanto fossi lontano o quante altre persone ci fossero intorno a noi. Lei lo sapeva sempre."

Finalmente mi guarda, con quel suo sorriso triste. "Mi chiedo se sarà lo stesso anche adesso."

Non so che consiglio dare a mio fratello. Percepisco il suo dolore e non ci sono parole per aiutarlo.

"Assicurati solo che stia bene," gli dico, ricordando tutto quello che è successo anni fa tra loro… tra tutti noi.

"Sempre," mi risponde, e mi dà una pacca sul braccio con il dorso della mano. "Non rovinare tutto." Si sforza di sorridere, anche se il sorriso non gli illumina gli occhi. Non riesco a ricambiarlo.

I rumori della notte mi accolgono non appena apro e richiudo la portiera silenziosamente. Sento solo il canto dei grilli e il vento. Le guardie appostate sul lato dell'edificio mi vedono e io li saluto con un semplice cenno del capo. Mi abbottono la giacca del completo e salgo sul marciapiede fino al porticato. A ogni passo, l'ansia per le mie paure cresce. Il terrore di averla persa per sempre. Che lei non mi abbia mai amato e che io non l'abbia mai avuta davvero. Il timore che questa notte abbia distrutto tutto ciò che c'era tra noi.

Non c'è modo di superare quello che è successo. Non si può negare che lei stia offuscando il mio giudizio, e tenerla con me significa perdere la fiducia e il rispetto dei miei uomini.

È da tanto tempo che non provo un senso di impotenza, ma ora mi accompagna costantemente mentre mi avvicino al rifugio.

Eli è rimasto di guardia alla porta d'ingresso tutto il giorno, con l'auricolare inserito e il telefono che mostra i monitor di controllo. Si raddrizza quando sente il rumore dei miei stivali sui gradini di pietra.

"Aria è nella camera da letto a nord al secondo piano. Addison è al…"

"Al negozio di liquori," finisco la frase per lui.

"Capo," dice e mi ricompensa con un sorriso appena accennato. "Certo, lo sai già." Apre l'imponente porta d'ingresso in solido acciaio, alta due metri e mezzo e larga un metro. La luce intensa dell'atrio si riflette sui pavimenti in legno appena lucidati. È da un po' che non vengo qui e il ricordo di quando mi trovavo su questa soglia con Sebastian mi fa fermare un attimo.

Chloe, sua moglie, è la responsabile di tutte le scelte d'arredo. Voleva vivere in questa casa. Quando era stata costruita, tanti anni fa, anch'io ero convinto che sarebbe successo, invece no.

In questo posto ricordo la mia infanzia come se fosse ieri, quando ero una persona diversa. Prima che succedesse tutta quella merda con il padre di Aria, prima che il mio migliore amico se ne andasse e mia madre morisse, lasciandomi solo a prendermi cura di mio padre alcolizzato e dei miei quattro fratelli. Non ci ho mai ripensato e non me ne sono mai vergognato. Ma ora che sono qui, ripenso a chi ero e so che avrei odiato l'uomo che sono diventato e le azioni che ho commesso.

Ma non si può tornare indietro. Non si può farlo mai.

"C'è qualcosa che posso fare per te?" mi chiede Eli con cautela.

"Come sta?" gli chiedo. Lo conosco da quattro anni, ormai. Mi ha aiutato a conquistare la maggior parte di questo territorio ed è l'unico motivo per cui mi sono trasferito più all'interno di Crescent Hills, da dove provengo. A Crescent Hills non esiste la legge, quindi trasferirvi il mio impero è stato un compito più difficile del consueto, e il guadagno non lo giustificava. È un posto infernale che nessuno vuole, ma pensavo che Sebastian alla fine sarebbe tornato ad aiutarmi a conquistarlo. Mi sbagliavo.

"Piange a intermittenza da quando Addison se n'è andata." Eli non mi guarda mentre mi riferisce di Aria. Abbassa gli occhi sulle scarpe e deglutisce, per poi rialzarli. "Ha visto alcune notizie. Non so cosa la turbi di più. Lasciare te o perdere la sua famiglia."

La mia rabbia ribolle lentamente. Non avrei dovuto aspettare a premere il grilletto. "Se fossero già morti, non avrei questo problema."

Eli annuisce. "Siamo pronti quando vuoi, capo."

"Romano sta già prendendo il controllo delle strade nell'Upper East Side."

Eli annuisce di nuovo e dice: "Oggi è su tutti i giornali. Immagino che Romano li colpirà dal lato sud questa settimana."

"Talvery se lo aspetterà, però."

"Per noi va bene. È probabile che porterà i suoi uomini nelle strade più a nord e non ci andrà piano."

"Entrambi reagiranno in modo prevedibile."

"Ed entrambi cadranno… in modo prevedibile." Il sorriso sul suo volto si riflette sul mio, ma tutto ciò a cui riesco a pensare è quanto Aria mi odierà davvero. È stata disposta a minacciarmi per salvarli. Nel profondo del mio cuore, so che l'idea della vendetta le passerà per la mente. E questo mi annienta, accidenti.

"Non so se potrò mai più fidarmi di lei," dico ad alta voce e me ne pento immediatamente. Che cazzo mi prende?

"Le passerà. L'ho sentita spiegare la situazione ad Addison; capisce perché deve succedere."

L'aria notturna mi avvolge, trattenendomi sulla soglia invece di farmi proseguire.

"Dove hai trovato quell'idiota, Jett?" gli chiedo per cambiare argomento e ricordargli chi sono. Il suo capo.

"È un buon tiratore, solo un po' stronzo quando apre bocca. Penso che abbia l'Asperger o qualcosa del genere." Guarda oltre me nel buio per un momento e poi continua. "Non è molto bravo a cogliere i segnali sociali, ma in guerra ha aspettato tre giorni per sparare agli insorti in Afghanistan. È rimasto nello stesso bunker, poco più grande di una baracca. Non si è mosso, cazzo, finché i tre sulla sua lista non sono finiti nel suo mirino." Sbuffa una breve risata, anche se priva di vero umorismo. "Sono usciti per fumare, pensando di essere al sicuro dato che era stato tutto tranquillo per tre giorni. Gli ci sono voluti solo venti secondi per sparare in testa a tutti e tre."

"Ho comunque voglia di farlo fuori," gli dico sovrappensiero, anche se il mio rispetto per Jett cresce immaginando quello che ha passato.

Eli alza le spalle. "Gli ho già detto che sarebbe comunque in grado di sparare anche se gli mozzassi la lingua." Ridacchia e aggiunge: "Scherzando, ovviamente. Gli devo la vita."

"Lo terrò a mente la prossima volta che vorrò dargli un pugno in faccia." Le mie parole escono spente, prive della convinzione che avevo prima.

"Cosa ha detto?" mi chiede.

"Niente," gli rispondo, sapendo che non voglio avere questa conversazione con lui. Rispetto Eli, ma non è mio amico. Con lui è solo una questione di affari.

Lui annuisce, aprendo la porta di un altro centimetro e il leggero scricchiolio risuona forte nelle mie orecchie.

"Di' agli uomini di non entrare e di trattenere Addison finché non ho finito qui dentro," ordino, fissando la scala a chiocciola che porta al secondo piano dove ora è rinchiuso il mio dolce passerotto. "Non voglio che senta."

"Sì, capo."

Gli do una pacca sulla spalla mentre entro, ma non lo guardo negli occhi. Anche se sto fissando la scala, tutto ciò che vedo è quello che è successo ore fa. La pistola che mi ha puntato contro, il baule in cui è corsa a nascondersi. La vista dell'auto che si allontanava e lei che non ha obiettato.

Ho la gola serrata e il battito del cuore diventa più veloce e doloroso a ogni gradino. Sento la ringhiera liscia sotto il mio palmo caldo.

Lei è mia.

Quando la lascerò, stasera, capirà che mi appartiene, cazzo.

Anche se mi lascerà comunque, mi apparterrà sempre.

Per sempre.

Il pensiero rende il rumore del sangue nelle mie orecchie ancora più forte. Ogni passo che mi avvicina alla porta mi fa diventare sempre più duro ed eccitato, pensando alla reazione che avrà nei miei confronti.

Rabbia, persino odio.

O forse mi supplicherà di perdonarla.

Chiudo gli occhi, appoggiando il lato piatto del pugno contro il muro a destra della porta della sua camera da letto, al pensiero di lei che implora pietà. Cosa che si è rifiutata di fare nella cella.

Al rumore del letto che scricchiola appena oltre la porta, i miei occhi si riaprono.

* * *

Aria

Sento i suoi passi ancor prima che la porta si apra.

Non riesco a spiegare perché pregavo che fosse Carter. L'ultima volta che l'ho visto, ho provato solo paura nei suoi confronti.

La finestra è aperta e il vento entra nella stanza muovendo le tende e lasciando che la luce della luna avvolga la sua figura imponente.

Il mio cuore batte in modo strano e irregolare. Mi fa venire in mente la prima volta che l'ho visto. Lo stesso timore mi invade, ma contemporaneamente avverto la sensazione che possa essere lui a salvarmi.

Se solo lo volesse, ma dal suo sguardo penetrante capisco che non è affatto ciò che ha in mente.

A questo punto, mi sta bene. Può farmi quello che vuole, perché so già che mi sottometterò a lui. So di amarlo ancora. A prescindere da quanto sia assurdo.

"Carter," sussurro il suo nome sedendomi sul letto e lasciando che le lenzuola mi ricadano intorno. Un brivido mi percorre la pelle e il vento mi solletica le spalle.

I suoi passi pesanti fanno scricchiolare il pavimento mentre si avvicina minaccioso, con un'ombra sul viso che mette in risalto i contorni netti della mascella.

"In ginocchio," mi ordina con voce rude. È l'unico saluto che mi rivolge e mi ricorda com'era la vita nella cella con lui.

La ribellione scorre profonda nel mio sangue, mi fa montare la rabbia nel petto e stringere i denti.

"È tutto quello che hai da dirmi?" gli chiedo con voce tremante. L'angoscia e il dolore sono così forti che mi fanno contrarre le dita dei piedi e stringere i pugni sulle lenzuola di seta. Riesco a malapena a respirare, pronunciando a stento: "Non sei venuto per me."

Si ferma ai piedi del letto, ma solo per un attimo, un singolo battito del mio povero cuore. Parla con voce dolce ma decisa, togliendosi la giacca e appoggiandola con cura sul materasso.

"Ho parecchie cose da dirti, Aria Talvery," annuncia scandendo il mio nome con disprezzo, e io reagisco con un ringhio: "Fottiti," sentendo l'odio per lui intensificarsi.

Ho sempre saputo che era mio nemico, ma non ho mai pensato che lui mi vedesse in quel modo. Le cose sono cambiate.

Le sue dita abili sbottonano la camicia e i miei occhi lasciano i suoi per guardarlo mentre si spoglia.

"Ti ho detto di inginocchiarti," mi ricorda con una voce che trasuda dominanza e sesso. Getta la camicia sopra la giacca, perdendo il controllo che aveva fino a un attimo prima.

Sono attratta dalla cintura che si sta sfilando, facendo sibilare il cuoio nell'aria.

Sento un fremito tra le gambe quando lui la piega in un cappio e aspetta che io gli obbedisca. "Oggi mi hai già provocato, mi hai voltato le spalle e mi hai mentito. Vuoi davvero disobbedirmi di nuovo?"

Deglutisco a fatica, sapendo che voglio la sua punizione. Ma non gli ho mentito.

"Non ti ho mai mentito e non lo farò mai," gli dico rapidamente, sentendo il mio battito accelerare.

"Non mi hai detto la verità. Questo è mentire," afferma, con voce più alta e senza nascondere minimamente la sua ira.

"Non…" Mi interrompo e smetto di parlare. Mi mordo il labbro inferiore, odiando il fatto che l'unico conflitto che continuerà a dividerci, è quello su cui non saremo mai d'accordo. "Non starò a guardare mentre li uccidi. Non lo farò."

Carter si muove con una rapidità inattesa e mi provoca una scarica di paura. La cintura cade sul letto e lui mi afferra il mento, chinandosi e avvicinando le sue labbra alle mie. Il mio cuore batte all'impazzata e il desiderio si mescola al terrore. "Non hai scelta," mi sussurra.

Gli rispondo: "Ti sbagli," pur dubitando di me stessa.

Fisso i suoi occhi scuri e sento il calore del suo corpo, il suo cuore che batte forte nel petto. Potrei perdermici per sempre e, in questo momento, vorrei poterlo fare. "Vorrei che la situazione fosse diversa," ammetto davanti al suo silenzio.

"Presto lo sarà," risponde in un tono cupo accompagnato da una minaccia. "In ginocchio, passerotto."

Il soprannome che mi ha dato, la sua presa sul mio mento, le sue labbra così vicine alle mie e il battito accelerato del suo cuore, mi fanno muovere.

Lo osservo il più a lungo possibile e poi mi metto a quattro zampe, permettendogli di togliermi i pantaloni. Li abbassa lentamente, in modo provocatorio, e le sue dita sfiorano la mia pelle sensibile.

Per un attimo sento solo l'aria fresca e so che sta per arrivare la cintura. Mi preparo, ma non succede nulla per quella che mi sembra un'eternità.

"Pensi di meritartelo?" mi chiede con voce bassa e senza un briciolo del risentimento che mi aspettavo.

Rispondo con facilità, sinceramente: "Sì."

La cintura mi morde la carne della coscia destra da dietro e io urlo di dolore. Non ha perso un secondo.

Tremo nel tentativo di rimanere ferma a quattro zampe.

Slam! I bordi della cintura mi graffiano il sedere e mi provocano un'ondata di dolore in tutto il corpo, bruciando nei punti in cui la pelle viene ferita. Non riesco a controllare il singhiozzo che mi sale dalla gola. Le dita dei piedi si piegano mentre cerco di stringere forte le lenzuola e combattere le lacrime.

Sussulto al tocco delicato della mano di Carter sulla mia pelle infuocata, desiderando di aver detto di no, ma allora sarei la bugiarda che ho affermato di non essere.

"Sai cosa succede agli uomini che mi puntano una pistola contro, Aria?" Carter si china su di me con una minaccia mortale nella voce e il suo membro duro si appoggia al mio sedere, facendo affiorare un desiderio profondamente radicato.

La sete che ho di lui sta quasi soffocando la sofferenza. Manca pochissimo, e lo vorrei tanto, ma Carter non è ancora sazio della sua vendetta.

Mi sfiora il lobo dell'orecchio e aggiunge: "Non vivono abbastanza a lungo da premere il grilletto."

Prima di potergli rispondere devo deglutire. Alterno dolore e piacere nei punti in cui la sua mano continua a massaggiarmi con movimenti circolari lenitivi. "Non l'avrei mai premuto," gli rispondo con voce flebile spingendo i fianchi contro di lui. Sono sempre la sua puttana. Mi sottometto a lui e ne traggo piacere. Una parte malata di me lo cerca ardentemente. Credo che non smetterà mai.

"Non ti importa che tutti abbiano visto, vero?" mi chiede, e la consapevolezza di ciò che ho fatto mi sembra ancora più pesante.

"Mi dispiace. Non volevo farlo." Deglutisco a fatica, combattuta tra la stanchezza, il dolore e il desiderio del suo tocco. "Non mi hai dato scelta."

Si allontana all'istante, lasciando il mio corpo a sentire il freddo dell'aria tra noi. Odo il tintinnio della fibbia metallica della sua cintura e lo vedo alzare il braccio nell'ombra che gioca sulla parete davanti a me.

Chiudo forte gli occhi, ma non serve a nulla.

Slam! La cintura colpisce la natica sinistra, poi si sposta immediatamente a destra.

Stringo i denti più forte che posso e cerco di trattenere le urla mentre la cinghia fischia nell'aria e si abbatte sulla mia carne dolorante, colpo dopo colpo.

Le braccia mi cedono e il dolore mi lacera. Le lacrime mi scendono incontrollabili sulle guance.

Carter mi afferra i capelli alla base della nuca e mi costringe a guardarlo.

I suoi occhi sono scuri e vorticosi di emozioni tormentate. "Voglio vederti, Aria. Non puoi nasconderti da me."

Scuoto la testa prima ancora di rendermi conto di essermi mossa, e il bruciore lancinante trasforma anche il minimo sfioramento della coscia sulla sua in un supplizio. "Non posso farcela," piagnucolo.

Non ho mai provato un dolore simile. Cerco di trattenere le lacrime, ma continuano a scendere e le spalle tremano.

"Puoi sopportarlo," mi incita Carter, afferrando la carne arrossata della mia coscia e stringendola. La pressione mi porta a distruggere ogni briciolo di controllo che mi è rimasto.

Tenendo la mano destra sulla mia coscia, mi accarezza tra le gambe con la sinistra.

La mia schiena si inarca all'istante e crollerei di lato se lui non mi tenesse ferma. Il piacere è inimmaginabile. Ogni centimetro del mio corpo lo percepisce. I miei capezzoli si induriscono, il collo si inarca e ne voglio ancora.

"Puoi sopportarlo, Aria." La voce di Carter è gentile, rassicurante e profonda mentre strofina le dita contro il mio clitoride sensibile. Dal modo in cui parla, mi chiedo quasi se il desiderio che provava per me sia svanito, ma so che non può essere vero. Non può essere così, da come inizia a toccarmi.

Mi pizzica il clitoride e un lampo di piacere mi attraversa ogni terminazione nervosa. Ho caldo e freddo allo stesso tempo. Rabbrividisco sotto l'uomo che mi provoca un dolore insopportabile e un piacere altrettanto travolgente.

E ne voglio ancora di più. Ho bisogno delle sue dita dentro di me.

Non appena vengo travolta dal suo tocco, si allontana e lo vedo prendere di nuovo la cintura.

"Carter," imploro con un gemito. Amo il piacere, ma il dolore è terrificante. "Ti prego," lo supplico.

Lui esita. Con la guancia sul cuscino, fisso l'uomo distrutto che sa solo annientare gli altri, e lo imploro di nuovo. "Ti prego, perdonami."

"Ti ho già perdonato," sono le uniche parole che mi rivolge prima di stringere più forte la cintura.

Chiudo gli occhi, aspettando un'altra punizione e che Carter mi prenda come crede di dover fare.

Invece, una mano rassicurante mi accarezza la curva della vita e, per quanto voglia allontanarmi, sapendo che il suo tocco delicato farà divampare il tormento dove mi ha colpito, resto immobile. Lascio che mi accarezzi nei punti ammaccati dalla cintura, portando la sofferenza ancora più in superficie.

"Voglio solo te," sussurro nel cuscino. Sento la mia guancia bagnata dalle lacrime. "Ti prego, Carter."

"Questo sono io, Aria. Chi sono davvero."

Le sue parole sono un fuoco che lambisce le ferite del mio cuore, diviso fra le mie due nature. La prima metà è una donna distrutta e innamorata di un uomo che è stato ferito più volte di quanto io stessa potrei sopportare. L'altra metà è una persona che vuole essere forte e si rifiuta di permettere che la sua volontà venga ignorata ancora a lungo.

"Non sai più chi sei, Carter. Non più di quanto io sapessi chi fossi quando ho impugnato la pistola," gli dico con voce tremante. "Prendi da me quello che vuoi," concedo. Chiudo gli occhi, affondo la testa nel cuscino, ma poi ricordo quello che ha detto. E così mi metto di nuovo a quattro zampe, anche se mi tremano le gambe. "Ti darò tutto quanto."

La cintura cade sul letto con un tonfo e prima che io possa girare la testa per guardare , lui mi penetra profondamente, riempiendomi e allargandomi senza pietà. Una delle sue mani mi afferra il fianco per tenermi in posizione, mentre la forza della sua spinta mi fa quasi cadere a terra. Cazzo! È troppo, tutto allo stesso momento e così in fretta. Dalla gola mi sfugge un grido muto.

Con l'altra mano mi pizzica forte il clitoride e la forza del piacere che mi attraversa mi fa inarcare la schiena e urlare il suo nome.

Col pollice continua a strofinarmi il clitoride senza sosta portandomi all'orgasmo, scopandomi come se fosse l'ultima cosa che potrebbe mai fare.

E io accetto tutto. Mordendo il cuscino per smorzare le grida e contorcendomi sotto di lui per il mix di dolore e piacere che confonde il mio corpo, accetto tutto quello che mi dà.

Ancora e ancora.

Sopporto fino al punto in cui temo che mi annienterà. Finché il mio corpo mi implora di fuggire, ma, nonostante tutto, lui non si ferma. È un uomo brutale, con istinti selvaggi, e non so se avrà mai più pietà di me.

Sono a malapena lucida e coerente quando sento il suo grosso membro pulsare. La punta del suo pene è premuta profondamente dentro di me, e non ho mai desiderato così tanto che un momento durasse per sempre come in questo istante. Vengo travolta dall'orgasmo più intenso che abbia mai avuto mentre Carter geme il mio nome e poi si abbassa per baciarmi la spalla.

Respira affannosamente appoggiando il petto sulla mia schiena, usando una mano per sostenersi e l'altra per tenermi la pancia, premendo la mia pelle contro la sua.

Mi dà un ultimo lungo bacio sulla spalla, come se non volesse che finisse.

"Mi sono innamorato dell'immagine che avevo di te," mi sussurra, allontanando le sue labbra da me. "Poi mi sono innamorato dell'idea di scoparti." C'è una sofferenza lancinante impressa nelle sue parole. Sembra che mi stia dicendo addio ed è solo ora che me ne rendo conto.

"Carter," dico girandomi tra le sue braccia, ignorando il dolore ancora ben presente provocato dalla cintura. Con le mani sfioro i lati della sua mascella cesellata cercando di ricambiare il bacio, ma lui si allontana.

"Pensavo di amarti." Ogni traccia dell'uomo che incute terrore a tutti coloro che lo sfidano è scomparsa. Nei suoi occhi leggo una tenerezza che mi supplica di accettare ogni condizione, di inchinarmi a lui e piegarmi al suo volere. Qualunque esso sia.

Ma non posso. Non più. Non dopo quello che è successo e dopo aver visto la verità di ciò che sta per accadere. E se questo significa che è la fine…

Ci guardiamo negli occhi, e riesco a percepire le parole non dette tra noi. O mi sottometto a lui, o divento sua nemica.

"Ti amo, Carter. Ma non sarò più il tuo passerotto. Non quando hai scelto di ignorare l'unica cosa che ti ho chiesto."

"Vuoi che mi arrenda, e sai che non posso farlo." Deglutisce a fatica e il tono duro della sua voce si fa più aspro. "Stai rendendo impossibile il nostro futuro insieme."

La tensione tra noi è fin troppo reale, densa e soffocante. "Anche tu," gli dico. "Ti amo, ma scenderò in guerra contro di te." Le mie parole sono incerte e tremanti. "Ti amo ancora, Carter. E ti desidero." Termino la frase in fretta e lo scongiuro di credermi.

"Ucciderò ogni soldato dell'esercito che ti sostiene, Aria. Li distruggerò tutti, finché non ci sarà più alcun motivo per combattere." Non fa alcun riferimento all'amore. Solo alla guerra.

"E io morirò per proteggerli." Dico la verità. Sono la mia famiglia. E mi hanno protetta. "Devo farlo," lo supplico di capire.

Carter non nasconde il dolore che la mia risposta gli provoca. E questo non fa che alimentare la mia sofferenza. "Dov'è la lealtà verso di me? Verso i miei fratelli?"

"Non farò mai del male né a loro né a te." Il pensiero che possano morire per mano della mia stessa famiglia mi stringe il cuore in una morsa. Mi si incrina la voce e specifico: "Ho solo detto che avrei protetto i miei."

"Piccolo passerotto ingenuo… Vorrei tanto che potessi farlo."

CAPITOLO 62

Aria

A ogni minimo movimento, la fitta tra le gambe si irradia in tutto il corpo.

Lo odio e lo amo allo stesso tempo. Amo il ricordo di Carter che è tornato per me; odio il fatto di dover affrontare di nuovo una realtà dalla quale non posso fuggire.

Ho guardato il telegiornale e ascoltato le guardie. So che è già stato versato del sangue. Ieri ne ho avuto un assaggio, ma non ne ero sicura. Oggi Addison ha ascoltato le notizie, e ora so per certo che la guerra è iniziata.

Riconosco i nomi di alcuni dei soldati dell'esercito di mio padre. Uomini che si sono riuniti nella mia cucina a tarda notte, che di tanto in tanto hanno cenato con la mia famiglia.

Che sono stati gentili con me.

Che si sono presi cura di me quando mio padre non c'era.

Uomini che hanno figli e mogli.

E gli altri nomi, quelli che non mi dicono nulla, sono di soldati residenti nella zona orientale dello Stato… Immagino che anche loro abbiano dei legami. O che li avessero. Prima di questa tragedia.

Mio padre mi costringeva ad andare ai funerali ogni volta che ne moriva qualcuno. Sempre. Non ne ho mai perso uno. Diceva che erano parte della famiglia e meritavano rispetto. Malgrado l'odio che provavo nei suoi confronti e benché mi considerassi un fastidio per lui, se non addirittura il triste ricordo vivente di mia madre, ho sempre rispettato i defunti e i loro parenti

Questa volta non ci riuscirò, e per un motivo che mi fa soffrire più di quanto dovrebbe.

I due nomi che non sono ancora saltati fuori sono quelli di Nikolai e Mika.

Il primo è un uomo che ho amato sotto molteplici aspetti.

Il secondo ho sognato di ucciderlo con le mie stesse mani.

In questo mondo ci sono persone buone e malvagie. Niente potrà mai convincermi del contrario. In guerra muoiono entrambe le categorie di uomini. E tutti gli eserciti sono formati da entrambe queste tipologie.

"Come stai stamattina?" La domanda di Addison sposta il mio sguardo su di lei, strappandolo dalla macchina del caffè. Avevo intenzione di accenderla, ma non l'ho fatto. Non riesco a concentrarmi su nient'altro che la guerra.

Sembra che non abbia dormito affatto. Le occhiaie evidenti sul suo volto lo rivelano chiaramente. "Sono venuta a controllarti ieri sera, ma stavi già dormendo."

Mi si mozza il respiro al pensiero di quanto sono grata che non sia entrata mentre c'era Carter. Non mi sono mai sentita così combattuta come ieri sera. È una situazione impossibile.

"Sì, sono praticamente collassata." Le offro una scusa banale che mi suona falsa, sapendo che le sto nascondendo la verità. Finalmente premo il pulsante per avviare la macchinetta, ma poi mi viene in mente che è il caso di controllare di aver aggiunto l'acqua. L'ho fatto.

Nel frattempo, Addison si dirige verso il frigorifero come se si trovasse in una cucina qualsiasi, sapendo che Eli l'ha completamente rifornito la sera prima.

Sto quasi per dirle che Carter è venuto solo per il senso di colpa, ma mi trattengo. Non capirebbe. Si schiarisce la gola e parla prima che io possa confessare.

"Ho visto Daniel… È per questo che ci ho messo tanto."

Le lacrime non versate le brillano negli occhi e lei sbatte la porta del frigorifero prima di gettare il burro sul bancone, in modo da avere entrambe le mani libere per premersi i palmi sugli occhi. "Mi dispiace."

"Non hai motivo di dispiacerti. Tra tutte le persone coinvolte, tu non hai assolutamente motivo di starci male," le dico, sperando che percepisca la mia empatia nei suoi confronti. "Capisco benissimo. Sfogati," le dico, mettendole una mano sulla spalla e accarezzandola per cercare di calmarla.

"Non riesco a credere che lui sia d'accordo con il modo in cui Carter ti ha trattata. Che non abbia fatto nulla."

Espiro a lungo, capendo perché sia così contrariata con Daniel, ma odiando il fatto di essere parte del motivo.

"Sono giunta a un punto fermo su un paio di questioni," le dico, sperando che questo la aiuti. "Uno, amo Carter anche se lui mi odia." La prima confessione attira il suo sguardo. "Due, non ho intenzione di stare a guardare senza agire. Non gli permetterò mai di fare qualcosa che possa ferire me o la mia famiglia senza oppormi."

"Come puoi stare con lui, sapendo…?" Non finisce la frase, ma non ce n'è bisogno.

"Non lo so. Onestamente non lo so. E non so se tutto questo abbia davvero importanza." Appoggio la schiena al bancone e lo stringo. "Non posso fermare questa guerra. Non posso proteggere tutti. Non posso impedire che le persone che amo muoiano." Pronunciando l'ultima frase, mi viene in mente mia madre e cerco di allontanarla dai miei pensieri. Sono già provata dalle emozioni e dal tentativo di trovare un equilibrio tra giusto e sbagliato, tra amore e guerra, che qualsiasi riferimento a lei sarebbe la mia rovina, e non sono nemmeno le dieci del mattino.

"Questa vita è brutale," sussurro, poi mi schiarisco la gola per guardare di nuovo Addison. "Ma è la mia vita. E voglio avere il controllo delle mie decisioni."

"Sai che siamo ancora confinate, vero?" A giudicare dal sorriso che le aleggia sulle labbra, le sue parole hanno lo scopo di farmi ridere e ci riescono, strappandomi una risatina.

Prendendo il burro e contenta di lasciar morire la conversazione, aggiunge: "Mangiamo prima di pensare a come scappare."

"Vi sento," dice una voce alle nostre spalle, spaventandomi a morte. Eli è sulla soglia, con un sorrisetto sulle labbra, ma se fosse più vicino sarei tentata di cancellarglielo dalla faccia.

"Sono sicura che tutti voi ci sentite," gli rispondo guardando verso il soffitto. "Anche se non ho ancora trovato le telecamere."

Eli non risponde alle mie frecciatine. Osservo la macchinetta versare l'ultima goccia della mia dose di caffeina in una tazza di ceramica. Invece, mi comunica: "C'è un messaggio per te."

È così alto che gli bastano quattro passi per colmare la distanza tra noi e raggiungermi, tendendomi un foglio di carta ripiegato.

"L'hai letto?" gli chiedo prima di prenderlo dalle sue mani.

Risponde con uno sguardo duro e spietato: "Sì." Innervosita per la mancanza di privacy, getto con noncuranza il prezioso foglio di carta sul bancone. Non ho idea di chi me l'abbia mandato, ma continuo a girare intorno al mio guardiano per cercare lo zucchero negli armadietti.

"Carter lo sa?" gli chiedo dopo averlo finalmente trovato. Chiudo lentamente lo sportello, stringendo la scatola di zucchero più forte del dovuto.

"Sì."

Annuisco e poi chiedo: "È da parte sua?"

Sarei sorpresa se fosse così, dato che ieri sera non ha avuto molto altro da dirmi, e infatti Eli conferma la mia ipotesi con una sola parola.

"No."

Reprimo l'improvvisa ondata di ansia, chiedendomi da chi provenga e cosa ci sia scritto, ma non oso rivelarlo a Eli.

"Non devi odiarmi," dice mentre continuo a girare intorno a lui e ad Addison, che sta friggendo qualcosa sui fornelli.

"E tu non devi starmi addosso," gli rispondo immediatamente.

Senza aggiungere altro, se ne va, e io mi sento in colpa, anche se so che non dovrei.

"Cosa stai cucinando?" chiedo ad Addison dopo che se n'è andato, fissando il foglio di carta senza allungare la mano per prenderlo.

"Uova, ne vuoi un po'?" mi chiede, osservando prima me e poi il foglio. Mi sorprende che non mi faccia domande al riguardo, perché vedo la curiosità nei suoi occhi.

"Certo," rispondo solo per essere gentile. Non credo che riuscirei a mangiare anche se ci provassi. Ho già lo stomaco sottosopra.

"Come le preferisci?" mi chiede, girando le sue nella padella.

"Fritte ma col tuorlo morbido, per favore, e grazie," le rispondo, cercando di mantenere un tono allegro e aspettando di aprire il biglietto quando sarò da sola.

"Col tuorlo morbido?" Addison fa una smorfia. "Che schifo. Non so se potremo più essere amiche." So che sta solo scherzando, però il pensiero di perderla mi fa venire la nausea.

"Va bene," le rispondo con la voce più scherzosa che riesco a trovare, "le mangerò comunque le cucinerai. Mi piacciono le uova in qualsiasi modo," mento. Le mangio da sempre in questo modo, non tollero nemmeno quelle sode. Non riesco a giustificare perché le stia mentendo o perché mi senta così nervosa e sola. Ma al momento è esattamente questo il mio stato d'animo.

"Posso preparartele come preferisci." Addison fa spallucce e poi aggiunge: "Il tuo è comunque il modo più semplice. È solo che non mi piace il sapore del tuorlo."

La sua risposta disinvolta calma i miei nervi ancora tesi, ma poi l'occhio mi cade di nuovo sul biglietto che ho ricevuto, e noto che lei mi sta osservando. Tuttavia, non fa domande, ho la sensazione che sia un'abitudine che ha imparato nel corso degli anni.

La guardo rompere due uova sul bordo della padella, poi ne mangia un boccone dal piatto sul lato destro del fornello.

"Posso cucinarle io, se intanto tu vuoi mangiare," mi offro, sentendomi in colpa. Non riesco a liberarmi di tutte queste sensazioni orribili che mi attraversano.

"Mi piace cucinare," spiega Addison e poi prende un altro boccone. La padella con le uova sfrigola mentre la tensione mi irrigidisce le spalle e il biglietto sembra fissarmi.

"Posso dirti un'altra cosa?" mi chiede Addison, raschiando il piatto con la forchetta invece di guardarmi. Quando non rispondo, mi lancia un'occhiata e io annuisco rapidamente.

"In un certo senso mi piace che siano qui."

"Chi?" le chiedo, sentendo la fronte corrugarsi per la confusione.

"Eli e Cason." Non nasconde il senso di colpa nella sua voce. "So che in pratica ci stanno tenendo in ostaggio, ma vedendo tutte quelle persone in TV stamattina…" Fa una pausa e deglutisce visibilmente. "Sai, sentendo gli aggiornamenti sul numero delle vittime in questa guerra tra bande?" Alza gli occhi al cielo ripetendo le parole del giornalista, poi prende un altro piatto e aggiunge: "Almeno so che siamo al sicuro."

Posso solo annuire e prendere il piatto. Sono stata 'al sicuro' per tutta la vita, ma ho capito che in realtà la sicurezza non esiste, è solo un'illusione. Ma dirlo ad Addison in questo momento non la aiuterebbe.

Mescolo le uova nel piatto con la forchetta mentre Addison mi guarda, ma non dice più nulla. Provo a mandare giù un boccone e poi un altro, ma il cibo mi sembra insapore e mi fa solo sentire lo stomaco più pesante.

"Hai intenzione di leggerlo?" mi chiede, inclinando la testa verso il biglietto.

Annuisco e finalmente lo prendo in mano, ma dopo averlo studiato attentamente non le rivelo da chi proviene. Non le dico nemmeno cosa c'è scritto.

Tutto quello che so è che Eli l'ha letto, e non so bene cosa questo comporti per me.

Aria,

Ci vediamo domani sera. Ho solo bisogno di vederti. Ho bisogno di sapere che stai bene.

Incontriamoci alla pasticceria sulla Main Street. Puoi raggiungerla a piedi, io sarò lì ad aspettarti. Te lo prometto.

Domani. Alle otto di sera.

Tuo,

Nikolai

"Stai bene?" mi chiede mentre sento il sangue defluire dal viso.

Il rumore della forchetta che raschia bruscamente contro il piatto copre la mia risposta. Mormoro: "Ho bisogno di un secondo," rispondo, e le passo accanto con il biglietto stretto in mano. Vedere Nikolai mi sembra un tradimento nei confronti di Carter. Ma devo farlo. Devo vederlo. Devo sapere che sta bene.

Cammino con passo deciso il più velocemente possibile verso le scale, intenzionata a cercare Eli. Non devo andare lontano: mi sta aspettando in cima al pianerottolo.

"Eli," pronuncio il suo nome rapidamente, come se non riuscissi a dirlo abbastanza in fretta. Gli mostro il biglietto e l'incertezza che provo mi fa formicolare la pelle.

"Aria," ripete il mio nome con disinvoltura, come se nulla fosse.

"L'hai letto?" gli chiedo, anche se mi ha già detto di sì.

Lui annuisce.

"Mi impedirai di vederlo?" gli domando, la forza nella mia voce che minaccia di svanire da un momento all'altro.

"Dipende."

"Da cosa?" gli chiedo spazientita.

"Da quello che mi dirà Carter," risponde, e io resto lì, impotente.

"Lo ucciderai?" è il pensiero logico successivo.

Lui esita e io lo supplico: "Se mi lasci andare da lui, non scapperò. Ho bisogno di vederlo."

Ci mette solo un attimo a rispondere: "Sto aspettando di sentire la decisione di Carter," e io non riesco più a contenere la frustrazione.

"Tu aspetta pure. Io l'ho già presa." So che le mie parole non significano nulla per il gruppo di soldati che mi circonda. È una falsa minaccia, ma ne ho abbastanza di questi giochetti in cui sembro essere una damigella intrappolata in una torre.

"Prima che tu dia di matto e te ne vada, ho qualcosa per te" dice Eli con espressione seria, proprio mentre sto per voltargli le spalle e fare esattamente quello che lui si aspettava, cioè andarmene in preda all'ira.

Mi porge un pacchetto e io lo fisso con cautela invece di prenderlo. "Che cos'è?" gli chiedo.

"Non ti fidi di me adesso?" Accenna una specie di sorriso asimmetrico.

Non rispondo. Per me questo non è un gioco, è la mia vita.

"È da parte di Carter." Me lo porge e alla fine lo accetto, sopraffatta da emozioni che non riesco nemmeno a descrivere.

"Che cos'è?" gli chiedo, ma lui si limita ad alzare le spalle. La scatola non è particolarmente grande né piccola, quindi non riesco a immaginare cosa contenga.

"Digli che voglio vedere Nikolai... per favore."

Con un breve cenno del capo, mette le mani dietro la schiena e prende posizione come se gli fosse stato ordinato di sorvegliare la tromba delle scale. E forse è proprio così. Forse Carter pensava che sarei corsa giù per le scale e fuori dalla porta non appena avessi ricevuto il biglietto di Nikolai.

Non aspetto di arrivare in camera da letto per aprire il pacco. Strappo il nastro adesivo mentre cammino e lo apro freneticamente.

Dentro c'è un telefono, nero e privo di fronzoli, e del materiale artistico: un blocco da disegno e delle matite colorate.

Sono oggetti banali, ma li fisso sul letto, immersa in un silenzio che si protrae, con il desiderio di non essere mai venuta al mondo in un ambiente simile.

CAPITOLO 63

Carter

È passata la notte, ma lei non si è mossa dal letto. Di tanto in tanto apre il quaderno, ma non disegna più come faceva prima.

Guarda il telefono per la maggior parte del tempo, in attesa che si metta a suonare.

Sta aspettando me, che io faccia la mia mossa, ma non so quale sia la cosa migliore da fare.

Ogni volta che il mio squilla e ricevo informazioni su dove si trovano i soldati e dove stanno andando, impartisco ordini immediati, sicuri e su cui non si può discutere. Tutti quelli che si metteranno sulla mia strada cadranno.

Ma quello che vuole Aria… Mi siedo sulla sedia, osservandola fissare il blocco che ha sulle ginocchia. Non so quanto margine di manovra concederle. Libero dalla sua gabbia, il mio passerotto potrebbe non tornare mai più da me, visto quello che ho intenzione di fare. E non posso permetterlo. Aria è mia.

"Quanti soldati ha mandato Romano?" chiede Daniel, entrando in ufficio senza preavviso. Senza bussare. A quanto pare, le vecchie abitudini non cambiano mai.

Faccio un respiro profondo e gli rispondo: "Quattro."

"E vuole che noi ne mandiamo una decina?" Il suo tono è incredulo, ma io ho avuto la stessa identica reazione e gli lancio uno sguardo che lo dice chiaramente.

Rivolgendo la mia attenzione a Daniel, osservo i suoi occhi scuri e la barba incolta che gli ricopre il mento. Indossa ancora la stessa camicia che aveva ieri.

"Hai dormito?" gli chiedo, e lui scuote la testa, ma riporta la conversazione su questioni di lavoro. Vuole darsi da fare per chiudere la faccenda che gli impedisce di riprendersi Addison.

"Jett è andato a Carlisle ieri sera tardi. Stamattina ha detto di aver contato almeno ventidue soldati di Talvery che vanno e vengono lungo l'isolato."

"È proprio all'interno del confine settentrionale tra noi due, non tra Romano e lui."

"Giusto," mi risponde, ma non avevo bisogno che dicesse nulla, mi serviva solo un momento per pensare.

"Anche le altre zone sono così densamente popolate?"

"Densamente popolate?" ripete, senza capire. È tornato da poco e sta ancora cercando di mettersi al passo.

"Invece di distribuire i suoi uomini, li sta tenendo concentrati in una sola zona? O quella è l'unica strada in queste condizioni?" Sistemo la caviglia destra sul ginocchio sinistro e mi appoggio allo schienale della sedia, prendendo una penna per tamburellare sulla scrivania e pensare.

"È così a tre isolati dal confine tra Romano e Talvery nell'Upper East Side. Bedford, credo."

"Dove sono gli altri?" gli chiedo. "Voglio sapere il numero e la posizione dei suoi uomini in ogni momento."

"Abbiamo bisogno di più occhi se vogliamo quelle informazioni. Jett non può muoversi se vuole eliminarli."

"Allora procurateveli."

"La maggior parte dei nostri soldati sta circondando il rifugio…" Per la prima volta dall'inizio della conversazione, abbassa la voce e confessa: "Non voglio spostarli."

"Quindi dobbiamo affrontare un esercito con solo una manciata di soldati."

"Uomini esperti assoldati proprio per questo scopo, che aspettano questo momento da quanto tempo?" mi ricorda Daniel. La maggior parte di quelli che abbiamo reclutato si è unita a noi per un buon motivo. L'odio spinge all'azione più della paura, e Talvery si è fatto più nemici nei suoi decenni di regno di quanto meriti la mia considerazione. Con l'avanzare dell'età, è diventato più spietato.

Non sono stato il primo ragazzo che ha quasi picchiato a morte per aver spacciato nel suo territorio. Gli altri, però, avevano dei cari che conoscevano esattamente chi era il responsabile. Famiglie che sono venute da me, sapendo che avevamo un nemico comune.

Guardo sul monitor il mio passerotto che fissa il vuoto, è consumata dall'impotenza. Per una frazione di secondo, mi chiedo se sia al corrente di tutto quello che ha fatto suo padre. Ma so già che non è così.

Daniel continua la conversazione, determinato a elaborare un piano. "Jett pensa che ci servano otto uomini in totale, due a ogni angolo di quella strada e gli altri quattro dall'altra parte, per ripulire la zona."

"Otto soldati contro i loro venti?" La mia voce è piatta, il mio sguardo fisso sul suo, ma riesco solo a vedere come andrà a finire. Come possiamo eliminarli tutti.

"Romano dovrebbe mandarne quattro nei prossimi due giorni, perché vuole uccisioni pulite per evitare che la notizia finisca sui giornali e debba poi pagare altri poliziotti. Ma penso che dovremmo colpirli domani sera con i fucili d'assalto automatici che abbiamo appena preso al porto."

Gli do ragione con un cenno del capo. Eliminare senza lasciare tracce richiede più tempo, che loro potrebbero sfruttare per reagire. "Perché aspettare fino a domani?" gli domando.

"È domenica," mi ricorda Daniel. Sbuffo, un suono un po' cinico e un po' patetico. Ci sono delle regole in questo settore, se così si può dire. Vietato colpire donne e bambini. Rispettare la sacralità dei funerali. E riservare le domeniche alle famiglie. Sono segnali di considerazione e di rispetto e di confine. L'unico motivo per cui vengono onorati è che a volte i nemici si tramutano in alleati, ed è facile giustificarlo dicendo che si è sempre mostrato rispetto.

Conosco solo un bastardo che ha sfidato queste leggi, e il mio piccolo passerotto l'ha pugnalato a morte. Nessuno lo ha difeso. La sua fine era legittimata dall'aver trasgredito una norma intoccabile. Chi mai si sognerebbe di tradire un patto così sacro?

Beh, a parte lui… e poi io. Ho preso Aria da Talvery.

"Allora domani sera." Gli occhi di Daniel brillano più intensamente di fronte alla sfida di portare a termine l'impresa.

"Jett può restare dov'è ed eliminare tutti i soldati di Talvery sopravvissuti all'attacco. Abbiamo bisogno che la polizia stia alla larga per almeno otto ore. Invece di entrare per vedere chi è ancora vivo, lasciamo che siano loro a uscire per valutare la situazione, così Jett li eliminerà."

"Sarà facile corromperli. Sono certo che l'agente Harold li terrà a bada per un migliaio di dollari al minuto."

Daniel ci riflette e poi propone un altro piano. "L'alternativa sarebbe usare degli esplosivi. Ma la strada è un punto strategico, e creerebbe un casino pazzesco."

"Colpiscili domani sera con le automatiche. Corrompi i poliziotti per quattro ore e noi colpiremo la linea di Talvery a nord come diversivo con l'RDX, il mio esplosivo preferito, gentile concessione della merda che ci ha fatto passare Talvery stesso. Fai esplodere tutto allo stesso momento dell'attacco in Carlisle Street. Lascia che si concentrino sugli attentati, mentre noi distruggiamo la loro prima linea."

Daniel annuisce, rilassandosi sulla sedia, anche se il suo piede non smette di battere sul pavimento, tradendo la sua ansia.

"Chi c'è lì?" gli chiedo mentre i miei timori personali si fanno sentire.

"Cosa intendi?"

"Tra gli uomini di Talvery, chi…?" Mi fermo per deglutire a fatica e chiedo a mio fratello senza mezzi termini: "Qualcuno di loro è della famiglia di Aria?"

"Suo cugino, Brett, passa dal panificio la mattina. Sembra che sia il loro solito punto di ritrovo. Secondo Jett, ci è andato ogni mattina negli ultimi tre giorni. Ma di notte no. Nessuno della sua famiglia. Anche se chi consideri famiglia è un concetto discutibile."

"Verrebbe da pensare che Talvery si stia lanciando in un'offensiva totale contro Romano," rispondo invece di intrattenermi con le sue riflessioni su chi siano effettivamente i parenti di Aria.

"Era così fino a ieri. Ha spostato gli uomini a Carlisle, al nostro confine, la notte dopo la cena." Quando gli lancio uno sguardo interrogativo, chiarisce meglio a quale notte si riferisce. "La notte in cui lei ha ucciso Stephan e Romano gli ha passato il messaggio. Poi, ieri, è cambiato qualcos'altro."

Chiudo gli occhi ricordando quella serata, il senso di orgoglio e desiderio che ho provato per lei quando ha posto fine alla vita di quell'uomo. "Quando è stato confermato che avevamo Aria."

"Sì, è allora che ha spostato altri soldati dalla nostra parte."

"Quindi ora ci darà la caccia?" Non posso fare a meno di sorridere, apprezzando la provocazione e la scarica di adrenalina che mi scorre nelle vene.

"C'è un numero uguale di uomini posizionati ai due lati del confine. Ma se fossi in lui, verrei dritto a cercare te."

"Sa che abbiamo lasciato che lei uccidesse Stephan."

"Forse è per questo che sono in numero uguale e che non tutti stanno attaccando il nostro territorio?"

"Un uomo con due nemici, entrambi che gli puntano le pistole contro: chi può sapere cosa sta pensando?"

Il tono di Daniel diventa cupo. "Devo dirti una cosa che non ti piacerà."

"E pensare che… stai interrompendo questa piacevole conversazione…"

"Guarda chi fa battute adesso."

"Forse sto imparando qualcosa da te."

"Cos'è successo, ieri sera, che lo ha spinto a spostare altri uomini più vicino a noi?"

Chiedo a mio fratello: "È questo che devi dirmi?" Picchio la penna sulla scrivania pensando a tutto ciò che Romano mi ha detto sui suoi piani per decimarli in soli quattro giorni.

Daniel si sistema e annuisce, ma nei suoi occhi leggo la preoccupazione. "Romano e Talvery sanno dove sono le ragazze." Deglutisce visibilmente e aggiunge: "Ci hanno seguito."

Annuisco, senza voler ammettere quella verità. "Ne sei sicuro?" gli chiedo, sentendo la tensione crescere nelle spalle.

"Sì," risponde con voce stanca, smettendo finalmente di muovere nervosamente il piede e chiedendomi: "Cosa facciamo con le donne?"

"Se Aria non viene di sua spontanea volontà… voglio che torni in cella quando tutto questo sarà finito."

L'espressione di Daniel si indurisce. La sua delusione e persino la rabbia sono evidenti. Non mi importa cosa le ho detto, quali promesse le ho fatto o in che situazione mi ha messo. Non mi importa nulla di tutto ciò. La possessività mi ribolle nel sangue e faccio fatica a contenermi, quindi decido di sviare Daniel. "Quello che fai con la tua donna è affar tuo."

"Non puoi farle questo." Daniel osa dirmi come comportarmi. "Non puoi rinchiuderla e aspettarti che non reagisca."

"Sei solo incazzato perché questo sta influenzando te e Addison, e mi dispiace, ma non lascerò che Aria mi abbandoni. Non lo permetterò." L'ultima frase mi esce a stento dai denti serrati. Il mio battito cardiaco accelera e le mani si stringono, mostrando le nocche bianche.

"Vuoi una prigioniera o una compagna?" La domanda di Daniel mi coglie alla sprovvista.

"Non mi vedrà mai come suo compagno. Sarò sempre il nemico." È la verità, e il pensiero mi riempie di terrore. Questa guerra deve avere luogo. Ucciderò suo padre. E non potrà più considerarmi altro che un nemico, quando tutto sarà terminato.

"Non se la tratti come una compagna."

"Voglio qualcuno che mi ricambi," gli confesso. "Voglio che lei mi ricambi, e questo non accadrà mai, quando questa settimana sarà finita."

"Sei così accecato dall'odio che non riesci a vederlo," mi dice Daniel come se fossi un idiota.

"Tu e Addison siete diversi. Non guardarmi come se fossimo nella stessa situazione. E sai benissimo che è vero, cazzo." Lui scuote la testa, ma rimane in silenzio.

"La rimetterò in cella, se necessario," gli dico con tono deciso, guardando oltre lui verso la porta chiusa. Una volta mi ha voluto e farò in modo che succeda di nuovo. Imparerà a perdonarmi.

"Cosa ti succede? Non ti ho mai visto così." Daniel ha un'espressione preoccupata, ma più che altro comprensiva.

"La amavo," dico, e la mia risposta è dura; sento che sto smarrendo di nuovo il controllo. È facile perderlo con lei.

"E allora?" mi chiede come se non capisse. Come se non fosse ovvio che la donna che amo è il mio nemico. E anche quando saranno tutti morti e io l'avrò ripresa con me, sarò sempre il suo nemico, e non posso farci niente. Proprio niente.

"La ami ancora, quindi perché farle una cosa del genere?"

"Non so cosa sia l'amore."

"Ti stai comportando da stupido e questa stronzata del 'povero me' non ti si addice, Carter."

"Vaffanculo," sibilo, rimproverando mio fratello. "Addison scapperà e tu la seguirai come un cagnolino, ma lei tornerà da te perché non le hai fatto un cazzo. Aria…" La gola mi si stringe mentre parlo, minacciando di strangolarmi se pronuncio quelle parole ad alta voce. "Ucciderò la sua famiglia. L'ho rinchiusa, l'ho punita."

"La situazione tra voi è diversa, ma è ovvio che lei ti ama. Vedrai."

"A volte l'amore non basta. Non so come hai fatto a rimanere intrappolato in una fantasia, Daniel. Io vivo nel mondo reale, dove sono il cattivo. Quindi continua pure a dirmi che lei mi amerà, anche dopo tutto questo. Continua a ripetertelo anche tu. Qualunque cosa ti aiuti a dormire."

Daniel non risponde. Passa un attimo, poi un altro, poi lui si alza bruscamente e mi lascia solo.

Non appena la porta si chiude sbattendo, mi volto verso i monitor, concentrandomi sulle immagini mentre il sangue mi ribolle nelle vene e lo stomaco inizia a contorcersi.

Il mio corpo è pervaso da rabbia, disprezzo e paura. Era da tanto tempo che non provavo una tale angoscia, e la sensazione minaccia di consumarmi di fronte alla possibilità molto reale di perderla.

Non se la tratti come una compagna. Le parole di Daniel mi risuonano nella testa, ma come può dirlo, quando sa cosa significa nel mondo in cui viviamo?

Aria sta ancora fissando il telefono, così, senza esitare, prendo il mio e la chiamo.

Solo ieri era distesa sulla mia scrivania e io la toccavo ovunque, sapendo che le piaceva e pensando che mi amasse.

Un giorno può cambiare tutto.

Il telefono squilla solo una volta prima che lei risponda, stringendo il ricevitore con entrambe le mani.

"Pronto?" Il suono della sua voce è rassicurante. Tutto di lei è un balsamo per la rabbia che mi brucia dentro.

"Mi odi?" le chiedo, perché ho bisogno di saperlo.

"Li hai uccisi?"

Un sorriso triste mi incurva le labbra e sfioro lo schermo con la punta delle dita. Vedo che deglutisce al prolungarsi del silenzio, ma inizia a crollare quando non rispondo immediatamente. E lo detesto. Non sopporto il fatto di sapere che è questo ciò che le accadrà.

"No." Nel momento in cui pronuncio quella parola, la sua testa cade in avanti e la sento fare un respiro profondo. "Ma sai che deve succedere," le ricordo vedendola sedersi più dritta, ancora a gambe incrociate sul letto.

"Lo so," risponde. La osservo tirare il piumone e risistemarsi, ma mentre si muove, sussulta. Senza dubbio le frustate della mia cintura le stanno causando dolore. Le hanno lasciato a malapena un segno. Mi sono trattenuto, ma anche così, so che sta soffrendo.

Faccio fatica a respirare quando mi chiede: "Quindi è inevitabile che ti odierò?"

"È una tua scelta."

"Conoscevo alcuni degli uomini che sono già morti," confessa con voce addolorata. Le sue parole mi giungono soffocate e riluttanti a essere pronunciate, tanto che quasi non le sento. Mi ci vuole un secondo e poi un altro, scanditi dai ticchettii dell'orologio.

Lei si copre la bocca con la mano, allontanando il telefono mentre tenta di riprendere il controllo, ma tenendo l'altra estremità premuta vicino all'orecchio.

"In questo lavoro ci sono sempre delle perdite," è tutto quello che riesco a dirle, finché non mi viene in mente di aggiungere: "Mi dispiace."

"Dispiace anche a me," mi dice dopo un attimo.

"Non è diverso da prima, quando i soldati venivano abbattuti proprio davanti a tuo padre, per intenderci. Combattono e muoiono per lui. È una storia già vista."

"Ti dirò una cosa che forse non ti sembra ovvia, Carter." Aria ritrova la forza e questo mi dà speranza, finché non parla. "Odiavo gli uomini che li assassinavano anche in passato. Solo che non avevo un volto da associare alle loro morti."

"Romano."

"Cosa?" chiede lei e, anche solo con una sola parola, sento la speranza risvegliarsi di nuovo dentro di me.

"Dirigi il tuo odio verso di lui, non verso di me." Forse sono un codardo a nascondermi dietro Romano finché posso, ma lei non può odiarmi. Non so cosa diventerei, se lo facesse.

Si sdraia lentamente sul letto, e fissa il soffitto prima di domandare: "Non sei stato tu?"

"Non ho ancora dovuto fare nulla, ma le cose sono cambiate."

"Cos'è cambiato?" domanda immediatamente, ma la sua voce è calma, priva di emozione. Sento che deglutisce e poi aggiunge: "Cos'è cambiato, esattamente?" Stringe distrattamente il lenzuolo tra le mani, aspettando la mia risposta.

Per un attimo esito a dirglielo. Ma alla fine decido di darle quello che vuole. Di trattarla come una compagna in questa faccenda.

"Il numero degli uomini di tuo padre che si sono avvicinati a Carlisle Street."

"Dove si trova Carlisle Street?" chiede con la mano che ricade sul letto, ma ancora stretta al lenzuolo.

Per quanto desideri sapere cosa sta succedendo, ha ancora molto da imparare.

"Una strada più in là rispetto al confine tra i nostri territori, signorina Talvery." Sento l'eccitazione crescere in me mentre le parlo come se stessi negoziando con il nemico. Il mio passerotto sta recitando la parte della regina. E che regina sarebbe.

"Non mi piace quando mi chiami così," dice a bassa voce, ma le sue labbra rimangono socchiuse a lungo dopo aver pronunciato quelle parole. Guardo sullo schermo la sua mano che si sposta sul ventre.

"Tuo padre si sta preparando a invadere e conquistare e lo sta rendendo evidente."

"Sta difendendo il suo territorio," risponde prontamente, e trovo la sua logica appropriata. Il che mi fa sistemare più indietro sulla sedia.

"Ricorda chi sei, Aria."

"Sto ancora cercando di capire chi sono, Carter." Un'aura di forza la avvolge come un mantello quando mi parla in quel modo, lasciando trapelare solo un lieve sussurro di sottomissione. Quando si abbandona a me senza più alcuna maschera, con assoluta sincerità.

E io approfitto di quel momento per dirle esattamente chi è e chi sarà sempre. "Tu sei mia."

"Davvero?" La sua voce è velata di tristezza mentre chiude gli occhi.

"Sì," sibilo la mia risposta avvicinandomi allo schermo e desiderando di essere lì con lei.

"E se lasciassi questo posto, se me ne andassi… per vedere qualcuno?" mi chiede, e so esattamente a cosa si riferisce. "Sarei ancora tua?" Il mio cuore batte forte nelle orecchie e trattengo la risposta iniziale e quella successiva.

Le dico l'unica verità che conosco: "Sarai sempre mia."

"Carter." La voce di Aria si spezza e lei si copre gli occhi con la mano. "Ho paura."

"Sei coraggiosa," le dico, e lei emette una risata priva di allegria dall'altra parte del telefono.

"Ho paura di fallire e che entrambi rimarremo senza nessuno," ammette, asciugandosi gli occhi e riposizionandosi sul letto, ancora una volta con una smorfia di dolore. Il mio sguardo si sposta sul comodino dove ho lasciato il balsamo lenitivo, ancora nello stesso posto in cui si trovava ieri sera.

Ignorando la sua affermazione e rifiutandomi di pensare a quella possibilità, le chiedo invece: "Sei ancora dolorante dopo la tua punizione?"

Ancora una volta, mi risponde con una risata seccata prima di dire: "Sì. Mi hai lasciato un bel segno, signor Cross."

"Non è l'unico segno che voglio lasciarti, passerotto."

La sento inspirare profondamente dall'altra parte e abbasso la voce, dimenticando tutto tranne noi due quando le domando: "Ti piace quando ti chiamo così?"

Passa un secondo prima che lei sussurri: "Sì."

Di nuovo, allungo la mano verso lo schermo, desideroso di poterla toccare. Ma non posso. Non quando so che il nemico potrebbe arrivare da un momento all'altro. I miei uomini sono con lei e la proteggeranno. Deve restare al sicuro, è tutto ciò che conta.

"Devi usare il balsamo che ti ho dato," le dico e osservo la sua reazione.

Lei lo guarda ma non si muove. La tensione cresce dentro di me al suo ignorare la mia richiesta, fatta per aiutarla.

"E se volessi provarlo?" mi chiede prima che io possa rimproverarla, e mi confonde. "E se pensassi di meritare ancora di provare dolore e non volessi il balsamo?" La sua voce si incrina leggermente, ma lei rimane ferma.

Mia povera, dolce Aria. Il peso di due mondi contrastanti grava tutto sulle sue spalle. E le conseguenze sono più pesanti di quanto una persona possa sopportare.

"Hai bisogno di guarire, così se mi disobbedirai di nuovo," la stuzzico, "avrò una tela nuova su cui lavorare." Sento un sorriso rilassato affiorare sul mio viso e la tensione allentarsi grazie alla sua risata genuina. È sommessa, morbida e femminile, proprio come lei.

"Non ci avevo pensato," dice, sistemandosi sul bordo del letto per sfilarsi i pantaloni della tuta. Non indossa la biancheria intima.

Rendermi conto di questo mi ricorda che ho un'erezione per lei.

Il mio membro pulsa premendo contro la cerniera e vorrei appoggiarmi all'indietro per sistemarmi più comodo, ma invece mi ritrovo ad avvicinarmi al monitor.

Tenendo il telefono tra l'orecchio e la spalla, Aria riesce a prendere il balsamo. Mi chiede: "Mi vedi in questo momento?"

"Sì."

Vengo ricompensato da un piccolo sorriso sulle sue labbra mentre si guarda intorno nella stanza, alla ricerca di telecamere che non troverà.

"Metti giù il balsamo, Aria," le ordino, sentendo il mio membro contrarsi per il desiderio. La guardo mentre mi obbedisce, riponendolo e rimanendo in piedi con indosso solo una maglietta di cotone sottile.

"Sì, Carter," sussurra con voce affettata al telefono.

"Metti il telefono in vivavoce," le dico, mantenendo un tono calmo in modo che non possa intuire il desiderio profondo e intenso che provo.

Aria esegue il mio ordine e, non appena lo fa, gliene impartisco un altro. "Mettilo sul letto e mettiti a quattro zampe, come hai fatto ieri sera."

Grazie all'angolazione della telecamera, posso vedere facilmente il suo sesso. Riesco persino a scorgere i capezzoli rosa pallido sotto la maglietta. "Sei fottutamente perfetta," gemo slacciandomi i pantaloni e stringendomi il pene con la mano, accarezzandolo una volta e poi ancora un'altra.

Deglutisco a fatica osservando le sue dita muoversi tra le sue gambe, è già lucida per l'eccitazione.

"Le piace, signor Cross?" mi chiede con la voce sensuale di una *femme fatale*.

"Signorina Talvery, la adoro, cazzo," confesso a denti stretti. Mentre mi accarezzo, lei infila le dita dentro di sé, e quando lo fa, chiude gli occhi e appoggia la guancia contro il cuscino.

Le sue labbra si aprono e riesco a malapena a sentire il suo dolce gemito di piacere.

"Vorrei potertelo infilare in gola, proprio ora," le dico, e il mio seme inizia a fuoriuscire per l'eccitazione. Lo strofino sulla punta e brividi di desiderio mi percorrono la schiena e attraversano tutto il corpo.

Da brava ragazza qual è, mi risponde: "Mi faresti soffocare. Adoro quando lo fai." Le sue parole volgari mi rendono incredibilmente duro e so che sto quasi per venire.

"Penetrati più velocemente," le ordino, e lei obbedisce immediatamente. Spinge le sue piccole dita dentro e fuori dal suo canale stretto. La sua schiena si inarca e i suoi fianchi ondeggiano per l'orgasmo imminente.

"Ora fermati e afferra il culo dove ti ho colpito, mentre vieni per me," le dico iniziando a contrarmi. E lei esegue. Con la testa premuta contro il cuscino, una mano che stringe i segni sul fondo schiena e l'altra fra le gambe, raggiunge un orgasmo potente, crollando di lato e urlando il mio nome.

Il mio nome.

Mi perdo con lei, esplodendo nella mia mano come un coglione del liceo, desiderando che non ci sia nulla a separarci e di vivere in una realtà totalmente diversa.

CAPITOLO 64

Aria

Una strana ondata di emozioni mi attraversa. La paura e l'ansia sono le più facili da descrivere, ma ce ne sono altre che mi attanagliano lo stomaco.

Carter ha fatto sparire tutto quando mi ha detto di toccarmi. Sottomettersi a lui fa svanire ogni cosa, e la sensazione dura a lungo, anche dopo che ha riattaccato il telefono.

Uscendo dalla camera da letto, pur sapendo che sto facendo qualcosa che lui preferirebbe che non facessi, la nebbia e il conforto che ho provato solo poco fa si affievoliscono. È una conseguenza che accetto. Prima di terminare la nostra conversazione, mi ha detto che quello che sceglierò stasera dipende da me. Mi sta dando la possibilità di fare una scelta, e io non la sprecherò.

Voglio andare oltre ciò che sono sempre stata in tutta la mia esistenza.

Un'ondata di vergogna mi sommerge al pensiero: *voglio essere una donna degna di stare al fianco di Carter.* È umiliante perché il motivo non è lui. Questo incontro non è a beneficio di mio padre.

Non sto incontrando Nikolai per lui.

È per me.

Il cuore mi batte forte nel petto, così come l'adrenalina corre veloce nel sangue. Stasera sarò all'altezza del mio nome. Sarò Aria Talvery, figlia di uno spietato signore del crimine. E una donna in mezzo a due uomini in guerra.

Mio padre mi avrebbe voluta rinchiusa volontariamente nella mia stanza. Il mio amante vorrebbe che restassi consapevolmente nella sua casa.

Dopo stasera, intendo rimanere dove voglio io, fino alla fine. Non importa se questo significa perderli entrambi.

Anche se il piacere che Carter mi ha dato solo un'ora fa mi scorre ancora nelle vene.

Sento Addison che prepara qualcosa in cucina ed esito a raggiungerla. Non le ho confessato niente, e mi pare di ingannarla non svelandole i miei segreti.

Nel momento in cui entro per comunicarle che sarei uscita, il microonde emette un segnale acustico e il profumo della zuppa di pollo e noodle mi riempie i polmoni. Cibo confortante, nonostante qui regni il vuoto emotivo.

L'atmosfera tra noi è tranquilla, ma so che non durerà quando si girerà e mi vedrà. Da quando ho ricevuto il biglietto, sono combattuta se parlarle del contenuto o meno. Vorrei appoggiarmi a lei, confidarmi, ma vorrei anche proteggerla da questa orribile situazione che mi tormenta.

Non so cosa fare. Onestamente non ne ho idea, ma so che se me lo chiederà, le rivelerò tutto. E non le mentirò mai.

"Cena?" le chiedo mentre apre il microonde, senza voltarsi per rispondere. Vorrei che lo facesse. Vorrei poter chiudere questa faccenda.

"Ne vuoi un po'?" mi chiede dolcemente, senza l'allegria che mi aspettavo. La guardo posare la ciotola dopo aver tolto la velina di plastica che la copriva e averla gettato nella spazzatura. È allora che finalmente mi rivolge la sua attenzione.

"Stai bene?" Ignora la mia domanda, rivolgendomene un'altra.

"Dove stai andando?" La voce di Addison è impastata dal sonno. "Devi incontrare Carter?" La profonda ruga al centro della sua fronte è una prova evidente della sua preoccupazione, ma lei stringe rapidamente i pugni e li appoggia sui fianchi mentre il petto si solleva. Questo gesto mi fa sorridere e allevia un po' il nervosismo che mi ribolle dentro.

La adoro, lei e il suo istinto protettivo. Vorrei potermici nascondere.

"Devo incontrare un'altra persona," le dico, e sento che il disagio sale più in alto, fino alla gola, portando con sé una vera ondata di paura quando lei mi chiede: "Carter lo sa?"

"Sì," le rispondo con un unico respiro instabile.

Spostando il peso da un piede all'altro, lei non aggiunge niente e io la osservo tranquillizzarsi. Riesco a leggere le domande sul suo viso, eppure sceglie di non farne nessuna. Le due più importanti sono sicuramente 'chi?' e 'perché?' Anch'io, una volta, ero come lei.

"Starò bene." Posso almeno dirle questo per alleviare la sua ansia, anche se penso che potrebbe non andare così. Mi sembra di rischiare molto e che le conseguenze possano essere gravi. Ho valutato tutti i punti deboli del mio piano e pensato a ogni possibile esito.

Ma devo farlo. "Devo provare a fermare tutto questo." Le do qualche informazione in più, accennando alle mie intenzioni, ma lei non fa altre domande.

"Mi sorprendi," ammette Addison con le labbra imbronciate, anche se non capisco perché.

"Cosa c'è che non va?" le chiedo, ignorando l'ovvio e sentendo il cuore che mi batte forte in gola. Mi avvicino con cautela, non volendo ferirla o farle sentire che non è la mia amica, la mia amica più cara.

Devo torcermi le mani per impedirmi di toccarla, ma non importa, perché è lei che lo fa per prima. Mi sfiora l'avambraccio e mi rivolge un sorriso esitante.

"Tu gestisci tutto molto meglio di me, e io…" Mentre la sua voce si affievolisce, il suo tono è rivelatorio. *Si sente debole.*

Non sopporto la sua reazione e la rassicuro più in fretta che posso. "Non lo gestisco bene, anzi, lo faccio a malapena." Provo a scherzare, ma non funziona. Fa un respiro profondo e instabile, poi torna a guardare la ciotola di zuppa.

"Ieri Daniel mi ha chiesto di perdonarlo."

Il repentino cambio di argomento mi coglie di sorpresa e non so se sia arrabbiata con me o meno. Le chiedo quasi sussurrando: "Cosa gli hai detto?"

"Ho detto che non sapevo come avrei potuto. Che quando mi sono innamorata di lui, era un uomo diverso."

"Mi dispiace," le dico prendendole la mano.

È commossa e il suo stato d'animo mi contagia. Cerca anche di trattenere le lacrime, alzando lo sguardo verso la credenza più alta e parlando a quella, anziché a me. "Ha detto che sono brava a mentire a me stessa, ma che va bene così e che mi ama ancora." Singhiozza, asciugandosi gli occhi, seppur non si siano ancora inumiditi. "Riesci a credere a quanto sia sfacciato?" Le sue labbra si incurvano in un sorriso triste, ma non dura a lungo perché, alla fine, cede al pianto.

"Mi manca," mormora sulla mia spalla, aggrappandosi a me. La stringo forte, abbracciandola mentre crolla. Mi fa male vederla così. Se potessi tornare indietro, le impedirei di scoprire la verità. Vorrei che non avesse mai visto quello che è successo. Vorrei che non avesse mai sbirciato in questo mondo da cui non posso fuggire.

Dopo pochi secondi si stacca, scuote le mani e si allontana, ma poi torna subito indietro. Il suo disagio è evidente e la porta a camminare avanti e indietro come me, ma in cerchi molto più piccoli.

"Okay, sto sclerando," mormora e piange di nuovo.

"I ragazzi Cross sono bravi a far impazzire le donne che amano," le rispondo con tono impassibile e un debole sorriso. Le ci vuole un minuto per guardarmi negli occhi ma, quando lo fa, non accetta l'umorismo nella mia risposta.

"Giuro che non sapevo di com'erano soliti comportarsi. Ma lui mi ha detto che è sempre stato malvagio e che questo non gli ha mai impedito di amarmi. Né ha impedito a me di amarlo."

Le accarezzo il braccio, sentendomi come se fosse tutta colpa mia e odiandomi. Vorrei poter tornare indietro. Se solo potessi. Ci sono così tante cose che vorrei cambiare.

"Voglio andarmene con lui, ma non lascerà i suoi fratelli e non credo che potrei mai chiedergli di farlo, ma insieme vivranno in questo modo… Governeranno tutti così."

"Non è un uomo cattivo, Addie." Non so dove voglia arrivare, ma mi rifiuto di lasciare che concentri la sua attenzione su qualcosa che non cambierà mai. "E quello che fanno… È perché devono farlo." Ingoio il dolore di quelle parole, sapendo che ho dovuto ripetermi quella scusa per tutta la vita.

"Come possiamo vivere così, sapendo cosa fanno? Di cosa sono capaci?"

"Ricordiamoci perché sono così. E diamo loro l'amore di cui hanno bisogno, purché loro lo ricambino." La guardo negli occhi, credendo a ogni parola che dico.

"So che hanno bisogno di amore. Hanno un disperato bisogno di essere amati." Le lacrime mi pungono gli occhi nel momento in cui lei distoglie lo sguardo da me, ma dalla sua espressione capisco che sa che è vero. Non c'è niente al mondo che possa negare questa verità.

Addison si asciuga il viso con le maniche del pigiama. È vestita per andare a letto, esausta e alle prese con il peso di amare un uomo proveniente dal mondo in cui sono cresciuta. Un pezzo di me è geloso di lei, una parte molto piccola, ma c'è. "Lui ti ama, Addie," le sussurro, stringendole la mano.

Lei stringe la mia e poi la lascia cadere lungo il fianco. "Lo so, ma se lo accettassi, non sarei migliore di lui. E non potrò mai perdonare Carter per quello che ti ha fatto. Non mi interessa se tu lo hai fatto."

"Carter e Daniel sono diversi." La mia risposta è più dura di quanto volessi, quindi cerco di ammorbidirla aggiungendo: "E conosco le motivazioni di Carter, Addie." Provo a dirle di più, ma le parole non mi escono. Non posso raccontarle cosa ha fatto mio padre e cosa Carter pensa di aver sentito. Se glielo rivelassi, la conclusione logica sarebbe che la voce che lui ha sentito non era la mia. La voce che gli ha infuso il coraggio per continuare a vivere, non era la mia.

Il mio cuore precipita dolorosamente nel petto al pensiero del mio segreto, facendomi sentire di nuovo male.

"Quando mi lascerai?" chiede Addie, cambiando di nuovo argomento e tornando al bancone per prendere un cucchiaio dal cassetto. Il metallo tintinna contro la ceramica mentre mescola la zuppa. "Un incontro segreto nel cuore della notte?" Cerca di aggiungere un tono scherzoso al rimprovero, ma non le riesce bene.

Mentre porta il cucchiaio alle labbra, soffia sulla zuppa e la beve, le rispondo.

"Non è così segreto, e tornerò presto."

"Posso chiederti di cosa si tratta?"

Non so cosa dirle, e ricordo tutte le volte in cui ero curiosa ma troppo spaventata per fare domande. Vorrei che qualcuno mi avesse tolto la paura e mi avesse raccontato qualcosa di più sul mondo in cui vivevo. Questo è ciò che mi spinge a dirle: "Devo incontrare un amico con cui sono cresciuta, uno degli uomini di mio padre."

Il suo viso impallidisce e sbircia verso la porta della cucina. Forse si aspetta di trovarci Eli, ma poi sussurra: "Pensi di doverlo fare davvero?"

I suoi occhi mi supplicano di essere sincera e così le rispondo onestamente, mettendole una mano sulla spalla. Senza osare distogliere lo sguardo dal suo, le spiego: "Avrei dovuto farlo prima."

"E se cercasse di riprenderti con sé?" Il tono di paura nella sua voce significa per me più di quanto potrei mai dirle.

Scuoto la testa. "Eli verrà con me, e Carter lo sa. Non ti lascerò, Addison. Te lo prometto. Lui non lo permetterebbe mai."

"Quindi voi due...?" Non finisce la domanda.

"Ci parliamo, ma non è ancora tutto a posto," rispondo lentamente.

"Allora perché andare?" chiede, e so che capirà il mio ragionamento.

"È mio amico e morirà o aiuterà a uccidere l'uomo che amo." Le lacrime mi riempiono gli occhi, ma le trattengo. È la dolorosa verità, e so che sono io a doverla cambiare. "Se non faccio qualcosa, questi sono gli unici due risultati possibili."

"Tu sei…" Addie guarda ovunque tranne che me, finché non raccoglie i suoi pensieri e finalmente mi fa una domanda alla quale non so rispondere. "Qualunque cosa tu gli dica o gli chieda… ti ascolterà?"

Cason entra nel campo visivo proprio dalla porta verso cui lei stava guardando. "Non lo so," le rispondo con un sorriso debole, anche se fisso l'uomo. Qualcosa mi batte forte nel petto sapendo che Nikolai ha sempre cercato di nascondermi dei dettagli. Pensava di proteggermi, ma ora so che si sbagliava.

Lo sguardo di Addison segue il mio, e il tintinnio del cucchiaio contro la ciotola mentre mette i piatti nel lavandino segna la fine della nostra discussione. "Stai attenta," mi dice sottovoce andandosene.

"Anche tu," le rispondo. Cason entra in cucina coi jeans sporchi, coperti di fango dalle ginocchia in giù.

Stava facendo qualcosa… e posso solo immaginare che c'entrassero una pala e una fossa poco profonda.

"Ho sentito che forse esci." Cason inizia a parlare non appena Addie esce dalla stanza. Mi chiedo se si sia fermata nel corridoio, trattenendo il respiro e rimanendo il più immobile possibile per poter ascoltare.

Io stessa l'ho fatto più volte di quante ne possa contare.

"Sì." Rispondo seccamente guardandolo negli occhi. "Proprio adesso, in realtà."

"Sei sicura di volerlo fare?" mi chiede. Quell'uomo è quasi trenta centimetri più alto di me, con spalle larghe e braccia che tradiscono il fatto che passa troppo tempo in palestra.

"Tu fai parte dei 'muscoli'." Incalzo con un'altra domanda. "Non è vero?"

Lui inclina la testa, osservandomi.

"Voi ragazzi avete un certo aspetto," spiego attraversando la cucina e dirigendomi verso il soggiorno. È una casa moderna con una pianta aperta, quindi lui non ha problemi a continuare a osservarmi, incrociando le braccia e appoggiandosi al muro.

"Il segno sul mento, i tatuaggi sulle nocche, probabilmente anche lì ci sono delle cicatrici," gli dico mentre l'immagine degli uomini che mio padre definiva 'i muscoli' invade la mia memoria. Venivano a casa ogni tanto, con grandi buste piene di contanti. Per quanto fossero gentili con me, sapevo di cosa si occupavano.

Picchiavano a sangue chi non pagava. Il mio sguardo vaga sul fango sugli stinchi di Cason… E seppellivano quelli che non imparavano la lezione abbastanza in fretta.

Infilo le mie ballerine di pelle. Guardo Cason e gli chiedo: "Hai anche i segni dei proiettili?"

I suoi occhi continuano a scrutarmi in silenzio. Non sembra nemmeno respirare quando mi alzo in piedi e mi avvicino. Ha un auricolare nero opaco nell'orecchio destro e mi chiedo se Carter stia ascoltando. Mi domando se gli stia chiedendo di fermarmi perché non ha il coraggio di farlo lui stesso.

Stufa di Cason che mi costringe a parlare da sola, gli dico: "Sono tre isolati più in là e mi accompagnerà Eli. Grazie per la preoccupazione."

Mentre mi avvicino alle scale, dando un'occhiata all'orologio sul fornello per assicurarmi di essere in orario, Cason decide di camminare davanti a me, il suo ampio petto diventa duro e solido come un muro di mattoni.

"Ti esorto a riconsiderare la tua decisione," dichiara con una voce che viene dal profondo della gola. Torreggia su di me e incute timore. E questo mi fa ribollire il sangue, avvertendomi di tirarmi indietro per sopravvivere all'incontro. Lo fisso e gli dico con calma, con un accenno di sorriso e uno sguardo severo: "Vedi, sapevo che eri 'i muscoli'." Mi sento come se stessi per soffocare da un groppo di angoscia spinoso.

Lo osservo, incrociando il suo sguardo e rifiutandomi di tirarmi indietro. Non in questo momento, né in quello successivo. Mai.

"Me ne vado," gli dico con una determinazione e una forza che provo raramente.

"Come desideri." La sua risposta è accompagnata da uno sguardo deluso. Stringendo la mascella, riporta lo sguardo verso la cucina.

Il mio corpo si affloscia e faccio un respiro profondo quando Cason mi volta le spalle per scendere le scale per primo. Ho già provato questa sensazione di vuoto che mi raggela ogni centimetro di pelle, e la detesto. Tornerà sempre a tormentarmi. Gli uomini massicci, spaventosi e avvolti da un'aura di oscurità risvegliano sempre l'istinto di sopravvivenza che mi spinge a scappare. Ma muoiono comunque, proprio come tutti noi.

Alzo lo sguardo verso la schiena di Cason solo quando lo sento portarsi una mano all'orecchio. Da dove mi trovo riesco a sentire il ruggito che proviene da lì.

"Aria," Cason inizia a parlare prima ancora di essersi completamente girato verso di me. "Ti prego, perdonami per aver cercato di intimidirti." Si blocca sulle proprie parole, come se avesse paura di sbagliare, e lo sguardo nei suoi occhi non potrebbe essere più diverso da quello che mi ha fatto venire la pelle d'oca solo pochi istanti fa.

"Ti perdono," gli rispondo lentamente, mettendo in discussione la mia stessa risposta e desiderando sapere che diavolo è appena successo. La domanda aleggia nelle mie parole mentre raggiungono il suo orecchio. O meglio, l'auricolare che è ancora pieno delle urla di qualcuno dall'altra parte. Un Carter infuriato, naturalmente. Le mie labbra minacciano di incurvarsi in un sorriso quando sento la sua voce, ma lo trattengo mentre Cason continua.

"Le tue decisioni sono solo tue e io non ho assolutamente alcun diritto di interferire. Sono qui solo per proteggerti."

È come se stesse pronunciando un giuramento. Il suo sguardo è sinceramente pieno di rimorso e mi chiedo cosa pensi davvero di me. Non ci avevo riflettuto affatto fino a questo momento.

"Non ti volterò mai più le spalle," mi dice con entrambe le mani giunte davanti a sé in segno di scusa. Abbassa persino un po' la testa, incurvando le spalle per incontrare il mio sguardo. "Vuoi che ti accompagni da Eli?"

"Non serve." La voce di Eli mi spaventa e mi vergogno di aver fatto un balzo all'indietro. Sfoggia un sorriso malizioso, come se fosse orgoglioso di avermi colta alla sprovvista. Con la mano sul petto e la schiena contro il muro, mi passa una giacca di jeans bianca.

"Mi hai fatto prendere un colpo," gli dico espirando. Il cuore sembra ancora sul punto di saltarmi fuori dal petto.

"Lo so," dice, sorridendo come un gatto sornione prima di riprendere la sua normale posizione dominante.

"Carter voleva che te la dessi, nel caso ti servisse," mi dice, e io gliela strappo dalle mani. Si abbina al mio vestito e mi provoca dei sentimenti contrastanti. Vorrei chiedere dove sono le telecamere. Vorrei interrogare entrambi gli uomini e pretendere che mi rivelino tutto quello che Carter dice loro, ma non voglio fargli capire quanto poco so.

"Stronzo," mormoro ricomponendomi e prendendo fiato. Cason emette una risatina e la tensione tra noi tre si allenta un po'. Ma solo per un attimo.

"Mi dispiace, Aria," mi dice Cason quando mi appoggio la giacca sul braccio. "Non sono abituato a nascondere le mie opinioni, anche se so che dovrei tenerle per me. Mi dispiace davvero," farfuglia, ma il suo tono è sincero e i suoi occhi verdi brillano di rimorso.

"Capisco," gli dico. "Sono ben consapevole del significato della guerra e di cosa implichi." Lo fisso negli occhi e nessuno di noi due distoglie lo sguardo, finché Eli non interviene.

"Sei pronta ad affrontare il nemico?" mi chiede, e senza guardarli, rispondo: "L'ho già fatto."

Con la coda dell'occhio vedo il sorriso svanire dal suo volto, ma Eli mi dà una gomitata prima di precedermi verso l'uscita.

"Sii prudente, Aria," mi avverte Cason mentre i miei piccoli passi echeggiano nell'atrio. Il mio battito accelerato aumenta ancora di più e devo camminare un po' più velocemente per stare al passo con la mia guardia del corpo per questa sera.

Fino a questo momento non mi sembrava reale.

I grilli friniscono e il cielo è illuminato da una miriade di stelle. Molte più di quante ne abbia mai notate a Fallbrooke.

"Quanto ci vuole per arrivare?" chiedo, respirando l'aria frizzante della fresca notte estiva e ignorando il brontolio nello stomaco. L'ansia mi intorpidisce le mani, così le stringo e le apro per poi decidere di indossare la giacca e infilarle nelle tasche.

Guardandomi intorno a destra e a sinistra, vedo che questa strada è piena di case. Me lo ricordo a malapena dal viaggio in auto. La strada successiva è quella dove le abitazioni sono più vicine tra loro e c'è qualcosa all'angolo, una chiesa o un negozio di liquori, forse entrambi. Non ricordo.

"Non ci vorrà molto, ci sta già aspettando," mi dice Eli, ma la giocosità e la disinvoltura che aveva sulle scale sono ormai lontane.

Mi lancia un'occhiata mentre mantengo il suo passo allungando la mia falcata, dato che è più alto di me. Il rumore di un'auto che sale lungo la strada accanto lo fa fermare. Mi blocca con il braccio per impedirmi di attraversare la strada e mi spinge più vicino al muro di mattoni dello stabile alla mia sinistra. Passa un attimo e il rumore dell'auto si attenua. Le voci provenienti dallo stesso auricolare che indossava Cason mi fanno fissare Eli. Non riesco a sentire cosa dicono, ma so che sta ricevendo informazioni su qualcosa.

Il terrore e il panico si mescolano, rendendo le mie gambe deboli. Eli guarda la casa al secondo piano e aspetta, poi un suono gli arriva all'orecchio e lui annuisce.

Il cenno non era per me. Mi guarda e sorride educatamente, entrambi lo sappiamo.

"È tutto a posto, signorina…" Si interrompe per schiarirsi la voce, poi dice: "Aria."

Il terrore è ancora lì, mi rende le mani sudate e mi stringe la gola.

"Speravo che non lo avresti fatto," mi dice Eli e continua a fissare dritto davanti a sé anche quando io alzo lo sguardo verso di lui, desiderando che mi guardi negli occhi.

Dato che non lo fa, anch'io scruto dritto davanti a me. "Se pensavi che mi sarei arresa e avrei lasciato che tutto questo continuasse senza cercare di fermarlo, ti sbagliavi."

"Non c'è modo di fermarlo."

"Sono rimasta a guardare senza fare nulla mentre parte della mia famiglia moriva," dico a bassa voce e ingoio il groppo che mi si forma in gola al pensiero di mia madre. Dopo essermi presa un attimo per ricompormi, aggiungo con tono deciso: "Non lo farò più."

CAPITOLO 65

Carter

Odio stare in questo ufficio. Guardare le telecamere e aspettare. Non mi manca l'adrenalina della strada, ma odio non essere al fianco dei soldati che stanno rischiando la vita per me. Finché non facciamo la nostra prima mossa, sarà difficile credere all'affidabilità delle varie informazioni e delle fughe di notizie.

Aspetto. La tensione emotiva che provo si scontra con l'odio e la furia repressa. E io sono qui seduto. Ad attendere.

"Carter." La voce di Jase attraversa la porta chiusa. Non sono uscito da qui da quando Daniel l'ha sbattuta poco fa ed è solo ora che mi ricordo della nostra lite. I miei fratelli entrano ed escono dal mio ufficio a loro piacimento, sono abituato al loro viavai. E al fatto che sembrano dimenticare le conversazioni passate per occuparsi degli affari presenti.

"Entra," gli dico, e immediatamente la porta si apre.

"Al Red Room, la scorta nella stanza sul retro è sparita, e il bastardo che è entrato ieri notte per prenderla è stato trovato a faccia in giù nel fiume questa mattina." Le parole di Jase mi piovono addosso mentre raggiunge la sedia di fronte a me, afferrando lo schienale e fissandomi in attesa di risposte.

È questo che faccio, tutto il giorno. Ascolto le informazioni e muovo le nostre pedine come se fossero pezzi degli scacchi. È così che si costruiscono i grandi imperi. Qualche povero sciocco muore, così gli uomini più potenti fanno una semplice mossa, sapendo che ne seguiranno altre e che la partita non è ancora finita.

"La polizia ha idea di chi sia stato?" gli chiedo, portando il pollice al mento e passando il polpastrello sulla barba incolta. Devo radermi. Jase e io siamo più simili di quanto voglia ammettere. Il movimento avanti e indietro mi aiuta a concentrarmi su di lui e su questa situazione infernale.

Mio fratello parla a raffica, raccontandomi tutti i dettagli della sua conversazione con l'agente Harold. Nessuna pista su un possibile sospetto, nessuna traccia di lui sulle telecamere della città una volta che lascia la periferia e si dirige verso i boschi ai margini del Jersey. Eppure, poche ore dopo viene trovato morto nel fiume vicino a casa sua.

"Non ha senso," rispondo a Jase, che è seduto sulla sedia di fronte alla mia, dall'altra parte della scrivania. Annuisce tamburellando col pollice.

"Qualcuno ci sta prendendo per il culo. Ci sta facendo capire che può derubarci, uccidere nel nostro territorio e passarla liscia."

"Marcus," pronuncio il nome senza pensarci. "È l'unico uomo che sia mai riuscito a farla franca con quella merda."

"E solo perché è un maledetto fantasma senza volto." Fa un respiro per calmarsi prima di aggiungere: "Basta un'occhiata al nastro e lo prendiamo."

"Da quanti anni va avanti così? Qualsiasi territorio, qualsiasi testa voglia mozzare?"

"Ma perché prendersela con noi? Perché proprio noi?" Si sporge in avanti, lasciando trasparire la rabbia nella voce e nella postura.

"Daniel gli si è rivoltato contro per primo, incolpandolo di ciò che è successo ad Addison senza alcuna prova." Invece di abbandonarmi alla rabbia per il furto del nostro prodotto e per l'opportunità di giustizia strappata dalle mie mani, considero tutto in modo logico. È così che bisogna agire, utilizzando nient'altro che un controllo glaciale.

"Non lo so… Se ha incastrato Addison…" Jase lascia la frase in sospeso, ma so cosa sta pensando. Se Marcus ci sta dando la caccia, è solo questione di tempo prima che scopriamo cosa vuole veramente. E se sta dando la caccia ad Addison, non si fermerà finché non l'avrà trovata.

"Il nostro rifugio sicuro è ben protetto dalle telecamere e dai nostri soldati?" chiedo a Jase, anche se è più un promemoria per me stesso. Lui annuisce, sfiorandosi il labbro con il pollice.

"Sì, non c'è modo che possa entrare senza che noi veniamo allertati."

"E chi lo sa?" gli chiedo, e i tasselli per risolvere l'enigma su come procedere si incastrano uno alla volta.

"Chi sa cosa?" chiede lui per chiarire, sollevando un sopracciglio.

"Chi sa che qualcuno ci ha derubato e poi è stato trovato morto?"

"Jared e due dei suoi uomini. Le nostre talpe al distretto aspettano istruzioni; non lo hanno espresso apertamente, ma ritengono che l'eliminazione di quel farabutto sia stata una nostra mossa."

"Bene." La mia risposta rapida e netta sorprende mio fratello. Ormai dovrebbe conoscermi. "Di' a Jared che mi sono occupato io del bastardo che ha fatto irruzione. Di' alla polizia che siamo grati per la loro collaborazione e pagali." Gli occhi di Jase si spalancano e per un attimo vi leggo uno sguardo carico di indignazione. Ma così com'è apparso, scompare in un attimo.

"Questo perché nessuno pensi che non abbiamo la situazione sotto controllo?" ipotizza.

"Esatto."

"Ma non è così."

"È una questione di percezione, Jase. Un solo momento di debolezza e i nostri alleati ci si rivoltano contro. Gli uomini che abbiamo sotto il nostro controllo pensano di potersi liberare e vendicarsi."

"Cosa devo fare per scoprire chi ha fatto questa stronzata?"

"Mettici Declan. Deve esaminare le riprese dei sistemi di sicurezza domestici intorno al fiume, a partire dalla casa di quel bastardo morto. Non possiamo fare affidamento sul sistema di videosorveglianza urbano."

Jase annuisce e si sistema sulla sedia. Nessuno può derubarci o metterci i bastoni fra le ruote. Nemmeno Marcus oserebbe farlo. Non ho mai pensato che fosse stato lui a prendere di mira Addison. Daniel se l'è inventato perché non aveva nessun altro da incolpare.

"Lo riferirò a Declan," dichiara, continuando ad annuire.

"Non mi dirai una cosa e poi comunicherai ai nostri uomini qualcos'altro, vero?" Lascio sfuggire queste parole con disappunto e una traccia di animosità.

"Non fare così," ribatte lui scuotendo la testa. "Dimmi che ho fatto qualcosa di male e ti chiederò scusa."

L'orologio imponente scandisce il tempo regolarmente, in sottofondo, mentre stringo il bracciolo e un tic involontario mi fa contrarre la mascella.

"Eri... in uno stato in cui era necessario che intervenissi, e sono sicuro che al mio posto avresti fatto lo stesso." Alza rapidamente le mani e il mio sguardo si restringe contemporaneamente alla temperatura del mio sangue che sale. "È stata una notte difficile e non mi sarei mai intromesso, se gli eventi non si fossero svolti *esattamente* come sono andati."

Le mie unghie smussate affondano nei braccioli di pelle e cerco di contenere la rabbia, anche se mio fratello se ne sta lì seduto come se stessimo semplicemente conversando in modo informale, come se non fosse una minaccia per me.

"Non lo farò più," mi dice con disinvoltura, poi si schiarisce la gola. "Non volevo…" Si interrompe e sposta lo sguardo verso sinistra, verso il baule ancora per terra e fuori posto. "È solo che…" Mi scruta di nuovo e riesco a leggere la sincerità sul suo volto. "Non volevo che lei ti odiasse."

Gli ci vuole un attimo per contenere l'incertezza e il dolore nella sua espressione. Ogni secondo che passa, ogni ticchettio dell'orologio, la verità delle sue parole intacca il risentimento che provo per quello che ha fatto. "Te la sei già presa con me in passato, so che lo supererai. Non è la prima volta che ho oltrepassato il limite e non sarà l'ultima. Ma ti voglio bene, come fratello e come amico, e non volevo che lei ti odiasse. So che la ami."

Non vedevo Jase così da anni. Non dall'ultimo funerale a cui ha partecipato. Non appena finisce la sua confessione, inizia una nuova conversazione, senza darmi la possibilità di rispondere.

"Non sono venuto qui per disturbarti con questa stronzata."

Ho la gola secca, così prendo due bicchieri e del whisky prima di chiedergli: "Allora con quale altra stronzata sei venuto a disturbarmi?"

"L'incontro di Aria con Nikolai."

"So che ha deciso di andare. Ho parlato con Eli quando stavano per andarsene."

"È già partita?" chiede scuotendo la testa. "Cosa le dirà?"

"Non importa," taglio corto, per porre fine alle sue supposizioni. "L'ho lasciata fare. Voleva andare da lui." Mando giù il whisky nel mio bicchiere prima di versarmene ancora un po' e poi altre tre dita nel suo calice, offrendoglielo.

Lui lo prende ma non beve.

"Quanti uomini ha portato?" mi chiede.

"È venuto da solo," gli rispondo, e Jase sorride beffardo.

"Sarà anche giovane, ma nemmeno io sono così stupido."

"So perché l'ha fatto." Anche se mi rendo conto che mentre sto parlando con mio fratello, la mia mente è altrove. Sono perfettamente consapevole del motivo per cui Nikolai è venuto da solo e cosa ha sacrificato per farle avere il suo biglietto. "È disperato."

"Ha voglia di morire," interviene Jase, e io sposto la mia attenzione da lui allo schermo.

"Ho detto a Eli di lasciare che fosse lei a decidere. Se vuole andare da lui, che ci vada… e lei l'ha fatto."

"Basterebbe chiudere semplicemente la porta a chiave, e detto da me…" Jase scuote la testa e beve il primo sorso di whisky.

"Voglio vedere cosa farà." Ogni fibra del mio essere vuole controllarla. Esigere che si comporti esattamente come voglio io. Anche fissando il monitor del computer mezz'ora fa, guardandola prendere una camicetta di seta che le avevo comprato, con l'intenzione di indossarla per lui, ho provato il desiderio di raggiungerla prima che potesse uscire da quella stanza. Per trattenerla lì, se non fossi riuscito a convincerla del contrario.

"Ne sei assolutamente certo?" mi chiede Jase per l'ennesima volta. Dovrei arrabbiarmi, perché sembra che stia diventando un'abitudine per lui mettermi in discussione, ma so che sta riflettendo sulla probabilità che lei scelga nuovamente lui, come sto facendo io.

Con un dolore lancinante al petto che mi paralizza, gli rispondo: "Sì. È già lì che aspetta."

"Aspetta cosa?"

"Che io dica a Eli di farla entrare."

"Tu non ci sarai?" mi chiede con uno sguardo incredulo.

Appoggiando i palmi delle mani sulla scrivania e sporgendomi in avanti affinché capisca esattamente perché non ci sarò, gli chiedo: "Pensi che sarebbe d'aiuto se fossi presente in questo momento?" Stringo la mascella e non riesco a trattenermi dal dirgli: "Lo faccio per lei." Ammetterlo fa maledettamente male: "Lei non vorrebbe che fossi lì." Lui scuote la testa e io alzo le spalle.

Rassicuro Jase: "Non è in pericolo. L'unica cosa che potrebbe succedere è che lei…"

"Che lei scelga lui e cerchi di scappare." Jase completa il mio pensiero e io annuisco, riportando la mia attenzione sui monitor. Poi sembra riflettere su cosa dire dopo, quindi rimango in silenzio.

"Eli lo ucciderà, se ci proverà?" Annuisco di nuovo alla sua domanda e butto giù il mio secondo bicchiere di whisky.

"Devo solo dargli il via libera per farla entrare," ribadisco fissando lo schermo. Le sto dando quello che vuole, ma senza sapere come questo influenzerà noi, e fatico a sopportarlo, maledizione.

Nel momento in cui lui la toccherà, vedrò la sua reazione.
Non la perdonerò mai se sceglierà lui invece di me.

CAPITOLO 66

Aria

Ricordo la prima volta che ho visto Nikolai. Eravamo bambini. Suo padre lavorava per il mio, fino a quando non è stato ucciso.

L'agenzia di pompe funebri aveva sempre dei fiori magnifici, ed era quello che guardavo ogni volta che ci andavamo. Ma quel giorno, mi ero concessa di scrutare il ragazzino accanto alla bara.

Non mi era mai piaciuto osservare le persone presenti ai funerali. Singhiozzavano sempre, e questo faceva venire voglia di piangere anche a me, ma non mi era permesso. Eravamo i Talvery, e non ci era consentito lasciarci andare, per quanto potessimo desiderarlo.

Il ragazzino piangeva. Era più alto di me e indossava un abito nero che non gli stava affatto bene, perché era troppo alto. Aveva le caviglie scoperte, anche se le scarpe nere sembravano nuove.

Appariva furioso mentre fissava la bara, si asciugava le lacrime come se fossero solo un fastidio.

Non avevo mai voluto parlare con nessuno, non come facevano mia madre e mio padre. Non avevo mai cercato di abbracciare nessuno, né stare vicino a qualcuno di loro. Soprattutto a quelli che sorridevano e ridevano ai funerali. Non lo capivo e mi faceva innervosire vedere persone ridere quando avrebbero dovuto essere tristi. Solo anni dopo ho capito che ognuno elabora il lutto in modo diverso. A quanto pare, il mio meccanismo di difesa è la solitudine.

Quello di Nikolai era la rabbia.

Ricordo quanto fossi titubante nel toccargli la spalla e chiedergli: "Stai bene?"

Era la prima persona con cui avessi mai parlato ai tanti funerali a cui avevo partecipato fino a quel momento. Quando mi aveva guardata, voltandosi per rispondermi, aveva uno sguardo di pura collera, forse persino di disgusto, ma poi mi aveva vista e si era addolcito. Non solo: la sua espressione si era sgretolata. Mi aveva aperto il suo cuore, mostrandomi il dolore e la solitudine. Non mi aveva parlato, si era limitato a scuotere la testa. Ma poi avevo provato ad abbracciarlo e lui me lo aveva permesso.

Mio padre lo aveva assunto per occuparsi delle riscossioni, anche se aveva solo quattordici anni. Diceva che aveva bisogno di distrarsi e io ero felice di vederlo ogni settimana.

Poi mia madre era morta. Provavo un dolore e una solitudine che mi spingevano a nascondermi e isolarmi. Ma Nikolai si era rifiutato di lasciarmi sola. Mi aveva promesso che sarebbe rimasto con me. Era stato il primo a dirmi che era giusto piangere e mi aveva abbracciata mentre lo facevo.

Da quel giorno, eravamo diventati inseparabili.

Era il mio unico amico. Il mio unico amante. E l'unica persona al mondo di cui mi fidassi, oltre a mia madre.

La porta sul retro di un negozio di caramelle a tre isolati a nord del rifugio è tutto ciò che separa Nikolai da me. Le mie dita continuano a stringere e torcere i polsini della giacca di jeans. Nel profondo del mio cuore, la paura che abbiano fatto del male a Nikolai è molto reale. È probabile che sia ammanettato a una sedia e in fin di vita. L'ho già visto accadere. Tante volte.

"Sta bene, vero?" chiedo a bassa voce osservando Eli, senza nascondere la mia paura. Lui mi fissa a lungo prima di annuire, e ogni frazione di secondo che passa aumenta la mia ansia.

"Grazie," sussurro, anche se non sono sicura di credergli del tutto, e guardo verso la porta con le spalle dritte, come se potesse aprirsi da un momento all'altro.

"Ora puoi entrare," mi dice Eli da dietro e io allungo la mano verso la maniglia, ma lui mi ferma, afferrandomi l'avambraccio e dicendomi: "Lascia fare a me."

Annuisco e aspetto con il fiato sospeso che la porta si apra. I cardini sono arrugginiti e cigolano al movimento del pesante pannello.

"Aria." Nik sussurra il mio nome prima ancora che io lo veda, e la sua voce è soffocata dal rumore delle gambe di metallo delle sedie che strisciano sul pavimento di cemento mentre si allontana da un piccolo tavolo da gioco al centro della stanza spoglia. Senza quasi rendermi conto che Eli mi sta guardando e che ci sono altri due uomini nella stanza che mi osservano, corro da lui, lo raggiungo a metà strada e lo stringo disperatamente.

In questo momento non mi importa. Possono guardare e giudicarmi, tutti quanti.

Tutto quello che vedo tenendolo fra le braccia, è la pistola che gli toccava la nuca e non riesco a togliermela dalla mente. Affondando il viso nel suo petto muscoloso, provo un grande sollievo, un sollievo ingiustificato, ma è così.

Nikolai mi stringe ancora più forte. Come se, allentando la presa, io potessi scomparire per sempre.

Inspiro profondamente, cercando di calmarmi, mentre lui sussurra: "Grazie a Dio."

"Nik," sussurro il suo nome, cercando di mantenere la calma. "Nik." Continuo a ripetere il suo nome, non riesco a trattenermi. Sta bene, mi ripeto più e più volte. Lui si allontana leggermente per guardarmi prima di stringermi di nuovo al petto.

"Mi sei mancata tantissimo," mi sussurra tra i capelli, e sento il suo respiro caldo fino alla spalla.

"Come mi hai trovata?" gli chiedo, allontanandomi per osservarlo. La vista del suo volto distrugge la mia compostezza. Lievi lividi e un labbro spaccato sono le tracce lasciate dai giorni scorsi.

È solo allora che mi lascia andare, guardando me, Eli e poi il tavolo. "Ti siedi con me?" mi chiede come se ci fosse la minima possibilità che io glielo neghi, ed è la prima volta che riesco a sorridere. È un sorriso triste, di quelli che nascondono un dolore che tutti possono percepire.

"Certo." Riesco a malapena a pronunciare le parole e devo schiarirmi la gola. Mi sposto i capelli all'indietro e faccio un respiro profondo per calmarmi, poi gli dico: "Sono così felice di vederti." Le parole successive mi escono di getto: "Sono sollevata che tu stia bene."

"Anch'io," risponde lui, ma la sua voce è velata di tristezza e non smette di studiarmi da capo a piedi. "Stai bene?" mi chiede e poi allunga la mano sul tavolo per prendere la mia. La sua è grande e calda, e fa sembrare la mia minuscola. Mani che hanno tenuto le mie per tutto il tempo che riesco a ricordare.

Annuisco, ingoiando il nodo che ho in gola, senza voler raccontare a lui o a nessun altro tutto quello che è successo. "Come mi hai trovata?" ripeto la mia domanda e cerco di ricordare tutto quello che volevo dirgli.

"Ho fatto quello che dovevo fare." La sua risposta è breve, ma non smette di accarezzarmi il palmo della mano con movimenti circolari e rassicuranti. Mi conforta come non potrebbe mai immaginare. Si è comportato allo stesso modo per tutta la mia vita. Ogni tragedia, ogni dolore. È un gesto così semplice, ma con quel tocco delicato riesco a respirare, sentendo che va tutto bene, anche se so che non è così.

"Mio padre lo sa?"

"Sì, lui…" La voce di Nik si fa più tesa, ma ingoia quello che stava per dire. "Lo sa."

"Che cosa c'è?" gli chiedo, senza nascondere l'urgenza nella mia voce quando poi gli ordino: "Dimmi tutto."

"Teniamo d'occhio Carter. E lo so," fa fatica a mantenere un'espressione seria, la sua forza d'animo sta venendo meno. "So cosa ti ha fatto," dice Nik con un tono nauseato. "Mi dispiace tanto, Aria." Crolla davanti a me, coprendosi gli occhi per un attimo e scusandosi ripetutamente.

"Smettila." Il mio comando esce più duro di quanto avessi previsto e quasi mi divincolo dalla sua presa. Non voglio che mi compatisca.

"Giuro che lo ucciderò." La sua espressione si indurisce e il suo sguardo diventa tagliente. "Gliela farò pagare per quello che ti ha fatto." Con la coda dell'occhio vedo Eli spostare il peso da un piede all'altro. Il mio battito accelera, martellandomi le tempie, e l'adrenalina pompa sempre più forte.

"No, non lo farai," gli dico a bassa voce, afferrando la sua mano con entrambe le mie. Spero che riesca a leggere il messaggio nei miei occhi che gli dice di chiudere quella boccaccia. Nik è impulsivo e spericolato, ma non può essere così stupido da dire una cosa del genere in questo momento. "Smettila," lo avverto.

"Dopo quello che ti ha fatto?" domanda, con le sopracciglia aggrottate e la fronte corrugata.

"Tu non sai cosa mi ha fatto." È tutto quello che posso dirgli, decisa a negare qualsiasi accusa possa rivolgergli, anche se fosse vera.

So che la mia espressione è un misto di preoccupazione e tristezza, ma non posso farci niente. Non riesco a controllare le emozioni sul mio viso. Non con Nikolai.

"So abbastanza. Lo ucciderò per questo." Nik ripete la sua minaccia, e la sua collera esplode in tutta la sua forza, lasciandomi stordita dall'indignazione.

"Non ti perdonerei mai," sussurro, sentendo il dolore che mi stringe il petto incidersi nelle ossa, divorando quel che resta della mia anima.

"Che ti prende?" Nik alza la voce incredulo e si allontana da me, spingendo con le mani il bordo del tavolo traballante. Respira affannosamente e la sua compostezza crolla. "Pagherà per quello che ha fatto!"

"Non sono venuta qui per parlare di questo," dico, sforzandomi di guardare Nik negli occhi. Ricordo in ritardo ciò che Carter mi ha detto sugli uomini di Carlisle e ciò che avevo intenzione di dire.

"Siamo una famiglia," mi ricorda Nik con tono afflitto, lo sguardo che scruta ogni centimetro del mio viso senza fermarsi mai. Sta perdendo il controllo. "Ti proteggerò!" dichiara, e io approfitto di questo momento per prendere le redini della conversazione.

"Allora sposta gli uomini su Carlisle," gli dico rapidamente, fissandolo negli occhi, anche se le mie parole si accavallano. Portando le mani in grembo, resisto all'impulso di agitarmi e raddrizzo la schiena. "La guerra è tra mio padre e Romano. È stato Romano a rapirmi."

Nik ha un'espressione addolorata quando dice: "Questa non è una trattativa, Aria."

Guarda Eli, ma solo per un attimo, prima di cedere e rivelare i piani che mio padre ha messo in atto. Non prende nemmeno in considerazione l'idea di nascondere l'informazione, e c'è qualcosa che non mi convince.

"Gli uomini nel territorio di Romano sono esche. Li sta lasciando morire e si prepara a devastare il territorio di Cross."

Mi mordo il labbro inferiore e fatico a respirare, ma in qualche modo riesco a dirgli: "Fagli cambiare idea."

"Non dopo quello che Cross ti ha fatto."

Vorrei che potesse capire. Vorrei che provasse quello che provo io. Non posso fallire. Non vivrò per vedere gli uomini che amo uccidersi a vicenda. Non lo farò mai!

"Allora trova una scusa. Fai in modo che Mika si rechi a… a…" Non mi viene in mente il nome della strada che divide i territori. L'ho sentita nominare spesso, ma esco raramente di casa e quando capita, non mi allontano mai molto, quindi i nomi delle vie non significano nulla per me.

Lanciando uno sguardo a Eli, alzo la voce e dico: "Aiutami!" Lo fisso come se mi stesse deludendo, perché è così. Mi stanno deludendo tutti, e questa è una causa persa. "La strada dove il territorio di Romano incontra quello di Talvery."

"Bedford." Eli risponde senza esitare. Non è minimamente turbato e io cerco di riprendere il controllo, scostandomi i capelli dal viso e fissando il tavolo d'acciaio finché non riesco a parlare con calma.

"Bedford, spostali a Bedford," supplico Nik, mantenendo il tono della voce morbido e uniforme. "Ti prego," lo imploro, desiderosa che capisca.

"Pensi che questo fermerà la guerra tra Talvery e Cross?" mi domanda con tono beffardo. "Gli uomini con cui hai a che fare non sono capaci di provare pietà, Aria." Nikolai mi parla come se non li conoscessi, e questo mi fa infuriare.

So per esperienza diretta quanto siano crudeli.

"Non sto chiedendo pietà, Nik. Sto chiedendo un po' di buon senso." Pronuncio le ultime parole a denti stretti. Mi appoggio allo schienale della sedia, tenendo un polso in equilibrio sul bordo del tavolo. "Se muoiono, è perché tu hai fallito."

"Fallito in cosa?" mi chiede. "Nel prendere il comando di un esercito che non controllo?"

"Siamo noi a gestire tutto. Prendere il comando è semplice," ripeto le parole dette da mio padre, una volta. Mi aveva detto che dovevo essere più dura, che dovevo usare il mio nome e la mia autorità. Non avrei mai immaginato che avrei seguito il suo consiglio.

"Manda Mika a Bedford; è al vertice della catena di comando come te. Nessuno si stupirebbe se morisse lì, quindi assicurati che muoia, Nikolai." Indurisco la voce, ricordando il mio odio assoluto per Mika e tutte le cose malvagie che ha fatto. "Sai che merita molto meno di una fine onorevole. Portalo lì con un falso pretesto, sparagli alla nuca e sbarazzati di lui." Sono quasi sconvolta dal tono velenoso della mia voce, da quanto meticolosamente stia pianificando un omicidio e interferendo con la guerra. "Di' a mio padre che è stato Romano e che devi vendicarti. Fallo stanotte."

"Mika è morto." Mi ci vuole un attimo per comprendere ciò che Nikolai dice prima di aggiungere: "Tuo padre l'ha ucciso."

Un cocktail di incredulità e angoscia si mescola nel mio sangue. "Cosa? Com'è successo?" Le domande mi escono in un unico respiro trattenuto, perché ho troppa paura di parlare più forte. Come se farlo potesse cambiare ciò che è successo.

Nikolai lancia un'occhiata a Eli prima di sporgersi in avanti e parlare a voce bassa. "Tuo padre pensava che fossi scappata o che fossi morta. Ha esaminato i nastri e Mika è stato l'ultima persona a parlarti."

Con un respiro profondo, i suoi occhi si spostano da me a Eli, poi tornano su di me. "Ha chiesto a Mika perché fosse lì e cosa ti avesse detto per farti arrabbiare così tanto."

"E?" gli chiedo, con una voce non così bassa come quella di Nik, ma senza curarmene. So che Eli ci può sentire, tutti possono farlo.

"Mika non ha risposto abbastanza in fretta. Tuo padre gli ha sparato alla testa davanti a tutti."

"Oh, mio Dio." Il mio cuore pompa sangue freddo nelle mie vene mentre immagino la scena e mi preoccupo di cosa stia pensando mio padre e di ciò che ha passato.

"Non perderò il sonno per Mika, ma tuo padre sta andando fuori di testa, Aria."

Ho la sensazione che il petto stia implodendo e faccio fatica a trattenere tutta la rabbia che provo verso mio padre da quando sono qui.

"Non è venuto a salvarmi." Riesco a malapena a pronunciare queste parole.

"Non appena ha scoperto dove ti trovavi, è venuto. Siamo venuti tutti."

Passa un attimo, poi un altro. Ho trattenuto così tanta collera e dolore dentro di me al pensiero che a mio padre non importasse nulla. Vorrei saperne di più. Sto perdendo questa partita. Ogni pedina che penso di poter catturare è già stata presa prima che io faccia la mia prima mossa.

"Non sposterà quegli uomini né si tirerà indietro contro Cross, Aria. Vuole giustizia." Poi aggiunge con fermezza e con una convinzione che mi fa venire i brividi lungo la schiena: "Tutti noi la vogliamo."

"Questa non è giustizia. È una morte senza senso." Fisso Nik negli occhi, sperando che mi capisca.

"Tu meriti giustizia, Aria."

"Sto bene, Nikolai. Carter non mi ha fatto nulla che io non volessi."

L'incredulità deturpa i suoi lineamenti affascinanti. "Non stai ragionando lucidamente," dice, e lentamente uno sguardo di compassione sostituisce ogni traccia di rabbia. "Aria, ti prego, vieni con me."

"Non posso permetterlo." Eli si avvicina rapidamente a noi, e io sono altrettanto rapida nello spingergli una mano contro lo stomaco, intimandogli di stare indietro. Eli osserva la mia espressione, poi annuisce e torna al suo posto. Non so cosa abbia visto sul mio viso in quel momento, ma non saprà mai quanto avessi bisogno che si schierasse dalla mia parte.

"Non me ne vado, Nik, e tu devi trovare un modo per spostare gli uomini. Trova un modo," lo imploro, ma non riesco a fargli capire nulla.

"Non ti lascerò restare qui," dice Nikolai, poi appoggia entrambi i pugni sul tavolo, respirando affannosamente e guardando Eli.

"Non ti permetterò di restare con un uomo che ti ha fatto del male."

"È una mia scelta." Non difendo ciò che Carter ha fatto. Ma difenderò sempre me stessa e la mia capacità di controllare il mio destino, ora e fino al giorno della mia morte. "Finalmente ho la possibilità di decidere da sola," gli dico con voce dura, vedendo il mio amico per la prima volta come un nemico.

"È così che la chiami?" mi chiede.

"Posso nascondermi. Posso scappare. Oppure posso essere consapevole di avere dei nemici ed essere pronta ad affrontare ciò che mi faranno," gli dico, fissandolo negli occhi senza battere ciglio. Le mie spalle tremano per l'adrenalina e riesco a malapena a controllarmi. "Non voglio che tu sia un nemico."

"Aria," sussurra il mio nome con angoscia. "Non sarò mai tuo nemico."

"Allora sappi che non lo lascerò." Mi chiedo se dirgli tutta la verità mentre lui mi fissa negli occhi. Non voglio sapere cosa ne pensa, ma ho bisogno che lui lo sappia. "Lo amo, Nikolai."

"Sei malata," mi dice con una profonda tristezza nel suo sguardo affranto. "Non ti lascerò andare così." La sua voce mi implora di capire, ma so che non c'è modo di ragionare con lui. Proprio come non c'è modo di farlo con me.

"Forse sono malata," gli do ragione e, nel profondo dell'anima, sono persino d'accordo. "Ma non lo ero fin dall'inizio? Nascosta nella mia stanza e spaventata da tutto." Il mio tono difensivo non è nulla in confronto alla rabbia che provo nel ricordare quanto fosse patetica la mia vita. 'Vita' potrebbe addirittura essere una parola troppo gentile per descrivere ciò che avevo prima che Carter mi prendesse con sé.

"È per questo che ho cercato di salvarti," dice Nik prendendomi la mano, ma io la ritiro. Le sue dita che sfiorano le mie sono come un fuoco che mi brucia fino alle ossa.

I muscoli della sua gola si tendono guardando lo spazio tra noi allargarsi e confessa: "Volevo che fossi libera. Meriti una vita migliore di questa."

Le sue parole mi risuonano nelle orecchie e riecheggiano senza sosta. Riempiono il vuoto che ho nel petto. *Ha cercato di salvarmi?*

"Cosa?" sussurro la domanda.

Tutto rallenta mentre lui risponde, con un'espressione di vergogna sul volto. "Questo," dice indicando con le mani, "è tutta colpa mia." Fa fatica a guardarmi negli occhi quando mi dice: "Sapevo che avresti pensato che fosse stato Mika. Volevo che te ne andassi, così avresti potuto scappare, ma Cross mi ha mentito."

Il mio cuore batte al rallentatore. Così lentamente che il mondo si inclina sul proprio asse e mi sento stordita. Devo aggrapparmi al tavolo per rimanere in piedi.

"Ha detto che ti avrebbe fatta uscire. Mi ha promesso che ti avrebbe salvata. Mi ha mentito, cazzo, e io ci sono cascato!" Quando non rispondo, trattiene il suo risentimento e si sporge in avanti, implorandomi di capire: "Tutto quello che ho sempre voluto era che tu fossi libera da tutto questo. Non lascerò che ti rovini. Meriti molto di più."

Non riesco a parlare. Non riesco a muovermi. Non riesco nemmeno a respirare mentre mi aggrappo al tavolo per restare in piedi.

"Aria?" Eli mi chiama per nome, ma io non lo guardo. Non guardo Nikolai che mi implora di perdonarlo. Tutto quello che riesco a fare è fissare un graffio sul tavolo da gioco in acciaio cercando di mantenere la lucidità mentale.

"Eri mio amico," sussurro fra le lacrime che iniziano a sgorgarmi dagli occhi. Tutto questo è successo per colpa sua. Per colpa dell'unica persona che avevo nella mia vita. L'unica persona di cui pensavo di potermi fidare completamente.

"Ti amo, Aria, e devi scappare." La parola 'scappare' mi fa contrarre le labbra. *Scappare*. Mi considera davvero così poco. Per lui sono solo una ragazza spaventata che ha bisogno di essere salvata. Una ragazza che dovrebbe scappare, non una donna degna di restare e combattere.

Lasciando che il mio sguardo incontri il suo, scruto i suoi dolci occhi blu e sussurro: "Non sai più chi sono."

"Tu sei la vittima in tutto questo. Sei troppo innocente per questa vita."

"Non c'è niente di innocente in me, Nikolai. È solo quello che voi tutti *pensate* di me."

"Sai che non è così…" Nik cerca di fare marcia indietro, ma io lo interrompo. Sono stanca di essere la ragazzina spaventata. Mi rifiuto di essere vista come tale.

"Non sapevo di avere una scelta finché non mi è stata tolta. Non permetterò a nessuno di riprendersela."

"Posso sistemare le cose, Aria," Nik mi prende di nuovo la mano, lasciando il palmo sul tavolo. E io gliela lascio volentieri perché lo amo ancora, anche se ha fatto tutte le scelte sbagliate e non se ne rende conto. Lo amo ancora. Forse non sa quanto io sia cambiata, ma il ragazzo che è dentro di lui è lo stesso. Il mio amico mi sta fissando. Almeno questo lo so.

Gli accarezzo il dorso della mano guardandolo negli occhi, lasciando andare la mia rabbia e sapendo che non sarà mai d'accordo con me. Con voce rauca sussurro: "Sto bene, Nikolai."

"Non è vero. Ti vedo chiaramente, Aria. Ti ho sempre vista per come sei." La sua voce mi implora di ascoltarlo, e io lo faccio, solo che non sono d'accordo con lui.

"Vorrei essere un uomo migliore, così potrei salvarti. Ci ho provato," mi dice, anche se mi guarda con un'espressione delusa e piena di rimpianto. "Ci ho provato."

Il mio cuore soffre per lui. Non capirà mai, e non so cosa ciò significhi per noi, ma so che questo incontro è stato inutile per la guerra che è in corso.

"Prova a spostare i soldati su Carlisle. Io posso salvarmi da sola." La mia risposta attira la sua attenzione, e lui mi rivolge un sorriso svogliato ma sincero, da amico ad amica. Un sorriso che mitiga il brivido che mi corre lungo la schiena.

"Non te la stai cavando molto bene, Ria." Usa lo stesso soprannome che mi dava mia madre e questo demolisce il muro di forza a cui mi stavo aggrappando.

"È da tanto che nessuno mi chiama così," gli dico, sorridendo quanto lui.

"Ti amerò per sempre," afferma stringendomi forte la mano. Mi sussurra "Per sempre, Ria," prima di baciarmi il polso. Un gesto che fa cambiare ancora una volta la posizione di Eli.

La sua espressione serena svanisce prima della mia. "Non mi perdonerò mai se ti succederà qualcosa," dichiara con voce strozzata. "Ora non posso fare nulla, ma ti prometto che sistemerò tutto, anche se mi odierai per questo."

"Vorrei solo che mi ascoltassi," gli dico mentre la porta dietro di me si apre. I cardini arrugginiti me lo fanno capire senza che io debba voltarmi a guardare.

"Rimedierò," dice Nikolai in fretta all'arrivo dei due uomini che girano intorno al tavolo e prelevano il mio amico. Devo aggrapparmi al bordo della sedia per non cercare di raggiungerlo. Il mio cuore si spezza, non sapendo quando lo rivedrò e sentendomi come se avessi fallito miseramente.

"Non essere stupido, Nikolai," gli grido dietro.

Lui mi lancia un'occhiata da sopra la spalla con un sorriso che riconosco e che mi fa venire le lacrime agli occhi. "Ci proverò, Ria."

"Lo lascerai andare?" chiedo rapidamente a Eli con evidente disperazione.

Lui non esita a rispondere: "A patto che non faccia niente di stupido."

Posso solo annuire in risposta, non fidandomi di me stessa, sapendo bene che Nikolai farebbe gesti folli per salvarmi.

La porta si chiude e Eli mi dice che dobbiamo aspettare un momento, ma io faccio fatica ad ascoltarlo perché sto pensando a tutto ciò che mi è stato rivelato negli ultimi trenta minuti.

Non avevo mai pensato molto a chi volessi diventare da grande. Sapevo solo da cosa stavo scappando.

Non volevo sposare qualcuno approvato da mio padre, come Mika. Non l'avevo mai voluto e pensavo che se fossi rimasta in silenzio e avessi ascoltato, mio padre non mi avrebbe data in sposa, come suggerivano alcune voci che giravano.

Non volevo essere la causa della morte dell'uomo di cui mi ero innamorata. Questo era il motivo esatto per cui Nikolai e io avevamo chiuso la nostra relazione. Quando mio padre aveva iniziato a sorvegliarmi da vicino, chiedendomi se qualcuno mi avesse toccata, perché lo avrebbe ucciso se fosse stato così, avevo negato.

E quando aveva messo Nikolai alle strette domandandoglielo, lui gli aveva risposto quello che voleva sentirsi dire, cioè che eravamo solo amici, ma che avrebbe onorato la richiesta di mio padre di lasciarmi in pace.

Sapevo che non volevo stare da sola, non volevo scappare. E così, me ne stavo seduta nella mia stanza, nascondendomi silenziosamente da tutto ciò che sapevo di non volere, ma senza pensare mai a ciò che bramavo davvero. Non avevo mai cercato ciò che, sinceramente, sentivo che mi appartenesse.

Niente, però, mi impedirà di cercare di ottenerlo ora.

CAPITOLO 67

Carter

"Vuoi un whisky?" mi chiede Daniel mentre osservo Aria fissare il tavolo, trattenendo il respiro. Ha fatto un buon lavoro, ma ciononostante, doverla guardare è stata una maledetta agonia.

"Dalle un minuto," dico al microfono a Eli, rivolgendo nel frattempo un cenno di assenso a Daniel. Il liquido ambrato vortica nella bottiglia e riflette la luce pallida della luna che filtra nel mio ufficio.

Tornando a sedermi, mi rifiuto di ammettere quanto mi senta nervoso. Sono sul punto di crollare, ancora una volta. Ho la gola secca e serrata, le dita delle mani e dei piedi intorpidite.

"Lei lo ama," confesso a bassa voce guardando lo schermo, una verità che mi spezza il cuore. Mi è sembrato chiaro dal modo in cui gli ha parlato, l'ha abbracciato e confortato. Ma non solo, è palese che anche lui provi lo stesso sentimento per lei.

E io non posso permetterlo.

"Non voglio sentirti parlare della donna che ami in questi termini. E di certo non del suo amore per un altro uomo." La risposta di Daniel non lascia spazio a negoziazioni e io mi volto nella sua direzione non appena mi porge il bicchiere.

Portandolo alle labbra, capisco a cosa si riferisce e forse è questo a rendermi insensibile, ma il dolore che traspare dalle sue parole mi dà conforto. Butto giù il whisky tutto d'un fiato, lasciando che mi bruci il petto.

"Un altro?" gli chiedo, tendendogli il bicchiere perché lo riempia, anche se il suo, con ancora tre dita del prezioso liquido, è ancora intatto.

Daniel riempie il mio ancor più di prima; la bottiglia che solo due giorni fa era piena ora è quasi vuota. Bevo un lungo sorso e sento le sue unghie picchiettare ritmicamente contro il vetro. Anziché sedersi, si appoggia alla finestra dietro di me.

"Hai tutti i suoi documenti, potresti ricattarlo per farlo andare via." Daniel mi offre un modo per risolvere il fastidioso problema. È una soluzione che funzionerebbe per la maggior parte delle persone, ma non per Nikolai.

"È un tipo irrazionale," gli rispondo, sapendo fin troppo bene che non si arrenderà.

"Intendi stupido?" scherza, e io replico con una risata secca, ma il sorrisetto che cerca di affiorare sulle mie labbra non riesce proprio a farsi strada.

"Pensi che mi odierà, ora che sa che l'ho incastrata fin dall'inizio?" gli chiedo. Il nervosismo mi attanaglia lo stomaco, così lo zittisco con un altro sorso. È questo che mi preoccupa davvero. Tutto il resto non ha significato. Ma quell'informazione potrebbe danneggiarci. Tecnicamente, è stato Romano a organizzare tutto, creando l'incontro tra noi due. Ma io sono colpevole e non smentirò ciò che ha detto ad Aria.

"Di sicuro ti ha già incolpato di tutto." Sebbene la sua risposta abbia un tono scherzoso, la cruda realtà della situazione mi fa gelare il sangue nelle vene.

Sbuffo osservando il mio passerotto alzarsi, spingere indietro la sedia e fissare a lungo e intensamente quella vuota di fronte a lei, prima di prepararsi ad andarsene. Non smette di fissare il posto dov'era seduto Nikolai e ogni secondo che il suo sguardo rimane lì, la crepa nel mio cuore si allarga come un fulmine che divide il cielo in due.

"Lei ti ama," dice Daniel alle mie spalle, ma non mi offre alcun conforto.

"Mi amerà ancora quando tutto questo sarà finito?" La domanda mi provoca un dolore lancinante lungo la schiena, così porto il bicchiere alle labbra, solo per scoprire che è vuoto. Con un sospiro, lo appoggio sulla scrivania.

La verità è che non credo che mi amerà più.

"Sono più preoccupato dal fatto che sia lei a dare ordini e cerchi di interferire, tu no?" chiede Daniel. Dando una rapida occhiata alle mie spalle, osservo mio fratello sorseggiare il whisky anche se i suoi occhi rimangono fissi sui miei.

"Può fare quello che vuole," mormoro, ripetendo la stessa cosa che ho detto a Eli. "Voglio vedere cosa farà."

"È diversa da come pensavo."

Mi sento irrequieto osservando il suo sguardo spostarsi sullo schermo, non più concentrato sulla stanza sul retro, ma su Eli che accompagna Aria al rifugio. Gli uomini sono distribuiti in diverse case sparse nei due isolati e ognuno di loro la tiene d'occhio durante lo spostamento da una strada all'altra.

"In che senso?" gli chiedo.

Riportando lo sguardo su di me, appoggia il bicchiere sul davanzale della finestra e mi spiega: "Lei è… più…" sceglie le parole con cura, "*coinvolta* di quanto pensassi." Il mio nervosismo si intensifica quando aggiunge: "Non so bene cosa pensare."

Facendo schioccare le nocche, rispondo: "Significa che sarà ancora più delusa quando tutto sarà finito."

Mio fratello mi osserva per un attimo, poi annuisce e prende il bicchiere per finire il suo drink.

Fa scorrere le dita lungo il bordo di vetro, scrutandolo, e mi dice: "Stasera porto fuori Addison." La sua bocca si piega in un'espressione contrariata, e i suoi occhi riflettono un abisso di dolore. "Non è mai stata all'Hard Stone." Finalmente alza lo sguardo verso di me e io annuisco, facendogli capire che l'ho sentito. L'Hard Stone è il ristorante accanto al Red Room. È sorvegliato in modo massiccio, così come il club.

"Spero che vada tutto bene," gli dico, e sono sincero. Odio quello che è successo fra loro. Non voglio vedere mio fratello tornare a essere l'uomo che era senza di lei. Conosco entrambe le versioni, e preferisco di gran lunga quella con Addison.

Giocherellando con le dita, la mia mente vola verso Aria che stasera sarà tutta sola, e mi chiedo se penserà a Nikolai.

"Restate fuori fino a tardi," dico a Daniel, aspettando che i suoi occhi incontrino i miei. "Non tornate al rifugio per qualche ora."

Le sue labbra si incurvano lentamente in un sorriso.

"Hai dei programmi con la tua ragazza?" mi chiede con una sfumatura di ironia che gli illumina gli occhi.

"Adesso sì."

CAPITOLO 68

Aria

È tutto fin troppo tranquillo.

Quel tipo di quiete che ti fa sentire profondamente a disagio. Osservando il calice di vino vuoto, mi mordo il labbro inferiore. So bene che essere immersa nel silenzio o trovarsi in una folla chiassosa non avrebbe fatto alcuna differenza, perché stasera mi sentirei comunque così.

Una sensazione di nausea e torpore si diffonde nel mio corpo nel momento in cui ne divento consapevole e non mi lascio trasportare dai ricordi in cui vorrei rifugiarmi.

Emettendo un profondo sospiro, allontano il calice e mi avvolgo la coperta ancora più stretta attorno alle spalle per scendere dallo sgabello del bancone della cucina.

Finalmente oggi ho mangiato qualcosa, ma il cibo è insapore e quando mi sento in questo modo riesco a malapena a mandarlo giù.

Addison se n'è andata mezz'ora fa, così ho chiesto a Eli di dire ai ragazzi di lasciarmi sola per la serata. Una parte di me se ne pente. Vorrei fingere di poter scendere al piano di sotto e unirmi a loro per un drink. Dio solo sa se ho bisogno di un altro bicchiere di Cabernet. Mi serve una distrazione, qualcosa che non mi faccia sentire come se il mio mondo stesse per crollarmi addosso, ma invece non mi rimane molto a farmi compagnia.

Cammino silenziosamente a piedi nudi sul pavimento in legno e mi dirigo lungo il corridoio verso la camera da letto. Continuo a pensare al telefono sul comodino. Mi permette solo di chiamare Carter o di essere chiamata da lui. Non c'è nemmeno un numero nelle impostazioni che io possa fornire a qualcun altro.

Odio che mi limiti in questo modo, ma capisco la sua necessità di controllare la situazione in questo momento. Perché se potessi, chiamerei mio padre. Gli direi che mi dispiace di essermene andata e di essermi fatta stupidamente rapire. Gli direi che sto bene. Lo supplicherei di fermare tutto questo.

E verrei giudicata, ritenuta inadeguata e un fallimento. Lo so già, ma ci proverei comunque.

Il solo pensiero mi fa fermare davanti alla porta della camera da letto con un respiro tremolante, appoggiando la mano sul pomello di vetro intagliato. Detesto questa sensazione di disperazione che mi intorpidisce dappertutto. Non sopporto di essere confinata e messa da parte.

Odio tutto.

Quando la porta si apre cigolando, i miei piedi affondano nel tappeto soffice e provo ad accendere la luce, ma non funziona.

Il mio stomaco si stringe ancora di più e provo di nuovo, sentendo il clic ma senza vedere alcun cambiamento. Questo non mi impedisce di premere furiosamente l'interruttore.

"Non volevo la luce stasera." La voce di Carter mi immobilizza. Si diffonde piano in me, come il veleno di un morso di serpente. È così che il mio corpo reagisce al suo tono grave e profondo.

Ci vuole un attimo perché i miei occhi si abituino, ma quando lo fanno, scorgo le sue spalle larghe nell'angolo della stanza. È seduto su una sedia che stamattina non c'era.

"Carter." Pronuncio il suo nome e poi guardo il disordine delle lenzuola sul letto, e lui segue i miei occhi verso il punto dove mi trovavo ore fa, mentre mi davo piacere come lui mi aveva ordinato. "Non mi aspettavo che fossi qui," gli dico dolcemente e mi avvicino.

Mi meraviglio di quanto magnetismo eserciti su di me. Come se tutto il resto scomparisse, tranne il bisogno di raggiungerlo immediatamente.

Forse Nikolai aveva ragione. Forse sono malata. Perché tutto quel nervosismo e quell'ansia non esistono più.

"Mi sei mancata," mi dice, e sembra così diverso dall'uomo che conoscevo quando ero in cella, che governava con pugno di ferro, ma è il mio

Carter, l'uomo che mi concede ogni cosa a porte chiuse. Le farfalle nello stomaco si agitano, portando calore ovunque.

"Ho bisogno di te," gli sussurro mentre lo raggiungo, senza esitare a salirgli sulle ginocchia e avvolgere le mie gambe intorno alla sua vita. Le sue grandi mani si allargano lungo la mia schiena e il sedere. Mi stringe proprio mentre le mie labbra sfiorano le sue e invece di baciarlo come avevo intenzione di fare, il mio collo si inarca all'indietro e gemo per il dolore.

Sì, per il dolore.

In questo istante, è l'unico gesto che mi concede, ma essere qui, al suo fianco, e sentire il suo calore è esattamente ciò di cui ho bisogno. Il puro tormento mi trasmette scosse di piacere che si irradiano in tutto il mio corpo.

Carter abbassa le labbra nell'incavo della mia gola, lasciando che la sua barba incolta mi sfiori la pelle mentre mi bacia con la bocca socchiusa, per poi risalire lungo il collo.

Mi morde il lobo dell'orecchio e mi sussurra in un modo che mi fa scorrere i brividi lungo la schiena: "Ti voglio sul letto."

Prima gli rubo un bacio. Lo faccio velocemente, mi piace coglierlo alla sprovvista e lui quasi perde l'occasione di ricambiare.

Ma poi lo fa e si siede, mentre io lascio le sue ginocchia e mi sdraio sul letto.

"Spogliati," mi ordina, e io obbedisco. Lo faccio lentamente, lasciando che le mie dita indugino sulla pelle sensibile, godendomi il potere che ho su di lui. Mi vuole. Mi brama. E avere un uomo così potente che cede al bisogno di desiderarti è una sensazione inebriante.

I vestiti cadono con leggerezza sul pavimento e l'aria fresca mi accarezza la pelle, quando mi sistemo sul letto e passo la punta delle dita sui capezzoli induriti.

Carter si alza piano e io giro appena la testa per guardarlo camminare intorno al letto, spogliandosi senza fretta. Con l'unica luce che proviene dalle finestre dietro di me, le ombre gli danzano intorno. È un'immagine ipnotica.

Sento il tintinnio delle manette prima ancora di vedere il metallo brillare al chiaro di luna, e questo non fa che aumentare il mio desiderio. Senza che me lo ordini, alzo le braccia sopra la testa e le appoggio alla testiera del letto fatta di listelli sottili. Lui usa solo un paio di manette, le fa passare attraverso le assi e mi ammanetta.

Le sue dita scottano sui miei polsi, e lui le fa scivolare lungo il braccio, stuzzicando la pelle dei seni e dei fianchi. Poi infila una mano tra le mie gambe e io mi apro completamente per lui.

Il gemito profondo che gli esce dalla gola è la mia ricompensa, così come il piacere che mi attraversa il corpo quando fa scorrere le sue spesse dita dalla mia entrata calda fino al clitoride.

Contorcermi sul letto mi provoca un misto di dolore per i segni della cintura che sfregano contro le lenzuola e piacere per il suo tocco.

Mi lascia così, ansimante e sul punto di esplodere, poi si allontana per un attimo per prendere qualcosa dal pavimento.

Una cravatta, la sua cravatta. La seta mi sfiora la guancia e lui mi dice di chiudere gli occhi, annodandomela intorno alla testa come una benda. Il mio cuore batte forte per l'impossibilità di vedere e un nuovo tipo di eccitazione mi travolge.

Senza poter usare la vista, sento chiaramente quando tira fuori un altro paio di manette e le sue dita scendono lungo la mia gamba, fino alla caviglia, dove ne chiude una. Fa lo stesso dall'altra parte, e mi ritrovo bendata e immobilizzata, alla sua mercé.

Il mio respiro si fa irregolare quando lo sento camminare di nuovo intorno al letto. Il metallo si riscalda, mentre il freddo nell'aria mi induce a supplicare il suo tocco. "Carter," sussurro.

"Dimmi la verità, passerotto." La voce di Carter è profonda, ma intrisa di qualcosa che non sentivo da lui in camera da letto da tanto tempo. Un tono duro che non mi piace affatto.

Anche se il mio cuore batte forte per la paura che mi scorre nelle vene, mormoro: "Qualsiasi cosa."

"Mi odi, vero?" mi chiede, e con la sua domanda arrivano un clic e un ronzio. La mia schiena si inarca quando mi tocca il clitoride con il metallo freddo del vibratore. Il piacere è immediato e mi attraversa tutto il corpo.

"Ti amo," gemo incautamente nell'aria tirando le manette, incapace di allontanarmi dall'intenso piacere.

Lui lo spinge contro di me più forte e io emetto un grido soffocato di estasi. Sento che mi sto contraendo intorno al nulla mentre le intense ondate di piacere si avvicinano come la marea, strisciando su di me e infrangendosi sempre più intense.

Ci sono quasi. Sono molto vicina.

E poi lui lo allontana.

Mi sfugge un sussulto e cerco di guardarmi intorno. Voglio sentire dove si trova e cosa sta facendo, nonostante il suono del mio respiro affannoso. Ma mentre lo faccio, il mio orgasmo imminente si affievolisce piano, lasciandomi bagnata e desiderosa che lui mi faccia godere.

Ingoio la delusione e cerco di non tirare le manette che mi stringono i polsi e le caviglie, e lo aspetto.

"Mi odiavi quando sei arrivata nella cella."

Inspiro a fondo, nel tentativo di non ricordare come abbiamo iniziato. La mia voce graffiata gli rivela: "Sapevo di volerti."

Le sue mani grosse entrano dentro di me e sento le sue nocche sfiorare la mia parete interna. I seni oscillano e le scapole affondano nel materasso, mentre lui mi penetra con le dita. "Cazzo," gemo, sentendo il calore sprigionarsi nel mio corpo come un incendio e il fascio di nervi dentro di me incendiarsi.

"Carter," sussurro inarcando il collo e sentendo il piacere salire sempre di più. "Carter," gemo sul punto di venire.

E lui si allontana prima che io possa finire. Respiro in modo sconnesso e cerco di strapparmi la benda, ma sono ammanettata.

"Carter!" gli urlo contro e tutto ciò che ottengo in cambio è una rozza risata. Mi bacia sulla mandibola anche se cerco di allontanarmi da lui.

"Non mi piace," lo avverto con voce tremante. Sento il terrore scorrermi nel sangue.

"Devi semplicemente rispondermi." La sua voce è tranquilla, come se non si trattasse di una trappola. "Mi odiavi?" insiste, e la mia voce si fa più tesa.

Il ronzio diventa più forte e questa volta il vibratore mi investe a piena potenza. La mia testa si piega all'indietro e l'ondata di piacere mi attraversa il corpo come elettricità. Ci sono quasi. Sono già al limite dopo solo pochi secondi di contatto.

E poi me lo toglie. Stringendo i denti, faccio fatica a muovermi, e sento le lacrime pungermi gli occhi. "Carter!" gli urlo con rabbia genuina, ma tutto ciò che ottengo è il vibratore che torna sul mio clitoride gonfio.

Di nuovo, lo allontana proprio prima che il piacere possa consumarmi, lasciandomi con un fuoco che si affievolisce e io non ce la faccio più, maledizione.

"Sì, ti odiavo! Mi hai fatto del male e ti odiavo per avermi presa!"

Il dolore che mi attraversa è diverso da qualsiasi cosa abbia mai provato prima. Ammettere quello che è successo e sapere cosa provavo allora… Lo detesto. Odio che lui abbia tirato fuori quella sensazione. "È questo che volevi?" gli chiedo, furiosa per quello che sta facendo. "Odio tutto questo!" gli urlo contro, ma mentre l'ultima parola mi esce dalle labbra, il vibratore colpisce il mio clitoride e lui lo lascia lì. Il mio corpo si libra sempre più in alto per poi ricadere dal cielo, e un oceano di piacere mi invade all'improvviso.

Si protrae a lungo, mentre resto inerte e bloccata, completamente in balia di Carter.

"Ma dopo mi hai amato?" mi chiede, con le labbra così vicine alle mie che mi sollevo il più possibile e gli rubo un bacio. Lui ricambia avidamente. Sento il suo corpo vicino al mio e vorrei poter avvolgere le gambe intorno a lui e stringerlo forte, ma sono legata e lui si allontana da me.

Sono ancora sconvolta dall'orgasmo e dal bacio di cui ero troppo affamata per ricordare cosa mi abbia domandato, quindi me lo chiede di nuovo.

Senza fiato, gli rispondo: "Sì, ti amo. Ti amo, Carter."

Mentre il suo nome esce dalle mie labbra, lui spinge il vibratore sul mio punto sensibile e la sensazione è fin troppo intensa. Urlo il suo nome e lui cattura le mie labbra con le sue mentre esplodo di nuovo. Il piacere mi travolge come le stelle avvolgono il cielo notturno. Senza sosta.

Voglio baciarlo, ma più di ogni altra cosa voglio che sappia quanto sono sincera quando lo dico. Lo amo, ed è tutto ciò che desidero.

"Ami Nikolai?" mi chiede, e la domanda distrugge la magia del momento. Faccio fatica a rispondere, ma conosco la verità e non gli mentirò.

"Sì. Ma non come amo te," gli rispondo, sentendo l'euforia svanire e il mio battito rallentare. Passa un secondo, poi un altro, senza che lui emetta alcun suono o mi tocchi, e la paura mi scorre nelle vene. "Carter?" lo chiamo per nome e lui mi fa un'altra domanda.

"Se io non fossi qui, staresti con lui?"

Il silenzio si prolunga al ricordo di quando desideravo Nikolai ma avevo troppa paura di dirlo a mio padre. Quella ragazza, quella che non inseguiva i suoi desideri e pregava semplicemente di non essere notata, è morta da tempo.

"Non lo so," gli rispondo con un sospiro e lui mi respinge di nuovo, premendo il vibratore sul mio clitoride e penetrandomi con le dita fino a quando sono così vicina a un altro orgasmo che non riesco a respirare.

Ansimando, cerco un po' di sollievo sfregando il sedere contro le lenzuola di seta, ma Carter mi blocca, tenendomi fermi i fianchi.

"Dimmi la verità, passerotto. Mi prenderò cura di te," sussurra con una voce peccaminosa di cui non mi fido.

"Non lo so, Carter. Ti prego," tento di supplicarlo, ma lui non mi ascolta. Preme il vibratore sul clitoride e lo allontana quasi istantaneamente. Il mio corpo si contrae e il metallo mi morde la pelle. "Cazzo!" grido. Ci sono quasi. Sono di nuovo così vicina.

Lo accende e lo spegne, mi tormenta.

Le ondate di piacere affiorano in superficie, infiammando ogni terminazione nervosa, ma non appena sono pronte a esplodere, lui si allontana e aspetta che le braci si spengano prima di riaccendere il fuoco.

"Se non fossi qui, staresti con lui?" mi chiede dolcemente, con calma, le labbra vicine al mio orecchio. Il suo respiro sulla pelle è quasi sufficiente a farmi venire. Non rispondo, mi limito a mordermi il labbro inferiore e scuotere la testa, ma non riesco ad aprir bocca.

E lui lo fa di nuovo. Mi penetra con le dita senza pietà, ma nel momento in cui sto per raggiungere l'orgasmo, si allontana. L'odore del sesso e la sensazione della mia umidità sulle cosce mi stuzzicano, facendomi pensare che ci sia dell'altro. Ma lui mi lascia ansimante e ancora una volta l'orgasmo si spegne prima che io possa raggiungere il culmine.

È l'ultima goccia.

"Sì! Cercherei di stare con Nikolai se tu non ci fossi più." Non riesco a credere di averlo detto ad alta voce, tanto meno a Carter. So che gli farà male e lo detesto. Lo odio da morire, ma è la verità. "Cercherei di stare con lui." Traggo un respiro profondo, asciugandomi le lacrime dal viso con gli avambracci e desiderando di poter fare lo stesso con la vergogna. "Ma non so se potrei mai avere con lui quello che abbiamo noi. Non sarei la persona che sono senza di te." Le lacrime mi rigano il viso mentre la confessione mi viene strappata con la forza. "Ti amo, Carter. Non voglio lui quando ho te."

Lui spinge senza pietà contro la mia parete interna e io vengo all'istante. Mi strappa l'orgasmo, prolungandolo, e il mio corpo si inarca e si irrigidisce mentre un urlo silenzioso di estasi mi sfugge dalle labbra.

Non si ferma finché non sono esausta e faccio fatica a respirare.

"Carter, ti prego, smettila," lo supplico con una voce strozzata che non mi sembra affatto la mia. "Odio tutto questo. Ho scelto te! Ho scelto te, cazzo!"

"Ssh," mi zittisce mentre sono ancora in preda ai rantoli. Il tocco della sua mano aperta sulla mia pancia mi fa sobbalzare, ma lui mi accarezza la pelle con movimenti rassicuranti finché tutto il mio corpo non si calma. Con morbidi baci sul collo, lo supplico di nuovo di smettere e di lasciare che lo ami. È tutto ciò che voglio fare in questo momento, amarlo e sentire l'amore che lui prova per me.

"Un'altra domanda," mi dice, e io resto il più immobile possibile, aspettandola e temendola. Non riesco a smettere di piangere, sapendo ciò che gli ho già confessato e preoccupata che lui non mi amerà più per questo.

"Mi amerai ancora quando la tua famiglia non ci sarà più? Mi amerai allora?"

Conosco già la risposta, ma non voglio dirgliela.

Il ronzio del vibratore mi fa piangere ancora più forte. Lo fa scorrere lungo il mio monte di Venere e i miei fianchi si contraggono, cercando di allontanarsi. Non ce la faccio più.

"Dimmi la verità," sussurra con voce velata di disperazione. Conosce già la risposta: gliel'ho già data. Non ha bisogno di torturarmi per ottenerla.

"No," grido. Lo odio per quello che sta facendo. Non voglio pensare a nulla di tutto questo, figuriamoci ammettere quali sarebbero le conseguenze per noi.

"Ti amo, ma se lo fai… Se li uccidi, ti odierò per sempre," ansimo mentre le lacrime mi rigano il viso. L'agonia mi lacera, sia fisicamente che emotivamente. Mi ha distrutta. Carter ha annientato lo scudo che mi difendeva da questa verità.

"Ti amo, Carter." Sento il clic delle manette e poi il metallo lascia la mia pelle. Non appena le sgancia, stringo i polsi al petto.

Sto ancora piangendo dietro la benda quando sento la porta della camera da letto aprirsi e richiudersi. La sensazione di vuoto che ho nel petto implode su sé stessa e io mi ostino a non credere che se ne sia andato.

Ma quando finalmente mi tolgo la benda e lo prego di stringermi, lui non c'è.

Carter mi ha lasciata.

Non mi ama. Carter Cross non mi ama.

CAPITOLO 69

Carter

Riesco ancora a sentire il suo sesso che si contrae intorno a me la prima volta che l'ho presa. Me lo sogno ancora.

Percepisco il sapore dolce del vino sulle labbra.

Odo ancora i suoi gemiti di piacere e i suoi sussurri quando mi diceva che mi amava.

So che finché vivrò, ricorderò tutto quello che ho avuto con lei.

Stasera dichiarerò guerra ai membri della sua famiglia; ne ucciderò quanti più possibile.

Distruggerò ciò che abbiamo costruito insieme e rischierò di farmi odiare da lei per sempre. So che ha detto la verità, e non riesco a sopportarlo. Stasera perderò la donna che amo.

Il mio sguardo cade sul telefono appoggiato sul ripiano del bagno proprio mentre Jase bussa alla porta della camera da letto.

"Sono qui," gli rispondo e apro il rubinetto per bagnare il rasoio. Ho già spalmato la crema da barba sulla pelle. Da quando l'ho lasciata, ieri sera, sono ricaduto nelle mie vecchie abitudini, quindi mi distraggo concentrandomi sulla guerra e su tutto ciò che riguarda questa faccenda.

Mio fratello parla mentre mi rado, liberandomi dalla barba incolta e preparandomi ad apparire come un uomo al comando di un impero. "Ho una proposta," esordisce, e i miei occhi si spostano sui suoi nel riflesso dello specchio prima di tornare sulla mia mascella.

Ogni passata della lama che scivola sulla pelle è precisa e fluida.

Lui fa un passo avanti, occupando interamente la soglia. "Penso che il nostro problema sia che ci siamo accontentati."

"Il nostro problema?"

"Il motivo per cui gli uomini pensano di poterci derubare, per cui Romano sta creando concorrenza e ci ha coinvolti in questa guerra." Ci rifletto sopra per un momento prima di tornare a radermi, picchiettando il rasoio contro il lavandino e riportando la lama sulla pelle. Non me ne frega più niente. Ucciderò chi mi sfida o mi ostacola. E ne sarò soddisfatto, indipendentemente dal fatto che Jase lo sia o meno.

Lui alza un sopracciglio e aggiunge: "Non ci stiamo espandendo."

"Abbiamo altre attività. Il club. Il ristorante." Non so perché mi preoccupo di ricordarglielo. Vedo lo sguardo nei suoi occhi. Non si fermerà finché non otterrà ciò che vuole.

"Quei soldi non sono paragonabili. Tu lo sai, io pure, tutti lo sanno." Parla in fretta, come se non vedesse l'ora di arrivare al punto, ma io la tiro per le lunghe. Solo per torturarlo.

"Ci trasferiamo a Crescent Hills," gli dico.

"Perché vuoi impadronirti di quel posto, non perché lì ci sia un tornaconto economico." La sua voce è piatta e l'espressione interrogativa.

Non posso negare che sia vero. "Ne varrà la pena per essere più vicini al porto," affermo, e lui scuote la testa in segno di disapprovazione. La mia pazienza sta iniziando a esaurirsi, ma continuo a picchiettare il rasoio sul lavandino e poi lo passo sotto l'acqua corrente.

"Penso che dovremmo andare a nord. Una vera e propria espansione," mi dice e aspetta con il fiato sospeso.

"Il territorio di Talvery?" gli chiedo, incontrando di nuovo il suo sguardo nello specchio, e lui annuisce. "L'ho già dato a Romano."

"Non è ancora stato preso, e Romano può andare a farsi fottere." Il tono di Jase è brusco, e la sua determinazione traspare chiaramente. Continua a guardarmi anche se respira a fatica per l'eccitazione. "Stavamo per dare Fallbrooke a Romano e lui ha già tutta l'Upper East Side. Il territorio di Talvery dovrebbe essere nostro."

I suoi occhi si posano sui miei, in attesa di una reazione, ma io non gli do soddisfazione. Non ho dormito affatto e non me ne frega niente di espanderci.

"Sei così annoiato?" gli chiedo con tono spento. Ricordo com'era prendere il controllo, cosa serviva per incidere il mio nome in modo indelebile in questo territorio. La nausea che provavo e il rischio. Non ne vale la pena per i soldi che si guadagnano.

"Annoiato?" Jase espira con forza. "È un'occasione persa." Non rispondo. Finisco invece di radermi, facendo attenzione a non reagire quando Jase aggiunge: "E Aria?"

Strappo l'asciugamano appeso alla mia destra e lo inumidisco sotto il rubinetto. È difficile soffocare ciò che provo per lei. La perdita è troppo reale e vicina.

"Cosa?" Mi pulisco il viso, ignorando il dolore lancinante al petto, e lui aggiunge: "Ho sentito come sta gestendo la situazione." Stringo più forte l'asciugamano, pregando che mio fratello non dica qualcosa che mi spinga a rompergli la mascella. Ieri sera… Non riesco nemmeno a pensare a come la verità mi abbia pugnalato al cuore come nient'altro prima d'ora.

Mi dice: "Penso che lei lo vorrebbe."

Aggrotto la fronte e mi concentro sul respirare e controllare le mie espressioni. "Volere cosa?" Parlare fa male. Anche respirare. È tutto doloroso, cazzo.

"Penso che vorrebbe ancora avere il territorio… forse per sé stessa?" suggerisce, inclinando la testa e sollevando le sopracciglia. "Riesci a immaginare come reagirebbe se uccidessimo la sua famiglia e dessimo la sua terra a Romano?"

Con la parte asciutta dell'asciugamano mi strofino la mascella, sapendo esattamente cosa proverebbe. Deglutisco a fatica. Posso sempre tenerla qui. Fisicamente, ho i mezzi per farlo, ma questo non farebbe che aumentare la sua acredine nei miei confronti. Però io voglio che mi ami. Ho bisogno che mi ami.

"E se invece facessimo il minor danno possibile?" Si sposta dalla porta, mentre io getto l'asciugamano nel lavandino e gli passo accanto per andare al comò a prendere i gemelli. Sto agendo meccanicamente, concentrandomi su ogni banale dettaglio che mi ha portato a questo punto della mia vita.

"Qualsiasi danno le causeremo la distruggerà, Jase," gli dico senza convinzione.

"Ti sto dicendo che è una buona idea, Carter."

È in piedi a pochi metri da me, appoggiato al muro con le braccia incrociate. "Abbiamo già avvisato Romano, ma io dico di colpirli uno dopo l'altro. Prima Talvery, poi Romano, e ci prendiamo tutto."

"Con quali soldati?" gli chiedo, sentendo il nervoso formicolarmi lungo la schiena. "Ti rendi conto di quanto costerà tutto questo? Quanti uomini dovranno morire perché tu sia soddisfatto?" Alzo la voce e il mio battito accelera. Trattengo la rabbia quando lui non risponde e sussulta alla severità del mio tono.

Aggiungo: "Questo non è un gioco, e ogni mossa ha delle conseguenze."

"È sempre un gioco, fratello." Mi guarda negli occhi mentre dice: "Ben condotto e ben congegnato."

Mi fissa e io faccio altrettanto quando prosegue in tono rassicurante: "Se Aria fosse riuscita a convincere quegli uomini a fare quello che ha suggerito ieri, avremmo avuto il sopravvento. Talvery e Romano avrebbero perso i loro soldati e noi staremmo aspettando di eliminare il resto."

"Solo che Aria non lo sa," gli dico facendo un passo avanti e prendendo la giacca appoggiata sul comò. "Non sa quanti ne moriranno. E non accetterà mai di sterminare la sua famiglia."

Il sorriso che gli aleggiava sulla bocca vacilla. "Ha ancora molto da imparare," è tutto ciò che riesce a dire.

"Stasera l'eredità della sua famiglia inizierà a sgretolarsi e lei non mi perdonerà mai, figuriamoci governare al mio fianco." Il sorriso di Jase svanisce completamente e lui abbassa lo sguardo sui propri piedi per poi guardarmi di nuovo negli occhi, pronto a dire qualcos'altro, ma io non glielo permetto. "Pensi che vorrà governare quando il suo territorio non sarà altro che un cimitero di vecchi ricordi e persone dimenticate?"

Immaginare come reagirà mi uccide. "Mi odierà, cazzo," dico con rabbia, digrignando i denti.

Respiro a fatica e lui annuisce passandosi il pollice sul labbro inferiore. "Quindi stai dicendo che è troppo tardi?" chiede.

È esattamente così. È troppo tardi per tenerla con me.

Lascio che la sua domanda indugi nei miei pensieri mentre mi infilo la giacca e la abbottono. "Continuo a credere che lei lo vorrebbe. Anche se la guerra lascerà una scia di morte sul suo percorso verso il trono, non moriranno tutti. Le resterà qualcuno."

"Come Nikolai?" rispondo con un sussurro pieno di rancore, strappando un sorriso a Jase.

"Ho la sensazione che quel tipo non ce la farà," scherza, ma questo non serve a calmare i nervi che non mi permettono di rilassarmi.

"Tra trenta minuti apriranno il fuoco," gli dico osservando le lancette del mio orologio che avanzano inesorabili. "La prossima volta che hai un'idea per limitare i danni, magari vieni da me prima?" suggerisco, e lui sbuffa ridendo e scuotendo la testa.

"La guerra è appena iniziata," replica, senza arrendersi. "Dimmi solo che lo prenderai in considerazione."

Fregare Romano è inevitabile; farlo al momento giusto è fondamentale.

Ma l'errore peggiore che Jase sta commettendo è pensare che Talvery possa essere già considerato morto. Ho compiuto quell'errore in passato e non lo rifarò.

"Prendo tutto in considerazione, Jase."

CAPITOLO 70

Aria

Su un vecchio lenzuolo sul pavimento del salotto sono distese tre tele, ciascuna con tre volti di profilo. Due uomini che amo e mia madre, che non c'è più da tempo, compongono il trio. Nel frattempo, la mia mente è concentrata sulle notizie che scorrono in sottofondo alla televisione.

L'elenco dei nomi continua all'infinito. Non riesco a guardare i volti e le scene che mostrano sullo schermo.

Addison è rannicchiata sul divano e fissa l'apparecchio con lo sguardo assente. Quei nomi non significano nulla per lei, ma per me ognuno di essi vale fin troppo.

Riesco a malapena a trattenermi, sapendo che dovrei essere ai loro funerali, che non sono riuscita a salvarli. Provo un misto di disprezzo e terrore per Nikolai. Mi chiedo se abbia almeno provato a farli spostare. Lui sapeva, e cosa ha fatto? Ricordo però quello che ha detto: non è lui a controllare quell'esercito.

È solo questione di tempo prima che il suo nome venga pronunciato, in aggiunta al crescente numero di vittime degli omicidi insensati tra bande rivali, o almeno così ci dice il giornalista. Quel pensiero mi provoca un singhiozzo, ma lo trattengo.

"Succede spesso?" mi chiede Addison, e sento i suoi occhi sulla schiena, ma non riesco a trovare il coraggio di guardarla. Appoggio invece il pennello piatto nella tazza e osservo il pigmento rosso dissolversi nell'acqua.

"No, non così," le rispondo dandole le spalle. Sono talmente abituata alla morte che non dovrebbe distruggermi in questo modo. Ma è la prima volta che ho cercato di fermarla.

E ho fallito.

"Hai bisogno di altro?" La voce di Eli arriva dalla porta che dà sulla tromba delle scale e io lo guardo, ma non rispondo. Mi ha comprato i colori al negozio all'angolo, a pochi isolati da qui. Le altre cose erano nel pacco di Carter. Ho bisogno di molti oggetti, penso. Ma anche se le mie labbra si piegano dall'amarezza e la gola si stringe in un nodo, non lo guardo. Invece, scuoto semplicemente la testa.

Lo odio perché se ne sta lì senza fare nulla mentre degli uomini stanno morendo. E odio me stessa per ciò che provo, il che è ancora peggio.

"Voglio andare a prenderli io stessa," gli dico, non appena mi viene l'idea. Ho bisogno di uscire di qui e fare una passeggiata per schiarirmi le idee. Devo fare qualcosa. Strizzo le setole a buon mercato nella tazza prima di risciacquarla di nuovo. "Sarebbe bello prendere un po' d'aria fresca." Sono sorpresa da quanto sia calma la mia voce e da quanto sembri apparentemente padrona della situazione. È solo grazie ad Addison. Se lei non fosse qui, non ho idea di come reagirei.

La ghiera metallica che tiene uniti i filamenti tintinna dolcemente sul bordo del bicchiere non appena picchietto il pennello per poi appoggiarlo delicatamente sul tovagliolo di carta.

Finalmente alzo di nuovo lo sguardo e Eli mi sta osservando attentamente. Addison ci scruta entrambi, l'atmosfera tra noi tre è tesa. Lei però non fa domande e stasera sento crescere la rabbia dentro di me perché le interessa soltanto sapere se questa è una situazione normale o meno.

"Voglio andare a fare una passeggiata al negozio all'angolo, così posso comprare alcuni oggetti... per favore," pronuncio l'ultima parola a denti stretti.

"Dammi un'ora," risponde Eli e poi aggiunge: "per favore." Mi scimmiotta, ma in un modo che so essere finalizzato ad allentare la tensione. Tuttavia, non funziona.

Con un sorriso tirato, annuisco e lo guardo andare via, anche se non riesco ancora a respirare normalmente. Ho l'impressione di essere sul punto di crollare. Sto perdendo il controllo ogni secondo che resto seduta qui, in guardia, a spuntare la lista dei morti che si allunga.

"Stai bene?" mi chiede Addie quando il rumore dei passi di Eli si affievolisce.

"No," le rispondo onestamente.

Volevo aiutare la mia famiglia, e Nikolai mi ha ignorata.

Ho detto a Carter che lo amavo, ho scelto di restare con lui, e lui mi ha lasciata.

Sono una stupida.

Sono impotente, senza speranza, e temo di aver raggiunto il limite.

Il divano scricchiola quando Addie scivola giù e si avvicina a me. Mi si siede accanto silenziosamente a gambe incrociate e si avvicina per abbracciarmi.

"Vorrei sapere cosa dire o fare," mi consola con voce tranquilla e io mi pento immediatamente dei pensieri che ho avuto pochi istanti fa. Sono così ansiosa di sfogarmi che potrei sfruttarla come bersaglio per la mia frustrazione, ma non me lo perdonerei mai.

Afferrandole l'avambraccio e ricambiando il suo gesto affettuoso, le dico: "Vorrei saperlo anch'io."

Il tempo passa lentamente finché lei non prende il telecomando e spegne la TV. Il clic dell'immagine che diventa nera è più forte di quanto abbia mai sentito prima. Vorrei che restasse accesa, così saprei cos'è successo, ma le sono grata di averlo fatto perché non ne potevo più.

"Vuoi parlarne?" mi chiede, e io scuoto la testa. Mi vergogno di quanto mi sono donata a Carter, solo per ricevere in cambio la sua freddezza. Non credo di poterglielo dire senza che lei lo odi ancora di più. E dopo la notte che ha passato con Daniel, non potrei farle questo.

"Potresti distrarmi e raccontarmi di nuovo cos'è successo ieri sera," le propongo, sentendo crescere nel petto un'ondata di gelosia e dolore. Ieri mi sono sentita usata. Per la prima volta mi sono sentita una sciocca per averlo amato.

"È stata solo una bella serata," dice Addie, portandosi le mani in grembo. So che non vuole infierire, quindi annuisco e lascio perdere. Fisso la porta come se Eli potesse apparire magicamente e lasciarmi uscire. Il pensiero mi fa alzare gli occhi al cielo. Sono una stupida a pensare di avere un qualche tipo di controllo.

Prima che possa sprofondare nell'autocommiserazione che mi ha tenuta sveglia tutta la notte, Addison mi chiede: "Vuoi leggermi i tarocchi?"

La guardo mordersi l'interno della guancia in attesa di una risposta. Le sono così grata che farei qualsiasi cosa mi chiedesse in questo momento. Per distrarmi e per la sincera amicizia che c'è fra noi, annuisco.

"Facciamolo," le rispondo.

Con un respiro profondo, mi sposto all'indietro e mi giro verso di lei, sedendomi a gambe incrociate, e lei prende dal tavolino dietro di sé il mazzo di carte che Carter mi ha regalato chissà quanto tempo fa.

"Okay, cosa devo fare?" domanda Addison, mettendo il mazzo davanti a sé e fissandole come se potessero mescolarsi magicamente da sole.

"Prima bussa sulle carte," le dico con tono impassibile, sapendo benissimo che mi guarderà come se fossi pazza.

"Dico sul serio," ripeto e indico i tarocchi con un cenno del mento, incrociando le mani in grembo. "Devi bussare sulle carte per eliminare le letture precedenti e infondervi la tua energia."

Lei fa quello che le dico, sollevando il mazzo e bussando debolmente sulla carta in fondo, anche se continua a sorridere. Mi sento un po' meglio. Solo un po', ma è già qualcosa in più di prima.

"Ora mescola il mazzo e pensa a qualcosa che ti piacerebbe capire meglio. Oppure no." Alzo le spalle e mi stiracchio, sentendo il dolore causato dall'essere stata china sulle tele nelle ultime ore. Basta guardarle per ricordarmi tutto, così mi volto rapidamente verso Addison.

"È abbastanza?" mi chiede, tendendo le carte. Le offro un sorriso gentile e poi le indico. "Dividile in tre mazzi, dello spessore che preferisci, e poi impilali uno sopra l'altro in uno unico."

"Si fa sempre così?" mi chiede, facendo come le ho detto.

"No," le rispondo, sentendo un profondo dolore al petto. "Ho imparato a leggere le carte da mia madre. Ma lei non le leggeva in questo modo."

"Oh, e come lo faceva?" mi incalza, e io sono costretta a prendere le carte e a fissarle invece di incrociare il suo sguardo quando le spiego: "Non me lo ricordo. Ho dovuto imparare da sola quando ho deciso di usare il suo mazzo."

C'è silenzio per un attimo, ma lei porta avanti la conversazione, orientandola verso un lato più positivo. "Sono le sue?" mi chiede mentre dispongo le carte una a una.

"No, queste me le ha date Carter." In qualche modo, questo mi suscita ancora più emozione dopo aver posato l'ultima carta. Non le dico che quando me le ha date ero rinchiusa in una cella e stavo perdendo la testa. E che in realtà è stato Jase a portarmele. Quel giorno, o quella notte, mi riaffiora alla mente e mi viene quasi da vomitare.

"Questa è la disposizione a ferro di cavallo," le dico sistemando le carte e rifiutandomi di crollare; non tornerò indietro. "La carta del consultante è al centro, ma ogni posizione ha un significato unico. Le altre sette carte sono disposte a ferro di cavallo attorno a essa. Fondamentalmente, questa carta sei tu in questo momento."

"Il quattro di bastoni sono io?" mi chiede, anche se i suoi occhi sono fissi sulla carta che sto toccando.

Annuisco e poi aggiungo: "Ci sono quattro semi: spade, bastoni, denari e coppe. Ognuno di essi rappresenta un aspetto diverso della vita e i bastoni sono il simbolo della creatività. Le spade sono i conflitti, i denari sono i soldi, e le coppe il benessere emotivo. Più o meno."

"Il quattro di bastoni in questo mazzo…"

"Mi sembra una lettura professionale," esclama Addison interrompendomi. Trattiene a stento l'eccitazione, e io non posso fare a meno di sorridere.

"Ho studiato molto le carte. Qualche anno fa pensavo che mi avrebbero avvicinata a mia madre." Vorrei non aver detto quest'ultima frase, ma Addison non si concentra sugli aspetti negativi. Al contrario, dice: "Beh, è davvero fantastico." Si allunga dietro di sé per prendere il calice di vino e poi si mette seduta composta. "Per favore, continua." Fa un gesto buffo e manda giù un sorso.

Non riesco a trattenere una risatina che è quasi uno sbuffo e riprendo da dove mi ero interrotta. "Giusto," dico ad alta voce, "Il quattro di bastoni. In questo mazzo, rappresenta letteralmente il matrimonio." Mentre pronuncio l'ultima parola, faccio un respiro profondo, rendendomi conto di quanto Addison sia emotiva, e osservo la sua reazione, ma lei si limita a sorseggiare il vino e ad ascoltare. Questo mi toglie molta pressione di dosso, quindi continuo.

Alcune persone interpretano le carte alla lettera, ma ho la sensazione che Addison non lo farà. Vuole solo distrarsi, proprio come me.

"La carta principale è un'istantanea di chi sei in questo momento, e il quattro di bastoni rappresenta un momento di riposo. Hai vissuto un successo e la relativa celebrazione, da qui il matrimonio raffigurato. È una carta che esprime profonda felicità e il consolidamento di un legame sociale. Il che potrebbe non sembrare affatto in linea con la tua situazione attuale," faccio una pausa, sentendo un'ondata di insicurezza, ma continuo, dandole la lettura che penso questa carta suggerisca, "ma può anche significare amicizia, o il rinforzarsi di un legame di questo tipo."

"Quindi siamo noi?" domanda, e io cerco di mantenere la voce ferma e priva dell'intensa emozione che mi sale dentro quando le rispondo: "Sì. Penso che questa carta riguardi noi."

Addison si mette comoda, con un gomito su ciascun ginocchio, e dichiara: "Mi piace."

Con un respiro profondo, indico la prima carta delle sette che formano il ferro di cavallo. "Questo è il tuo passato immediato e questa carta, il sei di denari, è collegata alla generosità e all'armonia. Raffigura qualcuno che si trova in una buona posizione grazie al denaro, ma non si riferisce sempre a quello. Può anche essere collegato alla carità e all'accettare o donare con generosità soldi, tempo o sicurezza." Faccio una pausa e deglutisco prima di aggiungere: "Come quando mi hai aiutato. Questo è ciò che potrebbe significare questa carta."

Addison annuisce e continua a sorseggiare il vino, quindi io proseguo, seguendo il flusso delle carte invece di ringraziarla di nuovo e menzionare quella notte orribile.

"Il presente immediato, la carta successiva, è la sacerdotessa. È una figura dotata di una profonda intuizione."

"E i semi? A quale seme appartiene?" Addison mi interrompe e solo allora capisco che le interessa davvero la lettura delle carte, o almeno che sta prestando attenzione.

"I semi si trovano nella sezione minore del mazzo; la sezione maggiore è composta principalmente da figure. Ci sono fondamentalmente due tipologie di carte: i semi, ovvero gli arcani minori, e le figure, gli arcani maggiori."

"Oh." Lei annuisce e poi si schiarisce la gola prima di guardare le altre carte del mazzo, presumo per vedere quante altre siano arcani maggiori e minori. "Okay, quindi il presente immediato è la sacerdotessa?"

Annuisco e poi sorrido quando lei aggiunge: "Anche questo mi piace. Finora, è un'ottima lettura."

Le mie spalle vibrano per una risata sommessa mentre vado avanti. "La sacerdotessa è una persona dotata di una profonda intuizione ed è una sorta di eco negli arcani maggiori della regina di bastoni. Quindi, non solo possiede una grande perspicacia per tutto ciò che la riguarda, ma anche nei confronti degli altri. In altri mazzi, è raffigurata mentre tiene uno specchio che può puntare su di sé o altrove. È dotata di facoltà fuori dal comune ed è capace di identificare le altre persone per quello che sono. E anche di percepire intuitivamente le loro necessità."

"Come quando ho capito che tipo di uomo era Daniel?" mi chiede Addison con tono gelido tirandosi su la manica della maglia fino al polso e passandosi le mani sotto gli occhi. Resto con la bocca aperta, sbalordita dal suo commento, e non riesco a trovare una risposta in tempo. "Lascia stare, mi dispiace." Inspira profondamente e scrolla i polsi. "Scusa, ho solo avuto un momento di smarrimento."

"Va tutto bene," sussurro a stento, guardando di nuovo la carta. "Potrebbe significare molte cose," le dico, poi alzo le spalle. "O anche niente in particolare."

"Lo sapevo," afferma, con un dolore che le oscura gli occhi. Fa un sorriso triste e aggiunge: "Non fermarti, ti prego. Per l'amor del cielo, andiamo avanti."

Mi schiarisco la voce e sto per passare alla carta successiva, ma poi decido di tornare alla sacerdotessa. "Potrebbe anche significare che tu sai di cosa hanno bisogno le persone. Non so quale sia la tua storia, ma conoscendoti un po', penso che sapessi che lui aveva bisogno di te." Addison mi fissa con gli occhi lucidi, ma si limita ad annuire.

Il mio posto non è tra loro, quindi torno alle carte, la terza nel ferro di cavallo. "Il re di bastoni è il tuo futuro immediato. I re nel mazzo sono il grado più alto degli arcani minori e detengono l'autorità. I fanti apprendono, i cavalieri inseguono, le regine incarnano l'essenza stessa del seme e i re dominano. Quindi, il re di bastoni è colui che è in grado di comprendere ed entrare in empatia con la creatività e la vita, ma senza essere creativo o spirituale in senso stretto. Al contrario, lavora fianco a fianco di individui di questo tipo, ma resta distante da loro, ed è questo distacco che gli permette di eccellere. È la distanza che gli consente di essere presente per gli altri, ma allo stesso modo, gli impedisce di farne parte."

Faticando a collocare questa carta nel contesto attuale, ripenso ad altri significati che potrebbe avere.

"Il re di bastoni può anche essere una persona carismatica ma riservata. Si tratta di un individuo che nasconde una grande profondità, ma tende a rimanere in disparte."

"Quindi sta arrivando qualcuno che ama dominare?" chiede Addison con voce neutra, e poi ridacchia nel suo calice. "Non avevo bisogno delle carte per capirlo."

Scuoto la testa, sapendo che si riferisce a Carter o Daniel, ma questa carta non rappresenta nessuno dei due. È qualcun altro. "Qualcuno che è distante e distaccato," la correggo, e sento un brivido percorrermi la pelle. Mi fa formicolare ogni terminazione nervosa e rizzare tutti i peli.

Sento Addison deglutire il vino e invece di chiederle chi pensa che sia o riflettere sul significato, procedo lungo il ferro di cavallo con la quarta carta. Lei non obietta.

"Questa carta, il tuo percorso, è l'otto di spade. E nel mio mazzo a casa…" Mi interrompo e quasi mi pento di aver detto 'a casa', ma non lo ammetto. Per fortuna, Addison non lo nota. "Nel mazzo di mia madre, l'otto di spade raffigura la regina Ginevra, legata al palo e destinata a essere giustiziata per infedeltà. L'aspetto interessante dell'otto di spade è che spesso è raffigurato con la donna che regge i suoi stessi vincoli attorno al palo. Tuttavia, alcuni mazzi hanno illustrazioni diverse." Mi prendo un momento per guardare quello che mi ha regalato Carter, ma questo aspetto non traspare chiaramente dal disegno. "Qui non si vede bene, ma sembra che questa donna sia intrappolata in un destino orribile nell'otto di spade, ma in realtà l'unica cosa che la imprigiona è lei stessa. È lei che deve essere in grado di lasciarsi andare e liberarsi dalle sue catene." Guardo di nuovo la carta e mi rendo conto che in questo mazzo non sembra così, anzi, è l'unico che abbia mai visto in cui le corde sono davvero legate. Continuo comunque, rifiutandomi di lasciarle credere che sia condannata inesorabilmente a questo destino.

"La donna in questa carta non verrà salvata, ma non è nemmeno assoggettata a questo terribile fato. È la sua stessa mente a trattenerla. La buona notizia è che è in grado di salvarsi da sola, perché in realtà non è legata al palo."

Mi prendo un momento per riflettere su tutto mentre Addison finisce il suo vino senza dire una parola. *Queste carte potrebbero essere per me.* L'idea che lo siano mi fa venire i brividi. Addison ha bussato sulle carte, l'ho visto bene. Senza una parola da parte sua e detestando la piega che stanno prendendo i miei pensieri, continuo.

"La quinta carta rappresenta la percezione degli altri e in questa posizione hai il cavaliere di bastoni. Simboleggia l'energia pura e la caccia incessante. Prima agisce, poi pensa. Tende a essere impulsivo."

Addison ride nel suo calice vuoto mentre ne fa roteare lo stelo tra due dita. "Mi sa che questa la possiamo considerare vera," commenta con un sorriso sulle labbra, e io non posso fare a meno che ricambiare.

"La prossima carta è la sfida da affrontare ed è una carta interessante in questa posizione," penso ad alta voce, senza censurare nulla. "Il nove di coppe significa che si è sul punto di raggiungere la felicità suprema. È la differenza tra essere fidanzati ed essere sposati. Si avverte l'aspettativa che ci sia ancora qualcosa da svelare. E poi la carta successiva, il dieci, è la felicità completa e il matrimonio, senza più sorprese."

Addison annuisce mentre le spiego la carta e non sono sicura di come la stia interpretando finché non parla.

"Quindi c'è ancora qualcosa in arrivo? Qualcosa che mi renderà felice?"

"Beh, questa è la carta della sfida, quindi è l'ostacolo che devi affrontare." La mia risposta la fa incupire e il suo sguardo si sposta sui tarocchi. "Quindi, la sfida è che ci sei quasi, ma non del tutto, ed è questo che crea frustrazione." Non mi fermo. Non voglio che ci pensi in questo momento, ma non credo che anche se avesse delle idee precise sul significato delle carte me lo direbbe.

"L'ultima carta è il risultato, e per te è la regina di bastoni. È una persona sicura, fiduciosa, capace di empatia e di prendersi cura degli altri, ma anche potente e creativa a modo suo. Sa esercitare il potere, ma anche camminare con le proprie gambe. È l'incantatrice ardente."

"Questo è il mio risultato finale? Diventerò un'incantatrice ardente?" scherza, ma io sono comunque sollevata che la lettura sembri concludersi con una nota positiva.

Con un cenno del capo, le dico: "Sì, Addie. È quello che diventerai." Non riesco a mantenere un'espressione seria mentre parlo.

"Allora, quando succederà?" mi chiede, e io non posso fare a meno di ridacchiare.

"La sacerdotessa nella posizione presente significa che questa persona ricopre spesso questo ruolo. È anche una carta degli arcani maggiori e questo in genere significa che ci vuole tempo, ma rappresenta comunque lo stato attuale. Ciò significa che c'è qualcosa di ultraterreno in lei, che porta sempre dentro di sé. Tutto il resto delle carte sono arcani minori, quindi dovrebbe trattarsi di giorni… forse settimane. Ma più probabilmente giorni." Il mio sguardo ricade sul re di bastoni e il sangue mi si gela nelle vene. *Sta arrivando qualcuno.*

Addison sorride e posa i denti sul bordo del suo bicchiere di vino dando un'ultima occhiata alle carte.

Riesco a vedere solamente il re di bastoni che attira tutta la mia attenzione, anche se non vorrei. Mi chiama. Un uomo distante sta arrivando e un brivido mi scorre lungo la schiena come se un chiodo mi graffiasse lentamente.

"Se hai finito…" La voce di Eli interrompe i miei pensieri, e francamente non gli sono mai stata così grata.

"Sì," gli rispondo subito, mentre Addison raccoglie le carte e le rimette rapidamente in cima al mazzo. Anche lei sembra essere altrettanto assorta. La osservo mentre le impila ordinatamente nel mazzo e mette il re di bastoni per ultimo, proprio alla fine.

"Vuoi che venga con te?" mi chiede Addison quando mi alzo dal pavimento, scuotendo le mani e i nervi nel tentativo di scrollarmi di dosso la sensazione di disagio che mi ha travolto. Non riesco a ignorare i peli ritti sulla nuca che non mi danno tregua. Attraverso la stanza e indosso la giacca di jeans, ma il brivido continua ad accompagnarmi.

"Penso che proverò a dormire, allora," mi dice Addison, anche se credo che si stia rivolgendo più a sé stessa che a me. Si copre il viso e aggiunge: "Ho bisogno di quella roba, però."

"Quale roba?" le chiedo fermandomi a pochi passi da Eli. Ripenso alla fiala di Sweet Lullaby, la droga che mi ha dato Carter per dormire.

"Me l'ha data Daniel perché non dormivo, e non ricordo dove l'ho messa." Guarda il tavolino come se l'avesse lasciata lì, ma non c'è niente.

"Mi ha fatto venire gli incubi quella maledetta 'ninna nanna'."

"Che peccato," dice lei con sincera compassione. "Mi faceva dormire così bene. E oggi è stata una giornata…" Non finisce la frase, scuote solo la testa. Posso solo immaginare come si senta. So che vuole tornare da Daniel. L'ho notato nei suoi occhi e l'ho sentito nella sua voce quando mi ha raccontato tutto di ieri sera a colazione. So che lo ama. E penso che potrebbe perdonarlo se lui smettesse di tenerle nascosti i suoi segreti una volta finita la guerra.

Daniel è gentile con lei. La desidera. E so che anche lei lo vuole. L'unica cosa che li separa sono i nomi di cui il giornalista continua a parlare in televisione e il fatto che ora Addison sa che lui è coinvolto in quella tragedia.

"La prima volta che l'ho usata ho avuto degli incubi, forse è per quello?" ipotizzo e poi alzo le spalle, fingendo che l'immagine di mia madre non mi sia appena saltata in mente. Guardo Eli, ancora lì in piedi a pochi metri di distanza, con lo sguardo dritto davanti a sé ad aspettarmi. Mi concentro su di lui e non sui miei pensieri.

"Incubi?" mi chiede Addison, e io annuisco scacciando il ricordo.

"Mi dispiace," aggiunge, e vorrei che non dovesse sentirsi così. Non ho bisogno di altra compassione. Non serve a niente.

"È da un po' che non li ho più." So che devo ringraziare Carter per questo. "Comunque, c'è una fiala nella mia borsa nel cassetto del comodino. Se la vuoi," le offro, e lei mi fa un piccolo sorriso.

"Grazie," mi risponde in un modo che mi fa capire che è davvero grata, poi sbadiglia e si alza con grazia.

"Dormi bene, incantatrice ardente," le dico con un piccolo sorriso e la osservo raccogliere le carte dal pavimento per poi metterle sul tavolino.

"Anche tu, Ria," replica e pronuncia il soprannome che solo altre due persone hanno usato per me in tutta la mia vita. Non si accorge del mio pallore, ma riesco a riprendermi in tempo prima che lo noti. "Ria, la cartomante," aggiunge, e sorride.

Me ne vado senza salutarla, ma non mi sfugge che Eli continua a guardarmi con curiosità perché ha notato la mia reazione. Eli vede tutto.

* * *

La notte mi appare più tetra della precedente. Forse perché non ci sono stelle, o magari è solo una mia impressione. In ogni caso, è buio pesto.

Fa anche più freddo e, rifugiandomi nel giaccone, affretto il passo per raggiungere il negozio all'angolo che ho visto ieri sera.

"Sei silenziosa," commenta Eli mentre il vento soffia e i capelli mi sferzano il viso. Il suo accento leggero ora è più evidente di prima. Sto quasi per chiedergli spiegazioni, ma la mia mente è occupata dal re di bastoni e da chi potrebbe essere. Interpreto sempre troppo le carte... e quella lettura non era nemmeno per me.

"Sono sempre silenziosa," gli rispondo e quando mi rivolge quel sorriso affascinante e perfetto, quasi sorrido di rimando. Lo osservo guardare una casa a metà della via e so che quando lo fa devo aspettare, proprio come la sera prima, quindi attendo. Infilo le mani nelle tasche, espiro e lascio che l'aria fresca mi avvolga, calmando la mia ansia.

"Una volta avevo una ragazza a cui piacevano quelle carte. Quelle da interpretare."

"I tarocchi," preciso mentre lui dondola sui talloni, ancora in attesa sul bordo della strada.

"Sì, le piaceva leggermi le carte, una volta al giorno, e dirmi come sarebbe andata la mia giornata."

Un leggero sorriso mi sfiora le labbra. "E indovinava?" gli chiedo. Lui sbuffa e ride, scuotendo la testa.

"Si sbagliava talmente tanto che potevo essere quasi certo che sarebbe successo l'opposto."

"Le carte servono solo a farti riflettere," gli spiego, e aggiungo: "State ancora insieme?"

Lui fa cenno di no e dice: "Era completamente pazza." Una risata sincera mi sale dal petto vedendo l'espressione sul suo viso e, per la prima volta oggi, sento un calore diffondersi dentro di me. Per un attimo mi sento viva… finché la realtà di tutto ciò che sta accadendo mi colpisce con forza al centro del petto.

"Sei bravo a distrarmi," ammetto sistemandomi i capelli da un lato per proteggerli dalla brezza. Il rumore di un'auto che passa a un paio di isolati di distanza attira la mia attenzione. "Grazie," aggiungo con tutta la sincerità possibile.

"Mi dispiace che tu sia coinvolta in questa situazione," mi dice Eli e io non riesco a fare altro che stamparmi un sorriso finto sulle labbra.

Il suo auricolare ronza con la voce di qualcuno e io faccio un passo avanti, pronta a continuare, ma il suo avambraccio massiccio mi blocca. "Torniamo indietro." La sua voce è severa e non ammette repliche.

"Cosa c'è che non va?" gli chiedo, sentendo il cuore battere all'impazzata e contando quante strade abbiamo percorso. Tre. Il negozio è proprio dietro l'angolo e il nostro rifugio è a sole tre vie di distanza.

Riesco a malapena a respirare quando lui mi dice: "Adesso," ignorando la mia domanda e avvolgendomi il braccio intorno alla vita per farmi accelerare il passo.

Non riesco a seguire il suo ritmo veloce e l'angoscia mi terrorizza.

Alcune voci smorzate parlano nuovamente dal suo auricolare, e io lo osservo, cercando di ascoltare, desiderosa di sapere cosa sta succedendo.

Non c'è nessuno per strada. Neanche un'anima. Che diavolo è successo?

I fari giungono dalla mia destra. E in mezzo a tutto questo, le voci, il panico, le luci, inciampo, cadendo a terra come una stupida.

Le mie ginocchia e i palmi delle mani sbattono violentemente sul tappeto erboso e Eli cerca di trascinarmi con sé, attraversando il giardino, per dirigersi direttamente verso casa, ma io lotto per spingerlo via, così da potermi alzare. Voglio solo tirarmi su, ma lui tenta comunque di sollevarmi, facendomi male.

L'auto parcheggiata alla mia destra si accende con un rombo, il motore ruggisce e il rumore riempie la notte nel momento esatto in cui sento degli spari.

Bang! Bang! Bang! Urlo e il cuore mi balza in gola.

"Resta giù," ringhia Eli sdraiandosi sopra di me e coprendomi col suo corpo, ma non rimane lì a lungo. I proiettili non arrivano fino a noi, non sono nemmeno vicini.

Riesco a malapena a vederlo estrarre la pistola, il metallo freddo mi sfiora la spalla prima che lui spari un colpo contro l'auto.

Un numero imprecisato di pistole sta sparando. Troppe per contarle, e non so chi sia il bersaglio, ma non sono io.

Alcuni colpi raggiungono l'auto. Li sento schiantarsi contro il metallo. Si ode un tintinnio e alcuni proiettili deviano la loro traiettoria. Altri colpiscono la casa che Eli stava guardando, i mattoni si scheggiano e i frammenti cadono oltre la luce del portico, quasi come neve che scende in una fredda notte d'estate.

Tutto accade al rallentatore e io sbircio, la nuca che sbatte contro il petto di Eli mentre lui spara di nuovo contro l'auto, dicendomi di stare giù, ma io non lo faccio. Ho bisogno di sapere cosa sta succedendo. Rimango abbassata, ma mi rifiuto di coprirmi la testa per non vedere cosa sta accadendo, così posso prepararmi, se necessario.

Nell'auto ci sono quattro uomini. Li vedo chiaramente anche se sono vestiti di nero e hanno il volto coperto da cappucci. Due continuano a sparare contro l'edificio, premendo rapidamente il grilletto. Gli uomini nella casa rispondono al fuoco. I bossoli cadono a terra e il rumore mi distrae mentre un'altra raffica di proiettili si avvicina a noi, diretta verso un'altra abitazione con altri soldati alle finestre che sparano. Siamo separati dall'auto solo da una staccionata bianca, che non offre alcuna protezione, e forse un metro di prato.

Vedo gli altri due individui che erano in macchina scappare. Entrambi corrono lungo la strada come per fuggire. Si voltano e sparano, nascondendosi dietro le auto e il muro. Si avvicinano a noi.

Non riconosco l'auto da cui sono scesi. Non so chi siano queste persone, ma una di loro cade immediatamente, urlando di dolore e afferrandosi la gamba, il rosso vivo che risplende sotto la luce dei lampioni.

Bang.

L'uomo si zittisce e rimane immobile. Il mio cuore batte all'impazzata, talmente forte che riesco a malapena a sentire gli spari.

Il rumore secco dei passi risuona per la strada, superando il fracasso delle armi da fuoco.

"Stai zitta," mi dice Eli, deciso a nascondersi mentre quel bastardo che sta correndo cerca di scappare.

Lo lascerà andare.

Mi sento divorare da una rabbia e una collera che non ho mai provato prima. Bruciano troppo intensamente, non riesco a sopportarlo.

Non capisco neppure che è la mia stessa voce a gridare quando afferro la pistola di Eli con un gesto fulmineo e scatto lungo la via in direzione del vigliacco che ha aperto il fuoco contro di me e gli uomini che mi proteggono. Il codardo che si è nascosto e ha aspettato il momento giusto per colpirmi. Non lo lascerò scappare, sicuro.

Non esiste, cazzo.

I miei piedi sbattono così forte sul terreno che sento il dolore attraversarmi le cosce. Lui è a pochi metri da me e corre più veloce, ma si gira per sparare di nuovo all'edificio, rallenta e si volta, e questo mi offre una possibilità. Inspirando profondamente l'aria talmente fredda da farmi male ai polmoni, mi lancio su di lui, vedendo solo rosso.

La sua testa si schianta sul marciapiede di cemento e sento la sua pistola cadere a terra e colpire del metallo... forse una grondaia. Non l'ho riconosciuto da lontano e non lo riconosco nemmeno ora che sono vicina. Non so chi sia, se non qualcuno che ci ha attaccato.

Anche se il metallo gli frantuma il cranio, gli spari non si placano. Il sangue mi schizza sul viso, ma il suo calore non è nulla in confronto al bruciore furioso che mi scorre nelle vene. Non sento neanche Eli che mi chiama.

Non mi fermo, non riesco a smettere di colpirlo con il calcio della pistola. Non riesco nemmeno a vedere cosa sto facendo con tutte le lacrime che mi scorrono sul viso. Provo a colpirlo ancora con l'arma che ho in mano e il metallo sbatte contro la pelle sottile delle mie nocche. Fa male, lo so, ma mi spinge a farlo di nuovo.

I passi sono rumorosi e si avvicinano, ma io sento ancora l'uomo sotto di me che tenta di divincolarsi. Le sue mani spingono contro il mio petto, il mio viso, ovunque, finché non si fermano per coprirsi la faccia.

Mi blocco solo per un secondo, ma è uno di troppo, perché lui tenta di afferrare la pistola. In preda al panico, mi chino in avanti e gli do una testata, sbattendo la fronte contro il suo naso. Lui urla, ma non si ferma.

Sta ancora cercando di prendere la pistola, quindi gli sferro un colpo violento alla gola con il calcio della mia, e il suo sangue caldo sgorga dalle labbra mentre tossisce.

Mani forti mi afferrano le spalle e poi le braccia, ma io scalcio, cercando disperatamente di colpire quel bastardo che ha osato dichiarare guerra alle mie guardie.

La mia scarpa sinistra lo colpisce al mento e la sua testa scatta all'indietro, sbattendo contro il cemento. Tutto nella mia mente diventa annebbiato e Eli mi tiene stretta a sé, dicendomi di calmarmi e trascinandomi via. Tutto ciò che vedo è quell'individuo che si dà alla fuga, che se ne va senza conseguenze mentre mi portano via, attraverso i cortili e dritti al punto da cui siamo venuti.

È successo tutto così in fretta che sto ancora respirando in modo caotico e tremando quando Eli e un altro uomo, che lo ha aiutato a trascinarmi via, mi fanno entrare.

"Portatela dentro." Sento le parole di Eli, ma sono confuse e sto ancora facendo fatica a respirare.

L'aria non è più fredda, anzi, fa caldo e mi sento soffocare.

Non appena la luce intensa dell'atrio mi colpisce, li spingo via. Non voglio essere toccata, non in questo momento.

Mi rifiuto di parlare con loro, di ascoltarli mentre mi dicono di smetterla e di calmarmi.

Calmarmi? Come posso farlo quando la mia vita è diventata un incubo?

"Sono stanca di prendere ordini!" è tutto ciò che riesco a gridare, con la voce roca. Il ricordo di ciò che ho fatto riaffiora lentamente e mi dondolo sul pavimento. Ho urlato. Non me ne sono nemmeno resa conto, ma ho urlato.

Ogni volta che deglutisco, la gola mi fa male. Mi tremano le spalle e Eli cerca di confortarmi, ma io lo respingo. Davanti agli occhi vedo solo l'immagine di me che corro dietro all'uomo e il nostro combattimento.

Il tempo passa lentamente.

Regolo il respiro e pian piano mi calmo, guardandomi le mani e cercando di farle smettere di tremare. Sono piene di sangue, così le pulisco sui pantaloni, ma questo non fa altro che spargere il sangue dappertutto.

Mi dirigo verso la mia stanza, aggrappandomi alla ringhiera per non cadere. Eli mi segue, ma rimane a una certa distanza. Mi tolgo con cura i vestiti macchiati ed entro nella doccia calda per lavarmi via il sangue, anche se le mie nocche sono escoriate. Ci vorrà del tempo perché guariscano.

Passa forse un'ora, e io trascorro tutto il tempo sotto la doccia. Quando mi sento pulita, scendo le scale e apro la porta d'ingresso della casa trovando Eli, l'altro uomo e altri due che stanno di guardia.

Tutto quello che voglio sapere è il suo nome. Voglio il nome di quell'uomo. Non so perché sia così importante, ma ho bisogno di saperlo.

So che sembro ridicola con i capelli bagnati che mi si attaccano al viso e il pigiama addosso, ma parlo comunque.

"Chi è?" chiedo a Eli dalla luce dell'atrio mentre lui rimane dall'altra parte della porta, immerso nell'oscurità. "Come si chiama quell'uomo?"

"Lo scopriremo presto e te lo farò sapere subito," mi risponde, e questo mi fa solo arrabbiare di più. Come fa a non saperlo? Mi fa ancora male quando deglutisco e ancor di più quando stringo i pugni lungo i fianchi.

"Dov'è?" chiedo a Eli con i denti serrati. "Lo costringerò a parlare con le mie mani." La rabbia che provo è ingiustificata e so che sto perdendo il controllo e superando il limite, ma ormai i limiti non mi interessano più. Non quando tutti gli altri li superano.

Il silenzio è rotto solo dal frinire dei grilli oltre il cortile. Ci sono tre uomini davanti a me e nessuno mi risponde.

Sento Eli deglutire e vedo tutti gli altri uomini che mi fissano, eppure nessuno risponde.

"Dov'è?" ripeto, pronta a mandarli al diavolo se si rifiutassero di dirmelo. Non mi interessa cosa ha ordinato Carter. Non mi interessa se sono loro nemica o se pensano che mi stiano solo facendo da babysitter. "Devo sapere il suo nome!"

"È morto, Aria." La voce di Eli è più dolce di quanto mi aspettassi e io emetto un respiro tremolante. Mi osserva per valutarmi, ma in qualche modo mi conforta. "È morto."

I miei occhi guizzano nei suoi e poi si spostano sugli altri uomini. "Chi l'ha ucciso?" La mia voce è piena sia di shock che di rimorso per avergli parlato in quel modo, insieme a tutto il resto. Man mano che il tempo passa, mi sembra di calmarmi, di ritrovare il mio equilibrio. Come se sbattendo le palpebre avessi finalmente rimosso la rabbia rossa che mi accecava.

Un uomo si fa da parte, un altro sussurra qualcosa sotto il portico, ma la voce di Eli riporta la mia attenzione su di lui.

"Sei stata tu."

CAPITOLO 71

Carter

"Pensi che si rivelerà un problema?" mi chiede Jase a bassa voce, fissando la ragazza mora dall'altra parte del bar che spicca per il suo abbigliamento nel locale pieno di donne vestite con magliette aderenti e minigonne.

Con i jeans strappati sulle ginocchia e una semplice canottiera nera, non sembra proprio a suo agio in questo posto. Inoltre, sta sbattendo le mani sul bancone e urla contro i due uomini di turno stasera.

"Non è per lei che siamo qui," gli ricordo. "Lascia che se ne occupi il barista," gli dico e mi allontano dalla folla, ma Jase rimane indietro un attimo, fissando la mora sconvolta.

In questo momento mi interessano soltanto gli uomini nella stanza sul retro, che oggi hanno perso un membro della loro famiglia. Due dei nostri sono stati uccisi con un colpo alle spalle mentre erano fuori a riscuotere. L'aspetto più assurdo è che si trovavano nella parte più meridionale del nostro territorio. Quindi, qualche stronzo è penetrato nella nostra zona, si è nascosto e li ha uccisi in pieno giorno. Per la precisione, un bastardo di nome Charles Banner, ora sepolto in una fossa poco profonda grazie a Cason.

Ma questo non riporta indietro i nostri soldati. La morte è definitiva.

Quando mi avvicino alle porte sul retro, Jared le apre immediatamente e le voci sommesse dei sei soggetti all'interno si zittiscono. Sento Jase accelerare il passo dietro di me ed entrare prima che si richiudano, smorzando la musica del locale.

Intorno al tavolo, tutti e sei hanno dei drink davanti, due dei quali intatti. Le sigarette sono accese e uno dei tizi fa un ultimo tiro prima di spegnere il mozzicone. Mentre soffia fuori il fumo, gli altri cinque mi salutano e poi lui fa lo stesso.

Le gambe delle sedie di metallo strisciano sul pavimento quando Jared ne tira fuori una per me e per Jase e poi torna al suo posto a sorvegliare le porte.

"James e Logan." Deglutisco a fatica dopo aver guardato entrambi negli occhi. Il più giovane, James, ha perso suo fratello e ha ancora gli occhi arrossati. Non riesce a evitare di ricominciare a piangere quando gli dico: "Mi dispiace." Logan, invece, ha perso il suo unico cugino, ed è lui che lo ha portato qui. Vedo il rimpianto sul suo viso e non c'è niente che io possa fare per rimediare.

Gli altri quattro hanno perso tutti un caro amico.

Abbiamo sacrificato solo due uomini oggi e abbiamo eliminato quasi trenta membri della banda di Talvery, ma questo non rende le perdite più facili da accettare. Non per le sei persone sedute a questo tavolo.

"Ciò che è accaduto è una sciagura che deve essere vendicata."

"Ho sentito che l'avevate preso," interviene un ragazzo con una profonda cicatrice sul lato sinistro del viso e i capelli biondi. Tiene la bocca aperta guardandomi con occhi sgranati. "Hanno detto che è morto."

"Lo stronzo che ha strappato la vita ai miei uomini?" gli chiedo, portandomi una mano al cuore. "Quello che ha premuto il grilletto è stato freddato con un colpo alla nuca e sepolto nel retro del cantiere vicino alla statale. Domani il cemento lo ricoprirà e il suo nome verrà dimenticato." Faccio una pausa e il ragazzo annuisce. Non ricordo come si chiama, pertanto mi rivolgo agli altri quattro. Ne conosco tre, ma poi torno al biondo. *Matthew*. Esatto. "Matthew?" Lo chiamo e lui annuisce di nuovo, alzando lo sguardo dal tavolo su cui era concentrato.

"Puoi chiamarmi Matty." Si illumina per un attimo, ed è allora che mi ricordo che uno dei ragazzi morti era un suo vicino. Sono cresciuti insieme.

"Quanti anni hai?"

"Ne ho appena compiuti ventidue," mi dice, e io mi giro facendo cenno a Jared di avvicinarsi. "Servigli da bere a volontà per tutta la settimana. Bisogna festeggiare i compleanni. Ogni giorno di vita va celebrato."

"Grazie, capo," risponde Matty e io scuoto la testa, non desiderando in alcun modo la sua gratitudine.

"L'uomo responsabile della morte di tuo fratello," guardo James e poi Logan, "e della morte di tuo cugino, Nicholas Talvery, morirà non appena avrò la possibilità di porre fine alla sua vita."

Faccio una pausa, ricordando come abbia provato a uccidermi e quanto sia subdolo quel bastardo. Sempre pronto a preparare e a schierare i suoi soldati per colpire alle spalle gli ignari, come i miei fratelli, quando eravamo solo dei bambini. "Nessuno," la mia voce si fa dura, "ci porterà via qualcosa senza subirne le conseguenze."

Il mio cuore batte forte mentre guardo negli occhi i due uomini alla mia destra. "Ha ucciso la tua famiglia e io gli taglierò la testa per questo."

"Alla fine di Talvery," Matty alza il bicchierino da shot che ha in mano e gli altri fanno lo stesso.

Talvery.

Mi sento intorpidito mentre loro mandano giù i loro drink e si confortano a vicenda.

"Alla fine di questa guerra," dice Jase, prendendo un altro bicchierino e riempiendo il suo e poi quelli degli altri.

Il morale del ragazzo migliora, anche se Logan sembra ancora smarrito. James gli dà una pacca sulla schiena e lui si curva, scuotendo la testa e continuando a piangere.

Questa guerra è inutile. Una lotta tra Romano e Talvery, nonostante possiedano già tutto. Uomini avidi ed egoisti disposti a sacrificare vite pur di danneggiare l'avversario.

Io l'ho sostenuta.

Jase ne vuole ancora.

E Aria si trova nel mezzo di tutto questo.

"Se avete bisogno di qualcosa, sapete chi chiamare," sento Jase ricordare a bassa voce ai due soldati sulla destra, poi si alza e io faccio lo stesso. Mi abbottono la giacca e lo osservo attentamente.

Nessuno di loro mi ritiene responsabile, e questa è la parte peggiore. Sono amareggiato dal fatto che non mi critichino, quando invece dovrebbero. Sono stato io a trascinarli in questa situazione.

Per lei.

Ho accettato di farlo… per lei.

L'unico elemento che riesco a percepire è il rumore dei passi di Jase che mi precede, perché mi sento sopraffatto. Magari la mia fine sarà proprio questa. Morirò strozzato da ogni maledetta scelta sconsiderata che ho fatto.

Sento il telefono vibrare in tasca. Suona da quando siamo arrivati al bar, ma volevo entrare e sbrigare la faccenda per garantire agli uomini il rispetto che meritano. Era il minimo che potessi fare.

Sentirlo squillare di nuovo quando usciamo nell'aria della notte e aspettiamo che arrivi la macchina, mi provoca la stessa irrequietezza e il disagio che non mi hanno più abbandonato da quando ho lasciato Aria da sola sul letto.

"La mora se n'è andata," commenta Jase, appoggiandosi al cavalletto sul marciapiede che elenca tutte le promozioni sulle bevande all'interno del locale.

Tirando fuori il telefono, guardo il suo profilo e per un attimo colgo la malinconia nei suoi occhi. Sta controllando il parcheggio e, al di là, la strada trafficata. Sono consapevole dei suoi pensieri. So cosa significa quello sguardo.

"Stai bene?" gli chiedo, e lui si schiarisce la gola, tossendo nel pugno e allontanandosi dal cavalletto.

"Sì," risponde e si passa una mano sulla nuca. "Non riesco a credere che Talvery abbia sacrificato un tipo del genere. Credeva davvero di uscirne vivo?" si domanda, e mi chiedo se mi stia dicendo la verità su ciò che pensava o se la mia intuizione fosse corretta.

Il rombo del motore e il suono rassicurante della mia auto che si avvicina attirano la nostra attenzione e mi evitano di fargli ulteriori domande e di ficcare il naso.

Solo dopo aver aggirato la vettura e aver aperto la portiera prendo in mano il cellulare e noto le chiamate perse e i messaggi. Eli non manda mai messaggi, e sa che non deve farlo.

A è al sicuro, ma è successo un casino. Chiamami appena puoi.

È l'unico messaggio che abbia mai ricevuto da lui. Lo leggo più e più volte, senza respirare.

Lei è al sicuro. L'ansia mi assale e non mi lascia, costringendomi a sbottonare il colletto mentre vado verso il lato del passeggero e dico a Jase di uscire e guidare. La mia mano sbatte sul tetto quando lui non si muove abbastanza velocemente. "Guida tu!" gli urlo contro e sento la paura che mi attanaglia la gola.

Lei è al sicuro.

"Che succede?" Non obietta, ma mi fissa per tutto il tempo spostandosi dall'altra parte.

Con la chiave nell'accensione, se ne sta lì seduto a fissarmi mentre richiamo Eli.

"Dai," gli dico con tono seccato.

"Che succede?" mi chiede di nuovo.

"Guida fino al rifugio," sbraito, irritato dal fatto che Eli non risponda e incazzato perché sono qui e non con Aria. Ma soprattutto, ho paura che le sia successo qualcosa. Sono passati quasi quaranta minuti da quando mi ha chiamato.

Il telefono smette di squillare e parte la segreteria. *Che figlio di puttana.* Mi sporgo in avanti, con i palmi delle mani sul cruscotto, e cerco di calmarmi. *Lei è al sicuro.*

"Ripetimi ancora una volta perché dovremmo assumerci più responsabilità quando la situazione è fuori controllo," mormoro a Jase che si ferma allo stop.

"Che cos'è successo?" mi chiede di nuovo, con incredulità nella voce. Fisso mio fratello, senza sapere cosa dire perché non ne ho la più pallida idea. Ho bisogno di capire.

"Lei è al sicuro," dico ad alta voce, ma è più che altro un promemoria per me stesso e Jase mi chiede: "Aria?"

Mentre annuisco, il telefono mi squilla in mano.

"Eli," rispondo rapidamente, sentendo il battito accelerare.

"Abbiamo un problema," mi dice. Nel frattempo, Jase gira a destra e poi si ferma al semaforo, fissandomi invece di guardare la strada.

"Quattro uomini sulla First Street hanno sparato alla nostra squadra. Sapevano dove si trovavano i nostri e hanno preso di mira le due postazioni alla fine del blocco di sicurezza. Solo uno è stato colpito, ora è dal medico e se la caverà."

Espiro profondamente e ingoio il nodo che mi stringe lo stomaco. *Aria sta bene,* mi ripeto. Chiudo gli occhi e mi appoggio al poggiatesta.

Il mio cuore scalpita, più che pulsare.

"Di chi sono quegli uomini?" gli chiedo, e lui risponde: "Non sono né di Romano né di Talvery."

Stringo la mascella e il pugno. Fantastico, cazzo. È l'ultima cosa di cui ho bisogno in questo momento. Un altro stronzo che mi rompe le palle.

"Nient'altro?" domando, aprendo gli occhi e fissando l'abitacolo dell'auto. Le luci rosse e bianche provenienti dall'esterno danzano sul soffitto e lui aggiunge: "Tutti e quattro i tizi sono morti, ma erano noti per frequentare l'uomo che ha cercato di rapire Addison. Quello che Daniel ha ucciso quando controllava l'Iron Heart. Mercenari. E Carter…" Fa una pausa e lo stesso fa il battito nel mio petto. So che ha a che fare con Aria. Lo sento. "Ero con Aria in quel momento. Lei era lì."

Non riesco a deglutire. Ci provo, ma non ci riesco. C'è qualcosa che mi blocca e non riesco a respirare.

"Sta bene. Ma era lì e ha fatto fuori uno di quei tizi."

Il mio sguardo si sposta su Jase, che mi sta chiedendo cosa sta succedendo. Riesco solo a fissarlo e a domandargli: "Cosa vuol dire che ha fatto fuori uno di quei tizi? Dovevi proteggerla!" Il furore non è nulla se paragonato a tutte le altre emozioni che provo. Lo shock e l'angoscia per il fatto che fosse presente, il conforto di saperla illesa e l'orgoglio nello scoprire che ha combattuto al fianco dei miei uomini.

Lo sento sbuffare e sembra che cambi orecchio per dirmi: "Ha ucciso un tizio. Mi è sfuggita, l'ha inseguito per strada e l'ha picchiato a sangue."

La mia Aria. Il mio passerotto.

"Me lo ricorderò la prossima volta che mi minaccia," dico sottovoce provando a immaginare che succeda, ma proprio non ci riesco. Non me la figuro affatto.

"È arrabbiata?" gli chiedo, sapendo che lo sarà. Desidero ardentemente che torni a essere felice. Che tutto questo finisca e lei mi guardi come faceva un tempo.

"Non la sta prendendo bene, ma onestamente non stava bene nemmeno prima."

"C'è altro che dovrei sapere?" gli chiedo scorgendo il cartello per Hill Road. Jase gira l'angolo senza rallentare e le gomme stridono mentre Eli mi risponde di no.

"Sarò lì tra un minuto. Raduna i ragazzi, voglio esaminare tutto e vedere il filmato."

CAPITOLO 72

Aria

Ho ucciso due uomini, eppure non provo alcun rimorso.

Mentre mi pettino davanti allo specchio, non sento il minimo pentimento. Sono vuota dentro, non provo niente, nemmeno rabbia. Non sento nulla per l'uomo che ho ucciso stanotte. Ricordo i suoi occhi spalancati pieni di paura. Le sue mani su di me che mi spingono via. Sento il tonfo della pistola quando si schianta contro di lui più e più volte.

Eppure non provo nulla.

Nemmeno per Stephan. Pensare a lui non mi fa provare nulla.

La spazzola tira i capelli in corrispondenza di un nodo, così mi prendo il tempo necessario per districarlo con cura.

Penso davvero di essere malata. Non può essere normale non provare nulla visto che solo poche ore fa ho assassinato una persona. I miei occhi vagano verso lo specchio fissando la donna che sono diventata. Sono uguale a prima. Gli stessi occhi, quelli di mia madre. Tutto uguale a mesi fa.

Ma non sono più quella ragazza. Il problema è che non so più chi sono.

Senza Carter… Improvvisamente le emozioni tornano a travolgermi e devo sbattere la spazzola sul ripiano del bagno. È un mobile antico e fisso il legno consumato dal tempo sperando che mi dia delle risposte e mi tolga questo dolore.

Mi aveva detto che sarei stata sempre sua e questo mi dava una sensazione di libertà. Ma ora che mi ha lasciata, quella stessa libertà mi spaventa. Non credo che mi riprenderà mai con sé e questo mi lascia un senso di vuoto dentro. Non mi resta altro che la sofferenza di non essere amata da lui.

Traggo un respiro profondo, sapendo che devo accettarlo e pensare a dove andrò e chi sarò quando questa settimana e questa guerra saranno finite.

L'unica cosa che so per certo è che sarò sola. E questa pare l'eventualità più terribile, quando ci si sente svuotati.

Non voglio stare da sola.

Il bussare alla porta della camera mi fa trasalire e quasi salto sulla sedia. "Avanti," grido, aprendo il cassetto del mobile del bagno e mettendoci dentro la spazzola.

Il mio sguardo cade sul telefono ancora appoggiato sul mobile. È rimasto silenzioso tutto il giorno e tutta la notte.

Che senso ha avuto darmelo, se non aveva intenzione di usarlo?

Funziona in entrambi i sensi. So che potrei chiamarlo. Ma preferisco che la tensione distrugga ciò che è rimasto tra me e Carter. È meglio lasciar perdere, così quando la mia permanenza qui sarà conclusa, sarà meno doloroso andarsene.

"Non sei ancora a letto?" La voce di Addison risuona nella stanza.

"Non riesco a dormire," le dico, senza guardarla negli occhi. Anche se non provo rimorso per quello che ho fatto, non voglio che Addison lo sappia. Non voglio che mi guardi e veda la cinica assassina che sono diventata.

"So come ti senti," sospira e si avvicina al mio letto. Sedendosi sul bordo, solleva le ginocchia e appoggia i talloni sul materasso. "Volevo vedere come stavi," mi dice esitante. La sua voce è attenta e premurosa, eppure i suoi occhi si spostano dalle sue unghie dei piedi smaltate al punto in cui sono seduta. Sembra restia a condividere ciò che le passa per la testa.

Il mio battito accelera. Forse lo sa già.

"Che c'è?" le chiedo, decisa a non soccombere all'ansia. Sono quello che sono. Ho fatto quello che ho fatto. Se lei non riesce ad accettarlo, non posso farci niente. Non posso tornare indietro.

"Quando sono scesa, Eli mi ha detto che avevi bisogno di un po' di spazio. Mi è sembrato di sentire qualcosa fuori… Ho deciso di non andare a dormire e di farmi una doccia, ma quando sono uscita mi è parso di sentire…" Tocca nervosamente lo smalto ancora fresco sulle unghie e mi lancia un'occhiata. "Ha detto che eri sotto la doccia, ma di lasciarti un po' di spazio perché non eri in te?" mi chiede, dubitando delle parole di Eli.

Deglutisco a fatica, annuisco e mi inumidisco le labbra. "C'è stato un incidente mentre andavo al negozio all'angolo, ma ora va tutto bene." Alzo le spalle e torno al mobile del bagno. Prendo il telefono e glielo mostro, per poi lasciarlo cadere sulle mie ginocchia. "Niente di così grave da spingere Carter a chiamarmi per rimproverarmi," rispondo con sarcasmo alzando gli occhi al cielo, nel tentativo di sdrammatizzare la verità su ciò che è successo.

Addison dà un'occhiata al telefono, poi incrocia il mio sguardo e mi chiede: "Quindi stai bene?"

"Sì," rispondo con semplicità e spero che lei lasci perdere.

"E tu e Carter?" domanda, poi aggiunge: "Se non vuoi parlarne, va bene lo stesso." La sua voce è più alta, ma non sembra offesa. "So che a volte alle persone piace tenersi le cose per sé."

"A me piace parlare," ammetto onestamente, poi sento affiorare un sorriso triste. "A volte." La mia voce è talmente flebile che dubito mi abbia udito. "Alcuni argomenti li eviterei volentieri, ma anche in quel caso, ho sempre voglia di parlare di qualcosa. E a proposito di Carter…" L'emotività mi chiude la gola, impedendomi di esprimermi con facilità. "Riguardo Carter, penso che forse la cosa migliore, di cui valga la pena discutere, sia come voltare pagina con qualcuno che ami ma da cui non sei ricambiata."

"Mi dispiace." La compassione nella voce di Addison fa precipitare l'angoscia dal petto fino allo stomaco.

"La realtà è questa. Lui ha commesso degli errori, io ho fatto i miei, ma in ogni caso non ha importanza. Non potremo mai stare insieme. Non essendo le persone che siamo." Le frasi mi escono con una scioltezza e una lucidità inattese. L'espressione di Addison resta comprensiva ma indaga nel mio sguardo in cerca di una risposta. Non so quale.

"Cosa succederà allora?" mi chiede, inspirando profondamente mentre avvolge le braccia attorno alle gambe e appoggia il mento sulle ginocchia. Seduta a pochi metri da lei, davanti alla toeletta, vorrei tanto avere una risposta da darle, ma tutto quello che mi viene in mente è: "Forse prenderò esempio dalla mia amica Addison e viaggerò per il mondo."

Con un sorriso pieno di speranza e ottimismo, aggiungo: "Mi piacerebbe essere come lei."

Il sorriso di Addison è tutt'altro che gioioso quando risponde: "Ho sentito che l'ha fatto perché aveva paura." Piega la bocca e si morde il labbro inferiore. "Sono scappata, Aria. L'ho fatto perché non riuscivo ad affrontare ciò che era rimasto qui."

"Te ne sei pentita?"

"No," risponde con un respiro affannoso e sembra fare fatica ad aggiungere qualcos'altro, quindi la incalzo. "Qualunque cosa tu stia pensando," le dico, "non devi nascondermela. Non ti giudicherò."

"Non me ne pento, perché tutto questo mi ha riportata qui, da Daniel." La sua voce si incrina e lei distoglie lo sguardo, tornando a fissare la porta chiusa della camera da letto.

"Quindi, tu e Daniel…?" le chiedo mantenendo un sorriso debole, nonostante il mio stomaco sia in subbuglio. Lei tornerà da lui e io rimarrò sola.

"Lo amo, Ria," mi dice dolcemente, senza rendersi conto di quanto stia smuovendo ogni emozione dentro di me.

"Lo so." In qualche modo riesco ad ammettere la verità senza lasciar trasparire quanto mi faccia male. Perderò Carter perché non sono la donna di cui ha bisogno. E perderò anche Addison, perché Daniel non la lascerà mai andare e nemmeno lei lo farà. Anche se questo significa chiudere un occhio sul suo comportamento.

Come se mi leggesse nel pensiero, mi spiega: "A volte non sono d'accordo con quello che fa, ma so che ha le sue ragioni. E mi dispiace tanto, Aria," si scusa, e io la interrompo, agitando la mano con noncuranza.

"Smettila. Non scusarti. Ora capisci, vero?" le chiedo, sentendomi senza fiato per la domanda. Per l'idea che, nonostante la sua risposta, potrebbe comunque non comprendere il complicato groviglio di sofferenza e amore che Carter e io abbiamo creato insieme.

"Non sono d'accordo," mi dice con occhi tristi, ma non nega di capire il perché.

"Non devi," le rispondo e poi mi strofino gli occhi per la stanchezza. "È strano, ma sapere che mi capisci mi fa sentire meglio. Anche se non è comunque…" Giusto. 'Giusto' è la parola che sto per pronunciare, ma non può essere quella corretta. Perché non mi importa quanto fosse sbagliato quello che avevamo, era giusto per me.

E non accetto di etichettare come un errore quello che c'è stato fra noi.

"Ti dà fastidio che io ami ancora Daniel?" mi chiede, e io scuoto la testa.

"Se fossi in te, lo amerei anch'io. Lui lotterà per te fino al giorno della sua morte." Mi viene quasi da piangere, sapendo che è proprio quello che farebbe Daniel. Mentre Carter non mi dice nemmeno che mi ama. Non dovrebbe importarmi così tanto, ma non sentire quelle parole da lui… ha ucciso una parte di me che non credo potrà mai più esistere.

Mi sfugge uno sbadiglio e la stanchezza e il peso di tutto quello che è successo oggi, ogni perdita, ogni fallimento, mi fanno venire voglia di addormentarmi.

Potrei dormire per sempre se il sonno fosse in grado di portare via questo dolore.

"Non volevo entrare in tutti questi dettagli," si scusa Addie, alzandosi dal letto e sistemandosi i capelli di lato, poi aggiunge: "Prima non ho dormito e mi chiedevo se tu avessi un'altra di quelle fiale."

Alzandomi dalla toeletta, lascio il telefono sul piano di legno consumato e mi dirigo verso il comò. C'è così tanto silenzio stasera che solo quando apro il cassetto e ascolto il rumore della guida che scorre mi rendo conto che non sento i grilli. Ci sono sempre stati nelle ultime due notti, ed erano così rumorosi che ho dovuto fingere che mi stessero cantando una ninna nanna per riuscire a dormire.

Con la fiala in mano, chiudo il cassetto con un tonfo secco e sbircio fuori dalla finestra.

"È buio stasera, vero?" chiedo ad Addison, sfiorando con le dita la tenda sottile prima di tirarla indietro e guardare fuori.

"Sì. Forse domani vedremo le stelle," dice con un accenno di sorriso sulle labbra.

"Sogni d'oro." Le parole mi sfuggono quando le passo la fiala e lei mi dà la buonanotte.

Dopo essere rimasta sola nella stanza silenziosa e buia, non posso fare a meno di pensare che sia l'ultima sera in cui le darò la buonanotte. Me lo assicura qualcosa dentro di me che mi raggela.

Tiro indietro le coperte e mi infilo nel letto. Mi copro fino al collo e fisso la maniglia di vetro della porta pregando che il sonno prenda il sopravvento, ma i nervi mi si contorcono nello stomaco al punto di farmi stare male. E per quanto stringa forte le coperte, sono gelata. Soprattutto le dita dei piedi.

Tento di alzarmi per mettermi i calzini, ma non ci riesco. Una paura infantile e un sentimento profondo nella mia anima mi spingono a rimanere dove sono, e io ascolto quella paura, le obbedisco.

Finché i miei occhi stanchi non iniziano a bruciare e cala l'oscurità.

Proprio mentre li chiudo, provando il sollievo del sonno scorrere in me, mi sembra di sentire la porta aprirsi, ma quando riapro gli occhi la vedo chiusa. Non c'è nessuno qui.

Ci sono solo buio e silenzio… I segni della solitudine che stanotte mi accompagnano.

Le urla di Addison mi strappano dal mio sonno senza sogni. Il cuore mi batte forte contro la gabbia toracica quando la sento gridare di nuovo.

L'orologio sul comò mi mostra l'orario; è passato parecchio tempo, devo essermi addormentata.

Le gambe mi sembrano pesanti mentre lotto con le coperte per muovermi abbastanza velocemente da alzarmi e raggiungerla.

Faccio un respiro profondo e arrivo a metà strada dalla porta prima che questa si spalanchi.

"Aria," grida tirandomi talmente forte a sé da togliermi quel poco di fiato che ho nei polmoni. Dal modo in cui trema e in cui le sue unghie mi graffiano la pelle, capisco che c'è qualcosa che non va.

"Era qui," sussurra con voce intrisa di terrore. "L'ho sentito," piagnucola, allontanandosi da me per chiudere la porta della mia camera da letto.

Mentre indietreggia, per poco non mi sbatte addosso e sussulta quando le prendo la mano con delicatezza.

La sua paura è contagiosa e faccio fatica a rimanere calma, ma senza avere idea di cosa stia parlando, devo chiederle: "Chi? Chi c'era qui?"

"Tyler," mi dice, e poi le lacrime iniziano a rigarle il viso. Non batte ciglio e mi fissa, sperando che io le creda. "Tyler… sembrava così reale. Era lì, Aria. L'ho sentito."

Ho la pelle d'oca su tutto il corpo e lo stesso brivido che mi aveva trafitto la nuca alla vista del re di bastoni mi pervade di nuovo.

"Tyler?" le chiedo, sapendo che Tyler è il quinto fratello dei Cross. Il più giovane. Quello che è morto.

"Era così reale," mi dice e mi afferra i polsi con troppa forza. Anche se mi fa male, non mi tiro indietro, non posso. "È arrabbiato," spiega con parole rauche e sommesse. La profonda intensità del suo sguardo mi costringe a percepire la veridicità e l'angoscia delle sue parole.

Prosegue con enfasi: "All'inizio mi ha solo abbracciata e giuro che l'ho sentito. Sentivo che mi stringeva forte." Mi lascia andare per coprirsi gli occhi, cadendo in ginocchio e scoppiando in lacrime, ma non smette di raccontarmi cos'è successo.

"Mi ha abbracciata e mi ha detto che mi ama ancora. Ha detto che va bene amare Daniel. Lui mi ama ancora e resterà con me. Ma Aria," finalmente mi guarda, con gli occhi arrossati, "è arrabbiato perché ce ne siamo andate. Non è mai stato così. Tyler non si è mai infuriato e ha detto che dobbiamo tornare indietro. Mi ha afferrato le braccia. Mi ha fatto promettere." Ansimando, si stringe le braccia intorno al corpo, ancora in ginocchio e tremante di paura.

Mi abbasso al suo livello con le gambe molli. Le mie ginocchia toccano il freddo pavimento in legno. Stringendole delicatamente le spalle, aspetto che mi guardi negli occhi.

"Era un sogno," le dico, e lei scuote la testa.

"Era così reale."

"È la droga," provo a spiegarle, ma lei scuote la testa con più forza, i capelli che le sbattono violentemente sulle spalle.

"Mi ha detto di dirti una cosa." Sbattendo le palpebre per trattenere le lacrime, tira su con il naso e aggiunge: "Ha detto di stringerlo più forte che puoi, altrimenti morirà." Il sangue mi si gela nelle vene mentre la guardo negli occhi.

Ricordo il terrore che ho provato. Era solo un sogno.

Anche in questo caso è solo un sogno. Ma non so come convincerla.

"Mi ha detto di andarmene e io devo farlo," mi sussurra. "Devo tornare indietro." Il rimorso nell'aria tra noi è palpabile. E il mio cuore sprofonda ancora di più.

Non dico una parola, limitandomi a stringerla forte a me fino a quando il rumore della porta della camera che si spalanca ci fa sobbalzare entrambe.

Ho ancora il cuore in gola quando vedo Eli sulla soglia, la sua figura nera si staglia nella luce del corridoio.

"Ho sentito urlare e sono venuto nella tua stanza," ansima pesantemente e poi entra, con un'espressione di sollievo sul volto. "Quando sono arrivato, era vuota. Mi hai spaventato a morte, Addison," dice Eli con il suo forte accento, passandosi una mano sul viso, gli occhi iniettati di sangue che tradiscono il sonno e la preoccupazione.

Addison non mi lascia andare, non si muove. Si limita a guardarlo in silenzio.

"Stai bene?" le chiede, e lei scuote la testa.

Inizia a parlare con voce roca, ma poi si rivolge a me: "Voglio andare..."

Mi fissa negli occhi e io le faccio un piccolo sorriso, stringendole la mano e sedendomi sui talloni per dirle: "Vai."

"Che succede?" chiede Eli e Addison mi abbraccia forte. Le lacrime non smettono di scorrere quando mi sussurra: "Vieni con me, ti prego."

L'idea di tornare da Carter...

"Lui non mi ama," è tutto quello che riesco a dirle, sentendo l'ultimo frammento di speranza appassire e morire dentro di me. "Non c'è niente per me lì."

Il suo sguardo non si stacca dal mio. Anche quando Eli si avvicina, sovrastandoci e aspettando una risposta.

"Domani," sussurra, poi mi abbraccia un'ultima volta. Sento le sue lacrime sulla mia spalla e prometto a me stessa che non la dimenticherò. La nostra amicizia durerà per sempre, anche se non ci rivedremo mai più.

Lei interrompe l'abbraccio prima che io sia pronta a lasciarla andare. Si alza e si liscia la camicia da notte, per poi asciugarsi le lacrime dagli occhi.

Accarezzandosi il braccio e con aria imbarazzata, informa Eli: "Non voglio dormire."

Gli passa accanto prima che lui possa dire altro, scivolando nella luce gialla che filtra dalla porta e andando a destra invece che a sinistra, verso la cucina, lontano dalla sua camera da letto.

"Sta bene?" mi chiede Eli con un tono che suggerisce che ha davvero bisogno di saperlo; è sinceramente preoccupato per lei.

L'angoscia mi attanaglia quando mi sollevo sulle gambe tremanti, ancora infreddolita, esausta e spaventata. Non mi piacciono gli spettri che provoca quella droga.

Stringilo più forte che puoi, o morirà.

Un brivido mi percorre la pelle e guardo Eli negli occhi per dirgli: "Ha solo avuto un incubo. Era un brutto sogno."

Lui rimane in silenzio per un attimo e io sbircio da sopra la spalla per controllare l'ora: sono le tre passate e vorrei solo dormire un po'.

"Dovresti andare da lei," gli suggerisco, desiderando di restare sola, e lui aggrotta la fronte con una domanda che non esprime a voce.

Rimane lì un secondo più a lungo di quanto vorrei, quindi guardo ostentatamente la porta e poi di nuovo lui.

"Non riesco mai a capirti," dice Eli e quasi si allontana da me per andarsene, ma io lo fermo.

"Cosa significa?"

"Non so da che parte stai e questo ti rende…"

"Mi rende cosa?" Lo spingo a continuare, anche se c'è un sottofondo minaccioso nel mio tono. I giorni in cui ho potuto contare sulla sua protezione stanno per finire. So quale sarà il mio posto quando mio padre non ci sarà più. Eli non è un mio alleato. Sono abbastanza intelligente da capirlo.

"Ti rende pericolosa. E mi fai diventare diffidente nei tuoi confronti perché non so da che parte stai o contro chi sei."

"Sto dalla parte di molte persone. Le uniche a cui mi oppongo sono quelle che mi intralciano." Accompagnandolo all'uscita, lo guardo negli occhi e concludo: "Ricordatelo." Poi chiudo la porta e cerco di scrollarmi di dosso la sensazione di vuoto e nausea che cresce dentro di me.

CAPITOLO 73

Carter

Appoggiato alla ringhiera in fondo alle scale, continuo a sentirla ripetere la stessa bugia.

Lui non mi ama.

Per me è una menzogna, ma forse lei ci crede davvero.

"Ha decisamente un carattere tutto suo," mormora Eli sedendosi sull'ultimo gradino.

"Puoi dirlo forte." La mia espressione è inamovibile, non riesco a evitare di essere accigliato. Ingoiare il groppo in gola è una sofferenza.

"Sono stanco, cazzo," mormora, e io gli dico di andare a letto.

"Tu resti qui?" mi chiede. Annuisco. Non riesco a muovermi, non dopo averla sentita pronunciare quelle parole. L'urlo di Addison mi ha svegliato, ma lei è stata più veloce. Non ho sentito tutto, ma ho capito l'essenziale: Addison vuole tornare indietro, e Aria no.

Il mio cuore sembra essere stato calpestato, travolto da un carro armato e i pezzi rimasti abbandonati in un lurido canale di scolo.

"Non so cosa fare con lei," rifletto ad alta voce; non mi piace dove stanno andando i miei pensieri. La rivoglio nella cella. Sto valutando di rimetterla lì. Sarà al sicuro e col tempo mi perdonerà. Deve farlo.

"Non ti fidi di lei?" mi chiede, guardandomi e aspettando la mia risposta.

"Sono sicuro di sapere cosa farà a questo punto." Mi concentro per mantenere il respiro regolare e sento Addison al piano di sopra aprire il rubinetto in cucina. Le nostre voci non dovrebbero arrivarle chiaramente, ma se volesse, potrebbe sentirci.

Eli sospira e annuisce, poi si passa una mano sul ginocchio.

Da bambino odiavo il padre di Aria. Lo detestavo per avermi lasciato in vita e per ciò che aveva fatto a me e alla mia casa, oltre a quello che aveva cercato di fare ai miei fratelli.

Eppure, non l'ho mai detestato tanto quanto ora. So che, nel momento in cui gli farò saltare il cervello, ucciderò anche lei. Posso già immaginare come mi guarderà. Sento le sue unghie conficcarsi nella mia pelle e artigliarmi. Riesco a udire le sue urla.

La morte di suo padre la allontanerà da me. Siamo appesi a un filo sottile, ed è solo colpa sua. La mia mascella si contrae ed espiro lentamente e con calma, fissando la modanatura che adorna le scale, pur percependo lo sguardo di Eli addosso.

Il silenzio si protrae finché non gli chiedo: "Cosa ne pensi di lei?"

"Di Aria?"

Con un semplice cenno del capo, valuto la sua espressione, il linguaggio del corpo e il suo tono. Tutto. Non riesco a spiegare perché, ma ogni volta che uno dei miei uomini si trova con lei o pronuncia il suo nome, l'ansia mi assale. Lei è la mia debolezza e voglio che riceva solo rispetto e timore.

Ma considerando tutto quello che è successo, non credo che nessuno sappia cosa pensare esattamente di lei o di noi.

"Penso che abbia il cuore di un'amante e l'indole di una lottatrice."

"Sembri un vero irlandese," gli dico, sbuffando alla sua risposta.

Con un mezzo sorriso storto, aggiunge: "Non vorrei essere suo nemico e penso che voi due… insieme, incuterete timore."

"Neanch'io vorrei essere suo nemico," ammetto, con lo stomaco che si stringe e la gola chiusa. Ma in effetti lo sono. E lo sarò sempre.

Non è lei che rende impossibile il nostro stare insieme.

E nemmeno io.

Non abbiamo mai avuto una possibilità. Abbasso lo sguardo, controllando il torpore che mi pervade la pelle. La volevo talmente tanto che non ho osato guardare oltre il mio desiderio e vedere le sfide radicate nelle nostre stesse anime.

Potrà anche provare ad amarmi, ma mi odierà sempre.

"Pensi di sapere cosa farà dopodomani? Quando saranno tutti morti?"

mi sussurra la domanda e io annuisco, sentendo il nodo insopportabile alla gola stringersi ancora di più. I media saranno in subbuglio e la polizia non resisterà ancora a lungo. Abbiamo promesso che domani sarebbe stato l'ultimo giorno in cui avremmo avuto bisogno che restassero nella zona ovest mentre noi avremmo invaso quella est. Un solo proiettile alla testa di Talvery, e le sue fazioni cadranno.

Domani ammazzerò suo padre.

"Penso che mi ucciderà. E penso che si odierà per questo, ma sentirà che era ciò che doveva fare." Lo sguardo di Eli si abbassa e il mio stomaco si serra ulteriormente. Ho le dita intorpidite al punto di dover stringere e rilassare la mano ripetutamente, ma senza riuscire a farle funzionare di nuovo.

"È… un…" Non riesce a rispondere.

"Ho scelto di essere suo nemico e di portarle via tutto. Non importa se lei pensa di amarmi." Il gelo si propaga nel mio petto come una frattura in una lastra di ghiaccio. "L'odio è più forte." Sono sorpreso da quanto siano decise e spietate le mie parole. "Vorrà vendicarsi per quello che sto per fare. Io farei lo stesso."

Eli guarda oltre la sua spalla e lungo il corridoio, verso la camera da letto di Aria. "È per questo che non sei andato da lei?"

Non fidandomi di me stesso, annuisco e basta. Non riesco a guardarla negli occhi e confessarle quanto lei signifıchi per me, sapendo quanto le farò male domani.

Non lo farò. Non sono così crudele.

Bang, bang, bang, bang!

Una scarica di adrenalina mi sale dalle dita dei piedi fino al petto, paralizzandomi e poi scuotendomi al suono degli spari in lontananza. Stringo con forza la ringhiera mentre Eli si alza e parla nel dispositivo che indossa al polso.

"Da dove provengono?" chiede, e io apro la telecamera di sorveglianza sul mio telefono, continuando ad ascoltare. Sembrano giungere da diversi isolati di distanza, e in pochi secondi vedo due auto che bloccano la strada e degli uomini che si sporgono dai finestrini.

"Da est," risponde Eli, ma io lo so già. Il cuore mi batte più forte e mi spinge a reagire. Percepisco il metallo duro della pistola nella mano.

Sento gli uomini urlare in fondo alla strada e altre raffiche di proiettili, il sangue mi ribolle. Tre isolati al massimo.

Un sorriso malato mi sfiora le labbra. Avrei dovuto sapere che Talvery avrebbe reagito in modo avventato. Mandando a morte ciò che resta dei suoi uomini.

Le voci risuonano chiare dall'auricolare di Eli:
Sparatoria in Main Street.
Quattro uomini su Abbey Road.
Due auto in arrivo da Dorset.

"Bloccate la Quarta Strada; fateli entrare a piedi e non trattenete il fuoco." Do l'ordine a Eli e lui ripete parola per parola ciò che ho detto.

I colpi risuonano come fuochi d'artificio e i passi pesanti di Addison si propagano nel corridoio. Poco dopo, bussa con forza alla porta di Aria.

Salgo le scale due gradini alla volta, mi aggrappo alla ringhiera e la raggiungo il più velocemente possibile. Giunto alla porta, le avviso: "Restate lì dentro e chiudete la porta a chiave. Non apritela a nessuno tranne che a Eli." Tutte le parole mi escono di getto in un unico respiro e lei mi guarda per un attimo, senza fiato ed esitante, prima di annuire.

Il mio cuore batte forte, più forte di quanto abbia fatto da molto tempo. Mi ci vuole un attimo per capire che è dovuto alla paura molto reale di perdere Aria.

"Non permetterò che accada nulla a nessuna di voi," dico fissando Addison negli occhi e desiderando che fossero quelli di Aria. Lei è proprio dietro la porta e mi attira con la sua presenza. Soffro sapendo che è così vicina, ma mi rifiuto di entrare.

Se lo facessi, non saprei più come andarmene.

"Resta qui dentro." Riesco a malapena a pronunciare l'ordine, ma Addison mi sente. Per un attimo mi chiedo se Aria mi abbia udito. Il mio passerotto. Il nodo alla gola si stringe quando Addison si ritira all'interno della stanza. Non mi ha detto una parola.

Neanche una.

Ogni muscolo del mio corpo è teso e in contrasto con ciò che devo fare.

I suoni smorzati di un uomo che grida e gli spari continui sono accompagnati dalle urla di Eli che sbraita ordini al piano sotto di noi.

Cerco di calmarmi e di risvegliare il mio lato spietato che porrà fine a tutto questo con la stessa rapidità con cui è iniziato.

I proiettili riecheggiano chiari. Armi automatiche che squarciano i mattoni delle case e le carrozzerie delle auto. Le finestre vanno in frantumi e gli uomini urlano.

Quindi mi muovo.

Rapidamente e con determinazione, giù per le scale.

Ho lo stomaco in subbuglio ed è la prima volta che ricordo di aver rischiato così tanto. I miei pensieri sono divisi tra tattica ed emozione.

Tra lottare per rubare la donna che amo e scappare il più velocemente possibile.

"Porta tutte le auto e blocca ogni strada," ordino a Eli tirando fuori il telefono per mandare un messaggio a Daniel e dirgli dove si trova Addison. L'ultima volta che l'ho sentito, stava cercando di mettersi in contatto con Marcus per scoprire tutto il possibile sul bastardo che ha ucciso all'Iron Heart.

Ascolto attentamente ogni parola che arriva dall'auricolare, teso come una corda di violino, e passo agli schermi di sorveglianza osservando tutto ciò che accade.

Devo muovermi. Stare qui mi sta uccidendo, ma devo ricordare a me stesso che questa è una guerra e che gli inganni sono all'ordine del giorno. Non mi farò fregare come Talvery.

Tre strade sono sotto attacco, due una sopra l'altra a est e una più a ovest di questa casa.

"Hanno colpito tre strade contemporaneamente."

"Sappiamo quanti sono gli uomini che stanno sparando?" Ho bisogno di numeri. Talvery non può avere più di cinquanta soldati rimasti.

L'auricolare di Eli ronza e ci vuole tutto il mio autocontrollo per non strapparglielo di mano. "Sembrano circa trenta."

"Potrebbero essere dei diversivi, colpire i due lati e lasciare intatto quello sud. Non spostare gli uomini sul lato sud."

"Sì, signore," risponde Eli, parlando nel dispositivo.

"Contate i nostri," ordina Eli prima di riferire ciò che ho detto. Ho cinquanta uomini contro i suoi trenta. Cinquanta ben armati e protetti, ma sparsi.

Due uomini a terra.
Un uomo a terra.
Stiamo resistendo.

Fisso il telefono, aspettando che Daniel risponda, ma non ricevo nulla. Dove cazzo è?

"Tre in totale, capo," sento la voce di Eli tesa e stringo il telefono più forte urlando dentro di me perché mi dica dove cazzo è. I muscoli della sua gola si tendono mentre strappa il velcro della fondina, spostandola di lato e controllando le munizioni.

Tre uomini morti.

Altri tre.

"Uccideteli tutti," ordino a denti stretti, sentendo la rabbia diventare incandescente. Mi gira la testa e devo fare un respiro profondo.

"Tu e Cason restate con le donne," ordino mentre il mio telefono squilla. Jase mi dice che è vicino e sta arrivando dal lato sud, e che ha già avvisato le guardie in quel punto.

Eli ha la mascella serrata e so che vorrebbe essere là fuori, ma ho bisogno che resti qui.

"Voi due dovete rimanere qui," ripeto irritato e lo guardo negli occhi finché non annuisce.

Infilo il telefono nella tasca posteriore dei pantaloni, prendo la pistola e supero Eli che mi dice: "Sì, capo," per poi recarmi nella stanza sul retro dove sono conservate le altre armi.

Ho bisogno che con Aria e Addison ci siano degli uomini che sappiano quando è il momento di andarsene.

Nella stanza sul retro ci sono scaffali pieni di pistole e ne scelgo una tra quelle che mi brillano davanti, la infilo nella cintura dei pantaloni insieme alle munizioni e poi ne prendo un'altra.

Talvery è ai confini della proprietà. Non c'è modo che riesca a entrare e l'intero piano terra è un rifugio sicuro. Ma ogni rifugio sicuro può essere violato. È già successo in passato. Sebastian lo sapeva quando ha costruito questo posto.

Con il tempo che scorre e il continuo suono degli spari, volto le spalle all'arsenale e mi preparo a raggiungere i miei soldati. Mi fermo solo per dire una cosa a Eli: "Il seminterrato ha un'uscita sotterranea. Il codice è sei, quattordici, otto, otto. Ripetilo."

"Sei, quattordici, otto, otto." Risponde rapidamente, ma vedo la sfida nei suoi occhi.

"Non dimenticarlo, e se..."

"Abbiamo abbastanza uomini," mi interrompe Eli e io faccio fatica a trattenere la rabbia. "Non è possibile..."

"Se te lo dico," affermo guardandolo negli occhi con le narici dilatate e il corpo surriscaldato per il bisogno di reagire, "prendile e chiudi la porta dietro di te."

Non aspetto che mi risponda, anche se mentre gli volto le spalle e mi avvio giù per le scale, gli sento dire che lo farà. Scendendo al piano di sotto continuo a sentire un ronzio nelle orecchie. Resto all'erta con la pistola nella mano e fisso la porta d'ingresso.

Prego che Talvery sia qui in carne e ossa, pronto a pagare finalmente per tutti i suoi peccati.

"Carter," mi chiama Eli quando raggiungo la porta d'ingresso.

"Cosa?" gli rispondo seccato, sentendo la rabbia, l'urgenza, la paura di perdere uomini e il bisogno di proteggere Aria e Addison.

"La tua tenuta… Ha mandato degli uomini lì." Eli deglutisce visibilmente e il mio sangue si gela.

"Dai miei fratelli?" gli chiedo rapidamente, con il respiro affannoso. La pistola sta per scivolarmi dalla mano e io la stringo più forte, pregando e ingoiando la paura.

"Jase ha detto che sta arrivando," dico ricordando il messaggio, e Eli conferma con un breve cenno del capo.

"Jase e Declan sono insieme, stanno arrivando e non hanno visto nulla."

Daniel. Il mio cuore batte piano, così lentamente da essere doloroso. "Tre bombe hanno colpito l'ala est. E altre quattro l'ala sud e il garage."

"Quanti uomini sono morti?" La domanda mi esce senza che me ne renda conto, tutto quello a cui riesco a pensare è Daniel e l'ultima volta che l'ho visto, quando mi ha detto che aveva dei programmi con Addison.

"Sei, al momento."

"Dov'è Daniel?" gli chiedo. È un dolore impossibile da placare e cresce dentro di me.

"Non lo sappiamo."

CAPITOLO 74

Aria

"Cazzo, cazzo," Addison si dondola avanti e indietro sul letto, con le gambe raccolte sotto di sé, mentre le armi continuano a sparare.

Gli uomini urlano dal piano di sotto e all'esterno, nelle strade.

"Non li ho mai sentiti così a lungo," sussurro sbirciando nella notte buia. I lampioni vengono colpiti uno dopo l'altro e spruzzano frammenti di luce bianca prima di svanire nell'oscurità.

La voce di Addison è tesa e velata di preoccupazione: "Perché li stanno colpendo?"

"Così non possono vedere," le dico.

"Ma in questo modo nessuno potrà vedere."

"È un rischio che hanno deciso di correre." Sento il torpore fluirmi nelle vene.

"Chi è stato? Chi ha sparato?" mi chiede come se io potessi saperlo.

In lontananza si sente lo stridio degli pneumatici e il rumore del metallo che si scontra con altro metallo. Addison continua a piangere, arrivando quasi al punto di crollare, poi controlla di nuovo il telefono. Nasconde il viso tra le ginocchia, dondolandosi più forte.

"Possiamo nasconderci nell'armadio," propone, anche se le sue parole sono dettate dal panico e non so se dice sul serio o no. "Ci copriremo con i vestiti," ansima, oscillando avanti e indietro, "lo apriranno ma non ci vedranno. Lo facevo sempre quando ero più piccola. Non ci vedranno. Non ci vedranno."

Sta perdendo il controllo. Il modo in cui si muove, la rapidità con cui parla e lo sguardo terrorizzato sono segni evidenti. Sta cedendo al panico, accidenti.

"Avremmo dovuto andarcene," gracchia con le lacrime agli occhi e il torpore si trasforma in un freddo gelido lungo la mia pelle.

"Ci ha detto di andarcene."

"Era un'intuizione, Addie," mormoro come scusa, anche se gli spari sono sempre più forti, sempre più vicini, la violenza si avvicina al culmine.

"Dov'è Daniel?" Si copre la bocca ricominciando a piangere e faticando a respirare.

Non so cosa mi prende mentre la guardo appassire e dissolversi nella paura e nel dolore, ma do uno schiaffo ad Addison e lei mi fissa scioccata, prima di muoversi lentamente per toccare il segno rosso vivo.

La mia mano brucia e il cuore sussulta per la paura di averle fatto male e di aver perso un'amica, ma comunque mi avvicino a lei, le afferro le spalle e la guardo negli occhi dicendole: "Non moriremo così."

Il suo petto si alza e si abbassa con respiri affannosi mentre aspetta che le dica di più.

"Andiamo," le ordino e le tiro il polso. "Ce ne andiamo." Ma lei si divincola dalla mia presa.

"Ci ha detto di restare qui," sussurra e lascia che il suo sguardo si sposti tra la porta e me.

"Non mi interessa cosa ha detto Eli." La frustrazione, la rabbia, il terrore e la mancanza di sonno fanno sentire il mio corpo come se fosse in fiamme e come se stessi perdendo il controllo, ma alzo la voce per gridarle: "Vieni con me!" Deglutisco e la mia gola secca urla per il dolore. "Dobbiamo scappare."

Gli spari all'esterno diventano più forti e catturano la nostra attenzione. Si stanno avvicinando. Il cuore mi batte forte nel petto e il rumore della porta che si apre dietro di me ci fa urlare entrambe. Il grido di Addison è acuto e talmente forte che quasi mi perfora i timpani.

Cason, senza fiato, si avvicina e ci dice: "Andiamo nel seminterrato." Addison scuote violentemente la testa e pone l'unica domanda a cui prega di avere una risposta: "Dov'è Daniel?"

Il dolore al petto mi colpisce con forza e mi sento soffocare mentre prego di sapere la stessa cosa, ma riguardo a Carter.

Il telefono è silenzioso. Il mio messaggio è rimasto senza risposta.

Stai bene?

È tutto quello che volevo sapere. E lui non ha risposto.

"In cantina. Subito!" urla Cason proprio mentre i proiettili ci sfrecciano accanto. Le finestre vanno in frantumi e i piccoli frammenti piovono su Addison, che si copre la testa con le braccia e si getta il più possibile in avanti sul letto. Io cado all'istante, distesa sul pavimento, trattenendo il respiro, troppo spaventata per muovermi. Il suo urlo acuto riempie di nuovo la stanza mentre i proiettili rimbalzano e lasciano una scia di segni da sinistra a destra sul muro e sulla porta della camera da letto.

I miei occhi raggiungono Cason che si alza in piedi. Non si è mosso. Non ha mai avuto la possibilità di muoversi. I fori di proiettile nel suo petto sanguinano lentamente, il rosso vivo si diffonde e si espande come un colore ad acquerello sulla tela.

"No," sussurro con le lacrime che mi pizzicano gli occhi, mentre la sua mano si sposta su uno dei fori e lui cade in ginocchio. "Cason!" Grido il suo nome e cerco di raggiungerlo, ma è inutile.

Gli spari sono cessati; era una singola raffica di proiettili che ha attraversato la casa. Ma tornano di nuovo dopo pochi secondi. Lo colpiscono di nuovo al collo e alla testa, gli occhi si chiudono prima che cada a terra.

Addison questa volta non urla, anche se, da dove mi trovo, riesco a sentire i suoi singhiozzi. Allungandomi verso di lei, la tiro verso il pavimento e insieme strisciamo a pancia in giù sotto il letto.

"Daniel," Addison piange il suo nome più e più volte, con le mani a pregare che stia bene.

Non riesco a respirare. Fa tremendamente caldo e i proiettili piovono senza sosta per interi minuti. Passa altro tempo senza che accada nulla, ma a un certo punto noto la pistola di Cason sul pavimento. Mentre striscio fuori per raggiungerla, Addison mi afferra e mi urla di non lasciarla. Il mio cuore ha un sussulto al rumore di una porta che viene sfondata al piano di sotto.

"Ssh," la zittisco, portandomi un dito alle labbra e poi indicando la pistola con un cenno del capo. Con occhi sgranati, mi guarda muovermi lentamente per prenderla. Il freddo che mi scorre nelle vene aumenta e sento il rumore di un uomo che sale le scale diventare sempre più forte.

La porta aperta della camera da letto mostra la sua ombra nel corridoio proprio quando raggiungo la pistola con la punta delle dita.

Il metallo freddo mi scappa di mano e il rumore che fa scivolando sul pavimento proietta il mio sguardo verso la porta. Agguanto l'arma alla cieca e Addison mi tira di nuovo sotto il letto.

La pistola è estremamente pesante. Addison si copre la bocca all'entrata di un'ombra nella stanza. Il pavimento scricchiola sotto il peso dell'uomo e i suoi stivali neri sono sporchi di sangue.

Stringo il calcio con entrambe le mani mentre lui fa tre passi dolorosamente lenti verso il corpo di Cason, prima di spingerli la spalla con la punta dello stivale per vederne il volto.

Chinandomi, intravedo l'uomo rubargli il telefono dalla tasca. La paura è paralizzante. Non riesco a respirare. Non riesco a fare nulla.

Il mio sguardo si sposta sul mobile del bagno e vedo il mio riflesso, ma anche quello dell'uomo che guarda con aria torva il cadavere di Cason e gli punta la pistola alla testa.

Bang, bang!

Addison sussulta a ogni sparo, con gli occhi chiusi e le mani premute con forza sulla bocca.

Il mio cuore batte forte, pregando che lui non l'abbia sentita, ma non importa se l'ha fatto o meno, perché gli occhi dell'uomo incontrano i miei nello specchio. Freddi e scuri, con rughe che rivelano la sua età. Indossa la stessa felpa nera con cappuccio dell'uomo che ho ucciso prima, e riconosco che non è uno dei soldati di mio padre.

Gli attacchi là fuori, penso che siano opera di mio padre. Ma gli uomini che sono riusciti ad arrivare al rifugio... non lo sono.

Lui è più veloce di me, fa un balzo e mi afferra da sotto il letto. La sua presa sul mio avambraccio sinistro è paralizzante e quasi mi fa cadere la pistola. La mia schiena graffia la parte inferiore della struttura metallica del letto e il dolore mi strappa un urlo.

Il mio dito è sul grilletto, ma non riesco a premerlo. Provo ancora e ancora.

"La sicura!" La voce di Addison è rauca e le parole escono dai denti serrati.

L'uomo mi afferra l'altro polso e in quel momento Addison mi strappa la pistola dalla mano e spara. Il calore della canna mi brucia la pelle e io urlo dal male.

Bang! Bang!

Preme nuovamente il grilletto, più volte, mentre io, libera finalmente dalla presa dell'intruso, cado a terra sul lato sinistro.

Sento il respiro affannoso di Addison e il rumore sordo della pistola. Gli occhi bianchi e inanimati dell'uomo mi fissano.

Lo guardo con il petto in subbuglio e poi mi volto verso la porta. Il mio cuore batte troppo forte per sentire qualsiasi cosa e devo deglutire e sbattere le palpebre per scacciare il terrore, afferrare la pistola che Addison ha lasciato cadere e puntarla verso la soglia.

Giaccio per metà sotto il letto e per metà fuori, con una bruciatura che mi lacera l'avambraccio, e aspetto. Il tempo passa velocemente, come il sangue che scorre nelle mie vene.

"È morto," sussurra Addison, pronunciando una dolorosa verità. "L'ho ucciso."

"Ssh," la zittisco. "Silenzio!"

Il battito del mio cuore rallenta quando mi rendo conto che il soldato mi aveva quasi preso e lei è riuscita a difendermi.

"Mi hai salvata," mormoro con le lacrime agli occhi, anche se guardo dritto davanti a me.

"L'ho ucciso," risponde lei con un sussurro aspro.

È solo allora che mi rendo conto che è tornato il silenzio. Nessuno sparo. Né dall'esterno né dall'interno della casa.

Ascolto attentamente e sento delle auto a pochi isolati di distanza, ma non vanno veloci e le gomme non stridono. Mi alzo lentamente e quasi urlo quando Addison mi afferra la caviglia.

"Cazzo." Riesco a malapena a pronunciare la parola sopra il battito violento dell'angoscia nel mio petto.

"È sicuro?" chiede Addison, e io le dico la verità: "Non lo so."

È difficile contenere il terrore, anche quando non c'è alcun pericolo immediato. Il mio sguardo non si sposta dalla porta nemmeno quando striscio verso la finestra. Mi alzo lentamente e tiro la tenda con estrema delicatezza, ma non oso smettere di controllare la soglia della stanza per qualche altro minuto.

Non si sentono più spari e in casa si sono accese luci che prima erano spente. Passa un'auto. I fari illuminano alcuni uomini che riconosco in fondo alla strada.

"Penso che sia finita," le sussurro, ma continuo a strisciare per raggiungerla. "Prendi la pistola." Gliela metto in mano e quando lei obietta le dico che intendo prendere l'arma dell'uomo morto.

"Vado al piano di sotto." Alle mie parole, Addison spalanca gli occhi e mi stringe il polso con una forza tale da lasciarmi un livido. Il mio respiro è ancora irregolare e anche il mio cuore non riesce a ritrovare un ritmo normale.

"Devo assicurarmi che sia tutto a posto. Vado a cercare Eli," le dico, e il nome sembra calmarla. Ha le guance rosse e gli occhi ancora lucidi di lacrime.

"Resta qui," mormoro e metto una mano sulla sua. La stringo una volta prima di lasciarla, strisciando oltre il cadavere e prendendo con me la sua pistola. Non mi alzo finché non ho superato la porta. I pantaloni del mio pigiama sono sporchi di sangue nel punto in cui ho strisciato. In piedi fuori dalla porta, fissando la tromba delle scale, respiro profondamente più volte per cercare di calmarmi.

Piccoli frammenti di vetro mi si sono conficcati negli avambracci e io li estraggo con una smorfia di dolore che è insignificante rispetto all'adrenalina che mi scorre nelle vene, ma sono comunque ipnotizzata dal rosso vivo e dall'orrore di ciò che abbiamo appena vissuto.

Nel momento in cui chiudo gli occhi, un telefono squilla dietro di me.

Agli squilli, il mio cuore risponde con un tremito, come se fossi tornata in vita. "Daniel." La voce di Addison risuona chiara, nel momento in cui penso al nome di Carter.

La gola mi si secca mentre deglutisco e la sento dirgli quanto fosse preoccupata.

Carter non ha chiamato.

Non è Carter.

Ci vuole tutta la mia forza per fare un passo avanti. La sensazione di perdita mi scorre nelle vene e fatico a mantenere il controllo. Un passo pesante dopo l'altro, con la pistola nella mano destra e la sinistra aggrappata alla ringhiera, scendo silenziosamente le scale, sentendo i deboli rumori di Addison dalla camera da letto e nient'altro in tutta la casa.

Forse non provavo nulla per l'uomo morto al piano di sopra, nient'altro che odio, e ancora meno per l'altro con la stessa felpa nera con cappuccio che ho ucciso oggi. Ma quando trovo il cadavere di Eli nell'atrio, scoppio a piangere.

Singhiozzi pesanti che mi fanno cadere in ginocchio e mi rubano il calore dal corpo.

Non riesco a respirare. Con dita tremanti gli tocco la gola alla ricerca di un battito, ma senza trovarlo.

Scalcio istintivamente con i piedi e striscio all'indietro, allontanandomi dal suo corpo fino a quando la mia schiena colpisce il muro.

Coprendomi il viso con l'incavo del braccio, non riesco a smettere di piangere.

La sua vita è stata sprecata per salvare la mia, così come quella di Cason.

Di quante morti posso essere responsabile prima che svanisca anche l'ultima traccia d'amore che provo per me stessa?

L'apertura della porta sul retro e lo sbattere della maniglia contro il muro mi costringono a tacere. Trattengo il respiro e striscio verso l'angolo opposto, mentre i passi si fanno più rapidi.

"Cazzo, no." La voce di Daniel risuona nell'atrio quando raggiunge Eli. "Merda," sussurra con sincero dolore prima di avviarsi su per le scale.

"Addison!" grida. Io appoggio la testa al muro e il mio respiro diventa affannoso e irregolare.

La porta sul retro è ancora aperta, il vento attraversa la casa e l'aria fresca mi chiama come una sirena.

Ancora intorpidita mi alzo e mi dirigo verso l'esterno, con gli alberi che costeggiano il retro del cortile. È buio pesto, ma vedo che non c'è nessuno.

Non c'è niente qui.

Nient'altro che buio e silenzio, anche dopo aver fatto un passo fuori. E poi un altro, mentre il freddo mi scorre sulla pelle. E un altro ancora.

I pensieri su come la mia vita sia precipitata da quando ho posato gli occhi su Carter Cross mi attraversano la mente. O forse da quando lui ha posato gli occhi su di me. È difficile sapere quale sia delle due, in realtà.

I pensieri mi consumano e inspiro l'aria fredda.

I pensieri… e poi il petto duro che mi sbatte contro la schiena e la grande mano che mi copre la bocca quando tento di urlare.

CAPITOLO 75

Carter

Riconosco alcuni di questi volti. Uomini che mi hanno fissato da lontano con odio, ma non hanno avuto il coraggio di premere il grilletto. Ne ho incrociati tanti agli angoli delle strade quando guidavo verso Carlisle e, a volte, nel territorio di Talvery nel corso degli anni.

Bang!

Per anni ho immaginato i fori di proiettile sulle loro fronti.

Il sangue mi ribolle di rabbia mentre punto la pistola contro un uomo rannicchiato di spalle dietro l'auto, in attesa che uno dei miei entri nel suo campo visivo. Non se ne accorgerà nemmeno. *Bang!*

L'iPad di Declan mostra tutte le strade disseminate di cadaveri e crivellate di fori di proiettile, vetri rotti e bossoli che stanotte hanno portato via decine di vite.

La guerra ha un prezzo elevato ed è disgustosa, ma alimenta il mio bisogno di vendetta.

"Altri quattro sulla Seconda Strada," dice Declan nel microfono.

Jase e io lo osserviamo attentamente e teniamo d'occhio entrambi i lati dell'edificio dietro cui siamo appostati. Declan gioca sporco in guerra, usando sistemi di sorveglianza che impediscono a chiunque di nascondersi.

"Dritto sotto il cartello stradale, salite sul lato destro della strada e prendeteli alle spalle. Sono dietro il…"

Si sentono degli spari e guardo lo schermo vedendo che tutti e quattro si girano troppo tardi. Puntano le loro pistole in aria, ma sono troppo lenti per qualsiasi azione, e infatti i loro corpi cadono a terra in un lampo.

L'aria della notte è silenziosa.

Non è trascorsa più di mezz'ora da quando sono uscito, ma la consapevolezza di quanto tempo sia passato dall'ultima notizia su Aria mi fa tremare di terrore, è come un'onda che avanza lentamente.

"Ne abbiamo ancora due," mi ricorda Jase e mi tira per un braccio perché lo segua.

Sono rimasti solo due degli uomini di Talvery. Ma lui non era tra loro e nemmeno Nikolai.

Il pensiero mi ricorda Aria, che piangeva sul letto confessandomi che non mi avrebbe mai perdonato se li avessi uccisi. Quanto sarebbe stato facile per loro due morire stanotte per mano di altri uomini.

Ingoio il rimpianto, controllo il telefono e vedo il messaggio di Cason che dice che sono al sicuro. L'ha mandato solo dieci minuti fa. *Lei è al sicuro.* E in questo momento è ancora nelle mie mani. È tutto ciò che conta.

Non mi ero reso conto di aver trattenuto il respiro fino a quando non ho letto quel messaggio e poi il successivo, un messaggio di Daniel che diceva che era quasi arrivato al rifugio.

Vai direttamente da loro, gli scrivo, e poi aggiungo: *È finita.* Resta solo un messaggio da inviare.

Jase sbircia da dietro le mie spalle e le sue labbra si contraggono mentre mormora: "Messaggio da inviare," poi sfonda la porta sul retro, segnata da fori di proiettile. Dietro di essa ci sono due uomini in ginocchio con una fila dei miei soldati alle loro spalle.

"Come vi chiamate?" La mia voce rimbomba nella piccola stanza che un tempo doveva essere un locale dedicato allo svago. Nell'angolo posteriore sinistro c'è una libreria rotta, i giochi da tavolo sono sparsi sul pavimento e lo schermo del proiettore di fronte è pieno di piccoli fori.

Quasi tutte le case di questo isolato e di quello successivo saranno in questo stato. La gente è stata allontanata due giorni fa, corrotta o minacciata di andarsene, a seconda di quale metodo fosse più efficace.

Jase si accovaccia davanti a uno dei due uomini e dice: "Se fossi in te, risponderei a mio fratello." L'uomo dietro di lui, quello che punta una pistola contro il nostro prigioniero, emette una risata rauca e il tizio accanto a lui lo imita.

"Vaffanculo," dice il più vecchio. È in ginocchio e piegato in modo tale da far sembrare il suo stomaco ancora più grande. Deve avere circa quarant'anni e mentre sputa ai piedi di Jase, le rughe sul suo viso si accentuano. Sta per cadere e non riesce ad allungare le mani davanti a sé; sono ammanettate dietro la schiena, proprio come quelle del compagno alla sua destra.

Jase si alza e si avvicina all'altro, ma quando lo fa, il mio cuore si ferma e una sensazione di nausea mi pervade. "Dove hai preso quella felpa con cappuccio?" gli chiedo avvicinandomi a lui, abbastanza da afferrarlo per il colletto e tirarlo su per guardarlo in faccia.

È più giovane, con occhi piccoli e lucidi e labbra sottili. Non dice nulla, ma accenna un sorriso, come se conoscesse un segreto che io non so.

"Tu," dico con voce dura e lascio cadere a terra lo stronzo con la felpa nera. Lui tossisce una risata e io afferro la camicia del vecchio, stringendola con un pugno e con l'altra mano gli afferro la nuca.

"Come si chiama?" gli chiedo con voce rabbiosa e scuoto il vecchio, ripetendo la domanda con un urlo che mi lacera la gola quando lui non risponde. "Come si chiama!"

"Cazzo, non lo so!" Il vecchio mi guarda come se fossi impazzito. Respiro affannosamente, con i polmoni che ansimano per l'aria.

"Questo è Talvery." Lascio andare il vecchio e mi avvicino a quello con la felpa, i cui occhi non sono altro che un pozzo di oscurità.

"Questo è un mercenario," dico accovacciandomi davanti a lui e sentendo il cuore battere all'impazzata.

"Talvery non ha bisogno di mercenari." Il vecchio parla finché il suo boia non carica l'arma e lo zittisce con un clic.

"Dove l'hai trovato?" chiedo all'uomo in piedi dietro di lui. Quando alzo lo sguardo, vedo che è Logan.

Lui guarda alla sua sinistra e poi alla sua destra, balbettando una risposta.

"Logan," mi alzo lentamente, "da dove viene?"

"Era dentro la linea, sparava al bersaglio, signore," interviene un altro uomo.

"Il bersaglio?" Il cuore mi batte forte, ma mi ricordo che Daniel dovrebbe essere lì.

"Il rifugio," chiarisce il soldato.

Un freddo torpore mi attraversa quando l'uomo con la felpa nera con cappuccio, a malapena in ginocchio, dice: "Il mio compagno è entrato e ha finito quello che avevo iniziato."

Mi volto verso mio fratello, che è già al telefono. "Dov'è Daniel?" gli chiedo, e il mio petto ansima in cerca d'aria. Stringo più forte la pistola e quando quel bastardo ride di me, con un verso profondo che mi gela il midollo e riempie la stanza, gliela sbatto in faccia, sentendo la forza dell'impatto che mi ferisce la mano.

"Confermato: uomo morto nel rifugio, indossava una felpa nera con cappuccio." La risposta di Jase placa la mia paura e la rabbia.

"È morto?" chiedo a Jase di ripeterlo, sollevato.

"Addison ha detto che Aria gli ha sparato."

"Non smette mai di stupirmi." Per quanto sia orgoglioso di lei, non provo altro che furia. Perché si sono avvicinati a lei. Al mio passerotto. Si sono avvicinati abbastanza da farle del male. Stringo forte i pugni, tendendo la pelle sottile delle nocche e respirando lentamente e profondamente, vedendo solo rosso.

"Daniel è salito dal lato sud, dove c'era meno movimento, ed è con Addison adesso."

Sento le parole di Jase, ma non riesco a elaborarle.

Quest'uomo con il sorriso malato in ginocchio davanti a me ha cospirato per farle del male. Mi si rivolta lo stomaco al pensiero che Addison e Aria sono sfuggite per un soffio al pericolo di essere ferite, o peggio.

Non mi rendo nemmeno conto di aver sferrato il primo pugno alla mascella. Neanche quando la pelle delle mie nocche si lacera e il dolore mi risale lungo il braccio. Continuo a colpirlo in faccia, ascoltando lo scricchiolio delle ossa nel silenzio assordante che riempie la stanza.

L'unico suono che riesco a sentire è il battito del mio sangue che scorre veloce. Quello e il rumore dell'uomo che sputa sangue sul pavimento quando lo afferro per il colletto e lo giro sulla schiena per accovacciarmi su di lui. Con le mani ammanettate dietro la schiena, si inarca e cerca di rotolare di nuovo su un fianco, stringendo i denti e lanciandomi occhiate omicide attraverso le palpebre socchiuse.

"Chi ti ha assunto?" Gli urlo la domanda e passa un attimo, poi un altro. Lui sbuffa dal naso e gli angoli delle sue labbra si sollevano in un sorriso asimmetrico, mostrando un anello di sangue cremisi intorno ai denti.

Le dita della mia mano destra gli stringono la gola, costringendolo a terra. Sentendo il suo sangue scorrere sotto la mia presa gli sbatto di nuovo il pugno in faccia. Ha un occhio gonfio e quando lo colpisco di nuovo, sento il suo naso spezzarsi e vedo il sangue colare intorno agli occhi, rendendoli neri, anche se non così scuri come la profondità delle sue iridi.

"Come hai fatto a superare i miei uomini?" Gli sputo addosso la mia domanda, avvicinando il viso al suo. Le parole mi lacerano la gola, stridendo mentre escono e lasciando un dolore bruciante. Tutto quello che vedo è Aria, circondata da uomini con felpe nere con cappuccio e, prima ancora che lui possa rispondere, sbatto la testa contro la sua, sentendo il rumore nauseante delle sue ossa rotte per l'impatto.

Lo lascio andare, mi alzo e cammino intorno a lui, fissando l'uomo a terra e immaginando Aria in piedi sopra un altro soldato simile.

Si sono avvicinati troppo. Troppo, cazzo.

"Quella… A quella mi piacerebbe rispondere." Riesco a malapena a distinguere le parole che pronuncia piano. Tossisce sangue, ma poi appoggia la testa sul pavimento, fissando il soffitto. È a malapena cosciente, ma il sorriso insiste sulle sue labbra. Esita sbattendo lentamente le palpebre, ma poi la coscienza lo abbandona.

Mi lecco il labbro inferiore, regolarizzo il respiro e mi chino per avvicinarmi a lui, afferrandogli la nuca. Gli tiro i capelli e lo costringo a guardarmi.

"Dimmelo," gli ordino con voce grave e i suoi occhi lampeggiano di qualcosa. Uno sguardo di deliziosa soddisfazione. È solo allora che mi rendo conto di quanto gli ho mostrato. Di quanto ho mostrato a tutti.

Aria è tutto per me. Solo lei ha la forza di trasformarmi in un pazzo.

"Dimmelo," dico a denti stretti e sento i muscoli irrigidirsi, pronti ad aggredirlo di nuovo, ma questa volta lui risponde rapidamente.

"Ogni uscita è anche un'entrata."

I miei occhi cercano i suoi, cercando di registrare il significato delle sue parole. "Non ho tempo per…"

"La tua piccola via di fuga sotterranea… era il nostro modo per entrare. Il mio compito era facile, uscire e causare un po' di trambusto, così il mio partner poteva fare il suo lavoro." Risponde alla mia domanda inespressa e sembra calmarsi, quindi gli stringo i capelli più forte, senza dargli un attimo di tregua.

"E qual era il suo lavoro?"

Il mio cuore batte più forte, sapendo che volevano Addison, ma senza sapere quali fossero le loro intenzioni nei confronti di Aria.

"Ti piacerebbe saperlo, eh?" mormora sottovoce mentre i suoi occhi ruotano all'indietro. Lo scuoto per svegliarlo e fisso il suo sguardo freddo.

"Dimmelo." Il mio comando esce basso e feroce, mi avvicino al suo volto mentre la vita lo abbandona.

"Ti dirò una cosa. Un mese fa voleva solo una ragazza, ma poi ha raddoppiato il numero."

Bastardi! La gola mi si stringe e faccio fatica a rimanere dove sono, i muscoli mi bruciano dal desiderio di andare da Aria, per tenere tutti lontani da lei per sempre. Nessuno potrà mai avvicinarla. Mai!

"Chi è stato?" Non so come riesco a porre la domanda o a rimanere immobile ad aspettare la sua risposta.

"Morirò prima di dirtelo," risponde, ma poi la sua testa ricade all'indietro. È già vicino alla morte. Vicino, ma non ancora del tutto.

"Logan," dico alzando la voce, ma senza distogliere lo sguardo dall'uomo che ho in pugno. Presto sarà morto.

"Signore?" chiede esitante da qualche parte alla mia destra. Sento i suoi passi trascinarsi sul pavimento quando si avvicina. "Tirapugni?" gli chiedo, poi sento il rumore di altri uomini che si muovono.

"Qualcuno," dico fissando dritto negli occhi gelidi della mia vittima, "mi dia il tirapugni."

"Carter!" Jase grida il mio nome e distoglie la mia attenzione. Il calore del sangue mi schizza sull'avambraccio e l'uomo tossisce nella mia presa.

"Cosa?" La mia domanda è accompagnata da uno sguardo di disprezzo, infastidito dal fatto che abbia osato interrompermi. "Ha aggredito Aria!" Urlo così forte che il suo nome riecheggia sulle pareti mentre fisso Jase.

Il mio petto si alza e si abbassa, il mio respiro è affannoso.

"Carter." La voce di Jase è sommessa, ma accompagnata dal suono dell'uomo nella mia presa che parla allo stesso tempo.

"Non vedevo l'ora di prenderle," mormora sottovoce.

"Carter!" Mio fratello mi urla contro quando gli sbatto il pugno sulla mascella, sentendola scricchiolare e lussarsi. Gli penzola dal viso e quella vista mi spinge a sfogare ancora di più la mia rabbia su di lui.

Le mie spalle sono tese, ho bisogno di sfogarmi ancora, ma quello stronzo cade in avanti e Jase urla di nuovo il mio nome. "Carter!"

"Non ho ancora finito con lui," dico con voce strozzata spingendo via Jase, rifiutandomi di distogliere la mia attenzione. Il tizio dondola sulla spalla, il viso deformato e coperto di sangue. Deve rotolare in avanti per evitare di soffocare o annegare nel proprio sangue mentre lotta per tossirlo fuori, ma i suoi movimenti sono deboli e lenti. È vicino. Troppo vicino, cazzo. Voglio che viva per vedere cos'è il vero dolore.

"Signore." Sento la voce di Logan e vedo con la coda dell'occhio che mi porge qualcosa di metallico. Non ho mai sorriso in modo così sadico come sto facendo ora.

"Dovrei fargli il favore di ucciderlo?" chiedo senza rivolgermi a nessuno in particolare, accovacciandomi davanti a quello stronzo e facendo scivolare il pollice della mano destra sul bronzo che ricopre le nocche della mano sinistra.

"Carter!" Stringo gli occhi osservando mio fratello che mi sta tendendo la mano con uno sguardo che mi implora di ascoltarlo.

Non prendo la sua mano, ma cerco di leggere la sua espressione. È preoccupato, il suo viso è pieno di smarrimento e disperazione. Tutto il calore del mio corpo sembra improvvisamente sostituito dal gelo. Un brivido mi attraversa quando gli chiedo con l'ultimo respiro che mi resta: "Cosa?"

Registro a malapena il gemito doloroso che l'uomo, ancora vivo, emette ai miei piedi.

"E Aria?" mi chiede Jase con uno sguardo disperato e finalmente sento gli altri uomini nella stanza. La guerra non è finita e questo posto non è sicuro, ora che è stato violato.

"La porto a casa." Gli do l'unica risposta che posso dargli. Non importa cosa vuole lei; un uomo l'ha raggiunta e questo è inaccettabile. Cazzo! Stringo i denti e lancio il tirapugni contro lo schermo lacerato del proiettore quando mi ricordo che la casa è stata attaccata.

Il mio corpo trema, vibra per il bisogno di proteggerla, ma le mie opzioni sono limitate. *La terrò al sicuro.* Il solo pensiero mi calma. Lei è mia e nessuno le farà del male. Non permetterò mai più a nessuno di avvicinarsi a lei.

"La porterò con me ovunque andrò." La mia risposta giunge con un tono che non ammette ulteriori discussioni e nasconde l'agonia che mi sta divorando ogni pensiero, ma questo non cambia l'espressione sul suo volto. Non elimina nemmeno un briciolo della paura dal suo sguardo.

"Dov'è?" chiede Jase, e il mio battito si calma, l'adrenalina mi abbandona al solo pensiero di stare con Aria stanotte. Anche se domani mi odierà.

"È con Daniel." Sento le sopracciglia aggrottarsi quando lo guardo, e tutto rallenta. Il mondo intorno a noi si trasforma in un'immagine sbiadita e sfocata. Il mio cuore batte una volta. Stava parlando con Daniel poco fa. Il mio cuore batte di nuovo. "L'ha presa lui," ripeto quando Jase deglutisce visibilmente e nella stanza, già silenziosa, cala un silenzio tombale.

"No, non è vero." Non vedo altro che rosso e tutto si trasforma in rumore bianco quando Jase mi dice: "Aria non c'è più."

SENZA FINE

Libro 4

Esercita un potere su di me che nessun altro potrebbe mai vantare.

Forse perché il mio cuore implora di battere all'unisono con il suo.
  Forse perché il mio corpo si inchina solo davanti a lui.
  Forse perché pensava di amarmi prima ancora di avermi vista.

Si sbagliava di grosso, e niente mi ha dilaniato come il tenergli nascosto questo segreto.
  Credeva fossi sua, ma si sbagliava. Non avrei mai potuto essere io.

I nostri ricordi sono ingannevoli, ma il mio cuore no.
  So esattamente cosa voglio.
  Cosa desidero più di ogni altra cosa.
  Non avrò pace finché lui non sarà mio tanto quanto io sono sua.
  È sempre stato lui.

PROLOGO

Aria

Conosco l'aspetto di Tyler solo grazie alle foto. Ma anche prima, quando ho fatto quel sogno, sapevo che era in qualche modo imparentato con Carter. I fratelli Cross si assomigliano tutti in maniera impressionante. Nel sogno mi fissava, i suoi occhi scuri mi trafiggevano anche da lontano, oltre la distesa di blu e bianco.

Avrei dovuto avere paura perché sapevo di non appartenere a quella terra immaginaria evocata dal mio sogno, ma sulle sue labbra indugiava un sorriso piacevole. Accogliente e accattivante. Era gentile. Un'anima tenera tra i fiori, anche se le sue parole non lo erano affatto.

"Lei ti ha mentito," mi aveva detto con noncuranza. Parole che mi avevano fatto piombare nella confusione procurandomi un brivido di paura tale da ghiacciarmi il sangue.

Era stato solo allora che avevo sentito mia madre. Avevo capito subito che era lei dalla voce, eravamo davvero simili. Mi era giunto un fruscio da destra mentre lei camminava attraverso la fitta vegetazione. Il suo nome insisteva per sgorgare dalle mie labbra, risalendo aspro dalla gola, ma non uscì alcun suono. E il mio corpo desiderava ardentemente raggiungerla e avvicinarsi a lei che si allontanava lentamente. Le mie membra, però, erano immobili.

Ero bloccata lì mentre loro si avvicinavano l'uno all'altra, continuando a parlare e a guardarmi. Come se sapessero che ero lì, prigioniera di qualunque cosa mi tenesse immobile e in silenzio.

Le lacrime mi rigavano le guance, bruciandomi la pelle.

Mio padre parlava sempre della bellezza di mia madre, e sapevo che non mentiva, ma nei sogni era più vecchia di quanto la ricordassi. Anche se gli anni erano stati più che gentili con lei.

Avevo cercato di chiamarla di nuovo, ignorando il ragazzo, il fratello Cross, morto da tempo.

"Non ho mai mentito," aveva detto mia madre, ma tutto ciò che ero riuscita a sentire era il modo in cui le sue parole mi calmavano l'anima. Era da tanto tempo che non la udivo. Troppo. Le mie dita fremevano dal desiderio di muoversi, di raggiungerla e di godere ancora una volta del suo tocco. Avevo un disperato bisogno di essere accolta fra le sue braccia e avevo smesso di respirare immaginando che sarebbe venuta da me, dato che io non potevo raggiungerla. Tuttavia, non l'aveva fatto.

Con gli occhi color nocciola inondati di tristezza aveva sussurrato: "Non le ho mai mentito." Il vento gelido aveva trasportato la sua voce oltre il campo.

Come se le sue parole fossero un segnale, il cielo si era oscurato e un fulmine l'aveva squarciato in due.

"Ma tu l'amavi davvero?" aveva chiesto il ragazzo a mia madre, guardandola. "Dopo tutto quello che è successo… l'hai mai amata?" E io ero stata immediatamente sopraffatta dalla rabbia, le parole che mi risalivano in gola pur rimanendo mute nell'aria. Certo che mi amava. Una madre ama sempre i propri figli.

Anche se non avevo pronunciato un suono, entrambi mi avevano sentito e mi avevano guardato, giudicando il mio commento silenzioso, senza rispondere. Ogni volta che il sogno si ripresenta, ciò che vorrei dire loro cambia, ma l'assenza di una replica resta sempre la stessa.

"Certo che l'ho amata… e la amo ancora," aveva detto mia madre con voce carica di rimpianto. "Sono morta per lei." Si era espressa chiaramente, anche se il tono esprimeva dolore, e l'espressione di Tyler che scuoteva la testa mostrava solo un'ulteriore agonia.

A capo chino, mia madre si era scostata i capelli dal viso e si era asciugata delicatamente le lacrime dagli occhi. La lucentezza delle sue gocce salate rendeva la sua espressione più reale e mi invitava ad alleviare la sua sofferenza

Avevo pianto mille urla disperate, pregando che potesse capire le mie parole, che le volevo bene. Che mi mancava. Ma questo non aveva cambiato ciò che era successo dopo.

Con il cielo grigio scuro che si squarciava e la grandine che ci cadeva addosso senza pietà, i pezzi della visione si erano dissolti come un dipinto bagnato dall'acqua. I colori si erano liquefatti e mescolati prima di sbiadire in una tela bianca, lasciandomi con il nulla. Nient'altro che il suono delle loro discussioni sul suo odio contrapposto al suo amore e su cosa contasse davvero la notte della sua morte. E un'altra notte ancora…
Quella che aveva cambiato il corso del destino. Aveva gridato di essersi sacrificata per me. La sua confessione era intrisa di una rabbia che ancora mi brucia nelle vene.

Ma l'ultima cosa che sento sempre prima di svegliarmi urlando è il suo mormorio: "Facciamo cose stupide per coloro che amiamo."

Non importa quanti anni siano passati, l'incubo non mi abbandona mai.

La prima volta che è successo, ero in cella. Tanti anni fa, quando Carter, il mio amore, mi ha presa per la prima volta. Ma le visioni non si sono mai fermate, mi hanno perseguitato, macchiando la mia anima.

CAPITOLO 76

Aria

"Non urlare."

Con il fiato sospeso e il corpo paralizzato dall'ondata di terrore che si riversa in ogni parte di me, sento la voce, ma non obbedisco.

Il mio urlo è soffocato dalla sua grande mano e lui mi stringe più forte, attirandomi contro il suo petto massiccio, le dita che mi affondano nella pelle.

Il suono della sua voce mi rassicura mentre scalcio, sbattendo inutilmente la testa contro il muro di muscoli contro cui sono premuta… Quel suono mi tranquillizza. L'ho già sentito prima.

Daniel.

Il mio corpo si rilassa lentamente, sostenuto a malapena dalle gambe deboli. L'adrenalina mi scorre ancora nelle vene, ma sono consapevole che è lui. L'uomo che mi ha afferrata e mi ha tenuta stretta, *è soltanto Daniel.*

"Non urlare," ripete, con le labbra vicine al mio orecchio. Talmente vicine che il suo respiro caldo mi solletica il collo e mi fa venire la pelle d'oca sulle spalle. È troppo vicino. Non mi ha solo terrorizzata, mi ha spaventata a morte.

Rimuovo lentamente le dita dal suo avambraccio, una alla volta, consapevole che le mie unghie affilate gli stanno affondando nella pelle.

C'è sangue ovunque e il dolore mi attraversa. Preferirei essere insensibile, dopo tutto quello che è appena successo.

È solo allora che lui allenta la presa e si sposta piano davanti a me, con una mano ancora stretta sul mio polso.

"Che stai facendo?" Le parole mi escono di getto, ma Daniel non risponde. Il mio cuore batte sempre più forte e lui mi osserva attentamente, studiando la mia espressione. L'aria della notte sembra più fredda, e ora che lui è qui, è molto più buio di quanto non fosse solo un attimo fa.

Guarda alle mie spalle, poi si sofferma sui miei occhi e mi chiede: "Stavi per scappare?"

Di tutte le cose che avrebbe potuto chiedermi in quel momento, la domanda mi fa sentire più in colpa di quanto potrei mai ammettere. Con Eli che giace morto a terra dietro di noi, Addison da qualche parte al piano di sopra che si nasconde da ciò che è accaduto, il solo fatto di aver pensato di fuggire mi fa venire la nausea. Avrei potuto farlo. Avrei potuto andarmene e lasciarmi tutto alle spalle, come in un incubo orribile.

E l'ho anche preso seriamente in considerazione.

"No," sussurro, senza sapere se sia la verità o una bugia. L'aria frizzante della sera mi accarezza la pelle scoperta mentre me ne sto in piedi sulla soglia del rifugio. La notte è buia e spietata, proprio come l'espressione di Daniel. Non riesco a reggere il suo sguardo, sapendo che le emozioni che provo sono dipinte sul mio viso.

Facendo mezzo passo indietro, sento il bruciore di un piccolo taglio sul tallone risalirmi lungo la gamba, ma non è niente in confronto al tormento di sapere cos'è successo. Tutti i piccoli graffi che mi sono procurata con la finestra rotta, frantumata dai proiettili, non significano nulla.

La guerra è arrivata. Il rumore infernale degli spari è cessato. Ma la morte è solo l'inizio.

"Che cos'è successo?" domando con la sofferenza in ogni parola sussurrata. "Carter?" gli chiedo e apro gli occhi per incontrare il suo sguardo che si addolcisce, poi aggiungo: "Mio padre?"

"Tuo padre non è venuto. E nemmeno Nikolai." La sua risposta è netta e sembra sincera, mentre i suoi occhi vagano sul mio viso.

Prima che io possa pronunciare di nuovo il nome di Carter, sentendo il dolore familiare della perdita che già mi paralizza il cuore, lui aggiunge: "Carter sta bene. I soldati di Talvery hanno subito solo perdite venendo qui. Avrebbero dovuto saperlo."

I soldati di Talvery.

Uomini ai quali dovrei la mia lealtà e la mia alleanza. Non so più cosa provare o chi sia il vero nemico. Voglio solo che tutto finisca.

Il respiro che non sapevo di trattenere finalmente mi sfugge, scivolando tra le mie labbra socchiuse. Mi appoggio alla porta, lasciando che l'aria fresca mi accarezzi il viso accaldato. Ma ho la gola serrata, le parole e le emozioni si aggrovigliano e cercano di sfuggirmi tutte insieme.

"Quanti…?" Comincio a chiedere, ma non riesco a finire la domanda per il nodo che ho in gola. *Quanti ne sono morti stanotte?*

"Molti," mi risponde Daniel e io mi giro di scatto verso di lui per saperne di più. "Decine, Aria."

Afferro la parte superiore della maglietta del pigiama, stringendo il tessuto sul petto, torcendolo e desiderando di potermi liberare dal dolore, ma quello non se ne va, anzi, aumenta a ogni battito.

Non piangerò, anche se una parte di me non desidera altro che disperarsi. Ho fallito. E il pensiero mi suscita una risposta sarcastica che si manifesta con un sibilo nella mia mente. *Come se avessi mai avuto il potere di impedirlo.*

"Vuoi andartene?" mi chiede Daniel, e io mi aggrappo a questa domanda, bramando ardentemente l'idea di scappare per distogliere i miei pensieri da questa situazione. Lontano dal tradimento e dal lutto.

Apro le labbra, ma non riesco a pronunciare nessuna parola. Non all'inizio. Daniel guarda ancora una volta dietro di me, lungo il corridoio e verso la porta d'ingresso della grande tenuta. Sta aspettando che arrivi qualcuno e so nel profondo del mio cuore che questa conversazione deve essere conclusa prima che succeda. "Non lo so," gli rispondo onestamente e il suo sguardo torna su di me.

"Puoi tornare a casa tua. Mi assicurerò che ci arrivi sana e salva. Oppure puoi tornare con noi." Mi offre la scelta che mi tormenta da settimane. "Non c'è altro modo per lasciarti, Aria."

"Carter… lui saprà…"

"Pensa che tu sia scomparsa. Pensa che la tua famiglia ti abbia riportata indietro… o peggio."

"Non erano tutti soldati di mio padre." Scuoto vigorosamente la testa, sapendo che sta parlando dell'uomo al piano di sopra; sono decisa a negare qualsiasi legame con lui. "È venuto a cercare me e Addison, ma io non lo conosco. Non so chi sia né cosa stia succedendo, ma non è stato mandato da mio padre." Allungo la mano verso Daniel, gli afferro la giacca e lui me lo lascia fare, ricambiando il gesto e zittendomi ancora una volta.

"Non importa. Non è questo il punto." Le sue parole sono dirette e piene di un'impazienza che non gli avevo mai visto prima. Abbassando la mano, faccio mezzo passo indietro e lui mi dice: "In questo momento, Carter pensa che tu sia stata rapita da qualcuno. Ma posso portarti via da qui, lontano da tutto questo, se è quello che vuoi." Il mio sguardo cade sulla sua gola e lo vedo deglutire. I rumori della notte sono soffocati dal suono del sangue che mi fischia nelle orecchie all'idea di abbandonare Carter.

"Mi stai offrendo una via d'uscita?" Il cuore mi batte forte nel petto e non riesco a capire quale sia il motivo per cui in questo momento ha deciso di ricordarmi che esiste ancora. Forse è la speranza, o la paura di andarmene.

Daniel annuisce e aggiunge: "Lontano da qui, dalla tua famiglia o dove vuoi tu. Puoi andare, Aria. Io…" Fa fatica a completare la frase e si volta per coprirsi il viso con la mano prima di guardarmi di nuovo. "So che fra te e Carter non sta andando bene, e io…" Si interrompe di nuovo e deglutisce a fatica per poi abbassare la mano e guardarmi negli occhi.

Vede il mio dolore, la mia agonia; si riflettono nel suo sguardo scuro. "Puoi andare. Oppure puoi restare."

CAPITOLO 77

Carter

Il tempo scorre troppo lentamente, cazzo. Il viaggio di ritorno a casa di Sebastian… Ogni singolo giro delle ruote è esasperante.

Se non fosse per la consapevolezza di poter recuperare le riprese delle telecamere di sicurezza della proprietà, prove che mi condurranno da lei, non avrei più un briciolo di sanità mentale. Il telefono che ho in mano è sempre più vicino a rompersi mentre salgo i gradini e l'ansia si fa più acuta. Sono stato sul punto di farlo a pezzi dal momento in cui ho saputo che Aria era scomparsa. Vorrei scagliarlo il più lontano possibile solo per liberarmi dalla tensione e dalla sofferenza che mi si agitano dentro al pensiero di perderla.

"Dove sono i monitor?" Non nascondo la rabbia nel tono nel momento in cui la porta viene spalancata, con Jase al mio fianco che riesce a malapena a stare al passo.

Prima ancora di poter urlare a chiunque sia lì dentro di darmi quei fottuti nastri, inciampo in qualcosa sul pavimento. Barcollando in avanti, stento a riprendere l'equilibrio. Eli. Cazzo!

La gola mi si chiude e un senso di nausea mi travolge. Non posso fare a meno di allungare la mano verso il suo collo e premere le dita contro la pelle gelida. Anche se è freddo, spero ancora di sentire il battito. Passa un secondo, ed è doloroso. Un altro senza risultati. Non sopporto più il costo di questa guerra, anche se ho scelto io di combatterla. Tutto per lei.

Se n'è andato.

Ha gli occhi chiusi e il sangue si è raccolto intorno al suo corpo. Jase deve calpestarne un po' per aggirarmi e il rosso vivo si spalma sul pavimento. Ci scambiamo uno sguardo quando alcuni dei nostri uomini entrano dietro di noi.

"Portatelo a casa." Do l'ordine con tono pacato, senza rivelare nessuna delle emozioni che provo.

Controllo.

La morte di Eli mi ricorda che ora ho bisogno di controllo più di ogni altra cosa. Ci mancherà e lo piangeremo, ma lui stesso mi direbbe di concentrarmi sulla vendetta in questo momento.

"Lei è fuori," dice Jase e all'inizio non capisco di cosa stia parlando, finché non mi volto a guardare dietro di me. Con il vento che le muove i riccioli sulle spalle e le scopre la pelle, Aria mi lancia un'occhiata.

È qui. È al sicuro. Il sollievo mi travolge per un brevissimo istante.

È mia.

I suoi bellissimi occhi nocciola esprimono un misto di dolore e rimpianto. Non è il sollievo che avevo immaginato da quando mi è stato detto che era sparita.

"Lei è qui." Le parole mi escono senza che io lo voglia, sepolte dal mio respiro mentre mi alzo lentamente.

"Carter." La voce di Daniel attraversa la sala quando mi avvicino. Lui si mette davanti ad Aria, ma io continuo a vedere il suo viso, senza osare distogliere lo sguardo e accelerando il passo.

"Dov'eri?" Sono solo vagamente consapevole di quanto sia duro il mio tono e di come riecheggi nell'ambiente. Il cuore mi batte dolorosamente nel petto e spingo via Daniel per raggiungerla, afferrandola per le spalle per tirarla dentro e sbattere la porta.

I suoi piedi non si muovono abbastanza velocemente, ma non me ne importa nulla. *Che diavolo le è saltato in mente?* Lasciare la porta aperta è come invitare il pericolo a entrare.

"Che cazzo ti è preso?" le dico, e le parole mi escono con rabbia. Odio che si sia messa in pericolo e che sia stata così stupida, cazzo.

"Lasciami stare," dice, e mi spinge via. Davanti a tutti, mi guarda con gli occhi spiritati, come se fossi il nemico. Come se fossi io il responsabile di tutto il tumulto che mi devasta dentro.

Un torpore mi pervade quando la guardo, e lei osserva tutti gli altri.

Si stringe le braccia attorno alle spalle e lancia uno sguardo agli uomini dietro di me. È allora che vedo cosa ha catturato la sua attenzione. Il sangue. È ovunque. Ha imbevuto le ginocchia dei loro pantaloni mentre erano accovacciati sul pavimento in attesa di uccidere. È schizzato sulle loro camicie. Lo sguardo mi cade sulle mani, macchiate del sangue della sua famiglia.

"Non stavo scappando..." Aria riesce a malapena a pronunciare poche parole prima di fermarsi e deglutire rumorosamente.

Non corre da me. Non cerca di abbracciarmi. Guarda Eli e poi impallidisce.

Guardo mio fratello, gli uomini dietro di me e poi Addison che scende lentamente le scale e la realtà mi colpisce.

Lei è ancora il nemico. Non è dalla mia parte. Per quanto io desideri che lo sia. *Questa guerra ci distruggerà.*

Lo sguardo di Aria scorre lungo il mio completo, registrando ogni traccia di sangue che l'ha macchiato. Il sangue degli uomini che ho appena ucciso.

Vorrei sapere cosa sta pensando. Vorrei sapere cosa fare.

Stringendosi le braccia attorno al corpo, mi guarda nel silenzio che ci circonda e ci soffoca.

L'unico rumore è lo scricchiolio delle scale quando Addison si avvicina furtivamente a Daniel.

"Non stavo scappando," ripete. Sembra quasi pentita delle sue parole.

Non so se crederle o meno, ma conosco la sensazione che mi pervade. Tradimento. E proviene dalla donna che amo, nel cuore della guerra, davanti ai miei fratelli e al mio esercito.

Mi ha lasciato una volta e lo rifarebbe.

Quando l'ho vista, ho immaginato che mi sarebbe corsa incontro. Che si sarebbe aggrappata a me nello stesso modo in cui io desidero aggrapparmi a lei.

La fredda realtà è dura e inoppugnabile.

Lei è ancora un errore, una droga da cui sono dipendente e che sta rovinando tutto ciò per cui ho lavorato duramente per quasi tutta la mia vita. Non l'ho mai compreso così chiaramente come adesso.

Se non provassi questo per lei, per una donna che preferisce la sua famiglia alla mia, sarebbe fin troppo facile. Ma perché mai dovrebbe preferire la mia? Non so come mi sono innamorato di lei. È stato solo un errore.

È allora che ricordo chi sono.

Un uomo senza scrupoli con l'intenzione di strappare via ogni cosa dalla vita di Aria, solo per via di chi è suo padre e dell'impatto che la sua distruzione avrà su di lei.

Non è quello che mi aspettavo. Volevo essere il suo salvatore, il suo cavaliere. Ma sono solo il bastardo cattivo.

Sono vuoto dentro come non lo sono mai stato. Ed è tutta colpa sua. Tutta questa follia è per lei. No, è perché la desideravo così tanto che ero disposto a scatenare una guerra, senza curarmi delle conseguenze. Eli è morto per colpa mia.

"Chiunque abbia cercato di prenderle sapeva che suo padre ci avrebbe attaccato stasera." Parlo abbastanza forte da farmi sentire da tutti e lascio Aria ferma dove si trova.

Una lenta marea di agonia mi riempie lo stomaco e sale sempre più in alto fino a farmi sentire il sapore della bile in gola. "Voglio vedere le riprese delle telecamere di sicurezza, subito." Due uomini corrono via, dirigendosi verso le scale che portano al seminterrato.

"La casa è sicura?" chiedo a Daniel, che esita a rispondermi, socchiudendo gli occhi mentre guarda alternativamente me e Aria.

La sua espressione dice più di mille parole, la maggior parte delle quali mi implora di non essere l'uomo che sono stato costretto a diventare, ma sono io quello che deve sopportare quel peso, non lui. Lui ha Addison.

Io non ho nessuno. Non finché Aria non avrà più nessuno tranne me. E anche allora…

Alla fine annuisce. "È sicuro tornare, ma ci vorranno settimane per riparare i danni, o anche di più."

"Tutti gli uomini tornino indietro," gli ordino, poi fisso Jase e gli altri soldati negli occhi. "Sistemate il disastro che ha causato suo padre."

CAPITOLO 78

Aria

"Tutto a posto?" mi chiede Jase nell'atrio della tenuta dei Cross. Durante il tragitto fino a qui, nessuno ha parlato. Le auto ci hanno scortato davanti, dietro e anche ai lati, dove la strada lo permetteva. Ci sono rimaste vicine, ma sembrava che stessero proteggendo una prigioniera piuttosto che un'alleata. Ogni minuto che passava mi faceva sentire sempre più fuori posto, come se avessi commesso un errore a non andarmene quando avrei potuto.

"Ehi, stai bene?" mi chiede nuovamente Jase quando gli uomini escono dall'ingresso.

"Sei sicuro di potermi rivolgere la parola?" gli domando a mia volta, e il suo accenno di risata lenisce una piccola parte del mio animo in frantumi. Non c'è dubbio che sia innamorata di Carter, ma solo oggi ho capito di amare anche la sua famiglia. Nonostante io sia praticamente ricoperta del sangue della mia.

"La situazione è tesa, ma andrà tutto bene."

"Non capisco come puoi pensarlo," gli rispondo con voce incrinata. So che gli uomini che si stanno allontanando percepiranno la mia debolezza, e lo detesto. Non è questa la donna che vorrei essere. Mi schiarisco la gola e mi concentro sull'unica cosa che posso confidare a Jase: "È arrabbiato con me."

"Era preoccupato, Aria. Lo eravamo tutti. Pensavamo ti avessero rapita." Mi ci vuole un attimo per capire cosa sta dicendo, per comprendere cosa debba aver provato Carter, e il senso di colpa e l'insicurezza mi opprimono il petto.

Mi sento colpevole. Cosa ho fatto per meritarmi tutto questo macigno che mi attanaglia lo stomaco?

"E poi Carter è sempre arrabbiato." Jase cerca di scherzare, di alleggerire il dolore di ciò che è successo stasera. Ma non mi aiuta. Non c'è niente al mondo che possa farmi stare meglio in questo momento.

"Pensavo che la situazione fosse diversa," sussurro. Ma non sapevo che sarebbe finita così. Anzi, nel profondo ne ero consapevole, ma mi rifiutavo di crederlo. Gli eventi stanno per precipitare, e so che l'esito non mi piacerà, a prescindere da quale sia. Non c'è mai stato nulla che potesse aiutarmi. Niente che potesse salvarmi. Sono una donna nata per generare dolore e miseria. È il mio cognome a esigerlo.

"Siamo ancora in guerra. È stata combattuta una sola battaglia e sono morti uomini da entrambe le parti. Questo causerà tensione."

"Tensione," sbuffo, anche se non è mia intenzione essere offensiva. È solo che 'tensione' non è una parola abbastanza forte per descrivere l'animosità e l'incertezza che si frappongono tra noi. La pura agonia che soffoca entrambi.

"Non sei tu quella che ci ha definiti nemici?" chiede Jase, ricordandomi le parole che ho rivolto a Eli poche ore prima della sua morte. Il ricordo mi fa scorrere un brivido di rimpianto lungo la schiena.

"Non è quello che siamo?" gli domando a voce bassa, guardandolo negli occhi e sperando che mi dica il contrario. Anche se fosse una bugia.

Passa un attimo e non c'è altro che silenzio. Mi chiedo vagamente se gli altri possano sentirci. O se Carter stia ascoltando. Se a questo punto gli importi ancora di sentire cosa ho da dire. In macchina non mi ha rivolto una parola. Si è seduto davanti, non dietro con me.

Jase annuisce solennemente, ma mi stringe la mano e poi aggiunge: "Innamorarsi del nemico è una tortura." Con un sorriso malinconico, mi lascia andare. Sono costretta a vederlo allontanarsi lungo l'atrio, i passi che echeggiano nella sala vuota fino a quando il mio sguardo si posa sulla fotografia proprio in fondo. L'immagine in bianco e nero di una casa che sembra essere rimasta impressa nella mia mente. Deve essere importante, i miei pensieri fanno di tutto per ricordarla.

Se potessi scegliere, andrei lì adesso, solo per capire perché mi perseguita. Ha a che fare con Carter, lo so. E ho bisogno di sapere tutto ciò che lo riguarda.

Le nostre famiglie e il nostro orgoglio possono anche essere in guerra, ma non il mio cuore. Quello appartiene a lui. Lo so con tutta me stessa. È per questo che non potrei mai lasciarlo, anche se mi fosse offerta la possibilità di riuscirci.

Ma in questo momento, mi sembra che me lo abbia strappato dal petto e lo abbia gettato fuori al freddo, lasciandolo lì a morire. Trovarmi ricoperta del sangue dei miei cari, strappata dalla loro casa con la porta sbattuta in faccia, con lui che mi urla contro come se fossi una stupida, non era affatto quello che mi aspettavo.

Qualunque cosa volesse dimostrare davanti ai suoi uomini, sono sicura che il messaggio sia arrivato forte e chiaro.

Lui non mi ama.

Quante volte gli ho detto 'ti amo' senza ricevere nulla in cambio?

L'aridità mi tormenta la gola, ormai così secca che è inutile cercare di deglutire.

Il rumore di passi pesanti che si avvicinano dalla porta in fondo al lungo corridoio mi fa sussultare a ogni passo. Sono brutali e dominanti. Appartengono a Carter, senza dubbio.

A conferma del mio pensiero, la figura cupa entra nel corridoio, con una bottiglia di whisky nella mano sinistra e un bicchiere con il ghiaccio nella destra. Non si prende la briga di nascondere quanto sia ancora furioso. Con me, a giudicare dal suo sguardo ostile. Ancora una volta mi ritrovo incapace di deglutire, ma non posso fare a meno di affrontarlo.

"Cos'ho fatto per meritarmi questo?" gli chiedo con tono seccato quando lui mi supera, dirigendosi verso il corridoio che porta alla sua ala e alla sua camera da letto o al suo ufficio. "Cos'ho fatto se non semplicemente esistere in una vita dolorosa che non ho scelto?"

Il cuore mi batte forte nel petto e vorrei scappare terrorizzata oppure picchiarlo, spinta da tutta la mia rabbia repressa. Non so bene quale delle due cose.

Le gambe mi tremano e sembrano intorpidite per tutto quello che è successo stasera, tenendomi inchiodata dove sono. Carter si avvicina ignorando la mia domanda.

Come osa ignorarmi?

Con voce roca, gli urlo contro finché il viso non mi diventa bollente. "Cos'ho fatto per meritarmi questo trattamento?"

Bastano tre passi perché la sua imponente presenza mi sovrasti e quasi inciampo all'indietro. Per un pelo, ma resto al mio posto. Respiro in maniera disordinata e aspetto che mi dia qualcosa. Qualsiasi cosa è meglio che essere ignorata, sentirsi trattata come se non esistessi nemmeno.

"Da dove comincio, *signorina Talvery*?" Si abbassa fino a portare il viso all'altezza dei miei occhi e mi parla con voce leggera. Sogghigna pronunciando il mio nome, e questo mi lacera dentro. "Mi hai puntato una pistola contro. Stai dalla parte del tuo ex amante e di tuo padre che hanno cercato di uccidermi, non una, non due, ma ogni volta che ne hanno avuto l'occasione. Compresa una settimana fa, per opera del suddetto ex, in cui sapevi cosa stava succedendo ma non hai detto nulla." Pronuncia l'ultima parola con disprezzo. Inspira profondamente e fa una pausa, mentre il dolore mi travolge.

Mi mordo il labbro inferiore stringendolo forte. Il dolore fisico è di gran lunga preferibile a quello emotivo che mi ribolle dentro per il suo atteggiamento aggressivo.

Carter sapeva già tutto questo quando abbiamo fatto sesso l'altra notte. Quando mi ha abbracciata come se mi amasse. Per me non è cambiato nulla, e non me lo merito. Lo amo. L'ho scelto, più e più volte. Il fatto che io sia ancora qui, dopo tutto, ne è la prova.

"E poi hai cercato di scappare," aggiunge e io lo schiaffeggio. È un gesto puramente istintivo, generato dalla sua arroganza e dal modo in cui mi sento usata e profanata da lui. Il mio palmo lo colpisce con forza sulla guancia scolpita e le mie dita lo seguono.

Il suo viso è duro come la pietra. La mia mano pulsa di un dolore lancinante e bruciante che mi fa sussultare, ma i miei occhi rimangono fissi sulla sua espressione immobile. Non ha avuto il minimo effetto su di lui. Il malessere e la sofferenza mi tormentano, ma lui non prova nulla.

Nulla.

"Non l'ho fatto," gli dico, consapevole di non aver provato a scappare. È stata solo un'idea fugace, e non intendo essere accusata di nient'altro che questo. Non in un momento in cui tutto è contro di noi e io sto facendo il possibile per restare al suo fianco. Persino quando lui è così ostile.

Il tempo passa e lui si limita a fissarmi, giudicandomi, ma io gli lascio vedere il mio tormento. Vorrei nascondermi in questa torre solitaria in cui mi ha rinchiuso, ma resto lì con le mani strette a pugno lungo i fianchi, sperando che riesca a percepire ciò che provo. E che lo faccia svanire.

"Non me lo merito, Carter," dico con voce strozzata. *Ti prego, falla finita.* Vorrei tanto che potesse farlo. A qualsiasi costo, non voglio provare questa sensazione un secondo di più.

"Pensavo ti avessero rapita." Continua a parlare con un'espressione di disgusto sul volto, anche se nelle sue parole leggo la disperazione. "Ma stavi solo scappando di nascosto. Che stupido sono stato," dichiara con disprezzo.

"Sei un fottuto idiota." Imito il suo tono beffardo, rifiutando di donargli tutta me stessa quando lui sceglie di credere il contrario. Stringendo la mia mano, che ha iniziato a diventare insensibile, mi allontano da lui, sapendo che questa battaglia è finita e abbiamo perso entrambi. "Non stavo scappando," gli dico la verità e poi aggiungo: "E non succederà di nuovo." La forza nella mia voce proviene da una parte di me molto profonda. Un lato che sa che potrei stare al fianco di quest'uomo e che desidera che succeda.

Il suo sguardo mi valuta, scrutando la mia espressione.

"Non sto mentendo, Carter. Non ho motivo di mentirti." Lascio che la mia voce si addolcisca, per mostrargli la mia vulnerabilità. "Ti amo. Anche dopo tutto questo, non riesco a smettere di amarti. Sì, ho avuto la possibilità di scappare, ma non l'ho fatto. Volevo restare con te."

Il mio cuore batte forte nel petto, aggrappandosi alla vita, ma l'espressione di Carter rimane immutata. Poi passa un altro secondo e un altro ancora.

"Non mi credi?" dico debolmente, incredula.

"Mi hai ferito una volta. Proprio lì," dice indicando con la mano dietro di me, verso il corridoio che porta alla stanza dove gli ho puntato una pistola alla testa. "Come posso crederti?"

"Se pensavi di non potermi credere," dico per cercare di anestetizzare il dolore che cresce dentro di me, come un nodo amaro che mi rovescia lo stomaco, "allora perché mi hai riportato qui?" L'unica cosa che riesco a pensare è che non mi ami. Non prova più nulla per me.

Silenzio.

È un silenzio insopportabile, e nel frattempo il mio stomaco si contorce e Carter se ne va, lasciandomi senza una risposta. Senza dirmi che mi ama, anche se sono stata io la sciocca a pronunciare quelle parole.

* * *

Carter

Il mio telefono suona, vibra ed emette segnali luminosi in continuazione. Non fa che distrarmi e ricordarmi che sono io al comando. Non mi dà mai tregua. Anche adesso, nell'istante in cui riattivo l'audio, vengo sommerso dalle notifiche.

Ogni secondo in cui l'auto avanzava e lei restava zitta, senza dire una maledetta parola né a me né agli altri, ogni attimo di silenzio non faceva che aumentare l'odio per le sue azioni. Forse non era fisicamente con suo padre o con i suoi uomini. Ma comunque si è schierata dalla loro parte.

Il mio telefono squilla di nuovo, vibrandomi nella mano e sbattendo contro il bicchiere di cristallo intagliato. Con l'adrenalina e l'ansia che ancora mi scorrono nel sangue, stringo la presa, sentendo il metallo duro del telefono che mi penetra nella carne quando apro la porta della mia camera da letto.

Ho bisogno di un minuto, cazzo. Un attimo per riprendere il controllo.

Il ronzio incessante nella mia mano mi infastidisce, così sbatto la porta dietro di me, sentendo i muscoli irrigidirsi e l'aria rarefarsi mentre mi sforzo di mantenere il respiro regolare.

Appoggio il bicchiere e la bottiglia di whisky sul comò e guardo lo schermo, incapace di spegnere quel maledetto oggetto.

È Sebastian.

L'intensità si attenua, il calore si placa. Trova sempre il modo di farsi vivo quando ho più bisogno di lui.

Ho saputo cos'è successo, recita il suo messaggio, e nel frattempo ne arriva un altro. *So che probabilmente dirai come sempre che non hai bisogno che io torni, ma devo chiedertelo. Vuoi il mio aiuto?*

Fisso l'ultima riga, soffermandomi sulla parola 'vuoi'. Da quando Sebastian se n'è andato, è passato un po' di tempo prima che ci sentissimo di nuovo, considerato tutto quello che era successo. Quando avevo avuto il mio primo sfortunato incontro con il padre di Aria.

Pensavo fossi impegnato con Chloe e il lavoro? Rispondo e poi premo invio, continuando a fissare la parola 'vuoi'.

Nel corso degli anni, quando le cose si mettevano male, Sebastian mi ha chiesto diverse volte se avevo bisogno che tornasse.

'Bisogno' è la parola chiave. E quindi, sapendo cos'era successo tra lui e Romano, non gli avrei mai permesso di tornare e correre dei rischi. Non con una ragazza al suo fianco, che ora è sua moglie, per non parlare del fatto che è incinta.

Il lavoro da guardia è finito; era solo un lavoretto estivo.

Non ha mai smesso di viaggiare. Lui e Chloe si sono trasferiti da un posto all'altro quando sono scappati dalla nostra città natale. Aveva abbastanza soldi per mantenere entrambi a galla fino a quando non hanno trovato un bed and breakfast in cui nascondersi, in un'enorme fattoria dedita all'allevamento del bestiame. È rimasto lì per un po' e gli ci è voluto molto tempo, fino all'anno scorso, quasi dieci anni dopo aver lasciato questo posto, per tornare. L'allevamento è stato chiuso, la terra venduta e Chloe è incinta. Non ha motivo di tornare, non con i soldi che ha ancora e quelli extra che guadagna svolgendo il suo lavoro nella sicurezza. Ma so che desidera tornare a casa, soprattutto perché Romano non ha più alcun controllo qui. Anche se non vuole ammettere che l'unica cosa che lo trattiene davvero è Chloe.

Credevo avessi detto che tu e questa città non andate d'accordo. Non posso fare a meno di chiederglielo, allontanandolo ancora di più e sapendo benissimo cosa sto facendo.

Voglio che torni? Sì. Ho bisogno di lui, ora più che mai. Tutto ciò che ho costruito sta crollando e una parte di me, quella che è ancora viva, desidera disperatamente poter fare ciò che ha fatto lui. Prendere Aria e scappare via. Lasciarmi questa merda alle spalle e partire con lei. Nessun altro, nessun problema, solo pochi oggetti da mettere in macchina un minuto prima di partire. Se potessi scambiare il mio posto con il suo, lo farei.

Ma ho i miei fratelli da proteggere e delle conseguenze da affrontare.

A un certo punto, Sebastian è stato il fratello maggiore che non ho mai avuto. E quando è venuto qui l'anno scorso per vedere il rifugio, ho pensato che sarebbe rimasto. Avrei dovuto capirlo. Il mondo è cambiato quando se n'è andato, è diventato più buio, più freddo, e lui non voleva niente del genere per Chloe.

Quando li ho visti allontanarsi in macchina, sapevo che stavo sprofondando sempre più negli abissi dell'inferno, in una miseria frutto delle mie stesse azioni. Ha detto che sarebbe tornato, ma è passato circa un anno. Un anno di messaggi intermittenti. E un anno che ha stravolto ogni cosa.

Non mi importa di quello che ho detto. Voglio tornare, Carter. Hai bisogno del mio aiuto.

* * *

Aria

Mi ci vuole molto tempo per riprendermi da quando Carter mi ha lasciata. Daniel viene a controllare come sto e a dirmi che Addison è nello studio, se voglio compagnia. Non è affatto gentile con me come lo era nel rifugio. In ogni caso lo apprezzo comunque.

Il pensiero di affrontare Addison, sapendo che lei ha Daniel e io non ho Carter… Non riesco neanche a pensarci, in questo momento.

Jase torna da me, anche se non parla. Mi stringe solo le spalle e mi offre un sorriso debole, che ricambio con un cenno del capo.

Anche Declan viene a trovarmi e mi dice che mi preparerà qualcosa da mangiare, se voglio, ma so che vomiterei se anche riuscissi a mandare giù un solo boccone.

Mi ci vuole molto tempo prima di iniziare a camminare verso l'ala di Carter. L'idea di rimanere nella mia stanza privata mi offre un po' di conforto. Potrei restare da sola e crollare, e l'unica persona che mi vedrebbe sarebbe Carter, se si prendesse la briga di venire a controllarmi.

Ma non voglio nascondermi, anche se desidero stare da sola. Il tempo è prezioso e non voglio sprecarlo.

Sono a metà strada dalla camera da letto di Carter quando accelero il passo. La sua porta è serrata e ho paura che sia chiusa a chiave, ma quando afferro il pomello di vetro intagliato gira facilmente.

Persino troppo.

L'uomo selvaggio che amo è in piedi davanti al suo comò, con la bottiglia di whisky ancora intatta davanti a sé. Ma il vetro in frantumi sparge il chiaro di luna per tutta la stanza, e le tende ondeggiano mosse dall'aria che entra dalle bocchette di ventilazione, lasciando intravedere la luce.

Sembra che abbia sbattuto il bicchiere con troppa forza e, con un altro passo nella stanza, i miei occhi valutano la sua mano mentre chiudo la porta dietro di me, e vedo i tagli che gli solcano la pelle.

Tagli provocati dal bicchiere o da prima, non ne sono sicura, forse da entrambe le cose. La consapevolezza che oggi ha assassinato degli uomini che in passato potrebbero avermi difesa, persone con cui ho cenato, che hanno lottato per mio padre per anni, mi provoca un gelo sinistro nelle ossa non appena la porta si chiude con uno scatto e gli occhi scuri di Carter mi scrutano.

Sento un tuffo di paura nel petto, ma svanisce rapidamente quando lui torna a girarsi verso la bottiglia, senza nemmeno degnarmi di uno sguardo più lungo di un istante.

E poi, ancora silenzio.

In quel momento, sto quasi per voltarmi e andarmene. Sto quasi per correre fuori dalla stanza. Quasi… ma non lo faccio. Ho una voce, e ho intenzione di usarla.

"Non resterò qui come una prigioniera. Se non mi vuoi, me ne vado." Non so come riesco a pronunciare quelle parole in modo così chiaro, ma lo faccio. Mi aggrappo a quel piccolo risultato mentre Carter mi risponde.

"Ho il diritto di essere arrabbiato." Non c'è alcuna minaccia nella sua voce. Solo verità.

"Tu non hai il diritto di trattarmi come se non valessi nulla," oso rispondere con un sussurro tagliente.

"Ti è mai passato per la mente che forse ero morto?" mi chiede, voltandosi lentamente verso di me. I suoi occhi sono stanchi e la sua voce è affranta.

"Sì," gli rispondo in fretta, e il respiro mi si blocca nel petto, facendomi ricordare tutta l'ansia che mi hanno causato gli spari nella notte.

"E come ti ha fatto sentire?"

"Mi ha fatto arrabbiare… perché non hai chiamato." Deglutisco a fatica, ricordando come tenevo il telefono. "Ti ho mandato un messaggio e non ti sei neanche degnato di farmi sapere, in alcun modo, che stavi bene o che eri preoccupato per me." Confesso la verità nuda e cruda, mostrandomi ancora più indifesa: "E mi hai ferito in ogni modo possibile. Ero paralizzata al pensiero che tu fossi là fuori… che te ne fossi andato come Eli." Mi sembra sbagliato anche solo nominarlo, in questo momento. La sua memoria merita rispetto, non di essere tirata in mezzo così.

"Daniel mi aveva già detto che stavi bene." Spero che la verità lo rassicuri un po', e nel frattempo realizzo perché sono così frustrata. "Sapevo che stavi bene e anche se ero infuriata perché mi stavi evitando, ti assicuro che non avrei potuto provare sollievo più grande scoprendo che eri davvero a posto." Ogni volta che mi ammorbidisco nei suoi confronti, perdo quella corazza che mi rende sua pari. Ne sono consapevole, eppure continuo a farlo.

Carter rimane in silenzio per quella che sembra un'eternità, come se stesse registrando per la prima volta ciò che potrei aver provato. Spero ardentemente che capisca. Con tutto quello che ci rema contro, è fondamentale che riusciamo a capirci.

"Pensavo fossi morta ed ero pronto a far fuori chiunque per raggiungerti, Aria. Eppure, quando sono arrivato, tu non…"

"Io cosa?" gli chiedo alzando la voce, implorandolo di dirmi tutto. Faccio un passo in avanti esitante, ma mi fermo quando lui risponde.

"Non hai reagito nel vedermi."

"Cosa ti aspettavi?" gli chiedo, sinceramente ignara di ciò che desiderasse. "Mi hai afferrato come se fossi una bambina che fa i capricci." Istintivamente, porto la mano sull'avambraccio che mi ha strattonato per trascinarmi dentro casa.

"Non mi hai nemmeno chiesto se stavo bene," mi dice con tono accusatorio, rimproverandomi per non averlo confortato quando avevo appena assistito a più morti di quante ne avessi mai viste in vita mia.

"C'era morte ovunque intorno a me, e sapevo che la mia famiglia era là fuori, ma…"

"È solo della tua famiglia che ti importa!"

Sono sconcertata dal livore delle sue parole. "Sapevi già che li amavo e che non volevo questo…"

"Farei qualsiasi cosa per te. Ucciderei per te. Sento che non potrei vivere senza di te. Eppure, quando sono arrivato… tutto quello che volevi era che ti lasciassi andare."

"Carter, tu non capisci."

"No, non capisco." La sua risposta è dura e irremovibile.

"Mi dispiace," dico, porgendogli delle scuse sincere. "Non volevo turbarti; è solo che adesso non sto bene… e prima stavo anche peggio."

L'espressione di Carter si addolcisce leggermente, ma capisco che nutre ancora delle riserve. So che non si fida di me. Ho perso completamente la sua fiducia e questo mi fa sentire intrappolata e disperata, ho bisogno che mi dia una possibilità.

"Mi dispiace. Mi credi?" Lo imploro con la mia domanda, avvicinandomi a lui di pochi passi. Scommetto che riesce a sentire il mio cuore battere forte e oso dirgli: "Se potessi tornare indietro, lo farei. Mi assicurerei di darti ciò di cui avevi bisogno, anche mentre affrontavo tutto questo… tormento dentro di me."

Alzo cautamente una mano e gli accarezzo il mento. La sua barba incolta è ruvida sotto le mie dita. La rabbia svanisce da lui quando inizio a strofinargli il pollice sulla guancia.

"Mi dispiace. Non volevo che succedesse nulla del genere, ma non voglio perderti." Le parole mi escono facilmente, crude, trasparenti e sincere. Credo in ognuna di esse.

Carter fa un passo alla sua sinistra, più vicino al letto, e mormora: "Non c'è spazio per il rimpianto in questa vita."

Smetto di piangere. Ingoio il dolore lancinante e lo accetto piuttosto che soccombere alla debolezza. Passa un secondo, poi Carter si toglie la camicia, sbottonandola e gettandola sul pavimento.

Prima mi ha afferrato come se fossi una bambina ribelle che cammina incautamente in una strada trafficata, ma in questo momento è lui che si comporta come un ragazzino.

"Vuoi solo essere arrabbiato con me, vero?" Interrompo i miei pensieri mentre lui si toglie la maglietta di cotone, anch'essa macchiata di sangue. "Non c'è niente che io possa dire o fare per farti cambiare idea. Vuoi essere arrabbiato con me."

Mi guarda lanciandomi un'occhiata sdegnata. "Perché dovrei volerlo, passerotto?"

"Perché se non sei arrabbiato, dovrai affrontare tutto il resto che sta ribollendo dentro. Se non sei una bestia, allora devi essere un semplice mortale e affrontare ciò che provi." Sputo fuori le parole, senza nemmeno rendermi conto di ciò che sto dicendo finché non mi escono dalla bocca.

"Sei proprio un'artista, non è vero?" Smorza la verità, non volendo ammettere quanto siano esatti i miei pensieri, poi si gira verso di me e si avvicina minaccioso, con addosso solo i pantaloni. I suoi muscoli induriti si contraggono nella luce fioca e gli occhi scuri sembrano brillare di sfida.

"Minimizza quanto ti pare. Tu vuoi semplicemente essere arrabbiato con me." Lui fa un grande passo in avanti e io ne faccio uno piccolo indietro, non permettendogli di avvicinarsi abbastanza da toccarmi. "E a me sta bene, purché tu sappia che sono stronzate e che ne sono ben consapevole," sbotto, odiandolo per quello che sta facendo. Sta usando la sua rabbia come scudo per mantenere una facciata di controllo. E non è giusto. "Ti amo, Carter Cross. Ho scelto te." Devo aggiungere queste ultime parole, se non altro per essere onesta con me stessa. Anche adesso, lo amo ancora. È spietato, un bastardo indifferente e brutale. E io sono la stupida che lo ama e vuole che rinunci a una parte della sua armatura, sapendo che proteggerò quella parte di lui con tutto ciò che ho.

"Tu non hai scelto me," insiste, e io sto per rispondere, ma lui continua. "Sceglimi adesso, e inginocchiati."

Il mio battito accelera notando il suo sguardo. L'ho già visto prima, tante volte. E sono grata per il cambiamento. Speranzosa di raggiungere l'uomo che amo attraverso questo velo di odio.

Lo guardo e gli obbedisco. Il sangue che scorre nelle mie vene si riscalda di desiderio. Non c'è una sola parte di me che esiti.

Lui si accovaccia davanti a me, portandosi all'altezza dei miei occhi, e il mio sguardo rimane fisso sul suo. Le profondità delle sue iridi scure si accendono di potere, di un bisogno primordiale.

Prendi quello che vuoi da me, Carter. Prendi ciò di cui hai bisogno e ciò che resterà di me continuerà ad amarti.

Affondando le dita tra i miei capelli, stringe il pugno e mi costringe a inclinare la testa. Il mio respiro si interrompe per la presa improvvisa e il mio corpo si piega al suo. Non c'è quasi traccia di dolore; è solo lui che prende il controllo schiacciando le sue labbra sulle mie. Le mie mani si alzano istintivamente, aggrappandosi al suo viso mentre mi devasta.

Il bacio è tutto. È calore. È casa. È un tocco che risveglia le parti di me che erano rimaste in silenzio, aspettando il suo ritorno. Gemo nel nostro bacio, desiderando di non essere in questa posizione, così da potermi appoggiare a lui, poterlo avere tutto e mostrargli quanto desideri disperatamente tornare a com'eravamo prima.

Ma non potremo mai tornare indietro.

Non si può mai tornare indietro.

Le mie labbra sono gonfie e doloranti quando lui mi lascia andare, allentando lentamente la presa. Il mio petto ansima in cerca d'aria, e io adoro questa sensazione. Quando lo guardo, con la vista offuscata dal desiderio, vedo i suoi occhi chiusi e le sue labbra leggermente aperte. Fa un respiro profondo, poi apre gli occhi e mi fissa.

Lo sguardo di un cacciatore, persino di un predatore, mi fa fermare il cuore che sta battendo all'impazzata.

Nella pallida luce del mattino che filtra attraverso le tende, le ombre morbide delineano la sua mascella e lo fanno sembrare ancora più dominante.

Si alza lentamente, lasciandomi dove sono, e mentre lo fa vedo il suo membro lungo e grosso premere contro i pantaloni.

Cammina davanti a me, riflettendo su cosa fare dopo, e io sono ansiosa di scoprirlo.

"Pagherai per quello che hai fatto."

"Quello che ho fatto?" Pronuncio la domanda con confusione. Devo scacciare il desiderio mentre la paura si insinua in me.

"Mi hai puntato una pistola contro. Ti sei opposta a me." Non c'è rabbia nelle sue parole. Solo verità e certezza.

"Pensavo di averlo già fatto." Parlo ansimando e con voce strozzata.

"Hai perso la mia fiducia."

Posso solo annuire, non fidandomi di ciò che potrei dire. Mi torna in mente tutto quello che mi ha fatto dalla prima notte in cui ho posato gli occhi su di lui. Come mi ha privato di tutto, mi ha mentito, mi ha rinchiuso e mi ha punito dandomi piacere e dolore.

"Serbare rancore indurisce il cuore," mormoro tra me e me, ma le mie parole sono anche per lui.

"Io non ho un cuore, passerotto." La sua risposta è pronta, ma lo è anche la mia.

"Non mi piace quando mi menti."

Per un attimo cala il silenzio. Carter ha già deciso cosa fare. Ma abbiamo tempo. Non so quanto, ma c'è sempre speranza. E so che la mia anima parla alla sua e desidera disperatamente la nostra unione. È l'unica verità che conta. *Ho bisogno di lui.*

"Se stanotte resterai nel mio letto, dovrai soddisfarmi." Mentre Carter parla, il mio sguardo è attratto dalla sua mascella forte e poi dalla sua gola. Osservo il suo petto che si alza e si abbassa mentre sta in piedi davanti a me, slacciandosi la cintura. Il suono della pelle che sibilando nell'aria viene tirata fuori dai passanti mi fa riscaldare e contrarre il sesso.

"Rimango con te," gli dico con un misto di sfida e avido bisogno di essere presa da lui. Non posso fare a meno di pensare che abbia solo bisogno di essere toccato. Di essere amato. Di avere libero sfogo su di me e di *sentire* quanto io abbia bisogno di lui. *Questo* è ciò di cui abbiamo bisogno entrambi.

Non parla e si slaccia i pantaloni, poi li lascia cadere a terra con un tonfo sordo.

Il suo membro oscilla davanti ai miei occhi, turgido e con le vene in rilievo. Posso già quasi sentire il suo spessore pulsare dentro di me. Forse lui ne ha bisogno, ma anche io provo la stessa necessità. Ho bisogno di essere amata per la persona che sono, da quest'uomo e soltanto da lui.

"Sdraiati sul letto a pancia in giù," mi ordina e io sono ansiosa di muovermi.

Voglio sistemare la nostra situazione in ogni modo possibile.

E se questo è il modo che ha scelto, comandarmi, profanarmi, umiliarmi nel suo letto, gli obbedirò senza obiezioni. Perché anche a me piace da morire.

Mi sposto sulle coperte, spogliandomi e gettando i vestiti sul pavimento, e nel frattempo sento Carter aprire un cassetto del comodino. Non so cosa stia prendendo, ma non mi interessa. Voglio solo lui. In qualsiasi modo riesca ad averlo.

Con una guancia premuta contro il cuscino, resto immobile sul letto, nuda, aspettando che lui faccia ciò che vuole. So che non mi farà del male.

Non in questo modo. Le sue parole sono intrise di veleno e la sua privazione di affetto è un tormento, ma qui, così com'è, non mi farà del male. So che non succederà. Che lo dica o no, una parte di lui mi ama più di quanto possa mai odiarmi.

Il materasso si abbassa al ritmo del mio cuore e Carter mi sale sopra, la sua erezione dura che mi affonda nella coscia quando si china su di me. Le sue dita mi sfiorano il fianco e mi fanno rabbrividire. Mi tira delicatamente i capelli sopra l'orecchio per baciarmi il collo, facendomi spuntare una pelle d'oca che mi fa indurire i capezzoli e mi fa correre un brivido lungo le spalle.

"Pensi di amarmi, Aria," sussurra con un tono minaccioso che mi gela il sangue. "Lascia che ti mostri esattamente che tipo di bestia posso essere."

Lasciandomi ricadere i capelli sulla spalla, si siede più dritto e l'aria intorno a me diventa improvvisamente più fredda senza lui al mio fianco.

Il mio battito cardiaco accelera, ma ignoro la minaccia persistente e accolgo con favore qualsiasi cosa lui voglia farmi. Lui è mio e io sono sua.

Si sente un clic nell'aria nello stesso momento in cui un freddo improvviso mi colpisce il sedere. È umido e scivoloso, e mi ci vuole un attimo per capire di cosa si tratta.

Carter mi versa del lubrificante e poi fa scorrere il dito fino alla mia entrata proibita. Il calore mi attraversa il corpo e faccio fatica a rimanere ferma, sapendo cosa sta per fare.

Si prende il suo tempo, mi stuzzica, mi allarga, spingendosi dentro e fuori per quello che mi sembra un tempo fin troppo lungo. Non ce la faccio più. Non riesco più ad aspettare, sapendo cosa vuole e cosa si prenderà.

"Carter," dico, e il suo nome è una supplica sulle mie labbra. La mia testa si muove da un lato all'altro, ma lui mi zittisce.

Spinge la punta dentro di me, ed è già troppo. Mi allontano da lui, stringendo i denti.

"Spingiti indietro," mi ordina e poi aggiunge scivolando dentro di me: "Spingiti indietro adesso."

I miei fianchi si sollevano leggermente, anche se solo per la sua presa, e faccio quello che mi dice, ma è troppo. Troppo. Il mio corpo arde per quel tocco proibito.

Sono così eccitata. Già così piena. Ogni centimetro della mia pelle formicola mentre cerco di non contorcermi sotto di lui. Con una mano sul mio fianco e l'altra che mi stringe la spalla con una forza da lasciarmi i lividi, mi penetra con un colpo rapido e implacabile.

Il dolore di essere allargata in questo modo per la prima volta mi costringe a mordere il cuscino e le lacrime iniziano a scendere bruciandomi gli occhi. Lo sento pulsare dentro di me, diventare sempre più duro e più grande, ed è troppo. È tutto troppo.

Il mio corpo è in preda a vampate di fuoco che si alternano a un freddo gelido mentre lui si muove con un ritmo lento ma inesorabile.

"Carter," sussurro, e la sensazione travolgente mi spinge ad allontanarmi, per poi, con altrettanto desiderio, indietreggiare e prenderlo ancora di più.

Il mio clitoride sfrega contro il piumone sotto di me e io gemo. Un unico mugolio di piacere assoluto, il mio corpo che lo preferisce alla sofferenza. Carter lo interpreta come un segnale per aumentare il ritmo, prendendomi senza pietà e sbattendo il mio corpo sul letto a ogni spinta violenta.

"Cazzo," mormoro e lui risponde con un basso gemito dal profondo del petto.

Le mie dita affondano nel piumone, le unghie graffiano il tessuto e io mi dimeno, faticando a respirare. Piacere e dolore si mescolano in un cocktail di cui sono già ubriaca.

Mi sussurra all'orecchio: "Sei la mia puttana." Allo stesso tempo, mi infila le dita tra le gambe e preme il pollice sul mio clitoride.

Porca miseria!

La mia bocca si spalanca in un urlo silenzioso di estasi. Il piacere mi attraversa il corpo e mi paralizza mentre lui spinge dietro di me, muovendo i fianchi e riempiendomi al punto che è quasi troppo, sia con le dita che con il suo membro. Non mi sono mai sentita così. Così piena, eccitata, consumata dalla beatitudine.

Quando il mio orgasmo inizia a scemare, mi penetra più forte. Non si ferma nemmeno quando affonda dentro di me così profondamente che temo possa spaccarmi in due. Istintivamente cerco di girarmi e di spingerlo via.

Carter si ferma immediatamente. Riuscendo a malapena a rimanere dentro di me, mi dice con uno sguardo freddo: "Tieni giù le mani." Non c'è desiderio nella sua voce, né pietà o amore. Solo rabbia per il fatto che ho osato spingerlo via.

È uno shock per me. Vederlo così mentre io provo solo desiderio e amore mi fa riflettere. Un brivido gelido mi attraversa anche quando lui cambia espressione, addolcendola e spingendo delicatamente le mie spalle sul letto.

"È troppo," sussurro e, anche se il dolore è sparito, l'intensità di quello che avevamo è svanita.

"Torna a sdraiarti," mi ordina in un modo che mi lascia una profonda incrinatura nel cuore. Lo sento spezzarsi quando riporto la guancia sul cuscino.

Non mi tocca più, non riprende a penetrarmi. Non si permette di venire.

Invece, si alza e si allontana da me. Cerco di trattenere le lacrime mentre il piacere dell'orgasmo svanisce nel nulla e lui entra in bagno per poi accendere la luce.

In questo momento mi sento distrutta e usata. Completamente sola. Mi ricorda l'ultima volta che siamo stati insieme, quando mi ha legata e non mi ha presa. Lasciandomi dopo avermi torturata per farmi confessare la verità.

È tutto qui? Un'altra tortura?

Rimango immobile mentre mi pulisce e torna in bagno. Provo un senso di vuoto al petto e faccio fatica a deglutire. Forse non l'ho perso stasera, ma quella notte, quando gli ho detto che non l'avrei mai perdonato. Nel momento in cui ho preso la pistola. Solo ora me ne rendo conto.

Tutto quello che so in questo momento è che mi sento come se l'avessi perso.

Rifiutandomi di piangere, mi mordo l'interno della guancia e lo ascolto tornare a letto dopo aver spento la luce. Il letto scricchiola quando si sdraia accanto a me. Non si infila sotto le lenzuola che ha steso su di me, e io non mi muovo da dove sono. Lo aspetterò.

Lui mi ama. So che mi ama, ma perché mi sembra che non sia affatto così? *Perché mi sento come se stessi mentendo a me stessa?*

"Ti amo," sussurro e gli lancio uno sguardo. Il sole è sorto e lui non può nascondersi nell'oscurità. I suoi occhi sono stanchi e il suo viso sembra più vecchio che mai.

Guardo la sua gola muoversi mentre si sdraia sul letto e non dice nulla. Neanche una parola.

Ancora silenzio. E questo è l'ultimo che posso sopportare.

Mi lecco le labbra secche e capisco che la sua intenzione era semplicemente quella di ferirmi, almeno in quel momento, quando mi sono voltata perché non ne potevo più. Mi alzo rapidamente e mi allontano da lui, spingendo da parte le lenzuola.

La sua presa è calda e mi brucia quando mi avvolge con la sua mano forte intorno al fianco e mi attira verso il suo petto duro e scolpito.

"Sai che tengo a te." Lo dice con tono severo, ma non mi guarda. Non all'inizio. Il battito del mio cuore mi sale alla gola finché i suoi occhi non incontrano i miei, pieni di dolore.

Il caos mi sconvolge e mi tormenta. Sto soffrendo per lui, un uomo che si sente tradito e non sa cosa fare perché ogni volta che la vita gli ha messo di fronte un avversario, lui l'ha semplicemente ucciso. Eppure io sono qui.

E anch'io sto soffrendo. Per essermi innamorata di un uomo così spietato e senza cuore come Carter.

"Non farlo mai più," dico, trattenendo a stento la mia voce dal crollo totale. "Non trattarmi mai più come se non fossi niente per te."

"È una minaccia?" chiede, senza guardarmi.

"No. Non è una minaccia, è una promessa. Carter, guardami." La mia voce si fa più tagliente e i suoi occhi incontrano i miei. "Se lo rifarai, ti lascerò." Ci vuole tutta la mia forza per ammetterlo, perché so che è vero. E temo che succederà. Mi sembra quasi inevitabile.

"Fare cosa esattamente?" domanda, fingendo di non capire. Come se non si rendesse conto di quanto mi abbia ferita stasera.

"Scoparmi solo per dimostrare quanto sono pronta a essere tua. Passarmi accanto come se fossi insignificante." Quasi soffoco sulle ultime parole, ricordando come mi sono sentita nell'atrio. "Trattarmi come se non valessi nemmeno uno sguardo."

"All'inizio ti volevo. Ti ho scopata perché ti volevo." Il suo tono è tagliente, finché non aggiunge: "Ma qualcosa… è cambiato."

"Qualcosa?" gli chiedo, ma lui non mi risponde. Continua a parlare come se non avessi formulato la domanda.

"Com'è stato puntarmi una pistola alla testa?" mi chiede, e la sua voce è carica di emozione. "Pensavi che mi avrebbe fatto sentire importante per te?" Non nasconde il dolore dietro una maschera di fredda indifferenza. Lo sento deglutire e, per la prima volta, mi mostra tutto ciò che prova con la sua espressione. L'ho ferito profondamente e non me ne sono nemmeno resa conto.

"Carter, non…" comincio a dire, avvicinandomi, anche se lui rimane perfettamente immobile. "Stavo solo cercando di sopravvivere," spiego, implorandolo di capirmi. "Se potessi tornare indietro…"

"Non lo faresti," mi interrompe, e so che ha ragione. In quella circostanza, non gli permetterei di uccidere i miei amici e la mia famiglia. È assurdo quanto questa consapevolezza mi distrugga. Non c'è modo per me di uscirne viva.

"Stavi solo sopravvivendo. Forse anche fingere che tu non significhi nulla per me è un modo per sopravvivere."

Sono colpita dalla sua confessione e la detesto. Detesto le nostre vite e il modo in cui il destino ci ha fatto incontrare.

"Ti prego, non farlo, Carter." Ho un nodo alla gola e la disperazione mi attanaglia. "So che siamo a pezzi, ma fermati. Non farlo di nuovo. Non peggiorare le cose."

"Non posso migliorarle," ribatte.

"Dimmi che ci tieni ancora a me," sussurro, avvicinandomi a lui e ignorando il dolore che ancora persiste. Quando sono tornata tra le sue braccia, lasciandomi riportare qui senza opporre resistenza, non avevo idea che fossimo così distrutti. Come ho potuto essere talmente stupida da pensare che amarlo avrebbe risolto ogni problema? Come se potesse porre fine alla guerra, riscrivere il passato e renderci invincibili per qualsiasi sfida futura.

Dopo un attimo mi dice che tiene a me, ma poi ammette una verità che non avevo osato pronunciare prima. "Vorrei che non fosse così. Sarebbe tutto più facile se non fosse così."

CAPITOLO 79

Carter

Ogni volta che mi spingevo dentro di lei, mi tornavano in mente le confessioni che mi aveva fatto l'altra sera. Quando mi diceva che se non ci fossi stato io, sarebbe stata con Nikolai, e che non mi avrebbe mai perdonato. Lo pensava davvero. E lo pensa ancora.

Stare dentro di lei è il paradiso, ma ieri è stato un inferno. Non riuscivo a provare alcun piacere. Perché sono ossessionato da quanto mi odierà quando tutto questo sarà finito. Non riuscirò mai a tenerla con me. È assolutamente impossibile.

Sento la mano intorpidirsi mentre stringo il pugno, lasciando che i tagli si riaprano e percependo il dolore per le nocche che si lacerano. Mi appoggio allo schienale della sedia del mio ufficio, stringo e apro la mano più e più volte, solo per provare qualcos'altro.

Non ho mai desiderato così tanto dimenticare. Cancellare il casino in cui ci ho cacciati. Scappare con lei e ricominciare tutto da capo.

È una sofferenza che non ho mai sperimentato e una situazione in cui non avrei mai pensato di trovarmi. Perché non ho mai provato niente di simile per nessun altro. Nessun altro ha mai significato così tanto per me. Nemmeno i miei fratelli.

Non so come faremo a uscirne insieme. E non c'è nulla che abbia mai desiderato di più.

Il lungo filo di perle che inizia con piccole sfere che aumentano di dimensione fino a raggiungere il centro mi fissa dalla scatola di velluto sulla scrivania. L'iridescenza brilla sulle sfere lucide, catturando il mio sguardo. Mi ipnotizzano, proprio come la mia Aria. Tutto ciò che riesce a carpire la mia attenzione dovrebbe appartenere a lei.

Avevo bisogno di sostituire la sua vecchia collana con una che potesse indossare per sempre. Questo gioiello è senza tempo e, anche se mi lascerà, spero che la conservi con cura. Prego che ciò che ci ha unito sia infinito, anche se stare insieme è un sogno a cui posso permettermi di ritornare soltanto quando dormo.

Sento i passi di Aria avvicinarsi al mio ufficio proprio prima che la porta si apra cigolando, così richiudo la scatola di velluto. I suoi occhi sono ancora gonfi e arrossati per la mancanza di sonno e le labbra sono tumide. Stringe la camicia da notte con una mano e bussa scherzosamente, anche se è aperto e i nostri sguardi si sono già incrociati.

Tenta di sorridere, ma il sorriso svanisce rapidamente. Cazzo, fa male. Non desidero altro che vederla felice. Veramente felice con me, con l'uomo che sono e che sarò sempre.

"Non ero sicura che volessi che mi vestissi," mormora prima di aggiungere: "Visto che non c'erano abiti preparati per me."

Guardo la sua gola mentre deglutisce e di nuovo stringe il cotone sottile della camicia da notte nella mano. Non la indossa a letto, solo quando esce dalla stanza. La tensione nell'aria è densa, mi fa di nuovo intorpidire le dita e provare un dolore lancinante.

"Vuoi ancora che lo faccia?" le chiedo e lei annuisce rapidamente e senza esitazione. Adoro questo suo lato sottomesso e fiducioso. Adoro che lei lo desideri. Ancora di più, mi piace poterle dare così facilmente ciò che vuole.

"Mi piace quando fai cose del genere," risponde.

Con un unico cenno del capo, mi alzo e mi dirigo dall'altra parte della scrivania, ingoiando il nodo che ho in gola e ricordandomi che devo mantenere il controllo in ogni momento. Per lei, per il bene della mia famiglia e di tutti quelli che contano su di me. Aria rimane dov'è, con uno sguardo smarrito e insicuro.

Lo detesto, anche se so di esserne la causa. Potrei facilmente riportarla tra le mie braccia e amarla. Ma finirei solo per farmi odiare da lei, e questo distruggerebbe quel poco che resta della mia sanità mentale.

Se finisce così, lentamente, con un divario crescente tra noi, sarà più facile da accettare per me. Per entrambi.

"Per te," le dico e le porgo la scatola nera, e solo allora lei fa un passo avanti. Mentre il contenitore si apre cigolando, sposto la sedia di fronte a lei e mi siedo, spiegandole: "È il tuo regalo di compleanno."

Lei abbozza un piccolo sorriso, ma la tristezza permane. "È bellissima," dice, anche se non mi guarda. "Che fine ha fatto l'altra mia… collana?" Istintivamente, la sua mano va alla gola, nel punto in cui prima c'erano i diamanti e le perle.

"È dove l'hai lasciata," le ricordo, poi guardo il baule, ancora appoggiato al muro ma non esattamente allineato al punto in cui si trova normalmente. Non voglio che torni al suo posto. Voglio ricordare. Devo farlo. Mi si rivolta lo stomaco ripensando a come mi sentivo, seduto proprio su questa sedia, mentre lei vi si richiudeva dentro. Sono disgustato da tutto l'odio e la rabbia che provavo, ma più di questo, dalla consapevolezza che ciò che volevo non sarebbe mai stato possibile.

"Va tutto bene?" La domanda gentile di Aria, intrisa sia di desiderio che di paura, attira la mia attenzione sul suo splendido viso.

"Non so se andrà mai tutto bene." La mia risposta è immediata e pronunciata con calma, come se fosse una certezza. "Ma questo non ti rende meno mia."

"Non so cosa posso fare, Carter." La sua voce è affranta. Fissa le perle, sfiorandole appena con la punta delle dita. "Voglio sistemare le cose."

"Non avrebbe mai potuto funzionare, Aria. Quello che ho fatto non era giusto, e quello che sto per fare… Anche quello non lo è. Soprattutto nei tuoi confronti." Non mi piace il modo in cui mi escono le parole. È come se la stessi lasciando andare, ma non è così. Non sarò io a rompere, so che sarà lei a lasciarmi.

È inevitabile.

"Non spetta a te decidere cos'è giusto per me." La sua risposta è tagliente, intrisa di quella sfida che amo e che squarcia la dolorosa verità che nemmeno lei può negare: non siamo mai stati destinati a stare insieme.

"Sei ancora arrabbiato con me, vero? Per aver preso la pistola." Le trema la voce mentre aggiunge: "Mi dispiace, Carter." Le sue parole sono affrettate e respira a malapena facendo un passo verso di me, avvicinandosi fino a quando non allungo le braccia per prenderla per la vita. Potrei mettermela sulle ginocchia, ma non lo faccio. La tengo dove si trova, a distanza.

"Lo so," le dico solennemente.

"Questo significa che non mi perdoni?" La sua sofferenza non è affatto nascosta. Né nelle sue parole, né nel modo in cui le sue mani stringono le mie, né nelle sfumature di ambra e giada dei suoi occhi.

"Non si tratta di perdono, Aria. Capisco il perché. Lo rispetto, persino. Ma succederebbe di nuovo. Lo rifaresti." Le parlo senza riserve. Arriverà alla mia stessa conclusione. Lo farà, anche se le causerà la stessa pena che provo io.

"Sei tu che mi hai messa qui. Che mi hai messa proprio nel mezzo, Carter. Potresti rinchiudermi nella cella, così non ti sarei d'intralcio," mi supplica, desiderando che io le tolga la libertà e la donna che era destinata a essere, solo perché io possa averla.

"Sei tu che volevi uscire dalla tua gabbia per volare via. Non è vero?" So che non cambia nulla. Darle la libertà solo per rimanere deluso da ciò che ne farebbe, non cambia assolutamente niente tra noi.

"Sei tu che non mi hai tagliato le ali," dice, e il miscuglio di nocciola nei suoi occhi mi implora di innamorarmi di lei. Di cedere e semplicemente amarla. Nessuno lo sa, neanche lei. Ma io sì. La amo con tutto me stesso. Ma questo è tutto ciò che posso offrirle. Le sto già dando ogni cosa che ho. "Hai lasciato che ti trovassi. Mi hai dato questa possibilità… So che devi averlo fatto," mi dice e io non lo nego.

"Tagliarti le ali… tenerti fuori da tutto questo… sarebbe stato il crimine più grande, mio dolce passerotto."

CAPITOLO 80

Aria

Non lascio la mia stanza privata da… non so neanche da quanto tempo.

La collana è ancora sul mio cuscino, dove l'ho lasciata. Sia quella che Carter mi ha regalato questa mattina, sia le perle e i diamanti sciolti che ho recuperato dal baule nel suo ufficio. Mi ha lasciata lì in piedi, sapendo che la nostra relazione era irreparabilmente compromessa. E ho fatto del mio meglio per ripulire tutto. Ho raccolto le prove della mia collana rotta mentre lacrime calde mi scendevano lungo le guance per finire nel baule dove solo una settimana fa giacevo distesa.

Conosco il dolore di un amore finito. È una sensazione innegabile che si diffonde lentamente in ogni arto e in ogni dito. È paralizzante, ma allo stesso tempo spietatamente acuta.

Il mio petto ha continuato a sussultare a ogni singhiozzo finché non sono caduta a terra.

L'amore non basta, ed è la cosa peggiore del mondo. Perché dovrebbe conquistare tutto. Dovrebbe perseverare. Invece, ha causato a entrambi un dolore insopportabile, che farei di tutto per non provare mai più.

Sono rimasta sdraiata sul letto improvvisato, un mucchio di cuscini sopra il tappeto morbido, in lotta con me stessa. Ho pensato a ogni possibile soluzione. Dall'entrare volontariamente nella cella e chiudermi dentro fino alla fine, al dire a Carter che avrei ucciso mio padre e Nikolai con le mie stesse mani.

E odio la donna di ognuno di questi scenari. La disprezzo. E so anche che non riuscirei mai più a convivere con me stessa. Aspetterei semplicemente il giorno della mia morte. Vivendo ogni momento con un risentimento verso Carter che non credo potrei nascondere.

Il destino è crudele e questo mondo è più freddo di quanto avessi mai immaginato.

Il mio corpo è dolorante e mi ci vuole un attimo quando mi alzo per cominciare a muovermi. Non ho bevuto né mangiato nulla da chissà quanto. Ho le vertigini e un martellio alle tempie mi tormenta incessantemente.

Mi muovo lenta verso la cucina, ascoltando i miei piedi nudi che camminano silenziosi sul pavimento e respirando il più profondamente possibile. Quello che voglio è una tazza di caffè bollente, pieno di zucchero e latte. Ne ho bisogno solo per la caffeina. Ma quello che sento sono le voci di Addison e Daniel che provengono dalla cucina e arrivano fino al corridoio.

Mi fermo appena fuori dalla porta, ascoltando Addison che dice a Daniel che non lo lascerà mai più.

"Lo prometti?" La voce di Daniel è rassicurante e nasconde un sorriso; riesco a immaginarlo illuminargli le labbra.

"Non voglio più scappare." La voce di Addison è sincera. "Niente potrà separarci, Daniel. Se riusciremo a superare questo…"

Appoggio la guancia sulla porta ascoltandoli, percependo l'amore che c'è sempre stato tra loro.

Non posso fare a meno di provare una fitta di gelosia e desiderare che fosse così facile anche per me e Carter.

"Allora sposami." La risposta di Daniel mi fa spalancare gli occhi e improvvisamente mi sento un'intrusa. Non sono un'amica o una persona di famiglia. Sono solo una ficcanaso che deve andarsene e non macchiare il loro ricordo, anche se loro non se ne rendono conto.

Lei gli dice dolcemente di sì tra baci veloci che riesco a sentire anche mentre mi allontano. Girandomi, provo nulla e tutto allo stesso tempo. Gelosia e felicità. Il vuoto di sapere che non avrò mai ciò che loro condividono e un senso di completezza per averlo accettato.

È così che ci si sente quando si crolla completamente?

Con un unico respiro profondo, gli occhi chiusi e i muscoli tesi, faccio un passo avanti. Ma mi ritrovo a essere colpita dal calore di un corpo duro.

Il mio battito accelera quando apro gli occhi.

"Ti sei persa?" La voce di Carter non è smorzata come lo erano i miei passi, e sento Addison e Daniel uscire dalla cucina ed entrare nel corridoio.

Il mio corpo è rigido e mi ci vuole un attimo per trovare il coraggio di lanciarmi un'occhiata alle spalle.

Non appartengo a questo posto. Non mi è mai stato così chiaro. Non dovrei essere qui.

"Aria," mi chiama subito Addison, ma non riesco nemmeno a guardarla, sapendo che ora non potremmo essere più distanti di così. Non ha bisogno che io la trascini verso il basso, rovinandole questo momento speciale, e non c'è niente che lei possa darmi adesso che io accetterei.

"Sto bene," dico e mi volto appena verso l'unica amica che ho qui. Con la mano alzata, lei si ferma dove si trova. "Per favore." Quella sola parola è una supplica affinché mi lasci in pace, e lei mi ascolta.

Aggirando Carter, li lascio il più velocemente possibile. Mi volto solo una volta per vedere Daniel che tiene il polso di Addison mentre lei mi fissa con le lacrime agli occhi. Carter se n'è andato; dove? Non lo so e non mi interessa.

Non mi sono mai sentita così combattuta.

Sapevo che la vita non sarebbe stata facile per me. Non con un padre come il mio. Ma non avrei mai immaginato di innamorarmi del nemico. Tanto da stare qui con lui, di mia spontanea volontà, mentre la mia famiglia piange i morti causati dalle sue mani. E che avrei pianto la perdita di un amore che non avrebbe mai dovuto esistere.

Quindi, quali sono le conseguenze per me?

Che persona sono adesso?

CAPITOLO 81

Carter

La guerra non si ferma per nessuno.

La morte non aspetta mai.

"Ogni ala è sicura e le riparazioni sono in corso, signore," mi dice Aden con un cenno del capo appena fuori dall'ufficio di Jase. La maggior parte dei danni ha interessato l'ala di Declan, ma è comunque recuperabile.

"Qual è la tempistica?" gli chiedo. È una delle dodici guardie nuove. Dopo aver fatto un bilancio delle vittime, ci siamo resi conto di aver perso più uomini di quanto pensassi inizialmente. Per ora stiamo tenendo tutti sotto stretto controllo, ma è temporaneo; solo fino a quando non avremo individuato sia i soldati di Romano che quelli di Talvery che hanno partecipato all'attacco. Jett se ne sta occupando con una piccola squadra. Tutto dipende da lui. Ma io detesto aspettare, cazzo.

"Due settimane al massimo prima che venga sostituita ogni cosa," risponde, e io annuisco, congedandolo prima di entrare nella stanza di Jase e chiudermi la porta alle spalle.

Il suo ufficio non assomiglia affatto al mio. Non c'è un solo libro e neanche una scrivania. Lo chiamo ufficio solo perché lui lo definisce così. Il caminetto è quasi sempre acceso, però, e le fiamme si riflettono sul tavolino a specchio posizionato di fronte. La superficie è ricoperta da una spessa patina che si è formata nel tempo. Immagino che Jase lo preferisca così, altrimenti lo luciderebbe.

Gli scaffali che rivestono la parete a destra contengono le rare armi antiche che colleziona. Per lo più spade e coltelli. Il loro aspetto antiquato e le loro origini primitive e rozze sono in contrasto con le linee pulite del resto della stanza. Nel complesso, l'estetica è moderna e spoglia.

"Come sta?" mi chiede Jase. Il suo sguardo rimane fisso sul fuoco finché non mi siedo accanto a lui sul divano di pelle nera lucida. Solo allora alza gli occhi verso di me.

Non gli rispondo, le parole lottano con le mie emozioni in fondo alla gola.

"Così male?" chiede, e io mi limito ad annuire.

Il fuoco scoppietta davanti a noi mentre me ne sto seduto con mio fratello, ricordando come siamo arrivati qui quasi dieci anni fa. Quando ero solo un ragazzino, abbandonato a un passo dalla morte e desideroso che la fine arrivasse in fretta. Era stato Jase a fare la prima mossa. Aveva ucciso tutti gli uomini che mi avevano rapito all'angolo della strada. Era mosso dalla rabbia, ma quando mi ero ripreso e avevo scoperto cosa aveva fatto, avevo capito che ci sarebbero state molte altre morti prima che riuscisse a liberarsi da tutta quella furia.

Uno dopo l'altro, abbiamo ucciso, rubato, governato con la paura che un tempo provavamo per gli altri.

Ma il terrore ha il potere di cambiarti. E mentirei se dicessi che ora non è questo sentimento a motivarmi.

Sono angosciato all'idea di perdere l'unica donna per cui vale la pena lottare e che sono in grado di amare.

La spessa pelle scricchiola mentre Jase si appoggia allo schienale, strofinandosi il pollice sulla mascella, e mi dice: "Andrà bene quando sarà finita. Col tempo, starà meglio."

"Oppure verrà consumata dalla rabbia," obietto, e gli lancio uno sguardo complice, ma l'espressione sul suo volto non vacilla.

"Lei ti ama," è la sua unica risposta.

Distolgo lo sguardo da lui per fissare il fuoco, chiedendomi quanto tempo ci vorrà perché una fiamma così alta e calda si riduca a cenere e braci.

"Non sono venuto per parlare di lei."

"Però ruota tutto intorno a lei, vero?" mi chiede, e il mio petto si stringe. Se potessi tornare indietro a quel momento e dirgli di non vendicarsi, se potessi tornare indietro, prendere i miei fratelli e lasciare quel posto orribile, lo farei. Non sono orgoglioso di ciò che siamo diventati e so che è colpa mia.

"Sai cosa intendo," gli dico invece di mentirgli e fingere che non sia stato io a metterci in questa situazione schifosa per il mio malato bisogno di avere Aria tutta per me.

"Allora di cosa sei venuto a parlarmi?" chiede Jase e poi appoggia la testa all'indietro. Prende un coltello dal tavolo e inizia a giocherellare con la lama tra le dita.

"Cosa vuoi fare adesso?" gli domando. La mia voglia di combattere si è placata e lui se n'è accorto. Sono sicuro che lo abbiano notato tutti. Non mi sono mai sentito così debole in vita mia.

"Io direi di aspettare," propone, fissando il fuoco scoppiettante. Le fiamme danzano nell'oscurità dei suoi occhi.

"Potremmo colpirli adesso… Lasciare che le strade si riempiano di sangue," gli suggerisco, sapendo che quel giorno arriverà presto. È così che funziona. Il vincitore sferra il colpo finale.

"Non dovremmo farlo, per due motivi. Il primo è che Sebastian sta tornando."

Sebastian. La mia reazione iniziale alla notizia del suo ritorno è inaspettata. Mi sento come se lo avessi deluso. Mi vergogno a sapere che tornerà e mi vedrà in questo stato. Da quando Aria è arrivata qui, gli ho mandato dei messaggi per tenerlo informato. È stato il mio confidente da quando ha fatto costruire il nostro rifugio sicuro. Mi ha sostenuto più di una volta. E sa di lei e di quanto siamo innamorati.

"Quando?" chiedo e sono costretto a schiarirmi la gola.

"Sarà qui stasera, anche se prima andrà nella sua tenuta e al rifugio per constatare i danni."

Un grugnito mi sfugge prima di domandargli: "Non ne ha ancora visto l'entità, vero?"

Non volevo ammettere che la sua partenza mi avesse fatto così tanto male. Col tempo, la sofferenza si è attenuata. Ma non posso negare che il ricordo di lui che se ne va mi uccide, dannazione. Era parte della famiglia. Lo è ancora.

"Non credo," risponde Jase con tono pacato, poi aggiunge: "Chloe non verrà per un po'."

"È comprensibile," dico distrattamente. Nel profondo del mio cuore, ho sempre saputo che è rimasto lontano per tre ragioni.

Chloe non ha mai voluto stare qui.

Romano lo avrebbe fatto uccidere se avesse avuto il potere di farlo. Marcus.

Quando Marcus si avvicina alle persone, queste tendono a fare ciò che lui vuole e poi ad andarsene molto lontano. Io e i miei fratelli siamo gli unici che sembrano aver infranto questo schema.

C'è silenzio mentre la legna si spezza nel fuoco scoppiettante e granelli di cenere volano nell'aria calda.

"Hai detto che c'erano due motivi?" ricordo a Jase, in attesa del secondo per cui non dovremmo distruggere ciò che resta di Talvery.

"Suo padre si è asserragliato," mi spiega, continuando a far scorrere le dita lungo la lama e appoggiandosi allo schienale. Sta semplicemente aspettando la guerra. Sono io il motivo per cui i miei fratelli sono stati trascinati in questa vita, e mi odio da morire per questo.

E detesto il fatto che lui si riferisca a Talvery come a 'suo padre'.

"Alla fine dovrà andarsene. Non potrà nascondersi per sempre."

"E fino ad allora, aspettiamo?" chiede Jase, e io non posso fare altro che annuire. Ogni giorno in cui questa guerra continua è un giorno in più in cui Aria è così vicina, eppure irraggiungibile.

"Non vieni spesso da me per chiedermi consiglio," commenta Jase, e io non rispondo per un attimo.

"Sono stanco," ammetto onestamente, ma non gli dico tutto il resto. Tutto quello a cui riesco a pensare è cosa ne sarà di me quando mi lascerà. Sarò il guscio di un uomo in attesa di morire, proprio come Jase sta aspettando che questa guerra finisca.

Il suo sguardo mi trafigge, ma non insiste per saperne di più. Forse sa già tutto.

"Ha chiamato anche Talvery."

Giro di scatto la testa verso di lui e aggrottando le sopracciglia, sia per lo shock che per la rabbia, reagisco alla sua confessione. "Quando? Perché non..."

"Proprio ora, prima che tu entrassi." Cerco di interromperlo, incazzato perché non me l'ha detto, ma Jase continua: "Voleva solo sapere una cosa e poi ha riattaccato."

"E tu gli hai detto quello che voleva sapere?" Le mie unghie smussate affondano nella morbida pelle del bracciolo.

"Voleva sapere se Aria era ancora viva. Se stava bene." Parla con tono pacato, osservando il fuoco e poi mi fissa quando gli chiedo: "Cosa gli hai risposto?"

"La verità."

Devo trattenermi dal chiedergli cosa esattamente abbia riferito a Talvery. Perché so che lei non sta bene. Non c'è assolutamente nulla che vada bene in noi due.

CAPITOLO 82

Aria

Non dimenticherò mai la prima lite che ho avuto con Nikolai. Mentre sono seduta nella mia stanza, fissando la bellissima carta da parati davanti a me con una tela bianca ai miei piedi e un gessetto inutilizzato in mano, ricordo come gli avessi urlato contro e come lui avesse fatto lo stesso con me.

Era una lite da giovani innamorati. Ma anche l'inizio della fine, e lo sapevamo entrambi.

Quel giorno mi aveva insegnato a sparare, lasciandomi usare la sua pistola. Lui aveva solo diciassette anni e io sedici. L'avevo pregato di lasciarmelo fare. Volevo sapere che sensazione si provasse, e lui mi aveva detto che non avrebbe dovuto farlo e che comunque non avrei mai avuto bisogno di saperlo.

Non riesco a spiegare quanto mi avesse fatto infuriare, ma non importava, perché lui si era spostato alle mie spalle mentre stavamo in piedi vicino al bosco dietro casa mia. Col suo petto premuto contro la mia schiena e le mani che stringevano le mie, mi aveva insegnato a maneggiare un'arma.

Il contraccolpo della pistola mi aveva sorpreso, ma lui l'aveva tenuta ferma. Ricordo il calore che mi aveva pervaso quando mi aveva chiesto come mi sentissi, sussurrandomi la domanda all'orecchio. Ci vedevamo a tarda sera, quasi ogni notte, da un po' di tempo.

Sapevo che teneva a me, ma non mi aveva mai detto quelle parole magiche che io gli avevo già confessato.

L'avevo guardato da sopra la spalla e le sue labbra erano proprio lì, così vicine alle mie. Le avevo fissate per un attimo e grazie al cielo mi ero limitata a quello, perché proprio in quel momento mio padre era uscito di casa infuriato.

Mi ero allontanata da Nikolai prima ancora che lui vedesse mio padre.

Quella notte non avevamo litigato per la pistola, né per il fatto che volessi imparare a sparare, ma perché lui intendeva porre fine alla nostra relazione. Era sicuro che mio padre non l'avrebbe mai permesso.

Avevamo discusso perché io volevo scappare con lui, ma Nikolai si era rifiutato. Aveva deciso che era meglio restare dov'eravamo e smettere di vederci, piuttosto che correre il rischio di andarcene per preservare la nostra relazione.

Non voleva essere visto di nuovo con me, ed era per questo che avevo urlato. Lui era tutto ciò che avevo, e lo sapeva. Mi aveva ferito profondamente, anche se capivo perché non voleva che mio padre lo scoprisse. Nel momento in cui gli avevo mostrato il mio dolore, Nikolai l'aveva fatto svanire.

L'aveva cancellato con un bacio e mi aveva promesso che avrebbe sistemato tutto. Che lo stava facendo per me e che un giorno l'avrei capito. Mi ci era voluto del tempo per abituarmi a non averlo più. E ogni volta che piangevo, ogni volta che avevo bisogno di lui, anche solo per un momento, lui tornava da me.

Non mi aveva mai confessato il suo amore finché non avevo superato la nostra storia, iniziando a considerarlo soltanto come un amico. Ma io sapevo che mi amava ben prima che lo ammettesse. Perché quando ami qualcuno, non sopporti di vederlo soffrire.

Carter però non è così. Non è un uomo che conforta o che si lascia consolare. È il tipo che infila il pollice in una ferita da arma da fuoco ancora aperta e spinge più a fondo. Ecco chi è.

Con lui non c'è nessun bacio che possa alleviare il mio dolore. Vuole che io ci conviva, perché lui stesso convive con il suo. Stare al suo fianco significa crogiolarsi nell'agonia e, ancora di più, dominarla.

Il rumore alla porta mi fa sobbalzare. È leggero e, anche se vorrei che ci fosse Carter dall'altra parte, so già che non è lui.

Non è il tipo da bussare così delicatamente.

"Sì?" chiamo da dietro la porta chiusa.

"Sono io." Riconosco la voce di Addison e devo fare un respiro profondo prima di poterle rispondere.

I miei occhi sono stanchi e, quando entra nella stanza, bruciano ancora per la mancanza di sonno.

"Come sapevi che ero qui?" le chiedo, e solo allora mi rendo conto di quanto sia rauca la mia voce.

Mentre mi siedo su un mucchio di cuscini e mi guardo intorno, realizzo quanto sia patetico tutto questo. Quanto io sia patetica.

"Me l'ha detto Daniel," risponde dolcemente, con un sorriso che non le arriva fino agli occhi. Si guarda intorno imbarazzata per un breve istante per poi venire a sedersi con me sul mio letto improvvisato.

Vorrei dirle che sono felice per lei, per quello che ho sentito accidentalmente. Vorrei abbracciarla e confidarle che so già la buona notizia, anche se è stato per caso. Vorrei fare tante cose, ma Addison è venuta con uno scopo preciso e non mi dà la possibilità di parlare per prima.

Le sono grata per questo, perché vederla mi rende ansiosa e imbarazzata, date le circostanze.

"Quando mi sono trasferita qui… beh," fa una pausa e si schiarisce la voce, poi continua, "vicino a qui, quando mi sono trasferita a Crescent Hills, non avevo nessuno."

Tiro le ginocchia al petto e appoggio la schiena al muro guardandola sedersi a gambe incrociate. Accanto a me c'è una piccola pila di morbide coperte ripiegate e lei ne prende una rosa pallido di morbida ciniglia e se la avvolge intorno.

"So come ci si sente," le dico e lei scuote la testa.

"Ero orfana," mi dice con voce rotta, e io rimango sorpresa.

"Non ne avevo idea."

"Non sembro un'orfana?" alza le sopracciglia con fare scherzoso, ma la risatina che accompagna la sua battuta è triste. "Non ne parlo molto, sai?" Annuisco e cerco di immaginare cosa abbia provato.

"Comunque, sono passata da diverse famiglie e quella che ho trovato qui era accettabile; sotto molti aspetti non era migliore delle altre. A loro non importava di me, venivano pagati solo per tenermi in vita, capisci?" Addison si morde il labbro inferiore per un attimo e non posso fare a meno di chiedermi perché mi stia raccontando tutto questo. Fa un respiro profondo e mi guarda dritto negli occhi. "Sono rimasta per Tyler."

"Tyler?" Sentendo il suo nome, un brivido gelato mi percorre la pelle. È come se conoscessi il fratello Cross che è morto. L'ho sognato, e non riesco a scrollarmi di dosso le parole che Addison mi ha detto di aver sentito nel suo.

"Tutti siamo cresciuti poveri, quindi lui non mi giudicava, a differenza degli altri ragazzi a scuola. Suo padre era un alcolizzato e i suoi fratelli erano… beh, facevano quello che dovevano per sopravvivere. E a volte questo mi spaventava. Ma lui mi amava e io lo ricambiavo in molti modi. Mi sono anche resa conto di amare suo fratello; amavo Daniel di più, anche se allora non c'era niente tra noi. All'epoca gli parlavo a malapena." Le lacrime le offuscano la vista e lei le asciuga. "I ragazzi Cross mi hanno protetta, si sono presi cura di me come nessuno aveva mai fatto prima. Compreso Carter." Lascia scorrere le lacrime e tira su con il naso prima di dirmi: "Te lo giuro, c'è tanta bontà in lui."

Si lecca il labbro inferiore, raccogliendo una lacrima rimasta sospesa, ed è allora che mi rendo conto che sta scambiando il mio desiderio di partire per un segno di sofferenza. Perché non amo Carter.

"So che è così," le dico, e lei aspetta altro. Il 'ma' che non arriverà. "Lo amo e adoro questa famiglia." Le emozioni mi travolgono, anche se vorrei seppellirle nel profondo per non sentirle. "Voglio farne parte più di quanto tu possa immaginare."

Lei inclina la testa lanciandomi uno sguardo, e a me sfugge un sorriso. "Beh, forse lo sai." Tiro su col naso e guardo il soffitto per evitare di piangere al pensiero di far parte di questa famiglia che mi ha protetta e amata. Anche se sono… gli uomini che sono.

"Quindi lo ami?" mi chiede e mi si avvicina, posandomi una mano sul ginocchio. "Lo perdoni?"

Annuisco, sapendo che è vero. Entrambe le affermazioni sono vere.

"Lui non mi ha perdonato." Le confido la verità che mi brucia il petto. Devo infilare la mano nella tasca della camicia da notte per tirare fuori alcune delle perle sciolte della collana che indossavo. Tintinnano dolcemente nella mia mano quando le dico: "Lui non si fida di me e non mostrerà alcuna pietà, né verso di me né verso nessun altro."

"Volevo venire qui per dirti una cosa che mi spaventa, Aria." La voce di Addison si abbassa e i suoi occhi si incupiscono con un'intensità che non le avevo mai visto prima.

"Continua," sussurro, sentendo la temperatura del mio sangue abbassarsi. Si strofina i palmi delle mani sui jeans ed espira lentamente.

"Sono andata alla tomba di Tyler." Le lacrime le riempiono gli occhi come nuvole che precedono una tempesta, lentamente e con inevitabile necessità. "C'erano tantissimi nontiscordardime." Guarda verso la finestra, ricoperta da bellissime tende di lino, che è chiusa a chiave e non si aprirà mai. Dubito che lei lo sappia, però. Il suo sguardo rimane fisso mentre mi dice: "Ho portato con me due pacchetti di semi e prima di andarmene li ho sparsi tutti intorno alla sua tomba." I suoi occhi si posano sui miei. "Ora non è altro che una distesa di blu e bianco," mi dice, e un brivido mi percorre la schiena. Una strana sensazione di déjà vu mi penetra nelle ossa.

Lei espira lentamente e scuote delicatamente la testa. "Lo faccio da quando siamo tornati. È sempre lo stesso sogno, Aria."

Ricordo un sogno che ho fatto e che poi è svanito da quando sono arrivata qui. Fin dalla prima settimana in cui sono stata rinchiusa nella cella, ma non è quello che lei descrive.

"Tyler continua a dirmi di ricordartelo. Stringilo forte. Non lasciarlo andare… altrimenti morirà."

Nel profondo del mio essere, so che Carter ha bisogno di una donna che lo ami e che lui possa amare a sua volta. È un uomo che soffre, una bestia intrappolata in un castello che ha creato lui stesso. Solo che non sono convinta di poter essere io quella donna.

O che lui mi lascerà avvicinare abbastanza da poterlo diventare.

"Lo so," le dico sinceramente. "Ma non dipende solo da me."

"Provaci," mi supplica. "Ti prego, non lasciarlo andare."

Ingoio il cuore, che mi è salito fino alla gola, e annuisco. Non ha idea di quanto vorrei poterlo fare.

CAPITOLO 83

Carter

Ieri sera è rimasta nella sua stanza. Quella in cui non dovrei entrare. Mi sono seduto vicino alla porta e l'ho ascoltata piangere sommessamente. Non so per quanto tempo ancora potrò sopportarlo.

Il mio pollice tamburella sulla scrivania mentre fisso il baule. L'ha sistemato lei, da sola. Non io. Non me l'ha chiesto e non sa che effetto mi fa. Una parte di me vorrebbe eliminarlo. L'altra spera che significhi qualcosa che va oltre ciò che sono in grado di controllare.

Toc, toc. Il leggero bussare alla porta disturba i miei pensieri. È presto. Ho già incontrato Aden e Jase. Sappiamo dove si trovano tutti i nemici e gli alleati e cosa stanno pianificando. Non c'è altro da fare che aspettare che Romano sistemi Talvery. Perderà dei soldati nel farlo, ma io ne ho già sacrificati abbastanza. Ed è esattamente questo che gli ho detto. Le sue opzioni sono limitate.

Toc, toc. Bussa di nuovo e io devo schiarirmi la gola, percependone la secchezza. Mi raddrizzo sulla sedia e la invito a entrare.

La porta si apre lentamente, rivelando Aria con gli occhi ancora assonnati. I capelli le ricadono ondulati sulla schiena nuda e l'unica cosa che indossa è una sottile camicia da notte di seta nera con le perle bianche che le scendono sul seno. Mi eccito all'istante non appena entra con un unico passo cauto, muovendosi silenziosamente in punta di piedi finché non si gira e chiude la porta, dandomi le spalle.

"Sei… di una bellezza mozzafiato." Le parole mi sfuggono dalle labbra.

Lei gira prima la testa, facendo ondeggiare i fianchi, i capelli che le ricadono delicatamente sulle spalle e gli splendidi occhi che giocano con le mie emozioni. Incurva le labbra in un sorriso seducente e un rossore le sale dal petto fino alle tempie. Con la testa inclinata verso il basso, mi guarda attraverso le ciglia, scostando una ciocca ribelle dal viso e mormorando: "Mi sembra appropriato… dato che anche tu mi lasci senza fiato."

Fa qualche altro passo, lento ma deliberato, così capisco subito dove sta andando quando gira intorno alla scrivania. Non so perché spengo i monitor, chiudo il portatile e spingo indietro la sedia, allargando le gambe in modo che possa facilmente salirmi sulle ginocchia. Mentre si sistema, la sua piccola mano scivola sul mio inguine e un gemito soffocato mi sfugge dalla gola, facendomi vibrare il petto. Gli occhi di Aria si illuminano di malizia, ma anche di molto altro. Il suo sguardo mi dà sempre più di quanto merito.

"Mi manchi," sussurra mentre il suo sedere preme contro la mia erezione e lei si adagia sul mio petto. I suoi capelli mi solleticano il collo finché non appoggia la guancia alla mia spalla e mi dà un piccolo bacio pigro sulla gola.

Per un attimo, una frazione di secondo, mi chiedo se sia reale o se si tratti di un sogno. La tensione è svanita, i pensieri su ciò che accadrà non esistono in questo momento. Lei vuole me, e io voglio lei. Le sue unghie mi accarezzano delicatamente la gola, giocando tra la barba incolta. Deglutisce a fatica e mi domando se abbia avuto lo stesso pensiero, vedendo il dolore crescere nella sua espressione riflessa nel monitor nero davanti a me.

"Non pensavo che saresti venuta a cercarmi," le dico sottovoce, e tocco una delle perle della collana, facendola rotolare tra il pollice e l'indice. Lei mi sfiora la spalla con il naso e sussurra con voce sensuale: "Pensavo mi conoscesse meglio, signor Cross." La risata roca che le rivolgo in risposta mi scuote il petto e, con esso, anche lei. I suoi seni premono contro di me e sento i suoi capezzoli indurirsi per il leggero movimento.

"Ti amo," mi sussurra e mi bacia di nuovo il collo, questa volta più dolcemente, lasciando un segno umido. "Non c'è niente che possa impedirmi di amarti. Ci ho provato. Non riesco a smettere," afferma, sollevando la testa per guardarmi negli occhi.

Invece di risponderle, la accarezzo tra le gambe, premendo le dita contro la seta sottile che separa la mia mano dalla sua calda entrata. È già bagnata e bollente, per me.

Mentre lei allunga le braccia per aggrapparsi istintivamente alle mie spalle, muovo le dita sotto al tessuto e le infilo dentro di lei. La sua schiena si inarca e i suoi seni si avvicinano al mio viso. Mi chino quel tanto che basta per mordicchiare delicatamente la punta indurita di un capezzolo attraverso il tessuto sottile, lasciando un segno sulla sua camicia da notte.

Lei emette un gridolino tra le mie braccia, sussultando leggermente, ma non mi lascia andare, anzi mi stringe più forte, affondando le unghie nella mia pelle attraverso la camicia.

"Ti voglio," le sussurro contro il collo spingendo le dita dentro e fuori da lei, spostando un po' della sua eccitazione lungo il suo sesso e poi sul sedere. Devo rimediare all'altra notte e prenderla lì come desidera.

"Ti amo," mi dice di nuovo con un gemito soffocato mentre mi slaccio i pantaloni e la riposiziono a cavalcioni su di me.

Ancora una volta non le rispondo, ma invece premo le labbra sulle sue e mi spingo dentro di lei il più rapidamente possibile. Con entrambe le mani sulle sue spalle, gli avambracci che le sostengono la schiena, la sbatto giù, costringendola a urlare nel mio bacio per l'estasi che amo regalarle.

Questo posso darglielo. Tutto quello di cui ha bisogno.

È dannatamente stretta. Sentire che si serra intorno a me è qualcosa che non merito.

Le sue unghie mi affondano nelle spalle e lei geme a ogni spinta. I suoni dolci che emette sono brevi e arrivano in sussulti smorzati, portandomi a sollevarla sempre più in alto.

L'aria è calda, ma la mia pelle è ancor più bollente mentre la sento contrarsi intorno a me. Sono vicino, ma non voglio venire. Non voglio prendere da lei più di quanto mi abbia già dato.

Non riesco quasi a respirare e continuo a penetrarla desiderando intensamente che provi piacere, ma lei non si lascia andare. Anche lei respira a stento, con la testa reclinata all'indietro e i denti affondati nel labbro inferiore.

Ci guardiamo negli occhi. A ogni colpo dei miei fianchi voglio vederla illuminarsi di un piacere inarrestabile, ma lei scuote delicatamente la testa, riuscendo a malapena a sussurrare: "Non senza di te."

La mia presa sul suo fianco si stringe, la minaccia che lei si trattenga fa infuriare una parte di me. Un pezzo della mia anima sepolta nel profondo che non desidera altro che darle tutto.

Con il braccio spazzo via tutto dalla scrivania, liberando un posto per lei sul legno e lasciando che tutto il resto cada a terra, così da poterla far stendere. Il portatile rimane da un lato, ma il telefono, i fogli e l'agenda con tutti i numeri, il mio cellulare… tutta quella roba finisce sul pavimento. Il suo sedere sporge dalla scrivania e io sono ancora sepolto profondamente dentro di lei.

La farò venire. Non mi rifiuterà.

Mi prendo un secondo, solo uno, per avvolgere la sua gamba più in alto intorno al mio fianco, così da avere l'angolazione perfetta per penetrarla fino a quando non riuscirà più a resistere. Così si frantumerà sotto di me, come ho bisogno che faccia. Ma in quell'attimo, i suoi occhi si spalancano e lei mi raggiunge, la sua mano mi afferra la camicia e la stringe mentre si solleva, le spalle che si staccano dalla scrivania. Deglutisce, vedo la supplica nei suoi occhi e quanto il suo collo sia teso.

"Ti prego," mi implora mentre mi spingo dentro di lei, costringendola a gettare indietro la testa e inarcare collo e schiena. Nonostante il mio ritmo spietato, lei mi ordina urlando di raggiungere il piacere con lei, di precipitare insieme perdendoci in mille pezzi sotto il peso del mondo e della realtà che ci opprime.

"Carter," geme il mio nome e io cedo. Accelero il ritmo e sento un formicolio alla base della schiena.

Per quanto sappia che non durerà, non posso negarle questo piacere. Non lo farò. La amo troppo, e questa sarà la mia rovina.

CAPITOLO 84

Aria

Sto provando un mix di sentimenti tormentati tra il fatto che non mi dice che mi ama, anche se lo so, e il modo in cui se ne va dopo il sesso.

Mi ha lasciata ansimante e sconvolta sulla sua scrivania, con la camicia da notte strappata e le perle avvolte intorno al collo con così tanta forza che mi sembrava mi stessero immobilizzando. Ero a pezzi, annientata da lui. E lui se n'è andato a pulirsi, con calma, senza di me. Ogni secondo è stato doloroso. Perché più tempo passava, più la realtà si intrufolava nel nostro momento.

Mi ricordo quando, nel suo bagno, mi sono resa conto di aver perso il mio compleanno e di non essere andata a trovare mia madre. Sembra passato così tanto tempo da quando abbiamo litigato e fatto sesso su quel pavimento di piastrelle. E quando lui si è alzato dandomi le spalle, con un'espressione di rimpianto chiaramente dipinta sul volto... Non dimenticherò mai quella sensazione. È la stessa che provo adesso.

Stringilo forte, mi sussurra una voce mentre le emozioni tentano di soffocarmi. *Tienilo stretto.*

"Ci sto provando," sussurro.

"Cosa?" chiede Carter e io ingoio le mie parole appoggiandomi alla sua scrivania, anche se sento l'umidità tra le gambe. Devo arrotolare il fondo della camicia da notte, la parte che dovrebbe coprirmi le gambe, e premerla in mezzo per evitare di sporcare dappertutto. Carter si avvicina solo in quel momento per aiutarmi a scendere. Non appena tocco il pavimento, mi lascia andare.

Anch'io ho bisogno di qualcuno che mi stringa forte. Con voce debole, gli rispondo: "Niente." Il momento è finito, lo sento dentro di me. Il suo tono tagliente mi penetra nel petto e lascia che il mondo reale mi travolga di nuovo.

Lo sguardo di Carter è come fuoco: mi brucia un lato del viso quando mi allontano, proprio come ha fatto lui con me un attimo fa.

"Devo andare a cambiarmi." Gli offro questa scusa e poi mi odio per averlo fatto. Detesto dover fingere anche solo minimamente di stare bene.

I capelli mi solleticano le spalle quando mi volto a guardare l'uomo che amo, il cui amore mi ucciderà. Con un brivido che mi percorre la schiena e il freddo del suo ufficio che sostituisce il calore di cui avevo tanto bisogno un minuto fa, gli dico la verità. "Ultimamente, mi sembra che tu te ne penta quasi ogni singola volta che mi tocchi."

Deglutisco a fatica dopo aver pronunciato quelle parole. È quasi ogni volta, o no? Da quando eravamo al rifugio… non è mai venuto, fino ad ora.

Il suo volto cambia lentamente e la leggera preoccupazione si trasforma in indifferenza, la maschera che indossa per la maggior parte del tempo. "Te ne penti?" gli chiedo. Prima ancora che possa rispondere, gli getto addosso un'altra cruda verità: "Non voglio sentirmi così dopo averlo fatto. Non voglio sentirmi…" Mi interrompo e la mia mano raggiunge il mio petto, con le dita che si aggrovigliano intorno al filo di perle, senza sapere quali siano le parole giuste per descrivere accuratamente ciò che provo.

Mi sento come se lo stessi perdendo sempre di più, quando lui si comporta in questo modo. Ma quando sono con lui, veramente con lui, mi sento completa. "Ti rivoglio indietro," sussurro con voce roca e intrisa di disperazione.

"Non durerà." Sono le uniche parole che Carter mi rivolge, ma la sua espressione dice di più. Il suo sguardo fermo tradisce la profondità del suo dolore. Guardando più da vicino, la morbidezza intorno ai suoi occhi mostra quanto sia stanco, persino vulnerabile.

È solo allora che le lacrime mi pizzicano gli occhi, ma riesco comunque a trattenerle. La sofferenza non servirà a nulla. Ci porterà via il poco tempo prezioso che ci resta.

"Smettila." Riesco a dirgli solo una parola prima di dover fare un respiro profondo per calmarmi. Sento che sto per crollare, ma non lo farò. Lui deve averlo capito, ma non viene da me. Non cerca di consolarmi e io devo allungarmi per aggrapparmi al bordo della scrivania e sostenermi.

"L'hai detto tu stessa." Carter inizia a ripetermi le mie stesse parole e io devo distogliere lo sguardo da lui, fissando le enormi finestre anche se non vedo nulla. "Hai detto che non mi avresti mai perdonato, e sappiamo entrambi che è la verità. È quello che mi merito."

Con le dita strette attorno alle perle, parlo con calma e senza una meta: "Che gesto ragionevole, allora, allontanarti e non lottare per me." All'ultima parola, mi volto a guardarlo. "Allora finiscila, rimandami indietro."

Sebbene sia una falsa minaccia, un brivido freddo mi percorre il corpo. Tutto rallenta: il mio respiro, il mio battito cardiaco.

Un muscolo nella mascella di Carter inizia a contrarsi e si allontana da me, appoggiando i fianchi alla scrivania e guardando fuori dalla finestra.

"Nel momento in cui ho sentito la tua voce, ho capito che una volta presa non ti avrei mai più lasciata andare." Il suo tono è sommesso e ricco di rassicurazione. Dentro di me sono turbata per la verità esplosiva di cui lui è all'oscuro.

"Quale momento?" gli chiedo.

Non riesco a guardarlo, sapendo cosa sta per uscire dalle mie labbra. La rivelazione che potrebbe cambiare tutto. Se c'è mai stato un momento per confessare ciò che gli ho nascosto, è adesso, quando non c'è più nulla che ci tenga insieme.

"Quando tuo padre mi ha lasciato andare. Mi ha lasciato vivere, e solo perché tu hai gridato."

"Non sono stata io," sbotto, e le parole mi muoiono sulle labbra, in netto contrasto con l'emozione nella sua voce. Devo schiarirmi la gola e insistere, visto che lui non dice nulla. "Non ho mai bussato alla porta. Non sono stata io."

"Ho sentito la tua voce," Carter inizia a parlare e fa anche mezzo passo verso di me, ma io lo interrompo, lo guardo negli occhi e confesso.

"Non sono stata io. Non sono mai andata in quella parte della casa." Scuoto la testa mentre la mia voce si fa rauca e devo fare una pausa per deglutire. Mia madre è morta sul pavimento della stanza sopra a quella in cui lavorava mio padre. Dopo l'omicidio, non ho mai più voluto tornare in quella zona. "Non avrei mai detto a mio padre che avevo bisogno di lui. Non avrei mai interrotto il suo lavoro." Il mio cuore si stringe in una morsa di agonia davanti allo sguardo di Carter. "Ma soprattutto, mio padre non avrebbe smesso di fare quello che stava facendo per me," gli dico, rivelandogli una verità che fa contorcere dal dolore quella piccola parte di me che ancora desidera ardentemente l'amore dell'unico genitore che mi è rimasto. "Non ero io quella che hai sentito."

"Stai mentendo," dice Carter, ma senza convinzione.

"Sai che non ho bisogno di mentirti." Con un respiro profondo e poi un altro disperato, aggiungo: "Ti amo, ma se mi vuoi qui solo perché volevi la ragazza che ti ha salvato la vita…" Le lacrime mi riempiono gli occhi, ma mi rifiuto di lasciarle cadere mentre deglutisco e continuo: "Se volevi solo una ragazza che hai sognato…"

Non riesco a proseguire perché Carter mi fissa con gli occhi socchiusi e stringe la presa sulla scrivania dietro di lui.

"Non te l'ho detto perché pensavo che, se lo avessi saputo, non mi avresti più voluta." Una lacrima solitaria mi scende lungo la guancia, ma la ignoro. "Se mi volevi solo per quella notte, perché pensavi fossi io, allora lasciami andare." Quando mi lecco le labbra secche, sento il sapore salato di altre lacrime. Lacrime che mi rifiuto di accettare.

"Non avrei mai potuto essere io," sussurro asciugandomi gli occhi che bruciano e fisso la libreria dietro di lui. Il suo sguardo è indecifrabile e spietato; la maschera è tornata al suo posto.

"Non ti credo," dice Carter con voce bassa e minacciosa. Con l'aria fredda che mi accarezza la pelle nuda, mi sento più esposta in questo momento di quanto mi sia sentita da molto tempo. "Conosco la tua voce. Eri tu."

Il mio cuore batte forte quando Carter fa mezzo passo avanti, fissandomi come quando mi ha vista per la prima volta nella cella.

"Non sto mentendo, Carter. Non avrei mai potuto essere io."

"Non capisco perché lo stai facendo," continua, come se non gli avessi rivelato una verità che distrugge tutto ciò che credeva di me, ogni aspetto che aveva sia odiato che amato ancor prima di vedermi.

"Smettila di darmi della bugiarda." Una piccola fiamma si accende dentro di me quando lui si avvicina, invadendo il mio spazio personale e sovrastandomi. La mia voce è ferma, quasi dura.

Lo fulmino con lo sguardo, è così vicino da sentire il calore della sua pelle. Le fiamme scorrono tra noi e lui mi sorride beffardo, lasciando che i suoi occhi vaghino lungo il mio corpo.

"Cosa pensavi di ottenere dicendomi questo?" mi chiede. È un maledetto interrogatorio.

La rabbia mi brucia nel sangue. Devo fare rapidamente un respiro profondo per evitare di esplodere.

"Volevo condividere con te qualcosa che avrebbe cambiato le cose. Qualcosa che avrebbe influenzato la tua posizione sul fatto che siamo sempre stati nemici e…"

Mi interrompe e ribatte con tono disinvolto: "Ma le nostre famiglie sono sempre state nemiche."

Il suo sguardo è sempre critico. In questo momento sono io il nemico. Ai suoi occhi sono una bugiarda.

"Sei uno sciocco a pensare che ti mentirei." Rispondergli è più doloroso di quanto immaginassi.

Il sorriso che gli illumina il volto non nasconde la sua sofferenza. "Davvero?"

"Non sono una bugiarda." Stringo i pugni lungo i fianchi e le emozioni che mi hanno assalito prima mi travolgono all'improvviso, come onde violente che si infrangono sulla riva. "E questo è stato un errore." Non so se intendo dire che si sbaglia, che non sono scappata quando avrei potuto… o che mi sono innamorata di lui fin dall'inizio. Forse tutto quanto.

"È stato tutto un errore," sussurro a me stessa prima di guardarlo di nuovo. Vedo una versione di lui cauta e impenetrabile, quando io, invece, sono tremendamente vulnerabile. "Ora lo so." La presa di coscienza è disarmante.

Incrocio il suo sguardo e gli dico: "Non sono chi credi che io sia. Sono Aria Talvery e questo non sarebbe mai dovuto accadere."

Con un palmo della mano appoggiato sulla scrivania, abbassa lo sguardo fino a quando i nostri occhi si incontrano e le sue labbra sono vicine alle mie. Così vicine che quella parte di me che non desidera altro che il suo affetto mi implora di baciarle e zittire qualsiasi parola osi pronunciare. Ma non lo faccio.

"Potrai anche essere una Talvery, ma sei nel territorio sbagliato, passerotto." Indietreggiando leggermente, cerca qualcosa nella mia espressione prima di aggiungere: "E anche se mi odi, non ti lascerò andare."

CAPITOLO 85

Carter

Non era lei?

Col cazzo che non era lei.

È l'unica cosa a cui riesco a pensare mentre la riporto in camera da letto. I nostri passi sono pesanti, ma non quanto il mio cuore.

Ricordo perfettamente quella notte, conosco bene la sua voce. Quel momento preciso ha cambiato la mia vita per sempre. Ogni dettaglio è impresso nella mia mente. Il ritmo delle sue parole. Le ho sognate e sono stato consumato da quell'istante per anni.

La porta della camera da letto si chiude con un clic sonoro quando mi avvicino al comò, dove mi aspettano un bicchiere pulito e una bottiglia di whisky.

Faccio tutto meccanicamente, ascoltando a malapena Aria che si spoglia e rovista nei cassetti mentre io cerco di calmarmi.

È un compito impossibile. Ogni secondo che passa, la rabbia aumenta.

Come osa mentirmi? Come osa guardarmi negli occhi e negare qualcosa che mi ha portato sulla strada della violenza e dell'odio verso me stesso? Come cazzo osa comportarsi in questo modo, eppure affermare di amarmi?

Non ho mai odiato così tanto la sua capacità di influenzarmi come adesso.

Non le dirò mai quanto mi fa male sentirle dire una cosa del genere. Mi rifiuto di farglielo sapere. Che io sia dannato se le rivelerò mai quella verità e le darò quel potere.

Il liquido ambrato scorre tra i cubetti di ghiaccio, ma io faccio roteare inutilmente il bicchiere. Stasera non ho voglia di alcolici.

Voglio punirla. È l'unica cosa a cui riesco a pensare.

Ho gestito tutto nel modo sbagliato perché l'ho sottovalutata, ma ora che mi ha mostrato le sue carte e mi ha rivelato fino a che punto è disposta ad arrivare, non commetterò più lo stesso errore.

Aveva ragione. Avrei dovuto tagliarle le ali.

"Non capisco perché non mi credi," dice Aria con voce così bassa che il fruscio delle lenzuola quando si mette a letto quasi copre le sue parole. La vedo tirarle su fino al collo e guardarmi come avrebbe sempre dovuto fare, come se fossi il nemico.

Mi mordo la lingua per non rispondere e inspiro profondamente dal naso. Non capisco perché dovrebbe mentire. Qual è la ragione dietro le sue bugie?

Mi chino per prendere qualcosa nel cassetto superiore del comò e le mie spalle si irrigidiscono. Il rumore che fa quando lo apro è inquietante. Il metallo è freddo fra le mani e le manette tintinnano. Mi avvicino a lei, pensando a come ammanettarla, ma il pensiero di toccarla in questo momento è estremamente pericoloso.

Lei riesce a stregarmi ogni volta che la mia pelle tocca la sua. Non posso rischiare.

Le getto sul letto e mi viene in mente un'idea. "Ammanetta la mano sinistra alla colonna del letto," le ordino, trascinando la sedia nell'angolo della stanza più vicino.

Dandole le spalle, mi chiedo se mi obbedirà, finché il rumore rivelatore della chiusura non riecheggia nella stanza.

Solo allora respiro e mi lascio cadere sulla sedia. L'ho in pugno e non andrà da nessuna parte.

La luce della luna illumina la sua pelle morbida in un modo che mi fa male al petto. È così bella. Si scosta i riccioli castani dal viso e mi fissa con aria interrogativa prima di appoggiarsi alla testiera del letto.

"Mi terrai qui fino alla fine della guerra e io ti odierò per sempre?" mi chiede quando resto in silenzio. La sua voce è piatta, ma non riesce a celare il dolore nei suoi occhi. Non può nascondermelo. Non dopo che ho visto la cruda agonia che le ha causato la prigionia, il tormento che le ha inflitto Stephan e il dolore che l'amore per me ha impresso in quei meravigliosi occhi color nocciola.

"Non è una cattiva idea," commento, senza trattenere la stanchezza.

Il sospiro che esce dalle sue labbra è privo di umorismo. Cerca di mettersi comoda, ma si è ammanettata troppo in alto. La manetta è tra il piolo centrale e quello superiore, invece che in basso. Riesce solo ad arrivare fino al comodino, dove giacciono una bottiglia di vino e un bicchiere, insieme al suo cellulare. Almeno può raggiungere quegli oggetti, ma non ha altro a sua disposizione.

L'agitazione si legge subito sulle sue labbra strette mentre si sistema un cuscino sotto il braccio. Sospirando, mi chino in avanti; appoggio i gomiti sulle ginocchia e la fisso. Aspetto che mi guardi per chiederle: "Perché mentire?"

Il fuoco arde nei suoi occhi quando pronuncia le sue parole: "Non sono stata io."

Tic, tic. Non è l'orologio, è il battito regolare del mio cuore, nervoso e desideroso di sapere perché cerchi di ferirmi in questo modo.

"Ho tutto il tempo del mondo," le dico e mi appoggio allo schienale. Deglutendo, mi rendo conto di quanto l'idea che sia stato qualcun altro mi uccida. "Sei stata tu," dichiaro, indurendo il tono e rifiutandomi di accettare l'ipotesi che la voce che mi ha salvato appartenesse a un'altra. So che è stata Aria. Nel profondo del mio cuore, sono certo che sia stata lei.

"Mi dispiace, Carter." Il suo sussurro è doloroso. Si avvicina a me sul letto e io osservo le manette che la tengono lontana da me. Cazzo, sono un disastro e lei se ne accorge.

Eppure mi conosce. C'è qualcosa in lei che semplicemente sa chi sono. La sua anima è legata alla mia.

"Non volevo dirtelo," sussurra, e io torno con la mente a quella notte, al dolore e alla disperazione.

"Volevo morire e tu mi hai salvato," le dico, sapendo quanto sia vero. È stata la sua voce a chiamarmi mentre sentivo la fredda mano della morte trascinarmi verso il suolo. Non verso una luce bianca e la salvezza, ma verso il pavimento di cemento sporco. E ho pregato affinché ciò accadesse. Non desideravo altro che la morte venisse a prendermi e mi liberasse dal dolore. La tortura che avevo sopportato aveva distrutto ogni possibilità di pace e felicità in cui un ragazzo come me potesse mai sperare.

"Mi dispiace," è di nuovo tutto ciò che riesce a dire. L'emozione mi sale dal petto e poi più in alto, fino alla gola.

"Non è vero," dico a denti stretti e mi aggrappo al fatto che sta mentendo. Conosco la voce che mi ha salvato. "Sei una bugiarda."

Aria cerca di asciugarsi le lacrime che le scendono sulle guance arrossate. Alza la mano sinistra, ma viene trattenuta dal bracciale.

"E tu resterai lì finché non avrò finito di fare quello che devo." Mi alzo di scatto e vedo i suoi occhi spalancarsi. "Puoi restare lì. Esattamente lì, dove sei destinata a stare." Le mie parole sono vuote, ma la minaccia è reale. Non la lascerò andare così facilmente. Se pensava che mentirmi le avrebbe offerto la libertà, si sbagliava.

"Carter," chiama Aria e si muove sul letto, le lenzuola che le ricadono intorno in un disordine confuso, ma il suo braccio sinistro è bloccato dietro di lei. La frustrazione si unisce alla disperazione.

La sua mano destra si sposta sulla sinistra come se potesse liberarla mentre mi avvicino alla porta. "Carter!" Urla il mio nome per farmi fermare quando mi vede sulla soglia. Fisso il mio passerotto, nudo e in ginocchio sul mio letto, incatenato volontariamente. Un segno rosa opaco è ancora visibile sul suo seno dove l'ho toccata prima, proprio sotto le perle che ondeggiano leggermente sul petto. È una visione meravigliosa, ma piena di tristezza.

"Non lasciarmi qui," mi ordina, come se potesse farlo, e poi deglutisce visibilmente.

"Non sei nella posizione di dare ordini," è tutto ciò che le rispondo. Riesco a fare solo mezzo passo fuori dalla stanza prima che il rumore di vetri infranti alla mia destra sia accompagnato da una sensazione di umidità lungo il lato destro della mia guancia, la mascella, il collo e giù per la camicia. Il liquido rosso scuro si infiltra nella mia camicia bianca e io fisso le macchie, osservandole diffondersi sul tessuto, e poi mi giro di nuovo verso Aria. La bottiglia rotta è in frantumi ai miei piedi e c'è una piccola ammaccatura nel muro. È circondata da striature color bordeaux che gocciolano sul pavimento.

Il mio cuore batte forte nel petto per lo shock, ma anche per la rabbia.

"Ora non puoi più nasconderti." Sputo le mie parole con veleno, perdendo il controllo.

"Vaffanculo! Ti odio!"

Lo urla come se lo pensasse davvero. Come se l'odio fosse l'unica cosa che la tiene in vita, e so che è così. Ci sono passato anch'io. La detestavo prima ancora che lei conoscesse il mio nome.

"Lo sapevo. So che mi odi. Ma questo non cambia il fatto che sei mia." Non riesco a nascondere la mancanza di controllo, il crollo della mia compostezza mentre la fisso, osservando il suo petto che si alza e si abbassa con respiri caotici.

"Non ti permetterò di farmi questo," dice con convinzione e la risata secca che mi sfugge dalle labbra è cupa e sincera. Afferro la maniglia della porta per impedirmi di avvicinarmi a lei.

"Vaffanculo!" sbotta tirando il braccio ammanettato e strattonando forte il polso contro la manetta. Il dolore traspare dalla sua espressione e dal grido che le lacera la gola. Il cuore mi batte forte nel petto guardandola farlo di nuovo. E ancora. La temperatura del mio corpo scende e per un secondo non riesco a crederci. Continua a strattonare fino a quando esplode in un urlo orribile. Le lacrime le rigano il viso e il suo braccio giace inerte. Il polso, ancora ammanettato, è rosso e ferito dai tagli del metallo.

"Vaffanculo," grida, a voce più bassa ma piena di sofferenza. Tira di nuovo il braccio, anche se questa volta può usare solo il peso del suo corpo, e lo fa con poca convinzione.

Cazzo.

Mi rende troppo debole. La sua agonia distrugge ogni mio pensiero razionale. Non riesco ad arrivare da lei abbastanza velocemente, anche se non sto ragionando in modo logico e non ho le chiavi con me. Nel tentativo di aiutarla, la afferro il più delicatamente possibile per spingerla contro la testiera del letto e allentare la tensione delle manette, ma l'odio di Aria è più forte della ragione.

Anche con una spalla lussata, mi spinge con la mano illesa. "Stammi lontano," grida con le lacrime che continuano a scorrere liberamente sulle guance. "Vattene!" È solo quando cerca di spingermi di nuovo che il suo corpo si rifiuta di obbedirle e si afferra la spalla.

"Aria," comincio a dire, pronto a supplicarla di essere ragionevole e di lasciarsi aiutare.

"Dicevo sul serio, ti odio!" La sua confessione mi fa riflettere. Ingoia il dolore col viso arrossato e fissandomi dritto negli occhi. "Volevi che andasse così, no? Incatenarmi e farmela pagare? Non si può tornare indietro. È questo il tuo motto, giusto?" Si ferma un attimo per respirare, poi si ritrae verso la testiera del letto, tenendosi la spalla e singhiozzando. "Beh, non puoi più tornare indietro." Il suo respiro ora è irregolare e parla con voce più sommessa. "Sei stato tu. Tu mi hai reso capace di odiarti." Con quest'ultima confessione, il suo volto si contrae in una smorfia sofferente. "È quello che volevi, e ora puoi averlo."

Il dolore è paralizzante. Mi ci vuole un minuto, poi un altro ancora, solo per recuperare la chiave e toglierle le manette. Lei non mi guarda mentre le rimetto a posto la spalla.

E quando inizia a singhiozzare, non desidero altro che abbracciarla, ma lei mi spinge via e si sdraia su un fianco, dandomi le spalle, con quella ferita all'aria.

Non ho mai sofferto così tanto in vita mia.

Ricordo tutto di quella notte di anni fa. E nemmeno quel dolore è paragonabile a questo.

* * *

Il whisky è più che invitante questa volta e scende veloce.

Ogni bicchiere è più facile del precedente e ognuno mi riporta alla mente immagini del nostro passato, proprio come fa Aria con i suoi disegni. Ogni momento sembra composto da splendidi tratti sulla sua tela. Potrebbe dipingere un passato doloroso, ma il modo magistrale in cui muove il pennello mentre crea arte ti fa desiderare di toccarlo.

Per molto tempo, tutto ciò che vedo sono i momenti che abbiamo trascorso insieme.

Il bicchiere successivo fa emergere la mia gelosia. E il pensiero di mandare a Nikolai un video di me che scopo Aria per mostrargli quanto le piaccia.

Lei fa emergere un lato possessivo di me che non avevo mai conosciuto. Mi fa perdere il controllo. Rovina ogni cosa, ma è allo stesso tempo il motivo di tutto questo.

Lei è mia.

È l'unica cosa che conta.

Non lo farei mai; non permetterei mai a un uomo come Nikolai di vederla nel momento del piacere. Ha avuto una possibilità con lei e l'ha persa. Mi rifiuto di perderla come ha fatto lui. Non lo permetterò.

Al pensiero, il bicchiere sbatte sulla scrivania. Per un attimo penso di averlo rotto.

Non è così, ma il whisky mi scorre nelle vene e, sapendolo, lo allontano.

Mi inginocchio sentendomi stordito e raccolgo tutto ciò che ho buttato giù dalla scrivania per poterla avere poco fa. Dopo aver rimesso a posto gli ultimi oggetti, appoggio la mano dove solo poche ore prima poggiava la sua schiena. Il legno è freddo e duro, niente a che vedere con il suo calore.

Il mio sguardo cade sulle polaroid sparse a caso su una pila di fogli. Foto che ho tirato fuori giorni fa per mostrarle ad Aria. Foto della casa che lei dice di conoscere così bene. E in una di esse ci sono mio padre e mia madre sul portico.

Lui l'amava. Era ovvio a chiunque li guardasse. Mio padre l'amava con tutto sé stesso.

Alla sua morte, una morte lentissima, lui si è spento con lei.

Non ho mai imparato ad amare, solo a sopravvivere.

Forse è quello che ha fatto Aria. Pensare al passato mi fa riprendere in mano il bicchiere. Il liquido brucia ma lo mando giù a grandi sorsi, ricordando com'era sdraiata sul divano nell'angolo del mio ufficio quella prima volta.

Era stanca, ma ben nutrita e appagata. Gli effetti di ciò che le avevo fatto erano ancora evidenti. La sua pelle era pallida e le costole sporgevano dalla carne.

Ero stato io a farlo. L'avevo ridotta in quelle condizioni al solo scopo di sopravvivere.

Quel giorno giaceva sul divano, dormendo a intermittenza. Ogni volta che si svegliava era spaventata e terrorizzata, finché non andavo da lei. La calmavo. Le toglievo gli incubi dalla mente.

Le lacrime mi spuntano dagli occhi e faccio fatica a respirare. Sì, le ho fatto del male, ma le ho tolto tutto il dolore e tutta la paura.

Pensavo che avrebbe contato di più.

Mentre dormiva, quel primo giorno, non potevo fare altro che osservare ogni più piccolo movimento del suo corpo. Ne ricordo ogni centimetro. Non mi sono mai sentito così disgustato da me stesso come allora.

Ma ho cercato di toglierle tutto.

I miei gomiti sbattono più forte di quanto vorrei sulla scrivania e appoggio la fronte sulle mani emettendo un sospiro pesante, oppresso da tutti i peccati che ho commesso contro Aria Talvery.

È troppo. Questa serata è stata insostenibile.

Cerco nel cassetto in alto a destra la piccola fiala di *Sweet Lullaby*, ma non la trovo. Quando ho finito, i fogli sono sparsi ovunque, ma non mi importa. Lo chiudo con uno scatto e quello sotto si apre; ciò che sto cercando è proprio in cima.

So che l'alcol mi intorpidirà abbastanza da farmi assopire, ma non dormo mai a lungo e stasera ne ho bisogno. Ingoio tutta la fiala, ma quando passa un momento e il sonno non arriva, ne prendo un'altra.

Con le gambe pesanti mi sposto sul divano dove dormiva lei e mi sdraio al suo posto.

Non so se tornerei indietro. Non so come potrei mai averla. Tutto quello che volevo era lei, e la voglio ancora. Non posso farci niente. Tutto quello che voglio è che Aria sia mia.

Sento prima il suo respiro tremante. E quando alzo lo sguardo dal pavimento sotto la scrivania alle sue guance arrossate e poi a quei meravigliosi occhi, sento un peso sollevarsi da me.

Come se il dolore non esistesse più. Perché sta strisciando verso di me. Sta venendo da me. Il mio passerotto.

"Sei ancora arrabbiata?" le chiedo e la mia voce è roca, come se non la usassi da molto tempo. Sento la fronte contrarsi per la confusione, ed è allora che mi rendo conto di avere freddo. Tanto freddo.

Niente di tutto ciò ha importanza quando Aria scuote la testa. I capelli spettinati che le incorniciano il viso mi fanno capire che ha dormito qui, in questa stanza. Stava aspettando che mi svegliassi.

"Non sono arrabbiata." La sua voce è dolce mentre mi raggiunge, ma le lacrime non smettono di scorrere. Avvolgo le dita tra i suoi capelli e la tiro a me. Quando la tocco, non ricordo nemmeno più il motivo del litigio. Nient'altro ha importanza quando la sfioro. Si aggrappa a me, le mani sulle mie cosce, poi solleva le labbra e mi bacia.

Con le sue labbra sulle mie, tutto torna a posto e il dolore scompare. Almeno finché non sento le sue lacrime bagnarmi il viso e lei rabbrividisce tra le mie braccia, allontanandosi per sussurrare: "Ti prego, perdonami."

Mi ci vuole un attimo, la nebbia del whisky offusca i miei pensieri alla ricerca del ricordo della serata. Quando ha mentito, dicendo che non era lei.

"Perché hai mentito?" le chiedo, ma lei non risponde. Mi supplica solo di perdonarla.

Con voce affranta mi dice: "Non mi hai mai detto di averlo fatto e dopo tanto tempo... Ti prego, Carter. Ti prego, perdonami."

La testa mi pulsa per il dolore causato dall'aver bevuto troppo e mi ci vuole un attimo per capire cosa ha detto. Le chiedo: "Cosa intendi con 'dopo tanto tempo'?"

Mi sembra così perfetta tra le mie braccia, e nessuno dei due è disposto a lasciar andare l'altro, ma mi sento stordito, freddo e confuso. La stanza si inclina all'improvviso. "Cazzo," dico, la parola si allunga nell'aria e tutto inizia a girare, come se volesse farmi cadere.

"È passato così tanto tempo dall'ultima volta che ti ho visto," mi dice Aria

sfiorandomi delicatamente il viso con la punta delle dita. Tira su col naso e aggiunge: "Dall'ultima volta che ho potuto parlarti."

"Ti ho appena vista." È tutto quello che riesco a dire, ma Aria sembra non sentirmi.

"Ti amo così tanto," dice, e il suo labbro inferiore trema quando i suoi occhi incontrano i miei. "Ti prego, dimmi che mi perdoni. Ne ho bisogno, Carter." Mi prende la mano, la stringe tra le sue e se la porta al petto.

"Smetti di piangere," le dico, cercando di respirare ma sentendo l'aria diventare più rarefatta. È come se stessi soffocando. C'è qualcosa che non va.

Non voglio togliere la mano, ma devo raggiungere il colletto della mia camicia. Non riesco a respirare, cazzo. È allora, quando penso di muoverla, che sento quanto è fredda contro le mie nocche. E quanto è immobile il suo petto. E quanto è pallida.

"Aria." Sussurro il suo nome, ma non so se l'ho detto davvero. Il freddo mi penetra nel sangue. Non respira.

"Carter, no. No," mi dice come se sapesse cosa sto pensando. "Era destino che finisse così. Non avrei mai dovuto trovarmi in mezzo alla guerra. Sapevo da sempre che il mio destino era la morte."

Cosa sta dicendo? No! Urlo, ma dalla mia bocca non esce alcun suono. La stanza è silenziosa, tranne che per la sua supplica. "Va tutto bene. Quando succederà... Mi va bene morire per te. Ho solo bisogno che tu mi perdoni, ti prego. Perdonami e amami, come io amo te. Ti amerò per sempre."

Il brivido alla nuca si trasmette in ogni centimetro della mia pelle. La stanza si oscura e io continuo a non riuscire a respirare. Non riesco a pensare. Non può essere morta. Aria! Urlo di nuovo, ma c'è solo silenzio.

"Non abbiamo molto tempo. Ti prego, ti prego, Carter. Perdonami." I suoi occhi cercano i miei mentre grido ed è allora che vede la mia bocca muoversi, ma non emetto alcun suono.

Mi urla qualcosa ma la distanza tra noi aumenta e la sua voce è scomparsa.

Aria! Grido il suo nome, allungando le braccia verso di lei e stringendole le mani fredde con tutta la forza che ho. Non lasciarmi! Ti perdono! Prego che mi senta, ma lei continua a piangere e l'oscurità mi invade tutti i sensi.

Il respiro affannoso che mi riempie il petto mi provoca un dolore lancinante alla schiena e cado dal divano sul pavimento duro dell'ufficio. Sto sudando e il mio cuore batte all'impazzata.

Sfrego il gomito a terra cercando di alzarmi con troppa fretta.

"Aria!" grido, anche se è impossibile che lei mi senta. "Aria!" È tutto quello che riesco a dire mentre corro da lei, nella mia stanza, e apro la porta per trovare il suo piccolo corpo nel letto. Non è abbastanza. Non riesco a deglutire, non riesco a respirare, non riesco a fare nulla finché non tiro via le coperte e vedo il suo torso alzarsi e abbassarsi. Lei emette un piccolo gemito di protesta nel sonno per il freddo, ma nonostante ciò appoggio la mano sul suo petto, proprio dov'era pochi istanti fa, e sento il calore e il battito regolare del suo cuore.

Vedendola, ho un nodo alla gola. È ancora viva ed è qui con me. Mi inginocchio accanto a lei prima di coprirla di nuovo con le lenzuola.

Non si muove nel sonno e con uno sguardo al comodino noto una confezione di antidolorifici che deve aver trovato in bagno. Ha senso, visto il dolore alla spalla. Deve aver perso i sensi dopo aver preso le ultime due pillole rimaste. Ma è qui, ed è viva.

Era solo un sogno. Ma sembrava così dannatamente reale. Faccio fatica a respirare sul pavimento accanto a lei e, cosa ancora peggiore, non riesco a togliermi dalla testa la sua immagine.

Non dormirò finché tutto questo non sarà finito.

Non mi sono mai odiato così tanto. Non mi importa se ha mentito. Non mi importa se quelle parole non venivano da lei. Non ho mai amato niente e nessuno in questa vita come amo lei, l'Aria che conosco, la donna che so che mi ama a sua volta. La ragazza che ho preso e spezzato, rimettendone insieme i pezzi frantumati come meglio potevo.

Non la lascerò morire.

Aria Talvery, il mio passerotto, non può morire.

CAPITOLO 86

Aria

Quando mi sveglio, in tarda mattinata, soffro così tanto da sentirmi male. Non appena mi giro sul lato sbagliato, il sinistro, mi viene letteralmente la nausea e un dolore lancinante mi attraversa la schiena per poi risalire lungo il torace.

Stringendo i denti, spalanco gli occhi e lotto per non vomitare.

Vorrei poter dire che ero ubriaca quando ho perso il controllo ieri sera. È esattamente quello che ho fatto. Ho perso tutta la mia compostezza davanti a lui.

Mi ci vuole molto tempo, più di quanto dovrebbe, per rendermi conto di essere sola nella camera. Mi aspettavo di vederlo sulla sedia che mi guardava, o a letto. Non so perché me lo aspettassi. Non avrei dovuto. Lui non è mai qui la mattina. Ma non eravamo mai arrivati a questo punto. Così distrutti e feriti l'uno dall'altra.

Non ci stiamo lanciando semplicemente delle pietre, stiamo buttando giù massi da una ripida scogliera mentre l'altro giace inerme a terra.

Ho scelto lui. Volevo stare con Carter, e lui ha scelto di farmi sentire incredibilmente sola. Stringo il lenzuolo sottile tra le mani e faccio del mio meglio per reprimere la sofferenza.

Svegliarsi da sola fa più male che mai. Non voglio più stare così. Non voglio soffrire. Non voglio nemmeno essere la causa del tormento di

Carter. E invece temo che sia proprio ciò che sarò per sempre. Dopo ieri sera, non sarò nient'altro che un doloroso ricordo per lui.

Cullando la spalla dolorante, mi siedo sul letto e lascio penzolare le gambe dal bordo provando a muovere il braccio. Fa un male cane, ma è tutta colpa mia. I profondi tagli sul polso sono la parte peggiore.

Il pavimento è freddo sotto i miei piedi nudi quando mi dirigo in bagno alla ricerca di altri antidolorifici e di qualcosa che possa usare per disinfettare i tagli. Non trovo né l'uno né l'altro, ma mi preparo, pensando al bagno situato oltre l'atrio. Scommetto che lì potrebbe esserci qualcosa di utile.

Mi lavo i denti fissandomi allo specchio e poi mi spazzolo i capelli, mentre il mio riflesso fa lo stesso, osservando la donna che sono. Non c'è un briciolo di felicità nei miei occhi. C'è solo oscurità.

Qualche tempo fa ho letto in un articolo che gli animali domestici iniziano ad assomigliare ai loro proprietari perché imparano a imitarne le espressioni facciali. Lo stesso vale per i bambini adottati che assomigliano ai genitori non biologici. Più tempo si trascorre con qualcuno, più se ne ereditano le caratteristiche.

E osservandomi, tutto ciò che vedo è l'oscurità che è Carter. L'agonia che ribolle nel profondo. Si annida dentro di me in un modo che non avevo mai percepito prima.

Chiudo l'acqua e appoggio con cura la spazzola sul ripiano di granito. La stanza è silenziosa.

Niente di tutto questo mi appartiene.

Ogni oggetto è stato un regalo, un conforto destinato a placarmi. Facendo un passo indietro, mi riesce difficile accettarlo. Mi guardo allo specchio e a fatica sopporto quella vista.

Non mi è mai stato così chiaro come in questo momento che devo andarmene. Carter Cross è una droga da cui non riuscirò mai a liberarmi. Mi è entrato nelle vene e ha avvolto ogni più piccola parte di me.

Sono dipendente da ciò che mi fa e so che continuerà a ferirmi. È consapevole di quanto mi faccia soffrire, e anch'io, eppure eccomi qui.

Quando mi volto, mi sembra di scorgere qualcun altro dietro di me. Forse la ragazza riflessa nello specchio. Mi sta guardando e mi fa venire i brividi lungo la schiena mentre esco lentamente dal bagno, troppo infreddolita e turbata per osare chiudere la porta.

Anche quando mi vesto, lentamente e con una fitta lancinante a ogni movimento della spalla sinistra, fisso il bagno come se in qualche modo mi ostinassi ad aspettare che qualcuno ne uscisse.

Non riesco a liberarmi di questa sensazione. Non finché non esco dalla camera da letto. Almeno per un momento.

Mi incammino da sola verso il bagno nell'atrio e mi sento vuota dentro, con la terribile verità ben chiara nella mente.

Lasciare qualcuno che ti fa del male non dovrebbe provocare una sensazione simile. Come se stessi perdendo una parte della tua anima. Come se dentro di te ci fosse una frattura che si sta espandendo e, mentre lo fa, danneggia qualunque cosa ti renda viva. L'angoscia mi divora a ogni passo.

Perché più mi avvicino alla porta d'ingresso, più voglio andarmene e non guardarmi mai più indietro.

Non potrei mai, nemmeno per un secondo, tornare indietro. Riesco già a immaginare la sua faccia e il modo in cui mi guarderebbe se lo lasciassi.

Riesco a *percepire* il suo dolore.

Girando l'angolo, sto attenta a contenere le mie emozioni per non crollare di nuovo.

Con un rapido respiro, mi irrigidisco vedendo la porta aperta del bagno.

Anche il mio cuore si ferma, non volendo che io venga sentita o scorta.

Addison si sta raccogliendo i capelli in una coda di cavallo e non mi nota. È persa nei suoi pensieri, lo so. Quasi intravedo le rotelle che le girano nella mente mentre cammina lungo il corridoio a destra, oltre il bagno.

Solo quando è fuori dalla mia visuale oso respirare.

Non mi muovo ancora, però. Le mie membra non me lo permettono.

Come ho potuto lasciare che la mia vita arrivasse a questo punto? Aver timore di incontrare l'unica amica con cui riesco a interagire perché… Perché mi vergogno, ho paura e mi sento infelice per quello che sono e per le scelte che ho fatto, e non posso dirle nulla di tutto questo… perché lei è dalla parte del nemico.

Quella frattura profonda dentro di me, quella che distrugge tutto ciò che incontra sul suo cammino, mi sta lacerando. Avanzo il più silenziosamente possibile verso il piccolo bagno di servizio e chiudo la porta.

Il clic mi sembra il rumore più forte che abbia mai sentito. Mi siedo sul water e mi copro il viso con le mani.

Ho una vampata e vengo immediatamente assalita dalla sensazione di dover vomitare, quindi provo ad alzarmi e una fitta di dolore mi attraversa la schiena. *Cazzo!*

Mi mordo l'interno della guancia così forte che sento il sapore metallico del sangue. Ne è valsa la pena per non urlare. Eppure, ho una voglia matta di farlo. Di liberarmi da tutto questo.

Sono più forte di così, ma mi sembra che dentro di me ci sia qualcosa che sta andando in pezzi in modo irreparabile.

C'è una frase in una delle mie storie preferite di sempre, *Alice nel paese delle meraviglie*, che dice più o meno così: non serve tornare a ieri, sei una persona diversa da quella che eri allora.

Ora odio quella frase. Una volta la adoravo. Avrei potuto vivere secondo quel principio, sentendomi determinata e appagata. Adesso? Il solo pensiero di quella citazione mi costringe a saltare giù dal water per vomitare quel poco che ho dentro di me nella tazza.

È disgustoso. Il sapore, l'odore, la sensazione di bruciore. E quando ho finito, dopo essermi sciacquata la bocca con l'acqua corrente, non mi sento affatto meglio.

Respiro a fondo e ripulisco tutto. Cerco sotto il lavandino un altro asciugamano per sostituire quello che ho usato per pulirmi la bocca, quando vedo la scatola dei test di gravidanza.

Addison.

"Oh mio Dio." Le parole mi escono in un sussurro e per la prima volta questa mattina sorrido. È solo un accenno, ma ora vedo una luce che cresce, anche se fioca. È incinta. Cado seduta per terra e mi appoggio al muro tenendo in mano la scatola dei test, chiedendomi cosa stia provando e pensando. Avrà un bambino. E sarà una madre meravigliosa. Ne sono certa.

La luce dentro di me si spegne rapidamente quando mi rendo conto che non me l'ha detto. Ma forse non c'è niente da dire. La spessa confezione del test che tiro fuori si accartoccia nella mia mano e ripenso al mio ultimo ciclo… prima che tutto questo iniziasse.

I giorni sono passati e, con l'iniezione che mi ha fatto Carter, non ho mai considerato nessun altro motivo per cui non avessi avuto il ciclo.

Sono costantemente stanca, irritabile ed emotiva, e ora ho anche la nausea. Ma avere la nausea ed essere stanca avrebbe senso per chiunque nella mia situazione. Tuttavia, un'ondata di ansia mi attraversa fino a quando non mi muovo per prendere il test.

Tic.

Tic.

Il tempo passa e i miei pensieri corrono selvaggi.

Tic.

Tic.

Il tempo passa mentre il tumulto e la nausea si placano, lasciando che la polvere si depositi e si formi un quadro chiaro.

Tic.

Tic.

Non so per quanto tempo rimango lì seduta con la scatola in mano.

O per quanto tempo mi chiedo se sia inutile. Se tutto questo sia inutile.

Non ho bisogno di un'amica. Non ho nemmeno bisogno di qualcuno che mi ami.

Ho bisogno di andarmene da qui, cazzo.

CAPITOLO 87

Carter

Non riesco a togliermi dalla testa il suono della sua voce che mi implora di perdonarla. Quelle parole mi sono rimaste impresse dentro, rimbombano tra le pareti di ogni stanza in cui entro.

Proprio come le grida di anni fa mi hanno perseguitato, ma queste suppliche mi tormentano in un modo che non ho mai provato prima.

Emozioni talmente reali da non lasciarmi scampo.

Anche se sono seduto alla scrivania, in attesa dei miei fratelli, non riesco a smettere di fissare il punto in cui si trovava ieri sera. Lo sto ancora osservando quando la porta si apre e allora guardo il monitor, aspettandomi di vedere Aria che dorme, ma lei è già sveglia e si sta vestendo.

Non so chi sia entrato, ma inizio comunque a parlare. "Dobbiamo chiamare il medico." Lasciando uscire tutta l'aria dai polmoni, vedo Jase e Declan entrare e sedersi. Jase si accomoda sulla sedia davanti alla scrivania a destra. Declan lascia libera quella a sinistra, presumibilmente per Sebastian o Daniel.

Sebastian è tornato a casa sua ieri sera tardi, dove ha dormito, andando contro il mio consiglio, e ora sta venendo qui. Ho bisogno di lui. Mi serve che il mio amico mi aiuti a capire cosa c'è che non va in me.

Declan si appoggia alla libreria, infilando il telefono in tasca e lasciando cadere la testa all'indietro contro la mensola di legno per chiedermi: "Il medico?"

Ha le sopracciglia aggrottate e mi prendo un momento per guardarlo davvero. È invecchiato parecchio negli ultimi anni.

Sento i passi pesanti di Daniel risuonare nel corridoio mentre annuisco a Declan, percependo la gola stringersi anche se cerco di rilassarmi e di appoggiarmi allo schienale della sedia. "Aria si è fatta male alla spalla ieri sera."

Il dolore al petto si irradia. "È stata una notte difficile." Non riesco a guardare i miei fratelli negli occhi, e proprio in quel momento Daniel entra. La porta si chiude silenziosamente mentre io osservo il divano su cui ho dormito ieri sera e poi Daniel, che chiede che ora sia.

"Abbiamo sei minuti," gli risponde Jase e torna rapidamente da me e dai miei pensieri confusi. "Che cosa le è successo?" mi chiede.

La vergogna è amara. Ha un sapore incredibilmente aspro.

"Sta bene?" chiede Declan, e Daniel si affretta a chiedere cosa c'è che non va prendendo posto sulla sedia a sinistra della mia scrivania.

"Aria si è fatta male alla spalla ieri sera, tutto qui. Sta bene," dico. È una bugia e, visto il silenzio che regna nella stanza, anche i miei fratelli lo capiscono. Tuttavia, non posso dirgli esattamente cosa sia successo. Riesco a malapena a guardarmi allo specchio, sapendo cosa ho fatto.

"Cinque minuti." Jase rompe il silenzio, alzando il braccio per controllare l'orologio. La luce si riflette sul metallo lucido e io accolgo la distrazione con favore. Vorrei non averne parlato affatto, ma non sono abituato a nascondere nulla ai miei fratelli.

"Quando avremo finito, me ne occuperò io, ma speriamo che questa telefonata ci dia qualche informazione."

"Giusto perché tu lo sappia, abbiamo dato l'ultima partita di armi a Romano e abbiamo ritirato tutti i soldati."

"Quindi hanno tutto quello che volevano?" chiede Daniel a Jase, e lui annuisce.

Ci siamo già messi troppo in gioco e Talvery non ha più uomini per minacciarci.

"Bene," commenta Declan, "lasciamo che si uccidano a vicenda."

Stringo la presa sul morbido rivestimento in pelle del bracciolo fissando Jase, poi gli dico: "Tutto quello che voglio è tenerli lontani da qui." All'inizio annuisce con disinvoltura, in completo accordo, ma quando mi guarda di nuovo, la sua espressione diventa più seria. "Nessuno si può avvicinare," dichiaro, e la mia voce si fa più dura, pensando a come proteggere Aria. Non lascerò che muoia.

"Certo," mi risponde Jase, scrutandomi il viso alla ricerca di cosa sia cambiato dalla nostra conversazione di ieri riguardo al far ritirare tutti. So di essere ancora scosso e sono certo che Jase, più di chiunque altro, capisce che c'è qualcosa che non va.

Vengo salvato dal suo interrogatorio quando la porta si apre ed entra Sebastian. Ha i capelli più lunghi e la barba ora è corta e ben curata. I suoi occhi sono invecchiati, ma l'uomo che un tempo conoscevo come un fratello entra nell'ufficio e io sento la tensione abbandonare il mio corpo quasi immediatamente.

"Scusate il ritardo."

"Bentornato a casa," gli dico, trovando i suoi occhi, ma le mie parole vengono soffocate da quelle dei miei fratelli. Quando eravamo più giovani, Sebastian era l'unica persona a guidarci.

Mi avvicino rigidamente per salutarlo. Vederlo mi provoca una sensazione dolceamara. È passato del tempo ed entrambi siamo cambiati. Ma in questo mondo crudele in cui viviamo, dove bisogna lottare per sopravvivere, niente è più prezioso di un amico che è sempre stato presente ogni volta che ne hai avuto bisogno.

Nel caso di Sebastian, tutte le volte tranne una, ma non c'è tempo per soffermarsi sul passato. Di nuovo il mio sguardo si sposta sul divano vuoto mentre torno al mio posto.

Ho ancora freddo e per un attimo mi sembra di non riuscire a respirare.

"È bello rivedervi, ragazzi," ci saluta Sebastian e poi ci abbraccia uno per uno.

"Vorrei che la situazione fosse diversa," gli dico, e nessuna parola potrebbe esprimere meglio la verità.

"È solo un piccolo spargimento di sangue," afferma Sebastian, sorridendo e appoggiandosi al muro.

"Stai bene?" mi chiede, senza nascondere la preoccupazione nella sua domanda. Non l'ha mai fatto, e quelle parole mi riportano indietro a quando ero solo un bambino e lui mi chiedeva sempre la stessa cosa.

"Sono pronto perché tutto questo finisca," gli rispondo e ci scambiamo uno sguardo d'intesa.

"Allora credo sia stato un bene che io sia venuto." La sua risposta è severa, ma mi fa sentire leggermente sollevato.

Gli rivolgo un sorriso il più sincero possibile mentre si avvicina al punto in cui si trovava Aria la notte scorsa e poi torna verso la porta. *Era solo un sogno.* Devo ricordarmelo.

Sebastian si appoggia alla porta chiusa e chiede a Declan: "Sei pronto?" Mio fratello gli risponde con un cenno del capo e un sorrisetto arrogante.

Declan si allontana dalla libreria e si avvicina alla scrivania. Con lo sguardo fisso sul telefono, spiega: "I localizzatori sono accesi e nuovi di zecca. Anche se il suo segnale rimbalza su più ripetitori o la chiamata si interrompe in pochi secondi, posso trovarlo."

Ho la schiena irrigidita dalla tensione… ma anche da una sensazione di pericolo incombente. Stiamo per dare la caccia al Tristo Mietitore, uno dei soprannomi con cui è conosciuto Marcus.

"Sei sicuro?" Annuisce alla domanda di Daniel e, quando squilla, tutti noi fissiamo il telefono, preparandoci a ricevere le risposte che abbiamo atteso troppo a lungo, quasi sfidando Declan ad avere ragione.

Uno squillo.

Sento la scrivania vibrare e il telefono tremare leggermente.

Alzo la cornetta e metto l'altoparlante, facendo sapere a Marcus che siamo tutti qui.

"I fratelli Cross," dice. Marcus, il Tristo Mietitore, il fantasma… Qualunque sia il nome con cui si fa chiamare, finalmente ci onora con una telefonata. Stringo i denti sentendo la sua voce e il sangue mi si gela nelle vene.

La sua voce mi ha sempre ricordato quella di un serpente. Non un serpente che si può uccidere facilmente tagliandogli la testa, ma il tipo di bestia che i miti rendono immortale.

È il modo in cui le sue parole aleggiano nell'aria e ti penetrano nelle ossa.

"Ne è passato del tempo," commenta Marcus e Daniel risponde prontamente: "Non per colpa nostra."

Alzo silenziosamente la mano sinistra, zittendo Daniel, anche se vedo la rabbia crescere dentro di lui; riesce a malapena a rimanere seduto sulla sedia. Sa che Marcus ha delle risposte, ma si rifiuta di darcele.

"Credo che i nostri obiettivi non siano più allineati, Marcus." Il mio battito cardiaco accelera, ma mantengo la voce ferma e rimango calmo e padrone di me stesso. "È per questo che ci stai evitando?" gli chiedo.

Silenzio. Per un attimo, poi un altro.

Sento i miei fratelli che mi guardano, i loro occhi fissi su di me, ma io osservo il telefono, sperando che Marcus dica qualcosa.

E finalmente ottengo una risposta. "Non necessariamente," ammette, poi aggiunge: "Hai fatto un cambiamento con cui non ero proprio d'accordo, Cross."

"A quale di noi Cross ti riferisci? Dovrai essere più chiaro," gli dico appoggiando il gomito sul tavolo e il mento sul pugno. Passo il pollice sulla barba incolta guardando Declan, che sta fissando il tablet che ha in mano con un'espressione impassibile.

"Immagino tu abbia ragione…," dice Marcus, poi fa una pausa prima di aggiungere: "Due di voi, in effetti, hanno deviato dalla rotta."

Gli occhi di Daniel incontrano i miei nello stesso momento in cui lo guardo.

"Cos'è cambiato esattamente per farti decidere che non siamo più alleati?" gli chiedo, sentendomi sempre più irritato. Marcus è una forza senza pari, ma mi fa incazzare a morte con la sua cautela. Quando posso usarlo a mio vantaggio, cosa che ho fatto in passato, lo stimo molto. Lo temo e lo ammiro allo stesso tempo.

Ma trovarsi dall'altra parte è… esasperante.

"Avevo bisogno di fare un accordo con Nicholas Talvery." Marcus mi sorprende con una risposta diretta.

"E la mia interferenza era…" ipotizzo.

"Non gradita," conclude Marcus, e io annuisco semplicemente, con la bocca serrata in una linea severa.

"Che cos'è successo con Addison?" chiede Daniel, e Marcus lo ignora.

"Voglio Aria Talvery." La richiesta di Marcus suscita in me una reazione che lui non può vedere. Alzo le sopracciglia e un sorriso mi sfiora le labbra.

"No." Sono sorprendentemente calmo mentre rispondo: "Non esiste."

Il ticchettio incessante dell'orologio riempie il silenzio finché Marcus non mi incalza: "Non mi aspettavo che la tua risposta fosse così… miope."

"Daniel ti ha fatto una domanda," gli ricordo, e guardo mio fratello. "Perché era coinvolta?" Non sono sicuro che ci sia Marcus dietro a ciò che è successo, ma so che conosce la verità.

"Perché hai cercato di portarla via?" La domanda di Daniel arriva ad alta voce, tra i denti serrati e la rabbia a malapena contenuta. La sua incapacità di mantenere la calma è comprensibile, ma inefficace.

"Non l'ho fatto. Sai già chi è stato."

Fatico a soffocare l'irritazione, guardando Daniel perdere il controllo. Marcus continua a tenere per sé l'unica informazione che lui ha bisogno di sapere.

"Se lo sapessimo, non te lo chiederemmo," dico a Marcus in modo provocatorio.

"Chi ha cercato di rapire Addison?" Daniel ha una sola domanda. Io ne ho così tante che potrei affogarci in mezzo, ma lui ne ha solo una.

Mi aspetto un nome. O il rifiuto totale di fornircelo. Invece, Marcus continua a evitare di rispondere. Ciò mi sorprende.

Non mi piacciono le sorprese, perché significano che mi mancano delle informazioni, il che implica che mi manca il controllo.

"Lo stesso uomo che ti ha ferito anni fa e che ha dato inizio a tutto questo." *Anni fa?* Le sue parole mi risuonano nella testa. Nel decennio trascorso da quando abbiamo preso il potere, nessuno ha osato farci del male fino a poco tempo fa.

Marcus prosegue e questa volta ci concede un piccolo indizio. "Lei non sarebbe tua se non fosse successo."

"Se non fosse successo cosa?" chiede Jase, intervenendo per la prima volta. E ora mi chiedo se Marcus si riferisca ad Addison o ad Aria.

"Il primo colpo che ha subito la tua famiglia," dice Marcus, fornendo ulteriori informazioni per risolvere un quesito piuttosto che darmi una risposta facile.

"Parli per enigmi e giri intorno alla questione," commenta Daniel con tono beffardo, poi batte il pugno sul tavolo e alza la voce per dirgli: "Voglio solo un nome."

"E io voglio solo Aria," risponde Marcus, con una calma che mi gela il sangue.

Mio fratello mi guarda, alla disperata ricerca di informazioni, ma prima che io possa rispondere, Daniel stringe gli occhi verso il telefono e dice a Marcus: "Se tutto quello che vuoi è Aria, questa conversazione è inutile. Non te la daremo mai."

La linea cade e fisso Daniel, che non distoglie lo sguardo dal telefono silenzioso. Con la mascella serrata e ogni emozione scritta sul volto, provo dispiacere per lui. Forse anche vergogna. Mi vergogno di aver coinvolto i miei fratelli in questa faccenda, ma non ho modo di rimediare.

"Anni fa?" Sebastian ripete le parole di Marcus e apre la porta a Declan che si avvia per andarsene, innervosito.

"È successo…"

Prima che Sebastian possa finire la domanda, il pugno di Declan si abbatte contro lo stipite della porta, scheggiandolo con tutta la sua rabbia.

Non parla, non rallenta nemmeno il passo. È il primo ad andarsene e Daniel lo segue.

"Posso parlare un attimo con Sebastian?" chiedo a Jase, abbandonando il tentativo di capire cosa Marcus stesse insinuando. Con un cenno del capo, Jase se ne va, lasciando soli Sebastian e me.

"Non permettere che nessuno si avvicini a questo posto e fidati solo di noi," dico a Sebastian senza perdere un secondo, mentre lui si siede al posto di Jase. Con entrambe le mani avvolte intorno allo schienale della sedia, mi guarda con attenzione.

"Stai bene?" mi chiede di nuovo e questa volta l'espressione malinconica compare immediatamente.

"No."

"Cosa vuoi che succeda?" chiede, e sono grato per quella domanda piuttosto che per l'ovvio *perché*?

"Deve essere tenuta al sicuro. Aria Talvery."

"Perché lui la vuole?" ipotizza e io mantengo la mia espressione immobile e risoluta, ma dopo un breve istante scuoto la testa. "Non ha niente a che vedere con Marcus. Ha semplicemente bisogno di essere protetta."

I suoi occhi cercano i miei, e odio la sua esitazione.

"Sai cosa significa per me," dichiaro disperato, e odio doverlo ammettere. È stata una sua idea dare Stephan ad Aria. I miei fratelli e Sebastian conoscono i miei segreti. Amare Aria non è più una questione riservata, e Sebastian lo sa.

"Non mi importa cosa succede, basta che tu la tenga al sicuro. Non deve farsi male. In nessun modo."

"Quindi vuoi che io… sia il suo guardiano?" mi propone, e io non ci avevo pensato in questi termini, ma annuisco, sapendo che ho bisogno di qualcuno che vegli su Aria.

Sebastian fa un cenno con la testa e mi dice che presto ne riparleremo più dettagliatamente, prima di voltarsi e andarsene. E così il nostro brevissimo incontro finisce.

Dopo che se n'è andato, vorrei che non l'avesse fatto. Resto da solo nella stanza con i ricordi della notte scorsa e gli enigmi che non so come risolvere. Sembra che il mondo mi stia schiacciando e tutti gli anni pieni di peccati stiano per distruggere ciò che resta di me in pochi secondi.

"Mi è venuta un'idea," dice Jase e io apro gli occhi, rendendomi conto che non l'ho nemmeno sentito rientrare.

"Devo vedere come sta Aria," gli dico, non volendo avere a che fare con altre seccature. Bisogna che incontri Sebastian e una strana sensazione mi stringe lo stomaco al pensiero di ciò che lei gli dirà di me.

"Ascolta solo per un minuto."

"Un minuto," gli concedo. Mi concentro sul telefono, sulla conversazione che continua a ripetersi nella mia mente, mentre Jase mi dice che dovremmo incontrare Nikolai e lasciare che Aria veda tutto. Lasciare che lei osservi Nikolai mostrarsi per quello che è.

"Potrebbe vederlo come lo vediamo noi," suggerisce, fissandomi con aria interrogativa.

"Non riesco nemmeno a capire perché pensi che sia una buona idea."

"Lascia che Aria veda che gli dai la possibilità di andarsene e mostrale il lato di lui che lei non conosce."

"Perché…" Sto quasi per mettere in dubbio la sanità mentale di mio fratello, finché non capisco che probabilmente pensa che in questo momento io sia fuori di testa a causa di Nikolai. Non ha idea del peso che mi porto dentro, ma la sua prima ipotesi è che abbia a che fare con Aria e con lui.

"Pensi che lei sarebbe d'accordo con la sua morte, allora? Ti sbagli." Non gli do il tempo di rispondere. "Non me ne frega niente di Nikolai, e mi sono rassegnato al fatto che Aria mi odierà per quello che sto per fare. Quello che sa o meno è irrilevante."

La sconfitta attraversa l'espressione di Jase quando gli rivelo una verità che vorrei non esistesse.

"Lei lo ha amato per primo, questo lo so. E ora ama me." Deglutisco a fatica e poi aggiungo: "Una parte di lei lo amerà per sempre, ma un'altra amerà sempre anche me."

"Sto facendo fatica a capire," ammette Jase passandosi una mano tra i capelli. "C'è qualcosa che non va."

Come fa a non capirlo? Com'è possibile che nessuno riesca a comprendere?

"Non vedo come questa storia possa finire in modo diverso dalla nostra separazione."

Non c'è altro modo per porre fine a questa storia se non che lei arrivi a odiarmi o che io muoia.

"Lei capisce…"

"E io capisco che mi odierà quando sarà finita," lo interrompo con parole affrettate. "Quello che tutti devono sapere è che anche se…" Devo fermarmi e fare un respiro profondo, fissando la porta chiusa alle spalle di mio fratello, e poi continuo: "Anche se lei se ne va… Anche se decide che non può vivere con…" Ho pensato a questo finale così tante volte, ma non l'ho mai accettato completamente fino a questo momento.

"Anche se non mi vorrà più quando tutto questo sarà finito, voglio che sia protetta. Voglio che sia al sicuro. Anche se non potrà essere mia moglie, la mia amante, il mio… tutto. Nonostante questo, ho bisogno che tutti sappiano che è protetta e che sarà sempre mia."

CAPITOLO 88

Aria

Carter non ha mai cambiato la serratura.

È strano come il rimpianto mi travolga nel momento in cui apro la porta d'ingresso. Ne sento il peso sulla mano e, mentre mi guardo alle spalle e lungo il corridoio, anche sulle gambe. Quando l'ho appoggiata sullo scanner, non credevo che avrebbe funzionato. Non pensavo sarebbe stato così semplice.

Dire addio non è mai facile. Soprattutto quando si tratta di un addio definitivo. Il tipo di saluto doloroso da pronunciare ad alta voce, ma che fa ancora più male quando rimane sepolto nel profondo.

Rimango sulla soglia solo per un attimo prima di sentire la brezza della sera. Sono sorpresa che nessuno corra lungo il corridoio quando chiudo la porta dietro di me.

Ancora più meravigliata quando mi stringo le braccia intorno al corpo, facendo attenzione alla spalla sinistra, anche se ora va meglio grazie agli antidolorifici che ho trovato nell'armadietto dei medicinali del bagno di servizio.

Il vento mi scosta i capelli dalle spalle, esponendomi al freddo. Scendendo i gradini e allontanandomi sempre più da Carter, sento spuntare la pelle d'oca.

Una parte di me si chiede se mi stia guardando. Un'altra sa che lo sta facendo.

Non mi lascerà andare lontano. Ne sono certa, ma ho bisogno di sapere quanto lontano mi permetterà di arrivare prima che qualcuno venga a prendermi per riportarmi da lui.

Che succeda oggi, domani o tra una settimana, non smetterò mai di provare ad andarmene. Mi ripeto queste parole nella testa facendo un altro passo.

Non penso ai motivi. A questo punto sono troppi, e conta solo il risultato.

Non posso restare qui più a lungo. Questa non è la vita che voglio. Non mi è mai stato così chiaro come adesso.

Non rallento fino a quando non raggiungo un cancello di metallo alla fine del vialetto. Non l'avevo visto prima, attraverso gli alberi, e immagino che fosse aperto l'ultima volta che le auto sono passate da qua.

Non riesco a immaginare che serva a tenere fuori qualcosa oltre ai veicoli, perché gli spazi tra le intricate maglie metalliche sono abbastanza larghi da permettere il passaggio di una persona.

E infatti, lo attraverso.

Le mie dita stringono il ferro freddo e abbasso la testa, girandomi per infilarmi tra le sbarre.

Guardando indietro verso la casa, so che lui mi sta osservando e quando mi volto verso il resto del vialetto che prosegue per almeno mezzo chilometro e poi si snoda attraverso una fitta foresta, sono certa che presto mi fermerà. Le telecamere in cima al cancello ruotano, seguendomi.

Il mio cuore batte debolmente. Questo stupido organo proprio non capisce. È ancora pieno di speranza.

Ma in realtà non c'è speranza. Non c'è mai stata.

CAPITOLO 89

Carter

Forse, se non sta con me, non morirà per colpa mia.

Il pensiero va e viene in un attimo, ma nel momento in cui l'ho vista scendere i gradini del portico, mi è rimasto impresso per un istante.

Potrei lasciarla andare per salvarla.

Non può morire a causa mia, se non sono con lei.

Il pensiero è solo un piccolo lampo nella mia coscienza, ma continua a tornare. Anche quando Sebastian irrompe nella stanza per dirmi che lei è davanti alla porta. Non ho tempo per mettere in discussione il destino e ciò che ho fatto. Non posso lasciarla senza protezione. Non è un'opzione. Non lo permetterò.

"Lo so." Le parole mi escono con tono uniforme ma basso, piene di una minaccia che non riesco a nascondere.

"La teniamo d'occhio." Sta riprendendo fiato, il petto che si alza e si abbassa con respiri affannosi, ma sembra tranquillo. Le sue parole, però, sono indiscrete. "Di solito esce dal cancello?" Sta attento a non chiedermi apertamente se sta cercando di scappare, cosa a cui non sono abituato da parte sua. Ho l'impressione che mi guardi in modo diverso. Il tempo ha cambiato molte cose dall'ultima volta che abbiamo fatto qualcosa del genere insieme.

Ci vuole un altro attimo prima che io riesca anche solo a respirare, rendendomi conto della situazione. Sono passati dieci anni e odio quello che sono diventato.

Non volevo essere un uomo del genere. Non ho chiesto io questa vita.

Tuttavia, per quanto lo desideri, non posso tornare indietro. Il mio sguardo si concentra su Sebastian, con l'autorità che mi sono guadagnato. "Rinchiudetela." Ogni sillaba esce dura, e ogni parola è accompagnata da un colpo al petto.

Così non potrà morire. Qui è al sicuro.

"È tutto barricato, sorvegliato e armato. Nessuno si avvicinerà e nessuno le farà del male." Le parole riecheggiano nella stanza e Sebastian rimane in silenzio. Sa già che sto solo cercando di tranquillizzarmi.

"Dobbiamo semplicemente portarla via?" chiede Sebastian in tono neutro, come se non ci fosse nulla di sbagliato in quello che sto facendo. Annuisco, sentendo un nodo stringersi nello stomaco e torcersi senza pietà al pensiero che lei stia cercando di lasciarmi. Che voglia davvero farlo.

"So che è arrabbiata." Cerco di giustificare il fatto che se ne stia andando, ma le parole mi restano in gola. "Risolverò la situazione con lei," dico, allontanandomi da Sebastian. Poi mi avvicino alla finestra per vedere dov'è arrivata. "Non lasciare che superi il cancello."

"Pensi che arriverà fino in fondo?" chiede Jase alle mie spalle. Vari soldati sono posizionati lungo la tenuta, oltre il viale, anche se non è ancora sicuro. Non mi preoccupo di voltarmi verso di lui mentre il sole tramonta oltre gli alberi, dove la zona è meno protetta. L'azzurro del cielo si oscura all'istante e le foglie ramate intrecciano motivi con la luce residua.

"Vai a prenderla e basta." Il nodo mi sale nello stomaco e lì si attorciglia. È un dolore che non ho mai provato prima.

Guardo il mio riflesso alla finestra e la notte scorsa mi ripassa davanti agli occhi. La amo. La amo totalmente e senza riserve. Ma sono un uomo che distrugge.

Il fatto che una parte di lei mi ami significa solo che si sta preparando a essere rovinata. Ogni lato di lei spezzato… da me.

Mentre ingoio il pensiero, le mie mani si spostano nelle tasche e giuro di sistemare le cose tra noi. Non ho altra scelta. Non la lascerò andare.

"Tutto bene?" La voce di Jase mi riporta al presente. Mi volto verso di lui e guardo il divano. Vuoto. Proprio come il pavimento davanti alla mia scrivania. Le immagini della notte scorsa svaniscono in un altro flash.

Sebastian se n'è andato e Jase ha preso il suo posto. Il tempo scorre come le immagini tremolanti di una vecchia pellicola a cui mancano alcuni fotogrammi. Non so da quanto tempo Sebastian se ne sia andato né quando Jase sia entrato nel mio ufficio.

"No," rispondo onestamente a mio fratello e le parole successive escono confuse. "Non sono mai stato così. Non sono mai…" Mi interrompo per togliere le mani dalle tasche e passarmele sul viso. Fissando il cassetto della mia scrivania, ricordo di aver preso il sonnifero ieri sera. È una sostanza come un'altra e non mi ha mai fatto questo effetto. Deve essere quella. La *Sweet Lullaby*. L'ultima volta che l'ho presa è stato anni fa.

"È solo arrabbiata," dice Jase, poi si guarda alle spalle prima di chiudere la porta dell'ufficio e venire a sedersi di fronte a me.

"Non voglio sedermi," gli comunico in tono agitato prima che possa abbandonarsi sulla sedia.

Guardo le sue dita stringersi e afferrarne lo schienale. "Voglio che finisca. Dobbiamo chiuderla qui." Le parole mi escono dure e frettolose, sono sopraffatto dal bisogno disperato di superare questa situazione con Aria.

"Stiamo lasciando che Romano…"

"Che si fotta Romano!" Batto il dorso della mano chiusa a pugno contro la sedia, ho bisogno di sentire qualcosa di diverso da questo dolore che mi sta divorando dentro. Ho bisogno di fare qualcos'altro oltre ad aspettare.

"Non possiamo fare entrambe le cose, Carter." La voce di Jase è calma, ma ragionevole. Resta fermo dov'è e i suoi occhi mi osservano con crescente interesse. "Non possiamo sorvegliare la tenuta e anche attaccare quella di Talvery." Finalmente si muove, allontanandosi dalla sedia anche se le sue mani la stringono ancora. "Non puoi avere entrambe."

Il tempo passa mentre considero le parole di mio fratello. Ha sempre avuto una sua opinione. Idee del cavolo senza sosta. Eppure, adesso, quando mi sporgo in avanti, inspirando per calmarmi, resta in silenzio. Non mi mette pressione in alcun modo.

"Tu cosa faresti?" gli chiedo senza guardarlo, ma fissando invece la porta chiusa dietro di lui.

"Non posso risponderti," ammette, e lo odio per questo. Stringo la mascella guardando lo schermo. Aria è al cancello.

Mi sta lasciando.

Non avrei mai potuto essere io.

Le sue parole di ieri sera mi hanno distrutto e hanno causato tutto questo casino. Ora mi tornano in mente e, guardandola, le credo.

"Me l'ha detto," deglutisco prima di finire la frase, chiedendomi se riferirlo a Jase, ma decidendo che ho bisogno di rivelarlo a qualcuno. "Mi ha detto che non era lei, tanti anni fa."

Jase impiega un attimo prima che la sua espressione registri ciò di cui sto parlando. Lui sa di quella notte. Così come Declan e Daniel, e anche Sebastian. Quella notte ha cambiato tutto. Il fatto che lei neghi di averne fatto parte… Non lo sopporto, cazzo.

"Chi altro poteva essere?"

"Nessuno." Rispondo immediatamente e senza esitare, con la gola che si stringe. Chiudo gli occhi e penso tra me e me: *come potrei saperlo? Come potrei sapere se c'era un'altra donna?*

"Carter," la voce di Jase interrompe il ricordo di quella notte. "Cosa le è successo alla spalla?"

"L'ho ammanettata al letto. Beh, in realtà è stata lei a farlo, ma gliel'ho detto io." Jase non fa una piega mentre mi inumidisco il labbro inferiore nel tentativo di nascondere la vergogna. "Le ho detto che poteva restare lì finché non fosse finita." Alzo gli occhi e incontro i suoi continuando a spiegare: "E lei ha strattonato il braccio fino a lussarsi la spalla. Poi l'ho liberata, ma…" Non riesco nemmeno a finire.

"Se l'è fatto da sola?"

"Fisicamente… sì." So che è una bugia. Sono io il motivo per cui è successo. È colpa mia.

Jase annuisce brevemente con comprensione, poi guarda oltre me verso la finestra. "Beh, questo spiega perché è scappata."

"Lei scapperà sempre," affermo. La consapevolezza della sconfitta ha la meglio su di me.

"Smettila di mentire a te stesso." La voce calma di Jase mi coglie alla sprovvista. "Tu la ami. Lo so. E lei ama te. Non lasciare che nulla si frapponga tra voi."

L'amore non è sempre sufficiente, penso, ma non lo dico ad alta voce. Invece il mio sguardo si sposta sul pavimento davanti alla scrivania, con la notte scorsa ancora impressa nella mente. L'immagine di lei distesa lì va e viene ogni volta che sbatto le palpebre. "Devi aiutarmi a tenerla al sicuro." Non so nemmeno come riesca a parlare. Il mio corpo è rigido e le mie membra sono congelate.

"Mi stai spaventando con il tuo comportamento." Di nuovo i piedi e la postura di Jase cambiano, ma la sua presa rimane rigida e lui resta fermo dove si trova.

Guardo di nuovo il divano e gli rivelo l'unica ragione per cui sto agendo in questo modo: "Non voglio che muoia."

"Non succederà." Jase ne è sicuro. Vorrei che la notte scorsa non mi avesse rubato quella stessa certezza. Sto quasi per raccontargli dell'incubo. Di quanto fosse reale e di come mi stia tormentando.

"Qualunque cosa ti sia entrata in testa," inizia a dire, e la preoccupazione impressa nelle parole di Jase mi fa voltare a guardarlo finché non termina la frase, "tirala fuori."

"Ho solo dormito male." È una mezza verità.

"Beh, di' ad Aria che la ami, scopala finché non dimentica perché è arrabbiata e riposa. Avete entrambi bisogno di dormire."

"Tutto qui?" gli chiedo per alleggerire la tensione, ma ottengo l'effetto contrario.

"Puoi iniziare mostrandole più rispetto di quanto hai fatto in passato. Più amore. Dille che la ami."

"Non è che se ne stia andando perché non glielo dico," sbuffo al suo suggerimento.

"Invece penso che sia proprio questo il motivo. Questo, e il fatto che le hai detto cosa deve fare." Le sue parole mi colpiscono una a una. "Penso che lei ti lascerebbe distruggere tutto il suo mondo tranne te, purché le dimostrassi quanto la ami e glielo dicessi spesso."

Non so da quando mio fratello sia diventato la voce della ragione, ma tutto ciò che dichiara mi entra dentro lentamente e profondamente, placando la rabbia e il bisogno di litigare. Attutendo il senso di colpa e le preoccupazioni. Tutto sembra svanire al solo pensiero che potrei tenerla con me. Che è possibile.

"Se sentisse l'amore che provi per lei, non se ne andrebbe. Nessuno vi rinuncerebbe." I suoi occhi scuri brillano al ricordo di qualcos'altro che so non avere nulla a che fare con me, ma le parole seguenti sono esattamente ciò che ho bisogno di udire in questo momento. "Lei non si sente amata, e io so che tu puoi farle provare questo sentimento."

Come può non sentire tutto ciò che provo per lei? Come può non percepirlo?

Nel momento esatto in cui quell'interrogativo mi assale, il telefono squilla: è di nuovo lo stesso numero.

Marcus.

CAPITOLO 90

Aria

Forse mezzo chilometro.

Il viale che porta alla tenuta è interminabile. I lampioni in ferro battuto che lo costeggiano diffondono un fioco bagliore giallastro lungo la strada che si snoda attraverso il bosco. Dopo essermi allontanata di circa cinquecento metri, sento le ruote di un'auto che mi segue sollevare la ghiaia. Scruto il punto in cui iniziano gli alberi e ipotizzo che sia a non più di un altro mezzo chilometro.

L'auto che mi viene incontro non va veloce e io mi limito a camminare sul lato della strada a braccia conserte quando la sento avvicinarsi. Immagino di sembrare una bambina capricciosa, ma è solo perché ho freddo. L'aria della sera è pungente e non fa sconti a nessuno.

Ho la spalla insensibile, ed è svanito anche tutto il dolore. Desidero solo che finisca. Comunque vada, sono pronta a ciò che verrà dopo.

Il pensiero mi stringe la gola ed è allora che il finestrino si abbassa. È Sebastian, non Carter. Mi ci vuole un attimo per riconoscerlo. Addison mi ha parlato di lui quando eravamo al rifugio che lui stesso ha costruito. Mi ha mostrato alcune foto di Carter e dei suoi fratelli insieme a Sebastian. So che è lui, ma questo non attenua la delusione per il fatto che Carter non sia venuto di persona.

"Ti ha mandato Carter?" chiedo sottovoce. Detesto il fatto di aver persino sperato che si prendesse la briga di venirmi a prendere. Ovviamente non l'avrebbe mai fatto. Il motore resta acceso e io aspetto che parli.

È chiaramente più anziano, ma i suoi lineamenti sono piacevoli. È il tipo di uomo che potrebbe ottenere tutto ciò che vuole soltanto seducendoti. Anche se è circondato da un'aura di pericolo.

"Puoi farmi il favore di salire senza fare storie?" mi chiede mostrandomi un sorriso dai denti perfetti. "Ti offrirò qualcosa in cambio," mi propone.

Con un calcio noncurante alla ghiaia del vialetto, abbasso lo sguardo avvertendo un brivido per il vento gelido. Gli chiedo: "Di che si tratta?"

"Facciamo un giro finché non ti calmi?" suggerisce. "Intanto potresti spiegarmi perché sei così turbata."

Sebbene sembri gentile, detesto ciò che ha appena detto. "Turbata?" Deglutisco a fatica dopo aver parlato e Sebastian alza entrambe le mani in un gesto difensivo.

"Non voglio peggiorare le cose o pestare i piedi a qualcuno, Aria." La sua voce mi implora insistendo: "Aiutami solo a migliorare la situazione, se posso."

Il cielo si oscura e io mi concedo un attimo per pensare. Guardo quest'uomo e mi ritrovo a invidiarlo. Lui conosceva Carter da ragazzo, prima che diventasse quello che è ora. La curiosità ha la meglio sulla rabbia.

Le mie gambe si muovono da sole e mi ritrovo a salire in macchina. La portiera si chiude con un tonfo sordo, zittendo i deboli rumori della foresta.

"Sono Aria," mi presento, anche se lui lo sa già. "Mi dispiace che ci conosciamo in queste circostanze." Le buone maniere sembrano tornarmi in mente mentre lui rilascia il freno e ci muoviamo.

Le serrature dell'auto sono automatiche e si chiudono con uno scatto molto più forte del dovuto, ricordandomi che tutto questo, per me, è una prigione.

"Ho conosciuto persone in circostanze peggiori," ammette. Mantiene la parola e guida lentamente lungo il sentiero. Così piano che potrei andare più veloce camminando, ma sono semplicemente grata di allontanarmi dal castello senza cuore di Carter.

"Non voglio tornare indietro," dico distrattamente. Non mi aspetto che faccia alcuna differenza. Dopo la mia confessione, mi ritrovo a fissare la serratura della porta, così facile da aprire se solo allungassi la mano.

"Sai che devo riportarti da lui, vero?"

Il mio cuore batte all'impazzata e poi sembra congelarsi quando ricordo che Daniel mi ha offerto una via d'uscita solo pochi giorni fa. Avrei potuto scappare e accettare la sua offerta, anche se chissà se era sincero o meno.

"Non l'ho mai visto così." Sebastian inizia a dire qualcos'altro, ma poi scuote la testa e scaccia il pensiero. "Non voglio intromettermi tra voi due," mi dice.

"Tutti gli altri lo fanno," rispondo seccamente e poi lo guardo davvero finché i suoi occhi non incontrano i miei. "Si sono sempre intromessi tra noi." È la triste verità. Se fossimo solo noi, non c'è dubbio che ora sarei al suo fianco.

Alcuni aspetti di Sebastian mi ricordano Eli, o forse desidero semplicemente qualcuno con cui confidarmi, che mi capisca e mi rispetti come faceva lui. Il pensiero mi suscita un'ondata di emozione, così mi limito a fissare fuori dal finestrino le foglie verde scuro sparse tra quelle secche color ambra.

"Ehi." La voce di Sebastian riporta la mia attenzione su di lui.

"Gli hai parlato oggi?" La preoccupazione sul suo volto sembra fuori luogo mentre aspetta che io risponda.

"Mi sono appena alzata e…" Mi interrompo per ingoiare la nausea che mi sale alla gola, ricordando cos'è successo quando sono arrivata in bagno. "No." Non c'è altro da dire. È la verità, ma non mi preoccupo di pronunciarla.

Il silenzio in macchina è imbarazzante. Sebastian mi fa domande a cui non voglio rispondere.

"Cosa c'è che non va?"

Non mi interessa nemmeno rispondergli.

"Anche a te piace il silenzio?" mi chiede dopo un momento senza parole.

"A te piace?" gli domando per chiarire, e lui scuote la testa.

"A Carter è sempre piaciuto."

Mi volto di nuovo verso il finestrino. Non mi sorprende che un uomo così cupo preferisca il silenzio. E il modo in cui questo piccolo dettaglio mi colpisce mi fa desiderare di non essere mai salita in macchina.

"Anche se alcuni giorni alzava il volume della radio solo per non sentire nulla." Sebastian si schiarisce la gola e fa inversione. Mentre fa la manovra per tornare alla tenuta, mi racconta: "Quando stava con me e sua madre era malata, voleva sempre che ci fosse silenzio. Diceva che il silenzio era il suo rifugio sicuro, ma d'altra parte è cresciuto con quattro fratelli e l'unico momento in cui c'era silenzio era quando lui non era a casa… quindi…" Alza le spalle.

"Com'era allora?"

Sebastian mi guarda per un secondo e rallenta quando ci avviciniamo alla tenuta.

"Testardo, ambizioso," mi risponde e poi aggiunge: "Leale fino all'eccesso."

Si ferma davanti al cancello e io gli chiedo di fare ancora un giro. Ho le mani sudate e il mio sguardo si sposta sulla serratura e poi torna su di lui. Non credo che se ne sia accorto.

"Quindi è sempre stato così?" È più un'affermazione che una domanda, ma Sebastian la confuta.

"Carter non è mai stato così. Non era brutale, era giusto. Non era…" Interrompe di nuovo i suoi pensieri e questa volta sul suo volto si dipinge un'espressione più cupa. "Non avrei mai dovuto andarmene," mi confida e io gli rivolgo un sorriso debole.

"Se potessi tornare indietro…" inizia a dire, ma io lo interrompo dichiarando: "Tornare indietro è impossibile."

Restiamo entrambi privi di parole mentre l'auto continua ad allontanarsi. Sempre più vicina al punto della strada che ho scelto. Il luogo dove ha fatto inversione l'ultima volta, dove ha rallentato, e il punto più lontano che raggiungerà lungo la strada.

"Perché te ne sei andato?" chiedo a Sebastian, più per distrarlo che per altro.

Sebastian non mi degna di uno sguardo mentre mi allungo verso la serratura. È troppo occupato a pizzicarsi il naso nel tentativo di tenere a bada le emozioni che lo assillano.

Clic. Non avrei dovuto voltarmi a scrutarlo, sprecando quel secondo, ma mi sento in colpa per lo sguardo sorpreso e ferito sul suo volto quando mi vede tirare la maniglia e spingere la portiera verso l'esterno.

Appena sente il rumore della serratura mi stringe il polso, quello sinistro, con i segni profondi lasciati dalle manette della notte precedente. Cazzo! Il dolore si propaga rapidamente lungo il braccio. Sibilo per l'improvviso tormento e lo strappo dalla sua presa, quasi cadendo fuori dall'auto finché non riesco a posare entrambi i piedi a terra e inizio a correre più veloce che posso. Non mi fermo. Neanche per un istante. Neanche quando lui sbraita e parcheggia la macchina. Nemmeno quando vacillo passando dall'asfalto allo sterrato del bosco. Ogni singola boccata d'aria mi brucia i polmoni.

Alcune voci maschili si propagano nel bosco. So che ci sono altri uomini a guardia della tenuta, ma non so dove siano. Devono essere vicini, visto che ci hanno notati.

Le mie gambe sono troppo deboli e sento la portiera dell'auto di Sebastian aprirsi e poi i suoi passi pesanti sul terreno mentre io sfreccio tra gli alberi. Altri uomini gridano e i rami mi colpiscono come per punirmi, e io lo accetto. Accolgo ogni schiaffo degli arbusti sottili e quando arrivo a un baratro improvviso, mi lancio oltre, nella disperazione della fuga. Volevo un impatto violento, ed è esattamente quello che ottengo. Atterro sulla schiena, colpisco il suolo freddo e rotolo.

Il palmo della mano tocca qualcosa nello stesso momento in cui le gambe sbattono contro il tronco ruvido di un albero. La corteccia mi lacera la pelle e io stringo i denti per non urlare dal male. Alzarmi è una sofferenza, ma lo faccio. Mi sento stordita e debole, all'inizio barcollo ma continuo a muovermi. Le voci ora sembrano più lontane. Spero che lo siano davvero.

Non so da che parte andare, ma corro più veloce e più forte che posso. Non potrò mai seminare Sebastian; è troppo grosso e io non sono mai stata brava a correre. Ma lo sentirò arrivare e almeno potrò nascondermi.

"Cazzo!" La voce di Sebastian riecheggia nella foresta e fa volare via gli uccelli dalle cime degli alberi. Il loro movimento improvviso mi fa sobbalzare il cuore e mentre li fisso, finisco contro qualcosa di duro.

Qualcosa con le mani.

Qualcosa che mi afferra.

L'urlo che mi sale dalla gola viene soffocato da una mano grande sulla mia bocca.

Mi batte forte il cuore e ho l'ansia alle stelle finché lui non mi zittisce, stringendo il mio corpo al suo e nascondendosi dietro un grosso albero.

"Ssh, stai calma, Ria." La voce di Nikolai è la cosa più confortante che potessi desiderare in questo momento. Piccoli tagli sulle braccia e sul viso mi bruciano mentre mi aggrappo a lui. Le lacrime mi pizzicano gli occhi.

"Ora sei al sicuro."

CAPITOLO 91

Carter

"Credevo che non avessimo niente di cui discutere," rispondo al telefono con Jase di fronte a me. Si siede lentamente sulla sedia, ma lo fa in silenzio. Nella stanza non si sente altro che il battito del mio cuore, finché Marcus non risponde.

"Ho dimenticato di dirti una cosa," mi informa. "I tuoi fratelli sono con te?" chiede e poi aggiunge: "Potrebbe interessare anche a loro."

"Gli ho appena mandato un messaggio," risponde Jase e appoggia il telefono sul tavolo. Una vibrazione segnala una notifica e poi un'altra.

"Sono contento che tu sia qui, Jase," dice Marcus e posso immaginare il sorriso che deve avere stampato sul volto. La sua voce attraversa la stanza e arriva fino alla porta che si apre, facendo entrare Daniel nell'ufficio. Sta ancora riprendendo fiato e rallentando il passo dopo essere entrato di corsa.

"Chi abbiamo?" chiede Marcus quando Declan arriva con il tablet in mano. "È quello che sta cercando di rintracciarmi?" domanda, e istintivamente sposto lo sguardo su di lui, che si limita a fissare il telefono sulla mia scrivania, senza rispondere.

"Certo che stiamo cercando di rintracciarti," rispondo a Marcus, sedendomi lentamente e ignorando il mio telefono che squilla. "È giusto così, e lo sai." Lui ridacchia, ma non pronuncia una parola.

"Cosa vuoi dirci?" gli chiedo, dando un'occhiata al monitor che mostra l'auto di Sebastian parcheggiata in strada. So che stava parlando con Aria. La voce fastidiosa nella mia testa è preoccupata per lei, che non è ancora tornata. Questa telefonata sarà breve. Prima mi occuperò di questo, poi penserò ad Aria.

Presto. Presto la riavrò con me e seguirò il consiglio di Jase.

"Ho ulteriori informazioni sulla prima volta che sono stati stabiliti i limiti," dice Marcus. "Limiti che tu hai ignorato."

"Basta enigmi," lo interrompo, e stringo i denti prima di dirgli: "Sono stanco dei tuoi giochetti. Dicci chi ha cercato di rapire Addison e Aria." Inasprisco la voce e aggiungo: "Voglio dei nomi."

C'è silenzio per un secondo, poi un altro, ma alla fine Marcus parla.

"Jase, ti ricordi gli articoli che ti ho mandato?" chiede Marcus, e mio fratello socchiude gli occhi fissando il telefono, non con rabbia, ma con aria pensierosa. E tutti lo osserviamo.

"Su Tyler?" chiede Jase e il mio sangue si gela all'istante. "Gli articoli sulla donna che lo ha investito?" chiarisce, e la mia mente corre.

Limiti invalicabili.

La prima batosta subita dalla nostra famiglia.

"La morte di Tyler è stata un incidente," interviene Daniel, poi deglutisce visibilmente, avvicinandosi al bordo della scrivania e sfidando la voce al telefono a negare quella verità.

È stato cinque anni fa. Quasi sei ormai.

La morte di Tyler è avvenuta prima di tutto questo. Dopo che mi ero opposto a Talvery, iniziando a farmi strada, ma non ero ancora nessuno. È solo negli ultimi anni che il mio nome è stato accostato alla paura. Jase e io avevamo appena iniziato a guadagnare terreno, di certo non avevamo nessun motivo per attirare un'attenzione tale da nuocere a Tyler.

"La sua morte è stata un incidente," dico con fermezza, ripetendo le parole di Daniel.

Eppure, il freddo non mi abbandona. Lentamente, i ricordi del mio fratello minore affiorano. Era l'unica anima buona tra noi cinque. Se c'è una morte che si possa definire crudele, la sua di certo lo è stata.

"Di quali articoli parla?" chiedo a Jase, ma è Marcus a rispondere.

"Sulle dipendenze di quella donna…" aggiunge Marcus con voce strascicata, e poi: "Sulla sua morte improvvisa mentre era in attesa di una sentenza."

Daniel è pallido e ha lo sguardo vitreo. Ha visto cos'è successo. Era lì quando Tyler è stato investito.

"Cosa vuoi dire?" chiedo a Marcus, mantenendo la voce calma e senza lasciarmi sopraffare dall'emozione.

"È morta nel sonno," mi interrompe Jase e Marcus lo corregge senza esitazione: "È stata assassinata."

"Un nome, Marcus," gli ricordo. "Volevi dirci qualcosa, quindi ammetti tutto. Una donna uccisa in prigione non significa nulla."

"No, ma il nome dell'obiettivo che le era stato assegnato sì. Un omicidio su commissione che io avevo rifiutato. Il nome era Jase Cross." Una nausea opprimente mi sale dentro mentre Marcus tesse una storia e dipinge il mio passato in modo diverso da come l'ho sempre conosciuto. "Un teppista di provincia di Crescent Hills. Un ragazzo che era diventato un ostacolo e doveva essere eliminato prima che lui e i suoi fratelli facessero troppa strada. Ma lei sapeva troppo e doveva morire una volta eseguito il suo compito."

"Cosa?" La voce di Jase tradisce incredulità e io avverto una paralisi crescente che mi fa venire la pelle d'oca.

"Un omicidio?" chiede Declan. L'incredulità è dipinta sul suo volto.

Non riesco a muovermi. Ogni parte del mio corpo è tesa.

"Tony Romano è venuto da me per primo." Sentire il suo nome fa scattare in me il desiderio di vendetta, ma non intendo agire precipitosamente. Prima ascolterò e valuterò. Ma immaginare mio fratello minore, morto a soli sedici anni, rende l'impresa vana. "Ha detto che andavano bene entrambi, ma alla fine ha scelto Jase." Marcus continua a raccontare la sua storia mentre io mi chiedo se sia possibile. Se sia vero.

Se Tyler sia effettivamente stato ucciso. Se abbia preso il posto di Jase.

"L'articolo che ho mandato a Jase era l'indizio più importante di tutti. C'era la sua foto. Cosa indossava, Jase?" Marcus lo incalza, ed è solo allora che il suo volto si contorce per l'angoscia. "La tua felpa col cappuccio." Marcus risponde alla sua stessa domanda, e sento Jase deglutire.

"Il bersaglio era Jase, ma in quella notte piovosa, lei ha visto un ragazzo che gli assomigliava, con la stessa felpa che stava cercando. Non era una semplice ubriaca al volante, era un'alcolizzata e una tossicodipendente assunta da Romano dopo il mio rifiuto."

"È per questo che eri lì?" interviene Daniel, con voce abbastanza forte da essere udita da Marcus attraverso l'altoparlante. "Sapevi che sarebbe successo?"

"Pensavo che sarebbe toccato a te. Volevo salvarti. Avevo altri piani per te." Ho un nodo alla gola ascoltando Marcus, trovando sempre più difficile smentire la sua versione dei fatti. Per quanto voglia negare queste rivelazioni che stanno venendo alla luce tanti anni dopo.

"Voleva eliminarti, ma invece ha finito per causare una morte che vi ha spinti entrambi a dominare senza pietà."

"Romano?" chiede Declan, e ci scambiamo uno sguardo d'intesa.

"Romano," conferma Marcus.

È morto. È morto, cazzo.

"Perché adesso?" chiede Daniel, senza nascondere l'emozione nella voce. "Tu eri lì. Lo sapevi fin dall'inizio e non me l'hai detto allora, non mi hai avvertito… E adesso sì?"

"Perché dircelo adesso?" Declan ripete la domanda di Daniel.

"Per prima cosa, mi avete chiesto chi ha cercato di rapire Addison e Aria. Vi sto dando una risposta. Ma l'altra ragione, quella molto più importante, è perché sapevo che Carter mi avrebbe ascoltato. Sapevo che avrei avuto la sua attenzione." La voce di Marcus non ha la stessa profondità che aveva durante il suo racconto. È come se fosse tornato al presente e non fosse più interessato.

"Avresti potuto avere la mia attenzione ogni volta che l'avessi voluta, Marcus," gli dico onestamente.

"Sì," risponde, "ma allora non la volevo. È adesso che la voglio." E con questo, la linea cade.

Nessuno dei miei fratelli parla dopo che il clic riempie la stanza.

Allora non la voleva?

Un altro enigma. Lascio che le parole si sedimentino, ma non significano quasi nulla. Marcus non ha mai mentito. Romano ha fatto uccidere mio fratello. Di conseguenza, ha ormai esalato il suo ultimo respiro.

"Potete considerarlo morto," dico ad alta voce, anche se nessuno dei miei fratelli reagisce.

Jase non si è mosso. È immobile, e Declan continua a guardare tra lui e Daniel.

"Non è stata colpa tua," dice Daniel a Jase, ma questi scuote la testa.

Piangere la perdita di una persona cara è la sensazione peggiore al mondo. Non esiste nessuna medicina che possa alleviare quella sofferenza, perché non è possibile riportarli indietro. Se ne sono andati per sempre.

Ma scoprire la verità su una tragedia, venire a sapere che c'era dell'altro, più di quanto ti era stato detto prima, e non avere comunque alcun controllo, è come versare sale sulla ferita.

E per quanto riguarda Jase… È in preda a un'angoscia tremenda, sapendo che avrebbe dovuto essere lui a morire.

Le vibrazioni del mio telefono sono una distrazione silenziosa. Non so nemmeno da quanto tempo stia squillando, come sta facendo anche quello di Jase, e sono ansioso di rispondere, solo per capire cosa intendeva Marcus.

Non voleva la mia attenzione allora. La vuole adesso, perché non vuole che sia rivolta ad altri.

La rabbia mi infiamma come mai prima d'ora mentre leggo il messaggio ad alta voce. "Aria se n'è andata."

Li ucciderò tutti.

CAPITOLO 92

Aria

Il mio cuore non smette di battere all'impazzata. Sta succedendo tutto talmente in fretta. Una sola decisione potrebbe cambiare il corso degli eventi. Quando ho varcato quel cancello non sapevo che sarebbe andata a finire così, passando con facilità da una parte all'altra. Sono stata sciocca a pensare di poter semplicemente fuggire da questa vita. Il pensiero mi riecheggia nella mente mentre col piede sinistro calpesto i ramoscelli sul terreno e appoggio pesantemente il fianco destro a Nikolai. Lui cammina veloce, tirandomi più vicino a sé. Sta succedendo troppo in fretta.

Sono ricoperta di piccoli graffi. I jeans sono strappati e sporchi di terra e le braccia imbrattate di sangue. La cosa peggiore è che non riesco a smettere di tremare. Penso che sia solo l'adrenalina, o forse è dovuto all'ansia. Non so quale delle due, ma i tremiti non cessano, e questo fa sì che Nikolai mi stringa ancora più forte.

I rami scricchiolano sotto i nostri piedi a ogni passo e io continuo a guardarmi indietro. Devono sentirci. È sempre più buio e non so dove stiamo andando, ma non importa; Nikolai mi sta portando via. *Sarà a lui che Carter darà la colpa.*

Ogni piccolo rumore alle nostre spalle mi fa sobbalzare, ma anche in quel caso non mi viene concesso un attimo di tregua; Nikolai non molla. Sento il suo cuore battere forte e immagino che lui sappia che se gli uomini di Carter ci catturano prima che riusciamo a uscire da qui, per noi è finita.

Non credo che farebbero del male a me, ma ucciderebbero lui di sicuro.

"Non può trovarci insieme." Allungo la mano afferrando la camicia di Nikolai, costringendolo a fermarsi e riflettere, e le parole mi escono di getto. "Non può pensare che tu mi abbia rapita, ti ucciderebbe. Non può…" Continuo a parlare, ma Nik mi zittisce.

"Ora sei con me e non mi importa se lui lo viene a sapere." È sorprendentemente calmo e la sua reazione è più che legittima. "Ho aspettato troppo a lungo per avvicinarmi abbastanza da salvarti." I miei pensieri corrono, chiedendomi come abbia fatto a superare la sicurezza di Carter, dove si trovino le guardie e per quanto tempo Nikolai abbia aspettato qui fuori questo momento.

"Come lo sapevi?" gli chiedo, cercando le risposte nelle sue parole.

"Qualcuno mi ha detto di venire. Mi ha detto che sarei stato in grado di salvarti." La voce di Nik è piena di emozione. "Mi dispiace di averci messo così tanto, Ria," aggiunge, afferrandomi per la vita e spingendomi in avanti. Inciampo, rifiutandomi di muovermi e aspettando che lui si volti a guardarmi. Ho bisogno che capisca quanto sia grave la situazione.

"Ti ucciderà," lo avverto fissandolo profondamente negli occhi azzurri, sapendo che è vero. Prima che io possa esortarlo a scappare, lui ribatte: "Non se lo uccido prima io."

"Non dire così." Le parole mi escono dalla gola, immediate e crude, proprio come il mio istinto. L'idea del tradimento balena negli occhi di Nikolai e vorrei poterle ritirare, anche solo per alleviare il suo tormento, ma non posso. È sbalordito e addolorato, schiacciato dalla mia affermazione, ma la sua reazione non dura a lungo.

Il rumore di passi pesanti dietro di noi mi porta a stringerlo. Afferro la sua camicia e lo supplico in un sussurro: "Scappa."

Sento la sua mano grande appoggiata sulla mia spalla che mi tira più vicina, poi mormora tra i miei capelli: "Mai. Mai più."

Ho il viso sepolto nel suo petto quando sento pronunciare il mio nome. Per un attimo immagino ogni modo possibile per barattare la mia vita con quella di Nikolai, ma non credo nemmeno per un secondo che Carter sarebbe disposto a negoziare. Non quando non ho alcun controllo e più nulla da offrire.

Il momento svanisce in fretta, perché sento di nuovo quella voce. È familiare, eppure mi sembra che sia passata un'eternità dall'ultima volta che ho sentito mio cugino Brett.

Lo shock mi costringe ad allontanarmi da Nik, ma di nuovo, tutto accade in un lampo. Dopo avermi stretto anche lui in un forte abbraccio, Brett mi trascina lungo il margine del bosco fino a una strada sterrata dove c'è un vecchio furgone malandato con il motore acceso. Ci sono altri due uomini con noi, ma non ricordo i loro nomi e con Brett che mi sta avvinghiato, non ho tempo di chiedere.

"Mi dispiace tanto, Aria," continua a ripetere mio cugino mentre ci avviciniamo al veicolo. "Sono un bastardo e un codardo, e mi dispiace."

"Va tutto bene," gli ripeto più volte, senza sapere cos'altro dire o come confortarlo. O da dove diavolo sia spuntato. "Ti avevo detto io di scappare," è tutto quello che riesco a dire, ma lui scuote la testa, con gli occhi pieni di rimorso.

"Due sul retro, armati e in posizione." Nik dà l'ordine e la porta del furgone si apre con uno scricchiolio che si propaga nel bosco.

"Aria." Brett pronuncia il mio nome con riverenza prima di abbracciarmi un'ultima volta e aiutarmi a salire. I sedili di pelle secca sono screpolati. Non ho mai visto questo veicolo in vita mia.

"Non preoccuparti, è solido, è solo fatto apposta per sembrare qualcosa da ignorare," spiega Nik, come se mi leggesse nel pensiero. Il mio sguardo incrocia il suo mentre il veicolo oscilla con Brett e uno degli altri ragazzi che salgono sul retro sotto un telone, con le pistole infilate in fori poco appariscenti. È un mezzo fatto apposta per le fughe. Per un attimo, l'unico rumore che sento è il ronzio sommesso del motore.

È solo allora che mi rendo conto che è tutto vero. Che sto davvero lasciando Carter e tornando a casa.

Torno da mio padre e dai suoi uomini.

Non riesco a riconoscere gli altri due individui che viaggiano con noi, anche se i loro volti mi sono familiari, ma in questo momento i nomi mi sfuggono. Sento i loro occhi su di me quando salgo sul sedile posteriore: mi valutano, mi giudicano e mi interrogano. Vogliono sapere cos'è successo e, cosa ancora più importante, vogliono capire da che parte sto, ne sono sicura.

Mi ha lasciato scappare. È l'unica cosa che mi viene in mente. Carter ha permesso loro di prendermi. È l'unica spiegazione possibile per una fuga così facile.

Il pensiero mi provoca un nodo alla gola e mi viene da vomitare di nuovo. Il conato mi costringe ad aprire la portiera e a sporgere il capo fuori dall'auto. L'aria è fredda rispetto al calore improvviso che mi pervade il corpo e mi sale fino al viso.

Tutto tace e la nausea finalmente mi abbandona. È una sensazione disgustosa e mi lascia una sensazione di bruciore acido. Ma anche quando è finita, non riesco a rientrare completamente nel furgone. Mi sporgo fuori, godendomi l'aria fresca e desiderando di potermene andare via con la stessa leggerezza del vento.

Sta accadendo tutto troppo in fretta. Mi tengo la pancia, senza sapere cosa pensare o cosa fare.

È solo quando Nik mi accarezza delicatamente la schiena e mi sussurra che dobbiamo andare che mi rassegno al destino che ho scelto.

"Non avevo previsto tutto questo," confesso a Nikolai, che mi tira dentro il veicolo e mi dà un fazzoletto per pulirmi la bocca.

Non avevo previsto di lasciare l'uomo che amo. Non avevo previsto che lui me lo avrebbe permesso.

Non avevo pianificato di tornare dalla mia famiglia, dai suoi nemici.

E non avevo pianificato la piccola vita che intendevo preservare da tutto ciò.

Dovevo fuggire per liberarmi. Per non ritrovarmi invischiata nella solita partita e arrivare a scoprire che le mie pedine hanno soltanto cambiato colore.

"Mi odierà," piagnucolo sommessamente e Nikolai mi stringe di nuovo a sé. Il furgone è ancora fermo e so che stiamo perdendo tempo prezioso.

Nik chiama uno dei ragazzi per farsi sostituire alla guida e si sposta al centro per potermi confortare, anche se sto piangendo per Carter.

Un altro uomo sale al posto di guida, lanciandomi uno sguardo compassionevole e Nik allunga la mano dietro il sedile tirando fuori una spessa coperta di lana.

"Va tutto bene," mi dice Nik, senza perdere tempo a maledire Carter o a mettere in dubbio la mia sanità mentale. "Stiamo andando a casa."

* * *

Per i primi dieci minuti, mi aspettavo di vedere dei proiettili volare comparendo dal nulla. Ero pronta a sentire il rumore dell'acciaio schiantarsi contro il furgone. E poi ho pensato che forse Carter sarebbe semplicemente apparso davanti al nostro veicolo. In piedi in mezzo alla strada come un pazzo.

Mi ci è voluto troppo tempo per mandare giù quel boccone amaro. Ho davvero lasciato Carter. Non tornerà a riprendermi.

"Non devi dirmelo adesso." La voce di Nik interrompe i miei pensieri. L'uomo al volante, di nome Connor, mi lancia un'occhiata. So che è curioso. Non riesco a immaginare cosa pensino tutti di me, sapendo che ho scelto di restare con Carter quando sono venuti a salvarmi la prima volta.

Con vergogna, penso di inventarmi una bugia, solo per non far sapere loro quanto sono innamorata di lui e come li ho traditi comportandomi così. L'idea va e viene con il rombo del furgone trasportato dall'aria autunnale.

"Non devi dirmelo adesso," ripete, e io lo guardo negli occhi mentre continua: "Ma ho bisogno di sapere tutto quello che ricordi." Annuisce leggermente, come se volesse che io accettassi la sua richiesta.

"Non vuoi saperlo, Nik," gli rispondo, sentendo di nuovo quella dolorosa fitta nel petto. Le mie guance si infiammano e abbasso gli occhi sulle mie mani, allontanandomi da lui. Sto per rivelargli che amo Carter e che sono fuggita solo perché il suo amore per me non è sano. Sono scappata solo perché non sopporto l'idea che un bambino cresca in questo mondo. Volevo lasciarmi alle spalle ogni cosa, ma mentre il furgone sobbalza su un dosso, capisco che sono solo finita in un altro inferno.

"Ora sei al sicuro," dice Connor con calma dal posto di guida. Mi ci vuole un lungo secondo per ricordare chi è. Per associare il volto alla voce. Girandomi sul sedile, mi torna in mente chi era, quando eravamo ragazzi. I ricordi si accumulano e mi rendono consapevole di chi sono.

"Che ne dici se ti svelo un segreto?" propone Nik. Mi mette una mano sulla coscia e mi accarezza con il pollice. È molto più alto di me e devo allungare il collo per guardarlo dopo averlo visto deglutire.

L'aria cambia all'istante, diventando tesa e pesante. Nik inizia: "Ti ricordi il giorno in cui ci siamo conosciuti? Al funerale di mio padre, quando eravamo solo dei bambini?"

Il mio battito cardiaco rallenta quando gli rispondo, sapendo nel profondo che Nikolai non mi farebbe mai del male, ma anche che qualunque cosa stia per dirmi, mi causerà dolore. È lo sguardo nei suoi occhi. Lo riconosco fin troppo bene.

"Devi aspettare che finisca," Nik mi preannuncia la sua confessione, e io annuisco. "Dimmi che lo farai. Promettimelo, Ria," mi esorta, con voce che si fa più dura.

Guardo Connor, che ci osserva con cautela, poi dico a Nikolai: "Te lo prometto." E con un respiro veloce aggiungo: "Ti lascerò finire."

Sento le farfalle svolazzare nello stomaco quando Nikolai spiega: "Lavoravo per Romano al funerale. Quando mio padre è morto, lavoravo per Romano."

Quelle parole mi colpiscono duramente. Lavorava per Romano. Un'ondata di nausea mi invade. Nikolai deglutisce e mi fissa, aspettando una risposta. Non riesco a respirare.

Romano. L'uomo che mi ha rapita e mi ha scambiata per una guerra, colui che mi avrebbe ucciso la notte in cui ho ucciso Stephan piuttosto che vedere assassinato il suo alleato.

Il mio corpo si irrigidisce e non riesco a controllarlo. Non ho mai temuto Nikolai fino a questo momento.

"Romano mi ha detto che tuo padre ha fatto uccidere il mio. Ecco perché ero così arrabbiato quando mi hai toccato. Quando ti sei avvicinata a me come se ne avessi il diritto."

Non riesco a deglutire e faccio fatica a respirare.

"Non so cosa mio padre…" Lotto contro il bisogno di spiegare, di difendermi, di fare tutto il necessario per sopravvivere alla rabbia che sale lentamente. Bugie. La mia vita è stata costruita su un cumulo di menzogne ed è piena di troppi uomini di cui non posso fidarmi.

Nikolai mi interrompe. "Non importa. Niente di tutto questo importa, Ria."

Devo mordermi il labbro per non urlargli di non usare il soprannome che mi aveva dato mia madre. Il tradimento e la rabbia si agitano dentro di me, creando un cocktail che non sono sicura di poter controllare.

Il mio migliore amico. Il mio unico amico. Mi ha ingannato per anni. Era un traditore. Uno schifoso traditore!

"Tuo padre mi ha detto che era stato Romano a farlo uccidere. E io non sapevo a chi credere. Non avevo nessuno, eppure entrambi mi avevano assunto. Ero semplicemente un ragazzino; ero furioso e, soprattutto, ero spaventato e mi sentivo tremendamente solo."

Il furgone procede a velocità costante finché non usciamo completamente dallo sterrato e dalla boscaglia, imboccando una strada secondaria di asfalto.

Mi torna in mente il giorno del funerale, un'immagine di una tonalità diversa da quella che avevo visto prima.

"Sono sempre lo stesso, Ria. Devi capirmi. Ero un ragazzino e non si dice di no a uomini come tuo padre… o come Romano."

"Mio padre lo sapeva?" riesco a chiedergli non appena la rabbia si placa e il ragazzo nella mia memoria mi guarda. Conosco il suo viso. Ricordo la rabbia e come mi aveva abbracciato. Quanto avevo bisogno di qualcuno. E lui era il mio qualcuno. Ma le bugie… Sono così stanca di tutti questi peccati e dei segreti.

"No." La sua risposta è solenne. "Romano voleva che tenessi d'occhio Talvery, e Talvery mi ha assunto per fare dei lavoretti da niente. Ho pensato che un giorno uno di loro mi avrebbe ucciso." La voce di Nik è rassegnata e piatta, e le sue parole non rivelano altri secondi fini se non il desiderio di sopravvivere. "Romano mi avrebbe ucciso per non avergli detto tutto. O l'avrebbe fatto tuo padre, perché ero una spia. Non era questo che volevo. Ero solo un ragazzo."

Sbircio verso Connor, che sta guidando con una postura rigida. È allora che capisco che anche lui sapeva.

L'adrenalina mi attraversa, intorpidendomi quando lo sguardo di Connor incrocia il mio.

"Non lavoro per Romano," mi rassicura Connor prima ancora che io glielo chieda. "Ma sapevo quello di cui era a conoscenza Nik, lo sapevamo tutti, da anni."

Ho lo stomaco sottosopra e la gola serrata. Osservo Nik. "E non me l'hai detto?" Le mie parole sono solo un sussurro.

Nik non risponde, mi guarda con rammarico, ma Connor lo fa al posto suo. "Tuo padre ci avrebbe ucciso se avesse scoperto che lo sapevamo, Aria." Riesco a malapena a distogliere lo sguardo da Nik per guardare Connor. "Non meritavi di essere messa in mezzo."

Non mi sfugge l'ironia delle sue parole.

"Dovevo restare e, mentre tutto accadeva, ho fatto quello che potevo per sopravvivere."

"Non dovevi restare," ribatto.

"Sì, invece."

"Perché sei rimasto? Avresti potuto andartene in qualsiasi momento e scappare," sbotto, contenendo la rabbia che sta ormai svanendo al ricordo di tutte le volte che siamo stati insieme. Un tempo, nella mia vita lui era tutto per me, eppure mi ha tenuto nascosti dei segreti che avrebbero potuto distruggermi.

Restiamo in silenzio per così tanto tempo che comincio a pensare di non avergli posto la domanda ad alta voce, finché non alzo lo sguardo verso di lui.

Mi fissa con una profonda sofferenza negli occhi tormentati. È un dolore che non conosco, eppure, nel profondo della mia anima, sapevo già la verità. L'ho sempre saputa.

"Non potrei mai lasciarti, Ria," mi dice, poi distoglie lo sguardo e guarda dritto davanti a sé, con gli occhi velati di lacrime.

"Allora perché hai permesso che mi prendessero?" gli chiedo, deglutendo il nodo che mi stringe la gola. "Mi hai consegnata a Romano!" Alzo la voce senza poterlo evitare, ma Nik mi stringe più forte e mi fissa con una ferocia innegabile.

Mi ha detto che è lui il motivo per cui mi hanno portata via. È colpa di Nikolai se è iniziato tutto questo. Se mi amava così tanto, perché ha osato rischiare?

"No, non è vero. Mi ha fregato e la pagherà." Nik ha la mascella serrata e gli occhi scuri di rabbia. Il tipo di furia che ho già visto prima e che accompagna la vendetta.

"Volevo allontanarti da questa vita," mi confessa, rilassando le spalle e fissando fuori dal finestrino dietro di me. "Tuo padre sta invecchiando. Tutti sanno che la sua fine è vicina. Cosa pensi che ti sarebbe successo?"

Non rispondo alla sua domanda.

"Ha promesso che ti avrebbe salvata. Ti ho attirata fuori, prendendo il tuo album da disegno, sapendo che avresti cercato di recuperarlo. Sapevo che avresti pensato che era stato Mika. E Romano mi ha mentito. Mi dispiace, Ria. A tuo padre non resta molto tempo e dovevo proteggerti. Avevo bisogno che tu fossi lontana da questa situazione."

"Non spettava a te decidere," è tutto quello che riesco a dirgli. Il mio album. Pensare a un oggetto che significa così tanto in una vita in cui nulla ha più senso è una sensazione strana.

"Non riesco a credere che sia stata tutta colpa tua."

"Dovevo salvarti," mi dice e si sistema sul sedile, apparentemente soddisfatto della conversazione.

È difficile non dare tutta la colpa a lui. Per tutto quello che ho passato. Lotto contro le emozioni che mi incendiano il sangue.

"Lo ami, vero?" mi chiede con una punta di disgusto nella voce. "Ti ha fatto il lavaggio del cervello." Si dà una spiegazione senza aspettare la mia risposta.

"Sì," ammetto, guardando Nikolai dritto negli occhi. "Amo Carter Cross…" Devo deglutire prima di finire la frase. "Ma non sono così stupida da pensare che durerà… Perché lui non mi ama. Non come ho bisogno che faccia."

In quel momento il mio cuore fa una cosa orribile. Pompa, ma è inerte.

Batte, ma non sento nulla. È in quell'istante che si arrende, e io lo percepisco.

È una bugia sulle mie labbra. Sento un sussurro nella mia testa.

Devo rammentarmi perché me ne sono andata. Devo ricordare questa vita e cosa fa alle persone.

"Devo andarmene da qui," mormoro. Non a Nikolai o a Connor, ma a me stessa.

"Posso aiutarti," mi dice subito Nik, stringendomi ulteriormente a sé anche se sono ancora nella sua morsa. "Rimetterò le cose a posto. Ti porterò via da qui, Ria. Devo solo fare una cosa prima."

CAPITOLO 93

Carter

"Era inevitabile che la riportasse da lui." Le parole cadono nel silenzio. Guardiamo Nikolai e la sua squadra fermarsi e aspettare che si aprano i cancelli della tenuta dei Talvery.

Aria non è fuggita per correre fra le braccia di Nikolai, né tantomeno di suo padre. Lo so benissimo, cazzo. È scappata e aveva ottimi motivi per farlo, visto come l'ho trattata, ma non per andare da lui.

Ho visto il filmato.

"Mi dispiace," dice Sebastian dal sedile posteriore della Grand Cherokee SRT. Il SUV nero è parcheggiato nell'ombra. Con i finestrini oscurati e un motore in grado di raggiungere i cento chilometri all'ora in quattro secondi e otto decimi, è il nostro veicolo preferito, armato e attrezzato per affrontare qualsiasi situazione.

L'abbiamo acquistato anni fa per poterci dileguare in fretta dopo aver portato a termine le nostre operazioni.

Mentre siamo fermi ai margini della foresta, a tre chilometri dalla tenuta dei Talvery, non me ne importa un accidente di allontanarmi in fretta. Non senza Aria.

"Avrebbe tentato di fuggire in ogni modo," sussurro fra me e me dal sedile del conducente, per confortare Sebastian.

"Comunque…" mormora lui, passandosi una mano tra i capelli. Riesce a malapena a guardarmi e questo mi dà fastidio. Non è colpa sua se è scappata. E neanche se è riuscita a fuggire. È colpa mia.

Il volante è rovente e tutto dentro di me mi spinge a scendere e assaltare le porte della residenza di suo padre.

Il che mi porterebbe dritto alla morte sui gradini di marmo lucido dell'ingresso.

È così vicina, eppure è fuori dalla mia portata, penso osservando sul monitor i cespugli potati con cura che costeggiano il vialetto fino alla porta d'ingresso. Mi sono avvicinato a questa proprietà solo un'altra volta in vita mia.

In balia di suo padre, quando ero solo un ragazzino.

Soffoco il ricordo quando la portiera dell'auto si apre e diversi soldati armati di mitragliatrici si avvicinano al furgone malandato di Nik.

Quel fottuto stronzo.

Il cuore mi batte forte nel petto quando la vedo. I riccioli castani le ricadono sulle spalle. Ha la maglietta strappata e del fango le ricopre ancora il fondoschiena fino alla gamba.

Non si comporta come la ragazza che era un tempo. Tiene la testa alta e le spalle dritte, ma la paura è ancora presente in lei e danza nei suoi occhi da cerbiatta.

Per quanto non riesca a nascondere di essere una donna destinata a questa vita, non riesce nemmeno a celare l'angoscia che le provoca essere coinvolta in una guerra.

Nikolai accompagna Aria alla porta d'ingresso e lei non smette di guardarsi intorno e dietro di sé, verso la telecamera che abbiamo hackerato. Come se sapesse che siamo qui.

È solo quando gli uomini la circondano che mi rendo conto di quanto sia silenzioso il SUV.

La vergogna e il rimpianto non si fanno quasi più sentire. Vergogna per come l'ho trattata. E rimpianto per tutto il resto.

"Sarò un uomo migliore per lei," dichiaro, ma nessuno di quei maledetti uomini dice una parola. Noto Sebastian annuire e devo chiudere gli occhi e fare un respiro profondo prima di riaprirli, vedendo la mano di Nikolai sulla schiena di Aria. E poi la grande porta d'ingresso si chiude.

"Sarà diverso quando la guerra sarà finita," dice Jase e Sebastian è d'accordo. Come se tutto questo fosse dovuto alla guerra.

"Sarà meno complicato," interviene Daniel.

"Ci sarà meno bisogno di combattere," aggiunge Declan.

Ma non è mai stata colpa della guerra. È solo colpa mia.

Sapere che Nik è con lei allevia un po' della tensione che mi attanaglia. La gelosia è presente come sempre, ma non ho tempo per questo. Lui la proteggerà, ed è l'unica consolazione che ho per ora. Non permetterà mai che le succeda nulla, e gli sono debitore per questo. Lo conosco meglio di qualsiasi altro soldato di Talvery per un buon motivo. È sempre stato con Aria. È di lui che desideravo conoscere ogni minimo dettaglio. E sono certo che la ami. Gli devo più di quanto potrò mai ammettere.

Per il momento può essere il suo eroe. Può proteggerla.

Non me ne frega niente se non sono altro che il cattivo che l'ha catturata.

Che l'ha trattenuta contro la sua volontà fino a piegarla.

Il nemico che metterà fine a questa guerra e all'impero a cui il suo cognome dà potere.

Colui che non si fermerà davanti a nulla per averla in pugno.

E il resto di me, qualunque cosa rimanga, apparterrà a lei. Per sempre.

Non ho scelta; non accetterò nient'altro.

E anche lei imparerà ad accettarlo.

"Conosciamo già il posto e abbiamo il numero degli uomini." Jase è il primo a mettersi al lavoro. Stasera, Talvery finalmente cadrà.

Ci sono otto uomini all'ingresso principale. Quattro torri si innalzano lungo le alte mura di mattoni che delimitano la proprietà. Ognuna di loro con una manciata di soldati armati e pronti.

All'interno ce ne saranno ancora di più. Anche loro dovranno morire.

"Ovunque colpiremo, sarà una distrazione," annuncia Declan come se stesse riflettendo ad alta voce, "ma i suoi uomini spingeranno Talvery a rifugiarsi nella stanza blindata."

"Dobbiamo evitare che accada. E che porti con sé Aria," risponde Jase alla dichiarazione di Declan, sporgendosi in avanti sul sedile per fissare i progetti sul tablet.

"La stanza blindata è grande, ma se la eliminiamo come opzione, non avranno nessun posto dove andare. Sono in inferiorità numerica… Il problema è solo quella camera e l'eventualità che ci sia qualcosa che ci sfugge."

"Allora andiamo prima nella stanza blindata," rispondo senza pensarci due volte, ma poi aggiungo, voltandomi verso Jase: "A meno che non portino Aria lì."

Lei rinchiusa in una stanza, che si rifiuta di farmi entrare pur sapendo che l'aspetterò e che solo il tempo la separa da me, è l'esatta sintesi della nostra relazione. Ma, con la stessa facilità, i ruoli potrebbero essere invertiti.

Stasera eliminerò questa possibilità. Cambierò il corso del nostro destino. Sceglierò noi. Per sempre. Basta litigare; ho già combattuto abbastanza in questa vita. Voglio solo amarla.

"Sono tutti al loro posto?" chiedo a Jase e lui annuisce solennemente. Abbiamo lasciato la casa e tutte le nostre proprietà incustodite. Tutti i soldati sono qui, pronti a spargere sangue. L'unica eccezione è una piccola squadra che sta proteggendo Addison in questo momento, lontano da questo posto.

"Ho le immagini della sicurezza," annuncia Declan. Apro gli occhi e aspetto che lo schermo passi a un nuovo video che mostra le immagini hackerate all'interno di ogni singola stanza di Talvery fino a fermarsi su Aria.

La riproduzione scorre sullo schermo, muovendosi con lei e concentrandosi sulla sua espressione.

La mia povera Aria. Cazzo, non ho mai provato un dolore simile prima d'ora.

"A qualcosa servi, Declan," ironizza Daniel, con la mano sulla pistola carica che tiene in grembo.

"Vaffanculo anche a te," risponde Declan con un sorrisetto.

"Sembra di essere tornati ai vecchi tempi," commenta Jase, e io mi volto a guardarlo, osservando ciascuno dei miei fratelli e Sebastian. È così.

"È passato un po' di tempo, vero?" gli ricordo, sentendo ogni pulsazione nelle mie vene. La tensione, l'accumulo dell'ansia. Ma anche qualcos'altro.

"Da quando sembra che tutto dipenda da questo unico momento?"

"Già," gli rispondo.

"Troppo tempo," corregge Sebastian a bassa voce, controllando la sua pistola e poi inserendo il caricatore con il palmo della mano.

"Una volta era emozionante, però," valuta Jase a bassa voce, guardando lo schermo che mostra gli uomini davanti alla porta della stanza dov'è stata portata Aria. Alcuni aspettano fuori, ma Nikolai entra con lei. "Questa volta è diverso."

"C'è troppo in gioco," dico a tutti loro, che annuiscono immediatamente.

"La troveremo e la riporteremo a casa," mi garantisce Jase, e Sebastian ci guarda entrambi.

"Quando sarà finita," dichiara Sebastian, "non me ne andrò. Porterò Chloe a casa; lei verrà con me." Non ho tempo di rispondergli.

"Prima Talvery, poi Romano. Non te ne andrai da nessuna parte." La replica di Jase fa comparire sulle labbra di Sebastian un sorriso sbilenco.

È difficile pronunciare quelle parole, ma offro ai miei fratelli qualcosa che spesso non ammetto. "Grazie." Deglutisco a fatica e poi mi volto verso ciascuno di loro, mentre i sedili in pelle scricchiolano sotto il mio peso. "Grazie per essere qui. Per aver aiutato me e per aver aiutato lei."

"Ma certo," dice Jase, cercando il mio sguardo e mostrando un sorriso triste. "Siamo sopravvissuti insieme. Abbiamo combattuto insieme… Abbiamo amato insieme."

"Non potrei essere da nessun'altra parte. Hai bisogno di me," replica Sebastian guardandomi negli occhi. "Soprattutto perché ho fatto un casino, ma comunque hai bisogno di me."

La sua battuta alleggerisce un po' l'atmosfera, abbastanza da lasciare spazio alle altre emozioni, che mi ricordano che lei mi ha lasciato e dimostrano che è colpa mia.

Con la mano sulla mia spalla, Sebastian mi dice: "Ce la riprenderemo."

"E la terrò con me," affermo, credendo in ogni parola. La terrò con me in ogni modo.

"Va bene, basta con queste stronzate," proclama Declan, e Daniel sbuffa una breve risata. È da molto tempo che non ho una conversazione come questa, vera, capace di toccare una parte di me solitamente dormiente. Ed è quella che Aria tiene in ostaggio.

"Ho tutto sotto controllo ora," spiega Declan dal retro del SUV. "La stanza blindata è vuota, ma non è abbastanza vicina alle camere esterne da poter essere colpita facilmente."

"Aden ha una visuale da qualche parte nei pressi della stanza blindata?"

"Può colpire il lato ovest attraverso la finestra del corridoio, lanciare i fumogeni e tendere un'imboscata su quel lato della casa. Entreremo e usciremo in pochi minuti, ma loro reagiranno. Le probabilità di sopravvivenza non sono delle migliori," risponde Jase al posto di Declan e vedo che il piano sta già prendendo forma nella sua testa.

Aden sta aspettando il segnale di Jase dall'altra parte.

"Dobbiamo colpirli tutti in una volta," dico a Jase. L'adrenalina nel sangue mi sta quasi soffocando. Solo perché sono costretto a starmene seduto qui. Ho bisogno di muovermi, di farla finita con questo schifo per riaverla indietro. "Di' a tutti di attaccare al mio comando."

Mentre pronuncio queste parole, l'immagine sullo schermo cambia e torna da Aria. Ha le braccia incrociate e se ne sta in piedi da sola, impacciata, al centro della stanza. È di fronte a Nikolai, ma nessuno dei due si muove, sembrano entrambi l'immagine del rimpianto.

Non esiste che io non faccia tutto il possibile per tenerla con me.

"Colpite le torri, l'ingresso principale e la stanza blindata contemporaneamente. Abbiamo più soldati di loro." Le parole mi escono di bocca nel momento stesso in cui lo schermo cambia di nuovo.

"E Romano?" chiede Declan.

"Che c'entra lui?" La rabbia e l'odio nel tono di Daniel riflettono i sentimenti di ognuno di noi.

"Potrebbe provare ad attaccarci mentre abbiamo le spalle scoperte," spiega Declan, poi passa a un feed che mostra i suoi uomini schierati sul territorio. Sono pronti a colpire, in attesa che Talvery si indebolisca. Se li abbattiamo per primi, Romano ci circonderà e, se lo desidera, potrà assalirci.

"Non sa che lo sappiamo, non ancora," risponde Jase, e poi Sebastian afferma: "Manterremo il lato nord come punto di forza per Talvery, spingendo i suoi soldati verso il settore più pesantemente armato di Romano. Non dobbiamo ucciderli tutti, solo abbastanza da superarli in numero e far capire loro che Talvery, il nome, l'impero, non esistono più."

"È sempre la stessa storia, nessuno si sacrifica volentieri per un uomo morto." Gli occhi di Jase brillano al ricordo di tutti gli avversari che abbiamo sconfitto in passato. Il nome Talvery sarà anche antico e potente, ma una volta che il suo possessore sarà deceduto, diventerà privo di significato.

"Qual è il piano?" mi chiede Jase e poi aggiunge: "Passo dopo passo."

"Dobbiamo prima avvicinarci," gli dico. "Lei è nell'ala est, quindi possiamo tagliare i collegamenti, eliminare la torre est con discrezione senza bombe, avvicinarci da quella parte e, una volta dentro, colpire le altre torri e la stanza blindata."

"Cercheranno ovunque, ma li coglieremo completamente alla sprovvista," risponde Jase, annuendo e inspirando profondamente. "Tu entra e prendila, Bastian e io verremo con te ed elimineremo chiunque ci venga incontro."

"Interrompi le trasmissioni non appena ci avviciniamo alla torre est. Cammineremo lungo la linea degli alberi," dico a Declan, che risponde prontamente: "Le telecamere ruotano ogni novanta secondi. Dovrai interrompere le trasmissioni prima di superare questa strada. Altrimenti ti vedranno arrivare."

"Ci sono degli uomini sul posto," interviene Jase. "Interrompi le trasmissioni, entriamo, uccidiamo quei due bastardi fuori dalla torre est e li usiamo per entrare."

Sebastian guarda Declan e chiede: "Per le impronte digitali, giusto?" Al cenno di Declan, Jase aggiunge: "Anche se saranno morti, avranno ancora le dita. Funzionerà."

Con mio fratello e il mio amico alle mie spalle, i soldati che circondano il nemico pronti a combattere, mi rendo conto che è giunto il momento. Il cuore mi batte forte mentre corro attraverso la foresta e alzo la pistola, sentendo le urla sorprese dalle torri per l'interruzione delle telecamere di sicurezza. Percepisco la loro paura e tengo la mia arma nell'ombra. Spariamo tutti e tre, i proiettili attutiti dai silenziatori, un attimo prima che i due uomini possano vederci. I primi a morire stanotte. Trasciniamo i loro corpi ancora caldi, pesanti e flosci verso la piattaforma di sicurezza, ci ripuliamo il sangue dalle dita sui pantaloni e siamo pronti a iniziare a porre fine a questa guerra.

CAPITOLO 94

Aria

"Non riesco a immaginarti con lui." Nikolai mi guarda camminare avanti e indietro nell'ufficio di mio padre, la sua voce sembra calma e in qualche modo indulgente

Fisso le foto appese alla parete: ce n'è una di mia madre e di lui, con mio zio tra loro. Non l'ho mai conosciuto. Nella foto li tiene vicini, con le braccia avvolte intorno alle loro spalle. È un'istantanea in bianco e nero, scattata poco prima che mio zio fosse assassinato. È una delle tante foto appese alla parete a destra della scrivania di mio padre. Ma solo quella e un'altra attirano la mia attenzione.

Inspiro ed espiro lentamente fissando la seconda immagine, cercando di stare dritta e di non fargli capire che c'è qualcosa che non va.

È la casa di Carter. La casa dei fratelli Cross. La stessa fotografia che si trova nel loro atrio. Un brivido gelido mi percorre la pelle e percepisco il mio respiro affannoso.

Sono certa che sia la stessa. Quando l'ho vista per la prima volta, ho capito subito che mi era familiare. Ho pensato che forse ci ero già stata, ma ecco perché l'ho riconosciuta.

Mio padre ha una foto della vecchia casa di Carter, quella che ha distrutto, appesa nel suo ufficio. È una specie di trofeo? Un ricordo di qualcosa? Lo stomaco mi si rivolta e mi stringo le braccia intorno al corpo, sentendomi sempre più come un animale in trappola. Vorrei che mio padre fosse qui, così potrei chiederglielo e potrei affrontarlo dopo tutto quello che è successo. Se fosse qui, però… non riesco nemmeno a immaginare da dove potremmo cominciare. È passata una vita. Non sono più la stessa persona che ero l'ultima volta che ho messo piede in questo posto.

Ma non importa. Lui non è qui, e verrà a prendermi quando avrà tempo. Il lavoro è sempre venuto prima di tutto.

"Cosa ti ha fatto, Ria?" mi chiede Nik e io mi volto verso di lui. Seduto sulla poltrona di pelle color whisky nell'angolo della stanza, lo osservo sotto una luce diversa da come l'ho sempre visto prima.

Non come amico o ex amante, o come il ragazzo che aveva bisogno di me. Ma come un uomo sofferente e nervoso, spericolato e desideroso di cambiamento, che lo necessita ed è pronto ad affrontarlo.

Lo vedo come un pericolo.

"Nikolai, mi stai spaventando," sussurro con cautela, incerta di voler far arrivare le mie parole fino a lui, anche se in qualche modo lo raggiungono. L'angolo della sua bocca si piega verso il basso e un barlume di comprensione gli attraversa gli occhi.

"Non è mia intenzione, è solo che non credo tu ti renda conto di ciò che deve accadere," mi dice e poi deglutisce con un'espressione angosciata.

"Cosa deve accadere?" gli domando, sentendo le mani diventare fredde. Ancora una volta sono in balia di uomini che mi trovano inadeguata.

"Oggi degli uomini moriranno."

"Gli uomini muoiono ogni giorno," rispondo prontamente, e lui sospira e mi rivolge un sorriso triste, sporgendosi in avanti con i gomiti sulle ginocchia. Fissa il pavimento e non me. Chiude gli occhi quando mi giro di scatto verso la porta dell'ufficio, sentendo delle urla echeggiare nei corridoi. Le trasmissioni sono interrotte. Il cellulare di Nik squilla, ma solo per un secondo prima che lui lo metta in silenzioso e sposti lo sguardo su di me.

"Va tutto bene. Dovevi sapere che sarebbe venuto a cercarti," mi spiega, con gli occhi che mi implorano di negarlo, anche se lui conosce già la verità.

Il battito del mio cuore si intensifica e un calore mi pervade, ma non abbastanza da sciogliere il gelo che mi attanaglia.

"Mi odieresti se ti rendessi le cose più facili?" mi chiede Nik, spostando il peso e allungando la mano dietro di sé per prendere la pistola infilata nei pantaloni. "Se lo uccidessi, mi odieresti?" insiste, ma scuote la testa prima ancora che io possa rispondere. Le parole sono sulla punta delle labbra: *sì, ti odierò per sempre se lo uccidi.* Le suppliche di non farlo sono le stesse che ho sentito prima, pronunciate dalla mia stessa bocca.

"Sai che ti amo," dichiara, e poi aggiunge: "E sai che lui non va bene per te." Osservo i muscoli del suo collo tendersi mentre deglutisce. Si alza e apre un cassetto della scrivania di mio padre, prende un'altra pistola, controlla che sia carica e la appoggia sul ripiano.

"Sei scappata da lui… eppure vuoi che viva."

"Non riesco a spiegarlo," dichiaro a Nikolai, osservando ogni suo minimo movimento.

Lui mi lancia un'occhiata, percependo la traccia di paura nelle mie parole, e abbassa la testa. "Non ti farei mai del male, Ria. Smettila di guardarmi come se potessi farlo."

"Ci sono diversi tipi di dolore. E recentemente ho accettato il fatto che alcune persone, alcuni uomini molto vicini a me, non possono fare a meno di causarmi il peggior tipo di sofferenza."

"Non paragonarmi a lui," ribatte, e la minaccia nella sua voce è agghiacciante quanto la durezza nel suo sguardo.

La mia risposta piatta e sarcastica proviene dalla mia anima intrisa d'angoscia. "Come potrei osare fare una cosa del genere?"

"Sei solo malata." Nikolai parla più a sé stesso che a me. "Vedrai. Quando tutto questo sarà finito, capirai."

"Ci ho pensato a lungo e intensamente, se fossi malata o meno," gli dico, guardandolo girare intorno alla scrivania e appoggiarsi alla parte anteriore. "Penso che forse per un momento lo sono stata. Forse quando non stavo bene, e so che era a causa sua. Ma ora vedo tutto chiaramente. E in questi giorni penso più a me stessa." Le mie dita fremono dal desiderio di toccarmi il ventre, ma non lo faccio. Non voglio che lui lo sappia, né nessun altro. Aspetterò il momento giusto e poi scapperò lontano, molto lontano. Diventerò un'altra persona. E mi lascerò alle spalle ogni traccia di Aria Talvery e di questo mondo.

"Non credi che se fossi malata non te ne accorgeresti?"

Annuisco una volta, sentendo una forza crescere dentro di me. "Non hai torto, ma il fatto è che, anche se fossi malata, mi piaccio di più adesso rispetto a prima. Vedo il mondo per quello che è e questo mi rende più forte." Non lo ammetto con Nikolai, ma nel profondo so che posso essere chiunque io scelga di essere. Posso fare tutto ciò che desidero.

In questo momento, ho scelto di scappare, perché voglio che questo bambino viva circondato dall'amore. E non so se sia possibile con Carter. Non importa quanto io lo ami o quanto lui pensi di amarmi. La verità è che non sa amare. E non permetterò che mio figlio abbia una vita del genere.

A quel pensiero, mi sembra che un chiodo frastagliato mi devasti il petto. Mi lacera. Non è giusto, ma nulla in questa storia lo è mai stato.

"Sei forte, Aria, ma io posso darti un mondo in cui non devi per forza esserlo," mi dice Nikolai. La sua voce accarezza il dolore che mi travolge. Tre scenari mi passano per la mente, in conflitto tra loro.

Uno in cui Nikolai mi stringe come faceva una volta. Dove lo guardo con l'amore e il desiderio di un tempo, e poi abbasso gli occhi sul bebè fra le mie braccia, che non è suo. Un bambino che mi ricorderà per sempre che non amo Nikolai quanto un tempo amavo un altro. Lui si prenderebbe cura di me, mi amerebbe e provvederebbe non solo a me, ma anche a mio figlio. E io lo userei; so nel profondo del mio cuore che sarebbe tutto lì.

Un'altra versione di questa favola incasinata mi vede di nuovo sul letto di Carter, a gambe incrociate con un neonato rannicchiato e avvolto in una copertina sulle ginocchia, mentre guardo l'uomo che amo, seduto dall'altra parte della stanza su una sedia, che mi osserva da una distanza che ha scelto lui.

Il padre di mio figlio.

Una belva d'uomo.

Se la situazione fosse diversa, non lo lascerei mai. Ma i desideri e le speranze non servono a nulla. Le cose stanno diversamente, e non intendo crescere un bambino con il veleno e la tensione che derivano dallo stare al fianco di Carter.

E nella terza visione, quella che ho scelto, sono sola su una veranda tranquilla, a cullare un neonato tra le braccia. Vedo una piccola casa in lontananza, distante da tutto. Che sia un maschio o una femmina, in entrambi i casi non ci saranno odio né vendetta ad aleggiare intorno a noi. Il vento sussurrerà ninne nanne e anche se questo bambino non avrà un padre, gli darò tutto quello che ho e lo proteggerò da ciò che ero un tempo e dal mondo crudele da cui provengo.

Un giorno gli racconterò una storia talmente cruda che non ci crederà. Sarà solo una favola finita male. Ma, cosa più importante, quel bambino sarà più forte e migliore di quanto io potrò mai essere. Non posso scegliere una vita migliore per me stessa. Ma posso darne una a questa piccola creatura.

"Ti amo, Nikolai," sussurro aprendo gli occhi e poi mi assicuro che mi veda davvero prima di dirgli: "Ma non è lo stesso amore che provi per me. Perché io amo un altro più di te."

"L'hai lasciato," mi ricorda Nikolai e io annuisco, sentendo il dolore graffiarmi la gola.

"Se mi avesse dimostrato l'amore di cui avevo bisogno, sarei ancora con lui." Porto la mano sul mio ventre, dove so che Nikolai la vede e gli dico: "In questo momento non posso rischiare nulla."

La porta dell'ufficio si apre senza preavviso, portando con sé il suono della voce di mio padre. "Saresti ancora con chi?" Le parole suonano caute. Il mio cuore batte all'impazzata quando lui chiude lentamente la porta dietro di sé e le luci si spengono, lasciando spazio all'oscurità, fino a quando non si accende l'alimentazione di riserva.

Mio padre scambia un'occhiata con Nikolai e poi si volta di nuovo verso di me. Il mio respiro si spezza in ansimi veloci.

"Papà," sussurro, e non so cosa pensare. Non so cosa fare. Per molti versi mi sento sua nemica. Semplicemente perché sono finita a letto con l'uomo che desidera vedergli esalare l'ultimo respiro. E, come se non bastasse, mi sono anche innamorata di lui.

"Stai ancora con Carter?" mi chiede mio padre avvicinandosi a me, ogni passo intimidatorio.

Riesco solo a deglutire finché lui non emette un profondo sospiro e mi guarda con compassione. "Non ho sentito tutto," dice, lanciando uno sguardo a Nikolai, poi riporta la sua attenzione su di me e continua: "Ma figlia mia, non è colpa tua, e mi dispiace." Un'improvvisa ondata di sollievo mi pervade. I miei polmoni sono immobili e si rifiutano di muoversi, nonostante le rassicurazioni. "Va tutto bene, Aria." La voce di mio padre è calma e mi offre conforto. Non posso fare a meno di avvicinarmi a lui e, mentre lo faccio, lui apre le braccia.

Essere amati incondizionatamente è qualcosa di raro. Ma tra un genitore a un figlio, il perdono è presente in ogni momento. Le difese che avevo eretto crollano, anche se sono ben consapevole della presenza di Nikolai dietro di me e di mio padre davanti, che si avvicina per abbracciarmi. Mi sussurra che non è colpa mia. Le sue parole sono cariche di rammarico.

Mi stringe forte a sé, come faceva un tempo, quando ero bambina. Quando glielo permettevo.

"Mi dispiace tanto, Aria," mi dice, anche se la sua voce è tesa.

"Non è colpa tua," lo rassicuro, perché è vero. Questa è la vita che conduciamo e che alimentiamo. Nessuno è responsabile dell'odio e della devastazione che porta con sé. Esiste e basta.

"Ho paura," gli confesso contro il petto. Il profumo del cuoio morbido e della colonia speziata mi avvolge, proprio come le sue braccia.

"Pensi di amarlo, e considerando quello che ha fatto, ti capisco." È quasi scioccante sentire le sue parole, ma poi sussurra: "Non mi dispiace doverlo uccidere."

Il mio corpo si irrigidisce nel suo abbraccio, ma se mio padre se ne accorge, non lo dà a vedere. Espiro lentamente e apro gli occhi, fissando la parete di fronte alla scrivania di mio padre, dove le foto mi fissano a loro volta. "Avrei dovuto farlo molto tempo fa," dichiara mentre mi allontano leggermente, desiderando solo di scappare di nuovo. *Fuggire lontano, molto lontano*, penso mentre le mie dita scivolano sul ventre e mi allontano da mio padre. Noto i suoi occhi, freddi e oscuri come sempre.

Un passo, poi due.

Il secondo è accompagnato da una scossa del terreno. All'inizio è solo un rombo, ma poi il movimento è così forte che quasi perdo l'equilibrio.

Bombe. Una dopo l'altra e apparentemente tutte intorno a noi. Respiri affannosi. Un picco di paura e adrenalina.

Siamo sotto attacco. E non so se sia Romano… o se sia Carter che viene a prendermi.

Gli uomini urlano, ma non i due con cui sono in questo momento. Loro restano in silenzio, ma io cado a terra e mi sposto verso il bordo della stanza. Per nascondermi in un angolo e prepararmi al peggio. Le esplosioni sono vicine, ma non abbastanza da colpirci. Eppure continuano ad arrivare. Ognuna sembra più vicina della precedente.

Nikolai e mio padre non cercano riparo come me. Si comportano come se se lo aspettassero, semplicemente appoggiandosi al muro della stanza, lasciando che ogni colpo li scuota senza cambiare espressione.

Il terreno trema e il rumore delle esplosioni riecheggia tra le pareti. Le bombe devono essere vicine, perché gli scaffali tremano e i libri cadono a terra. Guardo la pistola che tintinna sulla scrivania, il metallo che sfiora il bordo mentre sta per cadere, ma in qualche modo riesce a rimanere ferma, anche se il monitor cade a terra, rompendo la cornice. L'esplosione successiva mi strappa un grido.

Con questa sono sette.

La lampada si è spostata sul bordo della scrivania, dove cade al rallentatore in seguito all'ultima esplosione. Colpisce la pistola che Nikolai ha lasciato lì sull'angolo, e lo sguardo di mio padre si sofferma sull'acciaio.

"Capo." La voce di Nik è severa, diretta, quasi un'affermazione piuttosto che una domanda, e lo sguardo duro tra i due uomini conferma che anche mio padre se ne rende conto.

"Cosa posso fare per aiutarti?" La domanda di Nik è casuale, rilassata.

"Sette," sussurro la parola, osando andare contro i desideri del mio corpo congelato. Riesco a sentire solo il formicolio paralizzante della paura. Ma ne ho contate sette. "Sette esplosioni." Gli occhi di mio padre rimangono fissi sui miei e solo quando rivolge la sua attenzione a Nikolai riesco a respirare di nuovo. Lui non mi risponde, non mi dice una parola, e io resto dove sono, rannicchiata, contando ogni secondo che mi separa dall'arrivo di un'altra bomba. Ma la prossima non arriva mai.

Dei passi pesanti attraversano la stanza, in sincronia con il mio battito accelerato. Mio padre gira intorno alla scrivania, dando un calcio al computer caduto a terra. Le mie spalle si incurvano in avanti e chiudo gli occhi di scatto al rumore dello schermo che si rompe.

Rabbrividisco di nuovo quando Nikolai mi mette una mano sulla schiena, con l'intento di confortarmi. Non posso fare a meno di emettere un breve grido e indietreggiare finché non vedo che è lui.

"Cazzo," ansimo e cerco di calmare il mio cuore che batte all'impazzata. È troppo. Questo mondo è troppo.

"Qui andrà tutto bene," mi dice Nik e, nel momento stesso in cui lo fa, mio padre gli ordina di andarsene.

"Vai nell'ala ovest. Prendi Connor e gli altri. Blocca chiunque entri." Non l'ho mai visto con quell'espressione. In piedi, con entrambe le mani appoggiate leggermente sulla scrivania, tutto ciò che si trova sulla superficie nera e lucida è in disordine e persino i quadri dietro di lui sono storti.

La stanza non riflette affatto l'uomo controllato e potente che ha governato da quel punto per anni. E nemmeno i suoi occhi. C'è tristezza nel vortice scuro del suo sguardo. E un senso di rassegnazione, oltre a una stanchezza che non ho mai visto prima.

"Papà?" Oso parlare, ma lui mi ignora.

"Blocca il corridoio e uccidi chiunque entri." Non parla con me. Solo con Nikolai.

Una ruga solca il centro della fronte di Nik che indica il telefono, il cui schermo si illumina di notifiche ogni pochi secondi. "Non c'è traccia di nessun…"

"Lo so! Credi che non abbia visto i messaggi?" gli urla mio padre frettolosamente. La rabbia e la paura si intrecciano nella sua espressione, ma questa volta Nik non obietta. Vedo solo la sua schiena e i suoi passi decisi che lo allontanano da me e dalla stanza.

Lasciandomi sola con mio padre.

Sono ancora a terra, in attesa di un altro segno di ciò che sta per accadere, quando mio padre lancia qualcosa attraverso la stanza. Atterra con forza davanti a me, a circa trenta centimetri di distanza, e di nuovo provo una paura folle. Il mio stupido cuore non smette di cercare di sfuggire dal mio petto.

Questa è la guerra, ma non so per quanto tempo ancora potrò sopportarla.

"Il tuo diario," dice mio padre. "Dovresti prenderlo finché puoi." Riesco a malapena a distinguere le sue parole, figuriamoci capire di cosa si tratti, con l'adrenalina e il terrore che mi scuotono il corpo. Si riferisce all'album da disegno che avevo perso da tempo e che ha dato inizio a tutto questo.

Sono ancora sconvolta dalla pugnalata del tradimento, sapendo che dietro c'era Nikolai. Tutto questo casino è cominciato con lui che mi ha attirato fuori e mi ha fatto credere che fosse stato qualcuno che detestavo, qualcuno che l'avrebbe danneggiato solo per provocarmi, o peggio, bruciato o buttato via, semplicemente per il gusto di farlo. Sapere che non è stato Mika, ma Nikolai, mi fa stringere più forte il mio blocco da disegno. Credo nel destino e che tutto accada per una ragione.

La copertina non ha nulla di speciale. È solo una serie di fiori selvatici dipinti ad acquerello. Era già così quando l'ho comprato. Ma all'interno ci sono gli schizzi del mondo in cui vivevo. Quello che tenevo al sicuro nella mia camera da letto, dall'altra parte della tenuta. Fantasie che osavo sognare. E vite che non ho mai vissuto.

Osservandolo, mi rendo conto di quanto sia cambiato tutto rapidamente. Ma una cosa non è mai cambiata. E non cambierà mai.

"Pensavo che ci fossero degli indizi su dove fossi andata," mi dice mio padre, spiegandomi perché ce l'ha lui. Nikolai me l'ha rubato. Mi avvicino strisciando, stringendolo forte, ancora sconvolta dalla sua confessione.

"C'è ancora la foto della mamma dentro?" trovo in qualche modo il coraggio di chiedergli.

Mio padre mi fissa, con uno sguardo duro che non riesco a interpretare. È quasi vergogna, forse odio, e non so perché. Non mi risponde, costringendomi a deglutire con la bocca e la gola secche. Sfoglio le pagine fino a fermarmi nello stesso punto in cui le avevo lasciate l'ultima volta. Quello in cui l'avevo disegnata, ma la foto non c'è.

Proprio mentre il dolore acuto al petto sembra intensificarsi, i bordi delle pagine scivolano dal mio pollice fino a fermarsi, rivelando l'immagine nascosta proprio dietro la copertina.

Gli occhi gentili di mia madre mi guardano, in bianco e nero, e i ricordi di lei danzano nella mia mente. Quando le giornate non erano così lunghe e piene del terrore di oggi.

Quando sapevo di essere al sicuro e amata, certa che non mi sarebbe successo nulla di brutto, eppure era tutta una bugia.

Con un piccolo sorriso triste, ingoio il nodo che ho in gola e prendo la foto per mostrarla a mio padre, sussurrando un 'grazie' spezzato.

Un brivido freddo mi percorre le spalle, facendomi rabbrividire fino a quando non ripongo la foto. È una sensazione strana. Mi ricorda come mi sono sentita stamattina nel bagno della camera di Carter. Come se ci fosse qualcun altro qui.

"È sempre stata così bella." L'affermazione di mio padre è dura. Non c'è un briciolo di emozione nelle sue parole. I miei occhi tornano a cercare la sua foto sulla parete, una versione più giovane di mia madre, appesa accanto alla foto della casa di Carter.

"Lo era davvero," confermo e poi indico con il mento la parete, e quando lo faccio, qualcuno urla in fondo al corridoio. Sembra più un comando che altro, proveniente da qualche parte in lontananza, ma è l'unica cosa che ho sentito da quando il pavimento ha smesso di tremare.

Aspetto un attimo, immobile, desiderosa di sapere cosa sta succedendo, ma mio padre non esita. Non sembra affatto reagire a ciò che sta accadendo fuori da questa stanza, e non capisco perché.

"Non è quella la foto che continui a guardare," spiega, e i brividi tornano a travolgermi, come cubetti di ghiaccio che mi scorrono lungo la schiena. "Ti ha mostrato anche lui una foto? La foto della sua casa?"

Annuisco con lo stomaco sottosopra, costringendo il mio sguardo a incontrare quello di mio padre. "Sì," sussurro, traendo forza dalla verità e sentendo un pizzico di sfida che non sapevo di avere. "Perché ce l'hai tu?" gli chiedo con tono pacato, alzandomi lentamente e stringendo forte il blocco nella mano destra.

"Per lo stesso motivo per cui ho appeso tutte queste foto qui. Sono i fallimenti che hanno portato alla mia rovina," mi spiega, voltandosi a guardare le foto e ignorandomi. "Ognuna di esse è un errore che ho commesso."

Sento l'agonia attraversarmi mentre guardo mia madre. La foto di lei con mio zio e mio padre. Deglutisco a fatica, cerco di parlare ma non ci riesco.

Il suo dito tamburella sul vetro della cornice, quella della casa di Carter che è stata distrutta. "Avrei dovuto assicurarmi che morissero tutti quella notte. Quando l'ho appeso, ho pensato che sarebbero stati loro a uccidermi. Potrebbe ancora succedere. Forse anche stanotte."

Una parte di me vorrebbe consolare mio padre, rassicurarlo che andrà tutto bene. Ma sarebbero solo bugie, e lui ne è consapevole.

"Sono loro, qui?" Riesco a chiedergli, nascondendo il mio disperato bisogno di sapere. L'ansia percorre ogni centimetro della mia pelle.

Il sorrisetto di mio padre gli increspa gli occhi e la sua risata rauca è accompagnata dalla tosse rivelatrice proveniente dai polmoni di un fumatore. Mentre ero via, pregando che venisse a salvarmi, ho dimenticato quanto sia invecchiato negli ultimi anni.

"Sì, certo che sono loro." La sua risposta è quella che speravo, anche se so che non dovrei. Il mio cuore batte forte, ma non mostro nulla a mio padre. Non gli do alcuna indicazione di come mi fa sentire questa notizia.

Di fronte alla mia mancanza di shock e di emozione, non sapendo come reagire con tutti quei pensieri in mente, mio padre mi offre un piccolo sorriso e poi indica la foto di mia madre, picchiettandola ancora una volta con il dito, ma questa volta sul bordo. Quasi come se avesse paura di toccarla.

"Sai che ti voglio bene," ammette mio padre, e in quel momento la sua voce si incrina e la sua espressione si sgretola. "Non sono mai stato un buon padre, ma ho scelto te e pensavo che questo contasse qualcosa."

"Sei un buon padre," dico, pronunciando le parole con un respiro superficiale, cercando di contenere il senso di colpa e il timore di ciò che sta per accadere. Faccio un passo tremolante verso di lui, sentendo il bisogno di abbracciarlo come lui ha fatto con me in passato, anche se potrei affogare nelle mie stesse emozioni. "So che sei stato severo con me, ma questa vita è dura e ne avevo bisogno." Ora capisco perché mi ha sempre costretto a cavarmela da sola. Forse sapeva che questo giorno sarebbe arrivato da ben prima che lo sapessi io. Il giorno in cui qualcuno gli avrebbe portato via tutto.

"No, no, Aria," borbotta mio padre scuotendo la testa. I suoi occhi cercano i miei, senza rivelare alcun segreto, nascondendoli tutti.

Si sente un altro urlo, questa volta più lontano, che attira la mia attenzione solo per una frazione di secondo, finché non lo sento dire: "Tua madre non era destinata a me. Doveva sposare mio fratello."

Un battito del mio cuore, irregolare e spezzato.

"Lei lo amava, inclusi i suoi soldi... il suo potere. Lui avrebbe dovuto ereditare tutto. Era lui che avrebbe dovuto comandare l'impero."

Un altro battito del mio cuore e mio padre toglie la foto, la cornice emette un rumore terribile e si scheggia, forse perché è troppo vecchia. So che mio zio avrebbe dovuto essere il boss, il capo della famiglia. Era più grande di mio padre, ma è stato ucciso prima di poterne assumere il comando.

Quello che non sapevo era che mia madre aveva una relazione con lui. Nessuno me l'aveva mai detto.

"Si è innamorata di te dopo la sua morte?" ipotizzo.

"Era incinta e spaventata," racconta mio padre, senza guardarmi né notare la lenta consapevolezza che si fa strada sul mio volto. "Aveva bisogno di qualcuno che la proteggesse dopo la sua breve relazione con lui, e io l'amavo. La volevo."

Non riesco a respirare, sul serio. Una mano invisibile sembra strangolarmi e mio padre alza lentamente lo sguardo verso di me.

"Cosa?" sussurro incredula.

"Sono stati insieme solo per poco tempo e la maggior parte delle persone non ne sapeva nulla. Ma quando lui è stato ucciso, lei era incinta, sola e con una taglia sulla testa."

"Mamma?" Non so come mi sfugga quella parola, ma il respiro mi strangola e si rifiuta di uscire.

"Le dissi che nessuno lo avrebbe mai saputo e lei accettò." Il pollice della sua mano sinistra sfiora il punto in cui un anello nuziale avrebbe dovuto abbracciare il suo anulare. "Ti ho sempre voluta. Ti ho sempre amata come se fossi figlia mia."

La mia testa si scuote da sola e i miei occhi si spalancano, per lo shock e per l'orrore di ciò che sta dicendo mio padre.

"Ho cercato di amarti e di mostrarti quanto fossi amata. Sì, sono stato duro con te. Perché questa vita è tremenda, ma anche perché... sei identica a tua madre."

Allungo la mano dietro di me per cercare qualcosa a cui aggrapparmi, ma non c'è nulla.

"Lei non mi ha mai amato." Mio padre continua a raccontare e tutti i miei dolci ricordi vengono immediatamente sostituiti dall'odio. "Finché non ha deciso che voleva di più. Voleva qualcun altro e avrebbe fatto qualsiasi cosa per allontanarsi da me. Era una traditrice. Non so quanti errori ho davvero commesso a causa di tua madre. Accoglierla, non ucciderla prima, o farla uccidere."

Tutto il mio corpo è congelato, bloccato da quel tipo di freddo che mi fa sentire come se non potessi nemmeno essere qui. Come se niente fosse reale. Non l'ha fatto. Non ha fatto uccidere la mamma.

"No." La parola mi esce spontanea e la paura mi penetra nelle ossa.

"Tu non sei mai stata un errore, Aria. Anche quando non ci sarò più, voglio che tu lo sappia. So di essere stato duro e freddo, ma non era per colpa tua. Ti ho amata."

Lo vedo nei suoi occhi, mi sta dicendo tutta la verità. Oscura e crudele.

"Non puoi averlo fatto," mormoro, ma le mie parole sono deboli e disperate.

Il sorriso triste scolpito sul suo volto è pieno di agonia. "Anche lei mi avrebbe fatto uccidere, Aria. O lei o me."

"No." La mia memoria è distorta e confusa. La mia realtà lo è ancora di più.

"So che tua madre è stata un errore. Un errore che mi è rimasto addosso e che ancora aleggia in questa casa."

Sto quasi per chiamarlo papà, sto quasi per supplicarlo di smetterla. Di dirmi che tutto quello che mi ha appena rivelato è una bugia. Ma non riesco a pronunciare una sola parola. Non riesco nemmeno a muovermi.

"Ti ho sempre avuta sotto gli occhi, però. Eri un ricordo costante."

CAPITOLO 95

Carter

"Ancora un corridoio," mi dice Declan sottovoce nell'auricolare. "Due uomini sulla destra all'angolo."

La calma inquietante che accompagna momenti come questi mi avvolge. Con quattro grandi passi raggiungo la fine del passaggio, mi fermo nell'angolo e aspetto. Ascolto ogni rumore.

Sebastian e Jase sono in silenzio dietro di me, ma sono presenti, entrambi armati e pronti con i silenziatori. Solo Jase è macchiato di sangue, ma ognuno di noi ha ucciso qualcuno da quando siamo entrati da una finestra, frantumandola durante un'esplosione e intrufolandoci nei corridoi bui di questo castello proibito.

Ci stiamo muovendo troppo lentamente. Il pensiero mi spinge ad accelerare il passo. Ogni secondo lontano da lei è un altro momento in cui potrebbe succederle qualcosa e qualcuno potrebbe portarmela via.

Non mi sfugge il fatto che quasi dieci anni fa qui sono quasi morto. Ogni passo silenzioso mi ricorda cosa sarebbe potuto succedere se la mia vita fosse stata stroncata.

Mi volto verso mio fratello, annuisco e tutti e tre usciamo nel passaggio. Trattengo il respiro e poi lo butto fuori, stringendo la pistola che ha un contraccolpo quando il proiettile fende l'aria, colpendo la nuca di qualche bastardo. Si sente un forte schiocco e uno spruzzo di sangue schizza contro la parete immacolata alla mia destra. Il rumore di un altro proiettile, e poi di un altro ancora, è seguito dal tonfo di corpi pesanti e inerti che cadono a terra.

"Quattro uomini in arrivo da dietro di te e un altro alla tua sinistra. Sanno che c'è qualcosa che non va," dice Declan nell'auricolare mentre l'adrenalina sale e Jase e io ci scambiamo uno sguardo.

"Prendila, ci occupiamo noi di loro," mi dice Jase, allungando la mano sinistra e stringendomi la spalla. Sebastian annuisce, tenendo la pistola con entrambe le mani e la schiena contro il muro. Nel frattempo, il rumore dei passi e un urlo che chiede a qualcuno di rispondere riecheggiano nel lungo corridoio.

"Farò in fretta," dico a entrambi, "e poi tornerò qui." Non so perché, ma mi sembra una bugia. Come se sapessi che non tornerò indietro.

Jase mi fa un sorrisetto e si gira rapidamente. Sento il debole rumore di lui che ricarica la sua arma.

Sebastian si volta un'ultima volta per guardarmi prima di seguire Jase lungo la strada da cui siamo venuti.

Senza di loro è diverso. Non si tratta di vendetta o di omicidio, né di una guerra o di una lotta di potere per il territorio. Si tratta solo di *lei*. Di Aria.

Non la deluderò. Non la lascerò morire.

Spinto dal ricordo del mio incubo, mi muovo in avanti. Ogni passo sembra più pesante, più rumoroso di prima, anche se continuo ad avanzare in silenzio.

Sono vagamente consapevole che Declan mi sta dicendo qualcosa, ma lo ignoro. Non ha bisogno di dire un bel niente, perché arrivo all'angolo e sento delle voci.

Due voci.

La luce filtra nel corridoio buio da sotto la porta chiusa. E con essa arrivano i suoni di Aria che supplica suo padre. Che lo implora per qualcosa.

Il mio cuore si stringe in un nodo straziante. Non dovrebbe esistere un suono del genere, pieno del suo tormento. Non dovrebbe essere permesso.

La vista mi inganna, mostrandomi immagini di settimane fa. Aria in ginocchio e alla mia mercé. Vorrei poter tornare indietro. Mentre la mia mano si posa sulla fredda maniglia d'acciaio della porta che attutisce le sue grida, vorrei poter cancellare tutto.

Ogni singolo momento. Anche quando mi sono aggrappato alla vita al suono della sua voce che attraversava la porta chiusa.

Mi basta mezzo secondo per spingere la porta, con la pistola puntata e pronta a sparare, ma è inutile. La canna di un'altra arma mi sta già fissando.

"Pensavi davvero che non sarei stato pronto ad accoglierti?" sibila Talvery mentre Aria trattiene il respiro, con gli occhi sgranati e rannicchiata in un angolo. Le lacrime le rigano il viso e so che potrei uccidere quel bastardo in questo stesso istante.

"Papà, ti prego," lo supplica lei e io non riesco a smettere di guardarla, anche se il sudore nella mia mano mi fa stringere la pistola più forte.

"Getta la pistola," mi ordina lui, e la pistola mi scivola leggermente dalle dita quando sento Aria sussurrare il mio nome. Non per paura, non per rabbia. Sento quanto ha bisogno di me. È impossibile non rendersene conto.

Con la coda dell'occhio, vedo che fa un passo verso di me e suo padre arma la pistola in risposta. Il clic è forte e minaccioso. Aria si blocca all'istante.

È solo ora, di fronte alla necessità di prendere una decisione, che mi chiedo se posso ucciderlo davanti a lei. Se posso davvero portarle via suo padre.

"No," lo supplica con un sussurro affannoso. Mi ama ancora. Lo sento dal modo in cui parla. Una parte di lei tiene ancora a me.

Stringo la presa sulla pistola, senza sapere se lei mi amerà ancora, dopo.

Se non ci fosse lei qui, Talvery sarebbe già morto. Potrei farlo, se lei non ci fosse. Ma con lei che mi guarda, che continua a supplicarmi e a sperare che il destino inevitabile cambi davanti ai suoi occhi… esito. Ho passato dieci anni ad aspettare di uccidere quest'uomo, di farlo soffrire per quello che mi ha fatto.

Ma se lei mi odierà dopo… allora tanto varrebbe che fossi io a morire.

In qualsiasi altra situazione, non avrei esitato. Talvery sarebbe morto semplicemente per essersi preso il tempo di parlare. Ma ho bisogno che Aria mi ami. Una vita senza amore non è affatto una vita.

Neanch'io voglio morire. Non voglio che lei mi veda morire.

Per la prima volta dopo anni, non voglio morire. Devo proteggerla. Devo sistemare le cose.

"Aria." Pronuncio il suo nome perché ho bisogno di vederla ancora una volta. Ho bisogno di sapere che mi ama ancora e che capisca che va tutto bene. Ma mentre lei mi guarda, suo padre parla.

"Pensavi che non riuscissi a vederti?" Talvery sogghigna, ma io non lo ascolto.

"Ti prego, papà," implora Aria, con il petto che si alza e si abbassa sempre più rapidamente.

"Pensavi che non avessi delle telecamere di sicurezza?"

L'unica cosa a cui riesco a pensare è che devo salvarla. Nella mia mente, anche se sto guardando Aria e Talvery, tutto ciò che vedo è lei sul pavimento del mio ufficio. In ginocchio tra le mie gambe, fredda e senza respiro.

Non permetterò che accada.

"Sono stanco e sto invecchiando. Ma non ho ancora finito di combattere. E non sono così fottutamente stupido," dichiara a bassa voce e so che sta per premere il grilletto. "Non mi arrenderò e non morirò."

"No!" L'urlo di Aria risuona nell'aria nello stesso momento in cui lui pronuncia la sua ultima parola.

L'affermazione di Talvery non significa nulla, ma Aria che si lancia in avanti, cercando di afferrare la pistola sull'angolo della scrivania, significa tutto.

Il suo balzo distrae entrambi. Ma quando lui si gira verso di lei, non posso fare altro che gettarmi tra la pistola che lui le punta contro e la donna che devo proteggere. L'unica ragione che io abbia mai avuto per vivere.

La mia pistola fa fuoco su di lui nello stesso momento in cui lui stesso esplode un colpo, ma gli scalfisce a malapena il braccio con cui impugna l'arma, strappandogli un'imprecazione.

Non sento il primo colpo e nemmeno il secondo, ma lo vedo. Osservo la canna della pistola e, anche mentre il proiettile mi vola incontro, sono sicuro di averlo notato. Lo scoppio dello sparo è come un rumore bianco ed è ben poco in confronto alle urla di Aria. La sua voce riempie la stanza e sembra trascinarsi nel tempo mentre il mio cuore batte lentamente. Solo un singolo battito per il suo lungo grido e le sue braccia avvolte intorno a me.

La sua voce si trasforma in una canzone, una canzone sussurrata; non riesco a capire cosa stia dicendo, ma fisso il mio petto e il rosso vivo che impregna la camicia bianca mentre cado a terra.

Il mio braccio non mi sostiene, colpisce semplicemente il suolo con forza, seguito dalla mia schiena, ed è allora che sento una fitta di dolore acuto.

Provo a deglutire, ma invece mi esce del sangue. Mi cola fuori dalla bocca quando provo a pronunciare il suo nome.

Da qualche parte nella mia mente penso che avrei dovuto spargli quando sono entrato. Non avrei dovuto preoccuparmi di Aria. Avrei dovuto ucciderlo senza perdere tempo.

Una sensazione di vertigine mi assale e la testa mi cade all'indietro, ma costringo il collo a sollevarsi e guardo Aria, cercando di ordinarle di mettersi dietro di me, ma lei non mi sta osservando e io non riesco a parlare. Ogni volta che ci provo, il sangue caldo mi riempie la bocca. È tutto ciò che riesco a sentire. Faccio fatica a respirare, persino a muovermi, e non è per il dolore. Quello non è niente. È qualcos'altro che mi tiene bloccato.

"No!" Sento urlare Aria, ma sembra così lontana.

"Mi dispiace," cerco di dirle, ma le parole sono soffocate dal mio stesso sangue. L'odio mi spinge a tenere gli occhi aperti quando Aria grida qualcosa che non capisco a suo padre. È proprio qui, così vicina a me, ma non riesco più a muovere le braccia per stringerla. Il mio corpo è intorpidito e pesante.

Mi dispiace di averla coinvolta in tutto questo e di averla messa in pericolo. Mi dispiace di averle fatto venire voglia di scappare di nuovo e di non averla saputa proteggere. È il mio peccato più grande.

Mentre vedo l'oscurità calare, i suoni svanire nel nulla e il suo tocco affievolirsi, mi dispiace soprattutto di non poterla proteggere.

Cazzo, no. Devo proteggerla ancora.

Non voglio lasciarla. Non voglio morire.

"Aria," provo a dire il suo nome, ma non ci riesco.

Cerco di combattere il peso che mi tiene inchiodato a terra. "Ti amo," dico, ma le parole non riescono a uscire. Le ho dette davvero?

Lei deve saperlo. Deve saperlo.

"Non puoi morire, Carter," la sento sussurrare e mi sembra così vicina, ma non riesco a vederla, non riesco a sentirla.

Per la prima volta dopo tanto tempo, ho paura. Sono terrorizzato.

Non mi importa nulla della vita e della morte. Ma non voglio stare senza di lei. Ho bisogno di Aria. Ho bisogno di proteggerla. E mentre l'oscurità prende il sopravvento, sono spaventato all'idea di non rivederla mai più.

L'ultimo pensiero che ho è che se muoio, lei non potrà morire a causa mia. All'improvviso, il freddo mi sembra rasserenante.

Almeno non è morta per colpa mia. Se il prezzo da pagare per cambiare il corso del destino è che io muoia per lei... così sia.

CAPITOLO 96

Aria

Il sangue è ovunque. Le mie mani ne sono macchiate mentre premo sulla ferita da arma da fuoco e urlo a Carter di rispondermi.

"Guardati." Mio padre non ha smesso di parlare, non ha smesso di rimproverarmi per essere rimasta al suo fianco. Non ha smesso di biasimarmi per aver cercato di prendere la pistola.

Dovevo provarci. Con un uomo da una parte e uno dall'altra, entrambi desiderosi di uccidersi a vicenda, non potevo starmene lì impotente senza fare nulla.

Il sangue non è caldo quanto le lacrime che non smettono di scorrere. Lui non mi risponde, non reagisce, non importa quanto forte io urli. Il suo nome mi lacera la gola quando lo grido forte e la pressione sulla ferita quasi al centro del suo petto si allenta leggermente e altro sangue si raccoglie intorno a lui.

Tienilo stretto, altrimenti morirà.

Le parole di un uomo che non ho mai incontrato mi tornano in mente, e mi abbasso, stringendo Carter e mettendo tutto il mio peso su entrambe le mani, continuando a comprimere le ferite. "Non lasciarmi," piango, e i miei capelli si attaccano al viso bagnato di lacrime calde che si mescolano al suo sangue quando appoggio la guancia nell'incavo del suo collo.

Sento il suo cuore.

Batte ancora nel momento in cui la porta dell'ufficio si apre cigolando e mio padre mi urla di alzarmi. Di essere una Talvery e di dimostrare che tanti anni fa ha fatto la scelta giusta. Che sono davvero sua figlia. Le sue parole non significano nulla per me. Rimangono sospese nell'aria. Tutto ciò che sento è il debole battito del cuore di Carter e quanto sia flebile. Sta rallentando.

Mi volto a guardare mio padre unicamente quando lo sento far scattare di nuovo il cane della pistola.

L'angoscia mi chiude la gola mentre sposto lo sguardo dall'arma a lui. Tuttavia, mantengo la pressione che applico sulle lesioni di Carter.

"Lo amo," dico a mio padre in tono supplichevole e intanto mi accorgo in ritardo di una pistola che giace a solo trenta centimetri da dove mi trovo, talmente vicina che potrei raggiungerla. Che cosa inutile che mi venga in mente adesso. Se lo lascio andare, Carter morirà. Lo so nel profondo della mia anima.

Se la raggiungessi, se riuscissi ad afferrarla e uccidessi mio padre per porre fine a tutto questo, che senso avrebbe vivere?

Preferisco morire così, facendo tutto il possibile per salvare la persona che amo, piuttosto che vivere sapendo di averlo lasciato morire.

I miei occhi si spostano dalla pistola al ritratto della sua famiglia e chiudo gli occhi, premendo la guancia sul petto di Carter. Non riesco più a sentire il suo petto sollevarsi, non lo sento nemmeno respirare.

"Scegli la tua famiglia, Aria. Fatti da parte e lascia che lo finisca. Ti perdono," mio padre sottolinea l'ultima frase. Lentamente, lo guardo. I suoi occhi si velano e stringe più forte la pistola. "Non importa cos'è successo prima, ma ora devi ascoltarmi. Devi comportarti come la donna che sei stata educata a essere," mi dice mio padre, ma invece di ascoltarlo, sento solo le parole di Tyler.

Non riesco a guardare mio padre, né la pistola.

"Mi dispiace," sussurro. Non a mio padre, ma alla versione di me stessa che avrebbe potuto fare di meglio. Alle speranze di ciò che avrebbe potuto essere. Poi mi viene in mente la piccola vita dentro di me e piango ancora di più, per tutti noi e per ciò che avremmo potuto essere se il destino ci avesse trattato meglio.

"Perdonami," piango nell'incavo del collo di Carter e poi sento di nuovo quella voce, quella che ho udito solo nei miei incubi. *Stringilo forte, altrimenti morirà.*

"Lo sto facendo," mormoro a nessuno in particolare.

E con questo sento mio padre sussurrare che sua figlia lo ha tradito e poi dirmi addio con uno sparo. Il proiettile è rumoroso e mi fa sussultare, ma resto vicina a Carter, aggrappandomi a lui con tutte le mie forze.

So di averlo udito. Davvero, ma non sento nulla. Assolutamente niente.

Apro lentamente gli occhi e ho troppa paura per respirare. So di averlo sentito sparare, ma il proiettile non mi ha colpito. Passa un lungo momento prima che senta un corpo cadere. Prima un tonfo, poi un rumore più forte. Devo girarmi, guardando verso la scrivania, per vedere mio padre disteso a pancia in giù sul pavimento, gli occhi fissi davanti a sé ma vuoti, e il sangue che si allarga intorno a lui, fuoriuscendo dal foro nella guancia.

Passa un secondo, *tic*.

Non posso fare nulla. L'urlo è silenzioso.

Passa un altro secondo, *tac*.

Ed è allora che noto un movimento dietro la scrivania.

I miei occhi si spostano sui pantaloni eleganti, sulla camicia aderente coperta di sangue.

L'espressione di Nikolai non è fredda e non è arrabbiata. Ha il cuore spezzato mentre abbassa la pistola e lo guardo deglutire.

"Vuoi dire loro che sei stata tu? O dovremmo dire che sono stato io?" mi chiede e la sua ultima parola è soffocata. Guarda Carter e me e io non riesco nemmeno a rispondergli. Non riesco a pensare ad altro che a quanto tempo è passato dall'ultima volta che ho sentito il battito cardiaco di Carter.

Una debole pulsazione è l'unica risposta che ottengo a quel pensiero.

"Aiutami," lo supplico.

CAPITOLO 97

Aria

Me l'hanno portato via. Jase mi ha staccato le dita da lui e Sebastian mi ha allontanato mentre urlavo. Il ricordo si ripete all'infinito, ma non mi appartiene. Sto semplicemente osservando ciò che accade come se fosse la scena di un film.

"Fa così male," riesco a malapena a dire ad alta voce e non so chi possa sentirmi perché non mi rendo nemmeno conto di chi ci sia intorno a me.

"Devi cambiarti, Aria." Sento la voce di Jase e i tremiti che scuotono il mio corpo aumentano.

"È fuori pericolo?" esclamo in lacrime, e lui mi permette di rifugiarmi nel suo abbraccio. Quando guardo avanti, Nikolai è lì che mi osserva. Mi ha salvato la vita. E anche quella di Carter.

"Stanno facendo il possibile," mi dice Jase a bassa voce, come se non dovessimo parlare, e le lacrime mi rigano le guance, ma non singhiozzo più. Invece osservo la stanza, scrutando tutti. Come ho fatto a scendere le scale? Come sono arrivata qui, e perché Nikolai e gli uomini di mio padre sono nella stessa stanza con Jase e Sebastian? Ci sono anche altri soldati, di entrambe le parti.

Ho il viso in fiamme e le pulsazioni accelerate. Prima che possa supplicarlo di condurmi da Carter e di farmelo rivedere, sento un'altra voce.

"Questa tregua non durerà a lungo." Le parole di Brett risuonano nella stanza insieme al rumore di diverse pistole.

Sentire le armi tutto intorno a me mi fa ribollire il sangue.

"Mettetele giù." Parlo di getto, spingendo via Jase. Cammino con le gambe tremanti, ma con determinazione, finché non gli strappo la pistola dalle mani.

Questa guerra è finita.

Lo spargimento di sangue è terminato.

Ne ho abbastanza.

Nello sguardo di Brett si legge lo shock, ma non ho pietà per lui, né per nessun altro. Non più.

"Ci sono state abbastanza morti oggi."

Carter. Mi si spezza il cuore al pensiero che possa morire. La sua vita è appesa a un filo e io non sono al suo fianco. Non riesco a smettere di vedere il suo volto. O di sentire il modo in cui ha pronunciato il mio nome.

Con la pistola calda tra le mani, mi giro a sinistra. Sbatto la pistola sul tavolo, davanti alla scala, facendo tremare il prezioso vaso che mia madre riempiva di fiori quando ero bambina. "Non permetterò che accada altro." Non mi rivolgo a nessuno in particolare, ma le parole mi escono dalla bocca con tono cupo.

Con la coda dell'occhio vedo gli uomini abbassare le pistole. Mi fissano, chiedendosi se abbia qualche autorità per poter dare ordini, e anch'io mi domando la stessa cosa.

Tutto questo deve finire, e io devo andare da Carter. È l'unica cosa a cui riesco a pensare mentre le emozioni mi stringono la gola.

"Vogliamo Romano morto," dichiara Jase e la sua voce risuona nell'ampio spazio fino al soffitto alto.

"Combatti con me," gli dico, con parole taglienti e sentendo l'ansia estendersi ovunque nel mio corpo bollente. Ogni pulsazione rimbomba forte e chiara.

"Qualcuno deve pagare per tutto questo. E quell'uomo è Romano," sussurro a Jase, anche se abbastanza forte da farmi sentire da tutti i presenti.

"Ho perso mio padre, ma non lascerò morire nessun altro, né dalla tua parte," gli dico con voce tesa, guardandolo negli occhi, "né dalla mia. È chiaro?"

Jase storce le labbra. "Sì," risponde, poi si rivolge a Nikolai.

"E tuo padre?" mi chiede Brett.

"Ha tradito mia madre e la sua lealtà," spiego, anche se le parole mi si spezzano in gola. Non so cosa pensare o credere; so solo che è morto e che mia madre non tornerà mai più. Non ho risposte, e non avrò mai modo di ottenerle. "Il regno di mio padre è finito, ed è tutto ciò che conta."

"Chi regna adesso?" chiede qualcuno alla mia destra e la stanza risuona del rumore di passi incerti.

"Regniamo insieme." Non esito: la mia voce è chiara e trasmette una forte convinzione. "Finché Romano non sarà sotto terra, questa è la priorità assoluta per tutti noi." Mi sento stordita dall'atmosfera tesa e dalla mancanza di una risposta chiara. "Giusto?" aggiungo, sfidando Nikolai o Jase a dissentire.

"Cross." La parola viene praticamente sputata dalla bocca di Nik e l'aria si fa pesante, soffocandomi mentre osservo gli uomini guardarsi negli occhi.

"A che punto è la tua guerra, Hale?" Era da tempo che non sentivo nessuno chiamare Nikolai per cognome.

"La mia guerra?" chiede lui con una ruga sulla fronte, avvicinandosi a Jase.

"Non voglio discutere," afferma Jase con disinvoltura, lasciando cadere le spalle tese e allontanando la mano dalla pistola. Il mio cuore batte forte e Nik fa un piccolo passo indietro. "Sono d'accordo con Aria," aggiunge, e deglutisce a fatica guardando Nikolai negli occhi. "Su questo sono dalla sua parte. Combatteremo tutti insieme."

"Prima stavi dalla parte di lui," commenta Nikolai, e i sussurri si diffondono nella stanza come un incendio. Il sibilo delle parole non si ferma quando Jase interviene insieme a Sebastian, spiegando che Romano ora è un nemico e che preferiscono stare con me e la mia famiglia piuttosto che con lui.

"Devo ammettere che sono sorpreso di trovarti qui," dice Brett dopo un momento di silenzio, rivolgendosi a Sebastian. "È da tanto che non ti vediamo da queste parti." L'atmosfera tra i due è rilassata. Devono conoscersi. Forse da prima, non ne sono sicura.

"Ho scelto da che parte stare."

"E da che parte stai?"

"Da quella di Aria."

Mio cugino sorride ironico. "Mi piace quella parte," dice a Sebastian.

"Hai bisogno di uomini?" chiede Jase e Nikolai risponde: "Abbiamo bisogno di armi."

"Le abbiamo," asserisce Sebastian con disinvoltura, appoggiandosi al muro.

"Possiamo trovare un accordo," propongo per interrompere la conversazione, desiderosa di concluderla. "Non ci saranno più morti." La mia voce ha un tono definitivo e nessuno mi contraddice mentre mi avvicino alla fine delle scale, fissando lo spazio vuoto e afferrando la ringhiera.

Il lato della casa a cui conducono mi dà una sensazione inquietante. Un senso di nausea. Una paura che non deriva né dalla logica né dalla verità.

Il tipo di tormento che ti perseguita e ti assale. Il timore di ciò che è passato e non c'è più. La morte ha macchiato queste stanze. E insieme a lei, l'oscurità.

"Dov'è Carter?" chiedo e mi volto rapidamente, guardando ogni uomo che era in quella stanza, che mi ha allontanato da lui mentre giaceva sul pavimento continuando a sanguinare.

Nikolai non risponde, e nemmeno Sebastian. Gli uomini dalla parte di mio padre sono silenziosi, ma mi guardano. Non mi importa.

Dovrebbero saperlo tutti. Lo amo. Ho scelto lui.

"Non potevamo aspettare che arrivasse il dottore. È in ospedale," mi risponde Jase.

"E allora?" chiedo, pronunciando a malapena la parola.

"E allora stiamo aspettando."

Non piangerò davanti a questi soldati. Non davanti a un esercito che osserva ogni mia mossa, che ha bisogno di forza e determinazione. Quindi mi limito ad annuire.

"Aria, me ne occupo io," mi dice Sebastian e mio cugino annuisce.

"Cosa facciamo con la casa?" chiede Connor. Ho appena saputo che è il braccio destro di Nik. "La polizia forse starà alla larga, ma i giornalisti arriveranno presto."

Gli uomini iniziano a discutere. Alcuni parlano contemporaneamente e io li interrompo.

"Datele fuoco." Le parole provengono da una parte ferita. Da un luogo di dolore. "Bruciate questa casa finché non sarà ridotta in cenere." Ogni parola è intrisa dell'odio che si è meritata. Poi mi rivolgo con calma agli uomini, ancora aggrappata alla ringhiera, e dico: "Si è trattato di un incendio accidentale... e basta."

Mi accolgono il silenzio e lo shock. La casa è stranamente silenziosa, e da questo giorno in poi, sarà sempre così.

Non so se questi uomini rispetteranno la tregua che abbiamo stipulato o cosa succederà una volta che me ne sarò andata, ma ho chiuso con tutto questo. Soprattutto con le uccisioni inutili e le minacce costanti.

Prima che qualcuno possa rispondere, fisso Jase negli occhi e gli chiedo: "Portami da lui." Finalmente lascio la ringhiera, faccio un passo avanti anche se sto crollando, e mi dirigo verso la porta. Non rallento e non aspetto nessuno.

Ho bisogno di Carter.

La guerra ha mutato faccia; i protagonisti sono cambiati e alcune pedine sono state eliminate.

Ma niente di tutto questo ha importanza se lui muore.

Ho bisogno di Carter.

* * *

Stai bene?

Fisso il messaggio sul telefono per un tempo infinito. La sala d'attesa dell'ospedale è vuota, a eccezione di Addison e me. Ho lasciato il capezzale di Carter solo perché l'infermiera mi ha detto che dovevo farlo. Solo quattro persone alla volta possono restare nella stanza. Sebastian e i tre fratelli di Carter volevano vederlo e io ero lì dal momento in cui siamo arrivati. Sono passate dieci ore ormai.

Ho riposato al suo fianco, con la mano nella sua e la guancia appoggiata al bordo del letto. Ho dormito a intermittenza e ogni volta che cadevo nelle profondità del sonno, lui era lì ad aspettarmi.

Nel mio sogno, mi stringeva tra le braccia e mi diceva che andava tutto bene. Ma non è così. Non va affatto bene. E io glielo ripetevo più e più volte. Deve tornare da me. Ho bisogno di averlo qui. Non posso vivere senza di lui.

Con le lacrime che mi offuscano la vista, guardo di nuovo il messaggio e invece di rispondere a Nikolai, gli chiedo la stessa cosa.

Tu come stai?

Mi ci è voluto un po' per rispondergli, ma la sua replica è immediata: *La mia risposta dipende dalla tua.*

"Stai bene?" chiede Addison, rompendo il silenzio nella stanza. L'unico suono è quello dell'orologio in fondo alla sala d'attesa che ticchetta ogni volta che cambiano i numeri. È quasi una beffa.

Deglutisco il nodo che ho in gola, le afferro la mano quando lei cerca la mia e la stringo forte, ma poi la lascio andare, riportando le dita sul telefono. "Devo mandare un messaggio," le rispondo debolmente.

735

Tutti mi chiedono se sto bene, come se fosse possibile in questo momento.

Mi asciugo delicatamente gli occhi con la manica della felpa nera oversize che mi ha dato Sebastian e scuoto la testa.

"Sono qui," dice Addison con un sorriso debole che non dura a lungo. Le illumina il viso solo per un attimo.

"E anch'io sono qui per te," le rispondo, e lei si appoggia a me, posando la testa sulla mia spalla solo per un momento, prima di stringersi le ginocchia al petto e avvolgersi nella coperta che le ha dato Daniel. In sala d'attesa fa freddo. Ma immagino sia meglio così.

Non mi aspettavo che succedesse questo. Finalmente rispondo a Nik.

Cosa? mi chiede.

Voglio raccontargli tutto. Essere rapita, innamorarmi, scoprire chi sono e cosa voglio. Non ho detto ad Addison né a nessun altro del bambino. Solo a un'infermiera, con cui mi sono confidata perché ero spaventata da tutto quello che era successo. Avevo paura che non ci fosse più. Mi ha detto che non avrebbe potuto dirmelo a meno che non fossi incinta di almeno sei settimane. Quindi ora non mi resta che aspettare.

È tutta un'attesa.

Parlami. Dove sei? mi scrive Nik.

In ospedale. Lui non sta bene. Mentre scrivo l'ultima parola e premo invio, la sgradevole sensazione di perdita mi opprime.

Lo ami davvero? Risponde con una domanda e io non esito a dirgli che sì, lo amo. Lo ammetto.

Voglio stare con lui, Nikolai. Ho bisogno che stia bene.

Aspetto mentre digita ma non invia nulla. Tutto ciò che vedo è una serie di puntini, che mi fanno capire che è lì, ma le parole non arrivano.

Non voglio perderti, gli scrivo prima che possa rispondere. Sento che mi sta sfuggendo. Come se il fatto che lui abbia capito che amo davvero Carter e che lui mi ricambia fosse l'ultimo filo che ci teneva uniti.

Non ci permetterà mai di essere amici. Se fossi in lui, non lo consentirei.

So che ha ragione, ma fa male. Dirsi addio non è mai facile.

Non lavorerò sotto di lui, Aria. Devo andarmene.

Non so nemmeno se starà bene, gli rispondo. È egoista da parte mia volere che lui resti per me, anche sapendo che questo è un addio, ma Nikolai mi ha sempre concesso di essere egoista. Mi ha sempre amato. E io lo amerò per sempre. Solo non come amo Carter, però, e lui merita qualcuno che lo ami in quel modo. Tutti hanno bisogno di qualcuno da amare così. Con tutto il corpo e l'anima. Al punto da esserne consumati.

Starà bene. Carter sa come combattere. E non ti lascerà mai nelle mie mani. Tornerà, se non altro per tenermi lontano da te.

Le parole di Nik mi spezzano il cuore. So che questa sarà la fine di noi e di tutto ciò che abbiamo avuto. Tutto ciò che accadrà d'ora in poi sarà solo un ricordo.

Sarò sempre qui per te, ma dovrai essere tu a cercarmi. Non sarò colui che si frappone tra voi. Per adesso sono qui, ma quando lui tornerà da te, sai che non potrò più esserci.

Ti amo, è tutto quello che posso dirgli. Le mie ultime parole per lui.

Per sempre, mi risponde. Le sue ultime parole per me.

Ha ragione. So già che Nikolai ha ragione. Che sia solo un amico o qualcosa di più, non importa. O lui o Carter, e tra i due non c'è nessuna decisione da prendere. È sempre stato Carter.

Ma lui deve tornare da me.

"Ho bisogno di te," sussurro le parole, stringendo il telefono con entrambe le mani e chinandomi in avanti, pregando chiunque mi ascolti.

L'ultima volta che il dottore è uscito, ha detto che l'operazione è andata bene. Resta solo da vedere se si sveglierà o meno. E loro non sanno se lo farà.

Non può lasciarmi. Riesco a pensare solo a questo. Forse sono egoista in questo momento, ma è così. Ho bisogno di lui. Carter non può lasciarmi. Non può lasciarmi sola. Non ora che finalmente è finita. La mia mano scivola sul ventre. Non ora che non gli ho nemmeno detto che ha un'altra vita di cui prendersi cura.

Il mio labbro inferiore trema mentre appoggio la testa contro la parete dura e fisso il soffitto bianco della sala d'attesa fuori dalla stanza di Carter.

"Ho bisogno di te," mormoro e non so se sto parlando a Carter, l'uomo che amo e che non può fare altro che cercare di sopravvivere, o a mia madre. Pregandola di fare qualcosa. Di salvarlo e di impedirmi di rimanere sola in questo mondo gelido.

"Ho bisogno di te," chiudo gli occhi sussurrando la mia supplica.

L'ultima volta che ho pronunciato queste parole è stato quando ho tenuto tra le braccia il corpo senza vita di mia madre, disteso sul pavimento. Nella stanza sopra quella dove lavorava mio padre.

Apro lentamente gli occhi e mi torna in mente la storia di Carter.

Ha detto che avevo bussato alla porta.

Che avevo parlato a mio padre dicendo che avevo bisogno di lui.

Sostiene che fosse la mia voce.

E per tutto il tempo ho pensato che si sbagliasse, perché non sono mai andata da quella parte della casa. Non da quando avevo pronunciato quelle stesse parole alla morte di mia madre. Tutto perché giuravo di sentire la sua presenza. Non mi sono mai avventurata in quell'area; mi spaventava anche solo il pensiero di andarci, perché percepivo il suo essere lì e sapevo che era arrabbiata. Amareggiata e in attesa di qualcosa che non potevo darle.

Lentamente il filo si dipana nella mia mente. La verità mi fa correre i brividi lungo la schiena.

Non so chi abbia bussato alla porta. Non so se è per questo che mio padre si è fermato e ha lasciato andare Carter o meno.

Ma so da dove venivano quelle parole.

Come potevano le mie parole, pronunciate al piano di sopra mentre mio padre stava per picchiare a morte Carter, riecheggiare anni dopo? Come poteva aver sentito le mie suppliche e pensare che fossero rivolte a lui?

Non ho mai bussato alla porta, non ero io, ma ho gridato: "Ho bisogno di te." Solo che sono passati anni prima che Carter finisse nella stanza sotto la camera da letto dove mia madre era stata uccisa.

Quelle parole erano rivolte a mia madre. Le ho pronunciate io, lo so.

Ma non erano per Carter. Non erano rivolte né a lui né a mio padre.

Anni dopo, penso che mia madre le abbia rivolte a lui. A un ragazzo vulnerabile sull'orlo della morte, vicino al limite di un luogo in cui lei indugiava. Le ha pronunciate per lui, un ragazzo indifeso intrappolato in un posto orribile, che sarebbe diventato un uomo spietato. E un giorno lui le avrebbe offerto in risposta la vendetta.

La storia è lì, mi solletica la mente e mi tiene ferma sulla sedia, aggrappata al bordo.

Gli ultimi mesi mi scorrono nella testa, in una sorta di slow motion per alcuni momenti e rapidi flash in altri.

L'unico motivo per cui sono caduta nella trappola di Romano è stato perché Nikolai ha preso il mio blocco da disegno… quello con la foto di mia madre.

Ho lottato per riaverlo solo per via di quell'immagine.

Deglutire mi è impossibile; il mio battito accelera e riemerge un'inquietudine che non provavo da quando mi sono avventurata nell'ala est della casa di mio padre. Dov'è morta mia madre.

Ricordo come mi sono sentita quando ho pugnalato Stephan. La mia pelle era fredda come il ghiaccio. E c'era una mano, sopra la mia, che non si fermava. Non riuscivo a smettere di pugnalarlo. Il pensiero mi fa tornare lucida nonostante la stanchezza. La spossatezza che mi appesantisce le palpebre sembra finalmente svanire e tutti gli eventi che mi hanno portato a questo punto si ricompongono nella mia mente come pezzi di un puzzle.

Un brivido mi percorre la pelle e mi aggrappo al bracciolo della sedia con le nocche bianche. Il sangue scorre nelle vene ancora ghiacciato e non riesco a scrollarmi la sensazione di gelo. E neanche la paura che mi travolge. È qualcosa di inspiegabile e i miei pensieri non hanno senso. Non è la verità. Non è reale. È solo una coincidenza.

Tuttavia, mi giro lentamente verso Addison e le chiedo, pronunciando le parole a stento: "Pensi che coloro che abbiamo perso rimangano con noi per sempre, in qualche modo?"

"Ria," sospira Addison, e mi prende la mano tra le sue, liberandola dal bracciolo e accarezzandola con dolcezza. "Ce la farà," dice con voce roca per l'emozione.

Scuoto la testa, strofinandomi gli occhi con la mano libera e rispondendole: "No, non lui. Non Carter." Passa un secondo, un battito doloroso nel mio petto, prima che io guardi nei suoi occhi dolci e le chieda: "Pensi che gli altri, gli altri che abbiamo amato ma che se ne sono andati, rimangano con noi?"

Lei cerca il mio sguardo solo per un attimo e poi annuisce.

"Devono farlo." La sua risposta è definitiva, senza spazio per i dubbi.

Nello stesso momento in cui il medico varca la soglia, dirigendosi direttamente verso di noi, Addison aggiunge: "Neanche la morte può spezzare l'amore."

CAPITOLO 98

Carter

Lei era qui. Ne sono certo. Riesco ancora a sentire il delicato profumo agrumato del suo shampoo. Mentre la morte minacciava di trascinarmi all'inferno, dov'è il mio posto, giuro di averla sentita cantare per me. Il ritmo della sua voce dolce e femminile mi ha trasportato oltre la dannazione che mi aspettava, e lì ho trovato rifugio.

Mi aggrapperò a lei per sempre.

Riuscivo a sentirla, persino a percepirla, ma non ad aprire gli occhi. Non potevo nemmeno parlare. Tutto quello che volevo era dirle che l'amavo. Ma non ci riuscivo.

Preferirei che mi puntasse contro una pistola piuttosto che perderla.

Toc, toc. La porta si apre cigolando e il rumore si propaga nella stanza.

Il battito del mio cuore mi dice che sto ancora aspettando Aria, ma non è lei. Entrano i miei fratelli, ma lei non c'è. Per un attimo penso che forse era solo nella mia mente. Che lei non era affatto lì.

Forse era solo un sogno.

La paura mi consuma. Non è morta al posto mio. Aria non può morire. No!

"Aria," sussurro il suo nome e Sebastian mi dice che sta bene. È nell'atrio ad aspettarmi.

Un dolore acuto mi attraversa il petto, una sofferenza che non ho mai provato prima e sento il bip di una macchina che suona ripetutamente mentre faccio una smorfia.

"Non devi alzarti," mi dice Daniel, avvicinandosi e cercando di impedirmi di muovermi. Voglio andare da lei. Voglio vederla. "Non esagerare," sento dire a Jase. Mentre la mia testa inizia a essere più leggera, mi concentro solo sul respiro.

"Vaffanculo," sbotto e lo spingo via, ignorando una fitta lancinante che mi lacera il fianco destro. Ribollo interiormente e in quel momento, in questo momento di debolezza nella mia vita, la porta si apre e Aria è lì.

È tutto come un sogno. Il mio corpo ricade all'indietro, la mia attenzione è tutta su di lei e sul modo in cui i suoi occhi cercano i miei, illuminandosi alla vista del mio sguardo.

"Rilassati," mi dice Jase trascinando una sedia attraverso la stanza e bloccandomi la strada verso Aria per una frazione di secondo. Provo di nuovo ad alzarmi e andare da lei, ma fa un male cane.

Daniel cerca di spingermi indietro, con delicatezza, ma può andare a farsi fottere.

Non ha bisogno di fare un bel niente, comunque; il dolore è sufficiente a impedirmi di muovermi. È talmente acuto che si irradia dappertutto. Esaspera anche il lieve fastidio degli aghi nel braccio. La pressione sul petto mi sembra insostenibile.

Tutto questo dolore è trascurabile, però. Lei è qui. Siamo sopravvissuti.

"Sto bene," dico stringendo i denti, rifiutandomi di distogliere lo sguardo da lei.

"Come vuoi," dice Daniel, poi alza le mani e indietreggia per appoggiarsi al muro davanti a me. Posa la testa contro le pareti color crema, accanto a un dipinto che raffigura una chiesa. Vederlo mi ricorda dove mi trovo. Il medico è entrato un attimo fa. Il Saint Francis Hospital è piccolo e si trova in una strada secondaria. Al momento è circondato da una ventina di soldati armati, schierati fuori da questa stanza e dall'intero edificio.

Il dottore ha detto che ho bisogno di almeno una settimana a letto. Facciamo due giorni.

Voglio andare a casa. Con Aria.

Non resterò qui a lungo.

"Come stai?" mi chiede Jase e io gli lancio un'occhiata di traverso.

"Alla grande, cazzo," gli rispondo. Il cuore mi si stringe mentre vedo

Aria avvicinarsi di mezzo passo. Intreccia le dita nervosamente. È ancora silenziosa, non ha detto una parola.

Ricordo quegli ultimi momenti, ma anche che è scappata.

E l'ultima volta che siamo stati soli… ricordo anche quello. Come si è ammanettata al letto su mio ordine. Per la mia arroganza.

Mai più. Non permetterò che capiti di nuovo.

"Che cos'è successo?" Odio doverlo chiedere e il nodo alla gola mi soffoca, sapendo che, indipendentemente da ciò che è accaduto quando ho perso conoscenza, il mio passerotto ha affrontato tutto da sola. Non sono stato abbastanza forte per lei.

L'ho delusa.

La gola mi si stringe quando Jase mi dice che Nikolai ha ucciso suo padre. Gli ha sparato e ora siamo in una tregua, basata sulla condizione che uniamo le nostre forze per eliminare Romano.

Nikolai era il suo cavaliere dall'armatura scintillante. Sapevo che gli sarei stato debitore, ma non avrei mai immaginato di essergli debitore della mia stessa vita.

"Allora Romano è il nuovo obiettivo," dico a Jase con voce tesa, lasciando andare la gelosia e l'odio che provo per il primo amore di Aria. Forzo un sorriso e mi sposto sul letto. Ogni movimento esacerba il dolore degli aghi infilati nelle braccia.

Ho avuto bisogno di una trasfusione di sangue. Tre sacche ghiacciate di quella merda. Forse non ero in grado di parlare e nemmeno di aprire gli occhi. Ma lo sentivo. Percepivo tutto mentre mi trovavo sull'orlo della morte, lottando per tornare da Aria, muovendomi verso il suono dei suoi lamenti.

"È il momento giusto per dare la caccia a Romano. Possiamo lasciare che gli uomini di Talvery scelgano da che parte stare in seguito, ma per ora lui è il nostro unico nemico," afferma Jase e Daniel è d'accordo.

"Lo so." Deglutisco a fatica e guardo Aria con la coda dell'occhio. I miei fratelli saranno anche davanti a me, ma non me ne frega niente di loro. Non mi interessa la guerra. I territori. Non mi interessa nient'altro che non esporre mai più Aria al pericolo.

"Sa che l'abbiamo fregato." Jase parla con calma e si infila le mani nelle tasche. Attraverso i jeans vedo che stringe i pugni prima di rilassarli, e poi lo rifà mentre parla.

Il mio battito cardiaco è debole e le voci intorno a me non sono altro che un rumore bianco ovattato. I lievi bip del monitor continuano e io devo sforzarmi di concentrarmi su ciò che stanno dicendo.

Tutto quello che voglio è assicurarmi che le cose siano a posto. Ho bisogno di sapere che tra me e Aria va tutto bene e che lei mi perdona. Per tutto.

Sono così preso da lei.

Mi ha conquistato in ogni modo possibile. Per sempre.

"Se Aria si fa vedere con noi ed è coinvolta, gli uomini di Talvery non ci si rivolteranno contro." Si guarda alle spalle e fa una pausa, apparentemente mordendosi la lingua prima di aggiungere: "Per ora."

Valuto la reazione di Aria, ma lei non tradisce nulla. Assolutamente niente. Il suo piccolo corpo non vacilla nemmeno quando torna a concentrarsi su di me. Sui tubi collegati agli aghi nelle mie vene e sui monitor. Vorrei poter strappare via quei cazzo di tubi in questo momento. Non voglio che mi veda così.

Sarò anche debole nei confronti di Aria, ma non resterò così a lungo, confinato in questo letto.

"Nikolai non ci tradirà finché penserà che Aria è al sicuro," afferma Jase.

"Nikolai non ci tradirà." Aria parla per la prima volta, con voce dura, rivolgendo tutta la sua attenzione a Jase, sfidandolo a negare che ciò che sta dicendo sia vero. "Manterrà la sua parola."

"La guerra tra le nostre famiglie è finita. Agiremo come un unico gruppo." La sua forza e determinazione sono appena compensate dall'emozione pura nella sua voce. La riluttanza ad accettare qualsiasi altra cosa sarà la sua rovina. Ma io la sosterrò. E mi piegherò alla sua volontà nel miglior modo possibile.

"Per ora," interviene Daniel. "Qualcuno dei tuoi potrebbe voler seguire la propria strada, prendere degli uomini e ribellarsi contro di te, Aria. Ma per ora Nikolai è dalla nostra parte. E anche se si separassero, possiamo lasciarli fare. Non abbiamo bisogno di combattere per il loro territorio."

Aria lo valuta, il petto immobile senza neanche un respiro. Con un solo cenno del capo, accetta ciò che potrebbe accadere. L'ho già visto prima, piccole fazioni che si separano. Di solito finisce con uno spargimento di sangue, ma ce ne occuperemo quando sarà il momento.

Jase sostiene il suo sguardo e poi annuisce. "In ogni caso," mi dice, "Romano è un uomo morto. Può nascondersi nel suo rifugio quanto vuole. Lo troverò. Lo ucciderò."

"Nuovo giorno, nuovi nemici," commenta Daniel.

"Ne parleremo quando ti sentirai meglio," dice Jase.

"Tu e Sebastian occupatevi di questo, pianificate l'attacco, ma tenetemi informato." La facilità con cui rinuncio al controllo sconvolge Jase, almeno stando al suo sopracciglio alzato.

"Ho altre cose di cui occuparmi." Mentre parlo, stringo il bordo del letto e vorrei che fosse la mano di Aria. Ho bisogno che mi stia vicina. Voglio essere certo che ogni pezzo di noi si ricomponga come dovrebbe, com'era destinato a essere fin dall'inizio.

Ho bisogno che lei mi ami.

Mi serve soltanto questo.

"Un'altra cosa," mi dice Jase, dondolandosi sui talloni proprio quando Daniel si stacca dalla parete, pronto a lasciarci soli. Jase non capisce l'antifona.

"Cosa?" non nascondo il mio fastidio nella risposta secca. Ma questo fa sorridere entrambi i miei fratelli.

"Ti ricordi quella donna al Red Room?" mi chiede Jase, e io sento un pizzicore alla fronte scuotendo la testa per dire di no.

Lui emette un sospiro esasperato, ma dice che non importa. "Sua sorella è la ragazza che abbiamo incontrato al Red Room. Jennifer qualcosa. È morta, e ora lei sta facendo un casino. Sta minacciando tutti e chiamando la polizia."

"Chi è?" gli chiedo, domandandomi perché diavolo dovrebbe interessarci. Un sacco di stronzi chiamano la polizia quando non sanno come comportarsi. Noi la paghiamo, e anche bene, per dirci esattamente chi e perché.

"La sorella della ragazza che è finita ammazzata. Quella che abbiamo interrogato riguardo alla scorta di SL acquistata all'ingrosso."

Sbircio Aria, che si agita, lo sguardo che passa da me a Jase.

"E allora?" Il mio cuore batte forte, chiedendomi cosa abbia in mente.

"Ho pensato di passare a vedere cosa sa."

"E come credi di ottenere quell'informazione?" interviene di nuovo Aria, solo per far sentire la sua presenza e la sua nuova autorità.

"Non si preoccupi, signorina Talvery," Jase pronuncia il suo nome con disinvoltura, "mi comporterò da gentiluomo."

"Non ti credo," gli risponde lei, ma un accenno di sorriso le illumina le labbra.

"Hai bisogno che qualcuno venga con te?" chiede Daniel, e solo allora mi rendo conto di quanto sia stanco. Tutti lo siamo.

"Posso andare per conto mio, volevo soltanto che lo sapeste," dice a Daniel e poi si volta a guardarmi.

Per un attimo nella stanza cala il silenzio e ogni secondo che passa mi chiedo se stia bene. Da quando Marcus ci ha rivelato la verità sulla morte di Tyler, la tristezza e la disperazione hanno offuscato lo sguardo di Jase.

"Stai bene?"

L'agonia si riflette nei suoi occhi scuri, ma lui fa finta di niente. Ha sempre affrontato le difficoltà in questo modo. "Me lo chiedi tu che sei quello incatenato a un cazzo di letto?"

"Rimarrò qui solo un giorno o due." Abbasso la voce e lo avverto: "Ricordatelo."

Daniel ride sinceramente, ma il sorriso di Jase non raggiunge i suoi occhi.

"Sì, sto bene. Perché?"

Scuoto la testa e rispondo: "Niente."

"Tutto qui?" chiede Daniel a Jase, che risponde alzando il dito medio. Continua a parlarmi dei soldi in arrivo e di come la settimana scorsa sia stata un casino, del furto di un'altra partita di roba. Non me ne frega più un cazzo. Ora può occuparsi lui di questi problemi.

Mentre Jase parla, gli occhi di Aria non mi lasciano. Sento il suo sguardo bruciarmi dentro. La mia carne. La mia stessa anima.

"Potete darci un minuto?" chiedo ai miei fratelli, e una fitta di dolore mi attraversa il lato destro, dalle dita dei piedi all'anca, poi dietro la spalla e giù davanti. Tutto il mio corpo è in agonia.

Ma è il petto che mi fa più male. La sofferenza riempie il vuoto, nel punto in cui dovrebbe esserci calore. Finalmente osservo Aria, lasciando che il mio sguardo vaghi sul suo piccolo corpo. La sua maglietta di cotone sottile è sgualcita, probabilmente per essere stata seduta sulla sedia per tutto questo tempo, aspettando che mi svegliassi.

Ti prego, Dio, fa' che mi abbia aspettato. Il fatto che sia qui deve per forza significare qualcosa. Non ricordo tutto quello che è successo, ma sono sicuro di averle detto che l'amavo. Sono certo che se mai ci fossero state delle parole da pronunciare mentre la morte veniva a prendermi, sarebbero state quelle che esprimevano ciò che lei significava per me. *Tutto.*

"Devo parlare con Aria."

CAPITOLO 99

Aria

"Perdonami." Gliel'ho chiesto così tante volte stasera. Questa volta lo
ripeto guardandolo in viso mentre è cosciente, non quando ha gli occhi
chiusi ed è lontano, vicino alla morte e incapace di stringermi fra le sue
braccia.

Non appena la porta si è chiusa, non ho potuto fare a meno di implorarlo ancora una volta di perdonarmi. "Non avrei dovuto andarmene."
Lascio cadere queste parole dalle mie labbra e mi avvicino.

Ha gli occhi più scuri che abbia mai visto, ma le pagliuzze d'argento
mi trafiggono… sempre. Il modo in cui mi guarda, come se esistessi solo
per essere consumata da lui, mi perseguiterà fino al giorno della mia
morte. E non vorrei mai che fosse altrimenti.

Sto morendo dentro, così lontana da lui. Ho bisogno di toccarlo, di
abbracciarlo e assicurarmi che sia davvero qui. Il mio cuore non riesce a
credere che stia bene. E mi fa stare male come nessun altro dolore che
abbia mai provato in tutta la mia vita.

"Se mi concederai il tuo perdono, io ti assolverò da tutti i peccati che
hai mai avuto il coraggio di commettere. Amami e basta. Tutto ciò che
voglio sei tu, Aria. Non posso perderti." Le sue ultime parole sono tese, le
fitte causate dalle ferite sono evidenti nonostante il gocciolio costante
della flebo che gli somministra antidolorifici nelle vene.

Non riesco nemmeno a pensare di perdonarlo, sapendo che non doveva finire così. Non dovevo scappare. Ora mi sembra infantile starmene davanti a lui e vedere le conseguenze della mia paura e della mia decisione avventata di nascondergli la verità e fuggire da tutto.

"Carter," sussurro, e il suo nome è quasi uno strazio da pronunciare. "Mi dispiace tanto," mormoro dolorosamente avvicinandomi a lui, al suo letto d'ospedale, e lasciando cadere la mia mano sul suo avambraccio. Le mie gambe sono deboli; riesco a malapena a stare in piedi vedendolo così.

La mia bestia d'uomo attaccata a una macchina e tormentata dal dolore. Tutto a causa mia e della mia stupidità.

"Perdonami," riesco a malapena a dire, lasciando cadere tutto ciò che c'è tra noi. Ogni finzione, ogni barriera. Non c'è più spazio per nulla di tutto ciò. "Non avrei dovuto scappare da te."

"Ti perdono." La sua voce profonda è roca. "Te l'ho già detto. Tutto ciò che voglio sei tu."

Le parole che volevo dirgli mi restano strozzate in gola, rifiutandosi di uscire vedendolo così.

"Non siamo perfetti. E se potessi, tornerei indietro e cambierei il modo in cui siamo arrivati a questo punto, ma che io sia dannato se ti lascerò andare."

Sta ammettendo tutto quello che ho sognato che mi confidasse, ma io devo ancora confessarglielo e non ci riesco.

Non riesco a sopportare l'idea di rivelargli perché me ne sono andata.

"Va tutto bene, passerotto," mi dice Carter, calmandomi e attirandomi ancora più vicino a sé. "Ti amo," mi sussurra, e questo mi distrugge il cuore. Finalmente, e completamente, mi spezzo per lui. Ogni parte di me va in frantumi.

E non mi sono mai sentita più completa in vita mia. Totalmente distrutta dall'uomo che amo.

C'è un solo segreto rimasto. Una piccola verità che potrebbe cambiare tutto. E non rimarrà nascosta ancora a lungo.

"Vuoi sapere una cosa?" gli chiedo, sentendo la tensione aumentare. Il segreto che ho tenuto nascosto mi divorerà completamente se non gli darò la libertà di essere rivelato.

Con gli occhi stanchi e il peso di tutto quanto che mina le sue forze, Carter mi sfiora la guancia con le nocche e io prendo la sua mano tra le mie.

"Tutto e qualsiasi cosa," mi dice ed emette un profondo sospiro.

Con un piccolo sorriso che mi aleggia sulle labbra, svelo il segreto con un sussurro: "Penso di essere incinta. È per questo che sono scappata." Il segreto mi trafigge il petto, creando un cratere così profondo che non potrà mai essere riempito se la reazione di Carter non guarirà la ferita. "Non sapevo cosa fare."

Lui potrà perdonarmi per averglielo nascosto. Ma io non potrò mai assolvere me stessa. In questo momento, vedendo e sentendo con ogni fibra del mio essere quanto mi ama, non riesco a credere di aver osato non dirglielo. Di averglielo nascosto.

Passa un secondo e un tonfo nel petto mi fa male, mentre il dolore e il tradimento balenano nei suoi occhi.

"Incinta?" mi chiede e io riesco solo ad annuire.

Nei secondi che passano senza una sua risposta, senza sapere cosa stia pensando, il tormento mi scorre nelle vene e mi avvicino a Carter, bisognosa che lui mi dia qualcosa.

"Mi dispiace," sussurro, sentendo il rimorso consumarmi. Stavo per scappare e portare via suo figlio con me. Le lacrime mi rigano le guance. Se mi odiasse, lo capirei; non potrei mai perdonarlo se avesse osato fare lo stesso con me.

C'è un momento in cui qualcuno ti guarda direttamente nell'anima e tu percepisci ciò che prova. La perdita, il sentirsi insignificanti, l'agonia di essere soli. Lo sento mentre mi guarda e non riesco a sopportarlo. La mia mano trova la sua e la stringo con le mie, perché ho bisogno che sappia che ora sono qui. "Non voglio andarmene e me ne pento. Mi pento di aver varcato quella porta," lo supplico. E lui mi stringe la mano a sua volta, poi si porta il mio polso alle labbra e vi posa un bacio lento e tenero. Un bacio che sembra un addio.

Alla fine parla, ma non è quello che mi aspettavo. "Ti prometto che sarò un buon padre. Te lo giuro."

Non riesco a parlare.

"Dammi una possibilità. Solo una possibilità," mi implora, come se potessi mai lasciarlo di nuovo. "Sarò buono con te, sarò un buon padre, te lo prometto." Deglutisce a fatica.

"Mi vergogno di quello che ho fatto e di quello che ero. Ti prego, Aria, non dobbiamo dirglielo."

"Cosa?" gli chiedo, cercando di stare al passo con i suoi pensieri. So che ora non sta bene, soffre ancora e prende dei farmaci. Si è appena svegliato. "Dirlo a chi?" gli chiedo, con il cuore che batte all'impazzata.

"Al nostro bambino," dice guardandomi e portando una mano sulla mia guancia, con il pollice che mi sfiora l'occhio per asciugare le lacrime che vi si sono raccolte. "Non dobbiamo dirgli che mostro ero," sussurra con voce tesa e io perdo tutta la compostezza, coprendomi la bocca con la mano e cadendo tra le sue braccia. Sono consapevole del mio peso e mi assicuro di non gravarlo su di lui, ma mio Dio, ho bisogno che mi stringa. E ho bisogno di abbracciarlo.

In questo momento e per sempre.

"Ti amo, Carter," è tutto ciò che riesco a dire quando finalmente alzo lo sguardo verso di lui.

Il respiro e le parole mi abbandonano e al loro posto un calore mi pervade, portando via ogni traccia del freddo pungente e scacciandolo. Appoggio le mie labbra su quelle di Carter e lui è pronto ad accarezzarmi la testa, stringendomi a sé e baciandomi appassionatamente. La sua lingua scivola tra le mie labbra e io gli concedo l'accesso. Le nostre lingue si intrecciano e lui sferza la mia con movimenti rapidi e possessivi.

Non respiro finché lui non si stacca.

"Farei qualsiasi cosa per te," dice come se fosse una confessione. "Giuro, sei l'unica cosa che conta per me. Nient'altro ha importanza. Solo tu e il nostro bambino." Mentre parla, la sua mano scivola sulla mia vita. Guarda il mio ventre come se potesse già vedermi gonfia della nostra creatura. È proprio quella visione che mi ha spinto a scappare.

"Ho paura." Quella confessione miserabile mi fa sentire ancora più debole.

"Non averne." Le parole di Carter sono semplici, ma impossibili da mettere in pratica.

"Non so cosa succederà," gli dico, sentendo la cruda verità del terrore aleggiare in quella frase.

Gli occhi di Carter cercano i miei mentre mi arrampico sul piccolo letto con lui, sentendo il bisogno di stargli più vicina e senza curarmi del fatto che ci sia a malapena spazio. Ho bisogno che il mio corpo sia premuto contro il suo. Voglio sentire il suo respiro. Nel momento in cui mi abbraccia, le mie preoccupazioni svaniscono, perse nella nebbia della consapevolezza di essere dove dovrei stare. Accanto a Carter Cross. Il nostro presente e il nostro futuro legati insieme.

"Trionferemo. È quello che succederà, passerotto."

Sento il cuore stringersi nel petto, pregando di essere la donna che lui vuole che io sia e che le nostre vite non possano più separarci. E mentre la mia mente vortica verso ogni possibile esito, mi rendo conto che non c'è niente che possa allontanarmi da lui. Niente di niente.

"Sposami. Il tuo posto è con me, Aria." Gli occhi scuri di Carter mi inchiodano sul posto, togliendomi il respiro e rifiutandosi di restituirmelo. "Sposami," ripete a bassa voce, in un mormorio appena percettibile ma disperato. Il suo respiro caldo mi accarezza la guancia quando abbassa le labbra sulle mie e mi bacia delicatamente prima che io possa rispondere. Con la fronte appoggiata alla mia e la mano che mi stringe il fianco, mi sussurra di nuovo la sua richiesta. "Sposami."

Mi aggrappo a lui, affondando la testa nel suo petto e respirando il profumo dell'uomo di cui sono follemente innamorata. Annuisco e lascio che un sussurro spezzato mi abbandoni con la disperata speranza che tutto questo sia reale: "Sì." È vivo. È con me. E mi vuole come sua compagna, sua moglie, il suo amore.

Mi solleva il viso con entrambe le mani e mi dà un bacio delicato sulle labbra. Solo allora assaporo il sale delle lacrime che non sapevo di aver versato.

"Sei tutto per me," dichiara sulle mie labbra, asciugandomi le lacrime con il pollice.

"Dimmi che andrà tutto bene," lo supplico. Le mie parole lo implorano. Il mio corpo cede al suo, come ha sempre voluto. Nel momento in cui l'ho visto, ho capito nel profondo del mio cuore che appartenevo a quest'uomo. L'altra metà della mia anima. Tenere la sua vita tra le mie braccia è la cosa peggiore che abbia mai provato. Ogni secondo che passava, avevo paura di muovermi, sapendo che stava sanguinando sotto di me. Ha perso così tanto sangue che ce l'ha fatta per un soffio e non posso fare a meno di pensare che se avessi fatto la mossa sbagliata, se non l'avessi tenuto stretto più forte che potevo per tutto il tempo, lui non sarebbe più qui. L'avrei perso.

"Non voglio che mi lasci mai più. Mai," sussurro l'ultima parola, avvicinandomi a lui con ogni centimetro di me che può essere premuto contro il suo corpo. E Carter fa quello che sa fare meglio. Mi tiene stretta a sé come se potessi volare via se solo allentasse la presa. Ma non lo farò più. Mai più.

"Finché mi amerai, sarà così." Le sue parole mi sfiorano la pelle, provocandomi un brivido lungo il corpo quando mi dà un piccolo bacio sulla spalla. "Perché ti amo." La sua barba incolta mi sfiora la spalla e spero che mi lasci un segno. Spero di poterlo sentire.

"Ti amo, Carter." La verità in questo momento è la cosa più semplice da dire. Una confessione a cuore aperto che ci salverà da qualunque pericolo debba arrivare.

"Ti amo, passerotto." La sua voce ruvida è profonda, ma talmente sincera da spazzare via tutta la sofferenza dentro di me. Ogni dolore mai esistito.

* * *

Sono passati diversi giorni da quando siamo tornati a casa.

È strano pensare a questo posto come alla mia casa, ma ora è proprio così. E lo è più di quanto lo sia mai stata quella di mio padre. Semplicemente per via delle persone che ci vivono dentro.

"Devi prendertela comoda." Cerco di non sembrare troppo insistente con Carter, ma ogni volta che si sporge sul letto per prendere qualcosa dal comodino, lo vedo fare una smorfia. "Devi ancora guarire."

Mi affretto a raggiungerlo, facendo attenzione a non appoggiarmi su di lui, e prendo il suo telefono. Le notifiche vibrano continuamente, ma nonostante ciò, nel momento in cui glielo porgo, lui lo mette in modalità silenziosa.

Jase e Sebastian hanno preso il comando mentre Carter resta a casa a riposo. Ci vorrà del tempo perché le ferite guariscano, anche se la mia bestia d'uomo continua a pensare di essere intoccabile.

Non riesco ancora a respirare quando sono con lui. La paura di perderlo non mi abbandona.

"Continui a ripeterlo," osserva con la stessa calma che gli riservo io stessa, ma il sorriso sulle sue labbra, la felicità genuina nei suoi occhi, non lo hanno mai lasciato da quando gli ho detto del bambino. Ogni volta che lo guardo negli occhi, lo noto, ed è così intenso, così forte, che riesco a malapena a sostenere il suo sguardo.

"Sono seria, Carter," lo rimprovero, anche se le mie azioni dicono tutt'altro. Mi siedo a cavalcioni su di lui sul letto; il lenzuolo scivola intorno a me, ammassandosi dietro di noi mentre mi sistemo delicatamente sulle sue ginocchia e gli prendo il mento barbuto tra le mani. "Ho bisogno di te," gli sussurro.

Gli angoli delle sue labbra si sollevano e le sue grandi mani mi avvolgono la vita, delicate e confortanti. Appoggio la fronte sulla sua, le labbra vicine, e lui mi dice: "Anch'io ho bisogno di te."

Mi dà un bacio veloce. E poi un altro.

"Hai fatto un altro test?" mi chiede, e riesco a sentire la malizia nella sua voce. Pensa che io sia strana perché faccio un test di gravidanza ogni giorno, ma ho le mie ragioni. La linea dovrebbe rimanere forte e scura, perché allora significa che il bambino è ancora lì e, fino al raggiungimento delle sei settimane, ho bisogno dei test per la mia sanità mentale.

"Sì," gli rispondo. Sto quasi per dirgli che è stata Addison a suggerirmelo. Ha detto che la linea diventa più debole se si perde il bambino. Anche lei è in dolce attesa, come me.

Invece, vengo distratta da uno sfioramento sul collo. Un bacio languido che mi fa indurire i capezzoli. La sua barba incolta mi sfiora la pelle, rendendomi immediatamente eccitata.

"Hai bisogno di guarire." Sibilo quasi le mie parole con desiderio mentre le sue labbra si spostano appena sotto il collo e la sua mano destra mi sfiora il seno. Stringendomi il capezzolo tra le dita, finalmente alza lo sguardo verso i miei occhi e mi dice: "Tutto ciò di cui ho bisogno sei tu."

Ma si sbaglia. Ha bisogno di molto di più. Molto più di quanto io potrei mai dargli.

È un uomo ferito, con cicatrici così profonde che non può fare a meno di esserne oppresso.

Sto ancora aspettando con ansia che qualcosa si frapponga tra noi, ma Carter sembra determinato a tenerci insieme. E anch'io. Non permetterò che il nostro amore non sia abbastanza.

Le dita di Carter scivolano su di me, lasciando la pelle d'oca al loro passaggio, finché non mi avvolge le mani intorno alla gola. Il suo pollice scende lungo la parte inferiore del mento e poi più in basso, fino al centro. Tiene le labbra leggermente socchiuse e il suo respiro è affannoso mentre si indurisce sotto di me e la sua spessa lunghezza mi preme contro.

"Farò qualsiasi cosa per te." Pronuncia queste parole con solennità e poi alza lentamente lo sguardo per incontrare il mio.

Il mio maledetto cuore appartiene a lui. Comincia a battere solo quando lui mi guarda in quel modo. Giuro che è vero. Qualunque cosa faccia quando lui non c'è, non è quello che sta facendo ora.

"Sei così serio," sussurro, non sapendo cos'altro dire, ma le mie parole si perdono nella nebbia di desiderio che aleggia tra di noi.

Non so se sia perché sono chiaramente eccitata da lui o per qualche altro motivo, ma Carter mi rivolge un sorriso pigro e poi fa scorrere il dorso delle dita sulla mia camicia di seta, pizzicandomi delicatamente il capezzolo.

Il mio istinto è quello di allontanarlo scherzosamente, ma lui è troppo veloce, mi afferra il polso e me lo blocca dietro la schiena.

Anche mentre gli sto sopra, è lui a comandare.

"Sei tu che mi fai diventare così," dichiara con voce profonda e si solleva per baciarmi, torcendomi il capezzolo indurito. Non posso fare a meno di ansimare, interrompendo il bacio e inarcando il collo. Lui approfitta del momento per far scorrere leggermente i denti sulla mia pelle sensibile, e so che ormai è finita. Qualsiasi autorità avessi su di lui è svanita.

Carter è una bestia indomabile. Ma non lo vorrei mai in nessun altro modo.

"Tutto è più bello quando sono con te," mi sussurra sulla pelle e il suo tono lascia intendere il dolore che segnerà per sempre chi siamo. Con entrambe le mani sulla sua mascella, lo guardo profondamente negli occhi, luminosi di sincerità. "Tutto," mi dice.

"Andrà tutto bene." Gli offro parole che spero siano vere. Farei qualsiasi cosa per quest'uomo e niente potrà più separarci.

"Molto più che bene," promette baciandomi dolcemente e staccandosi solo per aggiungere: "Te lo prometto."

CAPITOLO 100

Jase

Avrei dovuto essere io.

L'auto supera un dosso con troppa fretta e il mio corpo rigido oscilla nella berlina. Stringo la presa sul volante e cerco di mandare giù il groppo che mi soffoca da quando ho scoperto la verità sulla morte di Tyler.

Era un attentato… contro di me. Una maledetta felpa con il cappuccio è il motivo per cui lui è sotto terra e io sono ancora qui, a dare ogni giorno per scontato.

Rallento allo stop e lascio che un respiro profondo calmi l'ansia che mi attanaglia. Con una guerra in corso e un nemico sconosciuto che ci strappa pezzi di vita a suo piacimento, non ho tempo di perdermi in un passato sfortunato. Non importa quanto desideri tornare indietro. Se solo potessimo farlo.

Il rombo del motore mentre supero un altro dosso mi riporta al presente.

Non sarei dovuto uscire proprio adesso. Trascorrere il pomeriggio in periferia non è esattamente nella mia lista delle cose da fare.

Ma dovevo allontanarmi dai miei fratelli. Il rimpianto, il senso di colpa e il dolore che aleggiano nei loro occhi mi perseguitano giorno e notte. *Avrei dovuto essere io.* Ma non è stato così.

Non posso fare nulla per cambiare ciò che è successo. Ma posso andare a trovare Beth e tranquillizzarla.

Il motore si spegne con un rombo sommesso e le mie chiavi tintinnano.

Mi passo una mano sul viso uscendo dall'auto senza curarmi di non sbattere la portiera. Il quartiere è tranquillo e ogni fila di strade è costellata di casette perfette, niente a che vedere con quella in cui sono cresciuto. Piccole villette a schiera in stile ranch con un piano rialzato, complete di vialetti pavimentati e siepi perfettamente potate. Alcune hanno delle recinzioni, ovviamente bianche, ma non il numero 34 di Holley Street, l'abitazione di Bethany Fawn, nota anche come la donna che continua a scatenare il putiferio al Red Room. Ultimamente ha chiamato la polizia per esigere delle risposte. È la donna che incolpa Carter per la morte prematura della sorella, Jennifer, una ragazza che abbiamo incontrato al club qualche settimana fa. Si trovava invischiata in un pasticcio dal quale non riusciva a uscire, con una dipendenza dalla droga dalla quale non riusciva a liberarsi.

So bene cosa significa voler incolpare qualcuno e cercare risposte a domande che non fanno alcuna differenza una volta ottenute. Bethany è ferita e arrabbiata, ma non troverà nessuna consolazione da noi. Un semplice avvertimento dovrebbe spaventarla.

La pelle delle mie nocche si tende e i tagli di qualche notte prima si riaprono, provocandomi un dolore lancinante al braccio. Accolgo con favore la sofferenza che mi ricorda che sono vivo.

Toc, toc, toc. È lì dentro, la sento. Il tempo passa senza che riesca a udire altro che il rumore di passi nell'abitazione, ma proprio mentre sto per bussare di nuovo, la porta si apre di qualche centimetro. Quanto basta per intravederla.

I suoi capelli castani ricadono in ciocche ondulate intorno al viso. Li scosta per guardarmi.

"Sì?" chiede, e le mie labbra minacciano di incurvarsi in un sorrisetto.

"Bethany?" La donna sposta il peso da un piede all'altro, facendo scorrere lo sguardo lungo il mio corpo per poi risalire e rispondermi.

L'ambra dei suoi occhi nocciola lampeggia di diffidenza quando mi dice: "I miei amici mi chiamano Beth."

"Non ci siamo mai incontrati prima… ma sarò felice di chiamarti Beth." Le parole civettuole mi escono facilmente dalla bocca e pian piano la sua guardia cade, anche se ciò che rimane è un misto di preoccupazione e angoscia. Non risponde né reagisce in alcun modo, se non accentuando la presa sulla porta.

"Ti dispiacerebbe concedermi un minuto?"

Lei stringe leggermente le labbra carnose mentre la porta socchiusa si apre di un altro centimetro. Mi risponde con cautela: "Dipende dal motivo per cui sei qui."

Il mio cuore batte all'impazzata galoppando sempre più veloce nel petto e l'apprensione aumenta. Sono qui per darle un avvertimento. Deve stare alla larga dal Red Room e superare qualsiasi malvagio desiderio nutra nei confronti miei e dei miei fratelli.

È un peccato, perché è davvero bellissima. C'è innocenza in lei, ma anche una grinta che è altrettanto evidente e ancor più affascinante. Se l'avessi incontrata in altre circostanze, farei qualsiasi cosa per averla sotto di me e sentirle urlare il mio nome.

I colori vorticosi nei suoi occhi si scuriscono e il suo sguardo danza sul mio. Come se potesse leggere i miei pensieri e sapesse le cose perverse che le vorrei fare e che nessun altro oserebbe mai immaginare. Ma non è per questo che sono qui, e le mie idee malate dovranno aspettare qualcun altro.

Appoggio la spalla contro la porta d'ingresso in noce massiccio e infilo la scarpa nella fessura aperta, assicurandomi che non possa sbattermela in faccia. Invece della leggera paura che pensavo potesse balenarle in viso all'indurirsi della mia espressione, i suoi occhi si stringono con odio e vedo la bella tonalità di rosa della sua pelle pallida diventare più intensa, ma non si tratta di un semplice rossore: è rabbia.

"Devi restare fuori dagli affari dei Cross, Beth." Mi avvicino, con voce bassa e calma. Il mio sguardo severo incontra il suo, ma lei non batte ciglio. Al contrario, stringe i denti così forte che penso potrebbero rompersi.

Con il palmo della mano appoggiato con noncuranza sullo stipite e l'altra mano aperta contro la porta, mi chino per dirle che non ci sono risposte per lei al Red Room. Vorrei spiegarle che mio fratello non è l'uomo che sta cercando, ma prima che io possa pronunciare una parola lei mi sibila: "So tutto di Marcus e della droga e del motivo per cui voi stronzi l'avete fatta uccidere."

Il battito del cuore mi rimbomba nelle orecchie, ma nonostante ciò riesco a percepire il dolore intenso impresso nel tono. Col respiro affannoso aggiunge: "Voi tutti pagherete per quello che avete fatto a mia sorella." Le si incrina la voce nello stesso momento in cui i suoi occhi si velano e le lacrime le rigano le guance.

"Non sai di cosa stai parlando," affermo sentendo montare la rabbia. Marcus. Solo il nome mi fa irrigidire e contrarre ogni muscolo del corpo.

La droga.

Marcus.

Prima ancora di riuscire a mettere insieme le sue parole, sento il clic di una pistola e lei apre la porta, facendomi perdere l'equilibrio.

Lo shock mi fa rivoltare lo stomaco quando la canna della pistola lampeggia davanti ai miei occhi. Beth arretra impugnando il pesante oggetto metallico con entrambe le mani. Io mi lancio in avanti, ancora sbilanciato e con la paura che mi scorre nelle vene, afferro la canna e la sollevo sopra la sua testa, spingendo il suo piccolo corpo fino a farlo sbattere contro il muro dell'ingresso.

Bang!

La pistola spara e il calore mi brucia la pelle della mano che impugna la canna, provocandomi un dolore lancinante. La sua schiena sbatte contro un tavolino stretto, una fila di libri cade e la posta finisce sul pavimento. Inciampo su di lei e finalmente riesco a bloccarla contro il muro.

Il suo piccolo grido di paura viene soffocato quando le metto la mano destra sulla gola delicata. La sinistra stringe ancora la pistola. Lei lotta sotto di me, ma con trenta centimetri di altezza più di lei e una forza muscolare che non potrebbe mai eguagliare, per quanto ci provi, i suoi sforzi sono inutili. Il cuore le batte così forte che lo sento in sincronia con il mio.

Quando alzo la pistola, strappandogliela via, lei urla e prova ad afferrare le mie mani che le stringono la gola.

Ha cercato di uccidermi. Non posso crederci, cazzo.

Riuscendo a malapena a riprendere fiato, non lascio trasparire nulla se non il controllo assoluto che ho su di lei. La porta è spalancata e sono certo che qualcuno potrebbe averci sentito. Una leggera brezza mi sfiora e faccio un passo indietro, trascinandola con me quel tanto che basta per richiudere la porta con un calcio e poi spingerla contro il legno. Il suo battito rallenta sotto la mia mano e i suoi occhi implorano pietà, ma le sue unghie affilate mi graffiano le dita. Passa un secondo prima che allenti la presa abbastanza da permetterle di respirare liberamente.

Mentre lei inspira affannosamente, mi chino in avanti, schiacciando il mio corpo contro il suo finché non si calma. Finché i suoi occhi non sono spalancati e fissano i miei. La sua vista, la paura, la disperazione, la voglia di vivere… eccitano il lato oscuro di me che implora di venire alla luce.

"Mi dirai tutto quello che sai su Marcus." Abbasso le labbra sul suo orecchio, lasciando che la mia barba ispida le sfiori la guancia. "E tutto quello che sai sulla droga."

Con un respiro profondo, i miei polmoni si riempiono del dolce profumo dei suoi morbidi capelli che mi sfiorano il naso.

Vi affondo le dita e le accarezzo il collo sottile con il pollice prima di avvicinarmi a lei, facendole sentire quanto sono eccitato solo per il fatto di essere vivo. E per averla in mio potere.

"Ma prima verrai con me."

Questa non è la fine di Carter e Aria. Sono ossessionata dalla loro relazione e c'è ancora molto da raccontare. La loro storia d'amore farà da sfondo ai prossimi libri della serie *Merciless*. Spero che ti possa innamorare follemente di questi personaggi, proprio come è successo a me. Non hai idea di cosa ti aspetta…
Buona lettura, xx.

INFORMAZIONI SU
WILLOW WINTERS

Grazie mille per aver letto i miei romanzi. Sono una mamma casalinga e un'avida lettrice che è diventata anche un'autrice, e non potrei esserne più contenta.
Spero che ti piacciano i miei libri tanto quanto a me è piaciuto scriverli!

Altro su W Winters
https://willowwinterswrites.com/pages/translations

www.ingramcontent.com/pod-product-compliance
Lightning Source LLC
Chambersburg PA
CBHW061027310726
48969CB00004B/872